Tschingis Aitmatow
Ein Tag länger als ein Leben

Tschingis Aitmatow

Ein Tag länger als ein Leben

Roman

Aus dem Russischen von
Charlotte Kossuth

Unionsverlag
Zürich

Die russische Originalausgabe erschien 1981 unter dem Titel
I dol'še veka dlitsja den'

© by Tschingis Aitmatow 1981
© by Unionsverlag Zürich 1991
Gletscherstraße 8a, CH-8034 Zürich
Telefon (0041) 01-55 72 82
Alle Rechte vorbehalten
Umschlaggestaltung: Heinz Unternährer, Zürich
Umschlagfoto: Enzo Pifferi
Satz: Jung SatzCentrum, Lahnau
Druck und Bindung: Clausen & Bosse, Leck
ISBN 3-293-00171-8

Und dieses Buch, es ist mein Körper,
Und dieses Wort, es ist meine Seele . . .
Grigor Narekazi,
Klagegesang,
10. Jahrhundert

I

Die Beutesuche in den ausgetrockneten Mulden und verkahlten Schluchten forderte große Geduld. Während der hungrige Fuchs auf seiner Mäusejagd dem geradezu schwindelerregend wirren Hin und Her der kleinen Wühler nachspürte, bald fieberhaft einen Zieselbau aufscharrte, bald abwartete, ob nicht eine unter dem Überhang einer alten Wasserrinne verborgene Springmaus endlich herausschoß und er sie augenblicks hätte schlagen können, näherte er sich von fern langsam und unbeirrt den Bahngleisen, dem dunkel sich abhebenden, geradlinig aufgeschütteten Damm in der Steppe, der ihn lockte und zugleich abschreckte, auf dem, mal in die eine, mal in die andere Richtung, das Land schwer erschütternd, ratternde Züge rasten und brandigen Qualm zurückließen, dessen beizende Gerüche der Wind übers Land trieb.

Gegen Abend lagerte sich der Fuchs seitlich der Telegrafenlinie auf dem Grund einer kleinen Schlucht, in einer dichten und hohen Insel aus dürrem Pferdesauerampfer, und harrte, neben den dicht mit Samen besetzten dunkelroten Stengeln zu einem rotbraun-strohgelben Knäuel zusammengerollt, geduldig der Nacht; nervös ließ er die Ohren spielen und lauschte ständig auf das dünne Pfeifen des Bodenwindes in den hart raschelnden toten Gräsern. Auch die Telegrafenmasten summten ermüdend. Der Fuchs fürchtete sie jedoch nicht. Die Masten blieben immer an ihrem Platz, sie konnten ihn nicht verfolgen.

Der betäubende Lärm der Züge hingegen, die in regelmäßigen Abständen vorüberfuhren, schreckte ihn jedesmal auf und ließ ihn sich noch fester zusammenkrümmen. Durch den dröhnenden Boden spürte sein zarter Körper, spürten seine Rippen die ungeheuerliche Kraft der erddurchdringenden Wucht und Schwerlastigkeit, mit der die Züge dahinsausten, und doch blieb er in der Schlucht, überwand er die Furcht und den Widerwillen vor fremden Gerüchen und wartete auf seine Stunde, da es mit Anbruch der Nacht auf den Eisenbahngleisen ruhiger würde.

Er kam äußerst selten hierher, nur wenn der Hunger ihn allzusehr plagte ...

Sowie keine Züge fuhren, trat in der Steppe jähe Stille ein wie nach einem Erdrutsch, und in dieser tiefen Stille nahm der Fuchs einen beunruhigenden Laut hoch droben über der dämmerigen Steppe wahr, kaum zu hören, unbestimmbar. Das war ein Spiel von Luftströmungen, es verhieß baldigen Wetterwechsel. Instinktiv spürte es das kleine Tier und erstarrte bitter, am liebsten hätte es laut aufgeheult, gekläfft im vagen Vorgefühl eines allumfassenden Unglücks. Der Hunger war jedoch stärker als selbst dieses Warnzeichen der Natur.

Der Fuchs winselte nur leise, während er sich die vom Laufen zerschundenen Pfotenkissen leckte.

In jenen Tagen wurden die Abende bereits kalt, es ging auf den Herbst zu. Nachts kühlte der Boden schnell aus, und bei Tagesanbruch überzog sich die Steppe wie Salzboden mit einem weißlichen Anflug kurzlebigen Reifs. Eine karge, unfrohe Zeit lag vor dem Steppentier. Das seltene Wild, das sich sommers in diesen Landstrichen aufhielt, war verschwunden – teils in warme Gegenden, teils in Höhlen, teils war es über Winter in die Wüste gewechselt. Jetzt beschafften sich die Füchse Nahrung, indem sie einzeln durch die Steppe streiften, als wäre die Gattung Fuchs ausgestorben. Die Jungtiere des Jahres waren bereits herangewachsen und auseinandergelaufen; die Zeit der Liebe aber stand noch bevor, da sich die Füchse im Winter von überall her zu neuen Begegnungen zusammenfinden und die Rüden in ihren Kämpfen mit der Kraft aufeinanderprallen, die dem Leben eignet seit Erschaffung der Welt.

Bei Anbruch der Nacht verließ der Fuchs die Schlucht. Lauschend verharrte er kurz und schnürte dann zum Eisenbahndamm, wechselte lautlos bald auf die eine, bald auf die andere Seite der Gleise. Er spähte nach Speiseresten, die Reisende aus den Wagenfenstern warfen. Lange mußte er die Böschung entlanglaufen und allerlei Dinge beschnuppern, die widerlich rochen und ihn reizten, ehe er auf etwas halbwegs Brauchbares stieß. Die ganze Bahnstrecke war verschmutzt von Papierfetzen und zerknüllten Zeitungen, zerschlagenen Flaschen, Zigarettenstummeln, verbeulten Konservendosen und anderem Abfall. Besonders ekelhaft war der Gestank aus den Hälsen von heilgebliebenen Flaschen – geradezu betäubend. Nachdem ihm bereits zweimal davon taumlig geworden war, vermied er es, den Spritdunst einzuatmen. Fauchend sprang er jedesmal rasch beiseite.

Das, wonach ihn verlangte, worauf er sich so lange vorbereitet und weswegen er seine Furcht bezwungen hatte, begegnete ihm nicht – wie zum Trotz. In der Hoffnung, doch noch Eßbares zu finden, lief er unermüdlich weiter die Bahngleise entlang, huschte unentwegt von einer Seite des Damms auf die andere.

Plötzlich erstarrte der Fuchs mitten im Lauf mit angehobener Vorderpfote, als hätte ihn etwas überrascht. Im fahlen Licht des hohen, dunstigen Mondes stand er zwischen den Schienen wie ein Gespenst, ohne sich zu rühren. Das ferne Grollen, das ihn aufhorchen ließ, war nicht verschwunden. Noch war es weit entfernt. Die Lunte nach wie vor ausgestreckt, trat er unentschlossen von einer Pfote auf die andere, schon im Begriff, die Bahnstrecke zu verlassen. Doch unversehens begann er noch hastiger die Böschung abzulaufen, immer noch in der Hoffnung, etwas zu entdecken, womit er sich stärken könnte. Er witterte es – gleich würde er auf einen Fund stoßen, obwohl von fern, wie ein unabwendbarer anschwellender Sturmangriff, Eisenrasseln und vielhundertfaches Räderklopfen näher kamen. Der Fuchs zögerte nur den Bruchteil einer Minute, aber das genügte – wie ein närrischer

Schmetterling schreckte er auf und überschlug sich, als ihn von einer Gleiskrümmung her jäh die Nah- und Fernlichter voreinandergekuppelter Lokomotiven erfaßten, als die mächtigen Scheinwerfer den vor ihnen liegenden Raum ausleuchteten und blendeten, die Steppe für einen Moment in weißes Licht tauchten und erbarmungslos ihre leblose Dürre bloßlegten. Der Zug aber ratterte todbringend über die Schienen. Die Luft roch auf einmal brandig und staubig, es kam auch ein Windstoß.

Hals über Kopf stürzte der Fuchs von dannen, immerfort sich umsehend, sich ängstlich zur Erde duckend. Das Ungeheuer mit den laufenden Lichtern polterte jedoch noch lange vorbei, klopfte noch lange mit den Rädern. Wieder sprang der Fuchs auf und suchte sein Heil in der Flucht.

Als er dann verschnauft hatte, zog es ihn erneut zur Eisenbahn, wo er seinen Hunger stillen könnte. Doch schon wieder sah er auf der Strecke Lichter, wieder schleppte ein Lokomotivenpaar einen langen Güterzug.

Da entschloß sich der Fuchs, einen weiten Bogen durch die Steppe zu machen; vielleicht käme er bei der Eisenbahn an einer Stelle heraus, wo keine Züge fuhren.

Die Züge in dieser Gegend fuhren von Ost nach West und von West nach Ost.

Zu beiden Seiten der Eisenbahn aber erstreckten sich in dieser Gegend große öde Landstriche – Sary-Ösek, das Zentralgebiet der gelben Steppe.

In dieser Gegend bestimmte man alle Entfernungen nach der Eisenbahn, wie nach dem Greenwicher Nullmeridian.

Die Züge aber fuhren von Ost nach West und von West nach Ost...

Um Mitternacht stapfte jemand lange und beharrlich zu seinem Weichenstellerhäuschen, zunächst direkt über die Bahnschwellen; als aber dann vorn ein Zug auftauchte, ließ er sich die Böschung hinabgleiten und arbeitete sich weiter vor wie im Schneegestöber, mit den Händen Wind und Staub abwehrend, die der Güterschnellzug aufwirbelte (das war ein Sonderzug, der überall freie Fahrt hatte und dann zur Sperrzone Sary-Ösek-1 abzweigte, dort hatten sie ihren eigenen Bahndienst, kurz, er fuhr zum Kosmodrom, daher war er auch durchgängig mit Zelttuchplanen abgedeckt, und auf den Flachwagen standen Militärposten). Edige begriff sofort, daß seine Frau zu ihm eilte, und zwar aus einem ernsten Grund. Aber die Dienstpflicht erlaubte ihm nicht, sich von seinem Platz zu entfernen, ehe der letzte Wagen mit dem Zugbegleiter auf der offenen Plattform vorübergerollt war. Sie signalisierten einander mit Laternen, daß auf der Strecke alles in Ordnung war, erst dann wandte sich der von dem ununterbrochenen Lärm halb ertaubte Edige der Frau zu.

»Was gibt es?«

Erregt sah sie ihn an und bewegte die Lippen. Edige hörte nicht, was sie sagte, verstand jedoch – hatte es gleich vermutet.

»Komm hierher, aus dem Wind.« Er führte sie ins Haus.

Doch bevor er aus ihrem Mund vernahm, was er ohnedies ahnte, machte ihn etwas anderes betroffen. Zwar hatte er auch früher schon bemerkt, daß es aufs Alter zuging, doch als sie nach dem schnellen Lauf so heftig keuchte, aus ihrer Brust ein so qualvolles Röcheln drang und ihre abgemagerten Schultern sich dabei so unnatürlich hoben, ergriff ihn Mitleid. Das grelle elektrische Licht in dem geweißten Eisenbahnerhäuschen zeigte mit einemmal schroff die nun schon unausmerzbaren Falten auf Ükübalas bläulich angelaufenen Wangen (dabei war sie einmal eine stattliche Brünette gewesen, die dunkle Haut mit einem Anflug ins Weizenfarbene, die strahlenden Augen voll schwarzem Glanz), dazu dieser eingefallene Mund, der ein übriges Mal daran erinnerte, daß auch eine Frau, deren Zeit abgelaufen ist, nicht zahnlos sein muß (längst hätte er sie zur Bahnstation bringen und ihr Metallzähne einsetzen lassen sollen, mit denen heutzutage alt und jung rumläuft), und nicht zuletzt die grauen, ja schlohweißen Haarsträhnen, die ihr unter dem zurückgerutschten Tuch hervor ins Gesicht fielen – es gab ihm einen Stich ins Herz. Alt bist du geworden, bedauerte er sie insgeheim, bedrückt von einer gewissen eigenen Schuld. Und daher empfand er noch stärker wortlose Dankbarkeit, Dankbarkeit für alles auf einmal – für das, was sie in vielen Jahren gemeinsam erlebt hatten, und besonders dafür, daß sie jetzt mitten in der Nacht über die Gleise hierhergekommen war, zum entferntesten Punkt der Ausweichstelle, angetrieben von Achtung und Pflichtgefühl, weil sie wußte, wie wichtig für Edige war, daß sie herkam, um ihm den Tod des unglücklichen alten Kasangap mitzuteilen, des einsamen Greises, der in einer leeren Stampflehmhütte gestorben war, weil sie wußte, daß Edige der einzige Mensch auf Erden war, der sich das Ende des von allen verlassenen Mannes wirklich zu Herzen nahm, obwohl der Verstorbene weder sein Bruder gewesen war noch sein Schwiegervater.

»Setz dich, verschnauf ein Weilchen«, sagte Edige, als sie in das Häuschen getreten waren.

»Setz auch du dich«, sagte sie zu ihrem Mann.

Sie nahmen Platz.

»Was ist geschehen?«

»Kasangap ist gestorben.«

»Wann?«

»Gerade hab' ich bei ihm hereingeschaut – was macht er wohl, denk' ich mir, am Ende braucht er was. Ich gehe rein, Licht brennt, er sitzt an seinem Platz, nur der Bart ragt sonderbar empor. Ich trete näher. Kasangap, sag' ich, Kasangap, möchten Sie vielleicht heißen Tee – aber er war schon...« Ükübalas Stimme versagte, Tränen quollen unter ihren geröteten und dünn gewordenen Lidern hervor, sie schluchzte auf und begann still zu weinen. »So ist alles ausgegangen. Was war er doch für ein Mensch! Und als er starb, war keiner da, der ihm die Augen geschlossen hätte«, sagte sie gramvoll unter Tränen. »Wer hätte das gedacht! Ist gestorben...« Sie wollte hinzusetzen: »wie ein Hund auf der Straße«, zog es aber vor zu schweigen; wozu aussprechen, was ohnehin klar war. Schneesturm-Edige, wie er weit und breit genannt wurde, denn er tat seit Kriegsende auf der Ausweichstelle Schneesturm-Boranly Dienst, saß finster auf seiner Bank, die schweren, knorrigen Hände auf den Knien, und hörte seiner Frau zu. Der Schirm seiner speckigen und zerschlissenen Eisenbahnermütze überschattete seine Augen. Woran mochte er denken?

»Was machen wir jetzt?« fragte seine Frau.

Edige hob den Kopf und musterte sie mit bitterem Lächeln. »Was wir machen? Was tut man in solchen Fällen? Begraben werden wir ihn.« Er richtete sich auf wie jemand, der bereits einen Entschluß gefaßt hat. »Weißt du, was, Frau, geh schnell zurück. Aber erst höre, was ich dir sage.«

»Ich höre.«

»Wecke Ospan. Scher dich nicht drum, daß er der Chef der Ausweichstelle ist, das spielt keine Rolle, angesichts des Todes sind alle gleich. Sag ihm, Kasangap ist gestorben. Vierundvierzig Jahre hat der Mann an einem Platz gearbeitet. Ospan war wohl noch gar nicht geboren, als Kasangap hier anfing und man für kein Geld Leute hierher in die Steppe gelockt hätte. Zu seinen Leibzeiten sind hier mehr Züge durchgefahren, als wir Haare auf dem Kopf haben. Darüber soll er nachdenken. Sag ihm das. Und dann...«

»Ich höre.«

»Wecke alle der Reihe nach. Klopf an die Fenster. Wie viele sind wir schon – acht Häuser, die zählt man an den Fingern ab. Bring alle auf die Beine. Niemand darf heute schlafen, wo so ein Mensch gestorben ist. Bring alle auf die Beine.«

»Und wenn sie schimpfen?«

»Unsere Aufgabe ist, jedem Bescheid zu sagen, laß sie nur schimpfen. Sag, ich habe befohlen, sie zu wecken. Man muß doch ein Gewissen haben. Warte!«

»Was denn noch?«

»Zuerst lauf zum Fahrdienstleiter, heute ist es Schaimerden Dispatcher, überbring ihm alles und sag, er möge sich überlegen, wie wir es machen sollen. Vielleicht findet er eine Ablösung für mich. Wenn was ist, soll er's mich wissen lassen. Hast du mich verstanden? Sag ihm das!«

»Ich sag's, ich sag's«, erwiderte Ükübala, dann aber griff sie sich plötzlich an den Kopf, als erinnere sie sich unversehens an das Wichtigste, das sie unverzeihlicherweise vergessen hatte. »Aber seine Kinder! Meine Güte! Denen müssen wir doch zuallererst die Nachricht schicken – oder etwa nicht? Der Vater ist gestorben...«

Edige zog ein abweisend-finsteres Gesicht bei diesen Worten, blickte noch strenger. Äußerte sich nicht.

»Wie sie auch sein mögen, Kinder sind nun mal Kinder«, fuhr Ükübala fort, denn sie wußte, Edige hörte das nicht gern.

»Ich weiß...« Er winkte ab. »Begreife ich denn gar nichts? Das ist es ja, ohne sie geht es nicht, aber hätte ich etwas zu bestellen – ich ließe sie nicht in die Nähe.«

»Edige, das ist nicht unsere Sache. Sollen sie nur kommen und ihn selber beerdigen. Sonst verfolgt uns Gerede bis zum Lebensende.«

»Hindere ich sie etwa daran? Sollen sie doch kommen.«

»Aber wenn es der Sohn nicht schafft aus der Stadt?«

»Der schafft es schon, wenn er will. Vorgestern noch, als ich auf dem Bahnhof war, hab' ich ihm selber ein Telegramm durchgegeben: Dein Vater liegt im Sterben. Was denn noch? Er hält sich für gescheit, da muß er doch begreifen.«

»Na, wenn's so steht, mag es angehn«, gab sich die Frau unbestimmt mit Ediges Argumenten zufrieden und sagte, immer noch von ihren Überlegungen beunruhigt: »Schön wär's, wenn er mit seiner Frau käme, schließlich müssen sie den Schwiegervater beerdigen und nicht irgendwen.«

»Das müssen sie schon selber entscheiden. Wie können wir ihnen raten – es sind ja keine kleinen Kinder.«

»Ja, ja, freilich«, pflichtete Ükübala bei, trotz allem zweifelnd.

Sie verstummten.

Na, trödel nicht länger, geh, wollte Edige schon mahnen.

Die Frau hatte aber noch etwas zu sagen: »Seine Tochter, das Unglückswurm Aisada, auf der Station mit ihrem Mann, dem Saufsack, und mit den Kindern, die müßten doch auch zur Beerdigung zurechtkommen.«

Edige lächelte unwillkürlich und klopfte der Frau auf die Schulter.

»Du liebe Güte, um alles machst du dir Sorgen. Bis zu Aisada ist es doch bloß ein Katzensprung, gegen Morgen macht mal jemand einen Abstecher zur Station und sagt Bescheid. Sie wird natürlich kommen. Aber du, Frau, sei dir über eins im klaren – Nutzen wird Aisada kaum bringen und Sabitshan schon gar nicht, auch wenn er der Sohn ist, ein Mann. Paß auf, sie kommen angefahren, was bleibt ihnen schon übrig, werden aber wie unbeteiligte Gäste rumstehen, beerdigen werden wir ihn, so ist das nun mal . . . Geh und tu, wie ich dich geheißen.«

Die Frau ging ein paar Schritte, blieb unschlüssig stehen und lief weiter. Da rief Edige ihr nach: »Vergiß nicht, geh zuallererst zum Fahrdienstleiter, zu Schaimerden, der soll mir jemand als Ablösung schicken, ich arbeite es später nach. Der Verstorbene liegt in einem leeren Haus, das geht doch nicht. Sag ihm das.«

Die Frau nickte und ging. Inzwischen begann auf dem Gleisbildtisch der Signalgeber zu summen und rot zu blinken – der Ausweichstelle Schneesturm-Boranly näherte sich ein neuer Zug. Auf Befehl des Fahrdienstleiters mußte Edige ihn auf ein Nebengleis leiten, um einen Gegenzug durchzulassen, der sich gleichfalls vor der Ausweichstelle befand, nur an der Weiche vom entgegengesetzten Ende. Ein gewohntes Manöver. Während die Züge auf ihren Gleisen aneinander vorbeirollten, sah sich Edige hin und wieder nach der längs der Strecke entschwindenden Ükübala um, als habe er ihr noch etwas zu sagen vergessen. Zu sagen blieb natürlich genug – gibt es doch viel zu tun vor einer Beerdigung, und wem fällt schon alles sofort ein; doch nicht deshalb blickte er ihr nach – er hatte einfach gerade jetzt betroffen entdeckt, wie sehr seine Frau in letzter Zeit gealtert und zusammengefallen war, im gelben Dunst der trüben Bahnbeleuchtung sah man es deutlich.

Also sitzt uns das Alter bereits im Nacken, dachte er. Wie doch die Zeit vergeht – ein alter Mann bin ich mit einer alten Frau! Zwar konnte er sich beim Herrgott über seine Gesundheit nicht beklagen – er war noch kräftig, aber immerhin schon sechzig, sogar einundsechzig. Noch zwei Jahre, und sie können mich in Rente schicken, sagte sich Edige nicht ohne Spott. Doch er wußte, so bald würde er nicht in Rente gehen und es wäre auch nicht so einfach, in dieser Gegend einen Mann für seine Stelle zu finden – als Streckenwärter und Wartungsarbeiter; Weichenwärter war er ja nur von Fall zu Fall, wenn jemand krank wurde oder in Urlaub ging. Es sei denn, jemand war erpicht auf den Zuschlag für die abgelegene Gegend und den Wassermangel. Das war kaum jemand. Wer von der heutigen Jugend würde sich dafür finden!

Um in den Ausweichstellen der Sary-Ösek zu leben, braucht man den rechten Charakter, sonst geht man zugrunde. Die Steppe ist gewaltig, der Mensch klein. Die Steppe ist teilnahmslos, ihr ist gleich, ob es einem schlechtgeht oder gut, man muß sie nehmen, wie sie ist; dem Menschen aber ist es nicht gleich, wie die Welt um ihn beschaffen ist, er martert und quält sich, und ihm scheint, an einem anderen Ort, unter anderen Menschen, hätte er mehr Glück, hierher habe ihn nur ein Irrtum des Schicksals verschlagen. Daher verliert er sich angesichts der gewaltigen, unerbittlichen Steppe, entlädt sich sein Charakter wie der Akku von Schaimerdens dreirädrigem Motorrad. Schaimerden schont es dauernd, fährt selbst nicht und läßt andere nicht fahren. Da steht also das Fahrzeug unnütz herum, wird es aber mal gebraucht, dann springt es nicht an, die Anlaßenergie ist erschöpft. So ist es auch beim Menschen in den Ausweichstellen der Sary-Ösek: Geht er nicht in der Arbeit auf, schlägt er nicht Wurzeln in der Steppe, gewöhnt er sich hier nicht ein – dann hält er schwerlich durch. Manche, die im Vorbeifahren aus den Wagenfenstern schauen, fassen sich an den Kopf – Herrgott, wie können hier Menschen leben? Weit und breit nur Steppe und Kamele! Und doch lebt man hier, ein jeder, solange er es erträgt. Drei Jahre, höchstens vier hält er durch, dann ist Schluß, dann läßt er sich auszahlen und fährt weg, möglichst weit weg.

In Schneesturm-Boranly haben nur zwei Menschen fürs ganze Leben Wurzeln geschlagen – Kasangap und er, Schneesturm-Edige. Aber wie viele haben sie kommen und gehen sehen! Über sich selbst kann er schwer urteilen, er hat gelebt und standgehalten, aber Kasangap hat hier vierundvierzig Jahre abgedient, und nicht etwa deshalb, weil er dümmer war als andere. Ein Dutzend anderer hätte Edige den einen Kasangap nicht aufgewogen. Und nun ist er nicht mehr, der Kasangap.

Die Züge hatten sich gekreuzt, der eine war nach Osten entschwunden, der andere nach Westen. Für eine Weile verödeten die Ausweichschienen von Schneesturm-Boranly. Und alles ringsum war plötzlich entblößt – die Sterne am dunklen Himmel schienen jetzt heller und klarer zu leuchten, der Wind fegte heftiger über die Böschungen, über die Schwellen und über das Schotterbett zwischen den schwach summenden, knackenden Schienen.

Edige ging nicht in das Häuschen. In Gedanken versunken, lehnte er sich an einen Mast. Weit vor sich, jenseits der Eisenbahnstrecke, unterschied er die vagen Umrisse von weidenden Kamelen. Sie standen unterm Mond, in Reglosigkeit erstarrt, und warteten die Nacht ab. Mitten unter ihnen erkannte Edige seinen zweihöckrigen großköpfigen Hengst – wohl das stärkste Kamel in der Sary-Ösek-Steppe, schnellfüßig, mit dem gleichen Spitznamen wie sein Herr:

Schneesturm-Karanar. Edige war stolz auf ihn, es war ein Tier von seltener Kraft, allerdings auch nicht leicht zu lenken, denn Karanar war unverschnitten geblieben, ein Atan – in jungen Jahren hatte Edige ihn nicht kastrieren lassen, und später wollte er ihn nicht anrühren.

Neben anderen Arbeiten für den kommenden Tag nahm sich Edige vor, frühmorgens Karanar nach Hause zu treiben und ihm den Sattel aufzulegen. Es würde ihm zustatten kommen auf seinen Wegen für die Beerdigung. Noch andere Besorgungen fielen ihm ein.

In der Ausweichstelle aber schliefen alle noch ruhig. Mit den kleinen Stationsgebäuden an einer Seite der Schienen, mit den Wohnbauten unter gleichartigen Schiefersatteldächern waren es sechs von der Bahnverwaltung aufgestellte Fertigteilhäuser, dazu kamen das selbsterrichtete Haus von Edige, die Lehmhütte des verstorbenen Kasangap, allerlei Wirtschaftshöfe, Anbauten, Schilfmatteneinzäunungen fürs Vieh und für andere Zwecke und im Mittelpunkt die mit Windmotor angetriebene, gelegentlich aber auch von Hand bediente Wasserpumpe, die hier in den letzten Jahren errichtet worden war – das war auch schon die ganze Siedlung Schneesturm-Boranly.

Das war sie – angesichts der großen Eisenbahn, der großen Sary-Ösek-Steppe, ein kleines Verbindungsglied in dem, Blutgefäßen gleich, weitverzweigten System anderer Ausweichstellen, Stationen, Knotenpunkte, Städte... Das war sie – offen einsehbar, allen Winden auf Erden preisgegeben, besonders im Winter, wenn die Schneestürme übers Land fegen und die Häuser bis an die Fenster zuwehen, die Bahngleise aber unter Hügeln von hartgefrorenem Harsch verschwinden. Ebendarum wurde diese Ausweichstelle Schneesturm-Boranly genannt, in zwei Sprachen steht auf ihrem Stationsschild der Name »Schneesturm« – kasachisch: Boranly; und russisch: Buranny.

Edige erinnerte sich: Bevor auf den Streckenabschnitten alle möglichen Schneeräumgeräte aufgetaucht waren - solche, die den Schnee in Strahlen wegschossen, die ihn mit Kielmessern beiseite schoben und andere –, kämpften Kasangap und er mit den Gleisverwehungen, man kann schon sagen: auf Leben und Tod. Ihm schien, als wäre das noch gar nicht so lange her. Wie grimmig waren doch die Winter einundfünfzig, zweiundfünfzig gewesen! Nicht nur an der Front mußte man sein Leben einsetzen für eine einmalige Tat – bei einer Attacke, einem Handgranatenwurf unter einem Panzer... Auch hier gab es so etwas. Sogar wenn einen keiner tötete. Selber brachte man sich um. Wie viele Verwehungen hatten sie weggeschippt, auf Schleppen beseitigt, sogar in Säcken hatten sie den Schnee hochgetragen – das war am Kilometer sieben gewesen, dort führte die Strecke tief durch einen zerschnittenen Hügel, und jedesmal sah es so aus, als wäre es das letzte Gefecht mit dem wirbelnden Schneetreiben und als könne man sogar froh sein, wenn der Teufel dieses Leben holte, wenigstens würde man nicht mehr hören müssen, wie in der Steppe die Lokomotiven heulen – freie Fahrt, freie Fahrt!

Doch jene Schneemassen waren getaut, jene Züge längst dahingeeilt, jene Jahre vergangen. Keinen kümmert das heute noch, ob es so war oder nicht. Die Eisenbahnarbeiter von heute, krakeelende Typen der Wartungs- und Reparaturbrigaden, kommen hierher wie zur Stippvisite; und nicht etwa, daß sie es einem nicht glauben – sie begreifen nicht, ihnen will nicht in den Kopf: die Verwehungen und auf der Strecke bloß ein paar Mann mit Schaufeln! Nicht zu fassen! Einige von denen lachten sie sogar offen aus: »Wozu hattet ihr es denn nötig, eine solche Schinderei auf euch zu nehmen, was mußtet ihr euch so fertigmachen! Um nichts in der Welt hätten wir uns auf so was eingelassen! Geht doch zu des Teufels Großmutter, damit wären wir auf und davon – zum Mütterchen Bau oder sonstwohin, wo alles ist, wie sich's gehört. Für soundso viel Arbeit soundso viel Geld. Und gibt's mal einen Feuerwehreinsatz – holt genug Volk zusammen, bezahlt die Überstunden... Für dumm habt ihr euch verkaufen lassen, ihr Alten, und als Dummköpfe werdet ihr sterben!«

Liefen Kasangap solche »Neubewerter« über den Weg, so schenkte er ihnen keine Aufmerksamkeit, als berührte ihn das nicht, er lächelte nur spöttisch, als wüßte er etwas Bedeutsameres, was ihnen aber verschlossen blieb; Edige hingegen hielt es nicht aus, der konnte sogar explodieren, ließ sich auf Streit ein, verdarb sich damit aber nur die Laune.

Dabei hatte er sich mit Kasangap auch über die Dinge unterhalten, deren jetzt die zugereisten Typen in den Spezialwaggons der Wartungs- und Reparaturbrigaden spotteten, dazu über vieles andere, sowohl in früheren Jahren, als diese Schlauköpfe sicherlich noch als Hemdenmätze herumgelaufen waren, sie selbst aber, so gut sie verstanden, sich schon Gedanken über das Leben gemacht hatten, als auch später ständig – viel Zeit war seit jenen Tagen verflossen, seit dem Jahr fünfundvierzig, und besonders, nachdem Kasangap in Rente gegangen war, dabei aber kein rechtes Glück gehabt hatte: Er war in die Stadt zum Sohn gezogen, doch nach drei Monaten wieder zurückgekehrt. Über vieles hatten sie damals gesprochen – wie und was alles geschieht auf Erden. Ein weiser Mann war Kasangap gewesen. Es gibt vieles, woran zurückzudenken lohnt. Und jäh begriff Edige mit völliger Klarheit, von Bitternis überflutet, daß ihm von nun an nur die Erinnerung blieb.

Edige hastete ins Haus, weil er vernahm, wie die Fernsprechanlage sich knackend einschaltete. Es rauschte und zischte in diesem albernen Apparat wie bei einem Schneesturm, ehe eine Stimme erklang.

»Edige, hallo, Edige«, krächzte Schaimerden, der Fahrdienstleiter der Ausweichstelle, »hörst du mich? Antworte!«

»Ich höre! Höre!«

»Hörst du mich?«

»Ja doch!«

»Wie hörst du?«

»Wie aus dem Jenseits!«

»Wieso aus dem Jenseits?«
»Einfach so!«
»Aha... Also der alte Kasangap, der Dingsda...«
»Was heißt Dingsda?«
»Na, der ist also gestorben.« Schaimerden suchte vergebens nach einem angemessenen Wort. »Wie soll ich sagen... Hat das gewissermaßen... vollendet... das Dingsda... na eben seinen Weg.«
»Ja«, entgegnete Edige knapp.
Blöder Kerl, dachte er, kann nicht mal über den Tod wie ein normaler Mensch sprechen.
Schaimerden schwieg sich eine Minute aus. In der Fernsprechanlage hörte Edige noch lauteres Rascheln, Knarren und Atemgeräusch. Dann krächzte Schaimerden: »Edige, mein Lieber, verdreh mir bloß nicht den Kopf mit diesem... Dingsda. Er ist tot, was sollen wir jetzt... Ich hab' keine Leute. Warum mußt du unbedingt daneben sitzen? Der Verstorbene, der Dingsda, der kommt davon auch nicht wieder auf die Beine, denk' ich mir...«
»Und ich denk' mir, du hast keinen blassen Schimmer!« empörte sich Edige. »Was soll das heißen – verdreh mir nicht den Kopf! Du bist das zweite Jahr hier, ich aber habe dreißig Jahre mit ihm zusammengearbeitet. Begreif doch. Ein Mensch ist bei uns gestorben, es gehört sich nicht, ist nirgends Brauch, einen Verstorbenen im leeren Haus allein zu lassen.«
»Was weiß der schon, ob er, der Dingsda, allein ist oder nicht?«
»Aber wir wissen es!«
»Na schön, hau bloß nicht auf die Pauke, Alter!«
»Ich erkläre es dir ja nur!«
»Was willst du denn? Ich hab' keine Leute. Was kannst du da machen, sowieso ist Nacht.«
»Ich werde beten. Den Verstorbenen einkleiden. Für ihn beten.«
»Beten? Du, der Schneesturm-Edige?«

»Ja, ich. Ich kenne Gebete.«

»Da haben wir's – nach sechzig Jahren Dingsda... Sowjetmacht.«

»Laß die Sowjetmacht aus dem Spiel, was hat die damit zu tun! Am Totenbett beten die Menschen seit Urzeiten. Schließlich ist ein Mensch gestorben und kein Stück Vieh!«

»Na schön, dann mach dich an deine Dingsda, deine Gebete, bloß schrei nicht rum. Ich schicke nach Edilbai, wenn er einverstanden ist mit Dingsda, dann kommt er und löst dich ab... Aber jetzt fix, der Hundertsiebzehner ist gleich da, lenk ihn aufs zweite Nebengleis.«

Damit schaltete sich Schaimerden ab, ein letztes Mal knackte es in der Fernsprechanlage. Edige eilte zur Weiche, verrichtete seine Arbeit und überlegte, ob wohl Edilbai zustimmen, ob er kommen würde. Und seine Zuversicht wuchs – die Menschen haben doch ein Gewissen –, als er sah, wie in einigen Häusern die Fenster aufleuchteten. Hunde bellten. Also schlug seine Frau Alarm, brachte die Boranlyer auf die Beine.

Inzwischen war der Hundertsiebzehner auf das Nebengleis gerollt. Vom anderen Ende näherte sich ein Tankzug – Kesselwagen. Die Züge kreuzten sich – der eine fuhr nach Osten, der andere nach Westen.

Es ging schon auf zwei Uhr nachts. Die Sterne am Himmel gewannen an Leuchtkraft – ein jeder Stern für sich allein. Auch der Mond über der Steppe begann etwas heller zu scheinen, mit frischer, allmählich anschwellender Kraft. Unter dem Sternenhimmel aber breitete sich weit und grenzenlos Sary-Ösek, nur die Konturen der Kamele – mitten unter ihnen der zweihöckrige Riese Schneesturm-Karanar – und die vagen Umrisse ihrer nächsten Rastplätze waren zu erkennen, alles übrige zu beiden Seiten der Eisenbahn versank in nächtlicher Unendlichkeit. Der Wind hatte sich nicht gelegt, er pfiff unentwegt, raschelte in Unrat.

Edige, der ins Häuschen zurückgekehrt war, trat immerfort wieder heraus, hielt Ausschau nach dem Langen Edilbai.

Da erblickte er seitab der Gleise ein kleines Raubtier. Es war der Fuchs. Seine Augen glitzerten, schillerten grünlich. Niedergeschlagen stand er unter einem Telegrafenmast, ohne näher zu kommen oder wegzulaufen.

»Was willst denn du hier?« murmelte Edige und drohte ihm zum Spaß mit dem Finger. Der Fuchs erschrak nicht. »Nimm dich in acht! Gleich werd' ich dir...« Edige stampfte mit dem Fuß.

Der Fuchs sprang ein Stück zurück und setzte sich erneut, Edige zugewandt. Aufmerksam und bekümmert betrachtete er, wie es Edige schien, mit starrem Blick ihn oder auch etwas anderes neben ihm. Was hat ihn wohl hierhergezogen, warum ist er aufgetaucht? Haben ihn die elektrischen Lichter angelockt, ist er aus Hunger gekommen? Sonderbar dünkte Edige sein Verhalten. Warum eigentlich sollte er eine Beute, die ihm geradezu in die Arme gelaufen kam, nicht mit einem Gesteinsbrocken erledigen? Edige scharrte auf der Erde nach einem größeren Stein. Schätzte die Entfernung, holte weit aus und warf doch nicht. Ließ den Stein fallen. Geriet sogar in Schweiß. Teufel, was einem nicht alles in den Kopf kommt! War das nicht Unsinn? Als er sich anschickte, den Fuchs zu töten, war ihm unversehens eingefallen, wie jemand erzählt hatte – einer von jenen Brigadetypen oder der Fotograf, mit dem er sich einmal über Gott unterhalten hatte, oder sonstwer –, aber nein, Sabitshan, hol ihn der und jener, hatte es ihm erzählt, ewig faselt der von allerlei Wundern, bloß um beachtet zu werden, bloß um andere zu verblüffen. Von Sabitshan, Kasangaps Sohn, hatte er das gehört – von der Seelenwanderung nach dem Tode.

Einen unnützen Schwätzer hatten sie sich da herangezogen. Wenn man den Burschen zum erstenmal sah, wirkte er ganz vernünftig. Er wußte alles, hörte alles, nur Nutzen brachte das wenig. Da hatten sie ihn durch Internate und Institute geschleust, aber was Rechtes war aus ihm nicht geworden. Er prahlt gern, trinkt gern, versteht es meisterhaft, Trinksprüche auszubringen, nur mit der Arbeit steht er auf

Kriegsfuß. Kurz, eine taube Nuß, daher ist er, verglichen mit Kasangap, ziemlich unbedarft – was hilft da seine Protzerei mit dem Diplom. Mißraten ist er, der Sohn, nicht nach dem Vater geschlagen. Aber was kann man machen, so ist er nun mal.

Irgendwann hatte Sabitshan erzählt, in Indien gebe es eine Lehre, die besagt, wenn ein Mensch sterbe, gehe seine Seele in ein anderes Lebewesen über, und sei's eine Ameise. Und man glaubt, jeder Mensch sei vor seiner Geburt irgendwann einmal ein Vogel gewesen, ein Raubtier oder ein Insekt. Daher sei es bei ihnen Sünde, ein Tier zu töten, sogar eine Giftschlange, eine Kobra, rühre man nicht an, wenn man ihr begegne, sondern verneige sich nur und räume den Weg.

Was gibt es nicht für Wunder auf Erden! Doch ob das stimmt – wer weiß das schon! Die Welt ist groß, und dem Menschen ist nicht gegeben, alles zu wissen. So schoß Edige, als er sich anschickte, den Fuchs mit einem Stein zu töten, der Gedanke durch den Kopf: Wenn nun aber Kasangaps Seele in ihm wohnt? Wenn nun Kasangap in Gestalt des Fuchses zu seinem besten Freund kommt, weil es in der Lehmhütte nach seinem Tod öde ist, einsam und traurig? Ich verliere doch nicht den Verstand, hielt er sich vor. Wie kann man auf solche Gedanken kommen! Pfui Teufel! So ein Schwachsinn!

Dennoch trat er behutsam an den Fuchs heran und sagte zu ihm, als könne dieser seine Worte verstehen: »Geh nur, du hast hier nichts zu suchen, verschwinde in die Steppe. Hörst du? Geh schon, geh. Bloß nicht dorthin – dort sind Hunde. Geh mit Gott, verschwinde in die Steppe.«

Der Fuchs machte kehrt und trabte davon. Ein-, zweimal sah er sich noch um, dann war er im Dunkel verschwunden.

Inzwischen fuhr der nächste Zug in die Ausweichstelle ein. Ratternd verlangsamte er allmählich die Geschwindigkeit, noch eingehüllt in den Fahrtdunst – fliegenden Staub über den Wagen. Als der Zug stillstand, sah aus der Lokomotive, deren Motor im Leerlauf verhalten summte, der Lokführer.

»He, Schneesturm-Edige, assalam-aleikum!«

»Aleikum-assalam!«

Edige reckte den Kopf, um besser zu sehen, wer das wohl war. Auf dieser Strecke kannten alle einander. Der hier war ein guter Kumpel. Edige bat ihn, in Kumbel, dem Eisenbahnknotenpunkt, wo Aisada lebte, dafür zu sorgen, daß man ihr den Tod des Vaters mitteilte. Der Lokführer übernahm es schon aus Achtung vor dem verstorbenen Kasangap gern, die Nachricht zu überbringen, zumal in Kumbel die Zugbrigaden ausgewechselt wurden; er versprach sogar, auf dem Rückweg Aisada samt Familie mitzunehmen, falls sie dann fertig waren.

Der Mann war zuverlässig. Edige fühlte sich erleichtert. Eine Aufgabe war erfüllt.

Der Zug fuhr ein paar Minuten darauf an, und während Edige sich von dem Lokführer verabschiedete, sah er, daß ein hoch aufgeschossener Schlaks längs der Gleise auf ihn zukam, seitlich des immer schneller fahrenden Zuges. Edige schaute genauer hin – es war Edilbai.

Während Edige seine Schicht übergab, während er mit dem Langen Edilbai über das Vorgefallene sprach, während sie seufzend Kasangaps gedachten, waren in Schneesturm-Boranly noch ein paar Züge eingefahren und hatten sich gekreuzt. Als er dann, all dieser Arbeiten ledig, nach Hause ging, fiel ihm unterwegs endlich ein, daß er nachts vergessen hatte, seine Frau daran zu erinnern, richtiger, sich mit ihr zu beraten, wie sie es bewerkstelligen sollten, ihre Töchter und Schwiegersöhne vom Ableben des alten Kasangap zu benachrichtigen. Die beiden verheirateten Töchter Ediges lebten in einer anderen Gegend – bei Ksyl-Orda. Die ältere in einem Reisanbausowchos, ihr Mann war Traktorist. Die jüngere, die zunächst auf einer Station bei Kasalinsk gewohnt hatte, war dann mit der Familie in die Nachbarschaft der Schwester gezogen, in denselben Sowchos, ihr Mann arbeitete als Kraftfahrer. Und obwohl Kasangap nicht verwandt war mit ihnen, war er ihnen nach Ediges Überzeugung teurer als irgendein Verwandter. In Schneesturm-Boranly geboren, waren die Töchter unter Kasangaps Augen herangewachsen, hatten in Kumbel die Schule besucht, im Stationsinternat, wohin Edige und Kasangap sie abwechselnd brachten. Er erinnerte sich an die Mädchen. Erinnerte sich, wie sie die beiden in die Ferien oder aus den Ferien zurück hoch auf dem Kamel beförderten. Die Kleine vorn, der Vater in der Mitte und die Ältere hinten – so ritten sie zu dritt. An die drei Stunden, im Winter auch länger, lief Karanar in schnellem Trab von Schneesturm-Boranly bis Kumbel. Und hatte Edige einmal keine Zeit, dann brachte Kasangap die Töchter weg. Er war ihnen ein zweiter Vater. Edige beschloß, ihnen am Morgen ein Telegramm zu schicken, mochten sie sich selbst entscheiden. Aber wissen sollten sie, daß er nicht mehr am Leben war, der alte Kasangap.

Dann überlegte er im Gehen, daß er am Morgen zuallererst seinen Karanar von der Weide holen müsse, er würde ihn dringend brauchen. Sterben ist nicht einfach, aber einen Menschen mit allen Ehren begraben ist auch nicht leicht. Immer wieder stellt sich heraus, dies fehlt oder das, alles muß in größter Eile besorgt werden, vom Leichengewand bis zum Brennholz für die Totenfeier.

In diesem Augenblick ging ein Ruck durch die Luft, so ähnlich war es an der Front gewesen, beim fernen Schlag einer gewaltigen Detonationswelle, und die Erde erbebte unter Ediges Füßen. Und er sah, wie vor ihm, fern in der Steppe, dort, wo seines Wissens das Kosmodrom lag, etwas Flammendes in den Himmel flog, emporwuchs wie eine feurige Windhose. Und er erstarrte: In den Kosmos stieg eine Rakete. So etwas hatte er noch nie gesehen. Wie alle Sary-Öseker wußte er von der Existenz des Kosmodroms Sary-Ösek-1 – das lag etwa vierzig Kilometer von hier, vielleicht auch eine Spur näher –, er wußte, daß von der Station Tögrek-Tam ein Sondergleis dorthin führte, und man erzählte sogar, unweit davon sei in der Steppe eine ansehnliche Stadt entstanden mit großen Geschäften; von Kosmonauten und Kosmosflügen hatte er endlich im Radio und in Gesprächen gehört oder in Zeitungen gelesen. All das geschah ganz in der Nähe, jedenfalls hatte bei einem Laienkonzert in der Gebietsstadt, wo Sabitshan lebte – diese Stadt aber lag viel weiter weg, ungefähr anderthalb Tagesreisen mit dem Zug –, ein Kinderchor ein Lied gesungen, in dem es hieß, sie seien die glücklichsten Kinder der Welt, denn die Onkel Kosmonauten flögen von ihrer Erde aus in den Kosmos; da aber alles, was das Kosmodrom umgab, Sperrzone war, begnügte sich Edige, obwohl ganz in der Nähe zu Hause, mit dem, was er hörte und beiläufig erfuhr. Nun hatte er zum erstenmal mit eigenen Augen beobachtet, wie eine kosmische Rakete in einer tosenden, spannungsgeladenen Flamme, den Umkreis mit loderndem Wetterleuchten erhellend, zielstrebig in das sternenübersäte Dunkel stieg. Edige konnte es nicht fassen – saß in diesem Feuermeer wirklich ein Mensch? Einer oder zwei? Und warum hatte er, der doch ständig hier lebte, früher niemals einen Start gesehen, obwohl schon so viele Raketen in den Kosmos geflogen waren – unzählige? Vielleicht waren die anderen Raumschiffe am Tag aufgestiegen. Bei Sonnenlicht war aus einer solchen Entfernung schwerlich etwas zu erkennen. Warum aber war dieses nachts gestartet? Gab es Grund zur Eile, oder war das planmäßig? Vielleicht verließ es zwar die Erde in der Nacht, aber dort war gleich Tag? Sabitshan hatte einmal erzählt, als wäre er selbst oben gewesen, im Kosmos wechselten Tag und Nacht halbstündlich. Sabitshan müßte er fragen. Der weiß alles. Gar zu gern möchte er allwissend sein, ein bedeutender Mann. Immerhin arbeitet er in der Gebietsstadt. Wenn er bloß nicht so angeben würde! Wozu nur? Bleib, wer du bist. »Ich habe den und den getroffen, einen großen Mann, hab' dem und dem das und das gesagt.« Der Lange Edilbai aber hat erzählt, wie er einmal zu ihm in den Dienst hereingeplatzt ist. »Er läuft nur rum, unser Sabitshan«, sagt er, »von den Telefonen im Empfangsraum zur Tür ins Chefzimmer, und alles, was er sagen kann, ist: ›Wie Sie befehlen, Alshapar Kacharmanowitsch!‹ – ›Jawohl, Alshapar Kacharmanowitsch!‹ – ›Sofort, Alshapar Kacharmanowitsch!‹ Der aber«, sagt er, »sitzt dort in seinem Büro und drückt dauernd auf Knöpfchen. So haben wir überhaupt nicht richtig miteinander reden können. Jetzt wißt ihr Bescheid über unseren Boranlyer Landsmann«, sagte er. Soll er, wenn er eben so ist... Leid kann einem nur Kasangap tun. Was hat der sich gesorgt um seinen Sohn! Bis zu seinen letzten Tagen hat er über ihn kein böses Wort gesagt. Beinahe wäre er sogar zu Sohn und Schwiegertochter in die Stadt gezogen, sie selber haben ihn dazu überredet, haben ihn im Auto abgeholt, aber was ist daraus geworden... Na ja, das ist eine Sache für sich.

Mit diesen Gedanken schritt Edige durch die tiefe Nacht, blickte er der kosmischen Rakete nach, bis sie spurlos verschwunden war. Lange verfolgte er dieses Wunder. Und als das Feuerschiff, zusammengeschrumpft und immer kleiner geworden, einem weißen Nebelpünktchen gleich, in die schwarze Unendlichkeit tauchte, schüttelte er den Kopf und ging weiter, erfüllt von seltsamen, widersprüchlichen Gefühlen. Vom Schauplatz begeistert, begriff er doch, daß all das für ihn etwas Abseitiges war, Anlaß zu Erstaunen und Furcht. Unversehens kam ihm der Fuchs wieder in den Sinn, der zur Eisenbahn gelaufen war. Wie mochte ihm zumute gewesen sein, als er in der öden Steppe diese Windhose am Himmel erblickte! Sicherlich war er ratlos, wohin er verschwinden sollte.

Er selbst aber, Schneesturm-Edige, Zeuge des nächtlichen Raketenstarts in den Kosmos, ahnte nicht und durfte auch nicht wissen, daß dies ein außerordentlicher Start, der Notstart eines bemannten Raumschiffes gewesen war – ohne Feierlichkeiten, ohne Journalisten und Rapporte, ausgelöst durch ein besonderes Vorkommnis auf der Weltraumstation »Parität«, die sich im Rahmen eines gemeinsamen amerikanisch-sowjetischen Programms bereits über anderthalb Jahre auf einer inoffiziell »Trampolin« genannten Umlaufbahn befand. Woher sollte Edige all das wissen! Er ahnte auch nicht, daß dieses Ereignis ihn selbst, sein Leben berühren würde, nicht einfach auf Grund der unlösbaren Zusammengehörigkeit jedes einzelnen Menschen und der Menschheit als Ganzes, sondern sehr konkret und unmittelbar. Und erst recht wußte er nicht und konnte nicht ahnen, daß etwas später als das in der Sary-Ösek gestartete Raumschiff am andern Ende des Planeten, in Nevada, ein amerikanisches Raumschiff mit der gleichen Aufgabe vom Kosmodrom aufgestiegen war, zu derselben Station »Parität«, auf dieselbe Umlaufbahn »Trampolin«, nur von entgegengesetzter Richtung.

Der Sofortstart der Raumschiffe in den Kosmos erfolgte auf ein Kommando vom Forschungs-Flugzeugträger »Convention«, der schwimmenden Basis des vereinigten sowjetisch-amerikanischen Leitzentrums für das Unternehmen »Demiurg«.

Der Flugzeugträger »Convention« befand sich im Bereich seines ständigen Aufenthaltsgebietes – im Stillen Ozean, südlich der Aleuten, in einem Planquadrat annähernd gleich großer Entfernung von Wladiwostok und San Francisco. Das Vereinigte Leitzentrum – abgekürzt VLZ – verfolgte zu dieser Zeit gespannt den Aufstieg der beiden Raumschiffe zur Umlaufbahn »Trampolin«. Einstweilen verlief alles erfolgreich. Bevor standen die Kopplungsmanöver mit dem Komplex »Parität«. Die Aufgabe war hochkompliziert, die Raumschiffe sollten nicht nacheinander ankoppeln, mit zeitlichem Abstand, sondern gleichzeitig, völlig synchron von beiden Seiten der Station.

»Parität« hatte schon über zwölf Stunden nicht auf die Signale des VLZ von der »Convention« reagiert, sie reagierte auch nicht auf die Signale der Raumschiffe, die sich ihr zum Ankoppeln näherten. Es mußte geklärt werden, was mit der Mannschaft der »Parität« geschehen war.

2

Die Züge in dieser Gegend fuhren von Ost nach West und von West nach Ost.

Zu beiden Seiten der Eisenbahn aber erstreckten sich in dieser Gegend große öde Landstriche – Sary-Ösek, das Zentralgebiet der gelben Steppe.

In dieser Gegend bestimmte man alle Entfernungen nach der Eisenbahn, wie nach dem Greenwicher Nullmeridian.

Die Züge aber fuhren von Ost nach West und von West nach Ost...

Von der Ausweichstelle Schneesturm-Boranly bis zum Stammesfriedhof der Naiman, Ana-Bejit, waren es mindestens dreißig Werst von der Eisenbahn aus, und das, wenn man den kürzesten Weg wählte – auf gut Glück durch die Sary-Ösek. Wollte man nicht riskieren, sich zu verirren, so ritt man besser die gewohnte Spur, immer die Eisenbahnstrecke entlang, doch dann wurde es noch weiter zum Friedhof. Man mußte einen tüchtigen Umweg machen bis zur Abzweigung von der Kyjssyksai-Schlucht nach Ana-Bejit. Eine andere Möglichkeit gab es nicht. Also waren es bestenfalls dreißig Werst hin und ebensoviel zurück. Aber außer Edige wußte keiner der jetzigen Boranlyer genau, wie man dahin gelangte, hatten sie auch manche der Geschichten gehört, die man sich – wahr oder erfunden – über den aus alter Zeit stammenden Bejit erzählte; selbst hatten sie jedenfalls noch nie dorthinreiten müssen. Wozu auch? Seit vielen Jahren war dies der erste Fall in Schneesturm-Boranly, der an der Bahnstrecke gelegenen Siedlung aus acht Häusern, daß ein Mensch gestorben war und eine Beerdigung bevorstand. Vor Jahren, da ein kleines Mädchen an akuter Atemnot verschieden war, hatten die Eltern es zur Bestattung in ihre Heimat, in den Ural, gebracht. Kasangaps Frau aber, die alte Bökej, ruhte auf dem Stationsfriedhof in Kumbel – sie war vor einigen Jahren im dortigen Krankenhaus gestorben, und da hatten sie beschlossen, sie auch in der Station zu beerdigen. Die Leiche nach Schneesturm-Boranly zu bringen hatte keinen Sinn. Kumbel ist die größte Bahnstation in der Sary-Ösek, zudem wohnt die Tochter Aisada dort mit ihrem Mann, der zwar ein Bruder Leichtfuß und Säufer ist, aber immerhin zur Familie gehört. Die würden schon nach dem Grab sehen. Damals lebte ja noch Kasangap, und er selbst hatte alles entschieden.

Jetzt aber überlegte und rätselte man, was tun.

Edige setzte sich durch. »Dshigiten führen keine solchen Reden«, wies er die Jungen zurecht. »Einen solchen Mann bestatten wir natürlich in Ana-Bejit, dort, wo seine Vorfahren liegen. Der Verstorbene selbst hat es so verfügt. Schreiten wir also zur Tat, treffen wir die nötigen Vorbereitungen. Der Weg ist weit. Morgen in aller Frühe brechen wir auf...«

Alle begriffen, daß Edige ein Recht hatte, die Entscheidung zu treffen. Also pflichteten sie ihm bei. Sabitshan allerdings versuchte zu widersprechen. Er war an jenem Tag mit einem Güterzug gekommen, Personenzüge hielten hier nicht. Daß er gekommen war, ohne zu wissen, daß der Vater nicht mehr lebte – allein das rührte Edige, freute ihn sogar. Es gab ein paar Augenblicke, da sie einander in die Arme gesunken waren und geweint hatten, verbunden durch gemeinsames Leid, gemeinsame Trauer. Später wunderte sich Edige über sich selbst. Während er Sabitshan weinend an die Brust drückte, konnte er sich nicht beherrschen und sagte, immerfort aufschluchzend: »Gut, daß du gekommen bist, mein Lieber, gut, daß du gekommen bist!« – als könne dessen Ankunft Kasangap auferwecken. Warum Edige so weinte, wußte er selbst nicht, noch nie war ihm dergleichen widerfahren. Lange klagten sie zusammen auf dem Hof, an der Tür zu Kasangaps verwaister Lehmhütte. Irgend etwas beeindruckte Edige. Er erinnerte sich, daß Sabitshan unter seinen Augen aufgewachsen war, ein kleiner Junge damals, Vaters Liebling, daß sie ihn, wer gerade frei hatte, ins Kumbeler Schulinternat für Eisenbahnerkinder brachten, ihn dort besuchten – sie fuhren mit einem Güterzug oder ritten auf einem Kamel hin. Um zu sehen, wie es ihm dort gehe im Wohnheim, ob ihn jemand ärgere, ob er vielleicht etwas angestellt habe, wie er lerne und was die Lehrer von ihm hielten. Und wie oft hatten sie ihn nach den Ferien in einen Pelz gemummelt und waren mit ihm bei Frost und Schneesturm durch die verschneite Steppe geritten, damit er ja nicht zu spät käme zum Unterricht.

Unwiderbringlich dahin, die Tage. All das war vorbei, zerronnen wie ein Traum. Hier steht ein Erwachsener, der nur noch entfernt an das kulleräugige und heitere Kind erinnert – jetzt bebrillt, mit plattgedrücktem Hut und verschlissener Krawatte. Er arbeitet ja in der Gebietsstadt und möchte zu gern den bedeutenden Mann herauskehren, doch das Leben hat seine Tücken, macht es einem, wie er selbst des öfteren klagt, nicht leicht, die Stufenleiter hinaufzusteigen, wenn die rechte Unterstützung fehlt, Bekanntschaft oder Verwandtschaft; und wer ist er schon – der Sohn irgendeines Kasangap von irgendeiner Ausweichstelle Schneesturm-Boranly. Ein rechter Unglückswurm! Nun hat er den Vater verloren, dabei ist der nutzloseste lebendige Vater tausendmal besser als ein hochgerühmter toter, doch nicht mal den hat er...

Dann versiegten die Tränen. Sie begannen das Gespräch, kamen zur Sache. Und da stellte sich heraus, daß das liebe, allwissende Söhnchen gar nicht gekommen war, den Vater würdig beizusetzen – er wollte möglichst wenig Scherereien, ihn irgendwie einscharren und schnellstens wieder weg. Also äußerte er solche Gedanken: Warum müssen wir uns so weit schleppen, bis nach Ana-Bejit, Platz ist doch überall genug – die menschenleere Steppe Sary-Ösek reicht von der Haustür bis ans Ende der Welt. Wir können das Grab irgendwo in der Nähe ausheben, auf einer Anhöhe neben der Eisenbahnlinie. Mag der alte Streckenwärter da liegen und hören, wie die Züge entlangrollen, wo er sein Leben lang gearbeitet hat. Ihm kam sogar ein uralter Spruch in den Sinn:

Vom Toten befreit ein schnelles Begräbnis. Wozu trödeln und klügeln, dem Verstorbenen ist's ohnehin gleich, wo man ihn verscharrt, bei dieser Arbeit heißt's: je schneller, desto besser.

Solche Erörterungen stellte er an, selbst aber rechtfertigte er sich gewissermaßen damit, daß ihn dringende Terminarbeiten erwarteten und seine Zeit knapp sei: Was schert es schon die Obrigkeit, ob der Friedhof fern ist oder nah, du hast an dem und dem Tag um die und die Stunde den Dienst anzutreten und basta. Obrigkeit ist Obrigkeit, und Stadt ist Stadt...

Edige schalt sich selbst insgeheim einen alten Schwachkopf. Er schämte sich und bedauerte, daß er lauthals geschluchzt hatte, gerührt über das Erscheinen dieses Typs, auch wenn er der Sohn des verstorbenen Kasangap war. Edige erhob sich von seinem Platz, zu fünft saßen sie auf alten Schwellen, die als Bänke dienten; und es kostete ihn nicht wenig Kraft, sich zusammenzunehmen und nicht vor allen Leuten an diesem Tag etwas Verletzendes zu sagen, etwas Beleidigendes. Um Kasangaps willen beherrschte er sich. Sagte nur: »Platz ist hier natürlich genug. Aber die Menschen vergraben nun mal ihre Nächsten nicht am erstbesten Ort. Das hat schon seinen Grund. Oder ist es jemand leid um die Erde?« Schweigend vernahmen es die Boranlyer. »Faßt einen Entschluß, denkt nach, ich aber gehe erkunden, wie es dort steht.«

Er entfernte sich mit verfinstertem, feindseligem Gesicht, um Streit zu vermeiden. Seine Brauen trafen sich auf der Nasenwurzel. Schroff war er und hitzig – den Spitznamen Schneesturm-Edige hatte er nicht zuletzt für seinen Charakter erhalten. Wäre er mit Sabitshan allein gewesen, er hätte ihm in die schamlosen Augen alles gesagt, was der verdiente. Und zwar so, daß er es sein Lebtag nicht vergaß! Doch er wollte sich nicht in Weibergeschwätz mengen. Die Frauen aber tuschelten und murrten: Das Söhnchen erscheint, den Vater zu beerdigen, als käme er zu Besuch. Die leeren Hände in den Taschen. Nicht mal ein Päckchen Tee hat er mitgebracht, von anderem ganz zu schweigen. Und die Frau, die städtische Schwiegertochter, konnte sie Kasangap nicht die Ehre erweisen, herkommen, weinen und wehklagen, wie es der Brauch wollte? Die kennt weder Scham noch Gewissen. Als der Alte noch am Leben war und was besaß – ein paar melkende Kamele und anderthalb Dutzend Schafe mit Lämmern –, da ging sie ihm um den Bart. Da kam sie angefahren, bis sie erreicht hatte, daß er alles verkaufte. Holte den Alten scheinheilig zu sich, fürs Geld wurden Möbel angeschafft, ein Wagen obendrein – und dann war der Alte überflüssig. Jetzt läßt sie sich nicht blicken. Die Frauen wollten schon Krach schlagen, aber Edige ließ es nicht zu. »Untersteht euch, an solch einem Tag den Mund aufzureißen«, sagte er, »uns geht das gar nichts an, mögen sie mit sich selber klarkommen...«

Er schritt zur Koppel, wo Schneesturm-Karanar, den er von der Weide hergetrieben hatte, an der Leine stand und böse aufbrüllte. Sah man davon ab, daß Karanar zweimal wöchentlich mit der Herde zu dem Brunnen am Pumpenhaus kam, um sich satt zu trinken, so lief er fast die ganze Woche Tag und Nacht frei herum. Er gehorchte nicht mehr, der Bösewicht, und jetzt verlieh er seiner Unzufriedenheit Ausdruck; wütend riß er das scharfzahnige Maul auf, wenn er von Zeit zu Zeit losschrie: Es war die alte Geschichte – an Unfreiheit muß man sich erst wieder gewöhnen.

Edige trat zu ihm, verdrossen nach dem Gespräch mit Sabitshan, obwohl er im voraus gewußt hatte, daß es so kommen würde. Sabitshan, so stellte sich heraus, erwies ihnen eine Gefälligkeit, indem er der Beerdigung des leiblichen Vaters beiwohnte. Eine Last war das für ihn, deren er sich möglichst schnell entledigen mußte. Edige verlor kein Wort, es lohnte nicht, ohnehin mußte er alles allein tun, aber die Nachbarn standen nicht abseits. Wer nicht gerade auf der Strecke zu tun hatte, half ihm bei den Vorbereitungen für die Beerdigung und die Totenfeier am nächsten Tag. Die Frauen sammelten in den Häusern Geschirr, putzten die Samoware blank, setzten Teig an und begannen schon Brote zu backen, die Männer trugen Wasser herbei, zerhackten ausgediente Schwellen zu Brennholz – Heizmaterial hat in der kahlen Steppe besonderen Wert, genauso wie Wasser. Und nur Sabitschan trieb sich herum, hielt alle von der Arbeit ab, schwadronierte über dies und das, wer in der Gebietsstadt auf welchem Posten saß, wer abgesetzt worden war und wer befördert. Daß aber seine Frau nicht zur Beerdigung des Schwiegervaters gekommen war, brachte ihn kein bißchen in Verlegenheit. Höchst sonderbar, weiß Gott! Sie hat nämlich, müßt ihr wissen, irgendeine Konferenz, und zu der kommen auch ausländische Gäste. Von den Enkeln ist erst gar nicht die Rede. Die kämpfen um gute Lernergebnisse und Anwesenheitsquoten, damit ihnen das bestmögliche Zeugnis die Aufnahme in ein Institut sichert. Was sind das nur für Menschen, was für ein Volk! entrüstete sich Edige innerlich. Für die ist alles wichtig auf Erden – nur nicht der Tod! Keine Ruhe ließ ihm das. Wenn ihnen der Tod nichts bedeutet, hat also auch das Leben keinen Wert. Worin liegt dann aber ein Sinn, wozu und wie leben sie dort?

Wütend fuhr Edige Karanar an: »Was brüllst du, altes Krokodil? Warum brüllst du zum Himmel, als höre dich dort Gott höchstselbst?« Krokodil schimpfte Edige sein Kamel nur in den seltenen Momenten, da er völlig außer sich war. Auswärtige Streckenarbeiter hatten sich diesen Spitznamen für Schneesturm-Karanar ausgedacht – wegen seines scharfzahnigen Mauls und seines bösen Charakters. »Schrei dich nur heiser, Krokodil. Ich brech' dir gleich alle Zähne aus!«

Edige mußte das Kamel satteln; und während er daranging, beruhigte er sich allmählich. Freute sich wieder an seinem Tier. Schön und stark war Schneesturm-Karanar. Edige war nicht klein, und doch reichte er mit der Hand nicht an Karanars Kopf. Gewitzt zog er dem Kamel den Hals nach unten, klopfte ihm mit der Knute gegen die schwieligen

Knie, redete ihm streng zu, damit es sich niederließ. Trotz lauten Protestes fügte sich das Kamel dem Willen seines Herrn, und als es dann endlich, die Beine unter sich gezogen, mit der Brust auf der Erde lag und sich beruhigt hatte, begann Edige die eigentliche Arbeit.

Ein Kamel richtig zu satteln ist schwer – so schwer, wie ein Haus zu bauen. Der Sattel wird jedesmal neu angelegt, da braucht man Übung und auch viel Kraft, schon gar, wenn man ein so riesiges Kamel sattelt wie Karanar.

Karanar, Schwarzes Kamel, wurde er nicht von ungefähr genannt. Schwarz der struppige Kopf mit der bis zum Widerrist reichenden gewaltigen Mähne, der Hals unten voller schwarzer Zotteln, Hauptzierde des männlichen Tieres, die dicht und wild bis zu den Knien hinabhingen, dazu ein Paar praller Höcker, die wie schwarze Türme auf dem Rücken ragten. Und als Krönung des Ganzen die schwarze Quaste des Stummelschwanzes. Alles andere aber – der Hals oben, Brust, Seiten, Beine, Bauch – war hell, hellbraun. Gestalt und Farbe prägen Karanars Schönheit und Ruhm. Zudem stand er in jener Zeit auf dem Gipfel seiner Hengstkraft – in seinem dritten Jahrzehnt.

Kamele leben lange. Deshalb wohl bringen sie erst im fünften Lebensjahr Junge zur Welt und danach auch nur alle zwei Jahre – die Leibesfrucht aber tragen sie länger als alle anderen Tiere: zwölf Monate. Ein Kameljunges muß die ersten anderthalb Jahre gehegt und gepflegt, muß vor Erkältung, vor dem Steppenwind geschützt werden, später wächst es zusehends, und dann schadet ihm nichts mehr – weder Kälte noch Hitze oder Wassermangel.

Edige kannte sich hierin aus, er hielt Schneesturm-Karanar stets gut in Schuß. Das erste Zeichen von Gesundheit und Kraft war, daß seine schwarzen Höcker aufragten wie eisern. Kasangap hatte ihm einst Karanar als noch nicht abgesetztes kleines Kameljunges geschenkt, flaumig wie ein Entenküken – das war in jenen Jahren gewesen, da Edige, aus dem Krieg heimgekehrt, hierhergezogen war, in die Ausweichstelle Schneesturm-Boranly. Edige selbst war damals noch jung gewesen – kaum vorstellbar! Nie hätte er gedacht, daß er einmal hier bleiben würde bis auf seine alten Tage. Betrachtet er heute Fotografien aus jener Zeit, dann traut er seinen Augen nicht. Tüchtig hat er sich verändert, sein Haar ist silbern geworden. Selbst die Augenbrauen sind ergraut. Sein Gesicht hat andere Züge angenommen, natürlich. Doch zugenommen, wie es in diesem Alter zu sein pflegt, hat er nicht. Alles hatte sich sozusagen von selbst ergeben – erst hatte er sich einen Schnurrbart wachsen lassen, dann einen Vollbart. Und jetzt könnte er sich den Bart gar nicht mehr wegdenken, er käme sich einfach nackt vor. Man kann schon sagen, eine ganze Geschichtsperiode ist Vergangenheit geworden seit jener Zeit.

Und nun, da Edige den auf der Erde liegenden Karanar sattelt, ihn bald mit erhobener Stimme, bald mit erhobener Faust bändigt, sooft jener die Zähne fletscht, wie ein Löwe brüllt und den zottigen schwarzen Kopf auf dem langen Hals dreht, erinnert er sich bei der Arbeit, was in jenen Jahren geschehen und wie alles gewesen ist. Und findet innerlich wieder zur Ruhe.

Lange hatte er damit zu tun, das Sattelzeug kunstgerecht anzulegen. Diesmal hatte er Karanar, bevor er ihn sattelte, die beste Reisedecke aufgelegt, eine alte Arbeit mit vielfarbigen langen Troddeln und Teppichmustern. Er entsann sich nicht mehr, wann er Karanar das letzte Mal mit dieser von Ükübala eifersüchtig gehüteten Satteldecke geschmückt hatte. Jetzt bot sich die Gelegenheit.

Als Schneesturm-Karanar gesattelt war, zwang Edige ihn, sich zu erheben, und zeigte sich hochzufrieden. War sogar stolz auf sein Werk. Beeindruckend und imposant wirkte Karanar, geputzt mit der Troddeldecke und dem gekonnt zwischen den Höckern angebrachten Sattel. Mochten die jungen Leute sich nur an seinem Anblick weiden, vor allem Sabitshan, mochten sie begreifen: Das Begräbnis eines Mannes, der würdig gelebt hat, ist keine Last, kein Ärgernis, sondern ein großes, wenn auch trauriges Ereignis und verlangt, daß man es mit entsprechenden Ehren begeht. Bei den einen spielt eine Kapelle, folgt man dem Sarg mit Fahnen, bei anderen schießt man in die Luft, bei dritten streut man Blumen und trägt Kränze im Trauerzug.

Er aber, Schneesturm-Edige, wird morgen früh auf dem mit der Troddeldecke geschmückten Karanar voranreiten, wenn sie Kasangap nach Ana-Bejit geleiten zu seiner letzten und ewigen Ruhestätte. Und den ganzen Weg über wird Edige an ihn denken, auf ihrem Marsch durch die gewaltige und wüste Steppe. Und so, wie sie es abgesprochen – in Gedanken bei ihm –, wird er ihn der Erde auf dem Stammesfriedhof übergeben. Ja, es gab eine solche Absprache. Ob der Weg dorthin weit war oder nah, niemand würde Edige von der Überzeugung abbringen, daß sie Kasangaps Willen erfüllen mußten, nicht einmal der leibliche Sohn des Verstorbenen. Mochten nur alle wissen, daß es anders nicht sein durfte – dafür stand sein Karanar bereit, festlich gesattelt und gezäumt.

Mochten alle es sehen. Edige führte Karanar am Zügel von der Koppel um alle Häuser herum und band ihn neben Kasangaps Lehmhütte an. Mochten es alle sehen. Er, Schneesturm-Edige, steht zu seinem Wort. Nur war dieser Beweis überflüssig. Während Edige mit dem Sattelzug beschäftigt war, nutzte der Lange Edilbai die Gelegenheit und rief Sabitshan beiseite: »Komm mal in den Schatten, wir müssen was besprechen.«

Ihre Unterhaltung dauerte nicht lange. Edilbai redete ihm gar nicht erst zu, sondern sagte ihm ins Gesicht: »Danke Gott, Sabitshan, daß es Schneesturm-Edige gibt, den Freund deines Vaters. Wenn du in Eile bist – wir halten dich nicht. Ich werde eigens für dich eine Handvoll Erde ins Grab werfen!«

»Es ist mein Vater, ich weiß allein...«, hob Sabitshan an, aber Edilbai unterbrach ihn mitten im Wort: »Mag er auch dein Vater sein, bloß du selber bist nicht dein.«

»Was du nicht sagst.« Sabitshan trat den Rückzug an. »Na schön, lassen wir das an diesem Tag. Meinethalben Ana-Bejit, ist mir doch egal, ich hab' bloß gedacht, es ist ziemlich weit...«

Damit war ihr Gespräch zu Ende. Als Edige, nachdem er Karanar für alle sichtbar postiert hatte, wiederkam und zu den Boranlyern sagte: »Dshigiten führen keine solchen Reden. Den Mann beerdigen wir in Ana-Bejit«, da erhob niemand Einwände, pflichteten ihm alle schweigend bei.

Den Abend und die Nacht verbrachten sie gemeinsam, wie gute Nachbarn, vor dem Haus des Verstorbenen, zumal das Wetter es erlaubte. Der Hitze des Tages folgte eine empfindliche frühherbstliche Kühle. Eine gewaltige, düstere, windlose Stille hielt die Welt umfangen. Und es dämmerte bereits, als sie den für das bevorstehende Totenmahl geschlachteten Hammel gehäutet und ausgenommen hatten. Nun tranken sie Tee bei den rauchenden Samowaren und sprachen über dies und das. Fast alle Vorbereitungen zur Beerdigung waren getroffen, jetzt hieß es nur noch den Morgen abwarten, um nach Ana-Bejit aufzubrechen. Still und friedlich verrannen die Abendstunden, wie es sich gehört beim Tod eines sehr alten Menschen, was sollte man da groß jammern...

Auf der Ausweichstelle Schneesturm-Boranly aber fuhren wie immer Züge ein und aus, trafen sich aus Ost und West und trennten sich nach Ost und West.

So sah es an jenem Abend vor ihrem Abmarsch nach Ana-Bejit aus, und alles wäre in Ordnung gewesen, doch dann gab es einen unangenehmen Vorfall. Zu dieser Zeit traf mit einem durchkommenden Güterzug Aisada mit ihrem Mann zur Beerdigung des Vaters ein. Kaum hatte sie ihre Ankunft mit lautem Klagen kundgetan, da umringten die Frauen sie und stimmten in ihr Wehgeschrei ein. Besonders Ükübala litt und grämte sich mit Aisada, bedauerte sie. Die beiden weinten und wehklagten bitterlich. Edige suchte Aisada zu beruhigen. »Was hilft's«, sagte er, »in den Tod wirst du dem Verstorbenen nicht nachfolgen, du mußt dich mit dem Schicksal abfinden.« Doch Aisada ließ sich nicht beschwichtigen.

Wie es oft ist – der Tod des Vaters gab ihr Anlaß, sich einmal auszuweinen, vor allem Volk ihr Herz auszuschütten, all das auszusprechen, was sich schon lange angestaut hatte. Laut weinend, an den verstorbenen Vater gewandt, zerzaust und verschwollen, haderte sie auf Weiberart bitter mit ihrem herben Los, daß niemand sie verstehe, niemand ihr freundlich begegne, daß ihr Leben von jung an vertan sei: Der Mann ein Säufer, die Kinder – ohne Aufsicht und strenge Zucht – trieben sich von früh bis spät auf der Station rum, heute seien sie Rowdys, morgen aber würden sie vielleicht schon Banditen sein, die Züge ausrauben, der Älteste habe angefangen zu trinken, die Miliz sei bereits bei ihr gewesen und habe sie verwarnt – bald landeten sie bestimmt vor dem Staatsanwalt. Was aber könne sie schon allein machen – bei sechs Gören! Und den Vater kümmere es nicht...

Den kümmerte es wirklich nicht, verlottert und benebelt saß er da mit traurigem, abwesendem Blick – immerhin war er zur Beerdigung des Schwiegervaters erschienen und paffte nun schweigend schlechte Zigaretten. Für ihn war das Verhalten seiner Frau nichts Neues. Er wußte: Wenn das Weibsbild genug gezetert hat, hört sie auch wieder auf. Doch zur Unzeit mischte sich der Bruder ein – Sabitshan. Damit nahm alles seinen Lauf. Wo gebe es denn das, warf Sabitshan der Schwester vor, was sei das für eine Manier, wozu sei sie eigentlich gekommen – den Vater zu beerdigen oder sich mit Schande zu bedecken? Beweine eine kasachische Tochter so den Vater? Lebten nicht die großen Wehklagen kasachischer Frauen über Jahrhunderte fort – in Liedern ihrer Nachkommen? Nur die Toten würden von jenen Klagen nicht wieder aufgeweckt, doch alle Lebenden ringsum zerflössen in Tränen. Der Verstorbene würde gerühmt, himmelhoch erschöllen die Lobpreisungen seiner Vorzüge – so hätten die Frauen von einst geweint. Und sie? Beschwere sich als arme Waise, wie schlecht es ihr erginge!

Aisada schien darauf nur gewartet zu haben. Mit frischer Kraft legte sie los: »Du bist mir ein schöner Schlaukopf und

Studierter! Belehre lieber erst mal deine Frau«, schrie sie. »Halt der erst mal deine Vorträge! Warum ist sie nicht erschienen, wo bleibt ihre große Totenklage? Ihr hätte es nichts geschadet, unseren Vater zu rühmen, denn sie, das Biest, und du mieser Pantoffelheld, ihr habt den alten Mann bis aufs Hemd ausgenommen und ausgeraubt. Mein Mann ist Alkoholiker, jawohl, aber er ist hier, und deine Neunmalgescheite, wo ist die?«

Nun begann Sabitshan auf ihren Mann einzuschreien, er solle Aisada das Maul stopfen, den aber packte plötzlich die Wut, er stürzte sich auf Sabitshan, begann ihn zu würgen.

Nur mit Mühe gelang es den Boranlyern, die außer Rand und Band geratenen Verwandten zu beschwichtigen. Alle fanden es peinlich und beschämend. Edige war ganz verstört. Er hatte gewußt, was von ihnen zu halten war, doch wer hätte eine solche Wendung erwartet! Wütend und mit Nachdruck warnte er sie: »Wenn ihr euch schon gegenseitig nicht achtet, dann beschmutzt wenigstens nicht das Andenken des Vaters, sonst erlaube ich keinem von euch, hier zu bleiben, das macht mir gar nichts aus, ihr habt es dann euch selber zuzuschreiben.«

Solch eine unschöne Geschichte ereignete sich am Vorabend der Beerdigung. Mächtig verstimmt war Edige. Und wieder schoben sich die Brauen zusammen auf seiner finsteren Stirn, und wieder quälten ihn Fragen – woher kommen sie nur, ihre Kinder, und warum sind sie so geworden? Hatten er und Kasangap etwa davon geträumt, als sie mit ihnen bei Hitze und Eiseskälte nach Kumbel ritten, sie ins Internat brachten, damit sie nur ja etwas lernten, eine andere Zukunft vor sich hätten, als auf irgendeiner Ausweichstelle in der Sary-Ösek-Steppe zu versauern, damit sie nicht später ihr Schicksal verfluchten, weil die Eltern nicht vorgesorgt hatten? Gekommen war alles ganz anders... Warum nur, was hatte sie daran gehindert, Menschen zu werden, vor denen sich nicht das Herz zusammenkrampfte?

Und abermals half ihm der Lange Edilbai aus der Verlegenheit, er erwies sich als äußerst feinfühlig, erleichterte wesentlich Ediges Lage an jenem Abend. Begriff er doch, wie Edige zumute war. Die Kinder eines Verstorbenen sind stets die Hauptpersonen bei einer Beerdigung, so ist es nun mal auf Erden. Man kann sie nicht ausschließen, nicht abschieben, wie schamlos und nichtswürdig sie auch sein mögen. Um halbwegs den Skandal zwischen Bruder und Schwester zu glätten, der alle verstimmte, lud Edilbai sämtliche Männer zu sich ins Haus. »Was sollen wir draußen die Sterne am Himmel zählen«, sagte er, »kommt zu mir zum Tee, wir wollen ein wenig beisammensitzen.«

Im Hause des Langen Edilbai fühlte sich Edige wie in einer anderen Welt. Auch früher war er des öfteren als Nachbar zu ihm gekommen und jedesmal zufrieden gewesen, von Herzen froh über Edilbais Familie. Heute aber wollte er gern etwas länger bleiben – verspürte geradezu das Bedürfnis, als müsse er in diesem Haus einige verausgabte Kräfte wiederherstellen.

Der Lange Edilbai war Streckenarbeiter wie die anderen, er verdiente nicht mehr als die anderen, bewohnte wie alle ein halbes Fertigteilhaus: zwei Zimmer und Küche. Doch hier herrschte ein ganz anderes Leben – es war sauber, gemütlich, hell. Der gleiche Tee wirkte in Edilbais Schalen wie durchsichtiger Wabenhonig. Edilbais Frau war nicht nur hübsch, sondern auch eine tüchtige Hausfrau, und die Kinder waren, wie Kinder nun mal sind. Sie werden in der Sary-Ösek-Steppe leben, solange sie können, vermutete Edige, dann aber werden sie in eine bessere Gegend ziehen. Mir wird sehr leid tun, wenn sie von hier wegfahren. Edige hatte seine Segeltuchstiefel bereits auf der Vortreppe ausgezogen, nun saß er im hinteren Zimmer mit untergeschlagenen Füßen, in Strümpfen, und spürte das erstemal an diesem Tag, daß er müde war und hungrig. Er lehnte sich an die Bretterwand und schwieg. Um ihn herum aber hatten sich am niedrigen runden Tisch die übrigen Gäste niedergelassen und unterhielten sich gedämpft über dies und das.

Erst später entspann sich ein ernsthaftes Gespräch, obendrein ein sonderbares. Edige hatte das Raumschiff bereits vergessen, das letzte Nacht aufgestiegen war. Nun aber sagten informierte Leute Dinge, die ihn nachdenklich stimmten. Er machte nicht gerade eine Entdeckung, wunderte sich nur einfach über ihre Ansichten und über seine Unwissenheit auf diesem Gebiet. Das belastete ihn nicht – für ihn waren diese kosmischen Flüge, die alle anderen derart beschäftigten, eine sehr ferne, fast magische, geradezu fremde Angelegenheit. Deshalb verhielt er sich alldem gegenüber argwöhnisch-ehrerbietig, als handle es sich um die Äußerung eines mächtigen, entpersönlichten Willens, den er bestenfalls zur Kenntnis nehmen dürfe. Dennoch hatte ihn das Schauspiel des in den Kosmos aufsteigenden Raumschiffes aufgewühlt und gepackt. Eben davon war nun die Rede im Haus des Langen Edilbai.

Zunächst saßen sie beisammen und tranken Schubat – vergorene Kamelmilch. Es war ein ausgezeichneter Schubat, kühl und schäumend, leicht berauschend. Die auswärtigen Bahnunterhaltungsarbeiter sprachen ihm gelegentlich tüchtig zu und nannten ihn Sary-Ösek-Bier. Zum warmen Imbiß fand sich in diesem Haus auch Wodka. Sonst sagte Schneesturm-Edige nicht nein dazu, trank aus Gesellschaft mit, diesmal jedoch unterließ er es und gab so, wie er meinte, auch den anderen zu verstehen, daß er ihnen abrate, sich volllaufen zu lassen – morgen stehe ein schwerer Tag bevor, ein weiter Weg. Ihn beunruhigte, wie fleißig die anderen, insbesondere Sabitshan, ihre Gläser leerten, noch dazu den Wodka mit Schubat herunterspülten. Schubat und Wodka passen zueinander, gehen im Gespann wie ein Paar guter Pferde – heben die Stimmung. Heute aber war das unangebracht. Doch konnte er Erwachsenen befehlen, das Trinken zu unterlassen? Sie mußten selber maßzuhalten wissen. Gut war zumindest, daß Aisadas Mann einstweilen keinen Wodka trank – wieviel braucht schon ein Alkoholiker, im Nu wäre der hinüber! –, er beschränkte sich auf den Schubat, begriff offenbar, daß es nicht gut anginge, sich beim Begräbnis des Schwiegervaters stockbetrunken auf der Erde zu wälzen. Wie lange er's aber über sich brachte, Zurückhaltung zu üben, wußte Gott allein.

So saßen sie beisammen und sprachen über alles mögliche, als Edilbai, der die Gäste mit Schubat bewirtete und soeben Edige seine Schale vom andern Tischende herüberreichte – seine Arme waren riesenlang, die Hände öffneten und schlossen sich wie die Greifer eines Baggers –, unversehens ausrief: »Edige, als ich Sie gestern nacht beim Dienst ablöste – Sie waren gerade weg –, da hat doch was die Luft erschüttert, daß ich richtig ins Taumeln kam. Wie ich hinsah, fliegt eine Rakete vom Kosmodrom in den Himmel! Riesengroß! Wie eine Wagendeichsel! Haben Sie sie gesehn?«

»Und ob! Mund und Nase hab' ich aufgesperrt! Das war was! In loderndes Feuer gehüllt, flog sie hinauf, ohne Ende. Mir wurde ganz unheimlich. Solange ich hier lebe, hab' ich dergleichen noch nie erlebt.«

»Auch ich hab' so etwas zum erstenmal mit eigenen Augen gesehen«, bekannte Edilbai.

»Nun, wenn es sogar bei dir das erste Mal war, dann hatten Leute wie wir erst recht keine Chance«, witzelte Sabitshan unter Anspielung auf Edilbais Größe.

Der Lange Edilbai verzog nur den Mund zu einem flüchtigen Lächeln. »Was hat das mit mir zu tun?« Er winkte ab: »Ich schau' hin und trau' meinen Augen nicht: der Himmel ein tosendes Wolkenmeer! Aha, denk' ich mir, da saust wieder mal einer in den Kosmos. Guten Weg! Und schon dreh' ich am Transistor, den nehm' ich ja immer mit. Bestimmt kommt es jetzt im Radio, denk' ich mir. Gewöhnlich bringen sie doch eine Direktübertragung aus dem Kosmodrom. Und der Sprecher überschlägt sich vor Freude wie auf einer Großkundgebung. Daß einem richtig die Haut kribbelt! Zu gern hätte ich gewußt, wer das ist, den ich selber hab' fliegen sehen. Aber ich konnte nichts erfahren.«

»Und warum nicht?« fragte Sabitshan betont verwundert,

ehe ein anderer den Mund öffnen konnte, und hob vielsagend und wichtigtuerisch die Brauen. Er schwitzte schon und war puterrot.

»Keine Ahnung. Sie haben nichts gemeldet. Ich hatte den Transistor die ganze Zeit an, aber darüber nicht ein Wort...«

»Unmöglich! Da stimmt was nicht!« rief Sabitshan herausfordernd-skeptisch, kippte rasch noch einen Wodka und spülte mit Schubat nach. »Jeder Kosmosflug ist ein Weltereignis... Begreifst du? Da geht's um unser Prestige in Wissenschaft und Politik!«

»Was weiß ich, warum. Ich hab' eigens auch die letzten Nachrichten gehört und dann noch die Presseschau...«

»Hm.« Sabitshan schüttelte den Kopf. »Wäre ich dagewesen, im Dienst, ich wüßte es bestimmt! Ärgerlich, Teufel noch mal! Vielleicht stimmt doch irgendwas nicht?«

»Egal, ob da was stimmt oder nicht, ich bin sauer, wirklich«, bekannte der Lange Edilbai treuherzig. »Er ist doch gewissermaßen mein Kosmonaut. Ich hab' ihn starten sehen. Vielleicht, hab' ich gedacht, macht sich da einer von unsern Jungs auf den Weg. Diese Freude! Am Ende begegne ich ihm mal, das wäre doch schön.«

Sabitshan unterbrach ihn hastig, erregt von einer Vermutung: »Ah, ich begreife! Sie haben ein unbemanntes Raumschiff gestartet. Also ist's ein Experiment.«

»Wie das?« fragte Edilbai mürrisch.

»Na, eben eine Versuchsvariante. Verstehst du, eine Probe. Ein unbemanntes Raumschiff ist zum Ankoppeln hochgestiegen oder auf die Erdumlaufbahn geschickt worden, und einstweilen ist noch nicht bekannt, was daraus wird. Wenn alles klappt, erfahren wir es über das Radio und die Zeitungen. Wenn nicht, gibt's vielleicht gar keine Information. Es ist einfach ein wissenschaftliches Experiment.«

»Und ich dachte schon, da fliegt ein lebender Mensch.« Betrübt kratzte sich Edige die Stirn.

Alle verstummten, von Sabitshans Erklärung etwas enttäuscht; und vielleicht hätte sich das Gespräch damit festgefahren, doch Edige selbst lenkte es unversehens auf eine andere Bahn.

»Also, Dshigiten, wenn ich's recht verstanden hab', ist eine unbemannte Rakete in den Kosmos geflogen? Und wer steuert sie?«

»Wieso – wer?« Verwundert klatschte Sabitshan in die Hände und maß den unwissenden Edige mit triumphierendem Blick. »Dort, Edige, geschieht alles über Funk. Auf Kommando von der Erde, aus dem Leitzentrum. Alles wird über Funk dirigiert. Verstehst du? Sogar wenn ein Kosmonaut an Bord ist, steuert man den Flug der Rakete über Funk. Der Kosmonaut muß erst um Erlaubnis bitten, falls er selber was unternehmen will. Das, teurer Köketai*, ist was anderes, als wenn du auf deinem Kamel durch die Steppe reitest, dort ist alles hochkompliziert.«

»Soso, was du nicht sagst«, meinte Edige verschwommen.

Schneesturm-Edige war das Prinzip einer Steuerung durch Funk unverständlich. In seiner Vorstellung bedeutete der Funk Worte, Laute, die aus weiten Entfernungen durch den Äther drangen. Wie aber kann man auf solche Weise einen unbelebten Gegenstand lenken? Ja, befände sich in diesem Gegenstand ein Mensch, dann wäre es etwas anderes – der führt Weisungen aus: Mach es so oder so. Nach alldem wollte Edige fragen, doch dann sagte er sich, es lohne nicht. Sein Innerstes sträubte sich unwillkürlich. Er hüllte sich in Schweigen. Allzu herablassend präsentierte Sabitshan seine Kenntnisse. Nichts wißt ihr, gab er zu verstehen, mich haltet ihr zu allem Überfluß für einen Taugenichts; der Schwager, dieser miese Saufbold, ist sogar auf mich losgegangen und hat mich gewürgt, dabei verstehe ich viel mehr als ihr alle von diesen Dingen. Wär' ja auch noch schöner, dachte Edige. Wozu hätten wir dich sonst dein Leben lang lernen lassen? Ein bißchen mehr als wir Ungebildete mußt du schon wis-

---

* freundlich-spöttische Anrede

sen. Und dann dachte Schneesturm-Edige noch: Wenn so einer zu Macht kommt, wird er vollends unerträglich, er zwingt seine Untergebenen, sich allwissend zu stellen, und duldet keine anderen. Einstweilen ist er selber ein Nichts, und schon da möchte er, daß alle an seinen Lippen hängen, und sei's wenigstens hier, in der Steppe.

Sabitshan hatte sich wohl tatsächlich vorgenommen, die Boranlyer zu verblüffen, zu überwältigen – wahrscheinlich, um sich so in ihren Augen aufzuwerten nach dem beschämenden Skandal mit Schwester und Schwager. Hatte beschlossen, sie totzureden, abzulenken. Und er begann ihnen von unwahrscheinlichen Wundern zu erzählen, von wissenschaftlichen Errungenschaften, nippte währenddessen immer mal wieder am Wodka – ein Schlückchen und noch eins – und trank dazu unentwegt Schubat. Zusehends geriet er in Fahrt und gab schließlich so unglaubliche Dinge zum besten, daß die armen Boranlyer nicht mehr wußten, was sie glauben sollten und was nicht.

»Urteilt selbst«, sagte er mit blitzenden Brillengläsern und ließ seine entflammten Blicke beschwörend über sie schweifen, »wir sind, wenn man's recht bedenkt, die glücklichsten Leute in der Geschichte der Menschheit. Du, Edige, bist jetzt der Älteste unter uns. Du weißt, wie es früher war und wie es jetzt ist. Warum sag' ich das? Früher glaubten die Menschen an Götter. Im alten Griechenland lebten die angeblich auf dem Olymp. Aber was waren das für Götter? Einfaltspinsel. Was vermochten sie? Selber haben sie sich nicht vertragen – das begründete ihren traurigen Ruhm; das menschliche Leben aber konnten sie nicht verändern, und daran dachten sie auch gar nicht. Es gab sie überhaupt nicht, diese Götter. Alles nur Mythen. Märchen. Unsere Götter leben neben uns, hier auf dem Kosmodrom, auf unserem Sary-Ösek-Land; angesichts der ganzen Welt erfüllt uns das mit Stolz. Keiner von uns sieht sie, keiner kennt sie; und es ziemt sich gar nicht, gehört sich nicht, daß jeder x-beliebige Myrkynbai-Schyjkymbai die Hand hinstreckt: Grüß dich, wie geht's? Aber sie sind die wahren Götter! Du, Edige, wunderst dich, wie sie über Funk Raumschiffe steuern. Das ist doch schon läppisch, eine überholte Etappe! Einfach eine Apparatur, Maschinen, die ein Programm ausführen. Es wird aber eine Zeit kommen, da man per Funk die Menschen lenkt wie jene Automaten. Begreift ihr – die Menschen, samt und sonders, klein und groß. Es gibt schon wissenschaftliche Unterlagen. Die Wissenschaft hat sogar das erreicht, ausgehend von höheren Interessen.«

»Halt mal an, und beruf dich nicht gleich auf höhere Interessen!« unterbrach ihn der Lange Edilbai. »Was mich interessiert – ich sehe da nicht recht durch. Meinst du, jeder von uns muß ständig einen kleinen Empfänger bei sich tragen, eine Art Transistor, um einen Befehl zu vernehmen? Das gibt's doch schon überall!«

»Du bist mir einer! Geht es denn darum? Das ist doch Mumpitz, Kinderei! Keiner muß irgendwas bei sich tragen. Nackt kannst du meinethalben rumlaufen. Nur unsichtbare Funkwellen – sogenannte Bioströme – werden ständig auf dich einwirken, auf dein Bewußtsein. Und wohin verziehst du dich dann?«

»Ach nein?«

»Was denn sonst? Der Mensch wird alles nach einem Programm aus dem Zentrum machen. Ihm scheint, er lebt und wirkt von sich aus, nach eigenem, freiem Willen, aber tatsächlich folgt er der Weisung von oben. Alles nach einer strengen Ordnung. Sollst du singen, kommt ein Signal, und du singst. Sollst du tanzen – ein Signal, und du tanzt. Sollst du arbeiten, wirst du arbeiten – und wie! Dieberei, Rowdytum, Verbrecherunwesen – alles gerät in Vergessenheit, nur noch in alten Büchern wird man darüber lesen. Denn alles im Verhalten des Menschen wird im voraus berücksichtigt sein – alle Handlungen, alle Gedanken, alle Wünsche. Angenommen, auf Erden gibt es gerade eine demographische Explosion, das heißt, die Menschen haben sich sehr stark vermehrt, es fehlt an Nahrung. Was ist da zu tun? Die Geburtenzahl muß man senken. Also wirst du's deiner Frau nur noch besorgen, wenn man dir das entsprechende Signal gibt, ausgehend von den Interessen der Gesellschaft.«

»Höheren Interessen?« präzisierte der Lange Edilbai nicht ohne Bosheit.

»Genau. Die Staatsinteressen stehen über allem.«

»Und wenn ich's nun ohne diese Interessen mal mit meiner Frau treiben möchte, was dann?«

»Edilbai, mein Verehrtester, daraus wird nichts. Du kommst nicht mal auf so einen Gedanken. Und wenn man dir das tollste Weib zeigt – du schenkst ihr keinen Blick. Es werden einfach negative Bioströme eingeschaltet. So daß in dieser Angelegenheit absolute Ordnung herrschen wird. Da kannst du sicher sein. Oder nehmen wir das Militär. Alles geschieht auf Signal. Muß der Soldat ins Feuer, dann läuft er ins Feuer; muß er mit dem Fallschirm abspringen, dann zuckt er mit keiner Wimper; muß er sich mit einer Atommine unter einem Panzer in die Luft sprengen – bitte schön, im selben Augenblick. Warum, fragt ihr mich? Der Biostrom der Furchtlosigkeit ist eingeschaltet – basta, da kennt der Mensch keine Furcht. So ist's!«

»Du lügst ja das Blaue vom Himmel! So ein Geflunker! Was hat man dir in den vielen Jahren nur beigebracht?« Edilbai wunderte sich ehrlich.

Die am Tisch Sitzenden lachten unverhohlen, rutschten hin und her, wiegten die Häupter: Na ja, der Junge macht uns blauen Dunst vor; und doch spitzten sie weiter die Ohren: Ein Teufelszeug faselt der Kerl, aber amüsant ist's doch, unerhört, obwohl sie alle begriffen, daß er bereits tüchtig berauscht war vom Wodka, vom Schubat – was konnte man von dem schon groß verlangen, mochte er ruhig schwatzen. Irgendwo hatte der Mann was aufgeschnappt, lohnte es denn, sich den Kopf zu zerbrechen, was Wahrheit war und was Lüge? Ja, aber Edige wurde zugleich aufrichtig angst und bange – am Ende unkt unser Plappermaul doch nicht von ungefähr, bohrte es in ihm, das hat er doch irgendwo gelesen oder mit halbem Ohr gehört, er erfährt ja immer gleich, ob irgendwo was schiefgeht. Wenn nun tatsächlich solche Leute existieren, obendrein große Wissenschaftler, die wirklich danach lechzen, uns zu lenken wie Götter?

Sabitshan aber schwafelte unentwegt weiter, zumal ihm alle lauschten. Seine Pupillen unter den verschwitzten Brillengläsern weiteten sich wie Katzenaugen im Dunkeln, aber er süffelte ständig weiter, mal Wodka und mal Schubat. Jetzt erzählte er händefuchtelnd die Mär von einem Bermuda-Dreieck im Ozean, wo auf geheimnisvolle Weise Schiffe verschwinden und auch Flugzeuge verlorengehen, wenn sie diese Stelle überfliegen.

»Bei uns im Gebiet – was hat da einer nicht alles angestellt, um ins Ausland fahren zu dürfen, als sei das der Gipfel der Glückseligkeit. Und das Ende vom Lied? Andere hat er beiseite geschoben, ist irgendwohin über den Ozean geflogen, nach Uruguay oder auch Paraguay – und Schluß, aus. Direkt überm Bermuda-Dreieck verschwand das Flugzeug auf Nimmerwiedersehn. Weg war's, basta. Deshalb, Freunde, haben wir's nicht nötig, jemand zu bitten, einer Erlaubnis hinterherzurennen, uns an andern vorbeizudrängeln, wir kommen auch ohne Bermuda-Dreieck aus – bleib im Lande und bleib gesund. Trinken wir auf unsere Gesundheit!«

Jetzt geht's los! empörte sich Edige insgeheim. Gleich kommt er mit seiner alten Leier. Eine richtige Strafe! Kaum trinkt er was, versagen die Bremsen. Und so war es auch.

»Trinken wir auf unsere Gesundheit!« wiederholte Sabitshan und umfing die Sitzenden mit trübem, flackerndem Blick, dabei bemüht, seinem Gesicht einen Ausdruck vielsagender Bedeutsamkeit zu verleihen. »Unsere Gesundheit ist der größte Reichtum des Landes! Sie ist ein Staatsschatz. Jawohl! Wir sind nicht irgendwelche kleinen Leute, sondern Träger des Staates! Und was ich noch sagen wollte . . .«

Schneesturm-Edige erhob sich jäh, ohne das Ende von Sabitshans Toast abzuwarten, und verließ das Haus. Polternd stieg er auf der dunklen Vortreppe über einen leeren Eimer oder was ihm sonst unter die Füße geraten war, schlüpfte rasch in seine Segeltuchstiefel, die inzwischen im Freien ausgekühlt waren, und ging verdrossen und erbittert nach Hause. Armer Kasangap! stöhnte er unhörbar und kaute vor Ärger auf seinem Schnurrbart. Was ist das nur – den schert nicht Tod noch Leid! Da sitzt er nun und kippt einen nach dem andern, wie auf irgendeinem Vergnügen – so, als wäre nichts gewesen. Hat sich dieses dämliche Geschwätz ausgedacht von wegen staatliche Gesundheit – jedesmal fängt er davon an. Na, geb's Gott, daß wir morgen alles mit Anstand bestehen; sowie Kasangap beerdigt ist, nach dem ersten Leichenschmaus, hat Sabitshan hier nichts verloren, schaffen wir ihn uns vom Hals, wer braucht ihn hier schon, und wen braucht er?

Dennoch hatten sie sich im Haus des Langen Edilbai tüchtig festgesessen. Schon ging es auf Mitternacht. In vollen Zügen atmete Edige die abgekühlte Luft der nächtlichen Steppe. Das Wetter morgen verhieß klar und trocken, ziemlich heiß zu werden. So ist es immer. Tagsüber ist es heiß, nachts klappern einem die Zähne vor Kälte. Daher auch die Dürresteppe ringsum – schwer fällt es den Pflanzen, Wurzeln zu fassen. Am Tag drängen sie der Sonne entgegen, rekken sich, dürsten nach Feuchte, nachts aber setzt ihnen die Kälte zu. So bleiben nur jene, die das überstehen: Dornengestrüpp, vor allem aber Wermut, und auf dem Schwemmland vor den Schluchten allerlei Gräser, büschelweise – die kann man zu Heu machen. Der Geologe Jelisarow, ein alter Freund von Schneesturm-Edige, hat gern erzählt, geradezu ausgemalt, was für ergiebige Grasflächen es hier früher gegeben habe; auch das Klima sei anders gewesen, dreimal soviel habe es geregnet. Natürlich, da herrschte auch ein anderes Leben. Rinder-, Pferde- und Schafherden streiften durch die Steppe. Das war gewiß lange her – wohl noch bevor hier jene wilden Eindringlinge auftauchten, die Juan-juan, die selbst längst spurlos verschwunden sind, nur die Sage kündet noch von ihnen. Wie sonst konnten in der Sary-Ösek-Steppe so viele Menschen Platz finden? Nicht ohne Grund meinte Jelisarow: Die Sary-Ösek ist ein vergessenes Buch der Steppengeschichte. Auch die Geschichte des Friedhofs von Ana-Bejit war nach seiner Ansicht alles andere als Zufall. Manche Schriftgelehrten halten nur das für Geschichte, was schwarz auf weiß geschrieben steht. Wenn aber in jenen Zeiten noch keine Bücher geschrieben wurden, was dann?

Während Edige horchte, wie Züge die Ausweichstelle passierten, erinnerte er sich an die Stürme über dem Aralsee, an dessen Ufer er geboren und aufgewachsen war, wo er bis zum Krieg gelebt hatte. Auch Kasangap war ein Aralkasache gewesen. Das hatte sie einander nahegebracht bei der Arbeit an der Eisenbahn; oft hatten sie sich in der Sary-Ösek nach ihrem Aralsee gesehnt, und noch kurz vor Kasangaps Tod, im Frühling, waren sie zusammen dorthin gefahren; der alte Mann wollte Abschied nehmen vom Aralsee. Doch sie hätten lieber nicht fahren sollen. Nichts als Enttäuschung hatte es ihnen eingebracht. Der Aralsee war zurückgetreten. Er trocknet aus, verschwindet. An die zehn Kilometer waren sie über einstigen Seeboden geritten, über kahlen Lehm, ehe sie ans Wasser kamen. Da hatte Kasangap gesagt: »Solange die Erde besteht, gab es schon den Aralsee. Jetzt trocknet sogar er aus, was soll man da über das Menschenleben sagen.« Und dann hatte er noch hinzugefügt: »Beerdige du mich in Ana-Bejit, Edige. Den Aralsee sehe ich heute zum letztenmal.«

Schneesturm-Edige wischte sich mit dem Ärmel eine Träne ab, räusperte sich die wehleidige Heiserkeit aus der Kehle und ging zu Kasangaps Lehmhütte, wo Aisada, Ükübala und weitere Frauen Totenwache hielten, wie es der Brauch verlangt. Bald die eine, bald die andere der Boranlyer Frauen schaute zwischendurch herein, um daran teilzuhaben und, falls nötig, zu helfen.

Als Edige an der Koppel vorüberkam, verhielt er für einen Moment bei einem eingegrabenen Baumknorren, neben dem, fix und fertig gesattelt und mit der Troddeldecke geschmückt, Schneesturm-Karanar bereitstand. Im Mondlicht wirkte das Kamel riesig, kraftvoll, unerschütterlich, wie ein Elefant. Edige mußte ihm einfach die Flanke tätscheln.

»Na, du bist aber gut beisammen!«

Bereits an der Schwelle, erinnerte sich Edige, er wußte selbst nicht, warum, an die vergangene Nacht. Wie der Steppenfuchs an der Bahnlinie aufgetaucht war, wie er selbst sich gescheut hatte, einen Stein nach ihm zu werfen, und wie dann, als er schon nach Hause ging, vom fernen Kosmodrom ein Feuerschiff in die schwarze Unendlichkeit gestartet war.

3

Zu dieser Stunde war es im Stillen Ozean, in seinen nördlichen Breiten, schon Morgen, es ging auf acht. Gleißendes Sonnenlicht breitete sich über der grenzenlos funkelnden, gewaltigen Stille. Nichts gab es in diesem Gebiet außer Wasser und Himmel. Doch gerade hier, an Bord des Flugzeugträgers »Convention«, vollzog sich ein vorerst niemand außerhalb des Schiffes bekanntes weltumspannendes Drama, ausgelöst durch einen in der Geschichte der Kosmoseroberung einmaligen Vorfall auf der amerikanisch-sowjetischen Orbitalstation »Parität«.

Der Flugzeugträger »Convention« – ein wissenschaftlich-strategischer Stab des VLZ für das gemeinsame Planetenflugprogramm »Demiurg« – hatte aus diesem Grund unverzüglich alle Verbindungen mit der Außenwelt abgebrochen, seine ständige Position südlich der Aleuten im Stillen Ozean aber nicht verändert, sondern sich in diesem Gebiet noch exakter positioniert – bei genau der gleichen Luftlinienentfernung zwischen Wladiwostok und San Francisco.

An Bord des wissenschaftlichen Forschungsschiffes waren gleichfalls einige Veränderungen vor sich gegangen. Auf Weisung der paritätischen Hauptleiter des Programms, des amerikanischen und des sowjetischen, wurden die beiden wachhabenden Operateure des kosmischen Verbindungsblocks, die die Information über das besondere Vorkommnis auf der »Parität« entgegengenommen hatten – ein sowjetischer und ein amerikanischer –, zeitweilig, aber streng isoliert, um zu vermeiden, daß Nachrichten über das Vorkommnis nach außen drangen.

Das Personal der »Convention« wurde in erhöhte Bereitschaft versetzt, obwohl das Schiff keinen Militärstatus besaß und schon gar keine Waffen an Bord hatte – auf Sonderbeschluß der UNO stand es unter internationalem Schutz. Es war der einzige nichtmilitärische Flugzeugträger auf Erden.

Gegen elf Uhr sollten auf der »Convention« in Abständen von fünf Minuten verantwortliche Kommissionen beider Seiten erscheinen, ausgestattet mit dem uneingeschränkten Recht, alle außerordentlichen Entscheidungen und Maßnahmen zu treffen, die sie im Interesse der Sicherheit ihrer Länder und der gesamten Welt für notwendig erachteten.

Der Flugzeugträger »Convention« befand sich also zu jener Stunde im offenen Ozean südlich der Aleuten, in exakt gleichem Abstand von Wladiwostok und San Francisco. Die Wahl dieses Ortes war kein Zufall. Deutlich wie nie zuvor offenbarte sich jetzt, welche Weitsicht und Vorsorglichkeit die Urheber des »Demiurg«-Programmes bewiesen hatten, denn sogar der Standort des Schiffes, auf dem der gemeinsam erarbeitete Plan der Planetenerforschung verwirklicht wurde, spiegelte das Prinzip der völligen Gleichberechtigung, der absoluten Parität dieser einmaligen internationalen Zusammenarbeit auf wissenschaftlich-technischem Gebiet.

Der Flugzeugträger »Convention« gehörte mit all seiner Ausrüstung, seinen Geräten und Energievorräten beiden Seiten zu gleichen Teilen, war solcherart ein gemeinsames Schiff der beiden staatlichen Gesellschaften. Er verfügte über eine direkte und simultane Funk-, Telefon- und TV-Verbindung zu den Kosmodromen von Nevada und Sary-Ösek. Auf dem Flugzeugträger waren acht Düsenflugzeuge stationiert – von jeder Seite vier –, die für das VLZ im Rahmen seiner täglichen Verbindungen mit den Mutterländern den gesamten Personen- und Güterverkehr abwickelten. Auf der »Convention« gab es zwei paritätische Kapitäne – einen sowjetischen und einen amerikanischen: Parität-Kapitän 1-2 und Parität-Kapitän 2-1; jeder von ihnen führte zur Zeit seiner Wache das Kommando. Die gesamte Schiffsbesatzung war entsprechend gedoppelt – die Stellvertreter der Parität-Kapitäne, die Steuermänner, Mechaniker, Elektriker, Matrosen, Stewards...

Dem gleichen System entsprach das wissenschaftlich-technische Personal des VLZ auf der »Convention«. Angefangen bei den kooperativen Hauptleitern des Programms von jeder Seite – den Ober-Parität-Planetologen 1-2 und 2-1 –, gab es auch sämtliche nachgeordneten wissenschaftlichen Mitarbeiter sämtlicher Spezialgebiete entsprechend doppelt, vertraten sie zu gleichen Teilen beide Seiten. Deshalb wurde sogar die kosmische Station, die sich auf der bislang am weitesten von der Erdkugel entfernten Umlaufbahn »Trampolin« befand, »Parität« genannt – sie spiegelte den Charakter der irdischen Wechselbeziehungen.

Alldem war natürlich in beiden Ländern eine gewaltige, vielfältige Vorbereitungsarbeit von wissenschaftlichen, diplomatischen und administrativen Einrichtungen vorausgegangen. Vieler Jahre hatte es bedurft, ehe sich die beiden Seiten in zahllosen Begegnungen und Beratungen über sämtliche allgemeinen und Detailfragen des »Demiurg«-Programms verständigt hatten.

Das »Demiurg«-Programm galt dem gewaltigsten unter den kosmologischen Problemen des Jahrhunderts – der Erforschung des Planeten X mit dem Ziel, seine Mineralvorkommen auszubeuten, die nach irdischen Vorstellungen unermeßlich reich waren an innerer Energie. Hundert Tonnen X-Gestein, das auf der Oberfläche des Gestirnskörpers nahezu offen lag, konnten bei entsprechender Bearbeitung so viel innere Energie freisetzen, wie – nach ihrer Umwandlung in Elektrizität und Wärme – ausgereicht hätte, ganz Europa ein Jahr lang zu versorgen. So war es um die energetische Natur der Materie auf dem Planeten X bestellt, die unter den besonderen Bedingungen der Galaxis durch Einwirkung einer langfristigen planetarischen Evolution im Laufe vieler Milliarden Jahre entstanden war. Davon zeugten Bodenproben, die kosmische Apparate mehrmals von der Oberfläche des Planeten X geholt hatten, davon sprachen auch die Resultate einiger Expeditionen mit kurzem Ausstieg auf diesem roten Planeten unseres Sonnensystems.

Ausschlaggebend für das Projekt einer Erschließung des Planeten X war jedoch ein Umstand, der auf keinen anderen der Wissenschaft bekannten Planeten, Mond und Venus inbegriffen, zutraf – das Vorhandensein von freiem Wasser im Innern des so öde wirkenden X-Gestirns. Das Vorkommen von Wasser auf X bestätigten Bohrproben. Nach wissenschaftlichen Berechnungen konnte es sein, daß unter der Oberfläche von X eine kilometerstarke Wasserschicht lag, die von darunter befindlichem kaltem Gestein unveränderlich festgehalten wurde.

Gerade die Verfügbarkeit einer solch gewaltigen Menge Wassers auf dem X-Gestirn gewährleistete die Realisierung des »Demiurg«-Programms. Wasser war im gegebenen Fall nicht nur Feuchtigkeitsquell, sondern auch Ausgangsmaterial für eine Synthetisierung anderer, für die Erhaltung des Lebens und ein normales Funktionieren des menschlichen Organismus unter außerplanetarischen Bedingungen unentbehrlicher Elemente, vor allem der Atemluft. Außerdem spielte das Wasser eine entscheidende Rolle für die Produktion – bei der Technologie der ersten Flotation von X-Gestein vor dem Verladen in transkosmische Container.

Erörtert wurde die Frage, wo man die X-Energie gewinnen solle: in kosmischen Orbitalstationen, um sie dann auf geosynchronen Umlaufbahnen zur Erde zu übertragen, oder unmittelbar auf der Erde. Noch eilte es nicht.

Schon wurde eine große Expedition vorbereitet, bei der eine Gruppe von Bohrfachleuten und Hydrologen für längere Zeit dort abgesetzt werden sollte, um einen ständigen und automatisch gesteuerten Zustrom von Wasser aus dem Innern des X in ein Wasserleitungsnetz herzustellen. Die Orbitalstation »Parität« war, nach alpinistischer Terminologie, das Hauptbasislager auf dem Weg zum Planeten X. Auf der »Parität« bereits montiert waren die erforderlichen Konstruktionen für das Anlegen, das Ent- und Beladen der »Transportkähne«, die zwischen X und »Parität« kursieren sollten. Mit der Zeit, nach dem Anbau weiterer Blocks, würden in der »Parität« über hundert Mann Platz finden – unter sehr komfortablen Bedingungen, inbegriffen den ständigen Empfang von TV-Übertragungen von der Erde.

Die Gewinnung und Analyse von X-Wasser wäre dann in diesem großen kosmischen Unternehmen der erste Akt einer Produktionstätigkeit, die der Mensch jemals außerhalb der Grenzen seines Planeten ausgeübt hätte.

Und dieser Tag rückte immer näher. Alles steuerte darauf zu.

Auf den Kosmodromen von Sary-Ösek und Nevada liefen die letzten Vorbereitungsarbeiten für die hydrotechnische Operation auf X. »Parität« befand sich auf der Umlaufbahn »Trampolin« und war bereit, die erste Arbeitsgruppe von kosmischen Neulanderoberern aufzunehmen und nach X zu befördern. Im Grunde genommen stand die Menschheit am Urbeginn ihrer außerirdischen Zivilisation.

Ausgerechnet in diesem Moment, am Vorabend der Entsendung einer ersten Gruppe von Hydrologen auf den Planeten X, waren die beiden Parität-Kosmonauten, die sich als langfristige kosmische Wache auf der Umlaufbahn »Trampolin« in der »Parität« befanden, spurlos verschwunden.

Plötzlich hatten sie auf keinerlei Signale mehr geantwortet – weder zu den festgesetzten Kommunikationsterminen noch zu anderer Zeit. Der Eindruck war niederschmetternd – außer den Gebern, die ständig die Position der Station markierten, sowie dem Kanal für Bahnkorrekturen waren alle Systeme der Funk- und TV-Verbindung außer Betrieb.

Die Zeit verrann. »Parität« reagierte auf keinen Anruf. Auf der »Convention« wuchs die Besorgnis. Alle möglichen Vermutungen und Hypothesen wurden aufgestellt. Was war nur los mit den Parität-Kosmonauten? Warum schwiegen sie? Waren sie krank geworden, hatten sie sich an einer ungenießbaren Speise vergiftet? Waren sie überhaupt noch am Leben?

Schließlich griff man zum letzten Mittel – sandte das Signal, mit dem das System des allgemeinen Feueralarms auf der Station eingeschaltet wurde. Auch auf diese alarmierende Maßnahme erfolgte keinerlei Reaktion. Das »Demiurg«-Programm geriet in ernste Gefahr.

Da nahm das VLZ Zuflucht zu seiner letzten Möglichkeit, die Umstände zu klären. Zum Ankoppeln an die Station »Parität« starteten außerplanmäßig zwei Raumschiffe mit zwei Kosmonauten – von Nevada und Sary-Ösek.

Nachdem die synchrone Ankopplung vollzogen war – an und für sich schon ein höchst schwieriges Unterfangen –, kam von den in die »Parität« vorgedrungenen Kontrollkosmonauten als erstes die bestürzende Nachricht: Sie hätten alles durchsucht, so erklärten sie, alle Abteile, alle Laboratorien, alle Etagen, bis zum letzten Winkel – und hätten die Parität-Kosmonauten an Bord der Station nicht vorgefunden. Sie seien nicht da, weder lebendig noch tot.

Wer konnte auf so einen Gedanken kommen! Keine Einbildungskraft vermochte sich vorzustellen, was geschehen war, wohin auf einmal die zwei Männer verschwunden waren, die sich über drei Monate in der Orbitalstation befunden und bis zu dieser Zeit alle ihnen übertragenen Aufgaben exakt erfüllt hatten. Sie konnten sich doch nicht in Dunst aufgelöst haben! Oder in den offenen Kosmos ausgezogen sein!

Die Untersuchung der »Parität« wurde von der »Convention« aus über Funk und Fernsehen direkt beobachtet, unter unmittelbarer Beteiligung beider gemeinsamer Hauptleiter – der paritätischen Chefplanetologen. Auf einer Vielzahl von

Bildschirmen des VLZ war gut zu sehen, wie die Kontrollkosmonauten alle Blocks und Räume der Orbitalstation absuchten, sie schwerelos durchschwebten. Sie untersuchten die Station Schritt für Schritt und meldeten dabei ständig ihre Beobachtungen. Folgendes Gespräch wurde von einem Tonband aufgezeichnet:

Parität: Sehen Sie? Auf der Station befindet sich niemand. Wir können niemanden entdecken.

Convention: Gibt es Spuren von zerschlagenen Gegenständen, Zerstörungen, Scherben auf der Station?

Parität: Nein, alles sieht normal aus, alles ist in Ordnung. Alles an seinem Platz.

Convention: Sind Ihnen Blutspuren aufgefallen?

Parität: Nirgends.

Convention: Wo befinden sich die persönlichen Dinge der Kosmonauten, und in welchem Zustand sind sie?

Parität: Anscheinend ist alles an seinem Platz.

Convention: Aber?

Parität: Wir haben den Eindruck, als wären sie unlängst noch hier gewesen. Bücher, Uhren, Plattenspieler und andere Dinge – alles ist an seinem Platz.

Convention: Gut. Gibt es auch keine Aufzeichnungen irgendwo an einer Wand oder auf Papier?

Parität: Uns ist nichts unter die Augen gekommen. Moment! Das Logbuch ist aufgeschlagen, da steht eine lange Aufzeichnung. Damit das Buch nicht schwerelos im Raum schwebt, ist es mit Klemmen befestigt, die geöffneten Seiten zeigen zum Eingang...

Convention: Lesen Sie, was dort geschrieben steht!

Parität: Gleich, wir wollen es versuchen. Es sind zwei Texte nebeneinander, eine Spalte in englisch und eine in russisch...

Convention: Lesen Sie, warum zögern Sie?

Parität: Überschrift »Botschaft an die Erdenbewohner«. Und in Klammern – erklärende Notiz.

Convention: Stop. Lesen Sie nicht. Die Übertragung wird

unterbrochen. Warten Sie. Nach einer Weile rufen wir Sie erneut. Halten Sie sich bereit.
Parität: Okay.
An dieser Stelle wurde der Dialog zwischen der Orbitalstation und dem VLZ unterbrochen. Nach kurzer Beratung baten die paritätischen Hauptleiter des »Demiurg«-Programms alle bis auf die beiden diensthabenden Parität-Operateure, den kosmischen Verbindungsblock zu verlassen. Erst danach wurde die zweiseitige Verbindung erneut aufgenommen. Dies nun ist der Text, den die beiden Parität-Kosmonauten auf der Umlaufbahn »Trampolin« hinterlassen hatten:

Verehrte Kollegen, da wir die Orbitalstation »Parität« unter höchst ungewöhnlichen Bedingungen verlassen, für unbestimmte, möglicherweise unendlich lange Zeit – alles wird von einer Reihe Faktoren abhängen, die mit unserem einzigartigen Unternehmen verbunden sind –, halten wir es für unsere Pflicht und Schuldigkeit, die Motive unseres Handelns zu erklären.

Uns ist völlig klar, daß unser Schritt nicht nur überraschen wird, sondern natürlich auch unzulässig erscheinen muß vom Standpunkt der elementarsten Disziplin. Doch ein außergewöhnlicher Umstand, auf den wir während unseres Aufenthalts auf der Orbitalstation im Kosmos stießen, ein Umstand, der in der gesamten Geschichte der menschlichen Kultur schwerlich seinesgleichen findet, läßt uns zumindest auf Verständnis hoffen.

Vor einiger Zeit entdeckten wir unter einer unendlichen Vielzahl von Funkimpulsen, die von dem kosmischen Umfeld und insbesondere von der durch endlose Geräusche und Störungen gesättigten irdischen Ionosphäre ausgehen, ein gerichtetes Funksignal im Schmalfrequenzband, das als schmalstes und daher am leichtesten zu ortendes Signal regelmäßig zu hören war, immer um ein und dieselbe Zeit und immer in gleichen Intervallen. Zunächst schenkten wir ihm keine sonderliche Beachtung. Doch es fuhr fort, sich hartnäckig bemerkbar zu machen, entsprang systematisch einem bestimmten Punkt des Alls und richtete sich, nach allem zu urteilen, exakt auf unsere Orbitalstation. Jetzt wissen wir mit Bestimmtheit: Diese künstlich gerichteten Funkwellen strahlten auch schon früher in den Äther, lange vor unserer Wache, der nunmehr dritten, denn die »Parität« befindet sich ja bereits über anderthalb Jahre auf der »Trampolin«-Umlaufbahn im fernen Kosmos. Es ist schwer zu erklären, warum wir uns als erste für dieses Signal aus dem All interessierten, wahrscheinlich rein zufällig. Wie dem auch sei, wir begannen die Natur dieser Erscheinung zu beobachten, zu fixieren, zu studieren und gelangten immer zwingender zu dem Schluß, daß sie künstlichen Ursprungs war.

Doch gewöhnten wir uns nicht gar zu schnell an diesen Gedanken. Zweifel plagten uns die ganze Zeit. Wie konnten wir unterstellen, daß eine außerirdische Zivilisation existierte, wenn es dafür ein einziges Indiz gab – ein, wie wir vermuteten, künstliches Funksignal, das uns aus ungeahnten Tiefen des Weltalls erreichte? Uns irritierte, daß alle vorangegangenen Versuche der Wissenschaft, wiederholt unternommen mit dem Minimalziel, auch nur die geringsten Anzeichen von Leben zu entdecken, in der einfachsten Form, zumindest auf den benachbarten Planeten, sich bekanntlich als deprimierend fruchtlos erwiesen haben. Die Suche nach einem außerirdischen Verstand galt als wenig ergiebig, später schlicht als irreal, als eine utopische Beschäftigung; denn mit jedem neuen Schritt bei der Erforschung kosmischer Räume wurden die Chancen dafür sogar theoretisch immer geringer, um nicht zu sagen, praktisch gleich Null. Wir wagten nicht, unsere Vermutungen laut werden zu lassen. Wir hatten nicht vor, die allerorts verfestigte Idee anzufechten, daß es das biologische Phänomen des Lebens in einer Einmaligkeit, Präzedenzlosigkeit und Einzigartigkeit nur auf dem Planeten Erde gibt. Unsere diesbezüglichen Zweifel mitzuteilen, hielten wir uns nicht für verpflichtet, da zu unserem

Arbeitsprogramm auf der Orbitalstation Beobachtungen solcher Art nicht gehörten. Ehrlich gesagt, wir wollten obendrein nicht in die Lage jenes Kosmonauten geraten, der einmal während des Fluges die Halluzination hatte, er hörte eine Kuh muhen und sähe eine Flußniederung mit einer weidenden Herde darauf, und sich damit für alle Zeit seinen Spitznamen zuzog – »Kuhkosmonaut«.

Als aber noch ein Ereignis den letzten Beweis für das Vorhandensein von außerirdischem vernunftbegabtem Leben erbrachte, war es für uns schon zu spät. Wir hatten einen Bewußtseinssprung erlebt, eine Umwälzung, eine Metamorphose unserer Vorstellungen von der Weltordnung, und entdeckten plötzlich, daß wir in ganz anderen Kategorien zu denken begannen als vorher. Die qualitativ neue Einsicht in die Struktur des Weltalls, die Entdeckung eines neuen, bewohnten Raumes, die Existenz eines weiteren gewaltigen Herdes geistiger Energie veranlaßten uns, den Erdenbewohnern unsere Erkenntnisse bis auf weiteres vorzuenthalten – auch auf Grund unseres neuen Verständnisses von der Sorge um die Erde. Diese Entscheidung trafen wir im Interesse der allermodernsten Gesellschaft.

Jetzt aber zum Kern der Sache. Wie alles vor sich ging. Aus Neugier beschlossen wir eines Tages, mit einem Funksignal etwa in dem gleichen Frequenzbereich zu antworten, gerichtet auf jenen Punkt des Alls, von wo aus ständig die rätselhaften regelmäßigen Funkimpulse ausgingen. *Ein Wunder geschah! Unser Signal wurde unverzüglich entgegengenommen! Wurde aufgefangen und verstanden!* Als Antwort begann auf unserem Empfangsband neben dem früheren ein Double zu arbeiten und dann noch eins – es war ein Begrüßungstrio; drei synchrone Funksignale aus dem All kündeten einige Stunden hintereinander, wie in einem Triumphmarsch, frohlockend von vernunftbegabten Wesen außerhalb unserer Galaxis, die die außerordentliche Fähigkeit besaßen, über extreme Entfernungen mit Wesen ihresgleichen Kontakt aufzunehmen. Das war eine Revolutionierung unserer Vorstellungen über die kosmische Biologie, unserer Einsichten in den Aufbau von Zeit, Raum und Entfernungen. Waren wir wirklich nicht mehr allein auf der Welt, nicht die einzigen unserer Art in der unvorstellbar öden Unendlichkeit des Universums, war die Erfahrung des Menschen auf Erden wirklich nicht die einzige Inkarnation des Geistes im All?

Um die Realität der Entdeckung einer außerirdischen Zivilisation zu überprüfen, sandten wir über Funk die Formel für die Masse der Erdkugel, auf der unser Leben ursprünglich entstand und heute beruht. Als Antwort erhielten wir eine Dechiffrierung – eine annähernd gleiche Formel für die Masse ihres Planeten. Daraus zogen wir den Schluß, daß jener bewohnte Planet ziemlich große Ausmaße besitzt und eine durchaus akzeptable Anziehungskraft.

So tauschten wir die ersten Kenntnisse von physikalischen Gesetzen aus, traten erstmals in Kontakt mit außerirdischen vernunftbegabten Wesen.

Die Außerirdischen erwiesen sich als aktive Partner hinsichtlich einer Vertiefung und Intensivierung unserer Verbindungen. Dank ihrer Bemühungen erfüllten sich unsere Beziehungen rasch mit ständig neuem Inhalt. Bald wußten wir, daß sie über Flugapparate verfügen, die sich mit Lichtgeschwindigkeit bewegen. All dies und anderes erfuhren wir, weil sich zunächst erwies, daß wir uns mit ihnen mittels mathematischer und chemischer Formeln verständigen konnten; später gaben sie uns zu verstehen, daß sie mit uns auch reden könnten. Wie sich herausstellte, studieren sie seit vielen Jahren – seit die Erdenbewohner die Erdanziehung überwunden haben, in den Kosmos fliegen und dort stabil wohnen – unsere Sprachen mit Hilfe einer mächtigen audioastronomischen Apparatur, die tief in die Galaxis hineinhorcht. Während sie die systematischen Funkverbindungen zwischen Kosmos und Erde abfingen, gelang es ihnen, durch Gegenüberstellung und Analyse die Bedeutung unserer Wörter und Sätze zu entschlüsseln. Davon überzeugten wir uns selbst, als sie versuchten, sich uns in englisch und russisch verständlich zu machen. Für uns war das eine weitere unfaßbare, erschütternde Entdeckung.

Nun aber zur Hauptsache. Wir riskieren es, diesen Planeten einer außerirdischen Zivilisation zu besuchen. Waldesbrust – so ungefähr deuten wir den Namen ihres Planeten. Die Waldesbrust-Bewohner haben uns selbst eingeladen, es war ihre Idee. Und wir haben uns nach reiflichen Überlegungen entschlossen. Sie haben uns erklärt, ihr Flugapparat, der mit Lichtgeschwindigkeit fliege, könne unsere Orbitalstation innerhalb von sechsundzwanzig, siebenundzwanzig Stunden erreichen. Sie verpflichteten sich, uns in der gleichen Zeit wieder zurückzubringen, sobald wir das wünschten. Auf unsere Frage, wie es mit der Kopplung stünde, erklärten sie uns, das sei kein Problem, ihr Flugapparat sei imstande, an jeden beliebigen Gegenstand beliebiger Konfiguration und Konstruktion hermetisch anzukoppeln. Es ist wahrscheinlich eine Art elektromagnetisches Kopplungssystem. Wir entschieden, das beste für uns wäre, wenn ihr Flugapparat an unserer Luke zum Ausstieg in den freien Kosmos anlegte, durch sie könnten wir aus der Orbitalstation zu ihnen umsteigen. Auf die gleiche Weise beabsichtigten wir auch zurückzukehren, natürlich falls unsere Reise nach Waldesbrust glücklich ausgeht.

Wir hinterlassen also an Bord der »Parität« diese Botschaft oder diese erklärende Notiz, diesen offenen Brief, diese Denkschrift. Das ist schon unerheblich. Wir begreifen hinreichend nüchtern, worauf wir uns einlassen und wie groß die Last der Verantwortung ist, die wir auf uns nehmen. Wir sind uns bewußt, daß es dem Schicksal gefallen hat, gerade uns diese einzigartige Möglichkeit zu bieten – die Möglichkeit zu einem solchen Dienst an der Menschheit, wie wir ihn uns größer nicht vorstellen können.

Dennoch bereitete uns die größte Qual, das Pflichtgefühl zu überwinden, das Gefühl der Verbundenheit, der Schuldigkeit, der Disziplin, das, was jedem von uns durch uralte Traditionen, durch Gesetze und gesellschaftliche Moralnormen anerzogen ist. Wir verlassen die »Parität«, ohne Sie, die Kommandeure des VLZ, oder sonst jemanden von den Erdenbewohnern zu informieren, ohne unsere Ziele und Aufgaben mit irgend jemandem in irgendeiner Form abzustimmen, und das nicht etwa, weil wir die Regeln des gesellschaftlichen Lebens auf der Erde mißachteten. Für uns war das Gegenstand schwerwiegender Überlegungen. Wir sind gezwungen, so zu handeln, denn man kann sich unschwer vorstellen, was für Stimmungen, Widersprüche, Leidenschaften entbrennen, wenn Kräfte in Bewegung geraten, die schon in einem Hockeytor einen politischen Sieg und die Bestätigung für die Überlegenheit ihres Staatssystems erblikken. Zu gut kennen wir da unsere irdische Wirklichkeit! Wer kann sich verbürgen, daß die Möglichkeit von Kontakten zu einer außerirdischen Zivilisation nicht erneut Anlaß gibt für eine weltweite kriegerische Auseinandersetzung der Erdenbewohner?

Auf Erden ist es schwer oder nahezu unmöglich, sich aus dem politischen Kampf herauszuhalten. Aber da wir längere Zeit – viele Tage und Wochen – im fernen Kosmos weilen, von dem aus die Erdkugel nicht größer erscheint als ein Autorad, denken wir voll Schmerz und ohnmächtigem Bedauern, daß die heutige Energiekrise, die die Gesellschaft zur Raserei, ja zur Verzweiflung bringt, aus der heraus manche Länder fast zur Atombombe greifen möchten, nur ein großes technisches Problem darstellen würde, wenn diese Länder in der Lage wären abzusprechen, was wichtiger ist.

Aus Sorge, die ohnehin gefahrenschwangere Lage der Erdenbewohner noch mehr zu verunsichern und zu komplizieren, haben wir uns erkühnt, eine noch nie dagewesene Verantwortung auf uns zu nehmen: Gestützt auf unsere Überzeugungen und unser Gewissen, vertreten wir gegenüber den Trägern eines außerirdischen Verstandes das gesamte Menschengeschlecht. Wir hoffen und sind gewiß, daß wir unsere freiwillig übernommene Mission würdig erfüllen werden.

Nun zum letzten. Eine große Rolle hat bei unseren Überlegungen, Zweifeln und Schwankungen die Sorge gespielt, wir könnten dem »Demiurg«-Programm schaden – diesem in der geokosmischen Geschichte der Menschheit größten Unternehmen, zu dem sich unsere Länder in langen Jahren des gegenseitigen Mißtrauens, des Auf und Ab in der Zusammenarbeit durchgerungen haben. Zuletzt hatte die Vernunft triumphiert, und wir haben unserem gemeinsamen Werk nach unseren Kräften und Fähigkeiten gedient. Doch nachdem wir alles abgewogen hatten, darunter eben den Wunsch, das »Demiurg«-Programm nicht zu gefährden, trafen wir unsere Wahl – wir verlassen die »Parität« für eine bestimmte Zeit, um der Menschheit nach unserer Rückkehr die Ergebnisse unseres Besuchs auf dem Planeten Waldesbrust mitzuteilen. Sollten wir aber für immer verschwinden oder sollte die Leitung uns für unwürdig halten, unsere Wache auf der »Parität« fortzusetzen, so wird es nicht allzuschwer sein, uns zu ersetzen. Immer werden sich Männer finden, die nicht schlechter arbeiten als wir.

Wir gehen ins Ungewisse. Uns leiten der Wissensdurst und der ewige Traum des Menschen, vernunftbegabte Wesen seinesgleichen in anderen Welten zu entdecken, damit Verstand sich mit Verstand vereine. Niemandem ist jedoch bekannt, was die Erfahrung einer außerirdischen Zivilisation in sich birgt, ob Wohl oder Wehe für die Menschheit. Wir werden uns bemühen, objektiv zu urteilen. Sollten wir spüren, daß unsere Entdeckung etwas Bedrohliches verheißt, etwas für unsere Erde Zerstörendes, dann, das schwören wir, werden wir so über uns verfügen, daß kein Unheil die Erde trifft.

Und noch ein Letztes. Wir nehmen Abschied. Durch unsere Bullaugen sehen wir die Erde von außen. Wie ein strahlender Brillant leuchtet sie im schwarzen Meer des Raums. Die Erde ist wunderschön, von einem unwahrscheinlichen, unvorstellbaren Blau und, von unserer Warte aus gesehen, zerbrechlich wie der Kopf eines Säuglings. Uns scheint von hier aus, daß alle Menschen auf der Welt unsere Schwestern und Brüder sind, uns selbst können wir uns ohne sie nicht vorstellen, auch wenn wir wissen, daß es auf der Erde keineswegs so ist.

Wir nehmen Abschied vom Erdball. In einigen Stunden verlassen wir die Umlaufbahn »Trampolin«, dann wird die Erde unseren Blicken entschwinden, wird nicht mehr zu sehen sein. Die Außerirdischen von Waldesbrust sind bereits unterwegs. Bald werden sie eintreffen. In wenigen Stunden. Uns bleibt nur noch kurze Zeit. Wir warten.

Und noch etwas. Wir hinterlassen Briefe für unsere Familien. Euch alle, die ihr mit dieser Angelegenheit zu tun habt, bitten wir sehr, übergebt unsere Briefe denen, für die sie bestimmt sind.

PS: Mitteilung für jene, die unseren Platz in der »Parität« einnehmen werden. Im Logbuch haben wir den Sende- und Empfangskanal angegeben und die Frequenz der Funkwellen, über die wir mit den Außerirdischen Kontakt halten. Bei Bedarf werden wir uns über diesen Kanal an Euch wenden und unsere Nachrichten übermitteln. Soweit wir unserem bisherigen Funkverkehr mit den Außerirdischen entnehmen konnten, sind die Bordsysteme der Orbitalstation das einzig brauchbare Verbindungsmittel; denn die aus dem All unmittelbar auf die Erde gerichteten Funksignale erreichen ihre Oberfläche nicht, scheitern an einem unüberwindlichen Hindernis – der gewaltigen ionisierten Zone in der atmosphärischen Umgebung der Erde.

Das wär's. Lebt wohl. Für uns ist es Zeit.

Der Text der Botschaft ist identisch in zwei Sprachen ausgefertigt – Englisch und Russisch.

Parität-Kosmonaut 1-2

Parität-Kosmonaut 2-1

An Bord der Orbitalstation »Parität«

Dritte Wache. 94. Tag

Zum festgelegten Termin, pünktlich um elf Uhr fernöstlicher Zeit, landeten auf dem Flugdeck des Flugzeugträgers »Convention« nacheinander zwei Düsenflugzeuge, an Bord Kommissionen mit Sondervollmacht – je eins von der amerikanischen und von der sowjetischen Seite.

Die Mitglieder der Kommissionen wurden streng nach Protokoll empfangen. Ihnen wurde sofort erklärt, für das Mittagessen stünde eine halbe Stunde zur Verfügung. Gleich nach dem Essen erwarte man die Kommissionsmitglieder in der Offiziersmesse zu einer geschlossenen Beratung über die außergewöhnliche Lage auf der Orbitalstation »Parität«. Doch die Beratung hatte kaum begonnen, da wurde sie schon unterbrochen. Die Kontrollkosmonauten, die sich auf der »Parität« befanden, hatten von den Parität-Kosmonauten 1-2 und 2-1 aus der benachbarten Galaxis, vom Planeten Waldesbrust, eine erste Nachricht erhalten und sie dem VLZ auf der »Convention« übermittelt.

4

Die Züge in dieser Gegend fuhren von Ost nach West und von West nach Ost.

Zu beiden Seiten der Eisenbahn aber erstreckten sich in dieser Gegend große öde Landstriche – Sary-Ösek, das Zentralgebiet der gelben Steppe.

In dieser Gegend bestimmte man alle Entfernungen nach der Eisenbahn, wie nach dem Greenwicher Nullmeridian.

Die Züge aber fuhren von Ost nach West und von West nach Ost...

Bis zum Stammesfriedhof der Naiman, Ana-Bejit, war es nicht gerade ein Katzensprung – dreißig Werst, und das nur, wenn man direkt darauf zuhielt, auf dem kürzesten Weg durch die Sary-Ösek.

Schneesturm-Edige war an jenem Tag früh aufgestanden. Er hatte gar nicht richtig geschlafen, sich nur im Morgengrauen kurz hingelegt. Bis dahin hatte er zu tun gehabt, den verstorbenen Kasangap für den letzten Weg herzurichten. Gewöhnlich macht man das am Tag der Beerdigung, ehe der Tote aus dem Haus getragen wird, vor dem gemeinsamen Gebet im Hause des Verstorbenen, der Shanasa. Hier aber mußte all das in der Nacht vor der Beisetzung geschehen, damit sie am Morgen unverzüglich aufbrechen konnten. Edige selbst hatte alles Erforderliche getan, wenn man davon absieht, daß der Lange Edilbai angewärmtes Wasser brachte für die Waschung. Edilbai war ein wenig scheu gewesen, hatte die Nähe des Toten gemieden. Es war ja auch nicht recht geheuer. Da sagte Edige wie beiläufig: »Sieh nur gut zu, Edilbai. Es wird dir einmal zustatten kommen. Solange Menschen geboren werden, muß man sie auch begraben.«

»Begreif' ich ja«, äußerte sich Edilbai unbestimmt.

»Darum sag' ich es. Angenommen, ich sterbe morgen. Ob sich dann niemand findet, der mir den letzten Dienst erweist? Werft ihr mich einfach in eine Grube?«

»Aber nicht doch!« rief Edilbai verwirrt, hielt die Lampe hoch und suchte sich an den Anblick des Toten zu gewöhnen. »Ohne Sie ist hier nichts los. Bleiben Sie lieber am Leben. Die Grube kann warten.«

Anderthalb Stunden dauerte das Herrichten des Toten. Dafür war Edige am Ende zufrieden. Er hatte den Verstorbenen gewaschen, hatte ihm Arme und Beine gestreckt, ihn zurechtgelegt und, ohne an Leinen zu sparen, ein weiches Leichengewand zugeschnitten und Kasangap darin eingehüllt, wie es der Brauch wollte. Nebenher hatte er Edilbai gezeigt, wie man ein Leichengewand zuschneidet. Dann brachte er sich selbst in Ordnung: rasierte sich frisch und zwirbelte den Schnurrbart. Der war, genau wie seine Brauen, dicht und stark, nur jetzt graugesprenkelt, silbrig geworden. Edige vergaß auch nicht seine Soldatenmedaillen: putzte die Orden und Aktivistenabzeichen blank und befestigte sie am Jackett – als festlichen Schmuck für den kommenden Tag.

So verging die Nacht. Und ständig wunderte sich Schneesturm-Edige über sich selbst, wie einfach und ruhig er all das besorgte. Hätte ihm früher jemand gesagt, daß ihm sogar eine solch leidvolle Arbeit sicher von der Hand gehen würde, er hätte das nicht geglaubt. Also war das vorherbestimmt gewesen – Kasangap zu bestatten war seine Mission. Sein Schicksal.

Ganz recht. Wer hätte daran gedacht, als sie sich das erstemal auf der Bahnstation Kumbel sahen! Edige war nach seiner Kontusion Ende vierundvierzig aus der Armee entlassen worden. Äußerlich schien alles in Ordnung zu sein – die Gliedmaßen heil, der Kopf auf den Schultern, nur war dieser Kopf völlig durcheinander. In Ediges Ohren rauschte es, als wehe ständig ein Wind. Kaum ging er einige Schritte, da taumelte er schon, ihm wurde schwindlig und übel. Der Schweiß brach ihm aus, rann ihm bald kalt, bald heiß über den ganzen Körper. Mitunter gehorchte ihm auch die Zunge nicht – ein Wort herauszubringen kostete ihn große Mühe. Die Detonationswelle eines deutschen Geschosses hatte ihn heftig erschüttert. Dem Tod war er entgangen, aber so zu leben hatte auch keinen Sinn. Damals ließ Edige völlig den Kopf hängen. Auf den ersten Blick war er jung und kräftig, aber was könnte er schon tun, wenn er heimkäme an den Aralsee? Glücklicherweise geriet er an einen guten Arzt. Der behandelte ihn nicht einmal, besah sich ihn nur, horchte ihn ab, untersuchte ihn, wie Edige sich erinnerte – ein kräftiger Rotschopf im weißen Kittel mit Arztmütze, kläräugig und starknasig –, dann klopfte er ihm fröhlich auf die Schulter und lachte.

»Weißt du, Bruder«, sagte er, »der Krieg ist nun bald zu Ende, sonst hätte ich dich wieder an die Front geschickt über kurz oder lang, und du hättest weiter gekämpft. Aber sei's drum. Jetzt halten wir auch ohne dich durch bis zum Sieg. Nur glaub mir – übers Jahr, vielleicht auch schon eher, ist bei dir alles in Ordnung, dann bist du gesund wie ein Stier. Das sag' ich dir, du wirst später daran denken. Einstweilen pack deine Sachen, fahr in deine Heimat. Und verlier nicht den Mut. Leute wie du leben hundert Jahre.«

Recht hatte er gehabt, der rothaarige Arzt. Genauso kam es

dann. Zwar sagt es sich leicht dahin – übers Jahr. Nachdem Edige das Lazarett verlassen hatte – im zerknitterten Uniformmantel, den Quersack auf dem Rücken und mit einer Krücke für alle Fälle –, da ging er durch die Stadt, als wäre er in einen Urwald geraten. Im Kopf ein Rauschen, in den Beinen ein Zittern und vor den Augen Dunkel. Wen kümmerte das auf den Bahnhöfen; die Züge quollen über von Menschen; wer kräftig war, drängte sich hinein, ihn schoben sie beiseite. Dennoch schaffte er es, schlug sich durch. Fast einen Monat war er herumgeirrt, da endlich hielt sein Zug nachts auf der Station Aralsk. »Fröhlicher Fünfhundertsiebener« wurde jener »prächtige« Zug genannt – geb's Gott, daß niemand je wieder so reisen muß.

Damals war sogar das ein Glück. Im Stockfinstern stieg er aus dem Wagen wie von einem Berg und blieb verwirrt stehen; er sah die Hand nicht vor den Augen, nur da und dort schimmerten die Lichter der Station. Es war windig. Der Wind, dieser Wind hieß ihn willkommen. Sein heimatlicher, vertrauter Aralwind! Seeluft schlug ihm entgegen. In jenen Tagen war der Aralsee ganz nahe, wogte bis an die Eisenbahn. Jetzt erblickt man ihn nicht mal mehr durchs Fernrohr.

Es verschlug ihm den Atem – aus der Steppe, kaum wahrnehmbar, strömte ein Geruch nach Wermutfäulnis, nach neu erwachendem Frühling in den Weiten jenseits des Aralsees. Er war wieder in der Heimat!

Edige kannte sie gut, die Station und zum See hin die kleine Siedlung mit ihren krummen Gäßchen. Schmutz klebte an seinen Stiefeln. Er ging zu Bekannten, wollte dort übernachten, um am Morgen zu seinem Fischer-Aul Shangeldi aufzubrechen, bis dahin war es noch ziemlich weit. Er merkte selbst nicht, wie ihn das Gäßchen durch die Siedlung hindurchführte, unmittelbar ans Ufer. Da hielt es ihn nicht länger – er trat zum See. Blieb erst vor einem glucksenden Streifen auf dem Sand stehen. Im Dunkel verborgen, war der See nur nach vagen Lichtreflexen zu erahnen, nach Wogenkämmen, die sich als rauschendes Muster abzeichneten und alsbald wieder verschwanden. Der Mond leuchtete bereits morgendlich fahl – ein einsamer Fleck hinter einer Wolke hoch droben.

Das war nun ihr Wiedersehen.

»Sei gegrüßt, Aral«, flüsterte Edige.

Dann hockte er sich auf einen Stein und steckte sich eine Zigarette an, obwohl ihm die Ärzte eindringlich vom Rauchen abgeraten hatten. Später verzichtete er auf diese dumme Angewohnheit. Damals aber war er zu erregt: Was schadet schon der Tabakrauch, wenn unklar ist, wie man weiterleben soll. Um auf den See hinauszufahren, braucht man starke Arme, ein starkes Kreuz und vor allem einen starken Kopf, damit einem im Boot nicht übel wird. Vor dem Fronteinsatz war er Fischer gewesen, und was blieb ihm jetzt? Zwar kein Invalide, war er doch zu nichts nütze. Vor allem taugte der Kopf nicht mehr für die Fischerei, soviel stand fest.

Edige wollte sich schon erheben, da erschien plötzlich am Ufer ein weißer Hund. Er trabte das Wasser entlang. Hin und wieder hielt er und beschnupperte eifrig den nassen Sand. Edige lockte ihn zu sich. Zutraulich kam der Hund näher und blieb schwanzwedelnd vor ihm stehen. Edige kraulte ihm den zottigen Hals.

»Wo kommst denn du her? Sag! Und wie heißt du? Arstan? Sholbars? Böribassar?* Ah, ich versteh' schon, du suchst Fisch am Ufer. Bist ein braver Kerl! Bloß wirft einem das Meer nicht immer toten Fisch vor die Füße. Na ja, was hilft's! Da heißt's eben herumrennen. Deshalb bist du auch so dürr. Ich aber kehre heim, Freundchen. Von Königsberg her. Hab' diese Stadt nicht mehr erreicht, kurz davor hat mich eine Granate erwischt – ich bin gerade noch mit dem Leben davongekommen. Und jetzt grüble ich und rätsle, was ich machen soll. Warum schaust du so? Ich hab' nichts für dich. Nur Orden und Medaillen. Es ist Krieg, mein Freund, überall herrscht Hungersnot. Als wenn ich dir nichts

---

* Löwe, Tiger, Wolfshund

gönnte ... Aber wart mal, ich hab' noch Bonbons – für mein Söhnchen, der kann bestimmt schon laufen ...«

Edige band flink den halbleeren Quersack auf, in dem seine Mitbringsel steckten – eine Handvoll in Zeitungspapier gewickelte Bonbons, ein Tuch für seine Frau, das er auf einem Zwischenhalt jemand abgekauft hatte, und ein paar Stück Seife, gleichfalls von Schiebern. Außerdem hatte er in seinem Beutel Soldatenwäsche zum Wechseln, einen Riemen, ein Käppi, eine zweite Feldbluse und ein Paar Hosen – das war sein ganzes Gepäck.

Der Hund leckte ihm den Bonbon von der Hand und zerbiß ihn knirschend, schwanzwedelnd und mit einem ergebenen Blick aus den hoffnungsfroh aufleuchtenden Augen.

»Na, dann leb wohl.«

Edige erhob sich und ging den See entlang. Er hatte beschlossen, die Leute auf der Station nicht erst zu belästigen; bald graute der Morgen, da wollte er sich lieber ohne Zeitverlust zu seinem Aul Shangeldi durchschlagen.

Erst gegen Mittag erreichte er Shangeldi, immerfort dem Ufer folgend. Vor seiner Kontusion hatte er diese Strecke in knapp zwei Stunden bewältigt. Zu Hause empfing ihn eine niederschmetternde Nachricht – sein Sohn war längst nicht mehr am Leben. Ein halbes Jahr war der kleine Kerl alt gewesen, als Edige eingezogen wurde. Und welch ein Unglück – mit elf Monaten war das Kind gestorben. Es hatte die Masern bekommen und die innere Hitze nicht ertragen, sie hatte ihn verbrannt, hingerafft. Dem Vater an die Front wollte man das nicht schreiben. Wohin auch und warum? Im Krieg ist's ohnehin hart genug. Kehrt er lebendig wieder heim, so erfährt er es bei seiner Ankunft, wird sich eine Weile grämen und doch den Schmerz verwinden, meinten die Verwandten und rieten Ükübala ab, ihn zu benachrichtigen. Ihr seid ja noch jung, sagten sie, ist erst der Krieg zu Ende, dann kriegt ihr, so Gott will, noch mehr Kinder. Verliert die Platane einen Zweig, so ist's kein Unglück, Hauptsache, ihr Stamm bleibt heil. Alle möglichen Überlegungen gab es – nicht laut geäußert, doch allen verständlich: Krieg ist schließlich Krieg, wenn ihn eine Kugel niederstreckt, dann soll er wenigstens mit einer Hoffnung aus der Welt scheiden: Zu Hause bleibt ein Sprößling zurück, sein Geschlecht geht mit ihm nicht zugrunde.

Ükübala gab an allem nur sich selbst die Schuld. Sie zerfloß in Tränen, als sie den heimgekehrten Mann umarmte. Sie hatte diesem Tag voll Hoffnung und unstillbarem Schmerz entgegengesehen, vergehend in schuldzerquältem Warten. Die alten Frauen hätten sie gleich gewarnt, erzählte sie unter Tränen. Dein Kind hat die Masern, hätten sie gesagt, das ist eine heimtückische Krankheit, wickle das Kind schön warm in eine Kamelhaardecke, halt es im Dunkeln, und gib ihm öfter abgekühltes Wasser zu trinken; wenn es das Fieber übersteht, bleibt es am Leben, so Gott will. Sie Unglücksmensch aber habe nicht auf die alten Aul-Frauen gehört. Habe die Nachbarin um einen Wagen gebeten und das kranke Kind zur Ärztin auf die Station gefahren. Als sie auf dem rüttelnden Wagen endlich in Aralsk eintrafen, sei es schon zu spät gewesen. Unterwegs habe das Fieber den Jungen verbrannt. Die Ärztin habe sie tüchtig ausgeschimpft. Du hättest auf die alten Frauen hören müssen, habe sie gesagt.

Solche Nachrichten erwarteten Edige zu Hause, kaum daß er die Schwelle überschritt. Von Stund an versteinerte er, wurde schwarz vor Leid. Nie hätte er gedacht, daß ihn solche Sehnsucht nach dem kleinen Kind verzehren könnte, nach seinem Erstling, den er gar nicht hatte richtig kosen können. Das aber ließ ihn den Verlust noch schmerzlicher empfinden. Unvergeßlich blieb ihm das Lächeln des Kindes – so zahnlos, zutraulich, rein –, und noch lange danach peinigte ihn diese Erinnerung.

Damit nahm alles seinen Anfang. Edige litt es nicht länger in dem Aul. Einst hatten hier, am lehmigen Ufer des Aralsees, ein halbes Hundert Höfe gestanden. Alles Fischer. Eine Genossenschaft war es gewesen. Jetzt war nur noch ein Dutzend Lehmhütten unterm Steilhang übrig. Männer gab es überhaupt keine – alle hatte sie der Krieg hinausgefegt. Alt und jung – ohne Ausnahme. Viele waren fortgezogen, in Aule mit Viehzuchtkolchosen, um nicht zu verhungern. Die Genossenschaft war zerfallen. Wer sollte jetzt noch auf den See hinausfahren!

Ükübala hätte zu den Leuten ihres Stammes gehen können, in die Steppe. Auch kamen Verwandte zu ihr und wollten sie mitnehmen. »Bleib bei uns«, sagten sie, »bis diese Unglückszeit vorbei ist, wenn dein Edige von der Front kommt, halten wir dich bestimmt nicht, dann kannst du sofort zurück in deine Fischersiedlung Shangeldi.«

Doch Ükübala weigerte sich strikt. »Ich warte hier auf meinen Mann. Das Söhnchen hab' ich verloren. Wenn er lebend heimkehrt, soll er zumindest die Frau zu Hause vorfinden. Ich bleibe ja nicht allein, Alte und Kleine leben noch hier, ich helfe ihnen, gemeinsam schlagen wir uns schon durch.«

Richtig hatte sie entschieden. Nur sagte Edige von den ersten Tagen an, er bringe es nicht übers Herz, am See ohne Arbeit herumzusitzen. Damit hatte er recht. Ükübalas Verwandte, die eingetroffen waren, um Edige wiederzusehen, schlugen vor, sie sollten zu ihnen umsiedeln. »Bleib eine Weile bei uns«, sagten sie, »bei den Schafherden in der Steppe. Sobald sich dort deine Gesundheit bessert, übernimmst du eine Arbeit, könntest zum Beispiel das Vieh hüten.« Edige dankte, willigte aber nicht ein. Er begriff, daß er ihnen zur Last fallen würde. Ein, zwei Tage bei nahen Verwandten der Frau zu Gast sein – das mochte angehn. Doch dann... wer braucht dich schon, wenn du keine tüchtige Arbeitskraft bist.

Da beschlossen sie gemeinsam, er und Ükübala, etwas zu riskieren. Sie beschlossen, sich bei der Eisenbahn zu bewerben. Dachten, dort müsse sich schließlich eine geeignete Arbeit für Edige finden – als Wachmann oder als Bahnwärter, und sei's an einem Übergang, wo es nur darum geht, die Schranken zu öffnen und zu schließen. Man mußte doch einem Kriegsinvaliden entgegenkommen.

Mit dieser Absicht zogen sie im Frühling los. Sie waren ja jung, einstweilen durch nichts gebunden. In der ersten Zeit nächtigten sie auf verschiedenen Bahnhöfen. Doch passende Arbeit fanden sie nicht. Und mit Wohnraum stand es noch schlechter. Sie lebten, wo es sich gerade traf, und schlugen sich mit allerlei Zufallsarbeit auf der Eisenbahn durch. Ükübala half ihnen damals aus der Not – sie war gesund und jung und trug die eigentliche Last. Edige als gesund wirkender Mann verdingte sich zum Be- oder Entladen, aber Ükübala verrichtete die Arbeit.

So befanden sie sich einmal, bereits im vorgerückten Frühling, auf dem großen Eisenbahnknotenpunkt Kumbel. Sie entluden Kohle. Über Nebengleise wurden die Waggons unmittelbar in die Hinterhöfe eines Depots geleitet. Hier warfen sie die Kohle zunächst einfach auf die Erde, um die Waggons schneller zu leeren, dann beförderten sie sie mit Schubkarren bergan, schütteten sie zu haushohen Haufen auf. Vorrat für ein ganzes Jahr. Eine unwahrscheinlich schwere, staubige, schmutzige Arbeit. Doch sie mußten ihren Lebensunterhalt verdienen. Edige warf mit der Schippe Kohlen auf die Karre, und Ükübala schob die Karre über Planken hinauf, kippte sie oben aus und kam wieder herunter. Erneut belud Edige die Karre mit Kohle, und erneut schob Ükübala mit letzter Kraft, wie ein Lastgaul, die für eine Frau viel zu schwere Ladung hinauf. Obendrein sengte die Sonne immer mehr, es wurde heiß, und von dieser Hitze und dem Kohlenstaub wurde Edige taumelig und übel. Er spürte selbst, wie seine Kräfte nachließen. Am liebsten hätte er sich auf den Kohlenhaufen fallen lassen und wäre nie wieder aufgestanden. Am meisten jedoch wurmte ihn, daß seine Frau, in der schwarzen Staubwolke fast erstickend, tun mußte, was seine Arbeit gewesen wäre. Schwer fiel es ihm, sie anzusehen. Von Kopf bis Fuß war sie von einer schwarzen Staubschicht bedeckt, nur das Augenweiß und die Zähne blitzten. Sie war in Schweiß gebadet. In schmutzigen Rinnsalen floß er ihr kohlschwarz über Hals,

Brust und Rücken. Wäre Edige noch bei Kräften gewesen wie früher – nie hätte er so etwas zugelassen! Allein hätte er ein Dutzend Waggons mit dieser verfluchten Kohle umgeladen, nur um nicht mit ansehen zu müssen, wie sich seine Frau quälte.

Als sie ihren verödeten Fischer-Aul Shangeldi verließen in der Hoffnung, daß Edige als verwundeter Frontsoldat schon passende Arbeit finden werde, hatten sie eins nicht bedacht: daß es von diesen Frontsoldaten landauf, landab nur so wimmelte. Und sie alle mußten erneut einen Platz im Leben finden. Edige war noch gut dran mit seinen heilen Gliedmaßen. Wie viele Krüppel – Beinlose, Armlose, mit Krücken und Prothesen – bevölkerten damals die Eisenbahn! Wie viele Nächte lang, die sie im Winkel eines überfüllten, stinkenden Bahnhofsgebäudes verbrachten, sandte Ükübala, Vergebung heischend, wortlose Dankgebete an Gott, weil ihr Mann bei ihr war und nicht derart schrecklich und aussichtslos vom Krieg verkrüppelt. Denn was sie auf den Bahnhöfen sah, stürzte sie in Entsetzen, bereitete ihr tiefes Leid. Beinlose, Armlose, völlig verunstaltete Menschen in schäbigen Uniformmänteln und allerlei Lumpen lungerten, auf kleinen Wagen sitzend, mit Krücken und Blindenführern, obdachlos und ohne Hoffnung, auf Bahnhöfen und in Zügen herum, drängten in Gaststätten und Imbißstuben, erschütterten die Herzen mit trunkenem Gebrüll und Weinen. Was erwartete einen jeden von ihnen, wie konnte man an ihnen wiedergutmachen, was nie wiedergutzumachen war? Und allein deshalb, weil ein solches Unglück sie verschont hatte, obwohl es auch anders hätte kommen können, weil sie ihren Mann, wenn auch verwundet, so doch nicht entstellt zurückbekommen hatte, war Ükübala bereit, alles mit schwerster Arbeit abzugelten. Daher murrte sie nicht, gab nicht auf und ließ sich nichts anmerken, auch wenn sie kaum noch die Beine heben konnte und, wie ihr schien, mit ihrer Kraft am Ende war.

Edige aber wurde davon nicht leichter. Sie mußten etwas

unternehmen, irgendwie im Leben Fuß fassen. Ewig konnten sie nicht herumziehen. Immer häufiger kam ihnen der Gedanke: Wenn sie sich nun »taubakel!« sagten, »komme, was will!«, und in die Stadt zögen, vielleicht hätten sie dort mehr Glück? Nur wieder gesund werden, sich erholen von dieser verfluchten Kontusion! Dann ließe sich auch kämpfen, könnte man für sich einstehen. Natürlich, so oder so hätte sich alles fügen können in der Stadt, vielleicht hätten sie sich angepaßt und wären wie viele andere Städter geworden, doch dem Schicksal hatte es gefallen, anders zu entscheiden. Ja, das war Schicksal, wie sonst sollte man jenen Zufall nennen.

Während sie sich auf der Station Kumbel als Kohlenschipper abplagten, kam eines Tages in den Kohlenhof des Depots, auf einem Kamel reitend, ein Kasache, den wohl eigene Angelegenheiten dorthin geführt hatten. Der Ankömmling ließ sein Kamel mit Fußfesseln auf einem Fleck Ödland in der Nähe weiden und ging, sich immerzu besorgt umsehend, mit einem leeren Sack unterm Arm los.

»He, Bruder«, wandte er sich im Vorübergehn an Edige, »sei so gut und paß auf, daß die Kinder keinen Unfug treiben. Sie haben eine dumme Angewohnheit – necken und schlagen Tiere. Könnten ihm auch noch die Fesseln lösen – aus Spaß. Ich bin gleich wieder da, gehe nicht für lange fort.«

»Geh nur, geh, ich pass' schon auf«, versprach Edige, während er mit der Schippe hantierte und sich mit einem schweißdurchtränkten schwarzen Lappen abwischte.

Unaufhörlich rann ihm der Schweiß übers Gesicht. Um die Karre zu beladen, wirtschaftete er ohnehin dauernd an dem Kohlenberg herum, warum sollte er nicht nebenher aufpassen, daß die Lausejungs von der Station das Kamel in Frieden ließen. Ihre Streiche hatte er schon einmal gesehen – sie hatten ein Tier derart geärgert, daß es böse brüllte, nach ihnen spuckte und hinter ihnen herjagte. Den Kindern aber machte das nur Spaß, wie urzeitliche Jäger umkreisten sie mit wildem Geschrei das Tier und bewarfen es mit Steinen und Stöcken. Viel hatte das arme Kamel auszustehen, bis sein Herr wieder eintraf.

Auch diesmal kam von irgendwoher eine lautstarke Horde abgerissener Nichtsnutze mit einem Fußball angerannt. Und prompt begannen sie, diesen Fußball mit Macht auf das gefesselte Kamel zu schießen. Das Tier scheute zurück, sie aber schmetterten ihm um die Wette – wer kann es kräftiger und geschickter? – den Ball in die Flanken. Wer traf, jubelte, als hätte er ein Tor erzielt.

»He, ihr da, schert euch weg, schikaniert nicht das Kamel!« Edige drohte ihnen mit der Schippe. »Sonst setzt es was!«

Die Jungs zogen ab, sie dachten wohl, er sei der Herr, oder der Anblick des Kohlenschippers war gar zu beängstigend, am Ende war er noch betrunken, dann nähme es kein gutes Ende – und sie liefen weiter, den Ball kickend. Woher sollten sie auch wissen, daß sie dem Kamel ungestraft und nach Herzenslust hätten zusetzen können; Edige hatte ihnen nur zum Schein mit der Schippe gedroht; in seiner damaligen Verfassung hätte er sie doch nie erwischt. Jede Schaufel Kohle, die er auf den Karren warf, kostete ihn gewaltige Anstrengung. Nie hätte er gedacht, daß es so widerwärtig, so erniedrigend ist, schlapp zu sein, krank und zu nichts nütze. Dauernd war ihm schwindlig. Der Schweiß quälte ihn. Edige war am Ende seiner Kraft, der Kohlenstaub machte ihm das Atmen schwer, und beklemmende schwarze Feuchtigkeit drückte ihm auf die Brust. Hin und wieder versuchte Ükübala, ihm Arbeit abzunehmen, damit er ein wenig ausruhen, sich an der Seite hinsetzen konnte, sie belud selbst die Karre und schob sie auf den Kohlenberg. Doch Edige konnte nicht ruhig zusehen, wie sie sich abquälte, er stand auf und ging taumelnd ans Werk.

Der Mann, der ihn gebeten hatte, auf das Kamel zu achten, kam bald mit einer Last auf dem Rücken zurück. Als er das Gepäck festgezurrt hatte und sich schon zum Aufbruch rüstete, trat er noch einmal zu Edige, um ein paar Worte mit ihm zu wechseln. Sie kamen ins Gespräch. Der Mann war Kasangap von der Ausweichstelle Schneesturm-Boranly.

Wie sich herausstellte, waren sie Landsleute. Auch Kasangap stammte vom Aralsee. Das brachte sie schnell einander näher.

Keiner hätte damals schon gedacht, daß diese Begegnung über Ediges und Ükübalas künftiges Leben entschied. Kasangap überredete sie einfach, auf die Ausweichstelle Schneesturm-Boranly mitzukommen, um dort zu leben und zu arbeiten. Es gibt Menschen, zu denen man sich bei der ersten Bekanntschaft hingezogen fühlt. Kasangap hatte nichts Außergewöhnliches an sich, im Gegenteil, gerade seine Schlichtheit kennzeichnete ihn als Menschen, der seine Lebensweisheit teuer bezahlt hatte. Dem Aussehen nach war er ein ganz einfacher Kasache in verblichener Kleidung, die sich ihm vom langen Tragen bequem angepaßt hatte. Auch die Hosen aus gegerbtem Ziegenleder trug er nicht von ungefähr – in ihnen ritt es sich bequemer auf dem Kamel. Doch wußte er auch Dinge zu schätzen – eine ziemlich neue, für Ausritte geschonte Eisenbahnermütze prangte auf seinem großen Kopf, und die lange Jahre getragenen Chromlederstiefel waren an vielen Stellen sorgfältig mit Pechdraht geflickt. Daß er ein echter Steppenbewohner und Arbeitsmann war, erkannte man an seinem von der stechenden Sonne und dem ständigen Wind hart gewordenen braunen Gesicht und den derben, sehnigen Händen. Seine von schwerer Arbeit vorzeitig gekrümmten Schultern fielen steil ab, daher wirkte sein Hals, obwohl er selbst nur von mittlerem Wuchs war, lang und gestreckt wie bei einem Ganter. Bewundernswert waren seine braunen Augen – alles begreifende, aufmerksame, lächelnde Augen mit einem Strahlenkranz von Fältchen, wenn er sie zukniff.

Kasangap war damals schon an die Vierzig. Vielleicht schien es auch nur so, weil ihm die kurz gestutzte Schnurrbartbürste und der kleine braune Backenbart Züge von Lebensreife verliehen. Vor allem flößte er Vertrauen ein durch seine besonnene Redeweise. Ükübala empfand sogleich Hochachtung vor diesem Mann. Nichts sagte er unnütz.

Und alles war vernünftig. »Wenn dich schon ein solches Unglück betroffen hat und die Kontusion noch im Körper sitzt«, sagte er, »wozu dann der Gesundheit schaden? Ich hab' gleich bemerkt, daß diese Arbeit deine Kräfte übersteigt, Edige. Du bist noch nicht stark genug dafür. Hältst dich ja kaum auf den Beinen. Du brauchtest jetzt eine leichtere Beschäftigung, an der frischen Luft, müßtest Vollmilch trinken, soviel du magst. Bei uns in der Ausweichstelle beispielsweise werden noch und noch Leute gebraucht für Streckenarbeiten. Der neue Leiter der Ausweichstelle redet immerzu davon. ›Du bist doch alteingesessen hier‹, sagte er, ›beschaff uns doch mal die Richtigen.‹ Aber woher nehmen? Alle sind im Krieg. Und wer fertig ist mit dem Krieg, der findet auch anderswo Arbeit. Ein Zuckerlecken ist das Leben bei uns natürlich nicht. Die Gegend ist schwierig – weit und breit nur Steppe, keine Menschen, kein Wasser. Wasser bringt man in einem Kesselwagen für eine Woche. Manchmal bleibt es auch aus. Kommt alles vor. Dann müssen wir zu weit entfernten Brunnen in die Steppe reiten und in Schläuchen Wasser holen; früh reitet man los, und gegen Abend erst ist man wieder zurück. Und doch«, sagte Kasangap, »besser in der Steppe, in einem entlegenen, aber eigenen Winkel, als so durch die Welt zu irren. Ein Dach überm Kopf wirst du haben, ständige Arbeit wirst du haben, wir bringen dir bei, was du zu tun hast, und du kannst dir auch eine Wirtschaft zulegen. Wenn du nur zupackst. Zu zweit könnt ihr gut und gern euern Lebensunterhalt verdienen«, sagte er. »Bist du erst wieder gesund, und es zieht euch weg von da, dann fahrt ihr dorthin, wo es besser ist...«

Solche Reden führte Kasangap. Edige überlegte, überlegte und willigte ein. Und noch am selben Tag zogen sie mit Kasangap in die Ausweichstelle Schneesturm-Boranly, denn selbst für damalige Zeiten waren Edige und Ükübala schnell aufbruchbereit. Sie packten ihre paar Habseligkeiten und begaben sich auf den Weg. Was machte es ihnen damals aus, auch so ihr Glück zu versuchen. Und wie sich später herausstellte, war dies ihr Schicksal.

Sein Lebtag vergaß Edige nicht den Weg durch die Sary-Ösek-Steppe von Kumbel bis nach Schneesturm-Boranly. Zunächst gingen sie entlang der Bahnstrecke, doch allmählich wichen sie ab und liefen über die Steppendünen. Wie Kasangap erklärte, schnitten sie so etwa zehn Kilometer ab, denn die Eisenbahn machte hier einen großen Bogen, sie umging den Boden eines großen Takyr – eines ausgetrockneten Salzsees. Salz und dumpfige Feuchte steigen bis zum heutigen Tag aus dem Takyr. Jedes Frühjahr erwachte diese Salztonebene – wurde sumpfig, matschig und daher schwer passierbar, gegen Sommer aber überzog sie sich mit einer weißen Salzschicht und wurde steinhart – bis zum nächsten Frühjahr. Daß hier einst ein großer Salzsee gewesen war, hatte Kasangap erzählt, er wußte es von dem Geologen Jelisarow, mit dem Schneesturm-Edige später gute Freundschaft schloß. Das war ein kluger Kopf.

Edige aber, damals noch nicht Schneesturm-Edige, sondern einfach ein Aral-Kasache und verwundeter Frontsoldat ohne sichere Existenz, der einem hiesigen Streckenarbeiter zufällig über den Weg gelaufen war, vertraute Kasangap und zog mit seiner Frau auf der Suche nach Arbeit und Unterkunft in die unbekannte Ausweichstelle Schneesturm-Boranly, ohne zu ahnen, daß er dort sein ganzes Leben bleiben würde.

Die riesigen, unendlichen Weiten der im Frühjahr für kurze Zeit grünenden Sary-Ösek überwältigten Edige. Rund um den Aralsee gab es auch viele Steppen und Ebenen, man denke nur an das Ustjurt-Plateau, aber zum erstenmal sah er eine Wüste solcher Ausdehnung. Und wie Edige später begriff, konnte nur derjenige die Einsamkeit in den schweigsamen Steppen bestehen, der fähig war, die Größe der Wüste zu ermessen. Ja, die Steppen waren gewaltig, doch was erfaßt nicht das lebendige Denken eines Menschen! Weise war Jelisarow, er vermochte zu erklären, was sonst nur in vagen Vermutungen unterschwellig reifte.

Wer weiß, wie Edige und Ükübala sich gefühlt hätten,

während sie immer tiefer in die Steppen eindrangen, wäre nicht Kasangap gewesen, der ruhig und sicher voranschritt, das Kamel am Zügel. Edige saß oben zwischen all dem Gepäck. Natürlich hätte eigentlich Ükübala reiten müssen. Doch Kasangap und vor allem Ükübala hatten ihn gebeten, ja ihn fast gezwungen, auf das Kamel zu klettern. »Wir sind gesund, du aber mußt noch deine Kräfte schonen, keine Widerworte, halt uns nicht auf, der Weg ist weit.« Das Kamel war jung, noch zu schwach für größere Lasten, deshalb gingen zwei nebenher, und nur einer saß oben. Heute, auf Ediges Karanar, hätten ohne weiteres alle drei Platz gefunden, und sie wären viel schneller an Ort und Stelle gewesen – in dreieinhalb, vier Stunden scharfen Trotts. Damals erreichten sie Schneesturm-Boranly erst spätnachts.

Doch unter Gesprächen und beim Anblick unbekannter Gegenden verging die Zeit unbemerkt. Kasangap erzählte unterwegs vom hiesigen Leben und Treiben, erzählte, wie er hierhergelangt war, in die Sary-Ösek, zur Eisenbahn. So alt war er noch gar nicht, auf die Sechsunddreißig ging er erst zu in dem letzten Jahr vor Kriegsende. Er stammte von Aral-Kasachen ab. Sein Aul Beschaghatsch lag etwa dreißig Kilometer entfernt von Shangeldi, am Seeufer gemessen. Und obwohl Kasangap schon lange, vor vielen Jahren von dort weggezogen war, hatte er sein Beschaghatsch seither kein einziges Mal besucht. Dafür gab es Gründe. Sein Vater war während der Liquidierung der Kulaken als Klasse verbannt worden; er starb kurze Zeit darauf, schon auf dem Rückweg aus der Verbannung, nachdem sich herausgestellt hatte, daß er gar kein Kulak war, sondern Opfer einer Verzerrung der Parteilinie, und daß man mit Mittelbauern wie ihm grundlos, genauer: zu Unrecht, so hart umgegangen sei. Man nahm alles zurück, doch es war schon zu spät. Die Familie – Brüder und Schwestern – hatte sich inzwischen in alle Winde zerstreut, Hauptsache, möglichst weit weg. Seitdem waren sie wie vom Erdboden verschluckt. Kasangap, damals noch ein junger Bursche, wurde von übereifrigen Funktionären dauernd gedrängt, auf einer Versammlung seinen Vater zu verurteilen, öffentlich zu bekunden, daß er leidenschaftlich die Parteilinie unterstütze, daß sein Vater als fremdes Element zu Recht ausgewiesen worden sei, daß er sich von einem solchen Vater lossage, daß für Klassenfeinde wie seinen Vater kein Raum auf Erden sei und sie allerorten ausgerottet werden müßten.

In weit entlegene Landstriche mußte Kasangap ziehen, um nicht eine solche Schande auf sich zu laden. Sechs volle Jahre arbeitete er in der Betpak-Dala, der Hungersteppe bei Samarkand. Auf dem Land, das Jahrhunderte unberührt gelegen hatte, begann man damals Baumwollplantagen anzulegen. Menschen wurden dringend gebraucht. Sie lebten in Baracken, hoben Gräben aus. Kasangap war Erdarbeiter, war Traktorist, war Brigadier, erhielt eine Ehrenurkunde für vorbildliche Arbeit. Dort heiratete er auch. Menschen aus allen Ecken des Landes zogen damals der guten Verdienstmöglichkeiten wegen in die Hungersteppe. Aus der Gegend von Chiwa kam die Karakalpakin Bökej mit der Familie ihres Bruders zur Arbeit in die Betpak-Dala. Und es war ihnen bestimmt, sich zu begegnen. Sie heirateten in der Betpak-Dala und beschlossen, in Kasangaps Heimat zurückzukehren, an den Aralsee, zu seinen Leuten, auf sein Land. Doch hatten sie nicht alles bedacht. Lange fuhren sie, mit häufigem Umsteigen, in »Maxims«*, auf einer Umsteigestation aber, in Kumbel, traf Kasangap zufällig Landsleute vom Aralsee; und ihren Gesprächen entnahm er, daß es nicht ratsam sei, nach Beschaghatsch heimzukehren, denn dort seien noch immer jene Überspitzer am Ruder. Da schlug es sich Kasangap aus dem Kopf, in seinen Aul zu fahren. Nicht, weil er etwas befürchtet hätte – jetzt besaß er ja eine Ehrenurkunde von Usbekistan! Er wollte einfach die Leute nicht mehr sehen, die ihn so hämisch und böse gedemütigt hatten. Einstweilen waren sie straflos davongekommen, und wie

---

* So hießen die für die Personenbeförderung bestimmten Züge

sollte er sie nach allem ruhig begrüßen und so tun, als wäre nichts vorgefallen!

Kasangap erinnerte sich nicht gern daran und begriff nicht, daß es außer ihm längst keinen mehr beschäftigte. In den langen, langen Jahren seit seiner Ankunft in der Sary-Ösek hatte er nur zweimal zu erkennen gegeben, daß für ihn nichts vergessen war. Einmal hatte sein Sohn ihn tüchtig verstimmt, ein andermal hatte Edige unpassend gescherzt.

Während eines Besuchs von Sabitshan saßen sie alle beim Tee, plauderten und lauschten den Neuigkeiten aus der Stadt. Spöttelnd erzählte Sabitshan unter anderem, daß jene Kasachen und Kirgisen, die in den Jahren der Kollektivierung nach Xinjiang gegangen waren, nun wieder zurückkämen. China habe sie in den Kommunen geschunden – sogar zu Hause zu essen habe man ihnen verboten, sie bekamen nur dreimal am Tag etwas aus einem gemeinsamen Kessel, dann stand groß und klein mit Schüsseln an. Die Chinesen hätten es ihnen derart besorgt, daß sie wie angesengt von dort wegliefen, unter Verzicht auf ihre ganze Habe. Bis zum Boden verneigten sie sich, nur um wieder heimkommen zu dürfen.

»Was ist daran schön?« fragte Kasangap finster, und seine Lippen bebten vor Zorn. Das widerfuhr ihm äußerst selten, und ebenso selten, fast nie, sprach er in einem solchen Ton mit seinem Sohn, den er vergötterte, den er lernen ließ und dem er nie eine Bitte abschlug im Glauben, aus ihm würde einmal ein großer Mann. »Warum lachst du darüber?« setzte er dumpf hinzu, in wachsender Erregung, weil ihm das Blut zu Kopfe stieg. »Das ist doch menschliches Leid.«

»Wie soll ich denn reden? Komisch!« entrüstete sich Sabitshan. »Ich sag', wie's ist.«

Der Vater entgegnete nichts, schob nur die Schale mit dem Tee beiseite. Sein Schweigen wurde unerträglich.

»Und was soll's – über wen willst du dich beschweren?« Verwundert hob Sabitshan die Schultern. »Über die Zeit? Die ist nicht faßbar. Über die Macht? Dazu hast du kein Recht.«

»Weißt du, Sabitshan, meine Sache ist das, wozu meine Kraft reicht. In andere Dinge mische ich mich nicht ein. Aber merk dir: Nur Gott darf man nicht zürnen. Schickt er den Tod, dann ist das Leben zu Ende, dafür wurde man ja geboren. Für alles andere muß man Rechenschaft ablegen auf Erden.« Kasangap erhob sich und verließ, ohne jemanden eines Blickes zu würdigen, zornig und wortlos das Haus.

Ein andermal, bereits viele Jahre nach ihrem Fortgang aus Kumbel, als sie in Schneesturm-Boranly schon Fuß gefaßt, sich eingelebt hatten, als Kinder geboren und groß geworden waren, in einem Frühjahr, beim abendlichen Eintreiben des Viehs, witzelte Edige mit einem Blick auf die nun mit zahlreichen Lämmern gesegneten Schafe: »Reich sind wir beide geworden, Kasangap, man könnte uns richtig wieder als Kulaken enteignen!«

Kasangap faßte ihn scharf ins Auge, und sein Schnurrbart sträubte sich sogar.

»Schwatz keinen Unsinn!«

»Nanu – verstehst du keinen Spaß?«

»Mit so was spaßt man nicht.«

»Ach, laß doch, Kasangap. Hundert Jahre ist es her ...«

»Das ist es ja. Nimmt man dir dein Hab und Gut, gehst du nicht zugrunde, überlebst es. Die Seele aber bleibt zertreten, das macht keiner wieder gut.«

Doch an dem Tag, da sie durch die Sary-Ösek von Kumbel nach Schneesturm-Boranly zogen, war es noch weit hin bis zu jenen Gesprächen. Und noch wußte niemand, was ihnen ihre Ankunft auf der Ausweichstelle Schneesturm-Boranly versprach, ob sie dort lange aushalten, sich einleben oder weiter in die Welt ziehen würden. Sie unterhielten sich einfach über das Leben und Treiben, unter anderem interessierte sich Edige dafür, wie es kam, daß Kasangap nicht an die Front gegangen war – hatte ihn etwa eine Krankheit daran gehindert?

»Nein, ich bin Gott sei Dank gesund«, erwiderte Kasangap, »Krankheiten kannte ich nicht, und ich glaube schon, daß ich nicht schlechter gekämpft hätte als andere. Doch alles kam ganz anders...«

Da Kasangap sich nicht hatte entschließen können, nach Beschaghatsch zurückzukehren, blieben sie auf der Station Kumbel – wo sollten sie auch hin? Wieder in die Hungersteppe? Das war zu weit, und warum auch, dann hätten sie nicht erst von da fortzuziehen brauchen. Und zum Aralsee wollten sie nicht mehr. Der Bahnhofsvorsteher war eine gute Seele, er bemerkte sie, die lieben Leute, fragte sie aus, woher sie kämen und was sie zu tun gedächten, und setzte Kasangap und Bökej in einen vorüberfahrenden Güterzug, der sie zur Ausweichstelle Schneesturm-Boranly brachte. Dort, so sagte er, werden Leute gebraucht, und ihr seid gerade ein passendes Paar. Er gab ihnen einen Zettel mit, für den Leiter der Ausweichstelle. Und er hatte sich nicht geirrt. Wie schwer es auch war, selbst verglichen mit der Hungersteppe – dort waren viele Leute gewesen, die Arbeit machte Spaß –, wie schrecklich es war in der wasserlosen Sary-Ösek-Steppe, allmählich gewöhnten sie sich an alles, paßten sich an und lebten sich ein. Sie hatten immerhin ihr Auskommen. Beide wurden sie als Streckenarbeiter geführt, doch mußten sie alle Arbeiten verrichten, die auf der Ausweichstelle anfielen. Damit begann im Grunde das gemeinsame Leben von Kasangap und seiner jungen Frau Bökej auf der menschenleeren Ausweichstelle. Zweimal in diesen Jahren wollten sie allerdings, da sie genug zusammengespart hatten, woandershin ziehen, näher zur Bahnstation oder zur Stadt, doch während sie noch überlegten, brach der Krieg aus.

Nun fuhren immerfort Transportzüge durch Schneesturm-Boranly – nach Westen mit Soldaten, nach Osten mit Evakuierten, nach Westen mit Korn, nach Osten mit Verwundeten. Selbst in einer so abgelegenen Zwischenstation wie Schneesturm-Boranly war alsbald zu spüren, wie schroff sich das Leben verändert hatte.

Eine nach der anderen heulten die Lokomotiven, forderten freie Fahrt, ihnen entgegen aber ertönten ebenso viele

Pfeifsignale. Die Schwellen hielten der Belastung nicht stand, verzogen sich, die Gleise nutzten sich vorzeitig ab, deformiert von der Last der überfüllten Wagen. Kaum war das Gleisbett an einer Stelle erneuert, da verlangte ein anderer Streckenabschnitt dringend nach Reparatur.

Und kein Ende war abzusehen – woher nahmen sie nur dieses zahllose Menschenheer, Zug um Zug jagte an die Front, Tag und Nacht, und das wochenlang, monatelang, schließlich jahrelang. Alle nach Westen – dorthin, wo Welten gegeneinander kämpften auf Leben und Tod.

Nach einiger Zeit war auch Kasangap an der Reihe. Man brauchte ihn für den Krieg. Aus Kumbel erreichte ihn die Nachricht, er solle sich am Sammelplatz melden. Der Leiter der Ausweichstelle griff sich an den Kopf und stöhnte auf – den besten Streckenarbeiter nahmen sie ihm weg, ohnehin waren es in Schneesturm-Boranly nur anderthalb Mann. Aber was vermochte er schon, wer hätte sich schon angehört, daß die Durchlaßfähigkeit der Ausweichstelle nicht wie Gummi sei. Die Lokomotiven heulten bei den Signalen. Auslachen würde man ihn, wenn er sagte, daß dringend ein weiteres Nebengleis gebaut werden müsse. Wen kümmerte das jetzt – der Feind bedrohte Moskau.

Schon stand der erste Kriegswinter an der Schwelle, ein früher Winter kündigte sich an mit Dämmerlicht, Dunst, eisiger Kälte. Am Vorabend jenes Morgens war Schnee gefallen, die ganze Nacht über. Zuerst als dünner Pulverschnee, dann in dichten Flocken. In der großen Lautlosigkeit über der Steppe hatte sich grenzenlos, über Ebenen, Dünen und Schluchten, reines himmlisches Weiß als geschlossene Decke gebreitet. Und schon regten sich, sacht mit der noch nicht verharschten Schneedecke spielend, die Sary-Ösek-Winde. Einstweilen waren es die ersten, probeweisen Luftbewegungen, später würden sie loswirbeln, dahinfegen, Schneestürme auslösen. Was würde dann aus dem Fädchen der Eisenbahn, das die große gelbe Steppe durchschnitt wie ein Äderchen die Schläfe? Solange noch das Äderchen pochte, rollten die Züge, rollten sie in die eine wie die andere Richtung.

An jenem Morgen fuhr Kasangap an die Front. Er fuhr allein, keiner gab ihm das Geleit. Als sie aus dem Haus traten, sagte Bökej, ihr werde vor lauter Schnee schwindlig. Kasangap nahm ihr das eingemummte Kind ab. Aisada war damals schon geboren. Und sie gingen los, hinterließen vielleicht zum letztenmal nebeneinander Spuren im Schnee. Doch nicht die Frau war es, die Kasangap begleitete, sondern er geleitete sie zu guter Letzt, ehe er einen Güterzug nach Kumbel bestieg, zum Weichenwärterhäuschen. Weichenwärterin wurde von nun an Bökej anstelle ihres Mannes. Hier nahm sie Abschied. Was zu sagen war, hatten sie sich schon in der Nacht gesagt und von der Seele geweint. Die Lokomotive stand bereits unter Dampf. Der Lokführer drängte, rief Kasangap. Kaum war Kasangap zu ihm hinaufgeklettert, stieß die Lokomotive einen langen Pfiff aus, gewann an Fahrt und passierte, mit den Rädern über die Schienenstöße rumpelnd, die Weiche, wo, ihnen den Weg freigebend, Bökej stand, mit straff geknüpftem Kopftuch, gegürtet, in den Stiefeln ihres Mannes und mit einer Flagge in der Hand, das Kind auf dem Arm. Ein letztes Mal winkten sie sich zu. Dann war alles vorübergehuscht – ihr Gesicht, ihr Blick, ihre Hand, das Signal...

Der Zug aber jagte schon dahin und erfüllte mit seinem Gepolter die milchweiß verschneiten Weiten, die zu beiden Seiten schweigend heranwogten und schweigend vorbeizogen wie ein weißer Traum. Der Wind blies in die Lokomotive und durchsetzte den unausrottbaren Geruch verbrannter Schlacke aus der Feuerung mit dem Geruch von frischem, unberührtem Steppenschnee. Kasangap bemühte sich, diesen winterlichen Duft der Sary-Özek-Weiten möglichst lange in den Lungen zu behalten, und begriff, daß ihm dieses Land nicht mehr gleichgültig war.

In Kumbel war der Abtransport von Einberufenen im Gange. Man ließ alle in Reih und Glied antreten, rief sie namentlich auf und verteilte sie auf die Waggons. Da ereignete sich etwas Seltsames. Als Kasangap mit seiner Kolonne zum Verladen abrückte, holte ihn ein Mitarbeiter des Kriegskommissariats ein.

»Assanbajew Kasangap! Wer ist hier Assanbajew? Raustreten! Mitkommen!« Kasangap tat, wie ihm geheißen.

»Ich bin Assanbajew!«

»Deine Papiere! Stimmt. Er ist's. Also komm mit.«

Sie kehrten zum Bahnhof zurück, wo der Sammelpunkt eingerichtet war, und jener Mann sagte zu ihm: »Tja, Assanbajew, du fährst jetzt wieder heim. Verstanden?«

»Jawohl«, erwiderte Kasangap, obwohl er nicht das geringste verstand.

»Dann verschwinde, drück dich hier nicht rum. Du bist frei.«

Völlig verwirrt überließ sich Kasangap der lärmenden Menge der Wegfahrenden und ihrer Begleiter. Zunächst freute er sich sogar über diese Wendung der Dinge, dann aber wurde ihm plötzlich unerträglich heiß von einer Vermutung, die aus der Tiefe seines Bewußtseins stieg. Das war es also! Er drängte sich durch den Menschenstau zur Tür des Sammelstellenleiters.

»He, wo willst du hin?« schrien Leute, die gleichfalls den Leiter sprechen wollten.

»Ich hab' ein dringendes Anliegen! Mein Zug fährt ab, es eilt!« Und er zwängte sich durch die Tür.

Im vollgerauchten, von blauen Schwaden erfüllten Zimmer, eingekeilt von Telefonen, Papieren und Menschen, hob ein angegrauter, heiserer Mann das verzerrte Gesicht vom Tisch, als Kasangap zu ihm vordrang.

»Was willst du denn?«

»Ich protestiere.«

»Wogegen?«

»Mein Vater wurde rehabilitiert, er wurde Opfer einer Überspitzung. Er war kein Kulak! Überprüfen Sie alle Unterlagen! Er wurde als Mittelbauer rehabilitiert.«

»Moment, Moment! Was willst du eigentlich?«

»Wenn ihr mich aus diesem Grund nicht nehmt, ist es ungerecht.«

»Quatsch nicht dumm! Kulak, Mittelbauer – wen schert das jetzt? Woher bist du denn aufgekreuzt? Wie ist dein Name?«

»Assanbajew von der Ausweichstelle Schneesturm-Boranly.«

Der Leiter blätterte in seinen Listen.

»Das hättest du gleich sagen sollen. Verdrehst einem bloß den Kopf. Mittelbauer, Armbauer, Kulak! Du bist freigestellt! Man hat dich irrigerweise einberufen! Es gibt einen Befehl vom Genossen Stalin persönlich, Eisenbahner nicht anzurühren, die müssen alle an Ort und Stelle bleiben. Stör uns hier nicht länger, hau ab zu deiner Ausweichstelle, und geh an die Arbeit...«

Der Sonnenuntergang erreichte sie unterwegs, in der Nähe von Schneesturm-Boranly. Nun näherten sie sich wieder der Eisenbahn, schon hörte man das Pfeifen der durchfahrenden Züge, unterschied die einzelnen Wagen. Von fern wirkten sie inmitten der Steppe wie Spielzeug. Langsam erlosch die Sonne hinter ihnen, modellierte die Täler und Hügel ringsum kontrastierend mit Licht und Schatten; gleichzeitig breitete sich, kaum wahrnehmbar, Dämmer übers Land, verdunkelte allmählich die Luft, sättigte sie mit Blau und dem erkaltenden Hauch der Frühlingserde, die noch getränkt war von Resten der Winterfeuchte.

»Da liegt unser Boranly!« Kasangap wies mit der Hand die Richtung und wandte den Kopf zu Edige auf dem Kamel und der neben ihm laufenden Ükübala. »Jetzt ist es nicht mehr weit, bald sind wir da, so Gott will. Dann ruht ihr aus.«

Vor ihnen, da, wo die Eisenbahn einen kaum merklichen Bogen machte, standen auf einer öden Fläche einige Häuschen, und auf einem Nebengleis wartete ein Zug auf das Fahrt-frei-Signal. Darüber hinaus und zu beiden Seiten freies

Feld, flache Sandwehen, unermeßliche Weite, Steppe, nichts als Steppe.

Edige stockte das Herz, zwar war er selbst ein Steppenbewohner und gewöhnt an die Wüsten um den Aralsee, doch so etwas hatte er nicht erwartet. Von dem ständig sein Aussehen wechselnden blauen See, an dessen Ufer er aufgewachsen war, sollte er nun in diese tote Gegend ohne Gewässer? Wie würde er hier leben?

Ükübala legte im Ausschreiten ihre Hand auf sein Bein und ging einige Schritte, ohne die Hand wegzunehmen. Er verstand. »Macht nichts«, sagte sie, »Hauptsache, du wirst wieder gesund. Dann werden wir schon weitersehn.«

So näherten sie sich jenem Ort, an dem sie, wie sich später herausstellte, lange Jahre verbringen sollten – ihr ganzes restliches Leben.

Bald war die Sonne erloschen, und bereits im Finstern, als am Himmel hell und klar zahlreiche Sterne aufleuchteten, erreichten sie Schneesturm-Boranly.

Einige Tage wohnten sie bei Kasangap. Dann machten sie sich selbständig. Man gab ihnen ein Zimmer in der damaligen Baracke für Streckenarbeiter, und so begann ihr Leben an dem neuen Ort.

Bei allen Unbilden und der besonders in der ersten Zeit schwer zu ertragenden Menschenleere der Steppe erwiesen sich für Edige zwei Dinge als nützlich – die Luft und die Kamelmilch. Die Luft war von ursprünglicher Reinheit, eine andere so unberührte Welt wäre kaum zu finden gewesen, und für Milch sorgte Kasangap, er überließ ihnen eine seiner beiden Kamelstuten.

»Ich hab' mit meiner Frau beratschlagt, was wir tun könnten«, sagte er, »uns reicht die Milch, da könnt ihr ruhig unser Weißköpfchen melken. Sie ist eine junge, melkende Stute, hat zum zweitenmal geworfen. Übernehmt sie zur Pflege und Nutzung. Aber seht zu, daß ihr genug Milch bleibt, das Kleine zu säugen. Es gehört euch, so haben meine Frau und ich beschlossen – nimm es, Edige, anläßlich eures Umzuges, für den Neubeginn. Pflegst du es gut, so wirst du einmal eine ganze Herde haben. Entschließt ihr euch aber wegzuziehen, dann verkaufst du es, und ihr kommt zu Geld.«

Weißköpfchens Fohlen – schwarzäugig, winzig, mit kleinen dunklen Höckern – war erst vor anderthalb Wochen geboren. Ein rührend großäugiges Geschöpf – seine riesigen vorgewölbten feuchten Augen funkelten voll kindlicher Zärtlichkeit und Neugier. Mitunter lief und sprang es drollig herum, tollte neben der Mutter; blieb es aber allein in seinem Verschlag, dann rief es nach ihr mit fast menschlicher, jämmerlicher Stimme. Wer hätte ihm das angesehen – es war der künftige Schneesturm-Karanar. Jener unermüdliche und kräftige Hengst, der mit der Zeit im weiten Umkreis Berühmtheit erlangen sollte. Viele Ereignisse verbanden sich mit ihm in Schneesturm-Ediges Leben. Damals aber brauchte das Kleine noch ständige Aufsicht. Edige gewann es von Herzen lieb, beschäftigte sich jede freie Minute mit ihm. Schon früher, am Aral, hatte er sich in diesem Geschäft geübt, das kam ihm nun sehr zustatten. Gegen Winteranfang, als es kalt wurde – der kleine Karanar war schon merklich herangewachsen –, nähten sie ihm eine warme Decke, unterm Bauch zum Zuknöpfen. Darin sah er erst recht spaßig aus – nur Kopf, Hals, Beine und die beiden Höcker ragten heraus. So bekleidet lief er den ganzen Winter über herum, auch noch zu Frühlingsbeginn – Tage und Nächte in der Steppe unterm freien Himmel.

Als es auf den Winter jenes Jahres zuging, spürte Edige, wie seine Kräfte allmählich zurückkehrten. Ihm war gar nicht bewußt, seit wann ihm nicht mehr schwindlig wurde. Allmählich war auch das ständige Rauschen in den Ohren verschwunden, und ihm brach bei der Arbeit nicht mehr der Schweiß aus. Und mitten im Winter, bei den großen Schneeverwehungen auf der Strecke, konnte er schon wie alle anderen zum Noteinsatz ausrücken. Schließlich kräftigte er sich so weit – war er doch jung und von Natur beharrlich –, daß er sogar vergaß, wie erbärmlich es ihm noch vor kurzem gegangen war, wie mühsam er die Beine geschleppt hatte. Die Worte des rotbärtigen Doktors hatten sich bestätigt.

Hatte Edige gute Laune, dann liebkoste er bisweilen sein Kameljunges, umhalste es und scherzte: »Wir zwei sind gewissermaßen Milchbrüder. Wie groß du geworden bist mit Weißköpfchens Milch, und ich habe wohl doch meine Schwäche überwunden. Geb's Gott, für immer. Der Unterschied ist nur, daß du am Euter gesaugt hast, und ich hab' gemolken und aus der Milch Schubat gemacht.«

Viele Jahre später, als Schneesturm-Karanar in der Sary-Ösek-Steppe bereits so berühmt war, daß einige Leute eigens kamen, um ihn zu fotografieren – das war, als sie den Krieg bereits vergessen hatten und die Kinder schon zur Schule gingen, als in der Ausweichstelle eine eigene Pumpstation errichtet worden war, die das Wasserproblem endgültig löste, und Edige bereits sein Haus mit Blechdach besaß, kurz, als das Leben nach so vielen Entbehrungen und Plagen endlich in seine würdige, für den Menschen normale Bahn zurückgefunden hatte –, da kam es zu einem Gespräch, an das sich Edige noch lange erinnern sollte.

Die Ankunft von Fotokorrespondenten – so titulierten sie sich natürlich selbst – war ein seltenes, wenn nicht gar einmaliges Ereignis in der Geschichte von Schneesturm-Boranly. Die flinken, wortgewandten Fotografen, drei an der Zahl, geizten nicht mit Versprechungen – wir sind ja eigens gekommen, sagten sie, um in alle Zeitungen und Zeitschriften Bilder von Schneesturm-Karanar und von seinem Herrn zu bringen. Der Lärm und das Gewese um ihn gefielen Karanar nicht sonderlich, gereizt brüllte er immerzu auf, knirschte mit den Zähnen und warf unnahbar den Kopf zurück: Er wollte in Ruhe gelassen werden. Die Zugereisten baten Edige unentwegt, das Kamel zu besänftigen und es bald so und bald anders zu drehen. Edige wiederum rief jedesmal die Kinder, die Frauen und auch Kasangap hinzu, um nicht allein aufgenommen zu werden, sondern mit den andern zusammen, das hielt er für besser. Die Fotografen hatten nichts dagegen, knipsten mit ständig anderen Apparaten. Das Glanzstück war, als alle Kinder auf Schneesturm-Karanar aufsaßen, zwei auf dem Hals, etwa fünf auf dem Rücken und dazwischen Edige selbst – sollten doch alle sehen, welche Kraft in solch einem gewaltigen Kamel steckt! Das gab einen Lärm und einen Spaß! Dann aber bekannten die Fotokorrespondenten, für sie sei wichtig, den Kamelhengst allein aufzunehmen, ohne Menschen. Na bitte – was gab's da groß zu reden!

Nun also richteten die Fotografen ihre Apparate auf Schneesturm-Karanar von der Seite, von vorn, von nah, von fern, wie es ihnen nur einfiel; anschließend maßen sie ihn auch noch mit Hilfe von Edige und Kasangap – die Höhe, den Brustumfang, den Umfang des Fußgelenks, die Körperlänge –, und während sie alles notierten, riefen sie begeistert: »Ein Prachtexemplar von Bactrianus! Hier haben die Gene mal ganze Arbeit geleistet! Der klassische Typ eines Bactrianus! Was für eine gewaltige Brust, welch herrliches Exterieur!«

Solche Äußerungen schmeichelten Edige natürlich, doch er mußte sich erst erkundigen, was einige für ihn unverständliche Worte bedeuteten, zum Beispiel »Bactrianus«. Und da stellte sich heraus, so hieß in der Wissenschaft eine alte Art des zweihöckrigen Kamels.

»Er ist also ein Bactrianus?«
»Ein selten reiner. Ein Schmuckstück.«
»Und wofür braucht ihr die Maße?«
»Für die Wissenschaft.«

Mit den Zeitungen und Zeitschriften hatten die Auswärtigen den Boranlyern freilich Sand in die Augen gestreut, um sich wichtig zu tun, doch ein halbes Jahr darauf schickten sie als Kreuzbandsendung ein für zootechnische Fakultäten bestimmtes Buch der Kamelzucht, auf dessen Umschlag ein klassischer Bactrianus prangte – Schneesturm-Karanar. Auch Aufnahmen schickten sie einen ganzen Haufen, darunter farbige. Sogar die Fotografien bezeugten – es war eine glückliche, frohe Zeit. Die Unbilden der Nachkriegsjahre lagen hinter ihnen, die Kinder erlebten noch ihre Kindheit, die Erwachsenen waren alle munter und gesund, das Alter verbarg sich noch hinter allen Bergen.

An jenem Tag schlachtete Edige zu Ehren der Gäste einen Hammel und richtete ein prächtiges Festmahl für alle Boranlyer. Schubat, Wodka und Gerichte aller Art waren im Überfluß vorhanden. Damals kam in die Ausweichstelle regelmäßig ein Ladenwaggon der Arbeiterversorgung, in dem es gab, was das Herz begehrte. Hauptsache, man hatte Geld. Krabben, schwarzen und roten Kaviar, verschiedene Fischsorten, Kognak, Wurst, Bonbons und so weiter, und so fort. Und da es all das gab, wurde nicht viel gekauft. Wozu solche Verschwendung? Heute sind die fahrbaren Läden längst von den Strecken verschwunden.

Damals aber saß man wohlgemut beisammen, trank sogar auf Schneesturm-Karanar. Und in der Unterhaltung stellte sich heraus, daß es Jelisarow war, aus dessen Mund die Gäste von Karanar vernommen hatten. Jelisarow hatte ihnen erzählt, in der Sary-Ösek lebe sein Freund Schneesturm-Edige und der besitze das schönste Kamel auf Erden – Schneesturm-Karanar! Jelisarow, Jelisarow! Ein wunderbarer Mensch, ein Kenner der Sary-Ösek, ein Wissenschaftler. Sooft Jelisarow nach Schneesturm-Boranly kam, setzten sie sich zu dritt zusammen – Jelisarow, Kasangap, Edige – und unterhielten sich nächtelang.

Während dieser Begegnung erzählten Kasangap und Edige den Gästen, einander ablösend und ergänzend, eine Sary-Ösek-Überlieferung, die Geschichte von der Urmutter der hiesigen Kamelrasse, der berühmten weißköpfigen Kamelstute Akmaja, und von ihrer nicht minder berühmten Herrin Naiman-Ana, die auf dem Friedhof Ana-Bejit ruhte. Das war doch die Vorgeschichte von Schneesturm-Karanar! Die Boranlyer hofften, vielleicht würde eine Zeitung etwas über diese alte Legende bringen. Die Gäste lauschten interessiert, waren indes wohl der Meinung, das sei eine Überlieferung, die hier in dieser Gegend von Generation zu Generation weitergegeben werde. Jelisarow dachte anders. Er meinte, die Legende über Akmaja könne durchaus spiegeln, was in jener historischen Wirklichkeit, wie er es nannte, tatsächlich geschehen sei. Er liebte es, von solchen Dingen zu hören, kannte selbst nicht wenige Steppenüberlieferungen aus fernen Tagen.

Es dunkelte bereits, als sie den Gästen das Geleit gaben. Edige war zufrieden und stolz. Daher sprach er, ohne viel zu überlegen. Immerhin hatte er mit den Gästen etwas getrunken. Aber gesagt war gesagt.

»Gesteh's nur, Kasangap«, sagte er, »tut es dir nicht leid, daß du mir Karanar damals als Neugeborenen geschenkt hast?«

Kasangap maß ihn mit spöttischem Blick. Das hatte er offenbar nicht erwartet. Und er erwiderte nach kurzem Schweigen: »Wir sind freilich alle nur Menschen. Aber weißt du, es gibt ein Gesetz, noch aus Urväterzeiten: Wer Herr des Viehs ist, bestimmt Gott. So ist es auch hier. Dir muß Karanar gehören, du bist sein Herr. Wäre er in andere Hände geraten – wer weiß, was aus ihm geworden wäre, vielleicht hätte er gar nicht überlebt, wäre krepiert, oder ihm wäre sonstwas zugestoßen. Vielleicht wäre er von einem Steilhang gestürzt. Dir mußte er gehören. Ich hatte ja schon früher verschiedentlich Kamele, und keine schlechten. Darunter welche vom selben Muttertier, von Weißköpfchen, von der auch Karanar stammt. Du aber hast ihn allein, als Geschenk. Geb's Gott, daß er dir hundert Jahre dient. So was solltest du nicht denken.«

»Verzeih, Kasangap, verzeih«, rief Edige beschämt – er bedauerte bereits, so etwas Dummes gesagt zu haben.

Dann teilte Kasangap ihm eine Beobachtung mit. Nach der Überlieferung hatte die goldene Mutterstute Akmaja sieben Junge zur Welt gebracht – vier weibliche und drei männliche. Und seither wurden alle weiblichen Tiere weißköpfig und mit hellem Fell geboren, die männlichen aber schwarzköpfig und mit braunem Fell. So auch Karanar. Von einem weißköpfigen Muttertier ein schwarzes Kamel. Das sei das erste Merkmal seiner Abstammung von Akmaja; und wer weiß, wie viele Jahre seither vergangen seien, ob zweihundert, dreihundert, fünfhundert oder mehr – in der Sary-Ösek jedenfalls sterbe Akmajas Geschlecht nicht aus. Hin und wieder aber werde so ein prachtvolles Syrttan-Kamel geboren wie Schneesturm-Karanar. Edige habe ganz einfach Glück gehabt. Für ihn sei Karanar geboren worden, ihm sei er zugefallen.

Als die Zeit gekommen war, da man irgend etwas mit Karanar unternehmen mußte, ihn kastrieren lassen oder ihm Fesseln anlegen, denn er begann schrecklich zu toben und ließ keinen Menschen mehr an sich heran, lief er mitunter weg und blieb dann tagelang verschwunden, da erklärte Kasangap dem ratsuchenden Edige unumwunden: »Das ist deine Angelegenheit. Willst du ein ruhiges Leben, so fessele ihn. Lechzt du nach Ruhm, so rühr ihn nicht an. Aber in diesem Fall übernimm die volle Verantwortung, wenn was geschieht. Besitzt du genug Kraft und Geduld, so harre aus – hat er sich erst etwa drei Jahre ausgetobt, dann läuft er dir nach.«

Edige rührte Schneesturm-Karanar nicht an. Nein, er wagte es nicht, hob die Hand nicht gegen ihn. Ließ ihn Hengst bleiben. Doch es gab Augenblicke, da vergoß er blutige Tränen.

5

Die Züge in dieser Gegend fuhren von Ost nach West und von West nach Ost.

Zu beiden Seiten der Eisenbahn aber erstreckten sich in dieser Gegend große öde Landstriche – Sary-Ösek, das Zentralgebiet der gelben Steppe.

In dieser Gegend bestimmte man alle Entfernungen nach der Eisenbahn, wie nach dem Greenwicher Nullmeridian.

Die Züge aber fuhren von Ost nach West und von West nach Ost...

Frühmorgens war alles bereit. Schon lag der Leichnam Kasangaps stramm in eine feste Filzdecke gewickelt, mit einem Wollband verschnürt und mit verhülltem Haupt auf dem Hänger eines Treckers, dessen Boden vorsorglich mit Holzmehl, Sägespänen und einer Schicht reinen Heus gepolstert war. Sie durften den Aufbruch nicht zu sehr hinauszögern, damit sie am Abend, so gegen fünf, sechs Uhr spätestens zurück waren vom Friedhof. Dreißig Kilometer hin, ebensoviel wieder zurück, dazu die Beerdigung – das hieß, die Totenfeier würde erst gegen sechs Uhr abends stattfinden. Und zur Totenfeier mußten sie zurechtkommen, so war es vorgesehen. Alles war ja schon fertig. Den bereits am Vortag gesattelten und geschmückten Karanar am Zügel haltend, mahnte Edige die Leute zur Eile. Sie trödelten auch ewig herum. Er selbst hatte zwar die ganze Nacht nicht geschlafen, seine Wangen waren eingefallen, dennoch wirkte er straff und gesammelt. Frisch rasiert, graubärtig und graubraug war Edige – in Chromlederstiefeln, sackförmigen Velveton-Reithosen, ein schwarzes Jackett überm weißen Hemd und auf dem Kopf die Ausgehmütze des Eisenbahners. Auf der Brust funkelten seine sämtlichen Kampforden, Medaillen und sogar Abzeichen für Aktivisten des Fünfjahrplanes. All das stand ihm gut, verlieh ihm etwas Würdevolles. Das mußte wohl auch so sein beim Begräbnis von Kasangap.

Ihnen das Geleit zu geben, versammelten sich alle Boranlyer, groß und klein. Sie drängten sich um den Hänger, harrten des Aufbruchs. Die Frauen weinten unaufhörlich. Und wie von selbst ergab es sich, daß Schneesturm-Edige zu den Versammelten sagte: »Wir begeben uns jetzt nach Ana-Bejit, zum altehrwürdigen Friedhof der Sary-Ösek. Der verstorbene Kasangap hat es verdient. Er selbst hat verfügt, ihn dort zu bestatten.« Er überlegte, was er noch sagen könnte, und fuhr fort: »Nun also ist das ihm bestimmte Maß an Wasser und Salz zur Neige gegangen. Dieser Mann hat auf unserer Ausweichstelle volle vierundvierzig Jahre gearbeitet. Man kann sagen – sein ganzes Leben lang. Als er hier anfing, gab es noch nicht einmal eine Pumpstation. Wasser wurde in einem Kesselwagen für eine ganze Woche gebracht. Damals gab es weder Schneepflüge noch andere Maschinen, die wir heute haben. Nicht einmal so einen Trecker, mit dem wir ihn jetzt zur Beerdigung fahren. Dennoch rollten Züge, und die Strecke war immer frei. Ehrenhaft hat er sein Leben lang hier in Schneesturm-Boranly gearbeitet. Er war ein guter Mensch. Ihr wißt es alle. Jetzt aber brechen wir auf. Alle müssen nicht mit, dazu fehlt es an Fahrzeugen. Wir dürfen auch die Strecke nicht ohne Aufsicht lassen. Wir fahren zu sechst und machen alles, was der Brauch verlangt. Ihr aber wartet auf uns und bereitet alles vor, kommt nach unserer Rückkehr zur Totenfeier, ich lade euch ein im Namen seiner Kinder – da stehen sie, Sohn und Tochter.«

Unbeabsichtigt hatte Edige eine regelrechte kleine Trauerrede gehalten. Nun brachen sie auf. Die Boranlyer gingen eine Weile hinter dem Hänger her, dann blieben sie bei den Häusern zurück – ein kleines Häuflein. Einige Zeit hörte man noch lautes Weinen, es wehklagten Aisada und Ükübala.

Als dann die Wehrufe hinter ihnen verstummt waren und sie zu sechst, sich immer mehr von der Eisenbahn entfernend, tief in die Steppe vordrangen, seufzte Schneesturm-Edige erleichtert auf. Nun waren sie unter sich, und er wußte, was zu tun blieb.

Die Sonne erhob sich bereits über der Erde, goß freigebig und froh ihr Licht in die Sary-Ösek. Noch war es kühl in der Steppe, und nichts belastete äußerlich ihren Zug. So weit ihre Augen reichten, schwebten nur zwei Milane wie gewohnt in unerreichbarer Höhe, und vor ihren Füßen schreckten bisweilen Lerchen auf, verwirrt zwitschernd und flatternd. Bald fliegen sie fort, beim ersten Schnee sammeln sie sich zu Schwärmen und fliegen fort, ging es Edige durch den Kopf, und für einen Augenblick stellte er sich fallenden Schnee vor und die durch den Schneeschleier davonziehenden Vögel. Und abermals fiel ihm der Fuchs ein, der in der Nacht zur Eisenbahn gekommen war. Er blickte sich sogar verstohlen um, ob er ihnen nicht etwa folge. Und wieder mußte er an die feurige Rakete denken, die in jener Nacht über der Sary-Ösek in den Kosmos aufgestiegen war. Verwundert über seine sonderbaren Gedanken, zwang er sich, all das zu vergessen. Er hatte an anderes zu denken in dieser Stunde, war der Weg auch weit.

Auf seinem Karanar thronend, ritt Schneesturm-Edige voran, wies die Richtung nach Ana-Bejit. Weit ausschreitend ging unter ihm Karanar, immer mehr sich in den Rhythmus des Marsches hineinfindend. Für einen Kenner war Karanar besonders schön beim Laufen. Der Kopf des Kamels auf dem stolz gebogenen Hals schien über Wogen dahinzugleiten, blieb fast unbeweglich, während die langen, sehnigen Beine die Luft durchschnitten, auf der Erde unermüdlich Schritt um Schritt zurücklegten. Edige saß zwischen den Höckern – fest, bequem und sicher. Er war zufrieden, daß Karanar nicht angetrieben werden mußte, daß er leicht und feinfühlig die Hinweise seines Herrn befolgte. Die Orden und Medaillen auf Ediges Brust klimperten leicht beim Reiten und funkelten unter den Sonnenstrahlen. Ihn störte das nicht.

Hinter ihm rollte der Trecker samt Hänger. In der Kabine, neben dem jungen Treckerfahrer Kalibek, saß Sabitshan. Am Vorabend hatte er trotz allem tüchtig gebechert und die Boranlyer mit allerlei Märchen über funkgesteuerte Menschen und anderem Geschwätz unterhalten, nun war er niedergeschlagen und schweigsam. Sein Kopf schlenkerte. Edige fürchtete, Sabitshan könnte seine Brille zerschlagen. Im Hänger, neben Kasangaps Leichnam, saß traurig Aisadas Mann. Er verkniff die Augen gegen die Sonne und blickte sich hin und wieder um. Der Taugenichts und Säufer zeigte sich diesmal von seiner besten Seite. Keinen Tropfen hatte er zu sich genommen. War bemüht gewesen, überall zur Hand zu gehen, hatte sich bei allen Arbeiten und besonders beim Heraustragen des Toten angestrengt, hatte seine Schulter untergehalten. Als Edige ihm anbot, hinter ihm auf dem Kamel Platz zu nehmen, lehnte er ab. »Nein«, sagte er, »ich werde neben dem Schwiegervater sitzen, werde ihn vom Anfang bis zum Ende begleiten.« Das hatte Edige gutgeheißen und mit ihm alle Boranlyer. Und als sie aufbrachen, weinte gerade er am meisten und am lautesten – schon in den Hänger gekauert und den Arm um das Filzbündel mit dem Körper des Verstorbenen gelegt. Am Ende kommt der Mann wieder zu Verstand und läßt das Saufen! Wäre das ein Glück für Aisada und die Kinder! dachte Edige hoffnungsvoll.

Diesen kleinen und seltsamen Zug in der menschenleeren Steppe, angeführt von einem Reiter auf einem Kamel mit Troddeldecke, beschloß der Bagger »Belarus«. In seiner Kabine fuhren Edilbai und Shumagali. Schwarz wie ein Neger, saß der gedrungene Shumagali am Lenkrad. Für gewöhnlich bediente er diese Maschine bei Streckenarbeiten. Nach Schneesturm-Boranly war er erst vor kurzem gekommen, und man konnte noch nicht sagen, ob er bleiben würde. Neben ihm, ihn um Kopfeslänge überragend, fuhr der Lange Edilbai. Den ganzen Weg über unterhielten sie sich angeregt.

Man muß dem Leiter der Ausweichstelle, Ospan, Gerechtigkeit widerfahren lassen, hatte er doch für die Beerdigung die gesamte Technik zur Verfügung gestellt, die es in der Ausweichstelle gab. Richtig hatte der junge Leiter entschieden – bei der weiten Entfernung wären sie sonst kaum bis zum Abend wieder zurück, da sie obendrein das Grab selber schaufeln mußten, galt es doch, eine sehr tiefe Grube auszuheben mit einer Seitennische, wie es Brauch ist bei den Muselmanen.

Zunächst hatte Edige nicht recht gewußt, wie er sich zu diesem Anerbieten verhalten sollte. Ihm wollte nicht in den

Kopf, daß jemand auf den Einfall kommen könnte, ein Grab nicht eigenhändig zu schaufeln, sondern mit Hilfe eines Baggers. So saß er bei diesem Gespräch mit nachdenklich gerunzelter Stirn vor Ospan, voller Zweifel. Doch Ospan fand einen Ausweg, überzeugte den alten Mann: »Edige, hören Sie lieber auf mich. Zu eurer Beruhigung könnt ihr ja zuerst mit der Hand graben. Die ersten Spatenstiche. Alles übrige erledigt der Bagger im Handumdrehen. Der Boden in der Steppe ist ausgedörrt, steinhart, ihr wißt ja selber. Mit dem Bagger geht ihr so tief hinein wie nötig, und gegen Ende arbeitet ihr wieder mit der Hand, vollendet sozusagen das Werk. So spart ihr Zeit und befolgt doch alle Regeln.«

Nun, da sie immer tiefer in die Steppe vordrangen, fand Edige Ospans Rat ganz vernünftig und annehmbar. Er wunderte sich sogar, warum er nicht selbst darauf gekommen war. Ja, so würden sie es machen, sobald sie, geb's Gott, Ana-Bejit erreichten. So war es richtig – sie würden auf dem Friedhof einen geeigneten Platz auswählen, um den Verstorbenen mit dem Kopf in Richtung der ewigen Kaaba zu legen, würden mit den Spaten und Schaufeln, die sie auf dem Hänger mitführten, den Beginn markieren, dann mochte der Bagger die Grube bis zum Grund ausheben, die Seitennische, den Kasanak, und das Grabbett würden sie dann eigenhändig fertigstellen. So wäre es schneller und zuverlässiger.

Mit diesem Ziel vor Augen zogen sie durch die Sary-Ösek, erschienen bald als Kette auf dem Kamm eines Hügelzugs, verschwanden bald in breiten Niederungen, zeichneten bald sich wieder deutlich ab vor der Tiefe der Ebenen – voran Schneesturm-Edige auf dem Kamel, dahinter der Trecker mit Hänger, hinter dem Hänger, einem Käfer gleich, der Bagger »Belarus« mit Bulldozerschild vorn und hochgestelltem Greifer hinten.

Ein letztes Mal sah sich Edige nach der Ausweichstelle um, die aber schon seinem Blick entschwunden war, und erst jetzt bemerkte er zu seiner Verwunderung den rotbraunen Hund Sholbars, der geschäftig an ihrer Seite trabte.

Wann hatte er es geschafft, sich ihnen anzuschließen? Na so was! Als sie aus Schneesturm-Boranly aufbrachen, hatte er sich doch nicht sehen lassen! Hätte Edige geahnt, daß Sholbars ihm diesen Streich spielen würde, dann hätte er ihn angebunden. So ein Schlaukopf! Kaum merkt er, daß Edige auf Karanar fortreiten will, paßt er den Augenblick ab, zu ihm zu stoßen. Auch diesmal war er förmlich aus dem Erdboden aufgetaucht. Soll er, dachte Edige. Ihn zurückjagen – dafür ist's zu spät, und weshalb Zeit verlieren wegen des Hundes? Mag er mitlaufen. Und als hätte Sholbars die Gedanken seines Herrn erraten, überholte er den Trecker und nahm seinen Platz nunmehr seitlich vor Karanar ein. Edige drohte ihm mit der Knute. Der Hund zuckte nicht mal mit einem Ohr. Zu spät drohst du mir, gab er zu verstehen. Warum auch sollte er nicht würdig sein, an diesem Unternehmen teilzuhaben? Breitbrüstig, mit zottigem, mächtigem Hals, gestutzten Ohren und klugem, ruhigem Blick, war der rotbraune Hund Sholbars auf seine Weise schön und ansehnlich.

Indem verfolgten verschiedene Gedanken Edige auf seinem Weg nach Ana-Bejit. Während er zusah, wie die Sonne, den Lauf der Zeit messend, überm Horizont aufstieg, dachte er ständig an eins – an das Leben und Treiben vergangener Zeiten. Er dachte an jene Tage, da er und Kasangap noch jung und bei Kräften gewesen waren – die wichtigsten ständigen Arbeiter der Ausweichstelle, wenn es darauf ankam, denn die anderen pflegten sich nicht allzu lange in Schneesturm-Boranly zu halten, sie kamen und gingen. Kasangap und er fanden nicht mal Zeit zum Luftschöpfen – ob sie wollten oder nicht, und koste es, was es wolle, sie mußten alle anfallende Arbeit auf der Ausweichstelle tun. Heutzutage ist es fast peinlich, ein Wort darüber zu verlieren – die jungen Leute lachen einen aus: Ihr alten Dummköpfe, habt euch das Leben versaut. Und wofür? Ja, in der Tat – wofür? Also hatten sie ihren Grund.

Einmal kämpften sie zwei Tage und zwei Nächte gegen Schneeverwehungen an, säuberten pausenlos die Gleise vom

Schnee. Für die Nacht holten sie eine Lokomotive mit Scheinwerfern, um die Stelle zu beleuchten. Der Schnee aber fiel unentwegt, und der Wind fegte. Hier räumten sie den Schnee weg, dort türmte er sich wieder zu Bergen. Dazu eine Kälte, daß Gesicht und Arme anschwollen! Manchmal kletterten sie für fünf Minuten zum Aufwärmen in die Lok, dann ging es wieder an diese verdammte Arbeit. Die Lok war selbst schon bis über die Räder zugeweht. Drei Neuankömmlinge verdrückten sich an jenem Tag gegen Einbruch der Nacht. Verfluchten das Leben in der Sary-Ösek, was das Zeug hielt. »Wir sind schließlich keine Sträflinge«, sagten sie, »sogar im Gefängnis läßt man die Leute ausschlafen.« Damit rückten sie ab, am Morgen aber, als die Züge losfuhren, pfiffen sie ihnen zum Abschied. »Ha, ihr Knallköpfe, ihr könnt uns kreuzweise!«

Und doch lag es nicht an der Flegelei dieser jungen Kerle, sondern es ergab sich einfach so, daß Edige damals mit Kasangap in Streit geriet. Ja, auch das hatte es gegeben. Nachts wurde das Arbeiten unerträglich. Pulverschnee fiel, der Wind zerrte an ihnen von allen Seiten wie ein böser Hund. Nirgends konnten sie ihm entfliehen. Die Lok ließ Dampf ab, aber das gab nur Nebel. Und die Scheinwerfer durchdrangen das Dunkel kaum spürbar. Als jene drei Mann gegangen waren, blieben er und Kasangap allein zurück – mit einer Kamelschleppe räumten sie den Schnee. Ein Kamelpaar war eingespannt. Sie wollten aber nicht gehen, die Viecher, auch ihnen war kalt und übel in diesem Tohuwabohu. Der Schnee am Rande der Strecke reichte ihnen bis zur Brust. Kasangap zog die Kamele an den Lippen, damit sie ihm folgten, Edige stand auf der Schleppe, trieb sie von hinten mit der Peitsche an. So schufteten sie bis Mitternacht. Dann ließen sich die Kamele in den Schnee fallen, und wenn ihr uns totschlagt, unsere Kraft ist endgültig erschöpft. Was tun? Sie würden wohl Schluß machen müssen, bis sich das Wetter beruhigte. Gegen den Wind geschützt, standen sie neben der Lokomotive.

»Es reicht, Kasangap, komm, wir klettern in die Lok und warten ab, wie das Wetter wird«, sagte Edige und schlug die hartgefrorenen Fäustlinge gegeneinander.

»Das Wetter bleibt, wie's ist. So und so ist's unsere Arbeit, die Strecke frei zu machen. Komm, wir greifen zur Schaufel, haben kein Recht, hier rumzustehn.«

»Sind wir denn keine Menschen?«

»Nicht die Menschen – Wölfe und sonstiges Raubgetier haben sich jetzt in Höhlen verkrochen.«

»Ach, du Hund!« In Edige stieg Wut hoch. »Deinetwegen kann ich verrecken, und du selber verreckst hier am Ende!« Jäh schlug er ihn ins Gesicht.

Unversehens war eine Rauferei im Gange, gegenseitig zerschlugen sie sich die Lippen. Nur gut, daß der Heizer aus der Lokomotive sprang und sie rechtzeitig trennte.

So einer war er, der Kasangap. Wo fände man heutzutage noch seinesgleichen! Den Letzten fuhren sie jetzt bestatten. Alles, was übrigblieb, war, den Verstorbenen unter die Erde zu bringen und über ihm Abschiedsworte zu sprechen – amen!

Während Schneesturm-Edige daran dachte, wiederholte er lautlos halbvergessene Gebete, um sich der festgefügten Reihenfolge der Worte zu vergewissern, im Gedächtnis die Konsequenz der an Gott gerichteten Gedanken wiederherzustellen, denn Gott allein, unfaßbar und unsichtbar, vermochte im menschlichen Bewußtsein die unversöhnlichen Gegensätze zwischen Anfang und Ende, zwischen Leben und Tod auszusöhnen. Eben dazu wurden die Gebete wohl auch abgefaßt. Denn Gott erreicht man nicht einmal mit Geschrei, ihn kann man nicht fragen, weshalb er es so eingerichtet hat, daß man geboren wird und stirbt. Damit lebt nun der Mensch, solange die Welt besteht – aufbegehrend und doch sich fügend. Und die Gebete sind unveränderlich seit jenen Tagen, künden immerfort dasselbe: Murre nicht eitel, auf daß du Trost findest. Doch diese Worte, in Jahrtausenden abgeschliffen wie Goldplättchen, sind die allerersten Worte, die der Lebende auszusprechen hat über dem Toten. So will es der Brauch.

Und dann mußte Edige noch daran denken, daß der Mensch, ob es nun einen Gott gibt oder nicht, sich seiner vorwiegend erinnert, wenn ihn die Not treibt, obwohl das nicht schön ist. Daher heißt es sicherlich auch: Der Ungläubige erinnert sich an Gott erst dann, wenn ihn der Kopf schmerzt. Sei's, wie es will – Gebete muß man kennen, dachte aufrichtig betrübt und bedauernd Schneesturm-Edige mit einem Blick zu seinen jungen Weggefährten auf den Zugmaschinen, von denen hat keiner je Gebete gekannt. Wie werden sie nur einander begraben? Welche Worte, die Anfang und Ende unseres Seins umfassen, werden sie dem Menschen auf seinem letzten Weg mitgeben? »Leb wohl, Genosse, wir werden deiner gedenken«? Oder anderen Unsinn?

Einmal hatte Schneesturm-Edige an einer Beerdigung in der Gebietsstadt teilnehmen müssen. Und er wollte seinen Augen nicht trauen: Auf dem Friedhof ging es zu wie auf einer Versammlung. Vor dem Sarg mit dem Verstorbenen lasen Leute etwas von Zetteln ab, und alle sagten sie dasselbe: als was er gearbeitet hatte und wie. Dann spielte eine Kapelle, und der Grabhügel wurde mit Blumen überschüttet. Und keiner von ihnen hatte es für nötig gehalten, etwas über den Tod zu sagen, wie es in den Gebeten geschieht, die in jenem Wechsel von Sein und Nichtsein von alters her die Erkenntnisse der Menschen krönen – als wäre noch nie einer zuvor gestorben auf Erden und als müsse auch kein anderer mehr sterben. Die Unglücklichen, sie waren unsterblich! Und so verkündeten die auch entgegen dem Augenschein: Er ging ein in die Unsterblichkeit!

Edige kannte die Gegend gut. Zudem überblickte er als Reiter, vom hohen Rücken Schneesturm-Karanars, einen weiten Raum. Er bemühte sich, auf möglichst geradem Weg durch die Steppe nach Ana-Bejit zu gelangen, und akzeptierte Umwege nur, damit die Trecker bequemer Erdrinnen auswichen.

Alles lief wie geplant. Nicht schnell und nicht langsam, doch sie hatten bereits ein Drittel ihres Weges zurückgelegt.

Schneesturm-Karanar trabte unermüdlich und befolgte feinfühlig die Befehle seines Herrn. Ihm folgte ratternd der Trecker mit dem Hänger, und hinter dem Hänger fuhr der Bagger »Belarus«.

Dennoch harrten ihrer unvorhergesehene Umstände, die, so sonderbar es auch klingen mag, innerlich auf gewisse Weise mit den Vorgängen auf dem Kosmodrom Sary-Ösek verknüpft waren.

Der Flugzeugträger »Convention« befand sich zu jener Stunde an seinem Standort in ebenjenem Gebiet des Stillen Ozeans, südlich der Aleuten, in genau gleicher Luftlinienentfernung zwischen Wladiwostok und San Francisco.

Das Wetter auf dem Ozean hatte sich nicht geändert. Während der ersten Tageshälfte ergoß sich immer noch blendendes Sonnenlicht über die endlos funkelnde Wasserfläche. Nichts am Horizont verhieß atmosphärische Veränderungen.

Auf dem Flugzeugträger waren alle Dienste auf ihrem Posten, in Alarmbereitschaft, inbegriffen das Flugdeck und die Gruppe für innere Sicherheit, obwohl es in der Umgebung keinerlei faßbare Gründe dafür gab. Die Gründe lagen außerhalb der Grenzen der Galaxis.

Die von dem Planeten Waldesbrust über die Umlaufbahn »Trampolin« an Bord der »Convention« gelangten Nachrichten der Parität-Kosmonauten hatten die Leiter des VLZ und die Mitglieder der Kommissionen mit Sondervollmacht restlos verwirrt. Ihre Bestürzung war derart, daß beide Seiten beschlossen, zunächst in getrennten Beratungen die neue Lage zu erörtern, ausgehend vor allem von eigenen Interessen und Positionen, und erst danach in die gemeinsame Aussprache einzutreten.

Die Welt wußte noch nichts von der in der Menschheitsgeschichte bislang beispiellosen Entdeckung – der Existenz einer außerirdischen Zivilisation auf dem Planeten Waldesbrust. Selbst die Regierungen der beiden Seiten, vom Vorfall streng geheim unterrichtet, besaßen vorerst noch keine Informationen über die weitere Entwicklung der Ereignisse. Sie erwarteten den koordinierten Standpunkt der bevollmächtigten Kommissionen. Auf dem gesamten Territorium des Flugzeugträgers war ein strenges Regime eingeführt – niemand durfte seinen Platz verlassen, auch nicht die Besatzung des Flugdecks. Niemand durfte vom Schiff gehen, unter welchem Vorwand auch immer, und kein anderes Schiff durfte sich der »Convention« auf mehr als fünfzig Kilometer nähern. Flugzeuge, die dieses Gebiet überflogen, änderten ihren Kurs, um gegenüber dem Standort des Flugzeugträgers dreihundert Kilometer Mindestabstand nicht zu unterschreiten.

Die gemeinsame Sitzung beider Seiten war also unterbrochen worden, und jede Kommission erörterte mit ihren Co-Leitern des »Demiurg«-Programms die Meldungen der Parität-Kosmonauten 1-2 und 2-1, übermittelt von dem der Wissenschaft bislang unbekannten Planeten Waldesbrust.

Ihre Worte waren aus unvorstellbarer astronomischer Ferne gekommen:

Achtung, Achtung!

Wir senden transgalaktische Informationen für die Erde!

Unmöglich können wir all das erklären, wofür es auf Erden keinen Namen gibt. Doch wir haben viel gemeinsam.

Sie sind menschenähnliche Wesen, Menschen wie wir! Ein Hurra der Weltevolution! Auch hier schuf die Evolution das Modell eines Hominiden nach universellem Prinzip! Es sind prächtige Typen von außerirdischen Hominiden! Dunkle Haut, blaue Haare, die Augen fliederfarben und grün, mit dichten weißen Wimpern. Sie erschienen vor uns in völlig durchsichtigen Skaphandern, als sie an unsere Orbitalstation angekoppelt hatten. Sie lächelten vom Heck ihres Raumschiffs und luden uns ein, zu ihnen zu kommen.

Und wir wechselten von einer Zivilisation in die andere.

Der Propeller-Flugapparat legte ab, und mit Lichtgeschwindigkeit, die im Innern des Raumschiffs faktisch nicht zu spüren ist, bewegten wir uns, den Strom der Zeit überwindend, ins All. Das erste, was uns auffiel und unerwartete Erleichterung brachte, war die fehlende Schwerelosigkeit. Wie sie das schaffen, können wir einstweilen nicht erklären. Russische und englische Worte vermengend, sprachen sie den ersten Satz: »Wel come nasch swesda!« Da begriffen wir, daß es uns gelingen sollte, mit etwas Einfühlungsvermögen auch Gedanken auszutauschen. Diese blauhaarigen Wesen sind von hohem Wuchs, etwa zwei Meter groß – es waren vier Männer und eine Frau. Die Frau unterschied sich nicht durch ihren Wuchs, sondern durch typisch weibliche Körperformen und hellere Haut. All die blauhaarigen Bewohner von Waldesbrust sind ziemlich dunkelhäutig, ähnlich wie unsere nördlichen Araber. Vom ersten Augenblick an faßten wir zu ihnen Vertrauen.

Drei von ihnen waren Piloten des Flugapparates, ein Mann und die Frau aber Kenner von irdischen Sprachen. Sie hatten als erste englische und russische Wörter aus abgehörten kosmischen Funksprüchen studiert und systematisiert und daraus ein irdisches Wörterbuch zusammengestellt. Zum Zeitpunkt unserer Begegnung beherrschten sie bereits die Bedeutung von gut zweieinhalbtausend Wörtern und Termini. Mit Hilfe dieses Wortschatzes begann unsere Verständigung. Sie selbst sprechen in einer für uns natürlich völlig unverständlichen Sprache, ihr Klang erinnert jedoch ans Spanische.

Elf Stunden nach dem Abflug von der »Parität« hatten wir die Grenzen unseres Sonnensystems überschritten.

Dieser Wechsel von einem Sternsystem in ein anderes vollzog sich unmerklich, es geschah nichts Besonderes. Die Materie des Alls ist überall gleich. Doch in Flugrichtung vor uns (offensichtlich entsprach das in diesem Moment der Stellung und dem Zustand der fremdgalaktischen Gestirne) dämmerte allmählich blutroter Feuerschein. Dieser Feuerschein verbreitete sich in der Ferne zu einem grenzenlosen Meer von Licht. Inzwischen hatten wir einige Planeten passiert, die zu dieser Stunde auf der einen Seite verdunkelt, auf der andern erleuchtet waren. Zahlreiche Sonnen und Monde jagten an uns in überschaubaren Räumen vorüber.

Wir stürmten gewissermaßen aus der Nacht in den Tag. Und unversehens tauchten wir in blendend klares, grenzenloses Licht, ausgestrahlt von einer mächtigen Sonne an einem bislang unbekannten Himmel.

»Wir sind in unserer Galaxis! Das ist das Licht unseres ›Patriarchen‹. Bald sehen wir unser Waldesbrust!« erläuterte die sprachkundige Frau.

Und tatsächlich – in der unermeßlichen Höhe des neu erschlossenen kosmischen Raumes erblickten wir eine für uns neue Sonne, einen Himmelskörper, genannt Patriarch. Nach Strahlungsintensität und Größe übertraf dieser Patriarch unsere Sonne. Übrigens erklären wir uns gerade aus dieser Eigenschaft der hiesigen Himmelsleuchte und daraus, daß ein Tag auf dem Planeten Waldesbrust achtundzwanzig Stunden dauert, eine ganze Reihe geobiologischer Unterschiede der hiesigen Welt von der unseren.

Doch über all das werden wir versuchen, das nächste Mal zu berichten oder nach unserer Rückkehr auf die »Parität«, jetzt nur beiläufig einige wichtige Angaben. Der Planet Waldesbrust erinnert aus der Höhe an unsere Erde, besitzt die gleiche atmosphärische Lufthülle. Aus der Nähe aber, aus einer Entfernung von fünf- bis sechstausend Metern über der Oberfläche – die Waldesbrust-Bewohner haben eigens einen Besichtigungsflug mit uns unternommen –, ist es ein Schauspiel von nie gesehener Schönheit: Berge, Gebirgsketten, Hügel – allesamt mit einer sattgrünen Decke, dazwischen Flüsse, Meere und Seen, in einigen Teilen des Planeten jedoch, vorwiegend in Randgebieten, um die Pole herum, sahen wir riesige Flecken lebloser Wüsten, dort wüteten Sandstürme. Am meisten beeindruckten uns indes die Städte und Siedlungen. Diese Inseln von Baukonstruktionen inmitten der Landschaft von Waldesbrust zeugen von einem ausnehmend hohen Niveau der Urbanisierung. Nicht einmal Manhattan hält einem Vergleich stand mit dem Städtebau der blauhaarigen Bewohner dieses Planeten.

Die Waldesbrust-Bewohner selbst repräsentieren unseres Erachtens ein besonderes Phänomen vernunftbegabter Wesen im All. Eine Schwangerschaft dauert elf Waldesbrust-Monate. Die Lebenszeit ist lang, dennoch erblickten sie das Hauptproblem der Gesellschaft und den Sinn ihres Daseins in der Verlängerung des Lebens. Sie leben im Durchschnitt hundertdreißig, hundertfünfzig Jahre, manche werden bis zu zweihundert Jahre alt. Die Bevölkerungszahl des Planeten übersteigt zehn Milliarden.

Wir sind zur Zeit außerstande, all das, was die Lebensweise der Blauhaarigen und die Errungenschaften der vorgefundenen Zivilisation betrifft, auch nur halbwegs zu systematisieren. Daher teilen wir nur fragmentarisch mit, was uns besonders beeindruckt.

Sie verstehen es, Energie zu gewinnen – Sonnenenergie oder, richtig, Patriarch-Energie –, indem sie diese in Wärme- und Elektroenergie umwandeln, und zwar mit einem hohen Wirkungsgrad, der den unserer hydrotechnischen Verfahren übertrifft, darüber hinaus aber – und das ist sehr wichtig – synthetisieren sie Energie aus den Temperaturschwankungen zwischen Tag und Nacht.

Sie haben gelernt, das Klima zu regulieren. Während unseres Besichtigungsflugs über dem Planeten zerstreute unser Flugapparat mit Hilfe von Strahlen im Nu Wolken und Nebelballungen. Wir haben erfahren, daß sie fähig sind, die Bewegung von Luftmassen ebenso zu lenken wie die Wasserströmungen in Meeren und Ozeanen. Dadurch regeln sie die Luft- und Bodenfeuchtigkeit sowie die Temperatur auf der Oberfläche des Planeten, mehr noch – sie haben gelernt, die Gravitation zu lenken, und das hilft ihnen bei interplanetaren Flügen.

Vor ihnen steht jedoch ein gewaltiges Problem, mit dem

wir unseres Wissens auf der Erde noch nicht konfrontiert worden sind. Sie leiden nicht unter Dürre, weil sie fähig sind, das Klima zu regulieren. Noch kennen sie keinen Mangel an Nahrungsmitteln. Und das bei ihrer gewaltigen Bevölkerungszahl, die reichlich doppelt so groß ist wie die des Menschengeschlechts auf Erden. Doch ein bedeutender Teil des Planeten wird allmählich untauglich für Leben. An diesen Stellen stirbt alles Lebendige. Es handelt sich um eine Erscheinung des sogenannten inneren Verdorrens. Bei unserem Besichtigungsflug sahen wir Sandstürme im südöstlichen Teil von Waldesbrust. Als Ergebnis von verheerenden Reaktionen im Innern des Planeten – möglicherweise ähneln sie unseren vulkanischen Prozessen, nur ist das wohl eine Form von langsamer, diffuser Strahlenemission – verödet der Oberflächenboden, verliert seine Struktur, in ihm verbrennen alle humusbildenden Stoffe. In diesem Teil von Waldesbrust erobert eine Wüste von der Größe der Sahara Jahr für Jahr, Schritt für Schritt ehemaligen Lebensraum der blauhaarigen Planetenbewohner. Für sie ist das das größte Unglück. Sie haben noch nicht gelernt, die in den Tiefen des Planeten vor sich gehenden Prozesse zu beherrschen. Für den Kampf mit der Gefahr seines inneren Verdorrens mobilisieren sie ihre besten Kräfte, gewaltige wissenschaftliche und materielle Mittel. Sie haben keinen Mond in ihrem Sternensystem, doch sie wissen von unserem Mond und haben ihn auch bereits besucht. Sie vermuten, auf unserem Mond habe sich möglicherweise Ähnliches zugetragen. Als wir davon erfuhren, wurden wir ein wenig nachdenklich – vom Mond ist es doch gar nicht so weit bis zur Erde. Sind wir vorbereitet auf eine solche Begegnung? Und was könnte sie für Folgen nach sich ziehen – innerlich wie äußerlich? Werden die Menschen vielleicht darüber nachdenken, ob sie durch die ewigen Zwistigkeiten auf der Erde nicht viel verloren haben in ihrer intellektuellen Entwicklung?

Zur Zeit wird in wissenschaftlichen Kreisen von Waldesbrust eine planetenweite Diskussion geführt – ob man noch mehr Kraft aufwenden soll, das Geheimnis des inneren Verdorrens zu ergründen und Mittel für die Abwendung dieser potentiellen Katastrophe zu finden, oder ob man lieber rechtzeitig einen anderen Planeten im All ausfindig macht, der ihren Lebensbedürfnissen entspricht, und allmählich eine Massenumsiedlung an den neuen Ort beginnt mit dem Ziel, die Zivilisation von Waldesbrust dorthin zu übertragen und dort zu erneuern. Noch ist nicht klar, auf welchen neuen Planeten ihre Blicke gerichtet sind. Jedenfalls können sie auf dem jetzigen Planeten noch Millionen und aber Millionen Jahre leben; erstaunlich ist nur, daß sie sich schon heute Gedanken machen über eine derart ferne Zeit und daß sie mit einem Eifer und einer Geschäftigkeit dabei sind, als beträfe dieses Problem unmittelbar die heute lebende Bevölkerung. Sollte sich in keinem Kopf der niederträchtige Gedanke geregt haben: Nach uns die Sintflut? Wir schämten uns, daß wir selber dergleichen gedacht hatten, als wir erfuhren, daß ein bedeutender Teil der Bruttoproduktion auf dem Planeten für ein Programm aufgewendet wird, das innere Verdorren des Bodens zu verhindern. Sie versuchen, eine viele tausend Kilometer lange Barriere zu errichten – die ganze Grenze der heranschleichenden Wüste entlang –, bohren übertiefe Löcher ins Erdinnere und beschicken sie mit neutralisierenden langlebigen Stoffen, von denen sie annehmen, sie könnten die Reaktionen im Kern des Planeten günstig beeinflussen.

Natürlich haben sie Probleme im gesellschaftlichen Leben – anders kann es gar nicht sein –, mit denen sich der Verstand von jeher plagt, da er sein schweres Kreuz trägt: Probleme sittlicher, moralischer, intellektueller Art. Offensichtlich verläuft das Zusammenleben von über zehn Milliarden Menschen nicht so ganz einfach, mögen sie auch noch so großen Wohlstand erreicht haben. Doch das erstaunlichste ist – sie kennen keinen Staat, kennen keine Waffen, kennen keinen Krieg. Wir sind nicht sicher – möglicherweise gab es in ihrer historischen Vergangenheit auch Kriege, Staaten, Geld und alle damit verbundenen Kategorien gesellschaftlicher Beziehungen, doch in der jetzigen Etappe haben sie keine Vorstellung von Institutionen der Gewalt wie dem Staat und von Formen des Kampfes wie dem Krieg. Wenn wir ihnen das Wesen unserer endlosen Kriege auf der Erde erklären müßten – ob ihnen das nicht sinnlos erscheinen würde oder, mehr noch: als ein barbarisches Mittel zur Lösung von Fragen?

Ihr Leben verläuft nach ganz anderen Gesetzen, die uns nicht recht verständlich und nicht recht zugänglich sind, da unser Denken von irdischen Vorstellungen geprägt ist.

Sie haben ein derart kollektives planetarisches, den Krieg als Kampfmittel kategorisch ausschließendes Bewußtsein erreicht, daß man mit größter Wahrscheinlichkeit annehmen darf, ihre Zivilisationsform sei die fortgeschrittenste innerhalb des für uns vorstellbaren Raums im All. Möglicherweise befinden sie sich an einem solchen Punkt der wissenschaftlichen Entwicklung, da die Humanisierung von Zeit und Raum zum Hauptinhalt der Lebenstätigkeit von vernunftbegabten Wesen wird – als Fortsetzung der Weltevolution in ihrer neuen, höheren, endlosen Phase.

Wir beabsichtigen nicht, unvergleichbare Dinge einander gegenüberzustellen. Mit der Zeit werden auch auf unserer Erde die Menschen so weit kommen, schon jetzt gibt es bei uns viel, worauf wir stolz sein können; dennoch quält uns unentwegt der Gedanke: Wenn nun die Menschheit auf Erden einem tragischen Irrtum unterliegt, da sie sich selbst einredet, die Geschichte sei angeblich die Geschichte von Kriegen? Was, wenn dieser Entwicklungsweg von Anbeginn falsch war – eine Sackgasse? Wohin gehen wir dann, wohin führt uns das? Und wenn das so ist, wird dann die Menschheit den Mut finden, sich das einzugestehen, um der totalen Katastrophe zu entrinnen? Da es dem Schicksal gefallen hat, uns zu den ersten Zeugen eines außerirdischen gesellschaftlichen Lebens zu machen, bemächtigten sich unser komplizierte Gefühle – Angst um die Zukunft der Erdenbewohner und zugleich Hoffnung, gibt es doch in der Welt dieses Beispiel für eine große Menschengemeinschaft, deren Vorwärtsentwicklung frei ist von solchen Formen der Widersprüche, die durch Kriege entschieden werden.

Die Bewohner von Waldesbrust wissen von der Existenz der Erde in den für sie extrem entfernten Bereichen des Universums. Sie sind von dem Wunsch beseelt, mit den Erdenbewohnern Kontakt aufzunehmen, nicht nur aus natürlicher Neugier, sondern vor allem, damit das Phänomen Verstand triumphiert, damit Zivilisationen ihre Erfahrungen austauschen, damit eine neue Ära anbricht in der geistig-seelischen Entwicklung intellektbegabter Menschen im Weltall.

Sie sehen viel mehr voraus, als man hätte denken können. Ihr Interesse für die Erdenbewohner rührt auch daher, daß sie im Zusammenschluß dieser beiden Zweige eines universalen Verstandes zu gemeinsamen Anstrengungen den Hauptweg sehen, auf dem das Leben in der Natur für unbegrenzte Zeit zu sichern wäre, denn sie rechnen damit, daß jegliche Energie unabwendbar versiegt und ein jeder Planet früher oder später zum Untergang verurteilt ist. Sie machen sich Sorgen um das Weltende Milliarden Jahre im voraus und erarbeiten schon jetzt kosmologische Projekte, wie eine neue Basis zu errichten wäre als Existenzgrundlage für alles Lebende im All.

Da sie über Flugapparate mit Lichtgeschwindigkeit verfügen, könnten sie schon heute unsere Erde besuchen. Sie möchten das jedoch nicht tun ohne die Einwilligung und die Aufforderung der Erdenbewohner. Sie wollen nicht als ungebetene Gäste auf der Erde erscheinen. Dabei haben sie längst einen Anlaß gesucht, uns kennenzulernen. Seit unsere kosmischen Stationen zu Objekten geworden sind, die langfristig auf ihren Umlaufbahnen verbleiben, wissen sie, daß die Zeit für Begegnungen näher rückt und daß es an ihnen liegt, die Initiative zu ergreifen. Sie haben sich sorgfältig vorbereitet und auf eine günstige Gelegenheit gewartet. Diese

Gelegenheit ergab sich mit uns, da wir uns im Zwischenfeld befanden – auf der Orbitalstation.

Unser Aufenthalt auf ihrem Planeten bewirkte natürlich eine Sensation. Aus diesem Anlaß wurde das System einer globalen TV-Kommunikation über den Äther eingeschaltet, was nur an großen Feiertagen geschieht. In der lumineszierenden Luft um uns sahen wir wie lebendig Gesichter und Gegenstände, die in Wirklichkeit Tausende und Abertausende Kilometer weit entfernt waren – wir konnten sogar miteinander verkehren, uns gegenseitig ins Gesicht sehen, uns anlächeln, die Hand drücken, uns unterhalten unter freudigen Ausrufen und Gelächter, als geschähe all dies in unmittelbarem Kontakt. Wie schön sind sie doch, die Bewohner von Waldesbrust, und dabei wie unterschiedlich – sogar die Farbe ihrer blauen Haare variiert von Dunkelblau bis Ultramarin, und die Alten werden grau – genauso wie bei uns. Auch die anthropologischen Typen differieren, vertreten sie doch verschiedene ethnische Gruppen.

Über all das und noch vieles andere nicht minder Erstaunliche werden wir nach unserer Rückkehr auf die »Parität« oder auf die Erde berichten. Nun aber zur Hauptsache. Die Bewohner von Waldesbrust bitten uns, über die Funkverbindung der »Parität« ihren Wunsch weiterzuleiten, unseren Planeten zu besuchen, sobald es den Erdenbewohnern recht wäre. Zunächst schlagen sie vor, sich über ein Programm zur Einrichtung einer interstellaren Zwischenstation zu verständigen – zunächst als Ort für erste vorbereitende Begegnungen und später einmal als ständige Basis auf dem Luftweg bei gegenseitigen Besuchen. Wir haben ihnen versprochen, unseren Planetenbrüdern diese Angebote zu übermitteln. Doch mehr noch bewegt uns in diesem Zusammenhang etwas anderes.

Sind wir Erdenbewohner vorbereitet auf solche interplanetaren Begegnungen, sind wir als denkende Wesen reif dafür? Wird es uns bei unserer Uneinigkeit und den vorhandenen Widersprüchen gelingen, geeint aufzutreten, gewissermaßen mit einem von uns selbst ausgestellten Mandat, im Namen des gesamten Menschengeschlechts zu handeln, im Namen der ganzen Erde? Damit es zu keinen neuen Rivalitäten kommt, keinen neu aufflackernden Kämpfen um eine Scheinpriorität, bitten wir inständig, die Entscheidung dieser Frage allein der UNO anheimzustellen. Und wir bitten, dann nicht das Vetorecht zu mißbrauchen, sondern für diesmal, vielleicht ausnahmsweise, dieses Recht zu annullieren. Uns fällt es bitter schwer, auch noch in kosmischer Ferne an solche Dinge zu denken, aber wir sind Erdenbewohner und kennen zur Genüge die auf unserem Planeten herrschenden Bräuche.

Schließlich zu uns, noch einmal zurück zu unserer Handlungsweise. Wir sind uns bewußt, welches Befremden und welche außerordentlichen Maßnahmen unser Verschwinden aus der Orbitalstation nach sich ziehen mußte. Wir bedauern tief, daß wir soviel Unruhe verursacht haben. Doch war dies jener einmalige Fall in der weltweiten Praxis, da es uns nicht möglich war und wir auch nicht das Recht hatten, auf die größte Tat unseres Lebens zu verzichten. Als Menschen eines strengen Reglements waren wir verpflichtet, um dieses Zieles willen dem Reglement zuwiderzuhandeln.

Das müssen wir mit unserem Gewissen vereinbaren – mag man uns dafür entsprechend bestrafen. Aber vergeßt das einstweilen. Gebt gut acht! Wir übermitteln euch ein Signal aus dem All. Ein Zeichen aus dem bisher unbekannten Sternensystem der Himmelsleuchte Patriarch. Die blauhaarigen Bewohner von Waldesbrust sind die Begründer der höchsten zeitgenössischen Zivilisation. Eine Begegnung mit ihnen kann eine globale Wende in unserem Leben nach sich ziehen, eine Wende im Geschick des gesamten Menschengeschlechts. Wollen wir dieses Risiko eingehen, natürlich vor allem bedacht auf die Interessen der Erde?

Die Außerirdischen bedrohen uns in keiner Weise. Zumindest scheint es uns so. Wenn wir jedoch ihre Erfahrung nutzen, könnten wir eine Umwälzung in unserem Dasein herbeiführen, angefangen bei der Gewinnung von Energie aus der materiellen Umwelt bis hin zum Vermögen, ohne Waffen zu leben, ohne Gewalt, ohne Kriege. Letzteres mag sich für euch sogar sonderbar anhören, doch wir versichern feierlich: So ist das Leben der vernunftbegabten Wesen auf dem Planeten Waldesbrust, eine solche Vollkommenheit haben sie als Bewohner einer geobiologischen Heimstatt erreicht, deren Masse nicht anders ist als die der Erde. Geleitet von einer weltumfassenden, hochzivilisierten Denkweise, sind sie bereit, Kontakt aufzunehmen mit ihren Brüdern in der Vernunft, den Erdenbewohnern, und zwar in Formen, die den Erfordernissen und der Würde beider Seiten entsprechen.

Wir aber – begeistert und erschüttert von der Entdeckung einer außerirdischen Zivilisation – sehnen uns danach, möglichst schnell zurückzukehren, um den Menschen von alldem zu berichten, was wir außerhalb unserer Galaxis erlebt haben, auf einem Planeten des Himmelsleuchtensystems Patriarch.

Wir beabsichtigen, in achtundzwanzig Stunden, also genau einen Tag nach dieser Funkverbindung, auf unsere »Parität«-Station zurückzufliegen. Sowie wir auf der »Parität« eintreffen, stellen wir uns dem VLZ zur Verfügung.

Einstweilen auf Wiedersehen. Vor unserem Abflug ins Sonnensystem informieren wir euch über den Zeitpunkt unseres Eintreffens auf der »Parität«.

Damit beenden wir unseren ersten Bericht vom Planeten Waldesbrust. Bis bald. Wir bitten euch sehr, unsere Familien zu benachrichtigen, damit sie sich nicht sorgen.

Parität-Kosmonaut 1-2
Parität-Kosmonaut 2-1

Die getrennte Sitzung der Kommissionen mit Sondervollmacht an Bord des Flugzeugträgers »Convention« zur Untersuchung des außergewöhnlichen Vorfalls auf der Orbitalstation »Parität« endet damit, daß beide Kommissionen in voller Besetzung zu Konsultationen mit ihren übergeordneten Instanzen abflogen. Ein Flugzeug, das an Deck der Flugzeugträger startete, nahm Kurs auf San Francisco, das andere, ein paar Minuten darauf und in entgegengesetzter Richtung, auf Wladiwostok.

Der Flugzeugträger »Convention« befand sich noch immer im Gebiet seines ständigen Standorts – im Stillen Ozean, südlich der Alëuten. Auf dem Flugzeugträger herrschte ein strenges Regime. Jeder war an seinem Platz, jeder in Bereitschaft. Und alle wahrten Schweigen.

Die Züge in dieser Gegend fuhren von Ost nach West und von West nach Ost.

Zu beiden Seiten der Eisenbahn aber erstreckten sich in dieser Gegend große öde Landstriche – Sary-Ösek, das Zentralgebiet der gelben Steppe.

Schon war ein Drittel des Weges nach Ana-Bejit zurückgelegt. Die Sonne, die sich anfangs rasch über die Erde erhoben hatte, stand jetzt an einem Punkt wie erstarrt über der Steppe. Der Tag war zum Tag geworden. Die Sonne sengte wie immer tagsüber.

Schneesturm-Edige blickte bald auf die Uhr, bald auf die Sonne und bald auf die vor ihnen liegenden Steppenniederungen – einstweilen war wohl alles in Ordnung. Immer noch trabte er auf dem Kamel voran, ihm folgte der Trecker mit dem Hänger, dem Trecker der auf Rädern laufende Bagger »Belarus«, und nebenher lief der rotbraune Hund Sholbars.

Daß doch der Kopf eines Menschen keine Sekunde aufhört zu denken! So ist es nun mal, das dumme Ding: Ob du's willst oder nicht – ein Gedanke bringt den nächsten hervor, unentwegt, sicherlich bis an dein Lebensende! Diese spöttische Entdeckung machte Edige, als er sich dabei ertappte, daß ihm unablässig, den ganzen Weg über, etwas durch den Kopf ging. Ein Gedanke folgte dem anderen – wie Welle auf

Welle im Meer. In der Kindheit hatte er stundenlang beobachtet, wie auf dem Aralsee bei windigem Wetter weitab rollende Gischtwogen entstanden, mit schäumenden Kämmen heraufzogen und sich ständig erneuerten – Welle aus Welle. In jener Bewegung vollzogen sich gleichzeitig Geburt und Zerstörung, und wieder Geburt und Vergehen des lebendigen Meereselements. Damals wäre er, der kleine Junge, am liebsten als Möwe über den Wogen dahingeflogen, über funkelnden Spritzern, um von oben zu sehen, wie das große Wasser lebt.

Die frühherbstliche Steppe in ihrer bestürzenden, traurigen Nacktheit, das gemessene Stapfen des dahintrabenden Kamels versetzten Schneesturm-Edige in die rechte Stimmung für Grübeleien, denen er sich auch widerstandslos hingab – lag doch vor ihnen ein weiter Weg, und nichts störte ihren Zug. Karanar hatte sich, wie immer bei großen Entfernungen, warmgelaufen und verströmte starken Moschusgeruch. Kribbelnd stieg dieser Geruch von Karanars Hals und Mähne Edige in die Nase. Na, na, schmunzelte er zufrieden, von dir fliegt ja schon der Schaum! Du bist mir vielleicht eine Bestie, ein Ausbund von Hengst! Narr du, alter Narr!

Edige dachte auch an vergangene Tage, dachte an Dinge und Ereignisse aus einer Zeit, da Kasangap noch gesund und bei Kräften gewesen war, und in dieser Kette von Erinnerungen überfiel ihn sehr zur Unzeit altes bitteres Leid. Dagegen halfen nicht einmal Gebete. Er flüsterte sie wieder und wieder, um den aufgelebten Schmerz zu betäuben, zu vertreiben. Doch sein Herz gab keine Ruhe. Da verfinsterte sich Schneesturm-Edige. Grundlos schlug er auf die Flanken des munter dahintrabenden Kamels, zog die Mütze ins Gesicht und schenkte den Fahrzeugen keinen Blick mehr. Mochten sie ihm folgen, ohne zurückzubleiben, was kümmerte die Grünschnäbel jene längst vergangene Geschichte, über die er nicht einmal mit seiner Frau gesprochen, die aber Kasangap entschieden hatte – weise und rechtschaffen wie immer. Er allein konnte das; ohne sein entscheidendes Wort wäre Edige längst weg von dieser Ausweichstelle Schneesturm-Boranly.

In jenem Jahr, einundfünfzig, schon gegen Ende, im Winter, war eine Familie in die Ausweichstelle gekommen. Mann, Frau und zwei Kinder – beides Jungen. Der ältere, Daul, an die fünf Jahre, Ermek, der jüngere, drei. Abutalip Kuttybajew selbst war so alt wie Edige. Noch vor dem Krieg, als junger Mann, hatte er ein Jahr in einer Aul-Schule unterrichtet, war aber im Sommer einundvierzig bereits in den ersten Tagen einberufen worden. Saripa hatte er dann wohl gegen Kriegsende geheiratet oder kurz darauf. Auch sie war vor ihrer Übersiedlung Unterstufenlehrerin gewesen. Ein unerbittliches Schicksal hatte sie nun in die Steppe getrieben, nach Schneesturm-Boranly.

Daß nicht Wohlleben sie in diese Ödnis verschlagen hatte, war unübersehbar. Abutalip und Saripa hätten gut und gern auch woanders Arbeit finden können. Doch offenbar war ihnen kein anderer Ausweg geblieben. Zunächst dachten die Boranlyer, lange würden sie nicht ausharren, sie würden nicht durchhalten und kehrtmachen. Schon ganz andere Leute waren in Schneesturm-Boranly aufgetaucht und wieder verschwunden. Diese Meinung teilten auch Edige und Kasangap. Nichtsdestoweniger begegneten sie der Familie Abutalips von Anfang an mit Achtung. Es waren ordentliche, gebildete Leute, die Not litten. Sie arbeiteten wie alle – Mann und Frau. Sie schleppten Schwellen auf dem Buckel, und in Schneeverwehungen erstarrten sie vor Kälte. Was ein Streckenarbeiter machen muß, das machten sie. Sie waren, das muß man schon sagen, eine gute, einträchtige, wenn auch unglückliche Familie, denn Abutalip war in deutscher Gefangenschaft gewesen. Doch die Leidenschaften der Kriegsjahre schienen damals bereits verebbt zu sein. Man sah in ehemaligen Kriegsgefangenen nicht mehr Verbrecher und Feinde. Die Boranlyer jedenfalls zerbrachen sich nicht den Kopf. War der Mann in Gefangenschaft geraten, so war er es eben, der Krieg hatte mit dem Sieg geendet, was hatten die Menschen nicht alles erdulden müssen in jenem schrecklichen Weltensturz. Wie viele irren noch heute rastlos durch die Welt. Das Gespenst des Krieges ist ihnen allen noch auf den Fersen. So setzten die Boranlyer den Zugereisten mit Fragen nicht sonderlich zu – warum sollten sie den Menschen das Herz schwermachen, ohnehin hatten sie wohl genügend Leid erfahren.

Allmählich befreundeten sie sich sogar mit Abutalip. Der Mann war klug. Edige gefiel, daß er sich nicht gehenließ in seiner jammervollen Lage. Er hielt sich würdig und haderte nicht mit dem Schicksal. Er mußte die Welt nehmen, wie sie war. Augenscheinlich hatte der Mann begriffen, daß ebendies sein Los war. Und seine Frau, Saripa, teilte wohl diese Überzeugung. Sie hatten sich in die Unabwendbarkeit der Sühne geschickt und fanden nun den Sinn ihres Daseins in einer ungewöhnlichen Feinfühligkeit und Vertrautheit miteinander. Wie Edige später begriff, erfüllte diese Haltung ihr Leben, bot ihnen Schutz: Gegenseitig schirmten sie sich und die Kinder gegen die grimmigen Winde der Zeit ab. Vor allem Abutalip hielt es keinen Tag ohne seine Familie aus. Die Söhne waren sein ein und alles. Jede freie Minute widmete er ihnen. Er lehrte sie lesen und schreiben, ersann allerlei Märchen und Rätsel, veranstaltete selbsterfundene Spiele. Wenn er und seine Frau zur Arbeit gingen, blieben die Kinder zunächst allein in der Baracke. Doch Ediges Frau Ükübala konnte das nicht ruhig mit ansehen, sie nahm bald die Jungen zu sich nach Hause. Bei ihnen war es wärmer, und damals lebten sie auch schon viel bequemer als die Neuankömmlinge. Das brachte ihre Familien einander näher. Wuchsen doch in jenen Jahren auch bei Edige Kinder heran, zwei Mädchen, genauso alt wie Abutalips Jungen.

Als Abutalip eines Tages seine Kleinen nach der Arbeit auf der Strecke abholen kam, schlug er Edige vor: »Weißt du, was, ich werde deine Mädchen gleich mit unterrichten.

Schließlich befasse ich mich nicht aus Langeweile mit den Kindern. Sie haben sich angefreundet, spielen zusammen. Am Tag sind sie bei euch, sollen sie doch abends bei uns sein. Warum sage ich das? Das Leben hier in unserer Abgeschiedenheit ist natürlich dürftig – um so mehr müssen wir uns um sie kümmern. Die Zeiten sind heute so, daß Wissen von klein auf verlangt wird. Ein Dreikäsehoch muß heute schon so viel wissen wie früher ein ausgewachsener Bursche. Anders geht es nicht mehr.«

Abermals erkannte Schneesturm-Edige den Sinn von Abutalips Bemühungen erst später, als das Unglück bereits geschehen war. Da begriff er, daß für Abutalip dies das einzige war, was er aus eigener Kraft für seine Kinder unter den Boranlyer Bedingungen tun konnte. So gut er vermochte, beeilte er sich, ihnen möglichst viel von sich zu geben; als wollte er sich auf diese Weise ihrem Gedächtnis einprägen, um in ihnen weiterzuleben. Abends, wenn Abutalip von der Arbeit kam, veranstalteten er und Saripa eine Art Schulkindergarten für die eigenen und Ediges Kinder. Die Kleinen lernten Buchstaben und Silben, spielten und zeichneten um die Wette, lauschten, wenn die Eltern ihnen aus Büchern vorlasen, und lernten sogar gemeinsam Lieder. Das bereitete so viel Freude, daß selbst Edige des öfteren kam und zusah, wie hübsch sie das machten. Und Ükübala erfand immer neue Vorwände, nur um wieder und wieder hereinzuschauen und einen Blick auf ihre Mädchen zu werfen. Schneesturm-Edige war gerührt. Sein Herz schmolz dahin. Was es doch bedeutete, gebildet zu sein, Lehrer! Welch ein Vergnügen, zuzusehen, wie gut sie mit Kindern umzugehen wußten, wie sie es verstanden, selbst zu Kindern zu werden, und doch Erwachsene blieben. An solchen Abenden bemühte sich Edige, nicht zu stören, saß still dabei. Und wenn er eintrat, zog er schon an der Schwelle seine Mütze. »Guten Abend! Hier ist der fünfte Schüler in eurem Kindergarten!«

Die Kinder gewöhnten sich an seine Besuche. Seine kleinen Töchter waren selig. Im Beisein des Vaters gaben sie sich besondere Mühe. Edige und Ükübala heizten abwechselnd den Ofen in der Baracke, damit es die Kleinen abends wärmer und gemütlicher hatten.

Solch eine Familie hatte in jenem Jahr in Schneesturm-Boranly Zuflucht gesucht. Doch sonderbar – Menschen wie sie haben gewöhnlich kein Glück.

Abutalip Kuttybajews Pech bestand darin, daß er nicht nur in deutsche Gefangenschaft geraten war, sondern zu seinem Glück oder Unglück mit einer Gruppe Kriegsgefangener aus einem Konzentrationslager in Südbayern floh und sich im Jahr dreiundvierzig in den Reihen der jugoslawischen Partisanen befand. In der jugoslawischen Befreiungsarmee kämpfte Abutalip bis Kriegsende. Dort wurde er verwundet, dort gesund gepflegt. Er erhielt jugoslawische Orden. Partisanenzeitungen schrieben über ihn, brachten seine Fotos. Das half ihm sehr, als sich bei seiner Rückkehr in die Heimat im Jahr fünfundvierzig eine Kontroll- und Untersuchungskommission mit seinem Fall befaßte. Nur vier von den zwölf aus dem Konzentrationslager Geflohenen hatten überlebt. Alle vier hatten noch insofern Glück, als die sowjetische Kontrollkommission unmittelbar am Standort von Einheiten der Befreiungsarmee Jugoslawiens eintraf und jugoslawische Kommandeure die kämpferischen und moralischen Qualitäten der ehemaligen sowjetischen Kriegsgefangenen sowie ihre Teilnahme am Partisanenkampf gegen die Faschisten schriftlich bezeugten.

Kurz, zwei Monate nach den zahlreichen Überprüfungen, Verhören und Gegenüberstellungen, nach Erwartungen, Hoffnungen und Anwandlungen von Verzweiflung kehrte Abutalip Kuttybajew in sein Kasachstan zurück – ohne eine Aberkennung von Rechten, aber auch ohne die Privilegien, die normalen Demobilisierten zustanden. Er nahm alles hin. Vor dem Krieg war er Geographielehrer gewesen, diesen Beruf übte er auch jetzt wieder aus. Und an einer Schule in der Kreisstadt beggnete er der jungen Unterstufenlehrerin Saripa. Es kommt vor, daß zwei Menschen miteinander glücklich werden, selten zwar, aber es kommt vor. So will es manchmal das Leben.

Inzwischen waren die ersten Jahre des Sieges verflogen. Nach Triumph und Jubel schimmerten in der Luft die ersten Schneeflocken des »kalten Krieges«. Dann wurde es immer frostiger. In den verschiedensten Teilen der Welt, an den verschiedensten Schmerzpunkten spannten sich die Federn des Nachkriegsbewußtseins.

In einer Geographiestunde trat solch eine Feder in Aktion. Früher oder später, so oder so, hier oder woanders, einmal mußte es geschehen. Wenn nicht mit ihm, dann mit einem von seinesgleichen.

Als Abutalip Kuttybajew Schülern der achten Klasse vom europäischen Teil der Erde erzählte, erwähnte er auch, wie man sie eines Tages aus dem Konzentrationslager in die südbayerischen Alpen, in einen Steinbruch gebracht habe, wie es ihnen gelungen sei, die Wachmannschaft zu entwaffnen und von dort zu den jugoslawischen Partisanen zu fliehen; er erzählte, daß er während des Krieges halb Europa durchquert habe, daß er an den Ufern des Adriatischen Meeres und des Mittelmeeres gewesen sei, die Natur und das Leben der dortigen Bevölkerung gut kenne und daß man all dies unmöglich in einem Lehrbuch beschreiben könne. Der Lehrer meinte, das Unterrichtsfach so durch die lebendigen Beobachtungen eines Augenzeugen zu bereichern.

Sein Zeigestock wanderte über die blau-grün-braune geographische Karte Europas an der Wandtafel, sein Zeigestock folgte den Erhebungen, den Ebenen und Flüssen und berührte hin und wieder die Gegenden, von denen er immer noch nachts träumte, die Tag für Tag umkämpft worden waren, viele Sommer und Winter hindurch, und möglicherweise berührte sein Zeigestock auch jenen Punkt, wo sein Blut geflossen war, als ihn von der Seite überraschend die Garbe einer feindlichen Maschinenpistole traf und er langsam einen Hang hinabrollte, mit seinem Blut Gras und Steine rötend – das purpurne Blut hätte die ganze Wandkarte überfluten können, und ihm schien sogar für einen Augenblick, als flösse jenes purpurne Blut über die Karte, als schwindele ihm der Kopf wie damals, da alles vor Augen dunkel wurde und verschwamm, die Berge umstürzten und er aufschrie, seinen polnischen Freund zu Hilfe rief, mit dem er den Sommer davor aus dem bayerischen Steinbruch geflohen war: »Kazimierz! Kazimierz!« Der aber hörte ihn nicht, denn Abutalip glaubte nur, aus Leibeskräften zu schreien, in Wirklichkeit brachte er keinen Laut hervor, erst im Partisanenlazarett, nach einer Bluttransfusion, kam er wieder zu sich.

Während Abutalip Kuttybajew den Kindern vom europäischen Teil der Erde erzählte, wunderte er sich, daß er nach all dem Durchlebten so sachlich, mit solchem Abstand das herausheben konnte, was mit der elementaren Schulgeographie zu tun hatte.

Da unterbrach eine jäh erhobene Hand in der ersten Reihe seine Rede: »Lehrer, Sie waren also in Gefangenschaft?«

Unerbittliche Augen musterten ihn kalt und klar. Der Kopf des Halbwüchsigen war leicht zurückgeworfen, er stand in Habtachtstellung; und fürs ganze Leben prägten sich Abutalip seine Zähne ein – er hatte einen Vorbiß: Die untere Zahnreihe überdeckte die obere.

»Ja – und?«

»Warum haben Sie sich nicht erschossen?«

»Weshalb sollte ich mich umbringen? Ohnehin war ich verwundet.«

»Weil es unzulässig ist, sich in feindliche Gefangenschaft zu begeben, es gibt so einen Befehl!«

»Von wem?«

»Einen Befehl von oben.«

»Woher weißt du das?«

»Ich weiß alles. Bei uns sind manchmal Leute aus Alma-Ata, sogar aus Moskau sind schon welche gekommen. Also haben Sie einen Befehl von oben nicht ausgeführt?«

»War dein Vater im Krieg?«

»Nein, er befaßte sich mit der Mobilmachung.«

»Dann werden wir beide kaum eine gemeinsame Sprache finden. Ich kann nur sagen, mir blieb kein anderer Ausweg.«

»Und doch hätten Sie den Befehl befolgen müssen.«

»Nun hör schon auf zu stänkern!« Ein anderer Schüler erhob sich von seinem Platz. »Unser Lehrer hat zusammen mit jugoslawischen Partisanen gekämpft. Was willst du eigentlich?«

»Trotzdem mußte er den Befehl ausführen!« behauptete jener mit Nachdruck.

Ein Höllenlärm brach in der Klasse aus, sprengte die Grabesstille: »Er mußte!« – »Mußte nicht!« – »Konnte!« – »Brauchte nicht!« – »Richtig!« – »Falsch!«

Der Lehrer schmetterte die Faust auf den Tisch. »Schluß jetzt mit dem Gerede! Wir haben Geographie! Wie ich gekämpft habe und was mit mir war, ist allen bekannt, die das was angeht. Jetzt aber zurück zu unserer Karte!«

Und wieder bemerkte keiner aus der Klasse jenen unauffälligen Punkt auf der Karte, von wo erneut Maschinenpistolenfeuer herüberpeitschte, bemerkte keiner, daß der Lehrer, während er noch mit dem Zeigestock an der Wandtafel stand, langsam den Hang hinabrollte und sein Blut die blaugrün-braune Karte Europas übergoß.

Einige Tage darauf wurde Kuttybajew in die Abteilung Volksbildung beim Kreis bestellt. Hier forderte man ihn ohne viel Worte auf, um Entlassung auf eigenen Wunsch zu bitten: Ein ehemaliger Kriegsgefangener habe nicht das moralische Recht, die heranwachsende Generation zu unterrichten.

Abutalip Kuttybajew mußte mit seiner Saripa und dem Erstgeborenen Daul in einen anderen Kreis ziehen, weiter weg von der Gebietsstadt. Sie fanden Arbeit in einer Aul-Schule. Lebten sich ein, wie es schien, hatten auch eine Wohnung gefunden; und Saripa, die begabte junge Lehrerin, wurde stellvertretende Schulleiterin. Da brachen die Ereignisse von achtundvierzig herein, die Sache mit Jugoslawien. Jetzt war Abutalip Kuttybajew nicht nur ehemaliger Kriegsgefangener, er wurde nun noch zu einem zweifelhaften Element, das lange Zeit im Ausland gewesen war. Und all seine Nachweise, daß er nur am Partisanenkampf jugoslawischer Genossen teilgenommen hatte, nützten ihm nichts. Alle begriffen es und zeigten sogar Mitgefühl, aber keiner traute sich, in dieser Hinsicht Verantwortung zu übernehmen. Abermals wurde er in die Abteilung Volksbildung beim Kreis beordert, und wieder kam die Geschichte mit der Entlassung auf eigenen Wunsch.

Noch viele Male zog Abutalip Kuttybajews Familie von einem Ort zum anderen, bis sie Ende einundfünfzig mitten im Winter in die Sary-Ösek-Steppe verschlagen wurde, in die Ausweichstelle Schneesturm-Boranly.

Der Sommer des Jahres zweiundfünfzig wurde heißer als gewöhnlich. Die Erde war ausgedörrt und dermaßen aufgeheizt, daß sogar die Steppen-Eidechsen nicht mehr wußten, wohin; ohne Furcht vor den Menschen, mit verzweifelt klopfenden Kehlen und weit geöffneten Mäulchen huschten sie über die Türschwellen – nur um sich irgendwo vor der Sonne zu verbergen. Die Milane aber schwangen sich auf der Suche nach Kühle in höchste Höhen – nicht zu erkennen mit bloßem Auge. Nur von Zeit zu Zeit machten sie sich mit schrillen, einsamen Schreien bemerkbar, dann verstummten sie wieder für lange in dem heißen, wogenden Dunstschleier.

Doch Dienst blieb Dienst. Die Züge fuhren von Ost nach West und von West nach Ost. Wie viele Züge rollten doch aneinander vorbei in Schneesturm-Boranly: Keine Hitze beeinträchtigte den Verkehr auf der großen, das ganze Land verbindenden Magistrale.

Alles ging seinen Gang. Ihre Arbeit auf der Eisenbahnlinie verrichteten sie mit Fäustlingen – mit bloßen Händen konnten sie keinen Stein berühren, geschweige denn Eisen. Wie ein glühendes Kohlenbecken hing die Sonne über ihren Häuptern. Wasser erhielten sie wie immer in einem Kesselwagen; und ehe der auf der Ausweichstelle eintraf, kochte es nahezu. Die Kleidung verbrannte ihnen binnen weniger Tage auf den Schultern. Im Winter bei grimmigem Frost hatte es der Mensch in der Sary-Ösek-Steppe immer noch leichter als bei dieser Gluthitze.

Schneesturm-Edige bemühte sich in jenen Tagen, Abutalip Mut zuzusprechen.

»Nicht immer haben wir einen solchen Sommer. Nur eben dieses Jahr«, rechtfertigte er sich, als träfe ihn selbst daran Schuld. »Noch fünfzehn, allenfalls zwanzig Tage, und es ist ausgestanden, dann legt sich die Hitze. Verflucht soll sie sein, hat uns alle fertiggemacht. Wenn der Sommer zu Ende geht, ändert sich hier bei uns das Wetter mitunter von einem Tag auf den andern. Und den ganzen Herbst über, bis hinein in den Winter, haben wir dann wohltätige Kühle, daß sich auch das Vieh wieder herausfuttert. Mir scheint – und es gibt Anzeichen dafür –, dieses Jahr wird es so werden. Also haltet noch eine Weile durch, der Herbst wird schön.«

»Dafür verbürgst du dich?« Abutalip lächelte verständnisvoll.

»Sagen wir – beinahe.«

»Schönen Dank. Ich sitze ja jetzt hier wie im Schwitzbad. Doch darum geht es nicht. Saripa und ich, wir halten durch. Mußten schon ganz anderes durchstehen. Die Kinder tun mir leid. Ich kann's nicht mit ansehen.«

Die Kinder in Boranly quälten sich, sie kamen von Kräften, fanden bei der Schwüle und drückenden Hitze nirgends Schlaf. Kein Baum weit und breit und kein Bach, die so unentbehrlich sind für die Welt des Kindes. Im Frühling, als die Steppe aufgelebt war, als Wiesen und Rasenplätze rundum sich für kurze Zeit begrünt hatten – war das ein Leben gewesen für die Kinder! Sie spielten Ball und Verstecken, liefen in die Steppe, jagten Zieseln nach. Es hatte schon Freude bereitet, ihre weithin schallenden Stimmen zu hören.

Der Sommer hatte alles zunichte gemacht. Die sonst so ausgelassenen Kleinen waren wie gelähmt von der unmäßigen Hitze. Sie flüchteten vor ihr in den Schatten unter den

Häuserwänden; und von dort lugten sie nur hervor, wenn Züge vorüberfuhren. Das war ihr Zeitvertreib – sie zählten, wie viele Züge in die eine Richtung rollten und wie viele in die andere, wie viele Personenwagen darunter waren und wie viele Güterwagen. Jedesmal, wenn ein Personenzug beim Passieren der Ausweichstelle die Fahrt verlangsamte, kam es den Kindern so vor, als würde gerade er bestimmt halten, und sie liefen schnaufend hinterher, sich mit ihren kleinen Händen gegen die Sonne schützend, vielleicht in der naiven Hoffnung, dieser Gluthitze zu entfliehen; und es jammerte einen, zu sehen, mit welchem Neid, mit welch unkindlicher Trauer die kleinen Boranlyer den davonfahrenden Wagen nachblickten. Die Reisenden in jenen Wagen hatten alle Fenster und Türen aufgerissen und litten ebenfalls unter Schwüle, Dunst und Fliegen; doch sie hatten zumindest die Gewißheit, daß sie in ein paar Tagen dort sein würden, wo es kühle Flüsse gab und grüne Wälder.

Um die Kinder sorgten sich in jenem Sommer alle Erwachsenen, Väter und Mütter, aber was das Abutalip kostete, begriff außer Saripa wohl nur er, Edige. Mit Saripa kam er darüber auch das erstemal ins Gespräch. Jene Unterhaltung gab ihm zudem tiefere Einblicke in das Schicksal dieser beiden Menschen.

Sie arbeiteten an diesem Tag auf der Strecke, erneuerten den Schotter auf dem Gleisbett. Verteilten ihn, füllten die Löcher unter Schwellen und Schienen und befestigten so den durch die Vibration wegrutschenden Bahndamm. Das mußte mit Unterbrechungen geschehen, in der Zeit, da keine Züge vorbeikamen. Es war eine langwierige, bei dieser Hitze kräftezehrende Tätigkeit. Gegen Mittag nahm Abutalip die leere Blechkanne und ging, wie er sagte, zum Kesselwagen auf dem toten Gleis, um heißes Wasser zu holen und zugleich nach den Kindern zu sehen.

Er hastete über die Schwellen, obwohl die Sonne stach. Beeilte sich, möglichst rasch zu den Kindern zu kommen, an sich dachte er nicht. Ein ausgeblichenes Turnhemd von undefinierbarer schmutziger Farbe hing schlaff an seinen knochigen Schultern, auf dem Kopf trug er einen brüchigen Strohhut, die Hosen schlotterten um seinen ausgemergelten Körper, die Füße steckten in zerrissenen Arbeitsschuhen ohne Senkel. Er ging, mit den Sohlen über die Schwellen schlappend, ohne auf etwas zu achten. Als sich ein Zug näherte, sah er sich nicht mal um.

»He, Abutalip, runter von den Gleisen! Du bist wohl taub?« schrie Edige.

Abutalip hörte nicht. Erst als die Lokomotive tutete, lief er die Böschung hinab, aber auch jetzt schenkte er dem vorüberdonnernden Zug keinen Blick. Und sah nicht, wie ihm der Lokführer mit der Faust drohte.

Im Krieg und in der Gefangenschaft war der Mann nicht ergraut, er war freilich jünger gewesen damals, an die Front war er mit neunzehn Jahren gegangen, als Unterleutnant. In jenem Sommer aber bekam er graue Haare. Von der Sary-Ösek. Schnell mengte sich hier und da unerwünschtes Weiß in seine starke, dichte Mähne, überzog seine Schläfen, und die waren bald grau. Für gute Zeiten wäre er ein schöner, stattlicher Mann gewesen: breitstirnig, mit Adlernase und Adamsapfel, mit kräftigem Mund und länglichen, schmalen Augen; prächtig gewachsen. Saripa scherzte mitunter bitter: »Bist ein Pechvogel, Abu, eigentlich müßtest du im Theater den Othello spielen.«

Abutalip schmunzelte. »Da hätte ich dich erwürgt wie ein Vollidiot – hättest du das gewollt?«

Abutalips späte Reaktion auf den hinter ihm heranrasenden Zug hatte Edige gehörig erschreckt.

»Red ihm mal ins Gewissen, was soll denn das?« sagte er mit leisem Vorwurf zu Saripa. »Den Lokführer zieht man nicht zur Verantwortung, die Gleise sind kein Fußweg. Aber das ist es gar nicht. Weshalb begibt er sich in solche Gefahr?«

Saripa seufzte schwer und wischte mit dem Ärmel den Schweiß von dem erhitzten, dunkel gewordenen Gesicht.

»Ich hab' Angst um ihn.«

»Und warum?«

»Ich hab' Angst, Edige. Was sollen wir's vor dir verhehlen. Er sorgt sich um die Kinder und um mich. Als ich ihn heiratete, hab' ich nicht auf meine Verwandtschaft gehört. Mein ältester Bruder war ganz außer sich, hat mich angeschrien: ›Dein Lebtag wirst du das bereuen, dumme Gans! Du gehst keine Ehe ein, du rennst in dein Unglück, und deine noch ungeborenen Kinder und Kindeskinder sind schon verdammt, unglücklich zu werden. Dein Liebster aber, falls er einen Kopf auf den Schultern trägt, sollte keine Familie gründen, sondern sich aufhängen! Das wäre für ihn das beste.‹ Wir haben unsern Willen durchgesetzt. Haben gehofft: Der Krieg ist zu Ende, was sollen da noch Forderungen an Lebende und Tote? Wir haben uns von allen ferngehalten, von seinen und meinen Verwandten. Zu guter Letzt aber, stell dir vor, hat sogar mein Bruder eine Erklärung geschrieben: Er habe mich gewarnt und mir von der Heirat abgeraten. Nichts habe er mit mir gemein und schon gar nichts mit einer Person, die lange Zeit in Jugoslawien war wie Abutalip Kuttybajew. Na ja, und danach begann alles von vorn. Wo wir uns auch blicken lassen – überall weist man uns die Tür, und jetzt sind wir hier gelandet, weiter weg können wir nicht.«

Sie verstummte und schippte erbittert Schotter unter die Schwellen. Von vorn näherte sich abermals ein Zug. Mit Schaufeln und Tragen verließen sie das Gleisbett.

Edige spürte, daß er Menschen in einer solchen Lage helfen müsse. Doch er vermochte nichts zu ändern. Das Unglück hockte weit hinter den Grenzen seiner Steppe.

»Wir leben hier schon viele Jahre. Auch ihr werdet euch eingewöhnen, anpassen. Leben aber muß man«, betonte er. Er sah sie an und dachte: Tja, bitter ist das Brot in der Sary-Ösek. Als ihr im Winter herkamt, war dein Gesicht noch weiß, jetzt ist es wie Erde. Bedauern erfüllte ihn ob ihrer offensichtlich schwindenden Schönheit. Was hat sie für Haare gehabt – nun sind sie ausgeblichen, sogar die Wimpern hat die Sonne verbrannt. Die Lippen sind blutig aufgesprungen.

Erbärmlich geht es ihr. Ein solches Leben ist sie nicht gewohnt. Und doch hält sie sich tapfer, macht keinen Rückzieher. Wohin will sie sich auch zurückziehen – sie hat ja zwei Kinder. Trotz allem ist sie ein tapferer Kerl.

Inzwischen war der fällige Zug, die unbewegte, glühendheiße Luft aufwirbelnd, wie eine sengende MP-Garbe vorübergerattert. Wieder stiegen sie mit ihrem Gerät aufs Gleisbett, um weiterzuarbeiten.

»Hör mal, Saripa«, sagte Edige, bemüht, ihr Mut zuzusprechen und sie mit der Wirklichkeit auszusöhnen. »Die Kinder haben es hier natürlich schwer, das will ich gar nicht bestreiten. Mir selber schmerzt das Herz, wenn ich mir unsere Kleinen anseh'. Aber die Hitze wird uns doch nicht ewig so zusetzen. Mal ist Schluß. Außerdem, wenn man's recht bedenkt, seid ihr ja nicht allein hier in der Steppe, rundum leben Menschen, und wenn alle Stricke reißen, sind schließlich wir noch da! Warum sich zu Tode grämen, wenn sich das Leben so gefügt hat.«

»Das sag' ich ihm auch immer, Edige. Jedes überflüssige Wort verkneif' ich mir. Ich begreif' doch, wie ihm zumute ist.«

»Recht so. Darüber wollte ich längst mit dir reden, Saripa. Hab' nur auf eine Gelegenheit gewartet. Aber du weißt ja alles selber. Es hat sich einfach so ergeben. Verzeih.«

»Manchmal bin ich am Ende meiner Kraft. Selber tu' ich mir leid, aber am meisten dauern mich die Kinder. Ihn trifft nicht die geringste Schuld, und doch fühlt er sich schuldig, weil er uns hierhergebracht hat. Und weil er nichts ändern kann. Ist doch klar – in unserer Heimat, inmitten der Berge und Flüsse des Alatau, ist das Leben ganz anders, auch das Klima. Wenn wir die Kinder im Sommer wenigstens dahin schicken könnten! Aber zu wem? Eltern haben wir nicht mehr, die sind früh gestorben. Die Geschwister, andere Verwandte? Denen ist kaum was vorzuwerfen, können sie vielleicht unsere Probleme gebrauchen? Früher haben sie uns gemieden, und jetzt erst recht. Was sollen die mit unseren Kindern? Da quälen wir uns also und fürchten, daß wir hier fürs ganze Leben steckenbleiben, obwohl wir es nicht laut sagen. Aber ich seh' doch, wie ihm zumute ist. Was uns erwartet, weiß Gott allein.«

Beide verharrten in schwerem Schweigen. Und griffen dieses Gespräch auch später nicht wieder auf. Sie arbeiteten, ließen die Züge auf der Strecke vorbei und gingen erneut ans Werk. Was blieb ihnen anderes übrig? Wie konnte er die Unglücklichen noch trösten, wie ihnen helfen? Betteln wirst du schon nicht gehn müssen, dachte Edige, für den Lebensunterhalt ist gesorgt, ihr arbeitet ja alle beide. Keiner hat euch gezwungen hierherzukommen, aber einen Ausweg gibt es für euch nicht. Weder morgen noch übermorgen.

Bei alldem wunderte sich Edige über sich selbst, weil ihm das Leid dieser Familie so ans Herz griff, als berühre ihre Geschichte ihn ganz persönlich. Was bedeuteten sie ihm schon? Er hätte sich doch sagen können: All das übersteigt meinen Horizont, was schert es mich? Wer bin ich denn, daß ich mir ein Urteil über Dinge anmaße, die mich im Grunde gar nichts angehen? Soll ich, der Arbeitsmann, der Steppenmensch, deren es unzählige gibt auf Erden, mich empören, soll ich mich entrüsten und mein Gewissen mit Fragen belasten, was gerecht ist und was ungerecht? Sicherlich wissen sie dort, von wo das alles ausgeht, tausendmal mehr als ich, Schneesturm-Edige. Dort sehen sie viel weiter als ich hier in der Steppe. Sind das meine Sorgen? Und doch fand er keine Ruhe. Dabei bangte er aus irgendeinem Grund vor allem um Saripa. Ihn erstaunte und fesselte ihre Ergebenheit, ihr Durchhaltevermögen, ihr verzweifelter Kampf gegen alle Unbilden. Sie glich einem Vogel, der versucht, mit seinen Schwingen das Nest vor einem Sturm zu schützen. Eine andere hätte geweint, ein paar Tränen vergossen und sich der Sippe demütig zu Füßen geworfen. Sie aber büßte ebenso hart wie ihr Mann für eine Kriegsvergangenheit. Gerade das beunruhigte Edige am meisten und allem zum Trotz; denn er selbst konnte weder ihre Kinder schützen noch ihren Mann.

Später gab es Augenblicke, da er bitter bedauerte, daß es dem Schicksal gefallen hatte, diese Familie in Schneesturm-Boranly anzusiedeln. Warum mußte er das alles miterleben? Hätte er nichts davon gewußt, keine Ahnung gehabt, dann hätte er ruhig gelebt wie bisher.

6

Die zweite Tageshälfte brachte im Stillen Ozean, südlich der Aleuten, aufkommende Dünung. Ein Südost, den Flußniederungen des amerikanischen Kontinents entsprungen, gewann allmählich an Kraft und stabilisierte, festigte seine Richtung. Und das Wasser geriet in Bewegung auf dem riesigen offenen Meer, schaukelte und klatschte, formierte sich immer häufiger zu Wogenketten. Das verhieß, wenn nicht Sturm, so doch lang anhaltenden Seegang.

Für den Flugzeugträger »Convention« bildeten solche Wellen auf offener See keine Gefahr. Zu einem anderen Zeitpunkt hätte er nie daran gedacht, seine Lage zu verändern. Da aber jeden Augenblick die Flugzeuge wieder auf Deck aufsetzen mußten, mit denen nach ihren Konsultationen die sonderbevollmächtigten Kommissionen eilig zurückkehrten, zog es der Flugzeugträger vor, beizudrehen, um das Schlingern zu vermindern. Alles verlief normal. Zuerst landete das Flugzeug aus San Francisco, dann das aus Wladiwostok.

Die Kommissionen kehrten in voller Besetzung zurück, gleichermaßen schweigsam und besorgt. Fünfzehn Minuten später saßen sie bereits hinter verschlossenen Türen am Beratungstisch. Fünf Minuten nach Gesprächsbeginn ging ein dringender chiffrierter Funkspruch in den Kosmos, an Bord der Orbitalstation »Parität« zur Weiterleitung an die Parität-Kosmonauten 1-2 und 2-1, in die Galaxis des Patriarchen: »An die Kontrollkosmonauten 1-2 und 2-1 der Orbitalstation ›Parität‹. Anweisen Parität-Kosmonauten 1-2 und 2-1, die außerhalb des Sonnensystems, *nichts* zu unternehmen. Aufenthaltsort beibehalten bis Sonderverfügung des VLZ.«

Anschließend begannen die sonderbevollmächtigten Kommissionen unverzüglich mit der Darlegung ihrer Positionen und der Vorschläge der jeweiligen Seite zur Lösung der kosmischen Krise.

Der Flugzeugträger »Convention« lag beigedreht inmitten der endlos anrollenden Wogen des Stillen Ozeans. Niemand in der Welt wußte, daß bei ihm an Bord zu dieser Zeit über das globale Schicksal des Planeten entschieden wurde.

Die Züge in dieser Gegend fuhren von Ost nach West und von West nach Ost.

Zu beiden Seiten der Eisenbahn aber erstreckten sich in dieser Gegend große öde Landstriche – Sary-Ösek, das Zentralgebiet der gelben Steppe.

In dieser Gegend bestimmte man alle Entfernungen nach der Eisenbahn, wie nach dem Greenwicher Nullmeridian.

Die Züge aber fuhren von Ost nach West und von West nach Ost...

Etwa zwei Stunden Weg blieben bis zum Friedhof Ana-Bejit. Der Beerdigungszug bewegte sich noch immer auf die gleiche Weise durch die Steppe. Die Richtung weisend, thronte vorn auf dem Kamel Schneesturm-Edige. Sein Karanar ging noch immer, weit ausschreitend, unermüdlich an der Spitze; ihm folgten übers unberührte Land der Trecker samt Hänger, in dem neben dem verstorbenen Kasangap einsam und ergeben dessen Schwiegersohn, Aisadas Mann, saß, und hinterdrein fuhr der Bagger »Belarus«. Nebenher aber lief, bald voraneilend, bald zurückbleibend, bald aus einem wichtigen Grund verharrend, immer noch geschäftig und selbstsicher, der breitbrüstige rotbraune Hund Sholbars.

Die Sonne sengte, näherte sich schon dem Zenit. Einen großen Teil ihres Weges hatten sie zurückgelegt, die unermeßliche Steppe aber bot dem Blick hinter jeder Hügelkette neue, öde Landstriche, und sie erstreckten sich bis zum Horizont. Gewaltig dehnte sich die Steppe. Dereinst hatten in diesen Gegenden die Juan-juan unseligen Angedenkens gelebt, Eindringlinge, die lange Zeit fast den gesamten Umkreis beherrschten. Auch andere Nomadenvölker hatten hier gelebt, in ständiger Fehde wegen der Brunnen und Weidegründe. Bald gewannen die einen Oberhand, bald die anderen. Aber Sieger wie Besiegte blieben in diesen Breiten, die einen auf zusammengeschmolzenem Territorium, die anderen auf erweitertem. Jelisarow sagte, die Sary-Ösek als Lebensraum hätte diesen Kampf gelohnt. Damals sei hier viel Regen gefallen im Frühjahr und im Herbst. Das Gras habe gereicht für viele Herden Groß- und Kleinvieh. Damals kamen hier Kaufleute vorbei, gab es Handel und Wandel. Später jedoch hatte sich das Klima jäh geändert – es fiel kein Regen mehr, die Brunnen versiegten, zu Ende ging es mit dem Grünfutter. Und es zerstreuten sich die in die Sary-Ösek-Steppe gekommenen Völker und Stämme in alle Himmelsrichtungen, die Juan-juan aber tauchten ins Ungewisse. Sie zogen zur Edil, so hieß dazumal die Wolga, und verschwanden dort auf Nimmerwiedersehn. Niemand wußte, woher sie gekommen, niemand erfuhr je, wohin sie gezogen waren. Es hieß, ein Fluch habe sie ereilt – als sie einst im Winter geschlossen die Edil überquerten, habe sich auf dem Fluß unversehens das Eis auseinandergeschoben und sie seien samt ihren Pferde- und Schafherden darunter versunken.

Die eingeborenen kasachischen Nomaden verließen auch in jenen Tagen nicht ihr Land, sie hielten sich an Orten, wo sie in neu gegrabenen Brunnen noch Wasser fanden. Doch die ereignisreichste Zeit für die Sary-Ösek fiel in die Nachkriegsjahre. Plötzlich erschienen Wassertankwagen. Ein einziger Wasserfahrer, der die Gegend gut kannte, konnte Nomadenlager auf drei, vier Weideplätzen versorgen. Die Pächter von Sary-Ösek-Weideland – Kolchose und Sowchose der angrenzenden Gebiete – dachten bereits daran, ständige Stützpunkte für die Viehhaltung auf Weideplätzen einzurichten. Unter verschiedenen Gesichtspunkten überlegten sie, wie teuer ihre Wirtschaften solche Bauten zu stehen kämen. Nur gut, daß sie nichts übereilt hatten. Unbemerkt, unauffällig war in der Umgebung von Ana-Bejit eine namenlose Stadt entstanden – Postschließfach. So sagte man allgemein: Es fuhr einer nach Postschließfach, er war in Postschließfach, wir kauften ein in Postschließfach, ich sah in Postschließfach... Postschließfach breitete sich aus, wuchs um Häuserblocks und Straßen, verschloß sich gegenüber Unbefugten. Eine Asphaltstraße führte von dort in der einen Richtung zum Kosmodrom, in der anderen zur Bahnstation. Damit begann eine neue, eine industrielle Besiedlung der Sary-Ösek. Von der Vergangenheit blieb in jener Gegend nur noch der Friedhof Ana-Bejit, auf den zwei – gleich Kamelhöckern benachbarten – Zwillingshügeln Egis-Töbe gelegen, die angesehenste Beisetzungsstätte weit und breit in der Steppe. In alten Zeiten brachte man die Verstorbenen bisweilen aus solch fernen Winkeln zur Bestattung dorthin, daß die Menschen in der Steppe übernachten mußten. Dafür waren die Nachkommen der auf Ana-Bejit zu Grabe Getragenen mit Recht stolz darauf, daß sie dem Andenken ihrer Vorfahren besondere Ehren erwiesen hatten. Hier beerdigte man Menschen, die im Volk höchstes Ansehen und größte Popularität genossen, lange gelebt, viel gewußt und sich mit Wort und Tat einen guten Namen verdient hatten. Jelisarow, der sich in allem auskannte, bezeichnete diesen Ort als Pantheon der Sary-Ösek.

Diesem Friedhof also näherte sich an jenem Tag, in Begleitung eines Hundes, eine aus einem Kamel und Fahrzeugen bestehende Begräbnisprozession von der Eisenbahn-Ausweichstelle Schneesturm-Boranly.

Der Friedhof Ana-Bejit hatte seine Geschichte. Überliefert ist, daß die Juan-juan, nachdem sie in vergangenen Jahrhunderten die Sary-Ösek-Steppe erobert hatten, die gefangenen Krieger äußerst grausam behandelten. Glück hatten noch Gefangene, die sie als Sklaven in benachbarte Gebiete verkauften, denn sie konnten früher oder später in die Heimat fliehen. Ein entsetzliches Los bereiteten die Juan-juan jenen, die sie selbst als Sklaven behielten. Durch eine schreckliche Folter zerstörten sie das Gedächtnis eines solchen Sklaven – sie steckten den Kopf ihres Opfers in einen Schiri. Gewöhnlich widerfuhr dieses Unglück jungen Burschen, die bei Kämpfen in Gefangenschaft gerieten. Zunächst schor man ihnen die Schädel kahl, schabte sorgsam jedes Härchen an der Wurzel ab. Wenn das Kopfscheren sich dem Ende näherte, töteten erfahrene Schlächter der Juan-juan in der Nähe ein ausgewachsenes Kamel. Beim Häuten trennten sie zuerst das schwerste und kompakteste Stück ab, den Hals. Sie schnitten die Halshaut in Stücke und stülpten diese noch feuchtwarm über den geschorenen Schädel der Gefangenen, wo sie im Nu festklebten wie Pflaster – etwa so wie die heutigen Badekappen. Das hieß: einen Schiri anlegen. Wer nach solch einer Prozedur nicht unter Folterqualen starb, verlor für allezeit sein Gedächtnis und wurde zum Mankurt – zu einem Sklaven, der sich nicht mehr an seine Vergangenheit erinnerte. Die Halshaut eines Kamels reichte für fünf, sechs Schiri. Waren allen dazu Verurteilten die Schiri angelegt, so umschloß man zusätzlich ihre Hälse mit Holzblöcken, damit sie nicht mit den Köpfen die Erde erreichten. In diesem Zustand brachte man sie an einen möglichst entlegenen Ort, von wo ihre herzzerreißenden Schreie nicht zu hören waren, und setzte sie auf freiem Feld aus, an Armen und Beinen gefesselt, in glühender Sonne, ohne Wasser und ohne Nahrung. Die Folter währte einige Tage und Nächte. Nur die Zugangswege wurden an bestimmten Stellen von verstärkten Posten bewacht für den Fall, daß Landsleute der Gefangenen versuchen sollten, ihnen beizuspringen, solange sie noch am Leben waren. Doch solche Versuche gab es äußerst selten, denn in freier Steppe bemerkt man doch alle. Und verbreitete sich später das Gerücht, der und der sei von den Juan-juan zum Mankurt gemacht worden, dann suchten nicht einmal die nächsten Verwandten ihn zu retten oder freizukaufen, denn das hätte nur geheißen, einen Popanz des einstigen Menschen zurückzuholen. Nur eine Naiman-Mutter, in die Überlieferung eingegangen unter dem Namen Naiman-Ana, wollte sich mit einem solchen Schicksal ihres Sohnes nicht abfinden. Davon erzählt eine Sary-Ösek-Legende. Und daher hat der Friedhof Ana-Bejit seinen Namen: Mutter-Ruhestätte.

Die meisten der zu qualvoller Folter auf freiem Feld Ausgesetzten starben unter der Steppensonne. Von fünf, sechs Gefolterten überlebten ein oder zwei Mankurts. Zugrunde gingen sie nicht an Hunger und nicht einmal an Durst, sondern an den unerträglichen, unmenschlichen Qualen, die ihnen die trocknende, sich auf ihrem Kopf zusammenziehende rohlederne Kamelhaut verursachte. Unerbittlich schrumpfte der Schiri unter den Strahlen der stechenden Sonne, preßte den rasierten Schädel des Sklaven zusammen wie ein eiserner Reif. Bereits am zweiten Tag begannen die abgeschorenen Haare der Märtyrer wieder zu wachsen. Mitunter wuchsen die harten und glatten Asiatenhaare in das Rohleder, meist aber gelang ihnen das nicht, sie krümmten sich und wuchsen wieder in die Kopfhaut; das verursachte noch größere Schmerzen. Diese Marter ging schon mit einer vollständigen Trübung des Verstandes einher. Erst am fünften Tag kamen die Juan-juan nachsehen, ob einer der Gefangenen überlebt habe. Hatte auch nur einer der Gemarterten überlebt, so war für sie das Ziel erreicht. Dem gaben sie dann Wasser zu trinken, nahmen ihm die Fesseln ab und ließen ihn allmählich wieder zu Kräften kommen, brachten ihn auf die Beine. Und das war ein Sklave, ein Mankurt – gewaltsam seiner Erinnerung beraubt und darum unschätzbar –, soviel wert wie Dutzende von gesunden Unfreien. Es gab sogar eine Regel – wurde bei inneren Zwistigkeiten ein Mankurt getötet, dann war die Auslösung für einen solchen Verlust dreimal so hoch wie bei einem freien Landsmann.

Ein Mankurt wußte nicht, wer er war, woher er stammte, er kannte seinen Namen nicht, erinnerte sich nicht an die Kindheit und nicht an Vater und Mutter – kurz, ein Mankurt begriff sich selbst nicht als menschliches Wesen. Vom wirtschaftlichen Standpunkt aus besaß der Mankurt eine ganze Reihe von Vorzügen. Er war faktisch nichts anderes als eine stumme Kreatur und daher absolut ergeben und ungefährlich. Nie kam ihm der Gedanke an Flucht. Was könnte einen Sklavenhalter mehr schrecken als ein Sklavenaufstand? Jeder Sklave ist ein potentieller Rebell. Der Mankurt war die einzige Ausnahme seiner Art – ihm fehlte jeglicher Antrieb für Meuterei oder Widersetzlichkeit. Solche Leidenschaften kannte er nicht. Daher war es unnötig, ihn zu beaufsichtigen, Wachen zu unterhalten oder ihn gar geheimer Vorhaben zu verdächtigen. Gleich einem Hund gehorchte der Mankurt nur seinem Herrn. Mit anderen trat er nicht einmal in Verbindung. All sein Streben galt lediglich der Befriedigung des Leibes. Darin erschöpften sich seine Sorgen. Dafür erledigte er jeden Auftrag blind, eifrig, unbeirrt. Die Mankurts wurden gewöhnlich gezwungen, die schmutzigste, schwerste Arbeit zu verrichten, oder man übertrug ihnen die langweiligsten, einförmigsten Tätigkeiten, die dumpfe Geduld verlangten. Nur ein Mankurt konnte, einer Kamelherde auf entlegener Weide beigegeben, unbefristet und in völliger Einsamkeit die endlose Öde und die Menschenleere der Sary-Ösek-Steppe ertragen. Er allein ersetzte in solcher Abgeschiedenheit zahlreiche Arbeiter. Man mußte ihn nur mit Nahrung versorgen – dann blieb er ohne Ablösung bei seiner Arbeit, winters wie sommers, ohne unter dem Einsiedlerdasein zu leiden und ohne sich über Entbehrungen zu beklagen. Ein Befehl des Herrn war für den Mankurt oberstes Gesetz. Für sich selbst verlangte er nichts außer Essen und alten Lumpen, damit er nicht erfror in der Steppe.

Schlimm genug ist es, einem Gefangenen den Kopf abzuschlagen oder ihm zur Einschüchterung anderen Schaden zuzufügen, doch ungleich schlimmer, ihm sein Gedächtnis zu rauben, den Verstand zu zerstören, die Wurzeln dessen aus ihm herauszureißen, was bis zu seinem letzten Atemzug sein Menschsein ausmacht, das einzige, was mit ihm dahingeht, anderen aber unzugänglich bleibt. Doch die nomadisierenden Juan-juan, die in ihrer finsteren Geschichte die grausamste Form von Barbarei hervorgebracht hatten, verhöhnten sogar diesen heiligen Wesenszug des Menschen. Sie hatten ein Mittel gefunden, den Sklaven die lebendige Erinnerung zu nehmen, und verübten damit an der menschlichen Natur das schwerste aller denkbaren und undenkbaren Verbrechen. Nicht zufällig sagte Naiman-Ana, während sie um ihren in einen Mankurt verwandelten Sohn wehklagte, in wildem Leid und voller Verzweiflung:

»Als man dir dein Gedächtnis entriß, mein Kind, als man dir den Kopf durch die langsame Schrumpfung der trocknenden Kamelhaut zusammendrückte wie eine Nuß mit der Zange; als sich ein unsichtbarer Reif so um deinen Kopf legte, daß dir die Augen aus den Höhlen traten, blutüberlaufen vor Entsetzen; als dich auf dem rauchlosen Scheiterhaufen der Steppe tödlicher Durst quälte und kein Tropfen vom Himmel fiel, deine Lippen zu netzen – wurde dir da nicht die lebenspendende Sonne zu einem verhaßten, mit Blindheit geschlagenen Gestirn, zum schwärzesten aller Gestirne?

Als dein Aufschrei, von Schmerz zerrissen, inmitten der Wüste gellte; als du brülltest und dich herumwarfst und Gott anflehtest Tag und Nacht; als du Hilfe erhofftest von einem unbewegten Himmel; als du an Erbrochenem würgtest, das dein Leib unter Qualen ausstieß, und dich krümmtest in eklem Kot, der aus deinem von Krämpfen geschüttelten Körper quoll; als du vergingest in jenem Gestank und schon den Verstand verlorest, übersät von einem gierigen Fliegenschwarm – hast du da mit letzter Kraft nicht Gott verflucht, der uns alle geschaffen hat in dieser von ihm selbst verlassenen Welt?

Als sich das Dunkel der Geistesverwirrung für immer über deinen von den Folterungen verstümmelten Verstand senkte, als dein Gedächtnis, gewaltsam zerbrochen, unabwendbar die Verankerungen in der Vergangenheit einbüßte; als du schmerzgeschüttelt den Blick deiner Mutter vergaßest, das Rauschen des Flusses am Berghang, wo du an Sommertagen gespielt; als du deinen Namen und den Namen deines Vaters verlorest im zertrümmerten Bewußtsein; als dir die Gesichter der Menschen, in deren Mitte du aufwuchsest, erloschen und der Name des Mädchens erlosch, das dir verschämt zugelächelt – hast du da nicht, stürzend in den Abgrund der Gedächtnislosigkeit, deine Mutter entsetzlich verflucht, weil sie es einst gewagt hat, dich in ihrem Leib zu empfangen und auf die Welt zu setzen für einen solchen Tag?«

Diese Geschichte kündet von jenen Zeiten, da die Juanjuan, verdrängt aus dem Süden des von Nomaden bevölkerten Asien, nach Norden fluteten, für lange Zeit die Sary-Ösek eroberten und ununterbrochen Kriege führten mit dem Ziel, ihre Besitztümer und die Zahl ihrer Sklaven zu vergrößern. In der ersten Zeit half ihnen das Überraschungsmoment ihres Vorstoßes, in den an die Sary-Ösek grenzenden Gebieten viele Gefangene zu machen, darunter Frauen und Kinder, die alle in die Sklaverei getrieben wurden. Doch dann wuchs der Widerstand gegen den fremdländischen Einfall. Es kam zu erbitterten Zusammenstößen. Die Juanjuan wollten die Steppe nicht verlassen, sondern sich in diesen weiten, für die Steppenviehzucht so geeigneten Landstrichen festsetzen. Die hier ansässigen Stämme indes fanden sich mit dem Verlust nicht ab, sie hielten sich für berechtigt, ja verpflichtet, die Eroberer früher oder später zu verjagen. Wie dem auch sei, sie bestritten große und kleine Kämpfe mit wechselndem Erfolg. Doch sogar während dieser zermürbenden Fehden gab es Augenblicke der Ruhe.

Während einer solchen Pause erzählten Kaufleute, die mit einer Warenkarawane in das Gebiet der Naiman gekommen waren, beim Tee, sie hätten die Steppe ohne sonderliche Behinderungen bei den Brunnen auf der Seite zu den Juan-juan hin passiert, und erwähnten dabei, sie seien einem jungen Hirten mit einer großen Kamelherde begegnet. Sie wollten mit ihm ins Gespräch kommen, aber da habe sich herausgestellt, es war ein Mankurt. Äußerlich wirke er gesund, und man hätte nie und nimmer gedacht, was ihm widerfahren war. Sicherlich sei er einmal ebenso gesprächig und verständig gewesen wie andere auch, blutjung sei er noch, der Bartflaum beginne gerade erst zu sprießen, und er sehe gar nicht übel aus, doch sowie man ein Wort mit ihm wechseln wolle, benehme er sich wie ein Neugeborener, erinnere sich an nichts, der arme Kerl, kenne weder seinen Namen noch die Namen von Vater und Mutter, wisse nicht, was die Juanjuan ihm angetan hätten, und nicht, woher er stamme. Wonach man ihn auch frage – er antworte nur ja und nein und habe dauernd die Hand an der fest auf seinem Kopf sitzenden Mütze. Auch wenn es Sünde sei, die Menschen spotteten sogar über Gebrechen. Mit diesen Worten verknüpften sie ihren Spott darüber, daß es offenbar Mankurts gebe, bei denen die Kamelhaut an manchen Stellen für immer am Kopf festwachse. Für einen solchen Mankurt sei es die schlimmste Strafe, wenn man ihn erschreckt: Komm, wir machen mal ein Dampfbad für deinen Kopf. Wie ein wildes Pferd schlage der um sich, aber seinen Kopf lasse er nicht anrühren. Solche Mankurts trennten sich nie von ihrer Mütze, weder am Tage noch in der Nacht, sie schliefen auch mit Mütze. Und doch, so fuhren die Gäste fort, mochte er noch so dumm sein – seine Pflichten habe der Mankurt nicht vergessen: Eifrig habe er darüber gewacht, daß sich die Karawanenleute weit genug von jenem Ort entfernten, wo seine Kamelherde weidete. Ein Treiber aber habe den Mankurt zum Abschied foppen wollen.

»Vor uns liegt ein weiter Weg. Wem sollen wir einen Gruß bestellen, welcher Schönen, an welchem Ort? Sag's nur freiheraus. Hörst du? Vielleicht willst du uns ein Tüchlein für sie mitgeben?«

Der Mankurt schwieg lange und sah den Treiber an, dann ließ er die Worte fallen: »Ich sehe jeden Tag auf den Mond, und er sieht auf mich. Doch wir hören einander nicht. Dort sitzt wer...«

Bei jener Unterhaltung in der Jurte war eine Frau zugegen,

die den Kaufleuten Tee einschenkte. Das war Naiman-Ana. Unter diesem Namen lebt sie weiter in der Legende der Sary-Ösek.

Naiman-Ana ließ sich nichts anmerken in Gegenwart der auswärtigen Gäste. Niemand gewahrte, wie sonderbar diese Nachricht sie bestürzte, wie jäh sich ihre Miene veränderte. Gern hätte sie die Kaufleute nach Einzelheiten ausgeforscht über jenen jungen Mankurt, und doch hatte sie gerade davor Angst: mehr zu erfahren, als sie gesagt hatten. So brachte sie es fertig zu schweigen, erstickte ihre aufsteigende Unruhe wie einen verwundet aufschreienden Vogel. Inzwischen hatte sich das Gespräch im Kreis der Männer anderem zugewandt, keiner scherte sich mehr um den unglücklichen Mankurt – was gibt es nicht alles im Leben! Naiman-Ana aber hatte Mühe, den Schreck, der sie ergriffen hatte, zu unterdrücken, das Zittern in ihren Händen zu bezwingen, als hätte sie in der Tat jenen Vogel in ihrem Innern erstickt, der da verwundet aufgeschrien; nur das schwarze Trauertuch zog sie tiefer übers Antlitz, das sie seit langem auf ihrem ergrauten Haupt trug.

Die Karawane der Händler zog bald ihrer Wege. Und in jener schlaflosen Nacht begriff Naiman-Ana, sie würde keine Ruhe mehr finden, solange sie nicht in der Sary-Ösek jenen Mankurt-Hirten ausfindig gemacht und sich vergewissert hatte, daß es nicht ihr Sohn war. Dieser beklemmende, schreckliche Gedanke belebte in ihrem Mutterherzen erneut den längst heimlich darin nistenden Zweifel, ob ihr Sohn tatsächlich auf dem Schlachtfeld geblieben sei. Natürlich war es besser, ihn zweimal zu beerdigen, als sich derart zu quälen, erfüllt von unentwegter Angst, unentwegtem Schmerz, unentwegtem Zweifel.

Ihr Sohn war in einer der Schlachten mit den Juan-juan in der Sary-Ösek gefallen. Ein Jahr zuvor war ihr Mann umgekommen. Unter den Naiman war er ein bekannter, hochgerühmter Mann gewesen. Der Sohn war dann im ersten Feldzug mit ausgerückt, um den Vater zu rächen. Tote durften nicht auf dem Schlachtfeld zurückgelassen werden. Die Verwandten waren verpflichtet, seinen Leichnam heimzubringen. Doch das erwies sich als unmöglich. Viele hatten in jenem Kampf gesehen, wie ihr Sohn, als es zum Handgemenge kam, auf die Mähne seines Rosses sank und das Roß, vom Schlachtenlärm erhitzt und aufgeschreckt, mit ihm durchging. Dabei war er aus dem Sattel gestürzt, doch mit einem Bein im Steigbügel hängengeblieben, so daß er leblos an der Seite des Rosses hing, das, dadurch noch mehr von Sinnen, seinen Körper im wilden Galopp in die Steppe schleifte, wie zum Hohn in Richtung des Feindes. Trotz des heißen, blutigen Kampfes, in dem ein jeder gebraucht wurde, waren zwei Stammesgefährten hinterhergesprengt, um das ausgebrochene Roß noch rechtzeitig abzufangen und den Körper des Gefallenen zu bergen. Doch von einer Abteilung Juan-juan, die in einer Schlucht im Hinterhalt lag, warfen sich ihnen mit lauten Schreien einige bezopfte Reiter in den Weg. Ein Naiman wurde von einem Pfeil getötet, der andere schwer verwundet, er wendete und erreichte gerade noch seine Reihen, da sank er auch schon zu Boden. Dieser Vorfall entdeckte den Naiman beizeiten den Hinterhalt der Juan-juan, die sie im entscheidenden Moment von der Flanke her angreifen wollten. In aller Eile wichen sie zurück, um sich neu zu formieren und wieder in die Schlacht zu stürzen. Und natürlich kümmerte schon keinen mehr, was aus ihrem jungen Krieger geworden war, dem Sohn von Naiman-Ana. Ein verwundeter Naiman, jener, dem es noch gelungen war, beritten zu den Seinen zurückzukehren, erzählte später, das Roß, das ihren Sohn hinter sich herschleifte, sei, als sie ihm nachsetzten, rasch ihrem Blick entschwunden.

Einige Tage hintereinander ritten Naiman aus, den Leichnam zu suchen. Doch sie konnten nichts entdecken – weder den Gefallenen noch sein Pferd, noch seine Waffen oder andere Spuren. Zweifellos war er umgekommen, in der Steppe verdurstet oder verblutet. Sie trauerten und wehklagten, weil ihr junger Verwandter unbestattet geblieben war in der menschenleeren Steppe. Das war für alle eine Schande. Die Frauen in der Jurte von Naiman-Ana jammerten und weinten, schmähten ihre Männer und Brüder: »Zerpickt haben ihn die Aasgeier, zerrissen die Schakale. Wie könnt ihr es wagen, danach mit Männermützen auf den Köpfen herumzulaufen?«

Inhaltsleer zogen sich für Naiman-Ana die Tage auf der verödeten Erde hin. Sie wußte, daß im Krieg Menschen umkommen, doch die Vorstellung, daß ihr Sohn auf dem Schlachtfeld im Stich gelassen wurde, sein Körper nicht der Erde übergeben worden war, raubte ihr den Frieden und die Ruhe. Bittere, endlose Gedanken quälten die Mutter. Und wem hätte sie sich anvertrauen können, ihren Schmerz zu lindern, an wen sich wenden außer an Gott?

Um sich selbst derartige Gedanken zu verbieten, mußte sie sich mit eigenen Augen überzeugen, daß ihr Sohn tot war. Könnte sie dann noch mit dem Schicksal hadern? Am meisten verunsicherte es sie, daß das Roß des Sohnes spurlos verschwunden blieb. Das Roß war nicht getroffen worden, es war im Schreck durchgegangen. Wie jedes Herdenpferd mußte es früher oder später zurückkommen zu seinen angestammten Orten und den Leichnam des Reiters im Steigbügel mitschleppen. Dann aber, wie schrecklich es auch wäre, würde sie sich ihr Leid von der Seele schreien, sich ausweinen, ausheulen über den Gebeinen, sich das Gesicht zerkratzen mit ihren Nägeln und sich selbst, die Unglückliche, dreimal Verfluchte, derart schmähen, daß es Gott im Himmel übel würde, verstünde er auch nur im geringsten, wen sie wirklich meinte. Dafür würde kein Zweifel mehr an ihrer Seele nagen, sie würde dem eigenen Tod nüchtern entgegensehen, ihn zu jeder Stunde erwarten, ohne sich an ihr Leben zu klammern oder es auch nur in Gedanken zu verlängern. Der Körper ihres Sohnes wurde indes nicht gefunden, und das Pferd kehrte nicht zurück. Zweifel plagten die Mutter, auch wenn ihre Stammesgefährten allmählich all das vergaßen; denn die Zeit lindert jeden Schmerz, versöhnt mit jedem Verlust. Nur sie, die Mutter, konnte sich nicht beruhigen, konnte nicht vergessen. Ihre Gedanken kreisten unentwegt um einen Punkt. Was war mit dem Pferd geschehen, wo waren Geschirr und Waffen geblieben? Sie hätten doch zumindest indirekt verraten, was aus dem Sohn geworden war. Es hätte ja auch sein können, daß die Juan-juan das Roß eingefangen hätten irgendwo in der Sary-Ösek, als es völlig entkräftet war. Ein Pferd mit gutem Geschirr ist schließlich auch eine Beute. Wie aber waren sie dann mit ihrem Sohn verfahren, der am Steigbügel hing – hatten sie ihn eingescharrt oder dem Steppengetier überlassen? Wenn er nun doch noch am Leben war dank einem Wunder? Hatten sie ihn totgeschlagen und so seinen Qualen ein Ende bereitet, oder hatten sie ihn aufs freie Feld geworfen, damit er verreckte? Oder lebte er doch noch?

Zweifel über Zweifel. Und als die auswärtigen Kaufleute beim Tee den jungen Mankurt erwähnten, dem sie in der Sary-Ösek begegnet waren, da ahnten sie nicht, daß sie damit einen Funken entfacht hatten in Naiman-Anas leidzerfressener Seele. Ihr Herz stockte in unruhevollem Vorgefühl. Und der Gedanke, jener könne ihr verlorener Sohn sein, ergriff immer mehr, immer hartnäckiger, immer stärker Besitz von ihrem Verstand, ihrem Herzen. Die Mutter wußte, daß sie keine Ruhe mehr finden würde, ehe sie nicht jenen Mankurt ausfindig gemacht und gesehen, ehe sie sich vergewissert hatte, daß es nicht ihr Sohn war.

Jenes halbversteppte Vorgebirge, wo sich die Naiman im Sommer niederließen, war von kleinen, steinigen Flüssen durchzogen. Die ganze Nacht hindurch lauschte Naiman-Ana auf das Murmeln des Wassers. Was erzählte ihr wohl dieses Wasser, das so gar nicht mit ihrem aufgewühlten Sinn harmonierte? Sie suchte Ruhe. Wollte ständig die Laute des dahineilenden nassen Elements hören, bevor sie aufbrach in die öde Stummheit der Sary-Ösek. Die Mutter wußte, wie gefährlich und gewagt es war, allein in die Steppe aufzubrechen, doch sie wünschte keinen in ihr Vorhaben einzuweihen, wer immer es sei. Niemand hätte das verstanden. Selbst die nächsten Verwandten hätten ihre Absicht nicht gutgeheißen. Wie kann man sich auf die Suche begeben nach einem längst getöteten Sohn? Und falls er durch einen Zufall doch am Leben geblieben und zum Mankurt gemacht worden war – um wieviel weniger hatte es Sinn, ihn aufzuspüren, sich das Herz schwerzumachen, denn ein Mankurt ist doch nur die äußere Hülle, nur ein Popanz des früheren Menschen.

In der Nacht vor ihrem Aufbruch trat sie einige Male aus ihrer Jurte. Lange blickte, lauschte sie hinein in die Ferne, suchte sie ihre Gedanken zu sammeln. Ein mitternächtlicher Mond stand hoch über ihrem Haupt am wolkenlosen Himmel und übergoß die Erde mit gleichmäßigem, milchweißem Licht. Die zahlreichen weißen Jurten, verstreut am Fuß von Bodenwellen, glichen Schwärmen großer Vögel, die an den Ufern rauschender Bäche übernachteten. Neben dem Aul, dort, wo die Schafpferche lagen, und noch weiter weg, in den Niederungen, wo die Pferdeherden weideten, hörte sie Hundebellen und unverständliche Stimmen von Menschen. Vor allem aber rührte Naiman-Ana der Wechselgesang junger Mädchen bei den Koppeln, gleich hinter dem Aul. Sie selbst hatte dereinst solche nächtlichen Lieder gesungen. An diesen Orten ließen sie sich jeden Sommer nieder, seit man sie als Braut hierhergebracht hatte. Ihr ganzes Leben war hier verflossen: als die Familie noch viele Köpfe zählte, als sie hier mit einemmal vier Jurten aufzustellen pflegten – eine Küchen-, eine Gast- und zwei Wohnjurten –, aber auch später, nach dem Überfall der Juan-juan, als sie allein geblieben war.

Jetzt verließ auch sie ihre einsame Jurte. Bereits am Abend hatte sie sich für den Weg gerüstet. Hatte sich mit Essen und Wasser versehen. Wasser nahm sie reichlich mit. In zwei Schläuchen führte sie es mit für den Fall, daß sie die Brunnen in der Steppe nicht sogleich entdeckte. Noch vom Abend her stand die Kamelstute Akmaja angepflockt in der Nähe der Jurten, ihre Hoffnung und ihre Weggefährtin. Hätte sie es denn gewagt, in die Sary-Ösek-Ödnis aufzubrechen, ohne auf die Kraft und Schnelligkeit von Akmaja zu bauen? In dem Jahr hatte Akmaja kein Junges geworfen, sie ruhte aus nach zwei Geburten und war in bester Verfassung für den Ritt. Sehnig, mit kräftigen, langen Beinen, die Sohlen straff, von übermäßigen Lasten und dem Alter noch nicht breitgetreten, mit einem Paar fester Höcker, einem hageren, wohlgebildeten Kopf auf dem muskulösen Hals und mit zarten Nüstern, die beweglich waren wie die Flügel eines Schmetterlings und durch die sie im Gehen kräftig Luft schöpfte, war die weiße Kamelstute Akmaja soviel wert wie eine ganze Herde. Für eine solch schnellfüßige Stute im Vollbesitz ihrer Kräfte gab man Dutzende von Jungtieren, schon wegen ihrer Nachkommenschaft. Das wertvolle Muttertier war der letzte Schatz von Naiman-Ana, die letzte Erinnerung an früheren Wohlstand. Alles andere war ihr unter den Händen zerronnen wie Sand. Schulden, Totengedenkfeiern am vierzigsten Tag und nach Jahresfrist... Unlängst hatte sie auch schon für den Sohn, den zu suchen sie nun aufbrach aus einem Vorgefühl, in unermeßlichem Leid und Schmerz, die letzten Totenfeiern abgehalten, unter Teilnahme von viel Volk, aller Naiman der näheren Umgebung.

Im Morgengrauen trat Naiman-Ana reisefertig aus ihrer Jurte. Nachdem sie die Schwelle überschritten, verharrte sie nachdenklich, an die Tür gelehnt, umfing mit dem Blick ein letztes Mal den schlafenden Aul. Noch schlank und rank, noch im Besitz ihrer einstigen Schönheit, hatte sie sich gegürtet, wie es sich ziemt für einen weiten Weg. Sie trug Stiefel, Pluderhosen, ein ärmelloses Wams überm Kleid und einen lose von den Schultern fallenden Mantel. Um den Kopf hatte sie ein weißes Tuch gebunden, die Zipfel im Nacken verknotet. So hatte sie es während ihrer nächtlichen Grübeleien beschlossen – wenn sie schon hoffte, den Sohn lebend anzutreffen, wozu dann ein Trauergewand? Und sollte sich ihre Hoffnung nicht bewahrheiten, so könnte sie immer noch das Haupt für allezeit mit einem schwarzen Tuch verhüllen. Der Morgendämmer zu dieser Stunde verbarg die ergrauten Haare und den Stempel erlittener Bitterkeiten auf dem Antlitz der Mutter – Falten, die tief die traurige Stirn durchfurchten. Ihre Augen wurden feucht in diesem Moment, und sie seufzte schwer. Dachte sie wohl daran, ahnte sie, was zu erleben ihr noch bevorstand? Dann aber ermannte sie sich. »Ašhadu lā illāha illa 'llah – ich bezeuge, es gibt keinen Gott außer Allah«, flüsterte sie die ersten Zeilen des Gebets, begab sich entschlossen zu ihrer Kamelstute und nötigte sie, sich mit eingebogenen Knien niederzulassen. Wie üblich die Zähne fletschend und leise aufbrüllend, legte sich Akmaja bedächtig mit der Brust auf die Erde. Naiman-Ana warf der Stute rasch die Satteltasche über, bestieg Akmaja, trieb sie an; die streckte die Beine, stand auf und hob gleichzeitig ihre Herrin hoch empor. Nun war es Akmaja klar: Vor ihr lag ein weiter Weg.

Niemand im Aul wußte von Naiman-Anas Aufbruch, und außer einer Schwägerin, die verschlafen gähnte, gab ihr keiner das Geleit zu dieser Stunde. Ihr hatte sie noch am Abend gesagt, sie wolle zu ihren Torkun reiten, zu Verwandten elterlicherseits, wolle bei ihnen eine Weile zu Gast bleiben und von dort, wenn sich die Gelegenheit böte, zusammen mit anderen Pilgern ins Gebiet der Kiptschaken ziehen, um sich vor dem Tempel des heiligen Jessewi zu verneigen.

Naiman-Ana brach frühmorgens auf, damit niemand ihr mit Fragen zusetzte. Als sie den Aul hinter sich gelassen hatte, wandte sie sich der Steppe zu, deren dunkle Ferne kaum zu erahnen war in der reglosen Ödnis vor ihr.

Die Züge in jener Gegend fuhren von Ost nach West und von West nach Ost.

Zu beiden Seiten der Eisenbahn aber erstreckten sich in dieser Gegend große öde Landstriche – Sary-Ösek, das Zentralgebiet der gelben Steppe.

In dieser Gegend bestimmte man alle Entfernungen nach der Eisenbahn, wie nach dem Greenwicher Nullmeridian.

Die Züge aber fuhren von Ost nach West und von West nach Ost...

Von Bord des Flugzeugträgers »Convention« ging noch ein verschlüsselter Funkspruch an die Kontrollkosmonauten in der Orbitalstation »Parität«. In diesem Funkspruch wurden sie im gleichen kategorisch-warnenden Ton wie zuvor angewiesen, mit den Parität-Kosmonauten 1-2 und 2-1, die außerhalb der Galaxis weilten, keine Funkverbindung mit dem Ziel einer Verständigung über den Zeitpunkt und die Möglichkeiten ihrer Rückkehr auf die Orbitalstation aufzunehmen, sondern weitere Befehle des VLZ abzuwarten.

Im Ozean tobte der Sturm mit halber Kraft. Der Flugzeugträger schwankte merklich auf den Wellen. Das Wasser des Stillen Ozeans brandete und spielte um das Heck des gigantischen Schiffes. Die Sonne aber beschien noch immer die vom endlos aufwallenden, weiß aufschäumenden Wellengang beherrschte Weite des Meeres. Der Wind wehte mit gleichbleibender Stärke. Alle Dienste auf dem Flugzeugträger »Convention«, inbegriffen das Flugdeck und die Gruppen zur Sicherung der Staatsinteressen, waren auf ihrem Posten, in Alarmbereitschaft.

Etliche Tage schon trabte die weiße Kamelstute Akmaja leise, monoton vor sich hin heulend und kaum hörbar schlurfend durch die Niederungen und Ebenen der großen Steppe, ihre Herrin aber trieb sie unentwegt an, jagte sie vorwärts über die heißen, verlassenen Landstriche. Nur nachtsüber machten sie halt an einem der seltenen Brunnen. In der Morgenfrühe aber begaben sie sich wieder auf die Suche nach der großen, sich in der endlosen Steppe verlierenden Kamelherde. In diesem Teil der Sary-Ösek, unweit der sich über viele Kilometer erstreckenden Rotsandschlucht Malakumdytschap, hatten die durchreisenden Kaufleute kürzlich jenen Hirten-Mankurt getroffen, den nun Naiman-Ana suchte. Den zweiten Tag schon umkreiste sie die Malakumdytschap-Schlucht, ständig in Furcht, auf Juan-juan zu stoßen; doch wie sie sich auch umsah, wohin sie auch ritt, überall traf sie nur auf Steppe – Steppe und trügerische Luftspiegelungen. Einmal schon war sie einer solchen Vision erlegen, hatte einen großen, gewundenen Weg zurückgelegt zu einer Luftstadt mit Moscheen und Festungsmauern. Vielleicht war ihr Sohn dort, auf einem Sklavenmarkt? Dann hätte sie ihn hinter sich auf Akmaja setzen können – versuch einer, sie einzuholen! Beklemmend war es in der Wüste, daher sah man auch solche Trugbilder.

Jemanden in der Sary-Ösek-Steppe zu finden ist natürlich schwer, der Mensch ist hier nur ein Sandkörnchen, doch wenn er eine große Herde hütet, die sich auf der Weide über einen großen Raum zerstreut, dann müßte man doch früher oder später an ihrem äußersten Rand auf ein Tier stoßen, von da aus auch die andern finden und bei der Herde schließlich den Hirten. Damit rechnete Naiman-Ana.

Einstweilen jedoch hatte sie noch nichts entdeckt. Und schon befürchtete sie, ob man die Herde vielleicht an einen anderen Ort getrieben habe oder ob die Juan-juan vielleicht diese Kamele samt und sonders zum Verkauf nach Chiwa oder Buchara geschickt hätten. Würde dann jener Hirte aus so weiter Ferne zurückkehren? Als die Mutter aus dem Aul aufgebrochen war, gequält von Sehnsucht und Zweifeln, da hatte sie nur von einem geträumt – ihren Sohn lebendig zu erblicken, mochte er ein Mankurt sein oder sonstwer, mochte er sich an nichts mehr erinnern und nichts mehr begreifen: Hauptsache, er war ihr Sohn und am Leben, einfach am Leben. Ist das etwa wenig! Doch je tiefer sie eindrang in die Steppe, je mehr sie sich dem Ort näherte, wo jener Hirt sein konnte, den die unlängst hier mit einer Karawane durchgezogenen Händler angetroffen hatten, desto mehr befiel sie die Furcht, ihren Sohn als geistig verkrüppeltes Wesen vorzufinden; sie verging vor Angst. Und nun betete sie zu Gott, jener möge nicht ihr Sohn sein, sondern ein anderer Unglücklicher, und war bereit, sich damit abzufinden, daß ihr

Sohn nicht mehr am Leben war, nicht mehr am Leben sein konnte. Und daß sie nur deshalb unterwegs war, um einen Blick auf den Mankurt zu werfen und sich der Gegenstandslosigkeit ihrer Zweifel zu vergewissern, und hätte sie sich dessen erst vergewissert, dann wollte sie zurückkehren und sich nicht mehr quälen, dann würde sie ihr Leben beschließen, wie es dem Schicksal gefiel. Dennoch wurde sie wieder von Sehnsucht überwältigt, von dem Wunsch, in der Steppe nicht irgendwen zu finden, sondern ihren Sohn, was immer das bedeuten mochte.

In diesem Widerstreit von Gefühlen erblickte sie plötzlich hinter einer flachen Bodenwelle eine vielköpfige Kamelherde, etliche hundert frei in einem weiten Tal weidende Tiere. Die braunen Kamele streiften durch niedriges Strauchwerk und Dorngestrüpp, benagten deren Sprossen. Naiman-Ana versetzte ihrer Akmaja einen leichten Schlag, ließ sie lostraben, so schnell die Beine sie trugen, und war zunächst außer sich vor Freude, daß sie endlich die Herde gefunden hatte; dann erschrak sie, ein Schauder überlief sie vor Furcht, sie könne sogleich ihren Sohn erblicken, verwandelt in einen Mankurt. Und wieder freute sie sich, schon völlig im unklaren, wie ihr geschah.

Da weidet sie, die Herde, doch wo ist der Hirt? Er muß doch hier in der Nähe sein. Schon erblickte sie auf der anderen Seite des Tals einen Menschen. Von fern erkannte sie nicht, wer er war. Der Hirt stützte sich auf einen langen Stab, hinter sich am Zügel ein Reitkamel mit Gepäck, und beobachtete unter der tief ins Gesicht gedrückten Mütze hervor ruhig, wie sie näher kam.

Als Naiman-Ana aber vor ihm stand, als sie den Sohn erkannt hatte, da wußte sie selbst nicht mehr, wie sie vom Rücken des Kamels auf die Erde gelangt war. Ihr schien, sie sei gestürzt, aber was spielte das schon für eine Rolle!

»Mein Sohn, du Lieber! Ich suche dich überall!« Sie stürzte ihm entgegen wie durch ein Dickicht, das sie trennte. »Ich bin deine Mutter!«

Doch schon hatte sie alles begriffen und begann laut zu jammern, stampfte auf die Erde, bitter und schrecklich, verzog die krampfhaft zuckenden Lippen, suchte dem Einhalt zu gebieten, bekam sich aber nicht in die Gewalt. Um sich auf den Beinen zu halten, klammerte sie sich an die Schulter des teilnahmslosen Sohnes und weinte, weinte, übermannt von einem Leid, das schon lange über ihr geschwebt hatte, nun aber hereingebrochen war, sie unter sich begrub und erdrückte. Und weinend schaute sie durch die Tränen, durch die im Gesicht klebenden Strähnen ihrer feuchten grauen Haare, durch die flatternden Finger, mit denen sie den Schmutz des Weges auf den Wangen verschmierte, unverwandt in die vertrauten Züge des Sohnes und suchte seinen Blick zu erhaschen, in der ständigen Erwartung und Hoffnung, er würde sie erkennen, denn was wäre einfacher, als die eigene Mutter zu erkennen!

Doch ihr Erscheinen machte auf ihn nicht den geringsten Eindruck, so als weile sie ständig hier und besuche ihn jeden Tag in der Steppe. Er fragte nicht einmal, wer sie sei und warum sie weine. Unvermittelt nahm der Hirt ihre Hand von seiner Schulter und ging, das Reitkamel mit dem Gepäck hinter sich herziehend, ans andere Ende der Herde, um nachzusehen, ob die Jungtiere beim Herumtummeln auch nicht zu weit weggelaufen waren.

Naiman-Ana blieb an Ort und Stelle, hockte sich hin und schlug schluchzend die Hände vors Gesicht – so blieb sie sitzen, ohne das Haupt zu heben. Dann nahm sie alle Kraft zusammen und ging zum Sohn, bemüht, Ruhe zu wahren. Der Mankurt-Sohn betrachtete sie, die Mütze tief in die Stirn gedrückt, verständnislos und gleichmütig, als wäre nichts gewesen, und der Abglanz eines flüchtigen Lächelns glitt über sein ausgezehrtes, windgegerbtes, vergröbertes Gesicht. Seine Augen jedoch, die völlige Interesselosigkeit allem auf Erden gegenüber zeigten, blieben nach wie vor entrückt.

»Setz dich, wir wollen miteinander reden«, sagte Naiman-Ana und seufzte schwer.

Sie ließen sich auf der Erde nieder.

»Erkennst du mich?« fragte die Mutter.

Der Mankurt schüttelte den Kopf.

»Wie heißt du?«

»Mankurt«, erwiderte er.

»So nennt man dich jetzt. Aber wie hast du früher geheißen? Erinnere dich an deinen wirklichen Namen.«

Der Mankurt schwieg. Die Mutter sah, wie er sich zu besinnen suchte, vor Anstrengung traten ihm große Schweißperlen auf die Nasenwurzel, und seine Augen überzogen sich mit zitterndem Nebel. Doch vor ihm erhob sich wohl eine blinde, feste Mauer, und er vermochte sie nicht zu überwinden.

»Wie hieß dein Vater? Und wer bist du selbst, woher stammst du? Wo bist du geboren, weißt du wenigstens das?«

Nein, er erinnerte sich an nichts, wußte nichts.

»Was haben sie nur aus dir gemacht?« flüsterte die Mutter; erneut zuckten ihre Lippen, und keuchend vor Kränkung, Zorn und Leid begann sie wieder zu schluchzen, vergebens bemüht, sich zu beruhigen. Das bittere Leid der Mutter berührte den Mankurt nicht im geringsten.

»Land kann man rauben, Besitz kann man rauben, sogar das Leben kann man rauben«, überlegte sie laut, »wer aber hat sich das ausgedacht, wer wagt es, einem Menschen das Gedächtnis zu entreißen? Herrgott, wenn es dich gibt, wie konntest du den Menschen so etwas eingeben? Ist nicht ohnehin genug Niedertracht auf Erden?«

Dann sprach sie, die Augen auf den Mankurt-Sohn gerichtet, ihr berühmt-bitteres Wort über die Sonne, über Gott und über sich selbst, das kundige Leute bis zum heutigen Tag wiedergaben, sowie die Rede auf die Geschichte der Sary-Ösek kommt: »Men botasy ölgen bos maja, tulybyn kelip jiskegen... Ich, eine graue Kamelstute, deren Junges gestorben ist, bin gekommen, am ausgestopften Fell meines Kindes zu schnuppern...«

Klagerufe entrangen sich ihrer Brust, lange, untröstliche

Schreie inmitten der stummen, grenzenlosen Steppe. Doch nichts rührte ihren Sohn, den Mankurt.

Da beschloß Naiman-Ana, nicht länger durch Fragen, sondern durch ihren Einfluß seine Erkenntnis zu wecken, wer er sei. »Dein Name ist Sholaman. Hörst du – Sholaman. Und dein Vater hieß Dönenbai. Erinnerst du dich nicht an den Vater? Er hat dich doch schon als kleines Kind gelehrt, mit Pfeil und Bogen umzugehen. Ich aber bin deine Mutter. Und du bist mein Sohn. Du bist vom Stamm der Naiman, hast du verstanden? Du bist ein Naiman.«

Was sie auch sagte, er hörte es völlig gleichmütig an, als wäre von gar nichts die Rede. So lauschte er wohl auch dem Zirpen einer Heuschrecke im Gras.

Da fragte Naiman-Ana ihren Mankurt-Sohn: »Was war denn, bevor du hierherkamst?«

»Da war nichts«, sagte er.

»Mit wem würdest du gern reden?«

»Mit dem Mond. Doch wir hören einander nicht. Dort sitzt wer.«

»Und was wünschtest du dir noch?«

»Einen langen Zopf wie der Herr.«

»Laß mich mal nachsehen, was sie mit deinem Kopf gemacht haben.« Naiman-Ana streckte die Hand aus.

Der Mankurt schreckte zurück, trat vor ihr weg, griff sich an die Mütze und hatte keinen Blick mehr für die Mutter. Sie begriff, seinen Kopf durfte sie nie wieder erwähnen.

Indes zeigte sich in der Ferne ein Mann, der auf einem Kamel ritt. Er hielt auf sie zu.

»Wer ist das?« fragte Naiman-Ana.

»Er bringt mir Essen«, antwortete der Sohn.

Naiman-Ana wurde unruhig. Sie mußte sich möglichst rasch verbergen, ehe der zur Unzeit aufgetauchte Juan-juan sie erblickte. Sie hieß ihre Kamelstute sich niederlegen und stieg in den Sattel.

»Sag nichts. Ich komme bald wieder«, rief Naiman-Ana.

Der Sohn antwortete nicht. Ihm war alles gleich.

Naiman-Ana begriff, daß sie einen Fehler gemacht hatte, als sie durch die weidende Herde wegritt. Doch es war bereits zu spät. Der Juan-juan, der auf die Herde zukam, konnte sie, die auf der weißen Kamelstute saß, bemerken. Sie hätte sich zu Fuß davonstehlen müssen, gedeckt durch die weidenden Tiere.

Nachdem sie sich genügend weit vom Weidegrund entfernt hatte, ritt sie in eine tiefe, am Rand mit Wermut überwucherte Schlucht hinunter. Hier saß sie ab und ließ Akmaja sich auf den Boden der Schlucht legen. Von hier aus begann sie zu beobachten. Ja, so war's. Der Juan-juan hatte sie doch erspäht. Es dauerte nicht lange, da zeigte er sich, das Kamel antreibend. Er trug Lanze und Pfeile. Offenkundig verwirrt und ratlos, blickte er um sich – wohin war nur die Reiterin auf dem weißen Kamel verschwunden, die er von fern bemerkt hatte? Er wußte nicht recht, in welche Richtung er sich wenden sollte, sprengte bald hierhin, bald dorthin. Zuletzt ritt er ganz nah an der Schlucht vorbei. Nur gut, daß Naiman-Ana daran gedacht hatte, Akmaja das Maul mit einem Tuch zusammenzuschnüren. Am Ende hätte die Stute noch losgebrüllt! Im Wermutgestrüpp am Rande der Schlucht verborgen, konnte sie den Juan-juan deutlich sehen. Vom Rücken seines zottigen Kamels spähte er nach allen Seiten, sein Gesicht war gedunsen, angespannt, auf dem Kopf trug er einen bootsähnlichen, schwarzen Hut, dessen Enden aufgebogen waren, und hinten baumelte blinkend ein doppelt geflochtener schwarzer Zopf. Die Lanze gefällt, erhob er sich im Steigbügel, sah sich um, drehte den Kopf, und seine Augen funkelten. Das war einer der Feinde, die die Sary-Ösek erobert, nicht wenig Volk in die Sklaverei gejagt und ihrer Familie solches Leid zugefügt hatten! Doch was vermochte sie, die unbewaffnete Frau, gegen den wilden Juan-juan-Krieger? Sie fragte sich, was für ein Leben, was für Ereignisse diese Menschen zu solcher Grausamkeit getrieben hatten, zu solcher Barbarei – einem Sklaven das Gedächtnis zu zerstören.

Nachdem der Juan-juan eine Weile hin und her geritten war, entfernte er sich wieder zur Herde.

Es war bereits Abend. Die Sonne war untergegangen, doch noch lange hielt sich das Abendrot über der Steppe. Danach erlosch es mit einemmal. Und es wurde tiefe Nacht.

In völliger Einsamkeit verbrachte Naiman-Ana jene Nacht in der Steppe, nicht weit von ihrem unglückseligen Mankurt-Sohn. Zu ihm zurückzukehren, fürchtete sie sich. Der Juan-juan konnte über Nacht bei der Herde geblieben sein.

Und sie faßte den Entschluß, den Sohn nicht der Sklaverei preiszugeben, sondern ihn, koste es, was es wolle, mitzunehmen. Mochte er auch ein Mankurt sein und nicht begreifen, was mit ihm geschah, so sollte er doch lieber zu Hause unter den Seinen leben denn als Hirt unter den Juan-juan in der menschenleeren Steppe. So wollte es ihr Mutterherz. Womit andere sich abfanden – sie konnte es nicht hinnehmen, konnte ihr Fleisch und Blut nicht der Sklaverei überlassen. Am Ende gewann er an den heimatlichen Stätten den Verstand zurück, erinnerte er sich wieder seiner Kindheit.

Am Morgen bestieg Naiman-Ana abermals ihre Akmaja. Weite Kreise ziehend, suchte sie lange nach der Herde, die nachtsüber ein großes Stück weitergezogen war. Als sie sie dann entdeckt hatte, hielt sie gründlich Ausschau, ob sich dort nicht ein Juan-juan befand. Erst als sie sich überzeugt hatte, daß dem nicht so war, rief sie den Sohn beim Namen.

»Sholaman! Sholaman! Guten Tag!«

Der Sohn sah sich um, die Mutter stieß einen Freudenschrei aus, begriff aber alsbald, daß er einfach auf eine Stimme reagiert hatte.

Erneut versuchte Naiman-Ana, im Sohn das zerstörte Gedächtnis wachzurufen. »Erinnere dich, wie du heißt, erinnere dich an deinen Namen!« flehte sie ihn an. »Dein Vater ist Dönenbai, weißt du nicht? Und dein Name ist nicht Mankurt, sondern Sholaman. Wir nannten dich so, weil du unterwegs, auf einem großen Nomadenzug der Naiman, zur Welt kamst. Und als du geboren warst, machten wir dort für drei Tage halt. Drei Tage dauerte das Festmahl.«

Obwohl all das den Sohn nicht im geringsten beeindruckte, fuhr die Mutter fort zu erzählen, in der vergeblichen Hoffnung, es könnte doch noch etwas aufblitzen in seinem erloschenen Bewußtsein. Sie rüttelte an einer verschlossenen Tür. Dennoch blieb sie bei ihrem Drängen: »Erinnere dich, wie ist dein Name? Dein Vater ist Dönenbai!«

Dann gab sie ihm zu essen und zu trinken von ihrer Wegzehrung und sang ihm Wiegenlieder.

Diese Lieder gefielen ihm sehr. Er hörte sie gern, und ein Hauch von Leben, ein Hauch von Wärme malte sich auf seinem erstarrten, hart und dunkel gewordenen Gesicht. Da beschwor ihn die Mutter, diesen Ort zu verlassen, die Juanjuan zu verlassen und sie in die Heimat zu begleiten. Der Mankurt vermochte sich nicht vorzustellen, wie man aufstehen und wegreiten könne – und die Herde? Nein, der Herr habe befohlen, bei der Herde zu bleiben. Ständig, so habe der Herr gesagt. Und er werde sich nie von der Herde entfernen.

Und wiederum – das wievielte Mal wohl? – versuchte Naiman-Ana, die verschlossene Tür der zerstörten Erinnerung zu durchdringen, noch und noch wiederholte sie: »Erinnere dich, wer bist du? Wie ist dein Name? Dein Vater ist Dönenbai!«

In ihrem vergeblichen Bemühen merkte die Mutter nicht, wie die Zeit verrann, das wurde ihr erst jäh bewußt, als am Rande der Herde erneut der berittene Juan-juan auftauchte. Diesmal war er schon viel näher, und er beeilte sich, trieb sein Kamel immer mehr an. Unversäumt bestieg Naiman-Ana Akmaja und jagte davon. Doch am anderen Ende warf sich ihr ein zweiter Juan-juan auf einem Kamel in den Weg. Da feuerte Naiman-Ana ihre Akmaja an und preschte zwischen ihnen hindurch. Die schnellfüßige weiße Akmaja verschaffte ihr noch rechtzeitig einen Vorsprung, die Juan-juan aber verfolgten sie, laut schreiend und lanzenschwingend. Doch was vermochten sie gegen Akmaja! Immer weiter blieben sie zurück, auf ihren zottigen Kamelen hinterherzockelnd, indes Akmaja, sich warmlaufend, unerreichbar schnell über die Steppe stürmte und Naiman-Ana in Sicherheit brachte vor der tödlichen Verfolgungsjagd.

Sie wußte natürlich nicht, daß die Juan-juan, wutentbrannt zurückgekehrt, den Mankurt verprügelten. Aber was konnte man von dem schon verlangen? Er antwortete nur auf alle Fragen: »Sie hat gesagt, sie ist meine Mutter.«

»Sie ist nicht deine Mutter! Du hast keine Mutter! Weißt du, warum sie gekommen ist? Weißt du es? Sie will dir deine Mütze herunterreißen und deinen Kopf verbrühen!« erschreckten sie den unglücklichen Mankurt.

Bei diesen Worten erbleichte der Mankurt, fahlgrau wurde sein dunkles Gesicht. Er zog den Hals zwischen die Schultern, faßte nach seiner Mütze und blickte um sich wie ein wildes Tier.

»Nur keine Bange! Da – nimm!« Der ältere Juan-juan reichte ihm Bogen und Pfeile.

»Ziel mal!« Der jüngere Juan-juan warf seinen Hut hoch in die Luft. Der Pfeil durchbohrte den Hut. »Schau an!« rief der Besitzer des Hutes überrascht. »Die Hand erinnert sich noch!«

Wie ein von seinem Nest aufgeschreckter Vogel kreiste Naiman-Ana in der Umgebung. Sie war ratlos. Würden die Juan-juan nun die ganze Herde mit ihrem Mankurt-Sohn an einen anderen, für sie unzugänglichen Ort treiben, näher an ihre große Herde; oder würden sie ihr auflauern, um sie einzufangen? Sich in Mutmaßungen verlierend, bewegte sie sich auf Umwegen durch uneinsehbares Gelände, hielt dabei gespannt Ausschau und freute sich sehr, als sie sah, daß die beiden Juan-juan die Herde verlassen hatten. Nebeneinander ritten sie davon, ohne sich umzublicken. Naiman-Ana ließ sie lange nicht aus den Augen, und als sie in der Ferne verschwunden waren, beschloß sie, zum Sohn zurückzukehren. Jetzt wollte sie ihn mitnehmen, koste es, was es wolle. Wie immer er war – nicht ihn traf die Schuld an diesem Schicksal, an seiner Verunglimpfung durch die Feinde, und in der Sklaverei würde die Mutter ihn nicht lassen. Mochten sich die Naiman nur empören, wenn sie sahen, wie die feindlichen Eroberer gefangene Dshigiten verstümmelten, wie sie ihnen den Verstand raubten, mochten sie zu den Waffen greifen! Nicht um Land ging es. Das Land würde für alle reichen. Doch die Grausamkeit der Juan-juan erlaubte nicht einmal kühle Nachbarschaft.

Mit diesen Gedanken kehrte Naiman-Ana zurück zu ihrem Sohn und überlegte unentwegt, wie sie ihn überreden, dazu bringen könnte, in dieser Nacht noch zu fliehen.

Schon graute der Abend. Über die große Steppe als rotes Dämmerlicht unmerklich durch Niederungen und Täler vordringend, senkte sich eine weitere Nacht – noch ein Glied in der endlosen Kette vergangener und künftiger Nächte. Leicht und frei trug die weiße Kamelstute ihre Herrin zu der großen Herde. Hell umflossen die Strahlen der untergehenden Sonne ihre Gestalt zwischen dem Höckerpaar. Die beunruhigte und besorgte Naiman-Ana war bleich und streng. Silberhaar, Runzelgesicht, Stirn und Augen vor Sorge so düster wie die Dämmerung, unüberwindlicher Schmerz. Nun hatte sie die Herde erreicht, ritt inmitten weidender Tiere, blickte sich nach allen Seiten um, doch den Sohn entdeckte sie nicht. Sein Reitkamel mit dem Gepäck weidete ungehindert, schleppte die Zügel hinter sich her.

»Sholaman! Mein Sohn Sholaman, wo bist du?« rief Naiman-Ana.

Niemand zeigte sich, niemand gab Antwort.

»Sholaman! Wo bist du? Ich bin es, deine Mutter! Wo bist du?«

Während sie sich beunruhigt umsah, entging ihr, daß ihr Sohn, der Mankurt, im Schatten des Kamels verborgen kniend, sich mit gespanntem Bogen bereits anschickte, einen Pfeil auf sie abzuschießen. Noch blendete ihn die Sonne, er wartete auf einen geeigneten Moment.

»Sholaman! Mein Sohn«, rief Naiman-Ana, schon besorgt,

ihm könne etwas geschehen sein. Sie wandte sich im Sattel. »Schieß nicht!« konnte sie gerade noch aufschreien, wollte die weiße Kamelstute Akmaja herumlenken, sich mit dem Gesicht zum Sohn drehen, doch schon pfiff der Pfeil und drang ihr unterm Arm in die linke Seite.

Der Schuß war tödlich. Naiman-Ana neigte sich, und während sie den Hals des Kamels umklammerte, sank sie langsam zur Erde. Doch zuerst fiel ihr das weiße Tuch vom Kopf, verwandelte sich in der Luft in einen Vogel und flog davon mit dem Schrei: »Erinnere dich, wer du bist! Wie ist dein Name? Dein Vater ist Dönenbai, Dönenbai!«

Seither, so sagt man, fliegt durch die Sary-Ösek-Steppe nachts der Vogel Dönenbai. Trifft er jemand, der des Wegs kommt, so begleitet er ihn mit dem Ruf: »Erinnere dich, wer bist du? Wie ist dein Name? Dein Vater ist Dönenbai! Dönenbai! Dönenbai!«

Der Platz, wo Naiman-Ana beerdigt wurde, hieß in der Sary-Ösek von nun an Friedhof Ana-Bejit – Mutter-Ruhestätte.

Die weiße Kamelstute Akmaja hinterließ eine zahlreiche Nachkommenschaft. Alle weiblichen Tiere kamen nach ihr, und die weißköpfigen Stuten wurden im ganzen Umkreis gerühmt; die Hengste aber wurden alle schwarz und kräftig wie nunmehr Schneesturm-Karanar.

Der verstorbene Kasangap, den sie jetzt zur Beerdigung nach Ana-Bejit führen, hatte immer gesagt, Schneesturm-Karanar sei kein gewöhnliches Tier, er stamme von Akmaja ab, der berühmten weißen Kamelstute, die in der Sary-Ösek geblieben war nach Naiman-Anas Tod.

Edige schenkte Kasangap gern Glauben. Warum auch nicht? Schneesturm-Karanar war es wert. Wie viele Prüfungen in guten und schlechten Tagen hatte es schon gegeben – und immer hatte Karanar ihm aus allen Schwierigkeiten herausgeholfen. Nur in der Brunst wurde er wild – immer fiel das in die Zeit der grimmigsten Fröste, dann wütete er, wütete schrecklich – der Winter tobte, und er tobte auch. Zwei

Winter mit einemmal. Kein Auskommen war mit ihm an solchen Tagen. Einmal hatte er Edige hereingelegt, tüchtig hereingelegt, und wäre Schneesturm-Karanar, wenn schon kein Mensch, so doch ein vernunftbegabtes Wesen, dann hätte ihm Edige nie verziehen. Aber was will man von einem heißen Kamel, das die Brunst um den Verstand gebracht hat? Übrigens ging es gar nicht um ihn. Wer wird einem Tier etwas übelnehmen – das war nur so dahingesagt –, in Wahrheit hatte dort das Schicksal gesprochen. Konnte Schneesturm-Karanar dafür? Kasangap indessen kannte diese Geschichte sehr gut, er hatte sie auch entschieden – wer weiß, wie sonst alles ausgegangen wäre.

7

Spätsommer und Frühherbst des Jahres zweiundfünfzig blieben Schneesturm-Edige als besonders glückliche Zeit in Erinnerung. Wie durch Zauberei erfüllte sich seine Voraussage. Nach der schrecklichen Hitze, die sogar die Steppen-Eidechsen zwang, auf den Schwellen der Wohnstätten Zuflucht vor der Sonne zu suchen, änderte sich das Wetter unversehens bereits Mitte August. Plötzlich ließ die unerträgliche Hitze nach, es wurde allmählich kühler, zumindest nachts konnte man schon ruhig schlafen. Es gibt solch segensreiche Perioden in der Steppe, nicht jedes Jahr, doch bisweilen. Die Winter sind stets gleich streng, doch der Sommer übt mitunter Nachsicht. Das geschieht, wie Jelisarow einmal erzählte, wenn in der Strömung höherer Luftschichten große Veränderungen vor sich gehen, wenn Himmelsströme ihre Richtung wechseln. Jelisarow erzählte gern von solchen Dingen. Er sagte, hoch droben gebe es gewaltige unsichtbare Ströme mit Ufern und Überschwemmungen. Diese Ströme befänden sich in ständiger Zirkulation und umspülten gewissermaßen die Erdkugel. Von Winden umhüllt, schwimme die Erde auf ihren Kreisbahnen, ebendas sei der Lauf der Zeit. Interessant war es, Jelisarow zu lauschen.

Solche Menschen findet man nicht so leicht, er war ein außergewöhnlicher Mann. Schneesturm-Edige empfand Hochachtung vor Jelisarow, und der erwiderte sein Gefühl. Jener Himmelsstrom also, der bisweilen mitten in der schlimmsten Hitze wohltuende Kühle nach der Sary-Ösek bringe, sinke aus irgendeinem Grund herab und stoße dabei auf den Himalaja. Der Himalaja liege zwar Gott weiß wie weit weg, dennoch sei das, nach irdischen Maßstäben, keine Entfernung. Der Luftstrom stoße auf den Himalaja und pralle zurück; nach Indien, nach Pakistan gelange er nicht, dort bleibe die Hitze stehen, über die Steppe jedoch ergieße er sich auf dem Rückweg, denn die Sary-Ösek sei gleich dem Meer ein freier, grenzenloser Raum. So bringe jener Luftstrom Kühle vom Himalaja.

Doch wie dem auch sei, in jenem Jahr brachten Spätsommer und Frühherbst eine wahrhaft frohe Zeit. Regen ist in der Sary-Ösek eine Seltenheit. Jeder Regen prägt sich für lange Zeit ein. Diesen Regen aber vergaß Schneesturm-Edige sein Lebtag nicht. Zunächst zogen Wolken auf, verdeckten ganz ungewohnt die ewige leere Tiefe des heißen, ausgelaugten Himmels. Dann wurde es dunstig, die Schwüle steigerte sich ins Unerträgliche. Edige war an jenem Tag Rangierer. Auf dem toten Gleis der Ausweichstelle waren nach dem Entladen von Kies und einer neuen Partie Fichtenholzschwellen noch drei Flachwagen stehengeblieben. Sie hatten sie schon am Vorabend entladen. Immer wird verlangt, es muß sofort geschehen, und dann stellt sich heraus, es hätte doch nicht so geeilt. Einen halben Tag standen die Wagen noch auf dem Abstellgleis. Beim Entladen hatten sich alle ins Zeug gelegt, Kasangap, Abutalip, Saripa, Ükübala, Bökej, alle, die nicht auf der Strecke zu tun hatten, wurden zu dieser dringenden Arbeit herangezogen. Machten sie doch damals alles noch mit der Hand. Und diese Hitze! Ausgerechnet bei solcher Hitze mußten die Flachwagen über sie kommen! Aber was sein muß, muß sein. Sie arbeiteten. Ükübala wurde übel, sie erbrach sich. Sie vertrug nicht den

Geruch der heißen, teergetränkten Schwellen und mußte nach Hause gehen. Dann wurden alle Frauen entlassen – daheim waren die Kinder am Verschmachten. Es blieben die Männer, sie quälten sich bis aufs Blut, führten jedoch die Arbeit zu Ende.

Am anderen Tag aber, als der Regen heraufzog, sollte der Leertransport mit einem Güterzug zurück nach Kumbel. Während sie rangierten und die Wagen ankuppelten, keuchte Edige in der Schwüle wie in einem Soldatenschwitzbad. Da wäre es schon besser gewesen, die Sonne hätte gestochen. Dabei war er an einen Lokführer geraten, der trödelte und trödelte, als wolle er einen Kessel mit dem Teelöffel ausschöpfen. Edige mußte mit krummem Buckel unter den Waggons herumkriechen. Mit gepfefferten Flüchen bedachte er diesen Lokführer. Der blieb ihm nichts schuldig. Er hatte schließlich auch nichts zu lachen an der Feuerung der Lok. Von der Hitze schnappten sie regelrecht über. Gott sei Dank, der Güterzug fuhr schließlich ab. Mit den leeren Flachwagen.

Da ging der Wolkenbruch nieder. Mit Macht. Die Erde zuckte zusammen, bedeckte sich im Nu mit Blasen und Pfützen. Der Regen fiel und fiel – ein wütender, wilder Regen, aus Vorräten an Kühle und Feuchte hervorbrechend, die er, falls das stimmte, auf den Schneerücken des Himalaja gesammelt hatte. Ach, dieser Himalaja! Welche Kraft. Edige rannte nach Hause. Wußte selbst nicht, warum. Einfach so. Ein Mensch, der in Regen gerät, läuft stets nach Hause oder unter ein anderes Dach. Das macht die Gewohnheit. Warum sonst hätte er sich vor solchem Regen verstecken sollen? Er begriff es und blieb stehen, als er sah, wie die ganze Familie Kuttybajew – Abutalip, Saripa und die beiden kleinen Söhne, Daul und Ermek – Hand in Hand vor ihrer Baracke im Regen tanzte und hüpfte. Das erschütterte Edige. Nicht, weil sie ausgelassen waren und sich über den Regen freuten, sondern weil Abutalip und Saripa, noch bevor es zu regnen begann, mit weit ausholenden Schritten über die Bahnstrecke von der Arbeit heimgelaufen waren. Jetzt begriff er. Sie wollten mit den Kindern zusammen im Regen sein, die ganze Familie. Edige wäre dergleichen nie in den Sinn gekommen. Sie aber badeten in den Regenströmen, tanzten und lärmten wie zugeflogene Gänse am Aralsee! Das war ein Feiertag für sie, ein Geschenk des Himmels. So sehr hatten sie sich in der Steppe nach Regen gesehnt, so sehr danach gelechzt. Edige wurde froh zumute, er hätte weinen und lachen mögen; Mitleid packte ihn mit den Ausgestoßenen, die sich an einen lichten Augenblick klammerten in der Ausweichstelle Schneesturm-Boranly.

»Edige! Komm, mach mit!« schrie Abutalip durch den strömenden Regen und ruderte mit den Armen wie ein Schwimmer.

»Onkel Edige!« Freudig stürzten die Jungen auf ihn zu.

Der jüngere, knapp drei Jahre alt, Ediges Liebling Ermek, rannte ihm mit ausgebreiteten Armen entgegen, mit weit geöffnetem Mund, sich am Regen verschluckend. Seine Augen strahlten vor Freude, vor Verwegenheit und Mutwillen. Edige fing ihn auf und wirbelte ihn herum. Und wußte nicht weiter. Er hatte keineswegs die Absicht, dieses Familienspiel mitzumachen. Da aber kamen hinter der Hausecke hervor laut kreischend seine Töchter gelaufen, Saule und Scharapat. Der Lärm der Kuttybajews hatte sie angelockt. Auch sie waren glücklich. »Papa, komm, wir laufen!« forderten sie. Und das entschied über Ediges Schwanken. Nun tobten sie alle zusammen inmitten der nicht versiegenden Regenflut.

Edige gab den kleinen Ermek nicht aus dem Arm, besorgt, der Knirps könnte in dem Durcheinander in eine Pfütze fallen und Wasser schlucken. Abutalip setzte sich Ediges Jüngste, Scharapat, auf die Schultern. So liefen sie los zum Jubel der Kinder. Ermek hüpfte auf Ediges Armen, schrie aus Leibeskräften, und wenn er sich verschluckt hatte, preßte er sein feuchtes Mäulchen rasch und fest an Ediges Hals. Das war rührend – Edige erhaschte immerzu dankbare, strahlende Blicke von Abutalip und Saripa, die zufrieden waren, daß sich ihr Junge bei Onkel Edige so wohl fühlte. Doch auch Edige und seine kleinen Töchter waren quietschvergnügt bei diesem Regenspaß mit den Kuttybajews. Und unwillkürlich wurde ihm bewußt, wie schön Saripa war. Der Wolkenbruch hatte ihr die schwarzen Haare ins Gesicht, an Hals und Schultern gepeitscht; das niederstürzende Wasser umspülte sie vom Scheitel bis zur Sohle, lief den straffen, jungen Frauenkörper hinab und enthüllte die Formen von Hals, Hüften und Waden. Die Augen funkelten froh und keck. Und glücklich blitzten die weißen Zähne.

Für die Sary-Ösek ist Regen ein frappierendes Schauspiel. Schnee wird unmerklich vom Boden aufgesaugt. Der Regen aber, wie immer er sein mag, gleicht Quecksilber in der Hand – er rinnt von der Oberfläche in Erdspalten und Schluchten. Ein Brodeln, ein Rauschen, und weg ist er.

Dem gewaltigen Wolkenbruch entsprangen bereits nach wenigen Minuten Bäche und Ströme – stark, schnell, schäumend. Da liefen und hüpften die Boranlyer los, an den Bächen entlang, ließen Schüsseln und Tröge aufs Wasser. Die älteren Kinder, Daul und Saule, paddelten sogar in Schüsseln auf den Bächen. Auch die jüngeren wollten in Tröge gesetzt werden und schwimmen.

Der Regen aber fiel und fiel. Begeistert von der Wasserfahrt in Schüsseln, gelangten sie unversehens an die Eisenbahnlinie, unterhalb des Damms, eingangs der Ausweichstelle. Um diese Zeit passierte ein Personenzug Schneesturm-Boranly. Die Leute hingen fast bis zum Gürtel aus den weit geöffneten Fenstern und Türen und starrten sie an, die unglücklichen, närrischen Käuze der Wüste. Sie schrien etwas in der Art: »He, paßt auf, daß ihr nicht ertrinkt!«, pfiffen und lachten. Der Anblick, den sie boten, mußte tatsächlich sonderbar sein. Und der Zug fuhr weiter, umspült vom strömenden Regen, trug jene davon, die in ein, zwei Tagen vielleicht anderen von diesem Erlebnis erzählen würden, um sie zu belustigen.

Edige hätte nichts dergleichen gedacht, wenn es ihm nicht

so vorgekommen wäre, als weine Saripa. Rinnen einem Menschen ganze Wasserströme übers Gesicht, dann ist schwer zu sagen, ob er weint oder nicht. Und doch weinte Saripa. Sie tat, als lache sie, als sei sie irrsinnig lustig, dabei weinte sie, unterdrückte das Schluchzen, überspielte es mit Gelächter und Ausrufen. Abutalip griff besorgt nach ihrer Hand. »Was hast du? Ist dir schlecht? Komm, wir gehn nach Hause.«

»Nein, nein, ich hab' nur Schlucken«, erwiderte Saripa. Und wieder spielten sie mit den Kindern, beeilten sie sich auszukosten, was ihnen der zufällige Regen bot. Edige fühlte sich nicht mehr wohl in seiner Haut. Er stellte sich vor, wie schwer es den Kuttybajews fallen mußte, sich einzugestehen, daß es ein anderes, ihnen entrissenes Leben gab, wo Regen kein Ereignis war, wo die Menschen in klarem, durchsichtigem Wasser badeten und schwammen, wo andere Bedingungen herrschten, andere Zerstreuungen, andere Sorgen um die Kinder. Und weil er Abutalip und Saripa nicht in Verlegenheit bringen wollte, die natürlich nur der Kinder wegen so lustig herumsprangen, beteiligte auch er sich weiter an ihren Spielen.

Schließlich hatten sich Kinder und Erwachsene ausgetobt, hatten genug vom Umhertollen, obwohl es noch immer regnete. Sie gingen nach Hause. Edige sah den Kuttybajews mitfühlend nach und freute sich, wie sie nebeneinander herliefen: Vater, Mutter und die Kinder. Allesamt pitschnaß. Zumindest einen glücklichen Tag hatten sie erlebt in der Sary-Ösek.

Die jüngere Tochter auf dem Arm, die ältere an der Hand, so erschien Edige auf der Schwelle seines Hauses. Bei ihrem Anblick schlug Ükübala erschrocken die Hände zusammen.

»Oi, was ist nur los mit euch? Wie seht ihr denn aus?«

»Keine Bange, Mutter«, beruhigte Edige seine Frau und lachte, »dem Kamelhengst braucht bloß das Blut in den Kopf zu steigen, und schon spielt er mit seinen Kindern.«

»Soso, das scheint mir auch so.« Ükübala lächelte vorwurfsvoll. »Na, zieht euch nur aus, und steht nicht da wie nasse Hühner.«

Der Regen hörte auf, doch in den Randgebieten der Sary-Ösek fiel er noch bis zum Morgengrauen, man merkte es daran, daß mitten in der Nacht fernes Donnergrollen herüberdrang. Einige Male wurde Edige davon wach. Und wunderte sich. Am Aralsee hatte es mitunter über seinem Kopf gewittert, und trotzdem hatte er durchgeschlafen. Nun ja, dort war das etwas anderes – da gab es häufig Gewitter. Sooft Edige wach wurde, bemerkte er durch die geschlossenen Lider, wie sich in den Fenstern, flackerndem Feuer gleich, fernes, fahles Wetterleuchten spiegelte, das an verschiedenen Stellen der Steppe aufflammte.

Und es träumte Schneesturm-Edige in jener Nacht, er liege erneut an der Front unter Beschuß. Doch die Geschosse fielen lautlos. Unhörbar schossen Detonationspilze hoch und erkalteten zu schwarzen Schwaden, die langsam und schwer wieder zu Boden sanken. Eine dieser Detonationen schleuderte ihn in die Luft, und er fiel sehr lange, fiel mit ersterbendem Herzen in eine grauenvolle Leere. Dann lief er vorwärts zum Sturmangriff, sie waren sehr viele Soldaten in grauen Uniformmänteln, die zum Angriff losstürmten, doch Gesichter waren nicht zu erkennen, es sah ganz so aus, als rannten da einfach Uniformmäntel mit Maschinenpistolen. Und als dann die Mäntel hurra schrien, erschien auf einmal die regennasse, lachende Saripa vor Edige. Das war sonderbar. Sie stand da in ihrem Baumwollfähnchen, mit zerzausten Haaren, das Gesicht wasserüberströmt, und lachte unaufhaltsam. Edige durfte nicht verweilen, wußte er doch, daß er zum Angriff vorging. Warum lachst du so, Saripa? Das verheißt nichts Gutes, sagte Edige. Ich lache ja gar nicht, ich weine, antwortete sie und lachte weiter unter strömendem Regen. Tags darauf wollte er Abutalip und Saripa von seinem Traum erzählen. Doch er besann sich eines anderen, der Traum erschien ihm ungut. Warum sollte er die Leute unnütz verstimmen?

Nach diesem großen Regen war es vorbei mit der Hitze in der Steppe; der Sommer hatte ausgespielt, wie Kasangap sagte. Zwar kamen noch heiße Tage, sie waren aber schon erträglicher. Allmählich begann so der beglückende Frühherbst der Sary-Ösek. Erlöst von der zermürbenden Hitze wurden auch die Boranlyer Kinder. Sie lebten auf, von neuem erschallten ihre Stimmen. Da erhielt die Ausweichstelle Nachricht aus Kumbel, auf der Station seien Wasser- und Zuckermelonen aus Kysyl-Orda eingetroffen. Den Boranlyern stehe es frei, ob sie ihren Anteil geschickt haben oder ob sie selber kommen wollten, um ihn abzuholen. Das machte sich Edige zunutze. Er überzeugte den Leiter der Ausweichstelle, daß sie selbst fahren müssen – anderenfalls bediente man sie nach dem Prinzip: Nehmt hin, ihr Lieben, was übriggeblieben. Der Leiter war einverstanden. »Na schön«, sagte er, »fahr mit Kuttybajew und sucht möglichst gute aus.« Gerade das hatte Edige beabsichtigt. Wenigstens für einen Tag wollte er Abutalip und Saripa mitsamt ihren Kindern aus Schneesturm-Boranly herausholen. Auch der eigenen Truppe würde es nichts schaden, sich mal zu entspannen. Und so fuhren denn die beiden Familien samt ihren Kindern frühmorgens mit einem Güterzug nach Kumbel. Sie hatten sich fein angezogen. War das eine Freude! Die Kinder glaubten, in ein Märchenland zu reisen. Den ganzen Weg über jubelten sie und fragten die Eltern aus: »Wachsen dort Bäume?« – »Aber ja.« – »Und gibt es dort grünes Gras?« – »Ganz grünes. Sogar Blumen.« – »Und die Häuser sind groß, und Autos fahren auf den Straßen? Und Melonen gibt es, soviel du magst? Und auch Eis? Und ist dort ein Meer?«

Der Wind peitschte in den Güterwaggon, gleichmäßig, angenehm strömte er durch die halbgeöffnete Tür, die sie für alle Fälle mit einem Brett verstellt hatten, damit die Kinder nicht hinausfielen, obwohl unmittelbar davor auf leeren Kisten Edige und Abutalip saßen. Sie unterhielten sich über dies und das und beantworteten die Fragen der Kinder. Schneesturm-Edige war zufrieden, daß sie alle zusammen fuhren, daß das Wetter schön war und die Kinder fröhlich, am meisten aber freute er sich nicht über die Kleinen, sondern für Abutalip und Saripa. Ihre Gesichter hatten sich aufgehellt. Zumindest der ständigen Sorge und Niedergedrücktheit waren die beiden vorübergehend enthoben. Und es dachte Edige angesichts solcher Stimmung: Vielleicht ist es Abutalip vergönnt, in der Sary-Ösek zu leben, wie und solange er vermag. Geb's Gott.

Welch schöner Anblick – Saripa und Ükübala in freundschaftlichem Gespräch über Alltagsangelegenheiten. Und beide glücklich. So muß es auch sein, braucht der Mensch etwa viel? Zu gern hätte Edige gewollt, daß die Kuttybajews alle Unbilden vergaßen, daß sie es schafften, sich an ihr Boranlyer Leben zu gewöhnen, hier Wurzeln zu schlagen, wenn ihnen schon keine andere Wahl blieb. Zugleich schmeichelte es ihm, daß Abutalip neben ihm saß, Schulter an Schulter, im Bewußtsein, daß er auf Edige bauen konnte und sie einander auch ohne viel Worte gut verstanden – ohne schmerzliche Themen zu berühren, über die man besser nicht beiläufig sprach. Edige schätzte Abutalips Verstand und Zurückhaltung, am meisten jedoch seine Liebe zur Familie; für sie lebte Abutalip, ihretwegen ließ er sich nicht unterkriegen, und daraus schöpfte er seine Kraft. Während Edige Abutalips Darlegungen lauschte, gelangte er zu dem Schluß, das Beste, was ein Mensch für andere tun könne, sei, in seiner Familie tüchtige Kinder aufzuziehen. Und nicht mit fremder Hilfe, sondern indem er selbst Tag für Tag, Schritt für Schritt in dieser Aufgabe aufging und möglichst viel, möglichst lange, allezeit mit den Kindern zusammen war.

Wo hatte man nicht überall Sabitshan unterrichtet, von klein auf hatte der in Internaten gelernt, in Instituten und verschiedenen Fortbildungskursen. All sein schwer erworbenes Einkommen hatte der arme Kasangap ausgegeben, damit sein Sabitshan es nicht schlechter hätte als andere – und der Erfolg? An Wissen mangelt es ihm nicht, aber ein Taugenichts bleibt ein Taugenichts.

Darum also überlegte Edige, während sie zusammen unterwegs waren, um in Kumbel Melonen zu holen: Wenn es schon keinen besseren Ausweg gab, dann sollte Abutalip Kuttybajew richtig in Schneesturm-Boranly Fuß fassen. Sich eine Wirtschaft einrichten, Vieh anschaffen und die Söhne in der Steppe aufziehen, so gut er vermochte. Zwar bedachte er ihn nicht mit guten Ratschlägen, doch ersah er aus dem Gespräch, daß auch Abutalip dazu neigte, diese Absicht hegte. Er interessierte sich dafür, wie er sich mit Kartoffeln bevorraten, wo er Frau und Kindern Filzstiefeln kaufen konnte für den Winter; er selber, sagte er, werde in Lederstiefeln gehen. Und dann erkundigte er sich noch, ob es in Kumbel eine Bibliothek gebe und ob man dort auch Bücher nach den Ausweichstellen verleihe.

Gegen Abend fuhren sie mit einem Güterzug wieder nach Hause – eingedeckt mit Wasser- und Zuckermelonen, die die Abteilung Arbeiterversorgung den Boranlyern zugeteilt hatte. Die Kinder waren abends natürlich todmüde, aber hochzufrieden. Sie hatten in Kumbel ein Stück von der Welt zu sehen bekommen, Spielzeug gekauft, Eis gegessen und noch anderes. Nun ja, und dann hatte es beim Friseur der Station einen kleinen Zwischenfall gegeben. Sie ließen den Kindern die Haare schneiden. Als aber Ermek an der Reihe war, erhob der ein solches Geschrei und Gejammer, daß es nicht zum Aushalten war. Alle waren schon restlos abgekämpft, er aber hatte Angst, riß sich immer wieder los und brüllte, rief nach dem Vater. Abutalip war gerade in ein Geschäft nebenan gegangen. Saripa wußte nicht aus noch ein, sie wurde rot und bleich vor Scham. Und entschuldigte sich immer wieder, sie hätten dem Kind noch nie Haare schneiden lassen, es hätte ihnen stets leid getan um die hübschen Locken des kleinen Kerls. Ermeks Haar war wirklich wunderschön, dicht und wellig, ganz wie bei der Mutter, überhaupt war er Saripa sehr ähnlich: Niedlich sah er aus, wenn ihm der Kopf gewaschen und die Locken frisch gekämmt wurden.

Schließlich ließ Ükübala auch Saule die Haare schneiden:

Sieh mal, sie ist ein Mädchen, hat aber keine Angst. Das verfehlte anscheinend nicht eine gewisse Wirkung, doch sowie der Friseur die Schneidemaschine in die Hand nahm, gab es wieder Geschrei und Geheul, riß Ermek wieder aus – in diesem Augenblick trat Abutalip durch die Tür. Ermek stürzte auf den Vater zu. Der Vater hob ihn hoch und preßte ihn fest an sich; er begriff, es lohne nicht, das Kind zu quälen.

»Entschuldigen Sie«, sagte er zum Friseur. »Ein andermal. Wir geben unserm Herzen einen Stoß, und dann... Es eilt ja nicht... ein andermal.«

Im Verlauf der außerordentlichen Sitzung der sonderbevollmächtigten Kommissionen an Bord des Flugzeugträgers »Convention« ging mit beiderseitigem Einverständnis ein weiterer verschlüsselter Funkspruch an die Orbitalstation »Parität«, bestimmt zur Übermittlung an die Parität-Kosmonauten 1-2 und 2-1 auf dem Planeten mit der außerirdischen Zivilisation – es war ein kategorischer Befehl, nichts zu unternehmen und an Ort und Stelle zu bleiben bis zu einer besonderen Weisung des VLZ.

Beraten wurde nach wie vor hinter verschlossenen Türen. Der Flugzeugträger »Convention« befand sich nach wie vor an seiner Position im Stillen Ozean, südlich der Aleuten, in genau gleicher Luftlinienentfernung zwischen San Francisco und Wladiwostok.

Nach wie vor wußte niemand auf Erden, daß sich ein gewaltiges intergalaktisches Ereignis zugetragen hatte – im System der Himmelsleuchte Patriarch war ein Planet mit außerirdischer Zivilisation entdeckt worden, und dessen vernunftbegabte Wesen bewarben sich um Kontaktaufnahme mit den Erdenbewohnern.

Auf der außerordentlichen Sitzung debattierten die Seiten alle Pro und Kontra eines derart ungewöhnlichen und überraschenden Problems. Auf dem Tisch lag vor jedem Kommissionsmitglied neben anderen Hilfsmaterialien ein Dossier mit dem vollen Wortlaut der Botschaften der Parität-Kosmonauten 1-2 und 2-1. Man studierte jeden Gedanken, jedes Wort der Dokumente. Ein jedes Detail, mit dem die Einrichtung eines vernünftigen Lebens auf dem Planeten Waldesbrust belegt wurde, betrachtete man vor allem vom Standpunkt möglicher Folgen, vom Standpunkt der Vereinbarkeit oder Unvereinbarkeit mit der irdischen Zivilisationserfahrung, mit den Interessen der führenden Länder des Planeten. Mit Problemen dieser Art hatte noch kein Mensch zu tun gehabt. Und die Frage mußte schnellstens entschieden werden.

Im Stillen Ozean tobte noch immer der Sturm mit halber Kraft.

Nachdem die Familie Kuttybajew die schrecklichste Zeit der Sommerhitze überstanden und nicht verzweifelt ihre Habseligkeiten gepackt hatte, nicht Gott weiß wohin aus Schneesturm-Boranly fortgezogen war, wußten die Boranlyer, diese Familie würde bleiben, würde sich behaupten. Abutalip Kuttybajew hatte merklich Mut gefaßt, oder richtiger: sich in sein Boranlyer Los ergeben. Hatte sich an die Lebensbedingungen der Ausweichstelle gewöhnt, sich hineingefunden. Wie jeder beliebige konnte auch er mit Fug und Recht sagen, Boranly sei das erbärmlichste Nest auf Erden, mußte man doch sogar das Wasser mit einem Kesselwagen der Eisenbahn heranschaffen – Wasser zum Trinken und für sämtliche anderen Bedürfnisse –, wer aber frisches Wasser trinken wollte, der mußte ein Kamel satteln und sich mit einem Schlauch zu einem Brunnen am Ende der Welt aufmachen – aber das unternahm niemand außer Edige und Kasangap.

Ja, so war es noch im Jahr zweiundfünfzig gewesen, bis in den sechziger Jahren auf der Ausweichstelle ein Tiefbrunnen mit Windmotorpumpe installiert wurde. Aber damals war daran noch gar nicht zu denken. Dennoch verfluchte und schmähte Abutalip niemals die Ausweichstelle Schneesturm-Boranly oder diese Steppe. Er nahm das Schlechte als schlecht hin und das Gute als gut. Schließlich traf die Erde keine Schuld. Der Mensch mußte selbst entscheiden, ob er hier leben konnte oder nicht.

Auch auf diesem Land suchten die Menschen sich möglichst bequem einzurichten. Als die Kuttybajews endgültig zur Überzeugung gelangt waren, daß ihr Platz hier war, in Schneesturm-Boranly, daß ihnen kein anderer Ausweg blieb und sie sich hier einrichten mußten, so gut es ging, da wurde ihnen plötzlich die Zeit knapp für ihre Hauswirtschaft. Natürlich mußten sie arbeiten, doch auch in der Freizeit mangelte es ihnen nicht an Sorgen. Abutalip wußte bald nicht, wo ihm der Kopf stand, als er daranging, ihre Wohnung winterfest zu machen – den Ofen umzusetzen, die Tür zu polstern, die Fensterrahmen einzupassen und zu befestigen. Besonders gut ging ihm diese Arbeit nicht von der Hand, aber Edige half ihm mit Werkzeug und Material, ließ ihn nicht im Stich. Und als sie dann neben dem Schuppen eine Kellergrube aushoben, packte auch Kasangap mit an. Zu dritt richteten sie einen kleinen Keller ein, überdachten ihn mit alten Schwellen, häuften darauf Stroh und Lehm und zimmerten eine stabile Türklappe, damit ja kein Vieh in den Keller stürzte. Was immer sie taten, stets zappelten und quirlten Abutalips kleine Söhne um sie herum. Zwar störten sie bisweilen, doch so war es lustiger und netter. Edige und Kasangap überlegten, wie sie Abutalip helfen konnten, seine Wirtschaft einzurichten, hatten auch schon ein paar Ideen. Sie beschlossen, ihm im Frühling eine melkende Kamelstute zu überlassen. Hauptsache, er lernte es, sie zu melken. Ein Kamel ist schließlich keine Kuh. Eine Kamelstute muß man im Stehen melken. Man muß sie in der Steppe halten und vor allem das Kleine behüten, es rechtzeitig ans Euter heranlassen und rechtzeitig wieder abnehmen. Sorgen hat man mit ihm zur Genüge. Auch davon muß man was verstehen.

Am meisten jedoch freute Schneesturm-Edige, daß Abutalip nicht nur die Wirtschaft in die Hand genommen hatte, nicht nur ständig den Kindern beider Familien Zeit widmete, sie gemeinsam mit Saripa lesen und zeichnen lehrte, sondern daß er obendrein, der Boranlyer Einöde zum Trotz, Beschäftigung für sich selbst fand. Schließlich war er ein gebildeter Mann. Bücher zu lesen, eigene Notizen zu machen war einfach seine Pflicht und Schuldigkeit. Insgeheim war Edige stolz auf so einen Freund. Deshalb zog es ihn hin zu ihm. So war auch seine Freundschaft mit Jelisarow, dem Geologen, der sich oft in dieser Gegend aufhielt, nicht von ungefähr entstanden. Edige empfand Hochachtung vor Studierten, vor Menschen, die viel wußten. Auch Abutalip wußte viel. Er bemühte sich nur, nicht so oft laut zu denken. Doch einmal entspann sich zwischen ihnen ein ernsthaftes Gespräch.

Gegen Abend kehrten sie von Streckenarbeiten zurück. An dem Tag hatten sie Schneeschutzzäune errichtet, am Kilometer sieben, wo immer Schneeverwehungen den Weg blockierten. Auch wenn es noch mitten im Herbst war, mußte man sich rechtzeitig auf den Winter vorbereiten. Sie gingen also nach Hause. Es war ein schöner, heller Abend, wie geschaffen für ein Gespräch. An solchen Abenden wirkt die Umgegend im Dunst des Sonnenuntergangs so gespenstisch wie der Grund des Aralsees bei Windstille von einem Boot aus.

»Sag mal, Abu, abends, wenn ich bei euch vorübergeh', sehe ich immer deinen Kopf überm Fensterbrett. Schreibst du was, oder besserst du was aus? Die Lampe steht ja daneben«, fragte Edige.

»Das ist doch ganz einfach«, entgegnete Abutalip bereitwillig und legte die Schaufel von einer Schulter auf die andere. »Einen Schreibtisch habe ich nicht. Sowie meine Schlingel im Bett liegen, greift Saripa zum Buch, und ich schreibe was auf – solange ich mich noch daran erinnere –, über den Krieg und vor allem über meine Jahre in Jugoslawien. Die Zeit verrinnt, was war, rückt in immer weitere Ferne.« Er schwieg eine Weile. »Ich überlege dauernd, was ich tun kann für meine Kinder. Für Essen und Trinken sorgen, sie erziehen – das versteht sich von selbst. Ich tu', was ich kann. Ich habe so viel erfahren, so viel mitgemacht wie ein anderer, Gott verhüt's, in hundert Jahren nicht, aber noch lebe und atme ich, nicht vergebens bietet mir wohl das Schicksal diese Möglichkeit. Vielleicht, damit ich etwas sage, vor allem meinen Kindern. Und mir steht zu, vor ihnen Rechenschaft abzulegen über mein Leben, denn ich habe sie ja in die Welt gesetzt – so sehe ich das. Natürlich gibt es eine Wahrheit für alle, aber jeder hat auch seine eigene Auffassung von den Dingen. Und die geht mit uns dahin. Wenn ein Mensch da, wo die Kräfte im Weltmaßstab aufeinanderprallen, die Kreise zwischen Leben und Tod durchschreitet und mindestens hundertmal hätte getötet werden können, er aber überlebt – dann lernt er viel verstehen, Gut und Böse, Wahrheit und Lüge...«

»Wart mal, eines begreife ich nicht«, unterbrach ihn Edige verwundert. »Vielleicht ist richtig, was du sagst, aber deine kleinen Söhne sind doch noch Rotznasen, haben Angst vor einer Haarschneidemaschine – was werden die schon begreifen?«

»Deshalb schreibe ich es ja nieder. Für sie will ich alles bewahren. Ob ich am Leben bleibe oder nicht – wer weiß das schon im voraus. Vorgestern, da bin ich so in Grübeln versunken wie ein Schwachkopf, fast wäre ich unter den Zug geraten. Kasangap kam gerade noch zurecht. Hat mich beiseite gestoßen. Und hinterher furchtbar gewettert. Deine Kinder können heute dem Herrgott auf Knien danken, hat er gesagt.«

»Mit Recht. Ich sag's dir ja schon lange. Auch Saripa hab' ich's gesagt«, empörte sich auch Edige und nutzte die Gelegenheit, um seine Befürchtungen zu bekräftigen. »Warum gehst du auf den Gleisen so, als müsse die Lokomotive von den Schienen runter und dir den Weg frei machen? Du bist doch kein Analphabet, wie oft muß man dir so was sagen? Eisenbahner bist du jetzt, dabei läufst du rum wie auf dem Basar. Du kommst noch unter die Räder, mach keine Dummheiten!«

»Na ja, wenn was geschieht, bin ich selber schuld«, pflichtete Abutalip ihm finster bei. »Aber hör mich trotzdem an, abkanzeln kannst du mich später.«

»Es bot sich gerade so an, sprich.«

»Früher hinterließen die Menschen ihren Kindern ein Erbe. Das konnte ihnen Glück bringen oder Unglück – je nachdem. Wie viele Bücher und Märchen, wie viele Theaterstücke erzählen von jenen Zeiten, berichten, wie man die Hinterlassenschaft teilte und was dann aus den Erben wurde. Und warum? Weil diese Erbschaften größtenteils aus unrechten Quellen stammten, aus fremder Not und fremder Arbeit, aus Betrug; so bargen sie von Anbeginn Unheil in sich, Sünde und Ungerechtigkeit. Ich aber tröste mich damit, daß uns das, Gott sei's gedankt, erspart bleibt. Mein Erbe wird keinem Schaden bringen. Es wird nur aus meinen Gedanken bestehen, aus meinen Aufzeichnungen; in ihnen aber steckt alles, was ich begriffen, an Einsichten mitgebracht habe aus dem Krieg. Einen größeren Reichtum für die Kinder besitze ich nicht. Hier in der Steppe ist mir das klargeworden. Das Leben hat mich hierher abgeschoben, damit ich untergehe, verschwinde, ich aber schreibe für sie alles nieder, was ich denke und was mir durch den Kopf geht; und in meinen Kindern werde ich irgendwann einmal weiterleben. Was mir nicht vergönnt war, werden sie vielleicht erreichen. Ihr Leben aber wird noch schwerer als unseres. Also mögen sie den Verstand schärfen von Jugend an.«

Eine Weile gingen sie schweigend nebeneinander, ein jeder in seine Gedanken vertieft. Sonderbar erschienen Edige derlei Reden. Ihn überraschte, daß man den Sinn seines Lebens auch so auffassen konnte. Trotzdem beschloß er, sich Klarheit zu verschaffen über das, was ihn verblüffte: »Alle denken, und so sagen sie auch im Radio, unsere Kinder würden es einmal besser und leichter haben als wir, du aber meinst – schwerer. Wohl weil ein Atomkrieg kommt?«

»Nein, nicht nur deshalb. Krieg wird es vielleicht keinen geben, und wenn, dann nicht so bald. Nicht vom Brot ist die Rede. Das Rad der Zeit läuft einfach immer schneller. Sie werden alles selber, mit ihrem Verstand erfassen müssen und sich zum Teil rückwirkend auch für uns verantworten. Denken aber fällt immer schwer. Darum wird es für sie schwieriger sein als für uns.«

Edige forschte nicht weiter, warum Abutalip der Meinung war, Denken sei immer schwierig. Später bedauerte er es sehr, wenn er an dieses Gespräch zurückdachte. Er hätte ihn ausfragen müssen und herausbekommen, worin hier der Sinn lag.

»Was meine ich damit?« fuhr Abutalip fort, gleichsam auf Ediges Zweifel eingehend. »Kleine Kinder halten die Erwachsenen immer für klug, für Autoritäten. Wenn sie dann groß sind, merken sie, daß die Lehrer, das heißt wir, gar nicht so viel gewußt haben und nicht so klug sind, wie ihnen einst schien. Sie lachen über sie, finden die gealterten Erzieher bisweilen sogar mitleiderregend. Immer schneller dreht sich das Rad der Zeit. Und doch müssen wir selber das letzte Wort über uns sagen. Unsere Vorfahren versuchten das in Form von Legenden. Sie wollten den Nachkommen beweisen, wie groß sie waren. Und wir urteilen heute über sie nach deren Geist. So tue auch ich, was ich vermag, für meine heranwachsenden Söhne. Meine Legenden sind meine Kriegsjahre. Ich schreibe für sie meine Partisanenhefte. Alles, wie es war, was ich gesehen und durchlebt habe. Es wird ihnen nützen, wenn sie größer sind. Außerdem gibt es noch einige Überlegungen. Sie müssen in der Sary-Ösek aufwachsen. Da sollen sie, wenn sie älter sind, nicht denken, sie hätten in einem luftleeren Raum gelebt. Unsere alten Lieder habe ich aufgezeichnet, die wird man später auch nirgends mehr hören. Lieder bringen Kunde aus vergangenen Zeiten. Deine Ükübala kennt viele. Und hat versprochen, in ihrem Gedächtnis zu kramen.«

»Natürlich! Sie stammt doch aus dem Aralgebiet!« rief Edige stolz. »Die Aral-Kasachen leben am See. Auf dem See singt es sich gut. Der See begreift alles. Sag, was du willst – dort kommt alles von Herzen, ist alles harmonisch.«

»Ganz recht, genauso ist's. Als ich neulich meine Niederschriften wieder einmal durchsah, wären Saripa und mir fast die Tränen gekommen. So schön haben sie in alten Zeiten gesungen! Jedes Lied ist eine ganze Geschichte. Du siehst diese Menschen geradezu. Möchtest ein Herz und eine Seele sein mit ihnen. Leiden und leben wie sie. Solch eine Erinnerung an sich haben sie hinterlassen. Auch Kasangaps Bökej habe ich schon angesprochen – erinnere dich, sag' ich ihr, an deine Karakalpaker Lieder, ich schreibe sie in ein eigenes Heft. Dann haben wir ein Karakalpaker Heft.«

So gingen sie gemächlich die Eisenbahnstrecke entlang. Nicht oft erlebt der Mensch solch eine Stunde. Erleichtert, gleich einem langen Seufzer, verlosch das friedliche Ende des frühherbstlichen Tages. Weder Wälder noch Flüsse, noch Felder gibt es in der Sary-Ösek, sollte man meinen, doch dank einer unfaßbaren Bewegung von Licht und Schatten überm offenen Antlitz der Erde rief die sinkende Sonne den Eindruck hervor, als sei die Steppe mit vielfältigem Leben erfüllt. Ein vages, fließendes Blau, das den Atem der Weite umfangen hielt, verlieh den Gedanken Erhabenheit und weckte den Wunsch, lange zu leben und viel zu denken.

»Hör mal, Edige«, begann Abutalip von neuem, denn ihm war etwas eingefallen, was ihn schon einmal beschäftigt hatte und ihn nicht losließ, zu dem er zurückkehren mußte. »Schon lange möchte ich von dir hören: Was meinst du, gibt es einen Vogel Dönenbai? Sicherlich existiert in der Natur so ein Vogel, einer, der so heißt – Dönenbai. Ist dir ein solcher Vogel schon einmal begegnet?«

»Das ist doch eine Legende.«

»Ich weiß. Aber es kommt ja oft vor, daß eine Legende vom Leben bestätigt wird, von dem, was tatsächlich ist. Beispielsweise gibt es den Pirol, einen Vogel, der bei uns im Semiretschje den ganzen Tag in den Berggärten singt und immerzu fragt: ›Wer will mich frein?‹ Das ist einfach ein Spiel, eine Lautmalerei. Und ein Märchen erzählt, warum er so singt. Und nun denk' ich mir: Vielleicht gibt es auch in dieser

Geschichte so eine Lautmalerei? Vielleicht existiert in der Steppe ein Vogel, der so schreit, daß es sich anhört wie der Menschenname Dönenbai, und daher findet er sich in der Legende?«

»Nicht, daß ich wüßte. Ich hab' darüber nicht nachgedacht«, sagte Edige zweifelnd. »Kreuz und quer hab' ich die Gegend durchmessen, aber solch ein Vogel ist mir noch nie begegnet. Wahrscheinlich gibt es ihn nicht.«

»Möglich«, entgegnete Abutalip versonnen.

»Und wenn es diesen Vogel nicht gibt – ist dann alles unwahr?« fragte Edige beunruhigt.

»Nein, wieso? Deshalb liegt ja hier der Friedhof Ana-Bejit, irgendwas ist hier gewesen. Und daher denke ich auch, es gibt so einen Vogel. Und irgend jemand wird ihm irgendwann begegnen. Also schreib' ich's auf für die Kinder.«

»Nun ja, wenn's für die Kinder ist«, äußerte sich Edige nicht recht überzeugt, »warum nicht...«

Soweit sich Schneesturm-Edige erinnerte, hatten nur zwei Menschen die Legende über Naiman-Ana zu Papier gebracht. Als erster hatte sie Abutalip Kuttybajew für seine Kinder aufgeschrieben, für spätere Zeiten, wenn sie größer sein würden, das war Ende zweiundfünfzig gewesen. Diese Niederschrift war verlorengegangen. Wieviel Leid mußte er danach erdulden! Da hatte er andere Sorgen... Die zweite Aufzeichnung machte einige Jahre darauf, neunzehnhundertsiebenundfünfzig, Afanassi Iwanowitsch Jelisarow. Jetzt lebt er nicht mehr, der Jelisarow. Doch sein Manuskript ist sicherlich erhalten geblieben, liegt wohl in seinen Papieren in Alma-Ata, wer weiß. Der eine wie der andere hatte alles hauptsächlich von Kasangap erfahren. Edige war dabeigewesen, als er erzählte, aber mehr, um auszuhelfen, zu ergänzen und als eine Art Kommentator.

Wie viele Jahre sind darüber hingegangen! Wie lange ist das nur alles her, mein Gott, dachte Schneesturm-Edige, während er zwischen den Höckern des mit der Troddeldecke geschmückten Karanar schaukelte. Jetzt brachte er Kasangap auf den Friedhof Ana-Bejit. Der Kreis schien sich geschlossen zu haben. Der Erzähler der Legende mußte nun selbst die letzte Ruhestätte auf dem Friedhof finden, dessen Geschichte er bewahrt und anderen weitergegeben hatte.

Geblieben sind nur wir – ich und Ana-Bejit. Und auch ich werde bald hier enden. Meinen Platz einnehmen. Alles steuert darauf zu, überlegte wehmütig Edige, mit seinem Kamel immer noch an der Spitze des sonderbaren Trauerzuges, der ihm in der Steppe folgte mit einem Trecker samt Hänger und dem »Belarus«-Bagger am Ende. Der rotbraune Hund Sholbars, der sich freiwillig dem Beerdigungszug angeschlossen hatte, lief bald vor, bald hinter oder neben der Prozession, mitunter verschwand er auch für kurze Zeit. Den Schwanz hielt er selbstbewußt hoch, spähte geschäftig nach allen Seiten.

Die Sonne hatte bereits den Scheitelpunkt erreicht, die Mittagsstunde brach an. Gar nicht mehr weit war es bis zum Friedhof Ana-Bejit.

8

Und doch war das ausgehende Jahr zweiundfünfzig, richtiger: der Herbst und der zwar mit Verspätung, aber ohne Schneestürme angebrochene Winter, wohl die schönste Zeit gewesen für die damalige Handvoll Menschen in der Ausweichstelle Schneesturm-Boranly. Edige sehnte sich später oft zurück nach jenen Tagen.

Kasangap, der Patriarch der Boranlyer, der sehr feinfühlig war und sich nie in fremde Angelegenheiten mischte, befand sich noch im Vollbesitz seiner Kräfte und war kerngesund. Sein Sohn Sabitshan lernte bereits im Internat von Kumbel. Die Familie Kuttybajew hatte zu jener Zeit bereits fest Fuß gefaßt in der Sary-Ösek. Sie hatte die Baracke winterfest gemacht, sich mit Kartoffeln eingedeckt, für Saripa und die Jungen Filzstiefel gekauft, auch einen Sack Mehl aus Kumbel herangeschafft – Edige selbst hatte ihn von der Abteilung Arbeiterversorgung auf dem dazumal in der Blüte seiner Jahre stehenden Karanar gebracht. Abutalip arbeitete, wie es sich gehörte, und widmete wie vorher seine Freizeit ausschließlich den Kindern, nachts aber schrieb er eifrig am Fensterbrett beim Schein seiner Lampe.

Es gab noch zwei, drei Bahnarbeiterfamilien, doch die würden, wie's aussah, nicht lange in der Ausweichstelle bleiben. Der damalige Leiter der Ausweichstelle, Abilow, schien kein schlechter Mensch zu sein. Kein Boranlyer erkrankte. Der Dienst lief. Die Kinder wuchsen heran. Alle Wintervorbereitungen waren fristgemäß getroffen – die Schneezäune aufgestellt und die Gleise repariert.

Das Wetter war prächtig für die Sary-Ösek – der Herbst braun wie eine Brotkruste. Schließlich kam auch der Winter. Der Schnee blieb sofort liegen. Das war auch schön, ringsum wurde alles schlohweiß. Und mitten durch die gewaltige weiße Lautlosigkeit zog sich als schwarzer Faden die Eisenbahnstrecke, dort fuhren wie immer die Züge. Seitab von diesem Verkehr, zwischen verschneiten Hügeln, duckte sich eine kleine Siedlung – die Ausweichstelle Schneesturm-Boranly. Ein paar Häuschen und was dazugehörte. Die Durchreisenden ließen gleichgültig den Blick aus den Wagen darüberschweifen, vielleicht erwachte in ihnen für einen Moment flüchtiges Mitleid mit den einsamen Bewohnern der Ausweichstelle.

Doch solch flüchtiges Mitleid war unbegründet. Die Boranlyer erlebten gerade ein gutes Jahr, abgesehen von der schrecklichen Sommerhitze, doch die lag bereits hinter ihnen. Überhaupt war allenthalben das Leben langsam, stockend wieder in Fluß gekommen nach dem Krieg. Für Neujahr erhoffte man eine neue Preissenkung für Lebensmittel und Gebrauchsgüter, und wenn die Geschäfte auch keineswegs von Waren überquollen, so wurde es doch von Jahr zu Jahr besser.

Gewöhnlich bedeutete Neujahr den Boranlyern nichts

weiter, niemals erwarteten sie mit Herzklopfen die Mitternachtsstunde. Die Arbeit in der Ausweichstelle lief trotz allem weiter, die Züge fuhren, ohne sich einen Augenblick darum zu scheren, wo und wann unterwegs das neue Jahr begann. Außerdem gibt es im Winter auch in der Wirtschaft mehr Arbeit. Die Öfen müssen geheizt werden, das Vieh braucht mehr Pflege, auf der Weide wie im Stall. Rackert sich der Mensch tagsüber ab, dann möchte er sich abends lieber ausruhen, zeitiger zu Bett gehen.

So verrannen die Jahre, eins nach dem anderen.

Silvester dreiundfünfzig aber wurde für die Boranlyer zu einem echten Feiertag. Natürlich war das Feiern eine Idee der Kuttybajew-Familie. Edige beteiligte sich erst gegen Ende an den Neujahrsvorbereitungen. Begonnen hatte alles damit, daß die Kuttybajews beschlossen, für die Kinder eine Neujahrstanne zu schmücken. Woher aber in der Steppe eine Tanne nehmen? Eher findet man Eier eines vorsintflutlichen Dinosauriers! Jelisarow hatte wirklich Millionen Jahre alte Dinosauriereier entdeckt auf seinen geologischen Wanderpfaden. Zu Stein waren jene Eier geworden, jedes so groß wie eine riesige Melone. Man hatte den Fund nach Alma-Ata ins Museum gebracht. Darüber schrieben die Zeitungen.

Abutalip Kuttybajew mußte bei scharfem Frost nach Kumbel fahren und durchsetzen, daß die Stationsgewerkschaftsleitung eine der fünf Tannen, die sie für eine so große Station erhalten hatte, Schneesturm-Boranly überließ. Damit nahm alles seinen Anfang.

Edige stand gerade neben dem Magazin, um vom Leiter der Ausweichstelle neue Fausthandschuhe für die Arbeit zu holen, als auf dem ersten Gleis, frostklirrend bremsend, ein vom Steppenwind über und über bereifter Güterzug hielt. Ein langer Zug mit lauter verplombten, vierachsigen Wagen. Von der offenen Plattform des letzten Wagens, mühsam die steifen Beine in den hartgefrorenen Stiefeln setzend, stieg Abutalip. Der Zugbegleiter, in einem riesigen Pelzmantel und mit fest zugebundener Ohrenklappenmütze, schob sich ungeschickt über die Plattform und reichte ihm etwas Unförmiges. Eine Tanne, erriet Edige und konnte sich nicht genug wundern.

»He, Edige! Schneesturm-Edige! Komm mal her und hilf dem Mann!« rief ihm der Zugbegleiter zu, sich vom Trittbrett weit herabbeugend.

Edige eilte herbei und erschrak über Abutalips Aussehen. Weiß war er bis an die Brauen, von Kopf bis Fuß schneeüberpudert und so steif gefroren, daß er weder die Lippen bewegen noch eine Hand rühren konnte. Und neben ihm die Tanne, dieser stachlige Baum, dessentwegen Abutalip um ein Haar seine letzte Reise angetreten hätte.

»Warum schickt ihr eure Leute bloß so auf den Weg!« krächzte der Zugbegleiter mißmutig. »Der haucht ja sein Leben aus bei dem Wind hier hinten. Ich wollte ihm schon meinen Pelz abtreten, aber dann erfriere ich ja selber.«

Mit spröden Lippen entschuldigte sich Abutalip: »Verzeihen Sie, es hat sich so ergeben. Ich wärme mich hier gleich auf.«

»Ich hab's ihm doch gesagt«, murrte der Zugbegleiter, an Edige gewandt. »Ich trage einen Pelzmantel, darunter Wattesachen, Filzstiefel und eine warme Mütze, und doch vergeht mir Hören und Sehen, ehe ich den Zug übergebe. Was soll denn das?«

Edige war es peinlich.

»Ist schon gut, wir nehmen's zur Kenntnis, Trofim! Danke. Gute Fahrt.«

Er ergriff die Tanne. Sie war kalt und nicht größer als ein Mensch. Den Nadeln entströmte winterlicher Waldesduft. Sein Herzschlag stockte – er dachte an die Wälder an der Front. Dort hatten sich Tannenwälder erstreckt, so weit das Auge reichte. Mit Panzern hatten sie sie niedergewalzt, mit Geschossen zerfetzt. Hätte er damals gedacht, daß es ihm einmal so viel bedeuten könnte, Tannenduft zu atmen?

»Komm«, sagte Edige mit einem Blick auf Abutalip und warf sich den Baum über die Schulter.

Auf Abutalips kältestarrem grauem Gesicht mit den gefrorenen Tränen an den Wangen strahlten unter weißen Brauen hervor lebendige, frohe, triumphierende Augen. Edige packte unversehens Furcht: Würden die Kinder ihm die Vaterliebe danken? Ist es doch im Leben gewöhnlich umgekehrt. Statt Dankbarkeit erntet man Gleichmut, manchmal sogar Haß. Gott bewahre ihn vor dergleichen. Er hat genug anderen Kummer, dachte Edige.

Als erster erblickte Kuttybajews Ältester, Daul, die Tanne. Er stieß einen Freudenschrei aus und huschte in die Baracke. Von dort kamen ohne Mäntel Saripa und Ermek gesprungen.

»Eine Tanne, eine Tanne! So eine schöne Tanne!« jubelte Daul und hüpfte wie wild herum.

Saripa freute sich nicht minder. »Du hast also doch eine gekriegt! Fein!«

Ermek aber hatte noch nie eine Tanne gesehen. Er wandte kein Auge von der Last auf Onkel Ediges Schulter. »Mama, ist das eine Tanne, ja? Die ist aber schön, nicht? Wird die bei uns zu Hause leben?«

»Saripa«, sagte Edige, »dieser Baumstrunk hätte dir fast einen erfrorenen Mann eingebracht. Sieh zu, daß er sich rasch zu Hause aufwärmt. Vor allem muß man ihm die Stiefel ausziehen.«

Die Stiefel waren festgefroren. Abutalip runzelte die Stirn, biß die Zähne zusammen, stöhnte, als sie gemeinsam versuchten, sie von seinen Füßen herunterzubekommen. Die Jungen halfen mit Feuereifer. Bald hier und bald da packten sie mit ihren kleinen Händen die schweren Lederstiefel, die steinhart gefroren an den Füßen klebten.

»Kinder, laßt das, Kinder, das mach' ich schon selber!« jagte die Mutter sie fort.

Doch Edige hielt es für richtig, ihr halblaut zu sagen: »Laß sie, Saripa, solln sie sich ruhig anstrengen!«

Tief im Innern spürte er, für Abutalip war der schönste Lohn die Liebe, das Mitempfinden der Kinder. Also waren sie bereits Menschen, begriffen schon manches. Besonders rührend und drollig wirkte der Kleinere. Ermek nannte den Vater Papika. Und niemand verbesserte ihn, denn es war seine eigene Abwandlung eines der ewigen und ursprünglichen Worte auf den Lippen der Menschen.

»Papika! Papika!« Besorgt hastete er herum, knallrot vor nutzlosem Mühen. Seine Locken bauschten sich, seine Augen glühten in dem Wunsch, etwas Hochwichtiges zu vollbringen, dabei blieb der kleine Kerl so ernst, daß einem unwillkürlich das Lachen ankam.

Natürlich mußte man dafür sorgen, daß die Kinder ihr Ziel erreichten. Edige hatte einen Einfall. Die Stiefel waren inzwischen schon etwas weicher geworden, so daß man sie herunterreißen konnte, ohne Abutalip gar zu weh zu tun.

»Wißt ihr, was, Kinder, setzt euch hinter mich. Wir spielen Eisenbahn – einer zieht den anderen. Daul, du hältst dich an mir fest, und du, Ermek, packst Daul.«

Abutalip begriff Ediges Absicht und nickte, lächelte unter Tränen, die ihm nach der Kälte im Warmen in die Augen schossen. Edige setzte sich Abutalip gegenüber, an ihn klammerten sich die Kinder, und als sie soweit waren, begann Edige an einem Stiefel zu rucken.

»Los, Kinder, fester zugepackt, alle beide! Allein schaff' ich das nicht. Da reicht die Kraft nicht. Hau ruck, Daul, Ermek! Fester!«

Die Kinder schnauften hinter ihm, nach Kräften bemüht, ihm zu helfen. Saripa blieb Zuschauerin. Edige tat so, als hätte er große Mühe, und als endlich der erste Stiefel ausgezogen war, jubelten die Kinder. Saripa stürzte herbei, um ihrem Mann den Fuß mit einem Wolltuch abzureiben, aber Edige hielt alle zurück.

»Nanu, Kinder, nanu, Mama! Was soll denn das? Und wer zieht am zweiten Stiefel? Wollen wir etwa den Vater so sitzen lassen – einen Fuß nackt und den andren noch im gefrorenen Stiefel? Ist das vielleicht schön?«

Alle lachten schallend, warum, wußten sie selbst nicht. Sie

lachten lange, kugelten sich auf dem Boden. Vor allem die Kinder und Abutalip selbst.

Und wer weiß, so dachte Schneesturm-Edige später, immer wieder dem schrecklichen Rätsel nachgrübelnd, wer weiß, vielleicht waren gerade in diesem Augenblick weit weg von Schneesturm-Boranly erneut Papiere mit dem Namen Abutalip Kuttybajew aufgetaucht, und Menschen, die die Papiere in die Hand bekamen, befanden auf ihrer Grundlage über eine Frage, von der keiner in dieser Familie und in dieser Ausweichstelle die geringste Ahnung hatte.

Das Unglück brach über sie herein wie ein Blitz aus heiterem Himmel. Wäre Edige in solchen Dingen erfahrener, gewitzter gewesen, dann wäre er vielleicht auch nicht darauf verfallen, doch bestimmt hätte unerklärliche Unruhe sein Herz ergriffen. Weshalb aber sollte er sich beunruhigen? Immer gegen Jahresende kam ein Abschnittsrevisor in die Ausweichstelle. In festgelegter Reihenfolge besuchte er eine Ausweichstelle nach der anderen, einen Bahnhof nach dem anderen. Er kam angefahren, blieb ein, zwei Tage da, überprüfte, wie der Lohn ausgezahlt, das Material verbraucht wurde und dergleichen, schrieb gemeinsam mit dem Leiter der Ausweichstelle und noch einem Arbeiter den Revisionsbericht, und mit dem nächsten Zug fuhr er wieder ab. Was gibt es schon groß zu prüfen auf einer Ausweichstelle! Auch Edige hatte bereits solche Revisionsberichte unterschrieben. Diesmal blieb der Revisor drei Tage in Schneesturm-Boranly. Er übernachtete im Dienstposten, dem wichtigsten Gebäude der Ausweichstelle, wo die Fernsprechverbindung war und das Zimmerchen des Leiters, genannt Kabinett. Der Leiter der Ausweichstelle, Abilow, rannte dauernd hin und her, brachte ihm Tee in einer Kanne. Auch Edige schaute zum Revisor herein. Da saß der Mann zigarettenqualmend über den Papieren. Edige hatte gedacht, vielleicht sei es einer, den er von früher her kannte, aber nein, es war ein Fremder. Rotbackig, zahnlückig, bebrillt, graumeliert. Mit einem sonderbar klebrigen Lächeln in den Augen.

Spätabends begegneten sie sich. Als Edige von seiner Schicht kam, sah er, wie der Revisor auf und ab ging vor dem Dienstposten, unter der Laterne. Den Kragen seines Lammfellmantels hochgeschlagen, in Lammfell-Papacha und mit Brille, rauchte er nachdenklich, und seine Stiefelsohlen knarrten über den Sand.

»Guten Abend. Sie sind wohl vors Haus gegangen, um eine zu rauchen? Genug gearbeitet?« fragte Edige teilnahmsvoll.

»Ja, natürlich«, entgegnete jener mit halbem Lächeln. »Man hat's nicht leicht.« Und wieder ein halbes Lächeln.

»Na klar, freilich«, murmelte Edige höflich.

»Morgen früh fahre ich weg«, verkündete der Revisor. »Da kommt der Siebzehner, der hält kurz. Und ich fahre.« Wieder so ein schiefes Lächeln. Seine Stimme klang gedämpft, sogar gequält. Die Augen aber hatte er eingekniffen, sie blickten Edige scharf ins Gesicht. »Sie also sind Edige Shangeldin?« erkundigte sich der Revisor.

»Der bin ich.«

»Das habe ich mir gedacht.« Selbstsicher stieß der Revisor Rauch durch die Zahnlücken. »Ehemaliger Frontsoldat. In der Ausweichstelle seit vierundvierzig. Die Streckenarbeiter nennen Sie Schneesturm-Edige.«

»Stimmt, ja«, entgegnete Edige treuherzig. Ihm war angenehm, daß der Mann so viel von ihm wußte, doch zugleich wunderte er sich, woher der Revisor all das in Erfahrung gebracht hatte und wozu er sich das merkte.

»Ich habe ein gutes Gedächtnis«, fuhr der Revisor mit seinem schiefen Lächeln fort – offenbar hatte er Ediges Gedanken erraten. »Ich schreibe doch auch wie euer Kuttybajew.« Mit einem Kopfnicken blies er einen Rauchstrahl in Richtung des erhellten Fensters, wo sich Abutalip wie stets am Fensterbrett über seine Aufzeichnungen beugte. »Den dritten Tag beobachte ich das schon. Er schreibt und schreibt. Mir ist das begreiflich. Ich schreibe ja selber. Nur eben Gedichte. Fast jeden Monat erscheint was von mir in der

Werkszeitung des Depots. Wir haben da einen Literaturzirkel. Den leite ich. Auch in der Gebietszeitung haben sie mich schon gebracht – zum achten März einmal, und dieses Jahr zum ersten Mai.«

Sie schweigen. Edige wollte sich schon verabschieden und weitergehen, doch der Revisor hatte noch eine Frage: »Schreibt er über Jugoslawien?«

»Ehrlich gesagt, genau weiß ich es nicht«, antwortete Edige. »Vielleicht. Er war doch viele Jahre dort bei den Partisanen. Für seine Kinder schreibt er das auf.«

»So habe ich's gehört. Ich habe hier Abilow ausgefragt. Dann war er also auch in Gefangenschaft. Hat später offenbar ein paar Jahre unterrichtet. Und jetzt will er sich mit der Feder einen Namen machen.« Er kicherte. »Doch das ist gar nicht so einfach, wie es scheint. Mir geht selber eine große Sache durch den Kopf. Front, Hinterland, Arbeit. Aber unsereins hat ja keine Zeit. Dauernd ist man dienstlich unterwegs.«

»Er schreibt auch bloß nachts. Am Tag arbeitet er«, wandte Edige ein.

Wieder schweigen sie. Und wieder kam Edige nicht weg.

»Da schreibt er und schreibt und hebt nicht mal den Kopf.« Der Revisor zeigte grinsend die Zähne und starrte auf Abutalips Silhouette am Fenster.

»Mit irgendwas muß man sich schließlich beschäftigen«, antwortete Edige. »Der Mann ist gebildet. Weit und breit ist niemand und nichts. Da schreibt er eben.«

»Hm, kein schlechter Einfall. Weit und breit niemand und nichts«, knurrte der Revisor nachdenklich mit verkniffenen Augen. »Du bist dein eigener Herr, weit und breit niemand und nichts... kein schlechter Einfall. Du bist dein eigener Herr.« Damit verabschiedeten sie sich.

In den folgenden Tagen zuckte Edige mehrmals der Gedanke durch den Kopf, er dürfe nicht vergessen, Abutalip von dem zufälligen Gespräch mit dem Revisor zu erzählen, aber erst fand sich keine Gelegenheit, und dann vergaß er es.

Arbeit gab es gerade genug vor dem Winter. Vor allem aber hatte sich Karanars eine gewaltige Unruhe bemächtigt. Das war eine Plackerei, geradezu eine Strafe für seinen Herrn! Ein Atanscha, ein junger Kamelhengst, war Karanar schon seit zwei Jahren. Doch in der ersten Zeit hatten sich seine Leidenschaften noch nicht so stürmisch geäußert, da ließ er sich noch lenken, einschüchtern, durch strengen Zuruf gefügig machen. Außerdem zügelte ihn zunächst noch ein alter Hengst in der Boranlyer Herde, der gehörte von alters her Kasangap. Dieser Rivale schlug und biß ihn, verjagte ihn von den Stuten. Doch die Steppe ist weit. Wurde Karanar an einem Ende verdrängt, dann erschien er kurz darauf am anderen. So jagte ihn der alte Atan den ganzen Tag, bis er erschöpft war. Und letzten Endes kam der junge und hitzige Kamelhengst Karanar doch ans Ziel.

Aber in der neuen Brunstzeit, sobald mit Einbruch der Winterfröste im Blut der Kamele die uralte Stimme der Natur wieder laut wurde, erwies sich Karanar als Leittier in der Boranlyer Herde. Er hatte Macht gewonnen und eine alles vernichtende Kraft. Ohne viel Umstände jagte er Kasangaps alten Atan einen Steilhang hinunter und schlug ihn, trampelte ihn, biß ihn halb zu Tode, zumal keiner da war, die beiden zu trennen. Nach diesem unerbittlichen Gesetz handelte die Natur konsequent – Karanar war an der Reihe, Nachkommenschaft zu zeugen. Hierüber nun gerieten Kasangap und Edige das erstemal in Streit. Kasangap war betroffen vom jämmerlichen Anblick seines niedergetrampelten Atans unterm Steilhang. Finster kam er von der Weide zurück mit den Worten: »Wie kannst du so was zulassen? Sie sind Viecher, doch wir beide sind Menschen! Dein Karanar mordet! Und du läßt ihn seelenruhig in die Steppe!«

»Ich hab' ihn nicht gelassen, Kasangap. Er ist von allein losgelaufen. Wie soll ich ihn denn halten? In Ketten? Er reißt sich ja auch von der Kette los. Du weißt selber, nicht ohne Grund heißt es von jeher: Küsch atasyn tanymajdy, Kraft respektiert keinen Vater. Seine Zeit ist gekommen.«

»Du freust dich noch. Aber wart ab. Du schonst ihn, willst ihm nicht die Nüstern durchbohren, willst ihm keinen Schisch, keinen Pflock, durchstecken, aber du wirst es noch bedauern, wenn du ihm erst hinterherjagen mußt. So ein Hengst hat an einer Herde nicht genug. Der beginnt noch einen Feldzug durch die ganze Sary-Ösek. Dann gibt es für ihn kein Halten. Du wirst an meine Worte zurückdenken.«

Edige wollte Kasangap nicht erzürnen, er achtete ihn, und im großen und ganzen gab er ihm ja auch recht. Also murmelte er versöhnlich: »Selber hast du ihn mir als kleinen Kerl geschenkt, und jetzt schimpfst du. Na schön, ich überleg's mir, irgendwas werde ich schon machen, um ihm beizukommen.«

Aber ein solches Prachttier wie Karanar zu entstellen – seine Nüstern zu durchbohren und einen Holzstab hindurchzustecken –, das brachte er nicht übers Herz. Wie oft er auch später an die Worte Kasangaps dachte und wie oft er auch später, zur Raserei getrieben, schwor, sich über alles hinwegzusetzen, er rührte das Kamel nicht an. Eine Zeitlang überlegte er, ob er es nicht vielleicht kastrieren lassen sollte, aber auch das brachte er nicht fertig. So verrannen die Jahre, und jedesmal beim Einsetzen der Winterfröste begann das Martyrium, begann die Suche nach dem in der Brunst tobenden, rasenden Karanar.

In ebenjenem Winter hatte alles seinen Anfang genommen. Unvergeßlich. Während Edige Karanar zu bändigen suchte und eine Koppel herrichtete, um ihn fest einzusperren, war Neujahr heran. Und die Kuttybajews hatten den Einfall mit der Neujahrstanne. Für alle Boranlyer Kinder war das ein großes Ereignis. Ükübala übersiedelte mit ihren Mädchen geradezu in die Baracke der Kuttybajews. Den ganzen Tag widmeten sie ihren Vorbereitungen, schmückten sie die Tanne. Auf dem Weg von und zur Arbeit sah auch Edige als erstes nach der Tanne der Kuttybajews. Immer schöner, immer festlicher wurde sie im Schmuck von farbigen Bändern und selbstgebasteltem Spielzeug. Alles, was recht ist – Saripa und Ükübala gaben sich große Mühe für die Kleinen, bewiesen ihre ganze Kunst. Dabei ging es wohl nicht einmal so sehr um die Tanne als vielmehr um die Hoffnungen, die sie ans neue Jahr knüpften in gemeinsamer unausgesprochener Erwartung baldiger Veränderungen zum Besseren.

Abutalip erschien auch das nicht genug, er führte die Kinderschar ins Freie, und sie bauten einen großen Schneemann. Zunächst dachte Edige, das machten sie nur zum Zeitvertreib, dann aber fand er selbst Freude an diesem Einfall. Ein riesiger, fast mannshoher Schneemann, ein drolliges Wunderding mit schwarzen Augen und schwarzen Brauen aus Kohle, mit roter Nase und lächelndem Maul, Kasangaps abgewetzte Fuchspelzmütze auf dem Kopf, so stand er bald vor der Ausweichstelle und empfing die Züge. In der einen »Hand« hielt der Schneemann eine grüne Eisenbahnerflagge – freie Fahrt! –, in der anderen eine Sperrholztafel mit dem Glückwunsch: »Alles Gute für 1953!« Das war gelungen! Der Schneemann stand noch lange da, über den ersten Januar hinaus.

Am letzten Tag des Jahres spielten die Boranlyer Kinder bis zum Abend um die Tanne und im Freien. Dort waren auch die Erwachsenen beschäftigt, die keinen Dienst hatten. Abutalip erzählte Edige am Morgen, wie die Kinder in aller Herrgottsfrühe zu ihm ins Bett gekrochen kamen: Sie schniefen, wirtschaften herum, er aber stellt sich fest schlafend.

»›Aufstehn, Papika, aufstehn!‹ drängelte mich Ermek. ›Bald kommt Väterchen Frost. Wir wollen ihn begrüßen.‹

›Na schön‹, sag' ich. ›Gleich stehn wir auf, waschen uns, ziehen uns an und gehen los. Er hat ja versprochen, daß er kommt.‹

›Aber mit welchem Zug?‹ fragt der Älteste.

›Mit irgendeinem‹, sag' ich, ›für Väterchen Frost hält jeder Zug sogar an unserer Ausweichstelle.‹

›Dann müssen wir ganz schnell aufstehn!‹

Wir machen uns also feierlich fertig, richtig ernst.

›Und die Mama?‹ fragt Daul. ›Die will doch bestimmt auch Väterchen Frost sehen?‹

›Natürlich‹, sag' ich, ›ist doch klar. Ruft sie.‹

Alle zusammen gehen wir aus dem Haus, die Kinder vorneweg, zum Dienstposten. Wir hinterdrein. Sie laufen hierhin und dahin, aber da ist kein Väterchen Frost.

›Papika, wo ist er denn?‹

Ermek guckt sich fast die Augen aus dem Kopf.

›Gleich‹, sag' ich, ›nur keine Eile. Ich frag' mal den Fahrdienstleiter.‹

Ich geh' in die Bude, dort hatte ich schon am Vorabend einen Zettel von Väterchen Frost versteckt und einen kleinen Sack mit Geschenken. Wie ich rauskomm', stürzen sie auf mich zu.

›Na, was ist, Papika?‹

›Tja‹, sag' ich, ›Väterchen Frost hat euch einen Zettel dagelassen – hier ist er: »Liebe Jungen Daul und Ermek! Ich bin frühmorgens um fünf Uhr hier auf Eurer berühmten Ausweichstelle Schneesturm-Boranly angekommen. Ihr habt noch geschlafen, und es war bitter kalt. Ich selber bin ja auch kalt, mein Bart besteht aus Frostwolle. Der Zug aber hielt nur zwei Minuten. Ich habe es gerade geschafft, den Zettel zu schreiben und Geschenke dazulassen. Im Sack stecken von mir für alle Kinder der Ausweichstelle je ein Apfel und zwei Nüsse. Nehmt's mir nicht übel, ich hab' noch viel zu tun. Ich muß weiter zu anderen Kindern. Sie warten auch auf mich. Nächstes Jahr versuche ich, so zu kommen, daß wir uns auch treffen. Einstweilen auf Wiedersehn. Euer Väterchen Frost, Ajas-ata.« Moment mal, da ist ja noch etwas hinzugeschrieben. Sehr in Eile, kaum lesbar. Sicherlich fuhr der Zug schon an. Ach ja, nun hab' ich's raus: »Daul, Du sollst Deinen Hund nicht schlagen. Ich hab' es gehört, wie er einmal laut aufgewinselt hat, weil Du ihm mit der Galosche eins übergezogen hast. Später hab' ich so was nicht mehr gehört. Wahrscheinlich behandelst Du ihn jetzt besser. Das wär's. Nochmals Euer Ajas-ata.« Halt, halt! Da hat er ja noch was hingekritzelt. Ah, ja: »Der Schneemann ist Euch aber gut gelungen. Ihr seid auf Draht, Jungs. Ich hab' ihn mit Handschlag begrüßt.«

Haben die sich gefreut! Der Zettel von Väterchen Frost hat sie sofort überzeugt. Keiner war enttäuscht. Streit gab es nur darum, wer den Sack mit den Geschenken tragen durfte. Die Mutter entschied so: ›Die ersten zehn Schritt wird ihn Daul tragen. Er ist der Ältere. Dann die nächsten zehn Schritt du, Ermek, du bist jünger...‹«

Lachend bekannte da Edige: »Ich an ihrer Stelle hätte auch dran geglaubt!«

Dafür erntete am Tag Onkel Edige den Beifall der Kinderschar. Er veranstaltete für sie eine Schlittenfahrt. Bei Kasangap fand sich noch ein alter Schlitten. Sie spannten Kasangaps Kamel davor, ein friedliches, gut im Geschirr gehendes Tier. Karanar durfte man zu so etwas natürlich nicht heranziehen. Sie spannten also an und sausten los mit der ganzen Horde. Gab das ein Hallo! Edige machte den Kutscher. Die Kleinen wichen ihm nicht von der Seite, jeder wollte neben ihm sitzen. Und alle bettelten unentwegt: »Schneller, fahr schneller!« Abutalip und Saripa gingen oder liefen nebenher, nur wenn es bergab ging, setzten sie sich dazu, auf den Schlittenrand. An die zwei Kilometer entfernten sie sich von der Ausweichstelle, dann wendeten sie auf einem Hügel, und heimzu glitten sie mit Schwung. Schließlich begann das angeschirrte Kamel zu schnaufen. Es brauchte eine Ruhepause.

Der Tag war schön. Über der verschneiten, weißen Sary-Ösek lag unberührte weiße Stille. Rundum, geheimnisvoll unter Schnee verborgen, breitete sich die Steppe mit Bodenwellen, Hügeln, Ebenen, der Himmel verstrahlte matten Schimmer und kurze, mittägliche Wärme. Ein leichter Wind umfächelte kaum spürbar das Ohr. Vor ihnen auf der Eisenbahnstrecke aber fuhr ein langer, rotockerfarbener Zug, gezogen von zwei hintereinandergekuppelten schwarzen Lokomotiven, die aus zwei Schornsteinen qualmten. Der Rauch schwebte, in Ringen zerrinnend, langsam durch die

Luft. Sowie sich die erste Lokomotive dem Signal näherte, tutete sie lange und laut. Zweimal wiederholte sie das Zeichen, um sich anzukündigen. Es war ein durchgehender Zug, er ratterte durch die Ausweichstelle, ohne die Geschwindigkeit zu vermindern – vorbei an den Signalen und an dem halben Dutzend Häuschen, die unbeholfen fast an der Strecke klebten, als gäbe es nicht so viel Raum ringsum. Und abermals wurde alles still und erstarrte. Nur über den Dächern der Boranlyer Häuser kräuselte graublauer Ofenrauch. Alle verstummten. Sogar die von der Fahrt aufgeputschten Kinder gaben in diesem Augenblick Ruhe. Saripa sprach leise, nur für ihren Mann bestimmt: »Wie schön, und wie schrecklich!«

»Du hast recht«, erwiderte Abutalip ebenso leise. Edige musterte sie aus den Augenwinkeln, ohne den Kopf zu drehen. Wie sie da standen, waren sie einander sehr ähnlich. Saripas leise, aber vernehmlich gesprochenen Worte betrübten Edige, obwohl sie nicht ihm galten. Plötzlich wurde ihm klar, welche Beklemmung und welchen Schrecken diese Häuschen mit den Rauchfahnen in ihr auslösten. Doch er konnte ihnen auf keine Weise helfen, denn was sich dort an der Eisenbahnstrecke zusammendrängte, war ihrer aller einzige Zuflucht.

Edige trieb das angeschirrte Kamel an und gab ihm die Peitsche. Der Schlitten fuhr zurück zur Ausweichstelle.

Am letzten Abend des alten Jahres versammelten sich alle Boranlyer bei Edige und Ükübala – so hatten es die beiden bereits einige Tage zuvor beschlossen.

»Wenn sogar die Neuen, die Kuttybajews, für die ganze Kinderschar eine Neujahrstanne geputzt haben«, sagte Ükübala, »ist es Gottes Wille, daß auch wir nicht geizen.«

Edige war das nur recht. Zwar konnten nicht alle kommen – einige hatten Streckendienst, andere mußten am Abend zur Nachtschicht. Die Züge fuhren ja, ob Feiertag war oder Wochentag. Kasangap konnte ihnen nur zu Beginn eine Weile Gesellschaft leisten. Um neun Uhr abends begab er sich zur Weiche, und Edige muß laut Plan am ersten Januar schon um sechs Uhr auf der Strecke sein. So ist nun mal der Dienst. Dennoch wurde es ein wunderschöner Abend. Alle waren in gehobener Stimmung; und obwohl sie sich jeden Tag zehnmal sahen, hatten sie sich für diese Gelegenheit schön angezogen wie Gäste von weit her. Ükübala hatte gezeigt, was sie konnte – allerlei gute Happen standen bereit. Auch zu trinken gab es – Wodka und Sekt. Und für Liebhaber fand sich winterlicher Schubat von Kamelstuten, die geworfen hatten, sogar im Winter molk die unermüdliche Bökej.

Doch ein rechter Feiertag wurde es erst, als sie nach dem Imbiß und den ersten Gläsern zu singen begannen. Die Gastgeber hatten fürs erste alle umsorgt, die Gäste hatten sich entspannt, und es kam der Augenblick, da man sich gemütlich, unabgelenkt einem seltenen Vergnügen widmen konnte – mit Leuten zu zechen und zu plaudern, die man tagtäglich sah und gut kannte und in denen man jetzt auch Neues entdeckte, denn ein Feiertag vermag die Menschen von einer ganz anderen Seite zu zeigen. Manchmal sogar von einer schlechten. Aber nicht hier, nicht unter den Boranlyern. Wer könnte schon in der Sary-Ösek leben und obendrein als unverträglich gelten oder als Krakeeler? Edige war bald leicht angeheitert. Doch das stand ihm gut zu Gesicht. Ohne sonderliche Unruhe erinnerte Ükübala ihren Mann: »Vergiß nicht, morgen früh um sechs mußt du zur Arbeit.«

»Alles klar, Ükü. Hab's begriffen«, antwortete er.

Er saß neben Ükübala, den Arm um ihre Schulter gelegt, und sang langgedehnt ein Lied, nicht ganz richtig, doch hingebungsvoll, und erzielte damit einen gewaltigen Geräuscheffekt. Er befand sich in jener prächtigen Gemütsverfassung, da klarer Verstand und Gefühlsüberschwang sich nahtlos verbinden. Während des Liedes schaute er den Gästen gerührt ins Gesicht und schenkte jedem von ihnen ein fröhliches, von Herzen kommendes Lächeln, fest überzeugt, daß allen so wohl zumute war wie ihm. Und er war schön, der damals noch schwarzbrauige und schwarzbärtige Schneesturm-Edige, mit den funkelnden, braunen Augen und den lückenlosen Reihen kräftiger, weißer Zähne. Die stärkste Einbildungskraft hätte nicht geholfen, sich vorzustellen, wie er einmal im Alter aussehen würde. Allen schenkte er Aufmerksamkeit. Er klopfte der molligen, gutmütigen Bökej auf die Schulter, nannte sie die Mutter von Boranly, hob sein Glas auf sie, in ihrer Person auf das ganze Karakalpaken-Volk, das irgendwo an den Ufern des Amudarja lebte, und redete ihr zu, nicht die gute Laune zu verlieren, weil Kasangap den Tisch wegen der Arbeit schon verlassen mußte.

»Ich hatte ihn sowieso satt!« entgegnete keck Bökej.

Edige nannte seine Ükübala an jenem Abend nur beim vollen, entschlüsselten Namen: Ükü Balassy, Kind der Eule, Eulenjunges. Für einen jeden fand er ein gütiges, herzliches Wort, in jenem engen Kreis waren alle für ihn Brüder und Schwestern, bis hin zum Leiter der Ausweichstelle, Abilow, der seines Postens als kleiner Streckenarbeiter in der Sary-Ösek-Steppe leid war und dessen bleicher, schwangerer Frau Saken, die bald ins Entbindungsheim nach Kumbel fahren mußte. Edige glaubte aufrichtig, daß er von unzertrennlich nahen Menschen umgeben sei, und anders konnte es ja auch nicht sein, denn er brauchte während des Liedes nur kurz die Augen zu schließen, und schon sah er vor sich die riesige, verschneite Ödnis der Steppe und die Handvoll Menschen in seinem Haus, die sich zusammengefunden hatten wie eine Familie. Vor allem aber freute er sich für Abutalip und Saripa. Dieses Paar war es wert. Saripa sang und spielte auf der Mandoline, sie erfaßte rasch die Motive der einander ablösenden Lieder. Ihre Stimme war hell und klar, Abutalip führte mit gedämpftem, langgedehntem Brustton, so sangen sie innig, harmonisch, vor allem auf tatarische Weise, almak-salmak, im Wechselgesang. Sie sangen die Melodie, die übrigen stimmten ein. Schon hatten sie viele alte und neue Lieder gesungen, doch sie wurden nicht müde, im Gegenteil. Also fühlten sich die Gäste wohl. Edige, der Saripa und Abutalip gegenübersaß, sah sie unverwandt an und dachte gerührt: So müßten sie immer sein, nähme ihnen nicht ihr herbes Los den Atem. In der schrecklichen Sommerhitze war Saripa aschgrau gewesen wie ein brandversengter Baum, die Haare bis zu den Wurzeln ausgebleicht, die Lippen blutig aufgesprungen und schwarz – jetzt erkannte man sie nicht wieder. Schwarzäugig, mit strahlendem Blick und offenem, asiatisch flachem, klarem Gesicht, war sie bildschön. Ihre Stimmung verrieten am besten die ausgeprägten, beweglichen Brauen, die förmlich mitsangen – sich hoben, sich runzelten oder glätteten im Flug der aus alten Zeiten kommenden Lieder. Gefühlvoll die Bedeutung eines jeden Wortes unterstreichend, begleitete Abutalip Saripas Gesang und wiegte sich dabei hin und her.

»Wie des Sattelgurts Spur
in den Flanken des Rosses
bleibt geschwundene Liebe
dem Herzen stets eingeprägt...«

Saripas Finger aber holten aus den Saiten der Mandoline Musik, die tönte und stöhnte in dem engen Kreis zur Neujahrsnacht. Das Lied trug Saripa davon, und Edige wollte es scheinen, als wäre sie weit, weit weg, als liefe sie, leicht und frei atmend, über die Schneefelder der Sary-Ösek in ihrer fliederfarbenen Strickjacke mit dem weißen Umlegekragen, die hell klingende Mandoline in der Hand; die Dunkelheit wiche ringsum, so deuchte ihn, sie aber entferne sich, verschwinde im Nebeldunst, daß nur noch die Mandoline zu hören sei, besinne sich jedoch, daß auch in der Ausweichstelle Boranly Menschen lebten und daß es ihnen schlecht erginge ohne sie, kehrte also um und säße wiederum singend am Tisch.

Dann zeigte Abutalip, wie sie bei den Partisanen getanzt hatten – sie legten einander die Arme um die Schultern und setzten im Takt die Füße. Von Saripa auf der Mandoline begleitet, sang Abutalip ein munteres serbisches Lied, und sie alle tanzten im Kreis, die Arme einander um die Schultern gelegt, und riefen: »Hoppla, hoppla!«

Dann sangen sie wieder und tranken wieder, stießen an, beglückwünschten einander zum neuen Jahr, ein paar verabschiedeten sich, ein paar kamen hinzu. Der Leiter der Ausweichstelle und seine schwangere Frau waren bereits vor den Tänzen gegangen. So verrann die Nacht.

Saripa ging einmal hinaus frische Luft schöpfen, ihr folgte Abutalip. Ükübala sorgte dafür, daß sie sich etwas überzogen, daß sie nicht erhitzt hinausgingen in die Kälte. Saripa und Abutalip kamen lange nicht wieder. Da beschloß Edige, nach ihnen zu sehen, denn ohne sie war das Fest nicht mehr so schön. Ükübala rief ihm zu: »Zieh dir was an, Edige, sonst erkältest du dich!«

»Ich bin gleich wieder zurück.« Edige trat über die Schwelle, hinaus in die mitternächtliche, sternenklare Kälte. »Abutalip, Saripa!« rief er und blickte sich um.

Niemand antwortete. Hinterm Haus hörte er Stimmen. Da blieb er unentschlossen stehen, wußte nicht, was tun: sollte er weggehen oder zu ihnen treten und sie ins Haus holen? Irgend etwas spielte sich ab zwischen den beiden. »Ich wollte nicht, daß du es siehst«, schluchzte Saripa. »Verzeih. Mir wurde einfach so schwer ums Herz. Verzeih, bitte.«

»Ich verstehe doch«, beruhigte sie Abutalip. »Verstehe alles. Aber es geht nicht um mich, nicht darum, daß ich so bin. Beträfe doch alles mich allein! Mein Gott, ein Leben mehr, eins weniger, was ist das schon. Dann brauchte man sich nicht so verzweifelt daran zu klammern...« Sie verstummten, nach einer Weile dann sagte er: »Unsere Kinder werden einmal davon frei sein... das hoffe ich inständig...«

Ohne völlig zu begreifen, wovon die Rede war, trat Edige behutsam beiseite, vor Kälte die Schultern einziehend, und kam unhörbar zurück. Als er ins Haus trat, schien ihm, als wäre alles trüb geworden und der Feiertag sei zu Ende. Neujahr hin, Neujahr her, nun war es Zeit aufzubrechen.

Am fünften Januar neunzehnhundertunddreiundfünfzig um zehn Uhr morgens hielt in der Ausweichstelle Schneesturm-Boranly ein Personenzug, obwohl die Strecke frei war und er wie immer hätte durchfahren können. Der Zug hielt nur anderthalb Minuten. Das reichte vollauf. Drei Männer – alle in schwarzen Chromlederstiefeln gleicher Fasson – stiegen vom Trittbrett eines der Wagen und begaben sich schnurstracks in den Raum des Fahrdienstleiters. Sie gingen schweigend und selbstsicher, ohne sich umzusehen, verharrten nur eine Sekunde beim Schneemann. Schweigend betrachteten sie die Inschrift auf dem Stück Sperrholz, die sie willkommen hieß, und warfen einen Blick auf die alberne Mütze, Kasangaps alte, abgewetzte Pelzmütze, die der Schneemann auf dem Kopf hatte. Dann gingen sie durch in den Dienstposten.

Einige Zeit darauf sprang aus der Tür der Leiter der Ausweichstelle, Abilow. Um ein Haar wäre er gegen den Schneemann gerannt. Er fluchte und ging hastig weiter, rannte fast, was er sonst nie tat. Nach zehn Minuten kam er schon wieder schnaufend zurück, begleitet von Abutalip Kuttybajew, den er geradewegs von der Arbeit geholt hatte. Abutalip war bleich und hielt die Mütze in der Hand. Zusammen mit Abilow ging er in den Dienstposten. Sehr bald jedoch verließ er ihn wieder in Begleitung von zwei Männern in Chromlederstiefeln, und sie alle begaben sich in die Baracke der Kuttybajews. Von dort kehrten sie rasch zurück, wiederum ohne Abutalip von der Seite zu weichen, in der Hand irgendwelche Papiere, die sie in seinem Haus an sich genommen hatten.

Dann wurde es totenstill. Niemand kam aus dem Dienstposten, und niemand ging hinein.

Edige erfuhr, was geschehen, von Ükübala. Im Auftrag von Abilow lief sie zum Kilometer vier, wo an jenem Tag Reparaturarbeiten im Gange waren. Sie rief Edige beiseite:
»Abutalip wird verhört.«
»Wer verhört ihn?«

»Das weiß ich nicht. Irgendwelche Leute von außerhalb. Abilow läßt dir ausrichten, wenn sie dich nicht eigens danach fragen, sag besser nicht, daß wir Neujahr zusammen mit Abutalip und Saripa waren.«

»Was soll denn das?«

»Weiß ich nicht. Ich soll das so sagen. Und dich bestellt er für zwei Uhr zu sich. Dich wollen sie auch irgendwas fragen, was über Abutalip.«

»Wonach fragen?«

»Was weiß ich. Abilow ist gekommen, ganz aufgeschreckt, und hat sich so ausgedrückt. Da bin ich gleich zu dir.«

Gegen zwei Uhr ging Edige ohnehin immer nach Hause Mittag essen. Den ganzen Weg über und noch daheim grübelte er, was geschehen sein konnte. Eine Antwort fand er nicht. Kamen sie etwa wegen Abutalips Vergangenheit, der Gefangenschaft? Das hatten sie doch schon längst überprüft. Weshalb sonst? Sorgen befielen ihn, machten ihn elend. Zwei Löffel Nudelsuppe brachte er hinunter, dann schob er den Teller weg. Er schaute auf die Uhr. Fünf vor zwei. Für zwei Uhr hatten sie ihn hinbeordert – also war's soweit. Er verließ das Haus. Vor dem Dienstposten ging Abilow auf und ab. Jämmerlich, zerknittert, niedergeschlagen.

»Was ist passiert?«

»Ein Unglück, Edige, ein Unglück«, sagte Abilow mit scheuem Blick zur Tür. Seine Lippen zuckten. »Kuttybajew ist festgenommen.«

»Weswegen denn?«

»Sie haben bei ihm irgendwelche verbotenen Schriften gefunden. Jeden Abend hat er was geschrieben. Alle wissen es doch. Das hat er nun davon.«

»Das war doch für seine Kinder.«

»Ich weiß nicht, für wen. Ich weiß überhaupt nichts. Geh, sie warten schon auf dich.«

In dem Zimmerchen des Leiters der Ausweichstelle, genannt Kabinett, erwartete ihn ein Mann, so etwa in seinem

Alter oder etwas jünger, an die Dreißig, ein stämmiger, großköpfiger Mann mit Igelschnitt. Die fleischige, großnüstrige Nase schwitzte vom angestrengten Denken, er las irgendwas. Er wischte sich die Nase mit einem Taschentuch und furchte die schwere hohe Stirn. Auch später, während ihres Gesprächs, wischte er sich immer wieder die ständig schwitzende Nase. Aus dem Kasbek-Päckchen auf dem Tisch griff er sich eine lange Papirossa, rollte sie, zündete sie an, hob die gelblichen Geieraugen zu dem an der Tür stehenden Edige und sagte knapp: »Nimm Platz.«

Edige setzte sich auf den Hocker vor dem Tisch.

»Also, damit alles klar ist«, sprach das Geierauge, zog aus der Brusttasche seines Ziviljacketts eine braune Schwarte, klappte sie auf, steckte sie sogleich wieder weg und murmelte dabei etwas wie »Tansykbajew« oder »Tyssykbajew« – Edige verstand den Namen nicht richtig.

»Kapiert?« fragte das Geierauge.

»Kapiert«, sah sich Edige genötigt zu erwidern.

»Na, dann zur Sache. Die Leute sagen, du bist der beste Freund und Kumpel von Kuttybajew?«

»Vielleicht, wieso?«

»Vielleicht«, wiederholte das Geierauge, zog an seiner Kasbek-Papirossa und überdachte gewissermaßen das Gehörte. »Vielleicht. Mal angenommen. Klarer Fall.« Plötzlich lächelte er überraschend, und während in seinen glasklaren Augen Befriedigung aufflammte, ließ er die Worte fallen: »Also, mein lieber Freund, was schreiben wir denn so?«

»Was wir schreiben?« fragte Edige verwirrt.

»Das will ich wissen.«

»Ich versteh' nicht, worum es geht.«

»Ach nein? Wirklich nicht? Denk nur nach!«

»Ich versteh' nicht, worum es geht.«

»Und was schreibt Kuttybajew?«

»Das weiß ich nicht.«

»Wieso weißt du es nicht? Alle wissen es, und du nicht?«

»Ich weiß, daß er etwas schreibt. Aber was genau – woher

soll ich das wissen? Was habe ich damit zu tun? Wenn einer schreiben will, dann soll er doch. Wen geht das was an?«

»Wen das was angeht?« Das Geierauge zuckte verwundert zusammen und richtete die wie Kugeln durch Mark und Bein dringenden Pupillen auf Edige. »Also kann jeder schreiben, was er will? Hat er dir das eingeredet?«

»Er hat mir überhaupt nichts eingeredet.«

Das Geierauge ließ seine Antwort unbeachtet. Er war empört.

»Da haben wir sie, die feindliche Agitation! Hast du mal nachgedacht, was passiert, wenn jeder x-beliebige anfängt zu schreiben? Hast du nachgedacht, was dann passiert? Als nächstes wird dann jeder x-beliebige daherreden, was ihm gerade in den Kopf kommt. Oder nicht? Woher hast du bloß diese fremden Ideen? Nein, mein Lieber, das dulden wir nicht. Solche Konterrevolution stößt bei uns auf Granit!«

Edige schwieg niedergedrückt, betreten über die auf ihn niedergeprasselten Worte. Und er wunderte sich sehr, daß sich nichts verändert hatte rundum. Als wäre nichts geschehen. Er sah durchs Fenster den Taschkenter Zug vorüberfahren und stellte sich vor: Da reisen Menschen in geschäftlichen und privaten Angelegenheiten, trinken Tee oder Wodka, unterhalten sich, und keiner schert sich darum, daß er indessen in der Ausweichstelle Schneesturm-Boranly vor diesem weiß Gott woher hereingeschneiten Geierauge sitzt; brennend gern wäre er aufgesprungen, hinaus aus dem Dienstposten, hätte den davonfahrenden Zug eingeholt und wäre mit ihm bis ans Ende der Welt geflohen, nur um jetzt nicht hier sitzen zu müssen.

»Na was? Begreifst du den Kern der Frage?« fuhr das Geierauge fort.

»Ja doch, ja«, erwiderte Edige. »Bloß eins möchte ich gern wissen. Er wollte für seine Kinder Erinnerungen niederschreiben. Wie es an der Front war, in der Gefangenschaft, bei den Partisanen. Was ist daran schlecht?«

»Für die Kinder!« rief jener. »Das soll einer glauben! Wer

schreibt schon für Kinder, die noch nicht trocken sind hinter den Ohren! Ammenmärchen! So arbeitet ein erfahrener Feind! In der Einöde versteckt, wo niemand und nichts ist weit und breit, wo niemand auf ihn aufpaßt, hat er sich darangemacht, seine Erinnerungen aufzupinseln!«

»Na und? Er hatte eben so ein Bedürfnis«, wandte Edige ein. »Sicherlich wollte er ein eigenes Wort sagen, irgend etwas Persönliches, eigene Gedanken, die seine Kinder einmal lesen können, wenn sie groß sind.«

»Was für ein eigenes Wort? Was soll das schon wieder?« Das Geierauge wiegte vorwurfsvoll den Kopf. »Von wegen – eigene Gedanken, eigenes Wort? Eine eigene Meinung etwa? Eine abweichende, private Meinung etwa? Solch ein eigenes Wort darf es nicht geben. Was erst einmal auf dem Papier steht, ist kein privates Wort mehr. Was mit der Feder festgestellt, schafft keine Axt mehr aus der Welt. Da könnte ja jeder kommen und eigene Gedanken äußern. Das fehlte noch! Hier sind sie, seine sogenannten Partisanenhefte. Mit dem Untertitel ›Tage und Nächte in Jugoslawien‹ – bitte!« Er warf drei dicke, gleich aussehende Hefte in Wachstuchumschlägen auf den Tisch. »Empörend! Und du versuchst noch, deinen Freund in Schutz zu nehmen! Aber wir haben ihn entlarvt!«

»Als was entlarvt?«

Das Geierauge richtete sich auf seinem Stuhl auf und bemerkte wiederum mit überraschendem Lächeln, Befriedigung und Schadenfreude, ohne zu zwinkern und ohne die glasklaren Augen abzuwenden: »Das überlaß gefälligst uns.« Jedes Wort auskostend und den erzielten Effekt genießend, fuhr er fort: »Das ist unsere Angelegenheit. Jeden werde ich nicht informieren.«

»Na ja, wenn's so steht«, murmelte Edige verwirrt.

»Seine feindlichen Erinnerungen gehen ihm nicht ungestraft durch«, bemerkte das Geierauge, schrieb rasch etwas auf und äußerte dabei: »Ich hatte dich für klüger gehalten, dachte, du wärst unser Mann. Ein vorbildlicher Arbeiter.

Ehemaliger Frontsoldat. Würdest uns helfen, einen Feind zu überführen.«

Edige blickte finster drein und sagte leise, aber vernehmlich, in einem Ton, der jeden Zweifel ausschloß: »Ich werde nichts unterschreiben. Das sage ich Ihnen gleich.«

Das Geierauge maß ihn mit vernichtendem Blick.

»Wir kommen auch ohne deine Unterschrift aus. Denkst du vielleicht, wenn du nicht unterschreibst, dann war nichts? Da irrst du dich. Wir haben genügend Material, um ihn auch ohne deine Unterschrift strengstens zur Verantwortung zu ziehen.«

Edige verstummte, fühlte sich erniedrigt und innerlich völlig ausgehöhlt. Zugleich stieg angesichts dieses Vorgangs wie eine Woge auf dem Aralsee Empörung, Entrüstung, Widerspruch in ihm hoch. Plötzlich hätte er dieses Geierauge am liebsten erwürgt wie einen tollwütigen Hund; und er wußte, er hätte es tun können. Wie sehnig und kräftig war doch der Hals jenes Faschisten gewesen, den er eigenhändig hatte erdrosseln müssen. Ein anderer Ausweg blieb ihm damals nicht. Aug in Auge hatte er ihm gegenübergestanden im Schützengraben, als sie den Gegner aus seiner Verteidigungsstellung trieben. Sie waren von der Flanke gekommen, hatten dabei den vorderen Graben mit Handgranaten beworfen, die Verbindungsgräben der Länge nach mit MP-Garben belegt, die Stellung war praktisch freigekämpft, und schon stießen sie weiter vor, als er plötzlich mit ihm zusammenprallte. Es war offensichtlich der MG-Schütze, der bis zuletzt sein Schußfeld vor dem Graben bestrichen hatte. Ich sollte ihn lieber gefangennehmen – dieser Gedanke durchzuckte Edige. Der andere jedoch schwang bereits ein Messer über seinem Kopf. Da stieß Edige ihm den Stahlhelm ins Gesicht, und beide stürzten zu Boden. Edige blieb nichts anderes übrig, als sich dem anderen in den Hals zu krallen, der wand sich, krächzte, scharrte mit den Fingern neben sich, um das ihm aus der Hand geschlagene Messer wieder zu ergreifen. Edige war jeden Augenblick gewärtig, das Messer in den Rücken gestoßen zu bekommen, daher umklammerte, quetschte er mit nicht nachlassender, nicht mehr menschlicher, raubtierhafter Anstrengung brüllend den knorpeligen Hals des zähnefletschenden, schwarz angelaufenen Feindes. Erst als jener erstickt war und sich durchdringender Uringestank verbreitete, löste er seine im Würgegriff verkrampften Finger. Er mußte sich übergeben; und von dem eigenen Erbrochenen beschmutzt, kroch er stöhnend weiter, einen Schleier vor den Augen. Davon hatte er keinem erzählt, weder damals noch später. Dieser Alptraum quälte ihn manchmal im Schlaf, dann wußte er am nächsten Tag nicht ein noch aus, war ihm das Leben vergällt. Eben daran erinnerte sich Edige nun schaudernd und voller Abscheu. Doch ihm war bewußt, daß das Geierauge List und überlegenen Verstand ausspielte. Das verletzte seinen Stolz. Während das Geierauge schrieb, suchte Edige nach einer schwachen Stelle in dessen Argumenten. Aus dem, was der gesagt hatte, bestürzte ein Gedanke Edige durch seine Alogik, eine teuflische Widersprüchlichkeit: Wie kann man jemanden »feindlicher Erinnerungen« beschuldigen? Können denn die Erinnerungen eines Menschen feindlich sein oder nichtfeindlich? Erinnerungen sind doch das, was einstmals war, was schon nicht mehr ist, etwas Vergangenes. Der Mensch also erinnert sich daran, wie es in Wirklichkeit war.

»Ich möchte gern wissen«, sagte Edige und spürte, wie seine Kehle trocken wurde vor Aufregung. Doch er zwang sich, diese Worte völlig ruhig auszusprechen. »Du sagst da...« Er duzte ihn absichtlich, damit jener begriff, Edige habe es nicht nötig, vor ihm zu kuschen, brauche nichts zu befürchten, weiter weg als in die Sary-Ösek-Steppe konnte ihn doch keiner jagen. »Du sagst da...«, wiederholte er, »feindliche Erinnerungen. Wie soll ich das verstehen? Ich denke, der Mensch erinnert sich an das, was war und wie es war, an das, was es längst nicht mehr gibt. Soll das vielleicht heißen: Wenn's gut war, dann erinnere dich, war es aber schlecht und untauglich, dann erinnere dich nicht, vergiß es?

Das hat's doch noch nie gegeben. Oder wenn man irgendwas träumt, muß man sich auch das ins Gedächtnis rufen? Wenn aber dieser Traum schrecklich ist – jemandem mißfällt?«

»So einer bist du! Hm, Teufel noch mal!« rief das Geierauge verwundert. »Du spintisierst gern, suchst Streit. Du bist wohl ein hiesiger Philosoph? Na, wie du willst...« Er machte eine Pause. Ging gewissermaßen in Anschlag, visierte sein Ziel an und verkündete: »Im Leben kommt so manches vor hinsichtlich geschichtlicher Ereignisse. Was hat es nicht alles gegeben! Wichtig ist, sich so zu erinnern, die Vergangenheit mündlich und erst recht schriftlich so darzustellen, wie es jetzt nötig ist, wie wir es heute brauchen. Was uns nicht nützt, daran müssen wir uns auch nicht erinnern. Wenn du dich daran nicht hältst, handelst du feindlich.«

»Damit bin ich nicht einverstanden«, sagte Edige. »Das kann nicht sein.«

»Nach deinem Einverständnis fragt niemand. Das nur nebenbei. Du fragst etwas, und ich erkläre es dir aus Gutmütigkeit. Überhaupt bin ich nicht verpflichtet, mich mit dir in solche Gespräche einzulassen. Na schön, kommen wir zur Sache. Sag mir, hat Kuttybajew irgendwann einmal, in einer freimütigen Unterhaltung oder auch bei einem Glas Wodka, englische Namen genannt?«

»Was soll denn das?« Edige war aufrichtig verwundert.

»Na, was schon!« Das Geierauge schlug eines von Abutalips »Partisanenheften« auf und las eine mit Rotstift unterstrichene Stelle: »›Am 27. September kam eine englische Militärmission in unsere Stellung – ein Oberst und zwei Majore. Wir zogen an ihnen im Paradenmarsch vorüber. Sie begrüßten uns. Dann fand ein gemeinsames Essen statt im Kommandeurszelt. Dazu wurden auch wir eingeladen, einige ausländische Partisanen unter den Jugoslawen. Als man mich dem Oberst vorstellte, drückte er mir höchst liebenswürdig die Hand und ließ mich durch den Dolmetscher fragen, woher ich käme und wie ich hierhergeraten sei. Ich berichtete kurz. Man goß mir Wein ein, und ich trank mit ihnen. Dann unterhielten wir uns noch lange. Mir gefiel, daß die Engländer sich ungezwungen und einfach benahmen. Der Oberst sagte, uns habe ein großes Glück oder, wie er es nannte, die Vorsehung geholfen, alle unsere Kräfte in Europa gegen den Faschismus zu vereinen. Anderenfalls wäre der Kampf gegen Hitler noch schwerer geworden oder hätte möglicherweise tragisch geendet für die auf sich gestellten Völker...‹ und so fort.« Das Geierauge beendete das Zitat und legte das Heft beiseite. Er steckte sich noch eine Kasbek-Papirossa an, stieß Rauchwolken aus und fuhr nach kurzem Schweigen fort: »Kuttybajew hat also dem englischen Oberst nicht entgegengehalten, daß ohne das Genie von Stalin der Sieg unmöglich gewesen wäre, und wenn sie sich noch so sehr ins Zeug gelegt hätten dort in Europa, bei den Partisanen oder sonstwo. Also hat er nicht mal an den Genossen Stalin gedacht. Das ist dir doch klar?«

»Vielleicht hat er davon gesprochen.« Edige versuchte Abutalip in Schutz zu nehmen. »Und er hat bloß vergessen, das niederzuschreiben.«

»Aber wo steht das? Wie willst du es beweisen? Außerdem haben wir uns die Aussagen Kuttybajews aus dem Jahr fünfundvierzig noch mal angesehn, als er nach seiner Rückkehr aus dem jugoslawischen Partisanenverband durch eine Kontrollkommission mußte. Dort wird die Geschichte mit der englischen Abordnung nicht erwähnt. Also ist da was faul. Wer kann sich verbürgen, daß er keine Verbindung zum englischen Geheimdienst hatte?«

Abermals wurde Edige schwer ums Herz. Er begriff nicht, was das alles sollte und worauf das Geierauge abzielte.

»Hat dir Kuttybajew nichts gesagt, überleg doch, hat er nicht englische Namen genannt? Für uns ist wichtig, zu wissen, wer die Leute waren von der englischen Militärmission.«

»Was für Namen haben die denn?«

»Na beispielsweise John, Clark, Smith, Jack...«

»Nie im Leben hab' ich die gehört.«

Das Geierauge dachte nach, verfinsterte sich; nicht alles lief nach Wunsch bei seinem Treffen mit Edige. Dann sagte er ein wenig einschmeichelnd: »Hat er nicht hier eine Schule eröffnet, Kinder unterrichtet?«

»Was heißt schon Schule!« Edige mußte lachen. »Er hat zwei Söhne. Und ich hab' zwei Mädchen. Das ist die ganze Schule. Die beiden Älteren sind fünf Jahre, die Kleinen drei. Wo sollen wir die Kinder denn lassen? Weit und breit ist nur Wüste. Sie beschäftigen die Kleinen, erziehen sie. Immerhin waren sie mal Lehrer – er und auch seine Frau. Na, dort lesen sie, zeichnen, bringen ihnen etwas Schreiben bei und Rechnen. Das ist die ganze Schule.«

»Was für Lieder haben sie gesungen?«

»Alle möglichen. Kinderlieder. Ich weiß nicht mehr.«

»Was hat er ihnen beigebracht? Was haben sie geschrieben?«

»Buchstaben. Alltägliche Wörter.«

»Beispielsweise?«

»Na was schon! Ich weiß das nicht mehr.«

»Die da!« Das Geierauge griff sich aus den Papieren die Blätter eines Schülerheftes mit kindlichen Krakeln. »Das sind die ersten Wörter.« Auf dem Blatt stand, von Kinderhand geschrieben: »Unser Haus.« – »Da siehst du's, die ersten Wörter, die ein Kind schreibt, sind ›Unser Haus‹. Und warum nicht ›Unser Sieg‹? Wie sonst muß heute das erste Wort auf unseren Lippen lauten – na, wie? ›Unser Sieg‹ – jawohl. Oder etwa nicht? Warum kommt er nicht darauf? Sieg und Stalin sind untrennbar.«

Edige rang nach Fassung. Er fühlte sich von alldem derart erniedrigt, ihn überkam solches Mitleid mit Abutalip und Saripa, die unermüdlich Kraft und Zeit aufgewandt hatten für die kleinen Dummerchen, ihn packte solche Wut, daß er den Mut fand entgegenzuhalten: »Wenn's schon an dem ist, dann müßten sie als erstes ›Unser Lenin‹ schreiben. Immerhin steht Lenin an erster Stelle.«

Dem Geierauge verschlug es den Atem, dann stieß er eine ganze Weile Rauch aus den Lungen. Erhob sich. Offensichtlich mußte er sich etwas Bewegung verschaffen, aber das ging nicht in dem kleinen Raum.

»Wir sagen: Stalin – und meinen: Lenin!« rief er abgehackt und akzentuiert. Dann atmete er erleichtert auf wie nach einem schnellen Lauf und setzte versöhnlich hinzu: »Na schön, nehmen wir an, dieses Gespräch hat nie stattgefunden.« Er setzte sich, und wieder traten auf seinem undurchdringlichen Gesicht deutlich die teilnahmslosen Augen hervor, klar wie bei einem Geier, mit gelblichem Schimmer. »Nach unseren Informationen hat sich Kuttybajew gegen die Internatserziehung der Kinder ausgesprochen. Was sagst du dazu, das geschah doch in deiner Gegenwart?«

»Wo habt ihr solche Informationen her? Wer hat euch das gesagt?« fragte Edige verblüfft, doch alsbald durchzuckte ihn eine Vermutung: Abilow, der Leiter der Ausweichstelle, war an allem schuld, er hatte das hinterbracht, denn ein solches Gespräch hatte in seinem Beisein stattgefunden.

Ediges Frage erboste das Geierauge ernstlich. »Ich hab' dir schon mal zu verstehen gegeben: Woher wir unsere Informationen haben und was für Informationen – das laß nur unsere Sorge sein. Wir schulden keinem Rechenschaft. Merk dir das. Pack aus, was hat er gesagt?«

»Was er gesagt hat? Da muß ich überlegen. Also der Sohn von unserem ältesten Arbeiter auf der Ausweichstelle, von Kasangap, der lernt in einem Internat in der Station Kumbel. Na ja, der Bengel treibt mitunter Unfug, klarer Fall, geht auch mal krumme Wege. Es war gerade der erste September, und Sabitshan mußte wieder zum Unterricht. Der Vater hat ihn auf dem Kamel hingebracht. Die Mutter aber, Kasangaps Frau, Bökej, die hat geweint und sich beklagt – ein Elend ist's, hat sie gesagt, seit er im Internat ist, hat er sich total verändert. Daß er mit ganzem Herzen, mit ganzer Seele an seinem Zuhause hängt, an Vater und Mutter, so wie früher, das gibt's nicht mehr. Na ja, die Frau ist nicht sehr gebildet. Natürlich, einerseits muß der Sohn unterrichtet werden, andererseits ist er da immer weit weg...«

»Schon gut«, unterbrach ihn das Geierauge. »Aber was hat Kuttybajew dazu gesagt?«

»Er war auch zugegen. Er sagte, die Mutter habe nicht umsonst ein ungutes Vorgefühl. Weil nämlich die Kinder nicht deshalb ins Internat müssen, weil es uns zu gut gehe. Das Internat nehme das Kind der Familie weg, na ja, vielleicht nicht gerade das, aber es entferne das Kind von der Familie, dem Vater, der Mutter. Das sei überhaupt eine sehr schwierige Frage. Für alle schwierig – für das Kind und für die anderen. Aber was könne man machen, es gebe nun mal keine anderen Möglichkeiten. Ich verstehe ihn. Bei uns wachsen ja auch Kinder heran. Und schon heute schmerzt mir das Herz, wie das mal wird, was dabei rauskommt. Schlecht ist's, natürlich...«

»Darüber später«, stoppte ihn das Geierauge. »Also hat er gesagt, das sowjetische Internat sei schlecht?«

»Er hat nicht gesagt: ›das sowjetische‹. Einfach das Internat. Unser Internat, das in Kumbel. ›Schlecht‹ – das sage ich.«

»Nun, das ist unwichtig. Kumbel liegt in der Sowjetunion.«

»Wieso unwichtig!« Edige geriet außer sich, denn er spürte, wie jener ihn zu übertölpeln suchte. »Warum einem Menschen was unterstellen, was der überhaupt nicht gesagt hat? Ich denke auch so. Würde ich woanders leben und nicht auf der Ausweichstelle – um nichts in der Welt schickte ich meine Kinder in irgendein Internat. Na bitte, auch ich denke so. Und was folgt daraus?«

»Denk nur, immer denk!« sagte das Geierauge, Ediges Rede unterbrechend. Und nach kurzem Schweigen fuhr er fort: »Tjaaa, dann ziehen wir unsere Schlußfolgerungen. Er ist also gegen die kollektive Erziehung, stimmt's?«

»Er ist gegen gar nichts!« Edige ging hoch. »Warum jemand was andichten? Wo gibt's denn so was!«

»Nun mach einen Punkt – Schluß jetzt.« Das Geierauge winkte ab, er hielt es nicht für nötig, sich auf Erörterungen einzulassen. »Sag mir lieber, was ist das für ein Heft mit der Überschrift ›Vogel Dönenbai‹? Kuttybajew behauptet, das habe er nach den Worten von Kasangap aufgeschrieben, zum Teil auch nach deinen. Stimmt das?«

»Ja, genau.« Edige lebte auf. »Hier in der Sary-Ösek hat sich so etwas zugetragen – jedenfalls gibt es so eine Legende. Nicht weit von hier liegt ein Naiman-Friedhof – früher war er ein Naiman-Friedhof, heute ist er allen zugänglich, Ana-Bejit heißt er, dort hat man Naiman-Ana beigesetzt, die von ihrem Sohn getötet wurde, einem Mankurt...«

»Na, es reicht, das werden wir lesen, dann sehen wir ja, was sich hinter diesem Vogel verbirgt«, sagte das Geierauge und blätterte in dem Heft, dabei überlegte er laut und äußerte so seine Einstellung: »Vogel Dönenbai, hm, was Besseres konnte er sich nicht einfallen lassen. Ein Vogel mit Menschennamen. Der hält sich wohl für einen Schriftsteller! Für einen neuen Muchtar Auesow, einen Schriftsteller aus Feudalzeiten! Vogel Dönenbai, hm. Der denkt, wir kommen damit nicht klar. Still und heimlich hat der sein Geschreibsel begonnen – für die lieben Kleinen, sieh an. Und das da? Ist das auch für die lieben Kleinen, was meinst du?« Das Geierauge hielt Edige noch ein Heft im Wachstucheinband unter die Nase.

»Was ist denn das?« Edige begriff nicht.

»Was? Das solltest du wissen. Hier die Überschrift: ›Botschaft von Raimaly-agha an seinen Bruder Abdilchan‹.«

»Richtig, das ist auch eine Legende«, begann Edige. »Eine Geschichte aus vergangener Zeit. Die alten Leute kennen sie...«

»Keine Sorge, ich kenne sie auch«, unterbrach ihn das Geierauge. »Hab' sie mal mit halbem Ohr gehört. Ein alter Mann, der schon den Verstand verloren hat, verliebt sich in ein neunzehnjähriges Mädchen. Was soll daran schön sein? Dieser Kuttybajew ist nicht nur ein feindlicher Typ, er ist obendrein moralisch verdorben. Mann, hat der sich ins Zeug gelegt, mit allen Einzelheiten hat er diesen ganzen Schwachsinn beschrieben.«

Edige wurde puterrot. Nicht vor Scham. Rasender Zorn übermannte ihn, denn eine größere Ungerechtigkeit Abutalip gegenüber konnte es nicht geben. Und so sagte er, mühsam um Beherrschung ringend: »Was du da für ein Natschalnik bist, weiß ich nicht, aber damit laß ihn zufrieden. Gott gebe einem jeden, daß er ein solcher Vater und Ehemann ist wie er. Jeder hier kann dir sagen, was er für ein Mensch ist. Uns paar Mann kann man an den Fingern abzählen, wie sollen wir uns da nicht kennen.«

»Ist ja gut, immer mit der Ruhe«, erwiderte das Geierauge. »Er hat euch allen die Köpfe vernebelt. Ein Feind verstellt sich immer. Wir aber werden ihn entlarven. Das wär's, du kannst gehen.«

Edige erhob sich. Trat unentschlossen von einem Bein aufs andere, während er sich die Mütze aufsetzte.

»Was wird denn nun mit ihm? Wie geht's weiter? Bloß wegen solchem Geschreibsel kann man einen Menschen doch nicht einsperren?«

Das Geierauge richtete sich jäh hinterm Tisch auf.

»Ich sag' es dir noch einmal: Das geht dich überhaupt nichts an! Warum wir einen Feind verfolgen, wie wir mit ihm verfahren und welche Strafe wir ihm zumessen – das ist unsere Sache! Zerbrich dir darüber nicht den Kopf. Hau ab. Verschwinde!«

An jenem Tag hielt auf der Ausweichstelle Schneesturm-Boranly spätabends noch einmal ein Personenzug. Nur fuhr er jetzt in die umgekehrte Richtung. Und er hielt gleichfalls nicht lange. Etwa drei Minuten.

Auf seine Einfahrt, schon im Dunkeln, warteten am ersten Gleis die drei in Chromlederstiefeln, die Abutalip Kuttybajew jetzt mitnahmen; in einiger Entfernung, abgeschirmt durch ihre schweren Rücken, die Abutalip verdeckten, standen die Boranlyer: Saripa mit den Kindern, Edige und Ükübala und der Leiter der Ausweichstelle, Abilow, der unablässig hin und her lief in müßiger und kleinlicher Geschäftigkeit, denn der Zug hatte eine halbe Stunde Verspätung. Aber was hatte er damit zu tun? Hätte er doch wenigstens ruhig dagestanden! Kasangap aber, der wegen der unglückseligen Legenden, die sie bei Abutalip entdeckt hatten, gleichfalls verhört worden war, befand sich zu jener Stunde an der Weiche. Er mußte eigenhändig den Zug auf jenes Gleis leiten, auf dem sie Abutalip abtransportieren sollten – weit weg von der Sary-Ösek. Bökej war zu Hause geblieben wie Ediges Mädchen.

Die drei in Stiefeln, mit abweisend gegen den Wind hochgeschlagenen Kragen, die Abutalip mit ihren Rücken von den anderen trennten, schwiegen beharrlich. Auch die Boranlyer, die von ihm Abschied nahmen, schwiegen.

Der Wind fegte raschelnd, mit kaum hörbarem Pfeifen, Schnee über den Boden. Es sah ganz so aus, als nahte ein Schneesturm. Kalter Nebel quoll heran, spannte sich über dem undurchdringlichen Himmel. Verloren, trostlos, leer schimmerte mühsam der Mond hindurch – ein fahler, einsamer Fleck. Frost verbrannte die Wangen.

Saripa weinte lautlos, in den Händen ein Bündel mit Eßwaren und Kleidung, das sie ihrem Mann übergeben wollte. Dampfwolken aus Ükübalas Mund verrieten die schweren Seufzer, die sie ausstieß. Unterm Schoß ihres Pelzes barg sie Daul. Der Junge ahnte wohl etwas, er schwieg erregt, schmiegte sich an Tante Ükübala. Am schwersten hatten sie es mit Ermek, den Edige auf dem Arm trug und mit seinem Körper vor dem Wind schützte. Der Knirps war ahnungslos.

»Papika, Papika!« rief er den Vater. »Komm zu uns. Wir wollen mitfahren!«

Abutalip zuckte zusammen, sooft er Ermeks Stimme vernahm, wollte sich unwillkürlich umdrehen und dem Kind antworten, aber sie gestatteten es ihm nicht. Einer der drei hielt es nicht länger aus.

»Steht hier nicht rum! Hört ihr? Verschwindet, herantreten könnt ihr später.«

Sie mußten weiter weg gehen.

Da aber zeigten sich von fern die Lichter der Lokomotive, und alle gerieten in Bewegung. Saripa konnte sich nicht mehr beherrschen, schluchzte lauter. Und mit ihr weinte Ükübala. Der Zug brachte die Trennung. Mit dem Spitzensignal die dichten, frostigen Nebelschwaden durchdringend, jagte er bedrohlich heran, schälte sich aus dem wogenden Dunst als dunkle, polternde Masse. Höher und höher hoben sich die flammenden Scheinwerfer der Lokomotive über die Erde, immer deutlicher wirbelte in den Lichtkegeln zwischen den Schienen der hineinfegende Schnee, immer vernehmlicher und besorgniserregender klang der Lärm der Auspuffschläge. Schon waren die Umrisse des Zuges zu erkennen.

»Papika, Papika! Da, ein Zug!« schrie Ermek und verstummte erstaunt, weil der Vater nicht reagierte. Abermals suchte er seine Aufmerksamkeit zu wecken: »Papika! Papika!«

Der um sie herumzappelnde Leiter der Ausweichstelle, Abilow, trat zu den dreien.

»Der Postwagen befindet sich an der Spitze des Zuges. Bitte gehen Sie weiter vor, bitte sehr. Dahin.«

Alle begaben sich in die ihnen gewiesene Richtung, schnell, denn der Zug erreichte bereits die Haltestelle. Voran, ohne sich umzublicken, ging das Geierauge mit Aktentasche, dahinter, Abutalip flankierend, seine beiden breitschultrigen Gehilfen, und in einiger Entfernung hastete Saripa hinterdrein, gefolgt von Ükübala mit Daul an der Hand. Edige ging nebenher, ein paar Schritt hinter ihnen, und hielt Ermek auf dem Arm. Er durfte nicht laut losweinen im Beisein der Frauen und Kinder. Und solange sie gingen, kämpfte er mit sich, suchte er den schweren Kloß in seiner Kehle zu bewältigen.

»Du bist doch ein kluger Junge, Ermek. Du bist klug, nicht wahr? Du bist klug und wirst nicht weinen, ja?« murmelte er zusammenhanglos und preßte den Kleinen an sich.

Inzwischen verlangsamte der Zug die Fahrt und rollte aus. Der Junge auf Ediges Arm zuckte erschrocken zusammen, als die Lokomotive, die sich an ihnen vorbeischob, laut Dampf ausstieß und ein durchdringender Pfiff des Zugbegleiters ertönte.

»Keine Bange, keine Bange«, sagte Edige. »Hab keine Angst, ich bin ja bei dir. Ich bleibe immer bei dir.«

Der Zug hielt mit langem, schwerem Knirschen, die von Rauhreif und Schneestaub überkrusteten Wagen, halbblind durch die vereisten Fenster, erstarrten. Es wurde still. Doch schon stieß die Lokomotive zischend Dampf aus, schickte sich an, wieder abzufahren. Der Postwagen folgte auf den Gepäckwagen hinter der Lokomotive. Die Fenster des Postwagens waren vergittert, in der Mitte befand sich eine zweiflüglige Tür. Die Tür wurde von innen geöffnet. Heraus guckten ein Mann und eine Frau in Postlermützen, Wattehosen und Wattejacken. Die Frau, eine Laterne in der Hand, offensichtlich ranghöher, war massig und breitbrüstig. »Sind Sie es?« fragte sie und hielt die Laterne über den Kopf, um alle anzuleuchten. »Wir erwarten Sie. Der Platz steht zur Verfügung.«

Zuerst stieg das Geierauge mit der großen Aktentasche hinauf.

»Los, los, wir haben keine Zeit«, drängten die andern zwei.

»Ich bin bald wieder zurück! Das ist ein Mißverständnis!« rief Abutalip hastig. »Ich bin bald wieder zurück. Wartet!«

Ükübala hatte sich nicht länger in der Gewalt. Laut schluchzte sie, als Abutalip sich von den Kindern verabschiedete. Er drückte sie, die verstört waren und nicht begriffen, so fest an sich, wie er nur konnte, küßte sie und sprach auf sie ein. Die Lokomotive aber stand bereits unter Dampf. All das geschah beim Schein der Handlaterne. Und schon erklang, erneut wie Elektrizität den ganzen Zug durchlaufend, schrilles, markerschütterndes Pfeifen.

»Schluß jetzt. Dalli, dalli, steig ein!« Die beiden zerrten Abutalip zum Trittbrett des Wagens.

Edige und Abutalip konnten sich zuletzt noch einmal fest umarmen, und sie erstarrten für einen Augenblick, einander hingegeben mit dem Verstand, mit dem Herzen, mit ihrem ganzen Wesen, während sie die feuchten Stoppelwangen aneinanderdrückten. »Erzähl ihnen vom See!« flüsterte Abutalip. Das waren seine letzten Worte. Edige verstand ihn. Der Vater bat ihn, seinen Söhnen vom Aralsee zu erzählen.

»Jetzt reicht's aber, los, fix, steig endlich ein!« Man zerrte sie auseinander.

Mit den Schultern von hinten nachhelfend, beförderten die beiden Abutalip in den Wagen. Und erst jetzt begriffen die Jungen die schreckliche Tatsache der Trennung. Sie begannen laut zu weinen und zu schreien: »Papika! Papa! Papika! Papa!«

Da stürzte Edige mit Ermek auf dem Arm zum Wagen.

»Wo willst du hin? Wohin? Bist du verrückt?« Die Frau mit der Laterne stieß ihn wütend gegen die Brust und versperrte mit ihren schweren Schultern den Zugang zur Tür.

Doch niemand begriff in diesem Augenblick, daß Edige am liebsten statt Abutalip weggefahren wäre, um unterwegs das Geierauge eigenhändig zu erwürgen – so unerträglich wurde sein Schmerz, als die Kinder losweinten.

»Steht hier nicht rum! Verschwindet, weg da!« brüllte die Frau mit der Laterne. Aus ihrem Rauchermund wehte Edige eine Wolke von Zwiebeldunst entgegen.

Saripa fiel ein, daß sie das Bündel noch in der Hand hielt. »Da, gebt es ihm, es ist Essen drin!« Sie warf das Bündel in den Wagen.

Die Tür des Postwagens klappte zu. Alles wurde still. Die Lokomotive tutete und ruckte an. Knirschend drehten sich die Räder, beschleunigten nur langsam die Fahrt bei dem Frost.

Die Boranlyer folgten unwillkürlich dem davonfahrenden Zug, der mit fest verschlossenen Wagen an ihnen vorüberfuhr. Als erste besann sich Ükübala. Sie packte Saripa, drückte sie an die Brust und gab sie nicht mehr frei.

»Daul, lauf nicht weg! Bleib hier, bleib! Gib der Mama die Hand!« befahl sie laut, um das Klopfen der immer schneller dahineilenden Räder zu übertönen.

Edige mit Ermek auf dem Arm lief jedoch noch eine Weile neben dem Zug her; erst als der letzte Wagen vorübergehuscht war, blieb er stehen. Der Zug war fort, hatte den verebbenden Fahrlärm und die erlöschenden roten Lichter hinweggetragen. Ein letztes, gedehntes Tuten...

Edige kehrte um. Und lange vermochte er nicht den weinenden Jungen zu beruhigen.

Bereits zu Hause, als er wie betäubt am Ofen saß, fiel ihm mitten in der Nacht Abilow ein. Leise erhob er sich und zog sich an. Ükübala wußte sofort Bescheid.

»Wo willst du hin?« Sie packte ihren Mann bei der Hand. »Rühr ihn nicht an! Laß die Finger von ihm! Seine Frau ist schwanger. Und du hast kein Recht. Wie willst du was beweisen?«

»Keine Sorge«, erwiderte Edige ruhig, »ich rühre ihn nicht an, aber er soll wissen, daß er besser woandershin zieht. Ich verspreche dir, ich krümme ihm kein Haar. Glaub mir!« Er entriß ihr die Hand und verließ das Haus.

In Abilows Fenstern brannte Licht. Also schliefen sie noch nicht.

Mit hart knirschenden Schritten trat Edige auf dem beschneiten Pfad an die Haustür und klopfte laut. Ihm öffnete Abilow.

»Ah, Edige, komm herein, nur herein«, sagte er erschrocken und wich, bleich geworden, zurück.

Schweigend trat Edige ein, in Schwaden von Frostluft. An der Schwelle blieb er stehen und schloß hinter sich die Tür.

»Warum hast du diese Unglücklichen zu Waisen gemacht?« sagte er, bemüht, sich zurückzuhalten.

Abilow fiel auf die Knie, kroch förmlich auf Edige zu und packte ihn am Halbpelz.

»Bei Gott, ich war's nicht, Edige! Soll meine Frau eine

Fehlgeburt haben, wenn ich lüge!« Bei diesem gräßlichen Schwur wandte er sich nach seiner schreckensstarren schwangeren Frau um, dann sagte er übereilt und sich verhaspelnd: »Bei Gott, ich war es nicht, Edige. Wie hätte ich das fertiggebracht. Das war der Revisor! Erinnere dich. Der hat doch dauernd versucht, uns auszuhorchen, hat uns ausgefragt, was Abutalip schreibt und warum. Das war er, der Revisor! Wie hätte ich das fertiggebracht! Soll sie eine Fehlgeburt haben, wenn's nicht wahr ist! Vorhin beim Zug wußte ich selber nicht, wohin mit mir – am liebsten wäre ich in den Erdboden versunken, bloß um das nicht ansehen zu müssen! Dieser Revisor hat mir dauernd zugesetzt mit seinen Reden, hat mich immerzu ausgefragt – wie konnte ich wissen ... Ja, hätte ich geahnt ...«

»Schon gut«, unterbrach ihn Edige. »Steh auf, reden wir nüchtern miteinander. Hier vor deiner Frau. Sie soll glücklich entbinden. Nicht darum geht es jetzt. Selbst wenn du nicht schuld bist. Dir ist's doch ganz gleich, wo du lebst. Wir aber müssen hier bleiben, vielleicht bis zum Tod. Also überleg es dir. Du wolltest doch sicherlich mit der Zeit woandershin ziehen, dir eine andere Arbeit suchen. Ich rate es dir. Das wär' alles. Wir kommen auf dieses Gespräch nicht wieder zurück. Nur das wollte ich sagen, weiter nichts ...«

Edige ging hinaus und schloß hinter sich die Tür.

9

Die Züge in dieser Gegend fuhren von West nach Ost und von Ost nach West ...

Die Lokführer der Züge, die sich in den stürmischen Februarnächten durch den weißen Dunst quälten, den die Winde von der kalten Sary-Ösek unentwegt hochtrieben, kostete es nicht wenig Mühe, zwischen den Schneeverwehungen in der Steppe die Ausweichstelle Schneesturm-Boranly auszumachen. Für die Station aber kamen die in Dampf und Schneewirbel gehüllten Nachtzüge aus dem Dunkel und verschwanden wieder wie in einem unruhigen, erregenden Traum...

In solchen Nächten schien die Welt aus dem Urchaos neu geboren zu werden – im eisigen Hauch des eigenen Atems glich die Steppe einem dampfenden Ozean, der aus dem wilden Kampf von Dunkel und Licht entsteht...

Angesichts dieser grenzenlosen Ödnis leuchtete in der Ausweichstelle jede Nacht hindurch, bis zum Morgen, ein Fenster, als plage sich dahinter eine Seele, als wisse ein Kranker dort nicht aus noch ein oder leide jemand an grausamer Schlaflosigkeit. Es war das Fenster der Baracke, in der die Familie von Abutalip Kuttybajew lebte und auf den Vater wartete. Tag für Tag warteten seine Frau und die Kinder auf ihn, auch nachts löschten sie nicht das Licht, und Saripa kürzte einige Male den verrußten Docht in der Lampe. Sooft das Licht dann neu aufflammte, verharrte ihr Blick unwillkürlich auf den schlafenden Kindern – die beiden schwarzköpfigen Jungen schliefen wie ein Welpenpaar. Bei dem bangen Gedanken, ihre Söhne könnten vom Vater träumen, im Traum, so schnell die Füße sie trugen, zu ihm rennen, mit ausgebreiteten Armen weinend und lachend ihm entgegenlaufen und ihn doch nicht erreichen, fröstelte sie in ihrem Hemd, krümmte sich zusammen und preßte die Hände an die Brust.

Auch tagsüber erwarteten sie den Vater in jedem Zug, der auf ihrer Ausweichstelle nur für eine halbe Minute die Geschwindigkeit drosselte. Kaum blieb ein Zug bremsenknirschend stehen, da reckten die Jungen am Fenster die Hälse und wollten dem Vater entgegenstürmen. Doch der Vater kam nicht. Tag um Tag ging dahin, ohne daß sie Nachricht von ihm erhielten – so als wäre er in den Bergen unter eine jäh herabstürzende Lawine geraten und niemand wüßte, wo und wann das geschehen sei.

Noch ein anderes Fenster gab es, wo das Licht in jenen Nächten bis zum Morgen nicht erlosch – mit schwarzem Schmiedeeisen vergittert, befand es sich am andern Ende der

Welt, in einer Isolierzelle im Kellergeschoß des Untersuchungsgefängnisses von Alma-Ata. Schon einen Monat quälte sich Abutalip Kuttybajew unter dem blendenden Schein der Tag und Nacht an der Decke brennenden starken elektrischen Birne. Das war sein Fluch. Er wußte nicht, wohin er sich zurückziehen, wie er seine schmerzenden Augen, seinen armen Kopf vor dem bohrenden, messergleich schneidenden elektrischen Licht schützen sollte, um wenigstens für eine Sekunde zu vergessen, nicht mehr darüber nachdenken zu müssen, warum er hier war und was man von ihm wollte. Sowie er sich nachts zur Wand drehte und das Hemd über den Kopf zog, stürzte unweigerlich ein Wärter in die Zelle, der ihn ständig durch den Spion beobachtete, zerrte ihn von der Pritsche und versetzte ihm Fußtritte. »Dreh dich nicht zur Wand, du Mistkerl! Verhüll nicht den Kopf, du Aas! Wlassowknecht!« schrie er, und wie oft Kuttybajew auch beteuerte, er sei kein Wlassowknecht, ihn scherte das nicht.

Wieder lag er da, das Gesicht dem erbarmungslosen elektrischen Licht zugewandt, die Augen zusammengekniffen, die schmerzenden Pupillen mit den entzündeten, tränenden Lidern bedeckend, und sehnte sich qualvoll nach Dunkelheit, in die kein Lichtstrahl fiele, und sei's im Grab, wo Augen und Hirn erlöst werden könnten; dann hätte kein Wärter oder gar der Untersuchungsführer die Macht, ihn mit dem unerträglichen Licht, mit Schlafentzug oder mit Schlägen zu foltern.

Die Wärter wechselten schichtweise, aber ausnahmslos alle waren sie unnachgiebig – keiner von ihnen erbarmte sich, keiner übersah großmütig, wie sich der Gefangene zur Wand drehte, im Gegenteil, sie warteten nur darauf, und jeder schlug voller Wut und unter Flüchen zu. Obwohl Abutalip Kuttybajew den Zweck und die Pflichten eines Gefängniswärters begriff, fragte er sich hin und wieder verzweifelt: Warum sind sie nur so? Sie sehen doch wie Menschen aus! Wie kann man nur so gehässig sein? Schließlich habe ich keinem von ihnen persönlich auch nur das Geringste angetan. Sie haben mich nie gekannt. Ich habe sie nie gekannt, doch sie schlagen mich, verhöhnen mich so, als müßten sie an mir Blutrache üben. Warum? Woher kommen solche Leute? Wie werden sie so? Warum quälen sie mich? Wie soll man das ertragen, wie soll man da nicht durchdrehen, sich nicht den Kopf an der Wand einschlagen? Einen anderen Ausweg gibt es doch nicht.

Einmal ertrug er es tatsächlich nicht. Als wäre ein weißer Blitz in ihm aufgeflammt. Er begriff selbst nicht, wie er mit dem Wärter aneinandergeraten war, als der ihm einen Fußtritt versetzte. In einer wilden Rauferei wälzten sie sich auf dem Fußboden. »An der Front hätte ich dich längst wie einen tollwütigen Hund erschossen!« krächzte Abutalip, zerriß mit einem Krach den Kragen des Wärters und preßte seine Kehle mit erstarrenden Fingern zusammen. Wer weiß, wie alles geendet hätte, wenn nicht zwei weitere Wärter aus dem Flur angerannt gekommen wären.

Erst am nächsten Tag erlangte Abutalip Kuttybajew das Bewußtsein wieder. Das erste, was er unter Schmerzen durch einen trüben Schleier erblickte, war die nie erlöschende elektrische Birne an der Decke. Und dann einen Feldscher, der sich um ihn bemühte.

»Lieg still, ins Jenseits gehst du jetzt nicht mehr ab«, sagte er leise zu ihm und legte ihm einen feuchten Lappen auf die verletzte Stirn. »Und benimm dich nicht wieder wie der letzte Dummkopf. Sie hätten dich auf der Stelle erledigen können, weil du die Wache angegriffen hast, hätten dich wie einen Hund erschlagen können, und niemand wäre deinetwegen zur Verantwortung gezogen worden. Bedanken mußt du dich bei Tansykbajew – der braucht nicht deinen Leichnam, der braucht dich lebendig. Kapiert?«

Abutalip schwieg stumpf. Ihm war alles gleich, was immer mit ihm geschehen, wie immer sich sein Schicksal wenden mochte. Die Fähigkeit, seelisch zu leiden, kehrte nicht sofort zurück...

In den Tagen befiel Kuttybajew zuweilen eine Geistestrübung – seine Entfernung von der Realität, sein Dämmerzustand wirkten wie ein rettender Schutz. In solchen Augenblicken wollte er sich nicht verstecken, wollte er nicht dem auf ihn gerichteten Lichtschein ausweichen, sondern strebte dem quälenden, unerbittlich von der Decke ausgehenden Lichtstrahl entgegen, der ihn um den Verstand brachte; und ihm war, als schwebe er in der Luft und nähere sich immer mehr der Quelle von Schmerz und Erregung, als bezwinge er sich selbst, um das ihn ständig blendende Licht zu überwinden, um sich aufzulösen und ins Nichts einzugehen.

Aber selbst da bewahrte sein zermartetes Hirn einen Verbindungsfaden zwischen dem, was hinter ihm lag, und dem, was er in diesem Augenblick durchmachte, verließ ihn keinen Augenblick die bedrückende Sehnsucht, die Angst um die Familie, die Kinder. Abutalip, der unerträglich litt, wenn er an die in der Sary-Ösek Zurückgebliebenen dachte, versuchte, mit sich ins Gericht zu gehen, seine Schuld zu ergründen, suchte nach Antwort, wofür er wirklich Strafe verdient hätte. Er fand keine Antwort. Allenfalls für die Gefangenschaft, dafür, daß er wie Tausende anderer ausweglos Eingeschlossener in deutscher Gefangenschaft gewesen war. Doch wie lange kann man dafür strafen? Der Krieg war längst vorbei. Längst war alles mit Blut und Lagerhaft beglichen; für alle, die im Krieg gewesen waren, wurde es bald Zeit, ins Grab zu steigen, doch der Inhaber grenzenloser Macht übte immer noch Rache, gab sich immer noch nicht zufrieden. Wie sonst sollte man verstehen, was vor sich ging? Da Abutalip keine Antwort fand, gab er sich dem Traum hin, von Tag zu Tag müsse sich herausstellen, daß er Opfer eines ärgerlichen Mißverständnisses geworden sei, und dann würde er, Abutalip Kuttybajew, bereit sein, alle Kränkungen zu vergessen, Hauptsache, er käme möglichst schnell frei und dürfe möglichst schnell nach Hause; wie würde er dann hineilen, nein, wie auf Flügeln getragen hinfliegen, zu den Kindern, zu der Familie, in die Sary-Ösek, in die Ausweichstelle Schneesturm-Boranly, wo ihn Ermek und Daul genauso sehnsüchtig erwarten wie seine Frau Saripa, die in der verschneiten Steppe die Kinder behütet, sie, gleich einem Vogel unter Flügeln, an ihrem pochenden Herzen birgt und unter Tränen und endlosem Flehen versucht, das Schicksal zu zwingen, zu überzeugen, zu besänftigen, sein Erbarmen zu erflehen, damit ihr Mann gerettet wird...

Um nicht laut vor Kummer zu schreien und nicht wahnsinnig zu werden, begann Abutalip zu träumen und suchte darin trügerische Beruhigung – bildhaft stellte er sich vor, wie er, wegen erwiesener Unschuld freigesprochen, plötzlich zu Hause auftaucht. Stellte sich vor, wie er vom Trittbrett des Güterzugs springt, auf dem er nach Hause fährt, wie er zu seinem Haus läuft, sie aber, Frau und Kinder, ihm entgegeneilen... Doch die Augenblicke der Illusionen verflogen, und er kehrte wie aus einem Rausch in die Wirklichkeit zurück, ließ den Mut sinken, manchmal dachte er, daß die Qualen der Mutter und des Vaters in der Legende von der Hinrichtung in der Sary-Ösek, die er aufgezeichnet hatte, ihr Abschied von dem Kind ein ewiges Thema waren, das nun auch ihn betraf. Auch er wurde durch die Trennung tödlich gequält... Dabei hat nur der Tod das Recht, Eltern von den Kindern zu trennen...

Leise weinte Abutalip in solch traurigen Minuten, er schämte sich und wußte nicht, wie er die Tränen unterdrücken sollte, die über seine kräftigen Backenknochen rannen, wie tröpfelnder Regen über Steine. So hatte er nicht mal im Krieg gelitten, damals, ungebunden, war er furchtlos, jetzt aber überzeugte er sich, daß in einer scheinbar ganz alltäglichen Erscheinung, in den Kindern, der höchste Sinn des Lebens liegt und jeder Mensch in jedem konkreten Fall sein individuelles Glück erlebt – das Glück, Kinder zu haben, oder die Tragödie, ohne Kinder zu sein. Jetzt überzeugte er sich auch, wieviel das Leben selbst bedeutet, wenn sein Verlust bevorsteht, wenn man in der letzten Stunde, im Schein des letzten grausigen Lichts vor dem Abtritt ins Dunkel beginnt,

Bilanz zu ziehen. Die Hauptbilanz eines Lebens aber sind die Kinder. Vielleicht ist es in der Natur deshalb so eingerichtet: Die Eltern brauchen ihr Leben auf, um ihre Fortsetzung aufzuziehen. Und den Erzeuger von den Kindern zu trennen bedeutet, daß man ihn der Möglichkeit beraubt, die Vorherbestimmung der Sippe zu erfüllen, es bedeutet, daß man sein Leben zu einem nutzlosen Ende verurteilt. Es fiel schwer, in solchen Minuten der Einsicht nicht in Verzweiflung zu geraten. Hatte ihn die geradezu visuelle Vorstellung des Wiedersehens eben noch tief gerührt, erkannte er nun, daß diese Hoffnung unerfüllbar war, wurde er zum Opfer von Ausweglosigkeit. Mit jedem Tag nagte die Sehnsucht mehr an ihm, beugte und schwächte seinen Willen. Seine Verzweiflung nahm zu wie nasser Schnee an einem steilen Berghang, kurz bevor eine Lawine zu Tal stürzt...

Gerade das brauchte der Untersuchungsführer des KGB, Tansykbajew, gerade das suchte er methodisch und zielstrebig zugunsten der von ihm mit Billigung seiner Obrigkeit teuflisch ersonnenen Beschuldigung des ehemaligen Kriegsgefangenen Abutalip Kuttybajew, mit den anglo-jugoslawischen Sonderdienststellen in Verbindung gestanden und unter der Bevölkerung abgelegener Landesteile Kasachstans ideologische Zersetzungsarbeit betrieben zu haben. So lautete die allgemeine Formulierung. Die Präzisierung und Qualifizierung von Details dieses Falles bereitete zwar noch Arbeit, immer noch fehlte das volle Geständnis Abutalip Kuttybajews, dieses Verbrechen begangen zu haben, doch die Hauptsache enthielt schon die Formulierung als unwiderlegbare Quintessenz eines Tatbestandes von außerordentlicher politischer Aktualität, wie auch als Zeugnis von Tansykbajews äußerster Wachsamkeit und seinem Diensteifer. Für Tansykbajew war dieses Verfahren ein großer Glücksfall in seinem Leben, Abutalip Kuttybajew jedoch war damit in ein Fangeisen geraten, aus dem es kein Entrinnen gab, denn eine solche erschreckende Formulierung konnte nur ein Ziel haben – sein unbedingtes und vollständiges Geständnis der ihm zur Last gelegten Verbrechen mit allen sich daraus ergebenden Folgen. Ein anderer Ausgang kam nicht in Betracht. Alles war von vornherein festgelegt, schon die Beschuldigung diente als unwiderlegbarer Beweis für das Verbrechen.

Daher brauchte sich Tansykbajew um den sicheren Erfolg seines Unternehmens nicht zu sorgen. Überhaupt war in diesem Winter die Sternstunde seiner Karriere gekommen, nachdem er wegen eines unwesentlichen dienstlichen Versäumnisses einige Jahre im Majorsrang steckengeblieben war. Aber jetzt eröffnete sich eine neue Perspektive. Allzuoft gelang es nicht, aus einer gottverlassenen Gegend etwas wie die Angelegenheit Abutalip Kuttybajew herauszuholen. Da hatte er wirklich Glück gehabt.

Ja, man kann sagen, in jenen Februartagen 1953 war die Geschichte Tansykbajew gewogen gewesen, es sah sogar so aus, als existiere die Geschichte des Landes eigens, um bereitwillig seinen Interessen zu dienen. Weniger mit dem Verstand, eher intuitiv spürte er den guten Dienst der Geschichte, die den außerordentlichen Rang seines Amtes und damit auch seine Meinung von der eigenen Person immer schneller, immer höher steigen ließ, daher auch empfand er heftige Erregung und Hochstimmung. Wenn er in den Spiegel sah, wunderte er sich manchmal – so jung hatten seine starren Falkenaugen lange nicht mehr geleuchtet. Dann reckte er die Schultern und sang in reinstem Russisch zufrieden vor sich hin: »Wir sind geboren, Märchen wahr zu machen«... Seine Frau, die seine Erwartungen vollauf teilte, war ebenfalls guter Laune und wiederholte gelegentlich: »Laß gut sein, bald kriegen auch wir, was uns zusteht.« Und sogar der Sohn, Schüler der Oberstufe und Komsomolfunktionär, obwohl manchmal ungehorsam, fragte geradezu: »Kann man dir bald zum Oberstleutnant gratulieren, Papa?« Dafür gab es durchaus Gründe, mochten sie auch Tansykbajew nicht unmittelbar betreffen.

Vor gar nicht langer Zeit, etwa vor einem halben Jahr,

hatte nämlich ein Militärtribunal in Alma-Ata, das hinter verschlossenen Türen verhandelte, eine Gruppe kasachischer bürgerlicher Nationalisten abgeurteilt. Diese Feinde des werktätigen Volkes waren erbarmungslos für immer unschädlich gemacht worden. Zwei von ihnen, die in ihren in kasachischer Sprache geschriebenen wissenschaftlichen Arbeiten die verfluchte patriarchalisch-feudalistische Vergangenheit zum Schaden der neuen Wirklichkeit idealisiert hatten, erhielten die Höchststrafe – Tod durch Erschießen. Zwei andere, wissenschaftliche Mitarbeiter des Instituts für Sprache und Literatur der Akademie der Wissenschaften, erhielten je fünfundzwanzig Jahre Zwangsarbeit... Alle anderen jeweils zehn Jahre... Doch die Hauptsache war, daß das Zentrum den Sondermitarbeitern, die unmittelbar zur Entlarvung und schonungslosen Austilgung der bürgerlichen Nationalisten beigetragen hatten, hohe staatliche Anerkennungen zukommen ließ. Diese staatlichen Anerkennungen waren zwar auch geheim, doch das minderte ihren Wert nicht im geringsten. Vorfristige Beförderungen, die Auszeichnung mit Orden und Medaillen, bedeutende Geldzuwendungen für eine musterhafte Erfüllung von Aufgaben, Dankesbezeigungen in Befehlen und andere Zeichen der Aufmerksamkeit machten das Leben sehr viel angenehmer. Auch die Zuweisung von Neubauwohnungen an besonders Verdiente erfüllte Wunschträume. All das gab den Beinen Kraft, machte die Stimme männlicher und das Auftreten sicherer.

Tansykbajew gehörte nicht zu den Beförderten und Ausgezeichneten, doch sie ließen ihn an ihrem Triumph teilhaben. Fast jeden Abend war er mit seiner Frau Aikümis bei jemandem eingeladen, um eine Beförderung, einen Orden oder den Einzug in eine neue Wohnung zu »begießen«. Eine ganze Kette von Festlichkeiten hatte schon gegen Jahresende begonnen. Es waren unvergeßliche Tage, mit reichgedeckten Tischen und erlesenen Gerichten. Wo immer die Tansykbajews in den Februartagen hinkamen, tauchten sie nach dem Weg über die kalten, schlecht beleuchteten Straßen von Alma-Ata leicht durchgefroren bereits an der Schwelle in die Gastfreundschaft und Wärme der sie erwartenden Gastgeber, und das obendrein in neuen Wohnungen. Welch natürlicher Glanz, welche Bewegtheit und welcher Stolz lag auf den Gesichtern, leuchtete aus den Augen derer, die sie willkommen hießen! Das waren wahrhaftig Feiertage von Auserwählten, neues Glück Auskostenden. Damals, als das Elend und der Hunger des Krieges noch nicht vergessen waren, erschien der neue, raffinierte Komfort in den Randgebieten des Staates als besonders segensreich, die Freude daran konnte richtig zu Kopf steigen. Schon den Vorraum durchzogen Düfte aus der Küche, wo unter anderem das obligate Festgericht zubereitet wurde – zartes junges Pferdefleisch, eine Großväterspeise, die vom Nomadenleben in der Steppe herrührte und auf sonderbare Weise die uralten Steppengerüche auch in die neuen Wände hereinbrachte. Damals waren in der Provinz gerade die teuren Markenkognaks in Mode gekommen, ebenso Kristallkronleuchter und Kristallglas. Von der Decke fiel der Schein von erbeuteten Kristallüstern, auf den schneeweiß eingedeckten Tischen glitzerte deutsches Beutegeschirr, und unwillkürlich wurde man von alldem gefesselt, in eine andächtige Stimmung versetzt, so als liege darin der höchste Sinn des Daseins, als gebe es auf Erden nichts anderes, was Aufmerksamkeit verdiene.

Alle Versammelten nahmen gesittet Platz und freuten sich auf das gemeinsame Festessen. Doch der Sinn der Tafelrunde bestand nicht nur und nicht so sehr im Essen – wenn der Mensch erst satt ist, beginnt er ohnehin am Anblick der überreichlich vor ihm stehenden Speisen zu leiden – als vielmehr in den Tischreden, den Gratulationen und Segenswünschen. Dieses Ritual barg etwas unendlich Wonniges, und dieses Wonnegefühl schloß alles in sich ein, was tief im Herzen verborgen war. Selbst aus Neid wurde für eine Weile gleichsam Liebenswürdigkeit, aus Eifersucht wurde Zuneigung, und Heuchelei verkehrte sich vorübergehend in Aufrichtigkeit. Jeder der Anwesenden, als sei er auf merkwürdige Weise geläutert, strebte danach, sich möglichst gescheit, vor allem aber blumig zu äußern, wobei er unwillkürlich mit den anderen in einen heimlichen Wettbewerb trat. Oh, das war auf seine Weise ein fesselndes Schauspiel. Was für herrliche Toaste schwangen sich gleich grellgefiederten Vögeln zur Decke mit ihren Beutelüstern auf, was für kunstvolle Reden erklangen und berauschten die Anwesenden durch ein sich immer mehr steigerndes Pathos.

Besonders bewegt hatte Tansykbajew und seine Frau Aikümis der Toast eines frischgebackenen kasachischen Oberstleutnants, der sich feierlich von seinem Platz erhob und so hingebungsvoll, so bedeutsam sprach, als wäre er ein Schauspieler vom Dramatischen Theater, der einen den Thron besteigenden König spielt.

»Assyl dostar, edle Freunde!« begann der Oberstleutnant besonders vielsagend – diese neue Eigenschaft hatte sich bei ihm gerade an diesem Abend geäußert – und betrachtete die Sitzenden bedächtig mit trägem, majestätischem Blick, als wolle er damit unterstreichen, daß er absolute, völlig ernste Aufmerksamkeit erheische. »Ihr begreift selber«, fuhr er fort, »heute ist mein Herz voll, schwimmt es in einem Meer von Glück. Versteht ihr? Und ich will einen Gedanken aussprechen. Das ist meine Stunde, und ich will ihn aussprechen. Versteht ihr? Ich war immer gottlos. Ich komme aus dem Komsomol. Bin ein überzeugter Bolschewik. Versteht ihr? Und darauf bin ich sehr stolz. Gott ist für mich ein leerer Fleck. Daß es Gott nicht gibt, ist allen bekannt, weiß jeder sowjetische Schüler. Ich aber will etwas anderes sagen, versteht ihr, ich will sagen, es gibt einen Gott! Moment, wartet mal, lächelt nicht, meine Lieben. Ha, ihr denkt wohl, ihr habt mich ertappt. Von wegen! Versteht ihr? Ich meine nicht den Gott, den die Unterdrücker der werktätigen Massen vor der Revolution erfunden haben. Unser Gott ist der die Macht Innehabende, dessen Wille, wie die Zeitungen schreiben, die Epoche auf dem Planeten prägt und uns von Sieg zu Sieg führt, zum Weltsieg des Kommunismus, das ist unser genialer Führer, der den Zügel der Epoche in der Hand hält, versteht ihr, wie ein Karawanenführer den Zügel des Leitkamels, das ist unser Jossif Wissarionowitsch! Er führt die Karawane, und wir folgen ihm – auf demselben Pfad. Und niemand, der anders denkt als wir oder anderes im Sinn hat als wir, wird dem strafenden Schwert der Tscheka entgehen, das der eherne Dzierżyński uns vermacht hat, versteht ihr. Den Feinden haben wir Kampf bis zum Ende erklärt. Ihr Geschlecht, ihre Familien und allerlei mit ihnen sympathisierende Elemente werden im Namen der Sache des Proletariats vernichtet, versteht ihr, wie im Herbst das Laub auf einem Haufen verbrannt wird. Denn es kann nur eine Ideologie geben, versteht ihr, und keine zweite. Wir hier reinigen die Erde von ideologischen Gegnern, von bürgerlichen Nationalisten, versteht ihr, und anderen, wo immer sich der Feind verbirgt, wie immer er sich auch verstellt, für ihn gibt es keine Schonung. Überall, an jedem Ort den Klassenfeind entlarven, eine feindliche Agentur aufdecken, versteht ihr, den Feind schlagen, wie es uns der Genosse Stalin lehrt, und den Geist der Volksmassen stärken – so lautet unsere Devise. Heute, da ich ausgezeichnet, da der Befehl über meine vorfristige Beförderung verlesen wurde, schwöre ich, auch fernerhin unbeirrt der Stalinschen Linie zu folgen, versteht ihr, den Feind zu suchen, zu finden und seine verbrecherischen Vorhaben aufzudecken, für die er unweigerlich streng bestraft wird. Die größten Nationalisten, versteht ihr, haben wir unschädlich gemacht, doch in Instituten und Redaktionen verbergen sich noch ihre Sympathisanten. Sie werden uns nicht entgehen und keine Schonung finden. Bei einem Verhör, versteht ihr, hat mir einmal ein Nationalist gesagt: ›Sowieso‹, hat er gesagt, ›führt eure Geschichte in eine Sackgasse, einen anderen Weg gibt es nicht, und ihr werdet verflucht sein wie die Teufel.‹ Versteht ihr?«

»So einen hätte man sofort erschießen müssen!« stieß Tansykbajew hervor und erhob sich böse von seinem Platz.

»Richtig, Major, das hätte ich auch gemacht«, unterstützte ihn der Oberstleutnant. »Er wurde aber noch für die Untersuchung gebraucht. Und ich habe ihm gesagt, versteht ihr: ›Ehe wir in die Sackgasse geraten, wirst du Mistkerl schon nicht mehr am Leben sein! Der Hund heult, aber die Stalinsche Karawane zieht weiter!‹«

Alle lachten schallend, klatschten Beifall, billigten die gebührende Abfuhr, die dem erbärmlichen Nationalisten zuteil geworden war, der es gewagt hatte, so eine unerhörte Frechheit zu sagen, und mit einemmal erhoben sie sich alle, die Gläser in der vorgestreckten Hand. »Auf Stalin!« riefen alle zugleich und tranken, zeigten einander die geleerten Gläser, als wollten sie damit die Wahrhaftigkeit ihrer Worte, die Treue zu ihren Worten bekräftigen.

Danach wurde noch viel gesagt, was diesen Gedanken ergänzte. Und diese Worte, sich immer wieder selbst produzierend und vermehrend, sich mit Zorn und Wut aufladend, kreisten noch lange über den Köpfen der Versammelten wie ein Schwarm erregter Wespen, die schon deshalb immer wütender werden, weil sie giftig und weil ihrer so viele sind.

In Tansykbajews Seele schäumte eine eigene hohe Woge auf, weckte in ihm eigene Gedanken, rechtfertigte und bestätigte ihn in den eigenen Augen – aber nicht, weil derlei Äußerungen für ihn neu gewesen wären; im Gegenteil, sein Leben und das Leben all der vielen anderen Mitarbeiter, ja der überschaubaren gesellschaftlichen Umgebung überhaupt, verlief tagtäglich in einer solchen Atmosphäre des Aufputschens, eines unaufhaltsamen Kampfes, der Klassenkampf genannt wurde und damit uneingeschränkt als gerechtfertigt galt. Doch da gab es ein verborgenes Problem. Um den Kampf ständig anzuheizen, brauchte man immer neue Objekte, neue Orientierungen für die Entlarvungsarbeit; vieles war in dieser Hinsicht bereits abgearbeitet, wenn nicht gar restlos ausgeschöpft – bis hin zur verhängnisvollen Deportation ganzer Völker nach Sibirien und Mittelasien, und so fiel es immer schwerer, von den Feldern eine volle Ernte einzubringen, wenn man bei der in den nationalen Provinzen altgewohnten, der gängigsten Beschuldigung blieb – das war der bürgerlich-feudale Nationalismus. Durch die bittere Erfahrung belehrt, daß die geringste Denunziation der einen oder anderen Person wegen ideologischer Fragwürdigkeit unverzüglich die Abrechnung mit dem Denunzierten und ihm nahestehenden Menschen nach sich zog, vermied jeder derartige verhängnisvolle Fehler, das heißt alles, was man als Äußerung von Nationalismus hätte auslegen können. Viele wurden sogar übermäßig vorsichtig und umsichtig und leugneten lauthals jegliche nationalen Werte, verleugneten sogar die Muttersprache. Wie soll man einen packen, der auf Schritt und Tritt erklärt, er spreche und denke in der Sprache Lenins...

Gerade in dieser Periode, die an Ereignissen so arm geworden war und solche Schwierigkeiten bereitete, den Kampf zur Aufdeckung neuer heimlicher Feinde zu verstärken, hatte der Major Tansykbajew Glück, möglicherweise zufällig, aber immerhin. Die Denunziation Abutalip Kuttybajews von der Ausweichstelle Schneesturm-Boranly war ihm als ziemlich zweitrangiges Material in die Hände gefallen, eigentlich eher zur Kenntnisnahme als zur ernsthaften Untersuchung. Doch er hatte die Gelegenheit beim Schopfe gepackt. Sein Gespür hatte ihn nicht getäuscht. Tansykbajew hatte sich die Mühe gemacht und war in die Sary-Ösek gefahren, um sich Klarheit zu verschaffen, und nun überzeugte er sich immer mehr, daß diese auf den ersten Blick so bescheidene Angelegenheit, bei entsprechender Bearbeitung, einen gewichtigen Fall liefern konnte. Und wenn alles wie gewünscht abliefe, würde bestimmt auch er seinen Lohn von der Obrigkeit erhalten. War er nicht soeben, hier bei Tische, Zeuge eines derartigen Triumphes, wußte er nicht, wie solche Dinge gedreht wurden? Ging es ihm etwa schlecht unter den gutbekannten Leuten, die dem Gott der Macht gläubig und aufrichtig ergeben waren und daher heute mit Kristall auf dem Tisch und an der Decke wunschlos glücklich feierten? Doch gab es nur einen Weg zum Gott der Macht – treu und redlich mußte man IHM beim Aufdecken und Entlarven von maskierten Feinden dienen.

Besonders wachsam hieß es all die Feinde zu observieren, die in Kriegsgefangenschaft gewesen waren. Sie waren allein deswegen Verbrecher, weil sie sich keine Kugel in die Stirn gejagt hatten, denn sie durften sich nicht ergeben, sondern mußten sterben, um dem Gott der Macht ihre Ergebenheit zu beweisen, der unerbittlich forderte, zu sterben und sich nicht gefangen zu geben. Daher war jeder, der sich gefangen gab, ein Verbrecher, und die unausweichliche Strafe dafür sollte allen als Warnung dienen – für alle Zeiten, für alle Generationen. Diese Richtlinie stammte von Gott selbst, vom Gott der Macht.

Kuttybajew aber, den Tansykbajew in Untersuchungshaft genommen hatte, war ein ehemaliger Kriegsgefangener, obendrein gab es in seinem Fall einen sehr gelegenen Aufhänger, ein sehr aktuelles Detail – es mußte nur gelingen, aus Kuttybajew ein brauchbares Geständnis herauszuholen; sogar wenn es nur eine geringfügige Tatsache wäre, käme das der großen Sache sehr zustatten – so wie ein kleiner Nagel am rechten Fleck; denn es würde der Entlarvung der revisionistischen Tito-Ranković-Clique dienen, die, von Anfang an auf Verrat setzend, für Jugoslawien einen besonderen, nicht von Stalin gebilligten Entwicklungsweg beanspruchte. Man stelle sich das nur vor! Der Krieg war noch nicht lange vorbei, und schon hatten sie beschlossen, sich loszulösen! Daraus wird nichts! Stalin wird diese Pläne zunichte machen, daß keine Spur von ihnen übrigbleibt. Da wird es nicht verkehrt sein, ein weiteres Mal, und sei's anhand einer geringfügigen Tatsache, zu zeigen, daß die verräterischen revisionistischen Ideen schon in der Kriegszeit aufkamen, unter Partisanenkommandeuren, die mit englischen Sonderdiensten zusammenarbeiteten. In Abutalip Kuttybajews Aufzeichnungen aber fanden sich Erinnerungen, wie sich jugoslawische Partisanen mit Engländern getroffen hatten, also gab es auch allen Grund, ihn zu Aussagen zu zwingen, die jetzt gebraucht wurden – koste es, was es wolle! Und wenn er sich auf den Kopf stellte, er mußte diesen Steppen-Schreiberling zwingen, alles Erforderliche auszupacken. Denn in der Politik taugt alles, was ihr nutzt. Jede Kleinigkeit kann von Nutzen sein, jedes Detail kann als Stein dienen, den man auf den Feind wirft, um ihm im ideologischen Kampf den Rest zu geben. Daher die Aufgabe, diesen Stein oder auch nur ein Steinchen aufzutreiben und ihn symbolisch, gewissermaßen höchstpersönlich, von ganzem Herzen dienstbereit, in die Hand des Gottes der Macht zu legen; er würde dann schon, wenn er es nicht etwa selbst tut, einen Zuständigen beauftragen, diesen Stein auf die, wie es in den Zeitungen heißt, Handlanger des verhaßten Revisionisten Tito und seines Spießgesellen Ranković zu werfen. Falls der Stein aber nicht dazu taugt, weil er vielleicht zu klein ist, dann wird dem Überreicher doch sein Eifer angerechnet. Alle, die jetzt hier am Tisch sitzen, werden dann auch bei ihm zu Gast sein, werden in seinem Haus einen außerordentlichen Anlaß feiern. Denn der Sinn des Lebens ist das Glück, der Erfolg aber der Anfang vom Glück.

Solche Gedanken beschäftigten den geieräugigen Tansykbajew auf der Abendgesellschaft. Während er am Tisch saß und zu den Gesprächen der anderen seine Bemerkungen beisteuerte, schwamm er in dieser Stunde, für sich selbst überraschend – wie ein Schwimmer im reißenden Strom –, in der anschwellenden Flut seiner Leidenschaften und Begierden. Und nur seine Frau Aikümis, die ihren Mann gut kannte, begriff, daß in ihm etwas vorging, daß er von irgendeinem Vorgefühl oder einem Plan gepackt war wie ein Raubtier, das nachts auf Jagd geht und schon die Beute spürt. Sie sah es seinen Augen an, erkannte es an seinem starren Falkenblick, der bisweilen eiskalt wurde und sich dann wieder vor Erregung mit einem Schleier überzog. Daher flüsterte sie ihm zu: »Wir gehn mit allen, aber nur nach Hause!« Tansykbajew nickte unwillig. Vor Zeugen wollte er nicht widersprechen, obwohl es sich gelohnt hätte. In seinem Kopf reifte ein neuer Plan, eine neue Version in der Sache Abutalip Kuttybajew. Denn mit Abutalip Kuttybajew waren viele andere Kriegsgefangene bei den jugoslawischen Partisanen gewesen, die sich nun in verschiedenen Winkeln verbargen – auch sie konnten etwas wissen, konnten sich an etwas erinnern, es war gar nicht so schwer, Kuttybajew zu zwingen, daß er die aktivsten unter den Kriegsgefangenen nannte. Also mußte er sich die entsprechenden Unterlagen beschaffen. Morgen schon mußte er sie anfordern. Oder selbst in aller Eile im Zentrum vorsprechen, alles durchsehen, das Nötige herausfinden und anschließend Kuttybajew zwingen, die Fakten zu bestätigen. Dann auf Grund dieser Aussagen gegen die ehemaligen Kriegsgefangenen, die in Jugoslawien gekämpft hatten, Anklage erheben, diese Personen jetzt dafür zur Verantwortung ziehen, daß sie bei der Kommission, die sie vor ihrer Deportation in die Sowjetunion verhörte, die verräterischen Pläne der revisionistischen Jugoslawen nicht angezeigt, also verheimlicht hätten. Leute dieses Schlags ließen sich Hunderte, ja Tausende ermitteln, und die würde man dann – diese Idee müßte er wohl am besten in Form eines Geheimschreibens einreichen – durch die Mühle von Verhören drehen, bis die ganze Sippschaft in den Lagern gelandet wäre und die Sache so ein Ende hätte...

Von diesen Überlegungen, auf die er an dem mit Speisen und Kognakgläsern vollgestellten Tisch gekommen war, geriet er so sehr in Stimmung, wurde er von einem so angenehmen Vorgefühl einer neuen Wendung in seinem Leben ergriffen, daß er immer mehr trinken, immer mehr essen, singen, den Nachbarn zusetzen, lachen wollte. Tansykbajew umfing die am Tisch Sitzenden mit einem dankbaren Blick seiner geheimnisvoll aufstrahlenden Augen, denn sie alle waren seinesgleichen, waren vom gleichen Schlag wie er und ihm daher jetzt so sympathisch; der Gedanke, daß diese ihm so nahestehenden Menschen nicht ahnten, welch große Ideen in ihm reiften, während er in ihrem Kreise saß, bewirkte, daß ihm das Blut zu heiß in den Kopf schoß und das triumphierende Herz vor Freude schneller schlug.

Die Idee, die ihm zufällig gekommen war, bot für die eigene Beförderung durchaus reale Perspektiven. Das Prinzip erwies sich sogar als sehr vernünftig und bequem: Je mehr verborgene Feinde man zur Strecke brachte, desto mehr gewann man selbst. Diese Wendung der Dinge beflügelte ihn. Und er dachte nicht ohne Stolz: So regeln kluge Leute ihre Angelegenheiten! Ich bleibe nicht auf halbem Weg stehn, was es auch kosten mag! Am liebsten wäre er sofort zur Tat geschritten – hätte von der Fahrbereitschaft einen Wagen angefordert, wäre zum Untersuchungsgefängnis, zum Kellergeschoß mit den vergitterten Fenstern gerast, wo in einer Einzelzelle Abutalip Kuttybajew schmachtete, und hätte ihn unverzüglich verhört, gleich in der Zelle, und zwar so, daß ihm das Herz in die Hosen rutschte. Er mußte Kuttybajew vor die Wahl stellen: Entweder er bekannte seine Schuld, bestätigte, anglo-jugoslawische Aufträge erhalten zu haben, und nannte alle, die mit ihm bei den Partisanen waren, dann bekam er den Paragraphen 58a – fünfundzwanzig Jahre Lager –, oder aber er würde wegen Verrat, wegen Agententätigkeit für ausländische Sonderdienste und wegen ideologischer Wühlarbeit unter der örtlichen Bevölkerung erschossen. Er sollte nur gründlich darüber nachdenken.

Anschaulich stellte sich Tansykbajew vor, wie all das vor sich gehen würde, wie das Verhör ablaufen, wie Kuttybajew sich sträuben würde und zu welchen Mitteln er würde greifen müssen, um seinen Widerstand zu brechen; einen Ausweg gab es für Kuttybajew ohnehin nicht, er hatte keine Wahl, wenn er überleben wollte. Natürlich würde er hartnäckig darauf beharren, daß er sich nichts habe zuschulden kommen lassen, daß er seine Gefangennahme mit dem Gewehr in der Hand bei den jugoslawischen Partisanen gesühnt habe, daß er verwundet worden sei, Blut vergossen habe, durch eine Deportationskommission überprüft worden sei, nach dem Krieg ehrlich gearbeitet habe und so weiter, und so fort. Aber all das war leeres Gewäsch. Woher sollte er auch wissen, daß er in ganz anderer Eigenschaft gebraucht wurde. Mit ihm würde eine große Aktion beginnen, die der restlosen Ausrottung von versteckten Staatsfeinden diente. Benötigt wurde er als das erste Glied einer noch unsichtbaren Kette. Was aber kann über den Staatsinteressen stehen? Manche meinen – das Menschenleben. Komische Käuze! Der Staat ist ein Ofen, für den nur ein Heizmaterial taugt – Menschen. Ohne diesen Brennstoff erstickt der Ofen. Und wird nicht mehr benötigt. Doch ebendiese Menschen können ohne Staat nicht existieren. Deshalb organisieren sie sich ihre Verbrennung selbst. Die Heizer aber müssen für Feuerung sorgen. Darauf beruht alles.

So philosophierte Tansykbajew über diese Dinge – in der Parteischule hatte er seinerzeit von klassischen Lehren gehört –, doch während er, an der Seite seiner Frau sitzend, vor der er seine Gedanken kaum verbergen konnte, den Tischnachbarn in der allgemeinen Unterhaltung zunickte und beipflichtete, staunte er aufrichtig und begeisterte sich daran, wie wunderbar doch der Mensch eingerichtet ist. Er beispielsweise saß hier in Gesellschaft, unter geladenen Gästen, tat so, als wäre er voll und ganz von der Bedeutsamkeit des Augenblicks gefangengenommen, dachte aber in Wahrheit an etwas völlig anderes. Wer konnte ahnen, was er im Sinn hatte, worauf er losteuerte, was für schwindelerregende Pläne in ihm heranreiften? Wer konnte sich denken, daß in ihm, der da friedlich am Tisch saß, eine zerschmetternde, unabwendbare, nur seinem Willen unterworfene Kraft verborgen war, die, sobald er seine vorerst niemand zugänglichen Pläne verwirklichte, die Menschen zwingen würde, vor ihm und damit symbolisch vor dem Gott der Macht auf Knien zu kriechen? Daß er in dieser Hinsicht eine Stufe unter den vielen und dennoch zählbaren Stufen zu dem furchterregenden Postament darstellte, bereitete ihm physisches Wohlbehagen, erfüllte ihn mit Begierde wie der Anblick einer wohlschmeckenden Speise oder die unbezähmbare Vorfreude auf einen Koitus. Mit jedem neuen Glas wuchs seine Erregung, ergriff immer vollständiger von ihm Besitz, erfüllte über das pulsierende Blut seinen ganzen Körper mit einem Wohlgefühl, und nur der Gedanke, seine Pläne, sein Traum würden sich spätestens morgen erfüllen, nichts mehr könne ihn um diesen Genuß bringen, half ihm, sich zu beherrschen.

Während Tansykbajew im Kopf die Details der bevorstehenden Operation durchging, empfand er höchste Befriedigung über das Grundsätzliche seiner Absichten, die Logik seines Vorhabens. Dennoch schien etwas zu fehlen, mußte etwas noch zu Ende gedacht werden, gewisse Beweise waren wohl nicht richtig ins Spiel gebracht, noch nicht genügend bewertet.

Beispielsweise verbarg sich doch etwas in den Aufzeichnungen Kuttybajews über den Mankurt. Ein Mankurt! Ein geistig verkrüppelter Mankurt, der seine Mutter getötet hatte! Natürlich war das eine alte Legende, aber irgend etwas hatte Kuttybajew damit im Sinn. Nicht grundlos, nicht zufällig hatte er diese Legende der Steppenbewohner so sorgfältig, mit allen Einzelheiten aufgeschrieben. Ja, ein Mankurt, ein Mankurt... Was steckte nur dahinter, falls Kuttybajew damit etwas durch die Blume sagen wollte, was nur? Vor allem aber, wie wollte er die Geschichte vom Mankurt für seine aufwieglerischen Ziele nutzen, in welcher Form, auf welche Weise? Obwohl Tansykbajew vage spürte, daß Kuttybajew mit dem Mankurt etwas ideologisch Verdächtiges im Sinn hatte, traute er sich noch nicht, das zu behaupten, wußte er noch nicht, wie er ihn schlüssig überführen könnte. Vielleicht sollte er diese Legende, wie in solchen Fällen üblich, volksfeindlich nennen und Kuttybajew unter diesem Gesichtspunkt zur Verantwortung ziehen, aber wie? In dieser Angelegenheit mangelte es Tansykbajew an Kompetenz, das war ihm klar. Er müßte sich an einen Wissenschaftler wenden. So waren sie in dem Verfahren gegen bürgerliche Nationalisten vorgegangen, das sie heute begossen: Eine Gruppierung war entdeckt worden, und da wurden die einen Fachwissenschaftler auf die anderen losgelassen, damit sie die des Nationalismus und des Vergangenheitskults zum Schaden der Stalinschen sozialistischen Epoche beschuldigten – das genügte, damit die Mühle rund um die Uhr zu mahlen begann. Und doch bedeutete es etwas, daß Kuttybajew die Geschichte vom Mankurt so sorgsam aufgezeichnet hatte, steckte etwas dahinter. Er mußte noch einmal aufmerksam jedes Wort lesen, um sogar den geringsten Anhaltspunkt zu entdecken, ihn auszunutzen und in die Anklage mit einzubeziehen.

Außerdem war unter Kuttybajews Papieren der Text einer weiteren Legende entdeckt worden, betitelt »Die Hinrichtung in der Sary-Ösek«, aus den Zeiten Tschinggis-Chans. Tansykbajew hatte der alten Legende nicht sogleich Aufmerksamkeit geschenkt, erst in den letzten Tagen hatte sie begonnen ihn zu beschäftigen. Wenn man's recht bedachte, konnte man darin eine gewisse politische Anspielung finden...

Auf seinem Eroberungszug nach dem Westen, während er sein Kriegervolk noch durch die asiatischen Weiten führte, inszenierte Tschinggis-Chan im Interesse weit vorausschauender Weltherrschaftspläne eine Hinrichtung in den Steppen der Sary-Ösek – er ließ einen Sotnik, einen Hundertschaftsführer, und eine junge Frau, eine Goldnäherin, die auf die seidenen Siegesbanner flammenspeiende Herrscherdrachen stickte, hängen...

Zu dieser Zeit befand sich bereits ein großer Teil Asiens unter Tschinggis-Chans Joch, war er in Herrschaftsbereiche seiner Söhne, Enkel und Heerführer aufgeteilt. Jetzt ging es um das Schicksal der Ländereien jenseits des Edil-Flusses, also jenseits der Wolga, um das Schicksal Europas.

In den Steppen der Sary-Ösek war Herbst. Nach lang anhaltendem Regen hatten sich die im Sommer ausgetrockneten Seen und Flüsse wieder gefüllt – man konnte also unterwegs die Pferde tränken. Die Steppen-Armada stürmte voran. Die Steppen zu überqueren galt als der schwierigste Teil des Feldzugs.

Drei Armeen, so wird weiter berichtet – drei Tümen zu je zehntausend Mann –, ritten der Front voraus, die Flanken breit entfaltet. Von der Macht der Tümen zeugte der am Horizont – wie Rauch nach einem Steppenbrand – über viele Werst von Pferdehufen aufgewirbelte Staub. Hinterher zogen zwei weitere Tümen mit Remonteherden für die Kavallerie, mit Wagenzügen und mit unfruchtbaren Tieren für das tägliche Schlachten – davon konnte man sich überzeugen, wenn man zurückblickte –, auch dort wirbelte Staub den halben Himmel lang. Außerdem gab es noch Gefechtskräfte, die mit dem Blick nicht zu orten waren. Je drei Tümen stark, stellten sie in der Entfernung von mehreren Tagesritten den rechten und den linken Flügel der Armada dar. Sie zogen selbständig in Richtung der Edil. Zu Beginn der Kälteperiode sollte an deren Ufer eine Versammlung der Befehlshaber der elf Tümen im Hauptquartier des Chans stattfinden – da würden sie das weitere Vorgehen abstimmen: den mit dem Übergang übers Eis der Edil zu eröffnenden Feldzug gegen die reichen und schönen Länder, von deren Unterwerfung Tschinggis-Chan, die Heerführer und jeder Reiter träumten.

So zogen die Heere ihrem Ziel entgegen, ohne sich ablenken zu lassen, ohne Rast, ohne Zeit zu verlieren. In den Wagenzügen aber begleiteten sie auch Frauen, und das brachte Unheil.

Tschinggis-Chan selbst mit einem halben Tausend Kesegul und Shassaul – Hofgardisten –, die ihn begleiteten, befand sich inmitten dieses Zuges, bildete eine Art schwimmende Insel. Doch auch hier ritt er allein – allen voran. Der Gebieter über alle vier Himmelsrichtungen liebte kein Menschengetümmel um sich, zumal im Feldzug, wo man eher schweigen mußte, sehen, was sich vorn tat, und über Aktionen nachdenken.

Er saß auf seinem geliebten rehbraunen Paßgänger, der bei

ihm unterm Sattel wohl die halbe Welt durchquert hatte, straff und glatt wie ein Kieselstein, mit mächtigem Brustkorb und Widerrist, mit weißer Mähne und schwarzem Schwanz, mit gleichmäßigem, seidenweichem Gang. Zwei Ersatzpferde, nicht minder zäh und schnell, gingen unbeschwert im strahlenden Schmuck des Chan-Geschirrs, geführt von berittenen Pferdehaltern. Der Chan wechselte die Pferde, ohne abzusteigen, sowie ein Tier auch nur leicht in Schweiß geriet.

Sie war schon eindrucksvoll, die Eskorte aus Kesegul und Shassaul, diesen furchtlosen Gardisten, deren Leben mehr Tschinggis-Chan gehörte als ihnen selbst! Sie wurden ja auch ausgewählt, wie man scharfe Klingen auswählt, einer unter hundert! Eindrucksvoll waren auch die Reitpferde, deren jedes Seltenheitswert hatte wie natürliche Goldklumpen. Doch das eigentlich Bemerkenswerte an diesem Feldzug war etwas ganz anderes. Immerfort schwebte über Tschinggis-Chans Kopf eine Wolke am Himmel und schützte ihn vor der Sonne. Wo er war, da war auch die Wolke. Die weiße Wolke, so groß wie eine geräumige Jurte, folgte ihm hoch droben wie ein Lebewesen. Und niemandem kam in den Sinn, daß dies ein Vorzeichen war, daß so der Himmel selbst dem künftigen Beherrscher der Welten seinen Segen erteilte – gab es denn wenige Wolken dort oben? Doch Tschinggis-Chan, der die Wolke bemerkt hatte, beobachtete sie unauffällig und gewann immer mehr die Überzeugung, daß in dieser wundersamen Erscheinung der Wille Tengris, der Wille des Himmels, zum Ausdruck komme. Das Erscheinen der Wolke hatte ihm ein fahrender Wahrsager prophezeit, dem er gestattet hatte, sich seiner Person zu nähern. Jener fremdländische Wahrsager war nicht vor ihm niedergefallen, hatte ihm nicht geschmeichelt, hatte nicht vorsätzlich zu seinen Gunsten prophezeit. Mit würdig erhobenem Haupt hatte er vor dem drohenden Antlitz des in einer goldenen Jurte auf dem Thron sitzenden Steppeneroberers gestanden, hager, abgerissen, mit sonderbar langem, wie bei einer Frau bis zur

Schulter reichendem Lockenhaar. Der Fremdländische hatte einen strengen Blick gehabt, einen beeindruckenden Bart, ein sonnengebräuntes Gesicht und herbe Gesichtszüge.

»Ich bin zu dir gekommen, großer Chagan«, ließ er ihm durch den Dolmetscher, einen Uiguren, übermitteln, »um dir zu sagen, daß du nach dem Willen des Allerhöchsten Himmels ein besonderes Zeichen von oben bekommen wirst.«

Für einen Moment war Tschinggis-Chan starr vor Überraschung. So eine unverantwortliche Erklärung konnte bedeuten, daß der Ankömmling nicht bei Verstand war oder nicht begriff, womit das für ihn enden konnte.

»Was für ein Zeichen, und woher weißt du das?« wollte der mächtigste aller Herrscher jener Zeit wissen, während er kaum seinen Ärger bezwang und die Stirn runzelte.

»Woher ich es weiß, darf ich nicht offenbaren. Was aber das Zeichen anbelangt, so sage ich dir: Über deinem Kopf wird eine Wolke auftauchen und dir folgen.«

»Eine Wolke!« rief Tschinggis-Chan, ohne seine Verwunderung zu verhehlen, und zog jäh die Brauen hoch. Alle um ihn erstarrten unwillkürlich in Erwartung seines Zornesausbruchs. Die Lippen des Dolmetschers wurden blaß vor Angst. Die Strafe konnte auch ihn treffen.

»Ja, eine Wolke«, antwortete indes der Prophet. »Sie wird ein Fingerzeig des Großen Himmels sein, der deine hohe Stellung auf Erden segnet. Du aber mußt diese Wolke gut behüten, denn wenn du sie verlierst, verlierst du deine gewaltige Kraft...«

In der goldenen Jurte trat eine dumpfe Pause ein. Alles war von Tschinggis-Chan in diesem Augenblick zu erwarten, doch unversehens erlosch der Grimm in seinem Blick wie der Lichtschein eines heruntergebrannten Lagerfeuers. Während er den wilden Drang, den Wahrsager zu strafen, bezwang, wurde ihm klar, daß es falsch wäre, dessen Worte als dreiste Herausforderung zu bewerten oder gar ihn dafür zu bestrafen – damit würde er nur seine Herrscherehre beflekken. Und da sagte Tschinggis-Chan, sein tückisches Lächeln hinter dem dünnen rötlichen Schnurrbart verbergend: »Angenommen, der Allerhöchste Himmel hat dir eingegeben, diese Worte zu sagen. Angenommen, ich habe dir geglaubt. Doch sage mir, hochweiser Fremdling, wie werde ich die freie Wolke am Himmel behüten? Soll ich etwa Treiber auf geflügelten Rossen dahin schicken, damit sie bei ihr Wache halten? Sollen sie die Wolke vielleicht für alle Fälle zäumen wie ein nicht zugerittenes Pferd? Wie also soll ich die vom Wind getriebene himmlische Wolke beschützen?«

»Das ist schon deine Sorge«, entgegnete der Fremdling knapp.

Wieder erstarrten alle, wieder trat Totenstille ein, wieder erbleichten die Lippen des Dolmetschers, und keiner der Männer in der goldenen Jurte wagte es, die Augen zu dem unglückseligen Propheten zu erheben, der sich aus Dummheit oder wer weiß warum zum sicheren Tod verurteilt hatte.

»Beschenkt ihn, dann soll er gehen«, murmelte Tschinggis-Chan dumpf, und seine Worte fielen in die Seelen wie Regentropfen auf ausgedörrte Erde.

Dieser sonderbare und abstruse Vorfall geriet bald in Vergessenheit. Es stimmt ja, was gibt es nicht alles für Sonderlinge auf Erden! Da hat sich jemand eingebildet, ein Wahrsager zu sein! Doch anzunehmen, jener Fremdling hätte leichtfertig seinen Kopf riskiert, wäre ungerecht. Er mußte doch begreifen, worauf er sich einließ. Was hätte es den Shassaul des Chans ausgemacht, ihn gefesselt an den Schwanz eines wilden Pferdes zu binden, ihn wegen Unehrerbietigkeit und Unverschämtheit einem schändlichen Tod auszuliefern! Irgend etwas mußte doch den tollkühnen Fremden bewogen, inspiriert haben, ohne zu zittern, vor den schrecklichen und erbarmungslosen Selbstherrscher und Tyrannen hinzutreten wie vor einen Löwen in der Wüste und ihm dreist zu prophezeien, dreist zu antworten. War es das Spiel eines Wahnsinnigen oder tatsächlich ein Werk des Himmels?

Nun, nach zwei Jahren, als im Lauf der Tage alles längst in Vergessenheit geraten war, erinnerte sich Tschinggis-Chan wieder an den Vorfall mit dem unglückseligen Wahrsager. Die ganze Zeit seither war mit den Vorbereitungen seines Reiches auf den Westfeldzug ausgefüllt gewesen. Später gewann Tschinggis-Chan die Überzeugung, diese zwei Jahre seien auf seinem Weg zur Macht, dem Weg zur unaufhaltsamen Erweiterung der Reichsgrenzen, die entscheidendsten gewesen, was die Sammlung von Kräften und Mitteln für den weltweiten Durchbruch, für die ersehnte Eroberung von Gebieten und Ländern betraf, deren Besitz ihn zum Herrscher über alle vier Himmelsrichtungen, über all jene fernen Erdteile machen sollte, die die Flut seiner unbesiegbaren Reiterei zu überschwemmen vermochte. Diese Wahnsinnsidee, die unbezähmbare Gier nach Alleinherrschaft und Allmacht, bestimmte letzten Endes das grausame Wesen des Steppenimperators, seine historische Mission. Das gesamte Leben des Reiches – mit all seinen botmäßigen Stammesverbänden, den Ulussen in den riesigen asiatischen Gebieten, mit seiner gesamten, heterogen zusammengesetzten Bevölkerung, die von einer einzigen harten Hand gebändigt war, mit allen Begüterten und Besitzlosen, gleich, ob sie in den Städten oder in Nomadenlagern lebten, jedes einzelnen Menschen also, wer immer er war und womit immer er sich befassen mochte – diente dieser unersättlichen, teuflischen Leidenschaft, immer neue Gebiete zu erobern, immer mehr Völker zu unterwerfen. Ausnahmslos alle waren nur zum Dienen da, alle ordneten sie sich einem einzigen Ziel unter – Tschinggis-Chans Kriegsmacht zu vergrößern, zu stärken, zu vervollkommnen. Alles, was man auf Erden erzeugen, was man in Schaf- und Pferdeherden züchten, was man aus dem Schoß der Erde gewinnen konnte, um daraus Waffen für Rüstungsvorbereitungen herzustellen, jegliche lebendige, schöpferische Arbeit wurde für die Invasion, für den mächtigen Vorstoß Tschinggis-Chans nach Europa genutzt, nach seinen märchenhaft reichen Städten, wo jeden Krieger reiche Beute erwartete, nach seinen saftiggrünen Wäldern und den Wiesen, deren Gras den Pferden bis zum Bauch reichte, wo der Kumys in Strömen fließen und jeder die Freude über die Weltherrschaft miterleben würde, der unter Tschinggis-Chans Fahnen mit den flammenspeienden Drachen ins Feld gezogen war; diesen Sieg würde ein jeder genießen, als wäre es die himmlische Süße, die eine Frau in ihrem Schoß birgt, er mußte nur ausziehen, siegen und Länder unterwerfen! So hatte es der große Chagan befohlen, und so würde es kommen!

Dabei war Tschinggis-Chan durchaus ein Mann der Tat, berechnend und vorausschauend. Während er sich für den Einfall in Europa vorbereitete, wog er alles ab, zog er alles bis ins einzelne in Betracht. Durch treue Kundschafter und durch Überläufer, durch Kaufleute und Pilger, durch fahrende Derwische, chinesische Geschäftsleute, Uiguren, Araber und Perser erfuhr er alles, was er für den Zug riesiger Heeresmassen wissen mußte – die bequemsten Wege und Furten. Dabei berücksichtigte er die Charaktere und Bräuche, die Religionen, den Handel und die spezifischen Gewerbe am jeweiligen Ort. Schreiben konnte er nicht, mußte deshalb all das im Kopf behalten, im Kopf den Vorteil oder Nachteil jeder Erscheinung gegeneinander abwägen. Nur so konnte er einen planmäßigen Verlauf seines Unternehmens und, was die Hauptsache war, eine strikte eiserne Disziplin durchsetzen, nur so konnte er mit einem Erfolg rechnen. Tschinggis-Chan duldete keine Nachsicht – niemand und nichts durfte dem Hauptziel im Weg stehen, der Eroberung Europas.

Während er damals seine Strategie durchdachte, entschloß er sich auch zu einem beispiellosen Befehl – er verbot, im Volks-Kriegerzug Kinder zur Welt zu bringen. Gewöhnlich folgten nämlich die schwangeren Frauen und die kleinen Kinder vieler berittener Kämpfer auf Familientroßwagen dem Heer, zogen mit ihm von einem Ort zum anderen. Das war eine alte, vom Leben diktierte Tradition, denn in ihren endlosen Fehden rächten sich verfeindete Stämme nicht selten aneinander, indem sie Frauen und Kinder umbrachten, die schutzlos an den Orten zurückgeblieben waren. Vor allem die Schwangeren wurden getötet, damit die Sippe so an der Wurzel getroffen würde. Doch mit der Zeit änderte sich das Leben. Unter Tschinggis-Chan hatten sich die früher ständig verfeindeten Stämme immer mehr versöhnt und unter der Kuppel der Großmacht vereint.

In der Jugend, als Tschinggis-Chan noch Temüdschin hieß, hatte er selbst an solchen Stammeskämpfen teilgenommen und Grausamkeiten begangen, er hatte auch selbst Leid erfahren, so war einmal bei einem Überfall durch die benachbarten Merkiten seine geliebte Frau Borte geraubt und als Geisel festgehalten worden. Zum Herrscher geworden, unterband Tschinggis-Chan schonungslos innere Stammesfehden. Sie hinderten ihn beim Regieren, untergruben die Stärke seiner Macht.

Die Jahre gingen dahin, und allmählich erübrigte sich die alte Form des Familiengefolges im Troß. Vor allem aber wurden die Familien zur Last für die ganze Armee, hemmten ihre Beweglichkeit bei militärischen Operationen großen Maßstabs, insbesondere bei Frontalangriffen und bei der Überwindung von Wasserhindernissen. All dies veranlaßte die allerhöchste Weisung des Steppenherrschers – er verbot den Frauen im Armeedienst, aber auch denen, die ihre Männer im Troß begleiteten, kategorisch, vor dem siegreichen Ende des Westfeldzuges Kinder zu gebären. Diesen Befehl hatte er anderthalb Jahre vor dem Aufbruch gegeben. Als er den Würdenträgern seine Entscheidung erklärte, hatte er damals gesagt: »Wir unterwerfen die westlichen Länder, halten die Pferde an und sitzen ab, dann mögen die Troßfrauen Kinder gebären, soviel sie wollen. Vorher möchte ich von den Geburten in den Tümen nichts hören!...«

Sogar Naturgesetze verwarf Tschinggis-Chan aus militärischen Erwägungen, er lästerte das Leben und Gott. Sogar Gott wollte er sich untertan machen, denn eine Empfängnis ist eine Botschaft Gottes.

Niemand im Volk und in der Armee widersprach ihm, kam auch nur auf den Gedanken, der Vergewaltigung zu widersprechen. Damals hatte Tschinggis-Chans Macht einen solchen Grad und eine solche Konzentration erreicht, daß sich alle widerspruchslos dem unerhörten Verbot, Kinder zu gebären, fügten; auf Ungehorsam stand unweigerlich die Todesstrafe.

Den siebzehnten Tag schon befand sich Tschinggis-Chan auf seinem Feldzug nach dem Westen in einer eigenen, noch nie erlebten Gemütsverfassung. Äußerlich benahm sich der große Chagan wie immer, so wie es sich für seine Person gehörte – zurückhaltend, streng, unnahbar, gleich einem Falken in Stunden der Ruhe. Doch innerlich triumphierte er, sang Lieder und dichtete:

> In wolkenverhangener Nacht
> lag meine Wache,
> als wäre sie ein geschlossener Rauchabzug,
> rund um meine Jurte und
> schläferte mich ein.

> Heut, auf diesem Feldzug,
> will ich Dank sagen:
> Meine alte nächtliche Wache
> hat mich auf den Chan-Thron erhoben!

> Bei Schneesturm und bei Nieselregen,
> der bis auf die Haut durchdrang und frösteln ließ,
> sogar unterm Wolkenbruch,
> stand rund um meine Jurte,
> meine Ruhe behütend, meine Wache!
> Und mein Herz wurde still.

> Heut, auf dem Feldzug, will ich Dank sagen:
> Meine starke nächtliche Wache
> hat auf den Thron mich erhoben.

Wenn sie inmitten der Feinde, die Aufruhr gesät hatten,
den Köcher aus Birkenrinde
noch so leise rascheln hörte,
stürzte sich sofort in den Kampf
meine umsichtige nächtliche Wache.
Heut, auf dem Feldzug, will ich Dank sagen.

Das Nackenfell grimmig gesträubt im Mondschein,
umgibt das treue Rudel der Wölfe,
wenn es auf Jagd geht, das Leittier.
So ist beim Sturm auf den Westen
mein grauhaariges Rudel ständig um mich,
sind die Stoßzähne des Throns ständig bei mir,
Dank singe ich ihnen auf dem Weg.

Laut ausgesprochen, wären diese Verse für Tschinggis-Chan unangebracht gewesen – ihm stand es nicht an, sich mit Seelenergüssen die Zeit zu vertreiben. Doch unterwegs, von früh bis spät im Sattel, konnte er sich solchen Luxus erlauben.

Der eigentliche Beweggrund für solch innerliches Frohlocken aber war, daß nun bereits den siebzehnten Tag von morgens bis abends die weiße Wolke über Tschinggis-Chans Kopf am Himmel schwebte – wo er war, da war auch sie. Erfüllt hatte sich also die Weissagung des Propheten. Wer hätte das gedacht! Was hätte es ihn schon gekostet, den Sonderling für seine herausfordernde Unehrerbietigkeit und eine Dreistigkeit, die selbst in Gedanken unzulässig war, damals sofort töten zu lassen. Doch der Pilgersmann war am Leben geblieben. Also wollte es das Schicksal.

An dem Tag, da sie ihren Feldzug begonnen hatten, als alle Tümen, Troßwagen und Herden nach Westen aufgebrochen waren und die Massen gleich schwarzen Flüssen bei Hochwasser alles überschwemmten, als Tschinggis-Chan um die Tagesmitte, im Ritt das ein wenig ermüdete Pferd wechselnd, zufällig nach oben blickte, maß er der kleinen weißen

Wolke, die langsam dahinschwebte, vielleicht aber auch über seinem Kopf erstarrt war, keine Bedeutung bei – wie viele Wolken ziehen doch durch die Welt!

Er setzte also, begleitet von seiner sich in einiger Entfernung haltenden Garde, seinen Weg fort. In Gedanken versunken, sah er sich zwischendurch vom Sattel aus besorgt nach dem im Marsch befindlichen vieltausendköpfigen Kriegsvolk um, das sich gehorsam und eifrig anschickte, die Welt zu erobern: So sehr fügten sie sich alle seinem persönlichen Willen, so eifrig waren sie dabei, seine Vorhaben auszuführen, als wären sie keine Menschen, von denen ein jeder insgeheim ebenso mächtig sein wollte wie er, sondern Finger seiner jetzt eben die Zügel des Pferdes umfassenden Hand.

Und wieder fiel Tschinggis-Chans Blick auf jene Wolke, und wieder dachte er sich nichts dabei. Besessen vom Plan seiner weltweiten Eroberungen, machte er sich keine Gedanken, wie diese Wolke hoch droben in die gleiche Richtung ziehen konnte wie der Reiter unten. Welche Verbindung konnte es schon zwischen ihnen geben?

Keinem in diesem Zug fiel diese Wolke ins Auge, keiner interessierte sich dafür, keiner ahnte, was für ein Himmelswunder am hellichten Tag geschah. Warum sollten sie auch ihre Augen über den unübersehbaren Himmel schweifen lassen, wenn sie auf ihre Füße achten mußten. Die Verbände seiner Kriegsmacht zogen dahin, bewegten sich als dunkle Masse auf Wegen, durch Niederungen und über Anhöhen voran, wirbelten Staub unter Hufen und Rädern auf und ließen die bewältigten Strecken hinter sich, vielleicht für immer, unwiderruflich. Und all das geschah bereitwillig, der Manie des Chans zuliebe, nach seinem Willen; viele zehntausend Menschen gingen bereitwillig, von ihm vorangetrieben und inspiriert – von ihm, der nach immer mehr Ruhm gierte, nach Macht und Land.

So zogen sie dahin, und schon nahte der Abend. Sie mußten übernachten, wo die Dunkelheit sie ereilte, und am nächsten Morgen wieder aufbrechen.

Für den Chan selbst und seine Begleitung hatten die zur Bedienung des Hauptquartiers eingesetzten Tscherbisten rechtzeitig herrschaftliche Jurten errichtet. Die Jurten des Chans waren schon von weitem an ihren weißen Kuppeln zu erkennen. Das Banner des Chans – ein schwarzes Fahnentuch mit grellroter Borte und einem mit Seide und Goldfäden bestickten feuerroten, flammenspeienden Drachen – wehte schon neben seiner abseits von anderen stehenden Palastjurte im Wind. Die Kesegul der Palastwache – ausgesucht kräftige und finstere Männer – standen schon bereit in Erwartung des Chans. Hier wollte Tschinggis-Chan mit den Heerführern nach dem gemeinsamen Abendmahl eine erste Beratung abhalten – die Ergebnisse des ersten Feldzugstages und insbesondere die Pläne für den nächsten Tag erörtern. Der Anfangserfolg seines Vormarsches stimmte ihn umgänglich – ihm war an diesem Abend sogar nach einem Festessen mit den Heerführern, auf dem er ihre Reden anhören und selbst Befehle erteilen würde; seinem Wort aber würden alle, starr vor Aufmerksamkeit, lauschen, konzentriert wie eingedickte Milch. Sein Wort galt allen vier Himmelsrichtungen, bald aber würde tatsächlich der ganze Erdkreis unterwürfig auf ihn hören, dazu war er schließlich mit seinen Heeren aufgebrochen – um sein Wort bestätigt zu sehen. Und das Wort ist eine ewige Kraft.

Doch die Absicht, ein Festmahl zu geben, ließ Tschinggis-Chan später fallen. Aus dem seelischen Gleichgewicht geraten, brauchte er völlige Einsamkeit.

Während er sich dem Hauptquartier näherte, erblickte er ganz in seiner Nähe nun schon zum dritten Mal die bekannte Wolke. Erst jetzt stockte ihm das Herz. Von einer unwahrscheinlichen Vermutung betroffen, fühlte er einen kalten Schauer, und er schaffte es gerade noch, die Mähne seines Pferdes zu packen, als ihn plötzlich eine Art Schwindel ergriff – die Erde verschwamm vor seinen Augen. So etwas war ihm noch nie widerfahren – nichts auf der dunkelbrüstigen Erde, auf Ötügen, der unerschütterlichen Grundlage der

Welt, die der Himmel geschaffen hatte, damit es auf ihr Leben gab und sie beherrscht würde, hätte ihn so überwältigen können, daß er die Fassung verloren hätte; alles schien bereits erforscht zu sein, nichts auf Erden sollte seinen grausamen Verstand noch so verblüffen, seine in blutigen Geschäften verhärtete Seele so begeistern oder betrüben können, daß er seine Chan-Würde vergaß und sich wie ein Weib erschrocken an die Mähne des Pferdes krallte. Das konnte und durfte nicht sein. Schon von frühester Jugend an, als er seinen leiblichen Bruder Bekter mit dem Bogen getötet hatte – scheinbar im Streit um einen gefangenen Fisch, in Wirklichkeit aber aus einem in ihm erwachten Wolfsgespür heraus, daß sie im Sattel des Schicksals nicht zu zweit sitzen konnten –, als er erfahren hatte, daß Gewalt das richtigste und zuverlässigste Mittel ist, sich im Leben zu behaupten, war ihm auch klargeworden, daß es nichts, aber auch gar nichts gibt, was der Gewalt widerstehen könnte, was unter dem Ansturm grober Macht nicht auf die Knie fallen, jeglichen Glanz einbüßen, zu Staub zerfallen würde – seien es Stein, Feuer oder Wasser, Baum, Raubtier oder Vogel, vom sündigen Menschen ganz zu schweigen. Wenn eine Kraft die andere bezwingt, wird Erstaunliches bedeutungslos und Schönes erbärmlich. Daraus folgerte: Alles, was niedergeworfen werden kann, ist nichtswürdig, alles aber, was sich einem zu Füßen wirft, verdient Nachsicht je nach Laune des Nachsichtübenden. Darauf ruht die Welt...

Ganz anders steht es, wenn vom Himmel die Rede ist, der, wie die Himalaja-Pilger, die fahrenden Buchgelehrten, mitunter sagen, die Ewigkeit und die Unendlichkeit verkörpert. Ja, nur ER, der unerreichbare Himmel, war ihm nicht untertan, war nicht greifbar, nicht zugänglich. Vor Tengri, dem Himmel, war er selbst ein Nichts – gegen ihn konnte er sich nicht auflehnen, er konnte ihn weder einschüchtern noch gegen ihn ins Feld ziehen. Tengri, dem Himmel, gegenüber, blieb nichts anderes übrig, als ihn anzubeten, sich vor ihm, der die irdischen Geschicke und, wie die Himalaja-Pilger behaupteten, die Bewegung der Welten lenkt, zu verneigen. Daher flehte er den Himmel wie jeder Sterbliche mit aufrichtigen Beteuerungen und Opfergaben an, ihm seine Gunst zu schenken und ihn zu beschützen, bat er, ihm zu helfen, daß er sich die Erdenwelt uneingeschränkt untertan mache; wenn es, wie die fahrenden Weisen behaupten, unterm Mond wirklich eine Vielzahl solcher Welten gebe, was koste es dann den Himmel, ihm die Erdenwelt für alle Zeiten zur alleinigen Herrschaft zu überlassen – ihm und seinen Erben, von Generation zu Generation! Wer unter den Menschen wäre denn mächtiger und würdiger als er, wer, der ihn an der nötigen Macht überträfe, über die vier Himmelsrichtungen zu herrschen, könne ihm gegenübergestellt werden! Insgeheim glaubte er immer mehr, daß er ein Sonderrecht habe, sich an den Allerhöchsten Himmel mit einer Bitte zu wenden, die niemand sonst auszusprechen wagte – mit der Bitte, ihm unbegrenzt Herrschaft über die Völker zu übertragen; einer mußte doch der Herrscher sein, warum also nicht der, der die andern zu unterwerfen vermochte! In seiner unendlichen Güte hatte ihm der Himmel dabei bisher keine Hindernisse in den Weg gelegt, und so sah sich Tschinggis-Chan immer mehr in seiner geheimen Meinung bestärkt, daß er beim Himmel besonders gut angeschrieben sei, daß die allerhöchste, für den Menschen unerforschliche Zuneigung des Himmels ihm gehöre. Alles gelang ihm; was für Verwünschungen stießen die empörten Menschen überall dort aus, wo er mit Feuer und Schwert durchgezogen war! Doch nicht einer der jämmerlichen Flüche änderte etwas an der ständigen Zunahme seiner Macht und seines furchteinflößenden Ruhms. Im Gegenteil, je entschiedener man ihn verdammte, desto hemmungsloser mißachtete er die an den Himmel gerichteten Seufzer und Klagen. Dennoch kam es vor, daß ihn drückende Zweifel und Befürchtungen beschlichen, er könne den Allerhöchsten Himmel erzürnen, könne die Strafe des Himmels auf sich herabziehen. Dann erstarrte der große Chagan für eine Weile, bezwang sich, gönnte den

Untergebenen eine kurze Ruhepause und war sogar bereit, einen gerechten Vorwurf des Allerhöchsten Himmels hinzunehmen, auch noch zu bereuen. Doch der Himmel zürnte nicht, er bekundete durch nichts sein Mißfallen und entzog ihm nicht seine grenzenlose Güte. Dann riskierte er wie beim Glücksspiel noch mehr, forderte die vermeintliche himmlische Gerechtigkeit heraus, erprobte die Geduld des Himmels. Und der Himmel duldete es! Der Chagan schloß daraus, daß der Himmel ihm alles erlaube. Und mit den Jahren festigte sich seine Überzeugung, daß er ein Auserwählter des Himmels sei, der Sohn des Himmels.

Daß er selbst für wahr hielt, woran man nur in Märchen glauben kann, gründete sich nicht nur darauf, daß ihn berittene Sänger bei großen Festlichkeiten vor den Massen in ihren Liedern Himmelssohn nannten und verherrlichten und daß sich dabei Tausende von Händen jubelnd gen Himmel reckten; das war ja simple menschliche Schmeichelei... Er schloß aus eigener Erfahrung, der Göttliche Himmel nehme ihn mit all seinen Taten in Schutz, weil er auf Erden den Willen Tengris, des Allerhöchsten Himmels, ausführe. Der Himmel aber erkenne wie er nur die Macht an, nur die Äußerung der Macht, nur die Verkörperung der Macht, für die sich Tschinggis-Chan hielt.

Wie anders war zu erklären, was ihn bisweilen selbst wunderte – sein zielstrebiger, dem Flug eines sich in die Lüfte schwingenden Falkens gleichender Aufstieg in die Höhen eines schrecklichen und schwindelerregenden Ruhms, der Aufstieg eines Waisenknaben aus dem verarmten Geschlecht der Araten-Kijaten, die seit je nur von der Jagd und von der Viehzucht in der Steppe lebten, zur Weltherrschaft. Wie konnte es zur Eroberung einer so gigantischen, in der Geschichte beispiellosen Macht kommen – konnte das Leben der tollkühnen Waise doch bestenfalls das Schicksal eines verwegenen Räubers und Pferdediebs, der er ja auch ursprünglich war, bereithalten. Es war völlig klar – ohne Tengris, ohne des Himmels Ratschluß hätte das Herrscherbanner mit den feuerspeienden goldenen Drachen niemals die Stirn Temüdschins beschattet, der einst nur ein Pferd besaß, hätte er sich nie Tschinggis-Chan nennen können, hätte er nie unter der Kuppel der goldenen Jurte gethront!

Hier nun war die Bestätigung erschienen, daß dem tatsächlich so war, das unwiderlegbare Zeugnis, der anschauliche Beweis, daß der Himmel dem Chagan Asiens wohlgeneigt war. Da schwebte sie vor seinen Augen, die wundersame Wolke, die ihm offenkundig der fahrende Prophet vorhergesagt hatte. Um ein Haar hätte er für seinen Schwachsinn mit dem Kopf zahlen müssen, doch seine Worte waren in Erfüllung gegangen. Die weiße Wolke war eine Botschaft des Himmels für den Himmelssohn, ein Zeichen der Zustimmung und der Ermutigung, eine Künderin großer künftiger Siege.

Niemandem aus der vielköpfigen Menschenmenge im Feldzug kam in den Sinn, daß es so ein Wunder auf Erden gibt, niemand bemerkte die mitziehende weiße Wolke, niemand machte sich Gedanken, woher sie stammte und was sie bedeutete. Wer beobachtet schon freie Wolken am Himmel! Und nur er, der große Chagan, der die Steppen-Armada befehligte und sie einer neuen Unterwerfung der Welt entgegenführte, quälte sich unterwegs beim Anblick der ihn ständig begleitenden weißen Wolke, wurde von Vermutungen und widersprüchlichen Gefühlen heimgesucht – halb glaubte er an die Möglichkeit einer solchen unerhörten Erscheinung, halb auch wieder nicht. Und er schwankte – sollte er seine Beobachtungen und Gedanken hinsichtlich der sonderbaren weißen Wolke anderen, den mit ihm am Feldzug teilnehmenden Kampfgefährten mitteilen? Wenn er nun seine Gedanken offenbarte, das Geheimnis aufdeckte, die Wolke jedoch unversehens verschwand und ihn zum Narren machte? Würden die Leute nicht denken, er habe den Verstand verloren? Dann wieder faßte er neuen Mut und glaubte, die Wolke sei nicht eitel Wahn, werde nicht plötzlich verschwinden, sie sei ein Zeichen des Himmels und in ihr liege ein hoher Sinn; dann ergriff ihn unwillkürliche Freude, ein Gefühl der Beschwingtheit, Glauben an seinen Weitblick, an die Richtigkeit seines Feldzugs zur Eroberung des Westens, und noch mehr wurde er in der Absicht bestärkt, mit Feuer und Schwert das ersehnte Weltreich zu errichten. So zog er weiter. Es war die ewige, unersättliche Gier nach Herrschaft. Aus jeder Befriedigung erwuchs nur neues Verlangen.

Die weiße Wolke am Himmel jedoch segelte, ohne sich beirren zu lassen, gleichmäßig vor den Augen des Herrschers dahin, der auf seinem berühmten Paßgänger Chuba saß. Die Mähne weiß, der Schweif aber schwarz, so war er geboren. Kenner bestätigten, daß ein solches Pferd einmal in tausend Jahren unter einem besonderen Stern zur Welt kommt. Es war wirklich ein unübertrefflicher Geher, kein Renner, aber ein unermüdlicher Geher. Chuba ging im Paßgang, in ständig scharfem Tempo, so wie ein Landregen sich mit heißem Atem auf die Erde ergießt. Wären nicht Zaumzeug und Zügel, die ihn zurückhielten – ein solches Pferd könnte sich im heißen Eifer erschöpfen, sich bis zum letzten Tropfen verausgaben wie jener Regenguß. In alten Zeiten hat einmal ein Sänger gesagt, auf so einem Pferd hält sich der Mensch für unsterblich...

Zufrieden, von Herzen glücklich war Tschinggis-Chan. Während er einen nie dagewesenen Zustrom von Kraft spürte, sehnte er sich danach, etwas zu unternehmen, dem Ziel entgegenzueilen, als sei er selbst ein unermüdlicher Paßgänger, als bewege er sich selbst in einem unaufhörlichen gleichmäßigen Lauf, als seien, so wie Flüsse sich vereinen, sein Körper und sein Geist mit dem stürmischen Blutkreislauf des Pferdes eins geworden.

Ja, Reiter und Roß waren ebenbürtig – Kraft entzündete sich an Kraft. Daher erinnerte die Haltung des Herrschers im Sattel an die Pose eines Falken. Die Füße des fest im Sattel sitzenden stämmigen, bronzegesichtigen Reiters stemmten sich herausfordernd hochmütig und sicher in die Steigbügel. Er saß auf dem Pferd wie auf einem Thron, aufrecht, hocherhobenen Hauptes, das Siegel steinerner Ruhe auf dem schmaläugigen Gesicht mit den hervorstehenden Backenknochen. Von ihm gingen die Kraft und der Wille eines großen Herrschers aus, der unübersehbare Heerscharen zu Siegen und Ruhm führt.

Ein besonderer Grund für seine Hochstimmung war die weiße Wolke überm Kopf als Krönung eines Schicksals ohnegleichen. Alles paßte zusammen. Die Wolke... Der Himmel... Dem Zug voran aber wehte in den Händen von Fahnenträgern das Feldbanner, das immer dort war, wo sich Tschinggis-Chan aufhielt. Sie waren zu dritt, die Fahnenträger, imposante Männer, die stolz waren auf die allein ihnen anvertraute Ehre. Alle drei saßen auf gleich aussehenden Rappen. In der Mitte der drei ritt der Mann, der die Fahne hochhielt, zu seinen beiden Seiten ritten mit gefällten Lanzen seine Begleiter. Mit dem unbesiegbaren Herrscherbanner kündeten sie vom Weg des Chagan. Das mit Seide und Gold bestickte schwarze Fahnentuch flatterte im Wind, und der gestickte Drache, der eine grelle Flamme aus dem Rachen stieß, wirkte lebendig. Er war im Sprung erfaßt, und seine grimmig-allsehenden, wie bei einem Kamel vorquellenden Augen schossen nach allen Seiten Blicke, als wären sie in der Tat lebendig.

Vom frühen Morgen bis zum späten Abend leitete der unermüdliche Chagan den Feldzug vom Sattel aus. Von verschiedenen Seiten kamen Nojonen, Anführer von Tümen, mit Meldungen angesprengt, erhielten zu Pferd Befehle und kehrten im Galopp an ihre Plätze in den vorrückenden Heeren zurück. Sie mußten sich beeilen, damit sie auf trockenen Wegen noch vor den vorwinterlichen Regengüssen und der Schlammzeit das erste und wichtigste Hindernis auf dem Feldzug erreichten – die Ufer des großen Flusses, der Edil, der Wolga; dort würden sie den Einbruch der großen Fröste abwarten, dann den zugefrorenen Fluß überqueren und weiterziehen wie über die Ufer getretene Wassermassen, dem ersehnten Ziel, der Unterwerfung des Westens entgegen...

Vor dem Einbruch der Dämmerung dehnte sich die Steppe unter den flachen Strahlen der untergehenden Sonne so weit, wie man sich das Ausmaß der sichtbaren Welt nur vorstellen kann. Und in diesem lichtdurchfluteten Raum, im Widerschein der schon halb hinterm Horizont verschwundenen rotglühenden Sonne, zogen die Heerscharen, Tausende von Reitern, jedes Heer für sich, in Richtung der untergehenden Sonne, erinnerten von fern an die Strömung nebelverhangener schwarzer Flüsse.

Nur nachts, wenn die Truppen ihre Lager aufschlugen, fanden die überanstrengten Rücken der Pferde Ruhe von den Sätteln und Reitern.

Doch frühmorgens dröhnten an den Rastplätzen schon wieder die Dobulbas – riesige Trommeln aus Ochsenhaut – und riefen die Armee auf weiterzuziehen. Zehntausende von Menschen nach dem Schlaf wieder in Bewegung zu bringen ist nicht ganz leicht. Und die Männer, denen das Wecken oblag, scheuten keine Mühe – das nicht verstummende Dröhnen der Trommeln erklang in allen Lagern und Standorten wie schweres, stöhnendes Gedonner.

Zu dieser Stunde war der Chagan bereits munter. Er erwachte gewöhnlich als einer der ersten, ging in der fast noch sommerlichen Helligkeit der Herbstmorgen bei der Palastjurte auf und ab, konzentrierte sich, prüfte die Gedanken, die ihm nachts gekommen waren, gab Anweisungen und lauschte zwischendurch aufmerksam auf das Gedröhn der Trommeln ringsum, die die Heere in die Sättel und auf die Wagen bringen sollten. Ein neuer Tag begann, vervielfältigte die Stimmen, die Bewegungen, die Geräusche, wieder nahm der über Nacht unterbrochene Feldzug seinen Fortgang.

Die Trommeln dröhnten.

Das morgendliche Trommeln war nicht nur ein Signal

zum Aufbruch, es bedeutete mehr. So trieb Tschinggis-Chan jeden an, der an seinem großen Feldzug teilnahm; es war eine Mahnung des gestrengen und unbeugsamen Befehlshabers, der mit dem Trommelgedröhn gewissermaßen durch geschlossene Türen ins Bewußtsein der vom Schlaf Erwachenden brach und so jeglichen Gedanken zuvorkam, die anders waren als die seinen, als die von ihm, von seinem Willen aufgezwungenen, denn im Schlaf sind die Menschen weder fremdem noch dem eigenen Willen unterworfen. Schlaf ist schlechte, unnütze, gefährliche Freiheit, die man unbedingt die Erwachenden schon in den ersten Augenblicken ihrer Rückkehr aus dem Schlaf entschlossen und grob vergessen lassen muß, um sie wieder in die Wirklichkeit zurückzuholen – zum Dienst, zur widerspruchslosen Unterordnung, zu Taten.

Bei dem an Stiergebrüll erinnernden dumpfen Trommelklang lief Tschinggis-Chan jedesmal ein Kälteschauer den Rücken hinunter – die dumpf dröhnenden Dobulbas erinnerten ihn daran, wie ihn einmal in der Kindheit das wilde Gebrüll zweier Stiere, die in seiner unmittelbaren Nähe aneinandergeraten waren und mit den Hufen Schotter und Staub aufwühlten, so in seinen Bann geschlagen hatte, daß er wie besinnungslos zum Bogen griff und seinen schlafenden leiblichen Bruder Bekter, mit dem er zuvor wegen eines im Fluß gefangenen kleinen Fisches in Streit geraten war, mit einem Pfeil durchbohrte. Bekter schrie gellend auf, sprang hoch und fiel blutüberströmt wieder zu Boden. Er aber, Temüdschin – damals war er noch einfach Temüdschin –, die Waise des früh verstorbenen Issugej-batur, lief erschrocken den Berg hinauf, hängte sich einen neben der Jurte liegenden Dobulbas über die Schulter und begann dort auf dem Berg die Trommel zu schlagen, lange und eintönig. Seine Mutter Agolen indessen brüllte und heulte unten, riß sich die Haare aus und verfluchte den Brudermörder. Dann kamen andere Leute angelaufen, und alle schrien sie ihm etwas zu und schwenkten die Arme, doch er hörte nichts, er schlug unentwegt die Trommel. Und aus irgendeinem Grund kam niemand ihm nahe. Bis zum Morgengrauen saß er auf dem Berg und schlug den Dobulbas...

Das mächtige Gedröhn Hunderter von Dobulbas war jetzt sein Kampfruf, sein wütendes Gebrüll, seine Furchtlosigkeit und Grausamkeit, sein Signal an alle, die an seinem Feldzug teilnahmen, hinzuhören, aufzustehn, zu handeln und sich auf sein Ziel zuzubewegen, die Welt zu unterwerfen. Und sie werden ihm bis ans Ende folgen – irgendwo gibt es doch eine Grenze des Horizonts, und alles, was da kreucht und fleugt, alles, was hören kann, wird innerlich erzitternd seine Kampftrommeln vernehmen. Sogar die weiße Wolke, seit kurzem die ständige Vertraute seiner geheimen Gedanken, kreist unbeirrt gleichmäßig über seinem Kopf beim morgendlichen Trommelschlag. Ein heftiger Windstoß läßt sein Herrscherbanner mit den aufgestickten, lebendig wirkenden feuerspeienden Drachen rauschen. Nun läuft der Drache auf dem Fahnentuch dem Wind entgegen, und helle Flammen schlagen aus seinem Rachen.

Schön waren die Morgen in jenen Tagen...

Nachts aber, vor dem Schlaf, machte Tschinggis-Chan einen Rundgang in der Umgebung. Überall in den öden Weiten, so weit das Auge reichte, brannten Lagerfeuer, loderten in der Nähe und blinkten in der Ferne. Über allen Feld- und Troßlagern, über allen Rastplätzen der Treiber von Pferde- und Schafherden schwebten weißliche Rauchfahnen, zu dieser Stunde schlürften die Leute schwitzend Suppe und aßen sich an Fleisch satt. Der Geruch von gekochtem Fleisch, das in riesigen Stücken aus den Kesseln geholt wurde, zog von allen Seiten hungriges Steppengetier an. Hier und da funkelten im Dunkeln die fiebrigen Blicke solcher unglücklichen Geschöpfe, und ihr klägliches Geheul drang an die Ohren.

Inzwischen fiel die Armee rasch in einen todesähnlichen Schlaf. Nur die Rufe der nächtlichen Streifen, die die Rastplätze der Heere umkreisten, zeugten davon, daß auch nachts das Leben nach einer geregelten Ordnung verlief. So gehörte es sich auch; alles mußte vorherbestimmt, mußte letzten Endes auf das einzige und höchste Ziel ausgerichtet sein – den strikten und uneingeschränkten Dienst an Tschinggis-Chans Welteroberungsidee. In solchen Minuten begriff er, sich innerlich berauschend, das eigene Wesen, sein Übermenschentum – je größer die Macht war, über die er verfügte, desto unausrottbarer, wilder wurde seine Gier nach mehr, daraus aber ergab sich unweigerlich der absolute Schluß: Notwendig war nur, was seinem auf Machtzuwachs berechnetem Ziel entsprach, alles andere hatte kein Daseinsrecht.

Deshalb kam es zu jener Hinrichtung in der Sary-Ösek, von der die Legende noch nach vielen Zeiten künden sollte – zum Unglück für Abutalip Kuttybajew, der sie viel später aufschrieb:

Eines Nachts ritt eine Streife um einen Heeresteil des rechten Flügels. Hinter den Feldlagern der Krieger befanden sich die Rastplätze des Trosses, der Viehtreiber und verschiedener Handwerkerdienste. Die Streife blickte auch in diese Stätten. Alles war in Ordnung. Die vom Tagesmarsch ermüdeten Leute schliefen einer neben dem andern – in Jurten, Zelten, viele auch unter freiem Himmel an herunterbrennenden Lagerfeuern. Stille herrschte weit und breit, und alle Jurten waren dunkel. Die berittene Streife beendete ihre Kontrolle. Sie bestand aus drei Mann. Die Pferde zügelnd, unterhielten sie sich über irgendwas, bevor sie weiterritten. Der Anführer, ein hochgewachsener Reiter mit der Mütze eines Sotniks, eines Hundertschaftsführers, verfügte halblaut: »Na, das wär's! Zieht los und legt euch aufs Ohr. Ich komme bald nach. Seh' nur noch hier rein.«

Zwei Reiter entfernten sich. Der Zurückgebliebene, der Sotnik, sah sich zunächst bedächtig um und lauschte, dann stieg er ab und ging, das Pferd am Zügel führend, an zahlreichen Troßwagen und Feldzugswerkstätten, ausgespannten

Fuhrwerken von Sattlern, Näherinnen und Waffenschmieden vorbei, zu einer einsamen Jurte am äußersten Rand des Lagers. Während er mit nachdenklich gesenktem Kopf ging und auf alle Laute achtete, erhellte das von oben fallende Mondlicht vage die Züge seines großflächigen, kräftigen Gesichts und die verschleiert blinkenden großen Augen des Pferdes, das ihm gehorsam am Zügel folgte.

Der Sotnik Erdene näherte sich der Jurte, in der er wohl schon erwartet wurde. Aus der Jurte trat eine Frau, die ein Tuch übergeworfen hatte, und blieb erwartungsvoll neben dem Eingang stehen.

»Sambainu«, begrüßte er sie mit gedämpfter Stimme, »guten Tag.« Und fragte sogleich beunruhigt: »Nun, wie steht's?«

»Alles in Ordnung, alles ist gutgegangen, dem Himmel sei Dank. Du brauchst dich nicht mehr zu sorgen«, flüsterte die Frau lebhaft. »Sie wartet schon sehr auf dich. Hörst du, sehr.«

»Ich wollte selber längst hier sein!« antwortete der Sotnik Erdene. »Aber wie zum Trotz hat der Anführer unseres Tümen, der Nojon, beschlossen, unterwegs die Pferde zu zählen. Drei Tage konnte ich mich nicht freimachen, hatte dauernd in den Herden zu tun.«

»Mach dir nichts draus, Erdene! Was hättest du hier schon tun können? Warum solltest du jemand unter die Augen geraten? Mach dir nichts draus.« Beschwichtigend wiegte die Frau den Kopf, dann sagte sie: »Hauptsache, daß alles gutgegangen ist, daß sie so leicht entbunden hat. Kein einziges Mal hat sie geschrien, sie hat alles tapfer ertragen. Am Morgen aber habe ich sie in einem gedeckten Wagen untergebracht. Als ob nie etwas gewesen wäre. So eine prächtige Frau hast du! Oi, was mach' ich denn!« erschrak sie plötzlich, denn ihr war etwas sehr Wichtiges eingefallen. »Soll doch der Falke, der sich dir auf die Hand gesetzt hat, immer mit dir sein!« gratulierte sie ihm. »Denk dir einen Namen für deinen kleinen Sohn aus!«

»Der Himmel erhöre deine Worte, Altun! Dogulang und ich, wir werden dir ewig dankbar sein«, sagte der Sotnik, ohne die Simme zu erheben. »Einen Namen finden wir schon, daran soll's nicht fehlen.«

Er übergab die Zügel der Frau, und sie ging beiseite.

»Keine Sorge, ich pass' auf das Pferd auf wie immer«, versicherte Altun. »Geh nur, geh. Dogulang wartet schon sehr auf dich.«

Der Sotnik zögerte noch eine Weile, als fasse er sich ein Herz, dann trat er auf die Jurte zu, schlug den schweren dichten Filzvorhang über der Tür ein wenig zurück, bückte sich und trat ein. Mitten in der Jurte brannte ein kleiner Herd, und in seinem matten, fahlen Widerschein erblickte er sie, seine Dogulang, die, einen Marderfellmantel über der Schulter, im hinteren Teil des Wohnraumes saß. Mit der rechten Hand schaukelte sie sacht eine transportable Wiege, über die eine Steppdecke gebreitet war.

»Erdene!« rief die Stickerin leise beim Eintritt des Sotniks. »Hier bin ich«, sagte sie lächelnd und verwirrt. »Wir sind hier!« verbesserte sie sich.

Der Sotnik nahm schnell den Köcher ab, den Bogen, die Klinge samt Scheide, legte die Waffen neben dem Eingang ab und trat mit ausgestreckten Armen zu ihr. Er sank auf die Knie, und ihre Gesichter berührten sich. Sie umarmten sich, legten einander die Köpfe auf die Schulter und erstarrten in der Umarmung. Für kurze Zeit schien die Welt für sie unter der Kuppel der Jurte beschlossen zu sein. Was außerhalb dieser mobilen Wohnstatt blieb, hatte seine Wirklichkeit verloren. Wirklichkeit waren nur noch sie beide, nur das, was sie in dieser Aufwallung vereinte, und das winzige Wesen in der Wiege, das vor drei Tagen das Licht der Welt erblickt hatte.

Erdene fand als erster die Sprache wieder.

»Wie geht es dir? Wie fühlst du dich?« fragte er, immer noch außer Atem. »Ich habe mir solche Sorgen gemacht.« Er küßte ihre Hand.

»Jetzt ist ja alles vorbei«, entgegnete die Stickerin lächelnd im Halbdunkel. »Denk nicht daran. Frag jetzt lieber nach unserem Kind. Er ist ein kräftiger kleiner Kerl. Saugt ganz fest an meiner Brust. Er sieht dir sehr ähnlich. Auch Altun sagt, er sehe dir sehr ähnlich.«

»Zeige ihn mir, Dogulang. Laß mich ihn ansehn.«

Dogulang trat beiseite, doch bevor sie die Decke über der Wiege anhob, horchte sie, unwillkürlich besorgt, auf Laute von draußen. Ringsum war alles still.

Lange schaute der Sotnik hin und suchte in dem noch ausdruckslosen Gesichtchen des schlafenden Säuglings seine Züge zu entdecken. Während er mit angehaltenem Atem auf das Neugeborene blickte, begriff er das Mysterium des Zur-Welt-Kommens von Nachwuchs vielleicht zum erstenmal als göttliche Vorsehung. Wohl deshalb sagte er, jedes Wort abwägend: »Nun werde ich immer mit dir zusammensein, Dogulang, immer mit dir zusammen, selbst wenn mir etwas geschehen sollte. Denn du hast meinen Sohn.«

»Du mit mir? Schön wär's!« Die Frau lächelte traurig. »Du willst sagen, der Kleine ist deine Wiedergeburt, wie es bei Buddha heißt. Das habe ich vorhin gerade gedacht, als ich ihn stillte. Ich hielt ihn im Arm, ihn, der vor drei Tagen noch nicht auf der Welt war, und sagte mir, das seist du in deiner neuen Gestalt. Und du hast das jetzt gedacht?«

»Ja. Aber nicht ganz so. Mit Buddha kann ich mich nicht vergleichen.«

»Brauchst du auch nicht. Du bist nicht Buddha, aber du bist mein Drache. Ich vergleiche dich immer mit einem Drachen«, flüsterte Dogulang zärtlich. »Ich sticke den Drachen auf die Fahnen. Niemand weiß es – aber das bist immer du! Auf all meinen Fahnen! Manchmal sehe ich den Drachen auch im Traum, ich sticke ihn, er wird lebendig, und – lach mich nicht aus! – ich umarme ihn, wir vereinigen uns im Traum, und wir fliegen, der Drache trägt mich, ich fliege mit ihm dahin, und im schönsten Augenblick stellt sich heraus, das warst du. Im Traum bist du bald als Drache und bald in deiner Menschengestalt bei mir. Und wenn ich erwache, weiß ich nicht, was ich glauben soll. Ich habe dir doch auch früher immer gesagt, Erdene, du seist mein feuriger Drache. Das war kein Scherz. So war es. Dich, deine Verkörperung als Drache, sticke ich auf die Fahnen. Und jetzt habe ich von dem Drachen ein Kind geboren!«

»Es soll sein, wie es dir gefällt. Doch höre, Dogulang, was ich dir sage.« Nach kurzem Schweigen fuhr der Sotnik fort: »Jetzt, da uns ein Kind geboren wurde, müssen wir überlegen, wie es weitergehen soll. Laß uns darüber reden. Doch zuvor möchte ich, daß du weißt – du weißt es ohnehin, aber ich sage es dennoch –: Ich habe mich immer nach dir gesehnt und sehne mich immer nach dir. Das wird niemand verstehen. Und am meisten fürchte ich nicht etwa, in der Schlacht den Tod zu finden, sondern meine Sehnsucht zu verlieren, sie einzubüßen, fürchte ich. Die ganze Zeit, da ich mal hierhin, mal dorthin in den Kampf zog, dachte ich, wie ich meine Sehnsucht von mir trennen könne, damit sie nicht zusammen mit mir stirbt, sondern bei dir bleibt. Mir fiel nichts ein, doch ich wünschte mir, meine Sehnsucht würde sich in einen Vogel verwandeln, vielleicht auch in ein wildes Tier, in etwas Lebendiges, das ich dir in die Hände geben könnte und sagen: Da, nimm, das ist meine Sehnsucht, sie soll immer bei dir sein. Dann würde ich den Tod nicht fürchten. Jetzt begreife ich, mein Sohn wurde von meiner Sehnsucht nach dir geboren. Und er wird immer bei dir sein.«

»Wir haben ihm aber noch keinen Namen gegeben. Hast du für ihn einen Namen gefunden?« fragte die Frau.

»Ja«, antwortete der Sotnik. »Wenn du einverstanden bist, geben wir ihm den schönen Namen – Kunan!«

»Kunan!«

»Ja!«

»Sehr gut. Kunan, der junge Renner!«

»Ja, ein dreijähriges Pferd. Mit ursprünglicher Kraft. Die Mähne wie ein Sturm, die Hufe wie Blei.«

Dogulang neigte sich über den Säugling und wandte sich an ihn: »Hör nur, dein Vater wird dir deinen Namen sagen!«

Der Sotnik Erdene sagte: »Dein Name ist Kunan. Hörst du, Söhnchen, dein Name ist Kunan. So soll es sein.«

Sie schwiegen eine Weile, unwillkürlich beeindruckt von der Bedeutsamkeit des Augenblicks. Die Nacht war still, nur im Lager nebenan jaulte gutmütig ein Hund, und von fern drang das lang anhaltende Wiehern eines Pferdes – vielleicht dachte es mitten in der Nacht an seine Heimat in den Bergen, an schnelle Flüsse, dichtes Gras und an Sonnenlicht, das dort auf die Herde, auf die Pferderücken fiel... Ihr kleiner Sohn aber, der einen Namen erhalten hatte, schlief seelenruhig, und sein Schicksal, ebenso jung wie er, schlief einstweilen noch neben ihm. Bald schon sollte es sich in Erinnerung bringen.

»Ich habe nicht nur an einen Namen für unser Kind gedacht.« Der Sotnik Erdene brach das Schweigen, strich sich mit fester Hand über den Schnurrbart und sagte mit einem Seufzer: »Ich habe noch über etwas anderes nachgedacht, Dogulang. Dir ist doch klar – mit dem Kind darfst du hier nicht bleiben. Du mußt möglichst schnell weg von hier.«

»Weg?«

»Ja, Dogulang, weg, je eher, desto besser.«

»Das habe ich auch gedacht, aber wohin und wie? Und was machst du?«

»Das sage ich gleich. Wir gehen zusammen.«

»Zusammen? Das dürfen wir nicht, Erdene!«

»Nur zusammen. Kann es anders sein?«

»Überleg dir, was du sagst, du bist ein Sotnik vom rechten Tümen!«

»Ich habe es mir schon überlegt, gründlich.«

»Aber wie willst du der Hand des Chagan entgehen, so einen Ort gibt es nicht auf Erden! Nimm Vernunft an, Erdene!«

»Ich habe schon alles durchdacht. Hör mich ruhiger an. Wir brachten es nicht übers Herz, uns am Anfang zu trennen, als wir es noch gekonnt hätten, als wir noch in dichtbevölkerten Städten standen, mit Basaren und Landstreichern.

Mit gutem Grund habe ich dir damals gesagt, Dogulang: Ziehen wir uns doch das Zeug von Fremdländischen über, schließen uns fahrendem Volk an, und ab geht's in die weite Welt!«

»In welche Welt, Erdene!« rief die Stickerin bekümmert. »Wo gibt es für uns schon ein Land, in das wir einfach so gehen könnten! Uns ist nicht bestimmt, nach unserem Willen zu leben. Leichter wäre es, vor Gott davonzulaufen – dem Chagan entgeht man nicht. Deshalb konnten wir uns nicht dazu durchringen, du weißt es selber. Wer aus dem Heer hätte sich auch zu so einem Schritt entschließen können? Deshalb blieben wir, und unser Geheimnis hüteten wir zwischen Furcht und Liebe – du konntest das Heer nicht verlassen, das hätte dich den Kopf gekostet, und ich konnte nicht vor dir davonlaufen, da hätte ich mein Glück preisgegeben. Ein anderes aber will ich nicht. Und nun sind wir nicht mehr allein. Wir haben ein Kind.«

Sie verstummten beklommen. Dann sagte der Sotnik: »Es gibt Leute, die treibt ihre Schande in die Flucht, ihre Ehrlosigkeit, ihre Furcht nach begangenem Verrat – sie laufen davon, nur um sich zu retten. Wir müssen fliehen, weil das Schicksal uns ein Kind geschenkt hat, doch zahlen müssen wir denselben Preis. Mit Schonung können wir nicht rechnen. Der Chagan wird seinen Befehl nie aussetzen. Wir müssen weg von hier, Dogulang, ehe es zu spät ist, einen anderen Ausweg haben wir nicht. Schüttel nicht den Kopf. Es gibt keinen anderen Ausweg. Glück und Unglück entspringen einer Wurzel. Wir haben Glück erlebt – nun wollen wir die Not nicht fürchten. Wir müssen weg.«

»Ich verstehe dich ja, Erdene«, sagte die Frau leise. »Du hast natürlich recht. Ich überlege nur, was besser wäre – sterben oder am Leben bleiben. Von mir will ich nicht reden. Ich bin mit dir so glücklich, ich habe mir gesagt: Wenn nötig, will ich sterben, aber nie werde ich das töten, was ich von dir bekommen habe. Ob es nun dumm ist oder klug – ich habe es nicht übers Herz gebracht...«

»Quäl dich nicht, bitte, grüble nicht über Leben oder Nichtleben! Wir wollten den noch Ungeborenen nicht opfern. Wir müssen mit dem Kind leben! Fliehen und leben. Wir beide haben das gewollt.«

»Ich spreche nicht von mir. Ich meine etwas anderes. Kannst du mir sagen: Wenn sie mich hinrichten – lassen sie dann dich und deinen Sohn am Leben?«

»Laß solche Reden. Demütige mich nicht, Dogulang. Geht es denn darum? Sag mir lieber, wie du dich fühlst. Wirst du imstande sein aufzubrechen? Du fährst mit Altun in einem Wagen, sie kommt mit, ist dazu bereit, in einem Wagen mit einem Ersatzpferd. Ich reite nebenher, um nötigenfalls Verfolger abzuwehren...«

»Wie du meinst«, antwortete die Stickerin knapp. »Wenn ich nur bei dir bin! In deiner Nähe!«

Die Köpfe über die Wiege geneigt, verstummten sie erneut.

»Sag«, sprach Dogulang dann, »ist es wahr, daß wir bald das Ufer des Jaik[*] erreichen? Altun hat es gehört.«

»In ein paar Tagen wohl, weit kann es nicht mehr sein. Morgen schon betreten wir die Flußniederungen. Da kommen Auenwälder, Buschwerk und Gestrüpp, gleich dahinter ist dann der Jaik.«

»Ist der Fluß groß und tief?«

»Er ist der größte Fluß auf dem Weg zur Edil.«

»Tief?«

»Nicht jedes Pferd kann über ihn hinüberschwimmen, besonders dort, wo die Strömung reißend ist. Die Flußarme sind seichter.«

»Also ist der Fluß tief und fließt gleichmäßig?«

»Er ist spiegelglatt, reißende Abschnitte ausgenommen. Du weißt doch, ich habe meine Kindheit in der Jaik-Steppe verbracht, wir stammen von dort. Alle unsere Lieder besingen den Jaik. In Mondnächten ertönen sie bis zum Morgen.«

---

[*] Ural – Fluß

»Ich weiß noch«, entgegnete die Stickerin besonnen. »Du hast mir einmal ein Lied vorgesungen, das ich bis heute nicht vergessen kann, es galt einem Mädchen, das vom Liebsten getrennt worden war und sich im Jaik ertränkte.«

»Das ist ein sehr altes Lied.«

»Ich habe einen Wunschtraum, Erdene, ich möchte etwas in diesem Sinn auf ein weißes Seidentuch sticken – das Wasser ist bereits über dem Mädchen zusammengeschlagen, man sieht nur leichte Wellen, ringsum Pflanzen, Vögel, Schmetterlinge, nur das Mädchen ist nicht mehr da, es hat das Leid nicht ertragen. Und wer ein inneres Gehör hat, für den erklingt das traurige Lied über dem traurigen Fluß.«

»Einen Tag noch, und du wirst diesen Fluß sehen, schon in herbstlicher Stimmung. Lassen wir das jetzt, Dogulang. Morgen nacht mußt du bereit sein. Sowie ich mit dem Ersatzpferd komme, mußt du mit der Wiege herauskommen können, zu beliebiger Zeit. Wir dürfen nicht zögern. Jetzt schon gar nicht. Ich würde dich noch heute, unverzüglich, mit dem Kind wegbringen, egal, wohin. Aber ringsum ist freie Steppe, man kann sich nirgends verstecken, nirgends Unterschlupf finden, alles liegt da wie auf der offenen Hand, und wir haben Mondnächte. Mit einem Wagen kommt man in der Steppe nicht weit, wenn Berittene einen verfolgen. Weiter zum Jaik hin beginnen Waldgebiete, da sieht alles anders aus.«

Sie unterhielten sich noch lange, verstummten ab und zu und fingen wieder an zu erörtern, was ihrer am Vorabend eines unbekannten Schicksals, das nun schon mit dem Sohn verbunden war, harrte. Unversehens meldete sich der Kleine selbst, ächzend regte er sich in der Wiege und begann zu weinen, wobei er wie ein Welpe quiekte. Schnell nahm Dogulang ihn in den Arm und legte ihn, wegen der ungewohnten Situation verlegen, halb abgewandt an die glatte und weiß glänzende Brust, die der Sotnik doch so gut kannte und die er unzählige Male in heißer Aufwallung geküßt, die er beim Betasten jedesmal insgeheim mit dem rundlichen Rücken einer sich duckenden jungen Ente verglichen hatte. Jetzt sah er alles im neuen Licht der Mutterschaft. Der Blick des Sotniks erstrahlte vor Bewunderung und Entzücken, und ein Gedanke ließ ihn plötzlich stumm den Kopf drehen: Wieviel hatte er doch in der letzten Zeit durchmachen müssen, nun aber war eingetreten, was im unaufhaltsamen Lauf der Tage eintreten mußte – er war Vater, Dogulang Mutter, sie hatten einen Sohn, und die Mutter nährte das Kind mit ihrer Milch... So war es bestimmt seit Urbeginn. Aus Gras erwächst Gras, so will es die Natur, Geschöpfe werden von Geschöpfen geboren, auch das will die Natur, und nur die Laune eines Menschen vermag sich der Natur in den Weg zu stellen...

Der Kleine saugte schmatzend an der Brust, er trank sich satt; die Brust – diese junge Ente – hatte ihn schnell besänftigt.

»Oi, es kitzelt!« Dogulang wand sich hin und her und lachte plötzlich froh auf. »So ein munterer kleiner Kerl. Hat sich festgesaugt wie ein Kälbchen. Nicht loszureißen«, sagte sie, als müsse sie sich für ihr glückliches Lachen rechtfertigen. »Er sieht dir aber wirklich sehr ähnlich, unser Kunan. Unser kleiner Drache, der Sohn des großen Drachen! Jetzt hat er die Äuglein aufgemacht! Sieh nur, sieh, Erdene, auch die Augen sind deine, und ebenso die Nase...«

»Ähnlich ist er, natürlich, sehr ähnlich«, pflichtete der Sotnik gern bei. »Ich erkenne jemanden, sehr sogar.«

»Was heißt – jemanden?« fragte Dogulang verwundert.

»Mich natürlich!«

»Nimm ihn, halt ihn ein wenig im Arm. Was für ein lebhaftes Knäuel! Und so leicht! Als hielte man ein Häschen im Arm.«

Scheu übernahm der Sotnik den Kleinen – in Verlegenheit geratend, weil ihm in diesem Augenblick die Kraft und Schwere der eigenen Hände überflüssig und unpassend erschien und weil er nicht wußte, wie er seine mächtigen Pranken dem nachgiebigen, schutzlosen Körperchen des Säuglings anpassen sollte; behutsam drückte er ihn an sich, richtiger: näherte ihn seinem Herzen. Und während er für eine bislang nie gekannte Regung von Zärtlichkeit nach einem Vergleich suchte und glücklich über die Entdeckung dieses Augenblicks lächelte, sagte er gerührt: »Weißt du, Dogulang, das ist kein Häschen, das ist mein Herz in meinen Händen.«

Der Kleine schlief bald ein. Für den Sotnik war es Zeit, an seinen Platz im Heer zurückzukehren.

Als der Sotnik Erdene in tiefer Nacht aus der Jurte seiner Geliebten trat, blickte er auf den Mond, dessen Schein über der herbstlichen Sary-Ösek nun ganz hell geworden war, aber sowie er die Schwelle der Stickerin von Herrscherbannern überschritten hatte, befiel ihn auch ein Gefühl völliger Einsamkeit. Er wollte nicht weggehen, wollte wieder zurück zu Dogulang, zum Sohn. Die geheimnisvollen, klingenden Laute der unergründlichen Steppennacht verzauberten den Sotnik. Etwas Unbegreifliches, Unheilvolles erschloß sich ihm bei dem Gedanken, daß sie, die schicksalhaft in die Unternehmungen des großen Chagan einbezogen waren, zusammen mit ihm am Feldzug nach dem Westen teilnahmen und ihm dienten, gleichzeitig der Gefahr ausgesetzt waren, für die Geburt des Kindes in einem beliebigen Augenblick durch die Strafe des Chagans vernichtet zu werden. Also steckte in dem, was sie mit dem Gebieter über die vier Himmelsrichtungen verband, etwas Widernatürliches, von nun an mit ihrem Leben Unvereinbares, sich gegenseitig Ausschließendes, und es drängte sich eine einzige Schlußfolgerung auf – wegzugehen, die Freiheit zu erringen, das Leben des Kindes zu retten ...

Schnell fand er in der Nähe die Dienerin Altun, die die ganze Zeit über wachsam gewesen war und sein Pferd gehütet, es aus dem Futtersack hatte fressen lassen.

»Na, hast du dein Söhnchen gesehen?« fragte Altun mit reger Anteilnahme.

»Ja, danke, Altun.«

»Hast du ihm einen Namen gegeben?«

»Er heißt Kunan!«

»Ein schöner Name. Kunan.«

»Ja. Möge der Himmel es hören. Nun aber, Altun, will ich dir sagen, was jetzt unverzüglich gesagt werden muß. Du bist für mich wie eine leibliche Schwester, Altun. Und für Dogulang und ihr Kind bist du eine treue, vom Schicksal gesandte Mutter. Ohne dich befänden wir uns nicht gemeinsam auf dem Feldzug, müßten wir unter der Trennung leiden. Und wer weiß, ob Dogulang und ich uns je wiedergesehen hätten. Denn wer am Krieg teilnimmt, den trifft der Krieg doppelt... Ich bin dir dankbar...«

»Ich verstehe«, sagte darauf Altun. »Mir ist schon alles klar. Du selbst, Erdene, hast dich ja auf etwas Unerhörtes eingelassen!« Altun wiegte den Kopf. Und setzte hinzu: »Geb's Gott, daß alles gutgeht. Ich verstehe ja«, fuhr sie fort, »in diesem großen Heer bist du heute ein Sotnik, ein Hundertschaftsführer, und schon morgen könntest du ein Tausendschaftsführer, ein Nojon, sein, geehrt fürs ganze Leben. Dann würden wir beide nicht über das reden, worüber wir jetzt reden. Du bist ein Sotnik, ich bin Sklavin. Damit ist alles gesagt. Du aber hast eine andere Wahl getroffen – folgst dem Ruf deines Herzens. Meine ganze Hilfe für dich besteht darin, das Pferd zu halten. Man hat mich deiner Dogulang als Dienerin beigegeben, damit ich ihr, du weißt es ja, bei der Arbeit helfe. Ich mach' das von Herzen gern, weil sie, wie ich meine, eine Tochter des Gottes der Schönheit ist. Ja, ja! Auch sie selbst ist schön! Aber nicht darum geht es mir. Ich spreche von etwas anderem. Dogulangs Hände besitzen Zauberkraft – ein paar Fadenknäuel und ein Stück Stoff kann jeder haben, doch was Dogulang stickt, davon kann ein anderer nicht einmal träumen. Das weiß ich von mir. Als seien sie lebendig, laufen bei ihr die Drachen über die Fahnen, wie vom Himmel geholt, so leuchten bei ihr die Sterne auf dem Stoff. Ich sag's doch, sie ist eine gottbegnadete Künstlerin. Ich bleibe bei ihr. Und wenn ihr beschlossen habt wegzugehen, dann komme ich mit. Allein schafft sie es nicht auf der Flucht, sie hat doch gerade erst entbunden.«

»Ebendarum geht es, Altun. Morgen gegen Mitternacht müßt ihr bereit sein. Du fährst mit Dogulang im Wagen, ich reite nebenher und führe das Ersatzpferd am Zügel. Wir fliehen in die Flußniederung des Jaik. Hauptsache, wir kommen bis zum Sonnenaufgang möglichst weit, damit die Verfolger am Morgen keine Spur mehr entdecken. Dann gelingt es uns freizukommen...«

Sie verstummten. Bevor der Sotnik Erdene in den Sattel stieg, neigte er den Kopf und küßte die welke Hand der Dienerin Altun, war ihm doch klar, daß die Vorsehung selbst ihm und Dogulang diese kleine Frau gesandt hatte – vor vielen Jahren auf chinesischem Territorium in Gefangenschaft geraten und bis ins Alter als Dienerin in Tschinggis-Chans Troß geblieben. Wer war sie schon für ihn, wenn man's bedachte: eine zufällige Gefährtin im Strudel von Tschinggis-Chans Feldzug gen Westen. Im Grund aber war sie die einzige getreue Stütze der Verliebten in der für sie schicksalhaften Zeit. Der Sotnik begriff – nur auf sie, auf die Dienerin Altun, konnte er sich verlassen und auf niemand sonst in der ganzen weiten Welt, auf niemand! Unter den Zehntausenden Bewaffneten, die an diesem großen Feldzug teilnahmen und sich mit grimmigen Schreien in die Schlachten stürzten, konnte allein sie, die alte Troßdienerin, sich an seine Seite stellen. Sie allein, sonst niemand. So kam es dann auch.

Während der Sotnik zu später Stunde auf seinem über den Augen bestirnten Pferd Akshuldus davonritt, wobei er die in Feldlagern und auf Rastplätzen schlafenden Truppenteile in weitem Bogen umging, dachte er daran, was ihnen bevorstand, und erflehte von Gott Hilfe für das neugeborene schutzlose Wesen, ist doch jedes Neugeborene eine Kunde von Gottes Willen, demzufolge irgendwann einmal irgend jemand vor die Menschen treten wird, als sei es Gott selbst in Menschengestalt, auf daß alle sehen, wie der Mensch sein muß. Gott aber – das ist der Himmel, unerreichbar und unermeßlich. Und der Himmel weiß, wem er welches Schicksal bestimmt – wer geboren werden, wer leben soll.

Der Sotnik Erdene versuchte, vom Sattel aus das ganze Sternenzelt zu übersehen, versuchte, sich vorzustellen, wie man mit dem Himmel verkehren könnte, und sei's nur in Gedanken, versuchte, im Herzen die Antwort des Schicksals zu vernehmen. Doch der Himmel schwieg. Einsam thronte der Mond am Zenit, unsichtbar ergoß sich sein fliederfarbener Lichtschein über die Sary-Ösek-Steppe, die vom Schlaf und vom Geheimnis der Nacht umfangen war...

Am Morgen aber erdröhnten wieder, rasselten dumpf die Trommeln, befahlen den Menschen, aufzustehen, sich zu bewaffnen, die Pferde zu besteigen, das Gepäck auf die Wagen zu werfen, und wieder setzte sich Tschinggis-Chans Armada, beseelt und vorwärts getrieben von der unbändigen Macht des Chagan, in Bewegung, zog sie weiter nach Westen.

Es war der siebzehnte Tag des Feldzugs. Hinter ihnen lag der größte, der am schwersten zu bewältigende Teil der Sary-Ösek, in ein, zwei Tagen mußten sie die Flußniederungen des Jaik erreichen, dann führte sie der Weg zur großen Edil, deren Wasser die Erdenwelt in zwei Hälften teilte – in West und Ost.

Alles ging seinen Gang. Voran ritten auf tänzelnden Rappen die Fahnenträger mit den wehenden Bannern, auf denen feuerspeiende Drachen abgebildet waren. Zu beiden Seiten des Heeres und mit einigem Abstand dahinter folgten die Gardisten – die Kesegul und das Gefolge des Herrschers. Unterm Sattel beim Chagan ging wie immer in gemessener Gangart sein geliebter verschiedenfarbiger Paßgänger Chuba, mit weißer Mähne und schwarzem Schweif; über ihm aber, am Himmel – als heimliche Quelle seiner Freude und seines ohnehin nur mühsam gebändigten Stolzes – schwebte wie immer seine ständige Gefährtin, die weiße Wolke. Wo er hinging, da war auch sie. Und über die Erde zog, so weit das Auge reichte, eine riesige Menschenmenge nach Westen – die Kolonnen, die Troßwagenzüge, die Armeen des Tschinggis-Chan. Ein Tosen erfüllte die Luft, das an das Tosen eines fern tobenden Meeres erinnerte. Und diese ganze Vielfalt, die ganze sich bewegende Lawine von Menschen, Pferden, Troßwagen, Waffen, Gerät, Vieh war eine Verkörperung seiner Macht und Kraft, alles ging von ihm aus, der Ursprung von alldem waren seine Pläne, und so dachte er zu dieser Stunde im Sattel, woran selten ein Sterblicher zu denken wagt: an die ersehnte Weltherrschaft, an eine einzige Großmacht auf Erden unter einer Hand, errichtet für alle Ewigkeit und noch über seinen Tod hinaus von ihm regiert – durch Befehle, die er beizeiten in Stein würde hauen lassen. Solange es auf Erden diese Felsen mit Inschriften geben wird, die anweisen, wie die Welt zu regieren ist, so lange wird sein Wille fortdauern. Solche Gedanken beschäftigten den Chagan an jenem Tag auf dem Weg, und die fesselnde Idee der in Stein gehauenen Inschriften als ein Mittel, unsterblich zu werden, ließ ihm keine Ruhe mehr. Er kam zu dem Schluß, daß sich zu Beginn des Winters, wenn sie die Edil erreicht hätten, Zeit dafür finden würde. Während sie am Ufer dieses großen Flusses darauf warteten, ihn überqueren zu können, wollte er einen Rat von Gelehrten, Weisen und Wahrsagern einberufen, um ihnen seine hehren Gedanken über das ewige Reich darzulegen, wollte er jene Befehle formulieren, die in Felsen zu hauen wären. Diese Worte würden die Welt von Grund auf verändern, die ganze Welt würde ihm zu Füßen fallen. Dazu hatte er den Feldzug begonnen, und alles auf Erden mußte diesem Ziel dienen, alles hingegen, was dem entgegenstand, was nicht der Strategie des Feldzuges entsprach, mußte aus dem Weg geräumt und vernichtet werden. Und so entstanden erneut Verse:

> Zur diamantenen Gipfelzier meines Reiches
> bestimm' ich den leuchtenden Mond am Himmel . . . ja!
> Und keine Ameise auf dem Weg
> entkommt den eisernen Hufen meiner Armee . . . ja!
> Wenn erst die dankbaren Nachkommen die Satteltasche
>   der Geschichte

von der schweißigen Kruppe meines Pferdes nehmen, begreifen sie den Preis der Macht... ja!

Ausgerechnet an diesem Tag wurde Tschinggis-Chan nachmittags gemeldet, eine Frau aus dem Troß habe entgegen dem strengen Befehl des Herrschers auf dem Feldzug ein Kind geboren – unbekannt, von wem. Gemeldet wurde ihm der Vorfall von dem Cheptegul Arassan. Der rotwangige Cheptegul mit den lebhaft huschenden Augen, der immer alles wußte und unermüdlich war, brachte auch diesmal als erster die unangenehme Nachricht. »Es ist meine Pflicht, dir, Erhabener, dies alles so zu melden, wie es ist, denn du hast diesbezüglich eine strenge Warnung ausgesprochen!« Mit diesem Satz beendete der Cheptegul Arassan seinen Bericht – heiser und vom Fett kurzatmig –, neben dem Chagan reitend, damit er seine Worte im Wind besser verstand.

Tschinggis-Chan schenkte dem Cheptegul nicht sogleich Aufmerksamkeit, antwortete ihm nicht sofort. Im Sattel sich wiegend, gesammelt und in Gedanken an seine ersehnten Steintafeln dem Augenblick entrückt, gab er nicht gleich dem aufkommenden Ärger nach und widersetzte sich noch lange der Erkenntnis, daß er nicht erwartet hatte, eine solche Nachricht könne ihn derart beeindrucken. Tschinggis-Chan schwieg beleidigt und trieb aus Ärger sein Pferd an, daß die Schöße seines leichten Zobelpelzes seitlich flatterten wie die Flügel eines erschreckten Vogels. Der Cheptegul Arassan aber, der neben ihm ritt, war in einer schwierigen Lage, wußte nicht, was tun, bald zog er die Zügel an, um den Chagan durch seine Anwesenheit nicht unnütz zu erzürnen, bald ritt er wieder neben ihm, Seite an Seite, um seine Worte, wenn sie gesagt würden, zu vernehmen, und er begriff nicht, war nicht imstande, den Grund für den so stummen Zorn des Herrschers zu begreifen, was hätte es ihn denn gekostet, auf diese Meldung hin ein einziges Wort zu sagen – hinrichten! –, zur selben Stunde hätten sie im Troß die Frau und ihren Bankert in einer Filzdecke erstickt, ohne auch nur einen

Tropfen Blut zu vergießen, nachdem sie sich erdreistet hatte, entgegen dem allerhöchsten Befehl zu gebären. In eine Filzdecke hätten sie das unverschämte Weib gewickelt, anderen zur Lehre erwürgt, und die Sache war erledigt. Da sagte der Chagan plötzlich schroff über die Schulter, so, daß der Cheptegul sogar im Sattel hochschreckte: »Wieso hat eigentlich niemand gesehen, daß diese Troßhündin einen dicken Bauch hatte, ehe sie das Kind in die Welt setzte? Oder habt ihr es gesehen und einfach geschwiegen?«

Der Cheptegul Arassan wollte schon erklären, wie das geschehen konnte, aber seine Worte waren verworren, zumal der Chagan ihm gebieterisch den Mund verbot. »Schweig!« befahl er.

Nach einer Weile fragte der Chagan gehässig: »Wenn sie keinen Mann hat – wer ist sie dann, diese Gebärerin aus dem Troß: Köchin, Heizerin, Viehpflegerin?« Und er war höchst verwundert, als er vernahm, die Frau, die geboren hatte, sei eine Bannerstickerin, denn ihm war bislang noch nie in den Sinn gekommen, daß jemand sich damit befassen könnte, seine herrlichen Fahnen zuzuschneiden und zu besticken, so wie er auch nie daran dachte, daß jemand für ihn Stiefel nähte oder eine neue Jurte herstellte, unter deren Kuppel er dann sein Leben verbrachte. Über solche Kleinigkeiten hatte er früher nie nachgedacht. Wozu auch, existierten die Fahnen nicht auch so, umgaben ihn und seine Truppen überall wie flammende Leuchten und loderten bisweilen auf wie beizeiten entfachte Lagerfeuer, lange, ehe er selbst in Lagerquartieren, auf Feldzügen und bei Truppenbewegungen, in Schlachten und bei Festmahlen auftauchte? Die Fahnen waren überall anwesend. So auch jetzt – vorn ritten stolz die Fahnenträger und kündeten seinen Weg. Er zog nach Westen, um dort seine Banner aufzupflanzen, fremde Fahnen aber zu Boden zu schleudern, damit sie zertreten würden. So würde es auch sein... Niemand und nichts würde es wagen, sich ihm in den Weg zu stellen. Und jede, selbst die geringste Widersetzlichkeit unter denen, die mit ihm auszogen, die

Welt zu unterwerfen, würde er nicht anders ahnden als durch die Todesstrafe. Strafe zur Durchsetzung von Gehorsam – das gehört unabänderlich zur Macht eines einzigen über viele. Anders kann es gar nicht sein.

Doch im Fall dieser Stickerin war nicht nur sie schuldig, sondern noch jemand, der sich zweifellos im Troß oder innerhalb der Truppen befand... Wer war das?

Von Stund an wurde der Chagan mißmutig, das verriet sein versteinertes Gesicht, der schwere Blick der starren Luchsaugen und eine so gespannte Haltung im Sattel, als ritte er gegen den Wind; doch kaum jemand aus seinem Gefolge, der sich ihm in einer unaufschiebbaren Angelegenheit des Feldzuges näherte, konnte ahnen, daß der Grund hierfür weniger darin lag, daß der dreiste Ungehorsam irgendeiner Stickerin und ihres unbekannten Liebhabers gegenüber einem Herrscherbefehl offenkundig geworden war, als vielmehr darin, daß dieser Vorfall ihn unwillkürlich an eine andere Geschichte erinnerte – eine Begebenheit mit einem unbekannten Mann oder unbekannten Männern, mit Feinden, die eine bittere, unauslöschliche, sorgsam aus der Erinnerung verdrängte, beschämende Spur in seinem früheren Leben hinterlassen hatte.

Und erneut mußte er mit blutendem Herzen, mit brandwunder Seele an einen Vorfall aus der Jugendzeit denken, als er noch seinen ursprünglichen Namen Temüdschin trug und niemand, nicht einmal er selbst, sich auch nur im Traum vorstellen konnte, daß er einst zum Herrscher über alle vier Himmelsrichtungen werden sollte. Damals, in jener fernen Jugend, hatte er eine Tragödie und Schande erlebt. Seine junge, von den Eltern bereits in seiner Kindheit für ihn gefreite Ehefrau Borte war noch im Honigmond bei einem Einfall der benachbarten Merkiten geraubt worden, und viele Tage verstrichen, ehe er sie in einem Gegenschlag zurückholen konnte, viele Tage und Nächte, die genau zu zählen er auch jetzt nicht die Kraft fand, da er mit seiner Armada auf dem Weg war, den Westen zu erobern, um den Thron seiner Weltherrschaft für alle Zeiten zu errichten, zu erhöhen, unantastbar zu machen, wodurch alles andere überdeckt und verurteilt würde, in Vergessenheit zu geraten.

In jener fernen Nacht aber, als die niederträchtigen Merkiten nach einem dreitägigen blutigen Handgemenge ungeordnet davonliefen, als sie ihre Pferdeherden und Nomadensiedlungen im Stich ließen, als sie vor dem schrecklichen, erbarmungslosen Ansturm flohen, nur um ihr jämmerliches Leben vor der Rache von Temüdschins Sippe zu retten, da erfüllte sich ein Racheschwur, in dem es hieß:

Mein altes, weithin sichtbares Banner
benetzte ich, ehe es in den Kampf ging, mit dem Blut
des Opfers.
Meine dumpf dröhnende, mit Ochsenhaut bespannte
Trommel schlug ich.
Auf meinen schwarzmähnigen Renner schwang ich
mich.
Mein gestepptes Panzerhemd legte ich an.
Mein drohendes Schwert ergriff ich mit den Händen.
Auf Tod und Leben werde ich mit den Merkiten
kämpfen.
Das ganze Merkitenvolk einschließlich der Kinder
werde ich vernichten,
auf daß ihr Land restlos veröde.

Als dieser Schwur in Erfüllung gegangen war – in einer Nacht, die Schreie und Klagen erfüllt hatten –, entfernte sich mit den in Panik Flüchtenden und Verfolgten ein gedeckter Wagen. »Borte! Borte! Wo bist du? Borte!« schrie und rief Temüdschin verzweifelt, stürzte hierhin und dorthin, fand sie nirgends, und erst als er endlich zusammen mit seinen Leuten auf das gedeckte Gefährt gestoßen war und sie aus der Bewegung die Wagenlenker niedergemacht hatten, meldete sich Borte auf seinen Ruf: »Hier bin ich! Ich bin Borte!« Sie sprang vom Wagen, er glitt vom Pferd, sie stürzten einander entgegen, umarmten sich im Dunkeln, und erst in diesem

Augenblick, da er die junge Frau heil und unversehrt in seinen Armen hielt, durchfuhr es ihn wie ein Blitz, spürte er in all dem Durcheinander, so als träfe ihn ein unerwarteter Schlag ins Herz, einen unbekannten, fremden Geruch, wahrscheinlich von einem stark verräucherten Schnurrbart, den eine Berührung auf ihrem warmen Hals hinterlassen hatte, und da erstarrte er, biß sich die Lippen blutig. Ringsum aber tobte weiterhin der Kampf, das Gemetzel, rechneten die einen mit den anderen ab . . .

Von dem Augenblick an griff er nicht mehr in den Kampf ein. Er setzte die aus der Gefangenschaft befreite Frau in den Wagen, machte kehrt und versuchte dabei sich in die Gewalt zu bekommen, um nicht sofort auszusprechen, was er argwöhnte. Und es quälte ihn dann sein ganzes Leben. Ihm war klar: Nicht aus freiem Willen war seine Frau in die Hände der Feinde geraten, und doch – um welchen Preis hatte sie es geschafft, daß ihr kein Leid widerfuhr, kein Haar gekrümmt wurde. Nach allem zu urteilen, war die Gefangenschaft für Borte kein Martyrium gewesen, man konnte nicht sagen, daß ihr Aussehen erlittene Qualen gespiegelt hätte. Nein, zu einem offenen Gespräch über diesen Vorfall kam es auch später nie.

Als die wenigen Merkiten, denen es nach dem Vergeltungsschlag gelungen war, in andere Länder oder schwer zugängliche Gegenden zu ziehen, schon nicht mehr die geringste Gefahr darstellten, als sie zu Hirten oder Dienern, zu Sklaven geworden waren, verstand niemand die unerbittliche Grausamkeit der Rache Temüdschins, der zu dieser Zeit bereits Tschinggis-Chan war. Am Ende waren alle Merkiten, denen es nicht gelungen war zu fliehen, erschlagen. Und kein einziger Merkite hätte nun noch erklären können, er habe in irgendeiner Beziehung zu seiner Borte gestanden, während sie in merkitischer Gefangenschaft gewesen war.

Später hatte Tschinggis-Chan noch drei Frauen, doch nichts vermochte die Erinnerung an jenen ersten grausamen Schicksalsschlag zu verdrängen oder auszulöschen. Damit lebte der Chagan also weiter. Mit dieser blutenden Wunde in der Seele, von der niemand wußte. Schon gar, als er nach der Geburt seines Erstlings, des ältesten Sohnes Dshutschi, im Kopf peinlich genau ausgerechnet hatte, daß dieser Erstgeborene sowohl sein Sohn als auch nicht sein Sohn sein konnte, fand er innerlich keine Ruhe. Irgendein Unbekannter, der dreist seine Ehre angegriffen hatte, blieb unbekannt.

Obwohl nun der Unbekannte, von dem die Stickerin der Herrscherfahnen auf diesem Feldzug ein Kind geboren hatte, mit dem Chagan unmittelbar nichts zu tun hatte, kochte sein Blut: Da war wieder ein Unbekannter, und wieder nannte eine Frau seinen Namen nicht.

Mitunter fehlt nicht viel, und für einen Menschen gerät in einem Augenblick die Welt aus den Fugen, sie kippt vornüber und wird anders, als sie – zweckmäßig und völlig faßbar – soeben noch gewesen war... Solch einen seelischen Umbruch erlebte zu dieser Stunde der große Chagan. Zwar verblieb in Wahrheit alles Sichtbare um ihn herum in seinem früheren Zustand, so wie vor dieser Nachricht. Ja, vor ihm, von seiner Erhabenheit kündend, ritten auf tänzelnden Rappen die Fahnenträger mit den wehenden Drachenbannern. Der Paßgänger Chuba ging unterm Sattel in jenem gewohnten Schritt, daß der Reiter vor Freude sich und dem Pferd Unsterblichkeit wünschte; neben und hinter ihm ritt auf ausgezeichneten Rennpferden sein Ehrengefolge, zu beiden Seiten beschirmte ihn, zu Reihen formiert, seine treue Wache – Abteilungen von Gardisten der »Halbtausender«, der Kesegul, und ringsum, so weit das Auge reichte, zogen die Tümen durch die Steppe, die schlagkräftige Macht, und Tausende Wagenzüge des Trosses, ihre Stütze. Über seinem Kopf aber, über all diesem sichtbaren Geschehen, schwebte am Himmel die treue weiße Wolke, von den ersten Tagen des Feldzugs an ein Zeugnis, daß der Allerhöchste Himmel den Chagan beschirmte.

Alles schien so zu sein wie früher, und doch hatte sich für

den Chagan etwas Unsichtbares in der Welt von seinem Platz verschoben, weckte in ihm Empörung, ließ langsam ein Gewitter aufziehen. Da hatte doch jemand seinem Willen nicht gehorcht, da hatte doch jemand gewagt, die eigenen entfesselten fleischlichen Begierden über sein weltumfassendes Ziel zu stellen, da hatte doch jemand, zweifellos einer seiner Reiter, vorsätzlich seinem Befehl zuwidergehandelt, hatte eine Frau im Bett stärker begehrt, als gewissenhaft dem Chagan zu dienen, ihm strikten Gehorsam zu leisten. Und eine nichtswürdige Frau, diese Stickerin – als ob sich ohne sie sonst niemand zum Sticken finden würde! –, hatte sich entschieden, im Heer zu gebären, wo doch alle anderen Frauen im Troß ihre Leiber bis zu seiner ausdrücklichen Genehmigung vor einer Empfängnis verschlossen hatten!

Diese Gedanken wucherten in ihm wie Pestwurz, wie wilder Buschwald und verblendeten seine Augen mit Bosheit. Obwohl er begriff, daß der Vorfall an sich geringfügig war, daß man ihm keine besondere Bedeutung beimessen müsse, brachte eine andere Stimme in ihm – zunehmend machtvoll, gebieterisch, unversöhnlich – das Blut zum Kochen, forderte eine strenge Bestrafung, die Hinrichtung der Ungehorsamen vor dem ganzen Heer, betäubte und verdrängte sie immer mehr andere Gedanken.

Sogar der unermüdliche Paßgänger Chuba, von dem der Chagan an diesem Tag nicht ein einziges Mal abstieg, spürte gleichsam eine zusätzliche Last, ein ständig anwachsendes, immer größer werdendes Gewicht des Reiters, und er bedeckte sich mit seifigem Schaum, was es bei ihm früher nie gegeben hatte.

Schweigend und furchtgebietend setzte Tschinggis-Chan seinen Weg fort. Und obwohl scheinbar nichts den Feldzug störte, nichts das Vorrücken der Armada nach Westen behinderte, nichts seine großen Vorhaben, die Welt zu unterwerfen, in Frage stellte, war etwas geschehen: Ein unsichtbarer, winziger Stein war von dem unerschütterlichen Berg seiner Befehle gerollt. Das ließ ihm keine Ruhe. Er dachte den ganzen Weg über daran, es machte ihm zu schaffen wie ein Splitter unterm Nagel, und während er sich immerfort damit beschäftigte, ärgerte er sich über seine Vertrauten. Wie konnten sie es wagen, ihm das erst jetzt zu melden, da die Frau bereits entbunden hatte, wo waren sie früher gewesen, wo hatten sie die Augen gehabt, war es denn so schwer, eine schwangere Frau viel früher zu bemerken? Dann wäre alles ganz anders, dann hätte man sie längst mit einem Fußtritt davongejagt wie eine läufige Hündin. Aber jetzt auf dem Feldzug, was war da zu tun? Vorhin, als er von dem Vorfall Meldung erhielt, hatte er den für den Troß verantwortlichen Nojon zu sich befohlen und ihn schroff gefragt, wie es denn möglich sei, daß die Schwangerschaft dieser Stickerin bis zur Geburt des Kindes unbemerkt geblieben war und erst zuverlässige Leute das Weinen des Neugeborenen in der Jurte hören mußten. Wie konnte so etwas geschehen? Darauf hatte der Nojon nicht sehr überzeugend geantwortet, die Fahnenstickerin Dogulang habe allein in einer Jurte gewohnt, immer abseits von anderen, habe mit niemandem Umgang gehabt und sich immer auf ihre Arbeit berufen, sie habe einen eigenen Wagen besessen und ihre eigene Dienerin, wenn aber Leute mit Aufträgen zu ihr gekommen seien, habe sie von einem Haufen Stoff umgeben dagesessen, zumeist Seide von Fahnen, die sie besticken sollte. Die Seidenstücke hätte sie über ihre Schultern geworfen, und manche hätten gedacht, sie mache das einfach, um sich zu schmücken, denn sie putzte sich gern. So habe man schwer erkennen können, daß sie schwanger war. Der Vater des Neugeborenen war auch unbekannt. Noch hatte man die Stickerin nicht verhört. Die Dienerin aber behauptete, sie wisse nicht, wer der Vater des Kleinen sein könne. Such einer den Wind auf freiem Feld...

Tschinggis-Chan war verärgert, denn diese Angelegenheit verdiente seine hohe Aufmerksamkeit nicht. Doch da er selbst das Verbot erlassen hatte, Kinder zu gebären, und da im Heer jeder Anführer schon aus Furcht um seinen

Kopf sich beeilte, den Vorfall einem Ranghöheren zu melden, war der Chagan zum Gefangenen seiner eigenen allerhöchsten Weisung geworden. Er begriff, daß er nun handeln mußte – der Chagan konnte sich nicht irren, er konnte nur strafen... Die Strafe war unabwendbar...

Es ging schon auf Mitternacht zu, als sich der Sotnik Erdene unter dem Vorwand, er müsse in dringenden Angelegenheiten zum Tausendschaftsführer, das Lager verließ, doch das war nur ein Vorwand, um in der Nacht zusammen mit seiner Geliebten zu fliehen. Er wußte noch nicht, daß dem Chagan bereits alles bekannt war, daß die Flucht mit Dogulang und dem Kind nicht mehr möglich war.

Mit dem Ersatzpferd am Zügel, als führte er einen Jagdhund an der Leine, umging der Sotnik Erdene glücklich viele für die Nacht aufgeschlagene Lager und näherte sich dem Rastplatz des Trosses, an dessen Rand gewöhnlich Dogulangs Jurte stand, wobei er von Gott nur eines erflehte: daß er keiner Streife aus dem Kommando des Nojon begegnete. Die Nojonstreife verhält sich besonders grausam und schikanös, wenn zufällig ein Reiter Stutenmilchschnaps getrunken hat und nicht mehr nüchtern ist, die Nojonstreife kennt kein Erbarmen – sie zwingt einen, sich statt eines Pferdes vor seinen Wagen spannen zu lassen, worauf man vom Kutscher dann mit der Peitsche angetrieben wird.

Als Erdene seine Reiterhundertschaft verließ, um zu fliehen, wußte er, daß ihm, wenn er erwischt würde, die Höchststrafe drohte – entweder in einer Filzdecke erstickt oder gehängt zu werden. Retten konnte er sich nur, wenn es ihm gelang, ferne Gegenden, andere Länder zu erreichen.

Die Steppennacht war mondhell wie die vergangene. Überall waren Lager aufgeschlagen, Rastplätze für Mensch und Vieh, überall schliefen dichtgedrängt Krieger an glimmenden Lagerfeuern. Inmitten einer solchen Masse von Menschen und Fuhrwerken konnte es kaum jemand interessieren, wer wohin geht. Damit rechnete der Sotnik Erdene, und so hätte es sein können, doch das Schicksal hatte es anders bestimmt...

Das war ihm sofort klar, als er sich dem Troßlager der Handwerker näherte. Er sprang aus dem Sattel und erstarrte im Schatten der Pferde, sie fest am Zügel haltend. Ein Unglück war geschehen! Bei der Jurte, die am äußersten Rand lag, ein wenig abseits vom dichtbevölkerten Rastplatz, brannte ein großes improvisiertes nächtliches Lagerfeuer und erhellte die Umgebung mit beunruhigend zuckendem Lichtschein. Wohl ein Dutzend berittene Shassaul drängte sich bei Dogulangs Jurte, unterhielt sich lauthals... Drei, die abgesessen waren, spannten den zweirädrigen Karren der Stickerin ein, es war eben das Gefährt, mit dem sie in dieser Nacht samt ihrem Neugeborenen fliehen wollten. Erdene sah, wie die Shassaul Dogulang mit dem Kleinen im Arm aus ihrer Jurte führten. Im Schein des Lagerfeuers stand Dogulang nun in ihrem Marderpelz da, das Kind an sich gedrückt, bleich, hilflos und verschreckt. Die Shassaul fragten sie nach etwas. Man hörte zornige Rufe: »Antworte! Antworte gefälligst! Dirne! Hure!« Dann ertönte ein Aufschrei der Dienerin Altun. Ja, es war ihre Stimme, zweifellos. Altun schrie: »Woher soll ich das wissen! Warum schlagt ihr mich? Woher soll ich wissen, wer der Vater ist? Was denkt ihr denn – es ist doch nicht in der Steppe passiert, nicht jetzt! Ja, sie hat ein Kind geboren, ihr seht es selber. Begreift ihr denn nicht, daß all das vor neun Monaten geschehen ist! Was weiß ich, wann und mit wem das war. Warum schlagt ihr mich? Und das wollen Männer sein! Warum bedroht ihr sie, habt sie zu Tode erschreckt – sie hat doch ein neugeborenes Kind! Hat sie euch nicht gedient, eure Kampfbanner bestickt, mit denen ihr ins Feld zieht? Warum tötet ihr sie jetzt, warum?«

Die arme Altun – ein Hälmchen unterm Huf –, was konnte sie tun, da selbst der Sotnik Erdene es nicht wagte, sich einzumischen, und was hätte er auch gegen ein Dutzend bewaffnete Shassaul vermocht? Allenfalls auf der Stelle zu sterben und einen oder zwei mitzunehmen! Was aber hätte das gebracht? Das macht die Shassaul immer stark – daß sie als Meute auftreten. Sie warten nur darauf, als ganze Meute loszustürmen, um ihre Opfer zu quälen, damit Blut fließt!

Dann sah er, wie die Shassaul Dogulang mit dem Kind in den Wagen setzten, wie sie auch die Dienerin Altun hineinwarfen und in die Nacht hinausfuhren.

Danach beruhigte sich alles, wurde es ringsum still, der Lagerplatz verwaiste. Erst jetzt wurde fernes Hundebellen vernehmbar, das Wiehern der Pferde im Troß und der Klang unverständlicher Stimmen von den Rastplätzen.

Das Lagerfeuer bei der Jurte der Stickerin Dogulang brannte nieder. Die Nacht hatte die Unrast, die Qualen und die Kämpfe der Menschen verschlungen und blickte mit leidenschaftslos strahlenden, stummen Sternen auf den verödeten Raum, als müsse alles so sein...

Als bewegte er sich im Schlaf, tastete der Sotnik mit jäh kalt gewordenen Händen nach dem Zaum am Kopf des Ersatzpferdes, zog ihn herunter und warf ihn dem Pferd, ohne die eigene Anstrengung zu spüren, vor die Füße. Dumpf klirrte das leere Gebiß. Dem Sotnik wurde plötzlich bewußt, wie schwer er atmete, er bekam immer schwerer Luft. Doch er fand noch die Kraft, dem Pferd auf den Widerrist zu klopfen. Das Pferd war jetzt nutzlos, war frei, niemand brauchte es, und so lief es im Trab zur nächsten nächtlichen Herde. Der Sotnik Erdene aber schlenderte ziellos durch die Steppe, er wußte selbst nicht, wohin er ging, weshalb er ging. Und an der Leine folgte ihm still sein über den Augen bestirnter Akshuldus – das getreue Pferd, das den Sotnik in manche Schlacht und auch wieder aus den Schlachten getragen hatte, auf dem es ihm aber nicht gelungen war, davonzusprengen, um die geliebte Frau und das neugeborene Kind einem bösen Schicksal zu entreißen.

Der Sotnik ging auf gut Glück, wie ein Blinder; Tränen standen in seinen Augen, flossen über seinen feuchten Bart, und das Mondlicht, das sich über alles gleichmäßig ergoß, schwankte krampfhaft auf seinen gebeugten zuckenden

Schultern... Er trottete dahin wie ein aus der Herde verjagtes einsames Raubtier, das in der weiten Welt sich selbst überlassen ist: Kannst du leben, dann leb, kannst du's nicht, dann stirb. Das ist die ganze Wahl... Was konnte er denn jetzt tun, wohin gehen? Nichts war ihm übriggeblieben, als an Ort und Stelle zu sterben, sich selbst mit dem Kampfmesser zu töten, sich das Messer in die Brust zu stoßen, in das unerträglich schmerzende Herz, und so diesen Schmerz, der sein Inneres verbrannte, zu stillen, zu beseitigen – oder zu verschwinden, weit wegzulaufen, ein für allemal irgendwo zu verschwinden...

Der Sotnik fiel auf die Erde und wand sich dumpf heulend auf dem Bauch, wobei er Handflächen und Nägel an Steinen zerschrammte, doch die Erde tat sich nicht auf; da erhob er sich auf die Knie und tastete nach dem Messer unter seinem Gürtel...

In der Steppe war es ganz still, öde und sternenklar... Nur das treue Pferd Akshuldus stand geduldig neben seinem Herrn im Mondlicht, wieherte und wartete auf einen Befehl...

Ehe die Truppen ihren Marsch fortsetzten, schlugen die Trommler, die auf einem nahe gelegenen Hügel zusammengezogen worden waren, das Signal zum Sammeln. Auch nach dem ersten Trommelschlag verstummten die Dobulbas nicht, sondern erschütterten die Umgebung mit dem beunruhigend anwachsenden, aufreibenden Alarmgedröhn. Die Trommeln aus Ochsenhaut brüllten und wüteten wie Raubtiere in der Falle, riefen zum Appell angesichts der Hinrichtung einer Hure, einer Fahnenstickerin, von der kaum einer wußte, daß sie Dogulang hieß, und die im Feldzug ein Kind geboren hatte.

Unterm schamanenhaften Getöse der Trommeln stellten sich die berittenen Kohorten voll bewaffnet wie zur Parade im Halbkreis um den Hügel auf, Hundertschaft für Hundertschaft, an den Flanken aber standen die Troßwagen mit dem Gepäck und dem ganzen Werkvolk obendrauf, jegliche Art Handwerker, wie sie auf dem Feldzug benötigt werden: Jurtenbauer, Waffenschmiede, Sattler, ob Mann, ob Frau, allesamt jung, alle in der Zeit ihrer Fruchtbarkeit. Ihnen allen sollte die Schauhinrichtung als Abschreckung und Lehre dienen. Jeder, der es wagte, sich einem Befehl des Chagan zu widersetzen, würde das Leben verlieren!

Die Dobulbas aber dröhnten weiter auf dem Hügel, ließen unwillkürlich das Blut in den Adern gefrieren und die Seelen erstarren – Ausdruck auch der Hinnahme, ja sogar Billigung dessen, was nach dem Willen Tschinggis-Chans geschehen sollte.

Unterm Getöse der nicht verstummenden Dobulbas brachte man in einer goldenen Sänfte den Chagan selbst auf den Hügel, den gebietenden Gott, der eine gefährliche Ungehorsame hinrichten ließ, welche bis zuletzt den Namen dessen nicht preisgab, von dem sie ein Kind geboren hatte. Die Sänfte wurde inmitten von Fahnen niedergestellt, die auf dem rotbraunen Hügel im Wind wehten und in den ersten Sonnenstrahlen badeten, unter Verwendung von Seide und Perlen mit feuerspeienden Drachen bestickt. Der Drache im Sprung war ein Symbol für ihn, den Chagan, doch er ahnte nicht, daß die Frau, der diese Stickereien ihre Beseeltheit verdankten, nicht ihn im Sinn gehabt hatte, sondern einen andern. Den, der in ihren Armen ein Drache gewesen war, ungestüm und furchtlos. Und niemand weit und breit ahnte, daß sie nun dafür mit ihrem Kopf zahlen mußte.

Der Augenblick rückte näher. Die Trommeln wurden allmählich leiser, um vor der Hinrichtung zu verstummen und die gespannte Stille anzuheizen, wenn in schrecklicher Erwartung die Zeit sich dehnte, zerfiel und erstarb, um dann wieder ohrenbetäubend und wütend loszudröhnen, den Prozeß der Auslöschung eines Lebens mit einem wilden Wirbel zu begleiten und so das Bewußtsein der Zuschauer mit einer Ekstase blinder Rache und Schadenfreude zu betören, um einen jeden mit heimlichem Jubel im Herzen zu berauschen, daß nicht er den Tod durch Erhängen erleiden mußte, sondern ein anderer.

Die Trommeln wurden leiser und leiser. Alle Versammelten waren gespannt, sogar die Pferde unter den Reitern waren erstarrt. Steinern gespannt war auch das Antlitz Tschinggis-Chans. Seine grausam zusammengepreßten Lippen und der starre, kalte Blick seiner schmalen Schlitzaugen hatte etwas Schlangenhaftes.

Die Trommeln verstummten, als aus der nächst gelegenen Jurte die Fahnenstickerin Dogulang zur Hinrichtungsstätte geführt wurde. Bärenstarke Shassaul, die sie untergefaßt hatten, zerrten sie heraus und hoben sie auf einen mit zwei Pferden bespannten Wagen. Dogulang stand in dem Wagen, und ein neben ihr stehender finsterer junger Shassaul stützte sie von hinten.

Die Leute in den Reihen, besonders die Frauen, riefen: »Da ist sie, die Stickerin! Hure! Gelegenheitsliebchen! Dabei ist sie so jung und schön, daß sie die zweite oder dritte Frau eines Nojon hätte sein können! Und wär's ein Greis gewesen – um so besser. Dann hätte sie nichts auszustehn gehabt. Aber nein, da muß sie sich einen Liebhaber zulegen und ein Kind zur Welt bringen, die Schamlose! Das ist so, als ob sie dem Chagan ins Gesicht gespuckt hätte! Mag sie jetzt dafür zahlen. Soll man sie nur an einem Kamelrücken aufbaumeln! Das hast du nun davon, du Schöne!« Diese erbarmungslosen Schmähungen waren die Fortsetzung des wütenden Trommelwirbels, die Ochsenhaut-Dobulbas hatten ja gerade dazu so hartnäckig und ohrenbetäubend gedröhnt, um die Leute in ihren Bann zu zwingen, ihren Haß gegen das zu wecken, worüber sich der Chagan selbst empört hatte.

»Da ist ja auch die Dienerin mit dem Kind! Seht nur!« schrien wieder hämisch die Weiber vom Troß. Es war in der Tat die Dienerin Altun. In den Armen trug sie den in Stoffetzen gewickelten Neugeborenen. Zusammengekrümmt und ängstlich um sich blickend, ging Altun in Begleitung eines riesigen Shassaul neben dem Wagen her, als wolle sie mit der

Last auf ihren Armen Zeugnis ablegen vom verbrecherischen Treiben der zum Tode verurteilten Stickerin und es bestätigen.

So führte man sie vor der Hinrichtung dem Volk vor, um es abzuschrecken. Dogulang begriff, daß es jetzt keinen Ausweg mehr gab: kein Verzeihen, kein Erbarmen.

Vorhin hatte sie noch in der Jurte, aus der man sie auf diesen schmachvollen Weg geholt hatte, das Kind zum letztenmal gestillt. Ohne etwas zu ahnen, hatte der unglückliche Kleine eifrig geschmatzt, von der süßen Milch und den draußen sanft verstummenden Tönen der Trommeln noch im Halbschlaf gehalten. Die Dienerin Altun war auch zugegen. Sie weinte und hielt sich, um lautes Schluchzen zu unterdrücken, hin und wieder die Hand vor den Mund. Hier gelang es ihnen, einige Worte zu wechseln.

»Wo ist er?« flüsterte Dogulang und legte hastig das Kind an die andere Brust, obwohl ihr klar war, daß Altun nicht wissen konnte, was sie selbst nicht wußte.

»Ich weiß es nicht«, antwortete Altun unter Tränen. »Ich glaube, weit von hier.«

»Ach, wenn's doch so wäre!« flehte Dogulang.

Die Dienerin wiegte nur bitter den Kopf. Beide dachten sie das eine – wenn es doch dem Sotnik Erdene gelänge, zu entkommen, möglichst weit weg zu entfliehen, sich allen Blicken hier zu entziehen!

Hinter der Jurte erklangen Schritte, Stimmen.

»Raus mit ihnen! Schleift sie her!«

Ein letztes Mal preßte die Stickerin das Kind an sich, atmete wehmütig den süßlichen Geruch ihres Kleinen ein und übergab ihn mit zitternden Händen der Dienerin.

»Solange er lebt, gib auf ihn acht!«

»Denk nicht an so was!« Altun schluckte an ihren Tränen, konnte sich aber nicht mehr bezwingen. Laut und verzweifelt schluchzte sie los.

Da zerrten die Shassaul sie nach draußen.

Die Sonne war schon über der Steppe emporgestiegen und

stand blendend überm Horizont. Ringsum hinter den Ansammlungen der Truppen und Troßwagen, die bereit waren, nach der Hinrichtung der Stickerin den Marsch fortzusetzen, dehnten sich die Randgebiete der Sary-Ösek – ebene Steppe und Hügelland. Auf einer Anhöhe glänzte die goldene Sänfte des Chagan. Als Dogulang aus der Jurte trat, streifte ihr Blick für einen Augenblick die Sänfte, in der der Chagan saß – unzugänglich wie ein Gott und umgeben von den im leichten Steppenwind flatternden, von ihrer Hand bestickten Herrscherfahnen mit den feuerspeienden Drachen.

Tschinggis-Chan, der unter einem Baldachin thronte, konnte von dem Hügel aus alles sehen – die Gegend, die Truppen, die Leute vom Troß und am Himmel wie immer auch seine treue weiße Wolke. Die Hinrichtung der Stickerin verzögerte an jenem Morgen den Aufbruch der Truppen. Doch das eine mußte geschehen, damit das andere seinen Fortgang nahm. Die bevorstehende Hinrichtung war nicht die erste und nicht die letzte in Anwesenheit des Chagan – die verschiedensten Vergehen fanden auf ebendiese Weise ihre Strafe, und jedesmal überzeugte sich der Chagan, daß eine öffentliche Hinrichtung eine unumgängliche Staatsangelegenheit war, um eine Vielzahl einer einzigen, von der höchsten Person ausgehenden Ordnung zu unterwerfen; denn auch der Schrecken und die geheime erbärmliche Freude, daß der gewaltsame Tod einen nicht selbst trifft, sondern einen andern, zwingt die Menschen, den Vollzug der Todesstrafe als notwendige Maßnahme zu erkennen und so das Wirken der Macht bedingungslos zu billigen und zu rechtfertigen.

Auch diesmal, als man die Stickerin aus der Jurte geführt und gezwungen hatte, zur schmachvollen Fahrt auf den Wagen zu steigen, begannen die Menschen wie ein Wespenschwarm zu summen, gerieten sie in Bewegung. In Tschinggis-Chans Gesicht zuckte kein Muskel. Er saß unterm Baldachin, umgeben von den wehenden Fahnen und den an den

Fahnenschäften wie Steingötzen erstarrten Gardisten, den Kesegul. Die angekündigte Hinrichtung sollte ja bewirken, daß einem jeden bewußt wurde – nichts, auch nicht das geringste Hindernis auf dem Weg des großen Feldzugs nach Westen würde geduldet. Dabei war dem Chagan im Grunde klar, daß er diesmal der jungen Frau gegenüber eine so grausame Abrechnung hätte vermeiden können, doch er sah dafür keine Veranlassung – Großmut bringt nie etwas ein –, die Macht verliert an Wirkung, die Leute werden unverschämt. Nein, er bereute nichts – was er bei diesem Akt vermißte, war, daß er nicht herausbekommen hatte, wer der Liebhaber dieser Stickerin gewesen war.

Sie aber, zum Tod durch Hängen verurteilt, näherte sich bereits dem Wagen, fuhr die Reihen der Truppen und Troßwagen entlang, das Kleid auf der Brust zerrissen und die Haare zerzaust – die dichten schwarzen Strähnen, die in der Morgensonne wie Kohle schimmerten, verdeckten ihr blutleeres bleiches Gesicht. Doch Dogulang hatte den Kopf nicht gesenkt, sie sah sich mit leeren traurigen Augen um – nun hatte sie nichts mehr zu verbergen. Da war sie, die einen Mann mehr geliebt hatte als ihr Leben, da war ihr Kind, das verbotenerweise aus dieser Liebe hervorgegangen war!

Doch die Leute wollten Bescheid wissen und schrien: »Du Stute, wo ist dein Hengst? Wer ist es?«

Da brüllte die Menge los, von einem uneingestandenen Schuldgefühl erregt und erbittert, schrie, um sich schneller von der schmutzigen Sünde zu befreien: »Aufhängen, die Hündin! Sofort hängen! Was wartet ihr noch?«

Die Veranstalter der Hinrichtung hatten wahrscheinlich gehofft, daß die wütende Menge den Mut der Stickerin brechen würde. Vom Chan-Kommando kam ein Reiter, ein stimmgewaltiger Nojon und wackerer Krieger, der bereit war, für den Chagan auch das zu erledigen. Er sprengte zu der traurigen Prozession, zu dem Wagen mit der zum Tod Verurteilten, an dessen Seite die Dienerin mit dem Kind ging.

»Halt!« rief er ihnen zu, und an die Reiterreihen gewandt: »Hört alle her! Dieses schamlose Geschöpf soll zeigen, von wem sie das Kind hat! Mit wem sie gehurt hat! Sag, ist unter diesen Männern der Vater deines Kindes?«

Dogulang verneinte. Beunruhigtes Gemurmel ging durch die Reihen. Die Sotniks riefen durcheinander: »Bei mir ist er nicht. Vielleicht ist der Kerl in deiner Hundertschaft?«

Inzwischen verlangte der mit der lauten Stimme wieder und wieder von der Stickerin, sie sollte auf den Vater des Neugeborenen zeigen.

Erneut blieb der Wagen vor einer Abteilung Reiter stehen, und wieder kam die Frage: »Zeig, du Hure – von wem hast du das Kind?«

An der Spitze ebendieser Abteilung befand sich der Sotnik Erdene auf seinem über den Augen bestirnten Akshuldus, in voller Rüstung und Bewaffnung. Dogulangs und Erdenes Blicke trafen sich. Im allgemeinen Lärm und Durcheinander achtete niemand darauf, wie schwer es ihnen fiel, die Augen voneinander zu wenden, wie Dogulang zitterte und die wirren Haare aus der Stirn warf, wie für einen Augenblick ihr Gesicht aufleuchtete und sofort wieder erlosch. Und nur Erdene konnte sich vorstellen, was Dogulang diese blitzartige Begegnung ihrer Blicke gekostet hatte – welche Freude und welchen Schmerz ihr dieser Augenblick bereitete. Und auf die Frage des stimmgewaltigen Nojon erklärte sie, wieder zur Besinnung gekommen und beherrscht: »Nein, hier ist der Vater meines Kindes nicht!«

Und wieder achtete niemand darauf, daß der Sotnik Erdene den Kopf sinken ließ und sich gleich darauf zwang, ein ungerührtes Aussehen anzunehmen.

Die Henker aber standen schon bereit. Drei Männer in schwarzen Wämsen und aufgekrempelten Ärmeln führten ein zweihöckriges Kamel heraus, so riesig, daß ein Reiter im Sattel mit dem Kopf nur bis zur Mitte des Kamelbauches reichte. Weil hoher Wald in der freien Steppe fehlte, verfuhren die Nomaden von jeher so, daß sie Verurteilte zwischen

Kamelhöckern aufhängten – entweder paarweise an einem Strick, oder ein Sack voller Sand diente als Gegengewicht. So ein Gegengewicht – ein Sack voll Sand – war für die Stickerin Dogulang schon vorbereitet.

Mit Zurufen und Stockschlägen zwangen die Henker das böse brüllende Kamel, auf die Knie zu fallen und sich auf die Erde zu legen, die langen knochigen Beine unter sich. Der Galgen war fertig.

Die Trommeln belebten sich leise rasselnd, um im erforderlichen Moment loszudröhnen und die Seelen zu betäuben und in Glut zu bringen.

Da wandte sich der stimmgewaltige Nojon ein letztes Mal, wahrscheinlich nur noch zum Spaß, an die Stickerin: »Ich frage dich zum letztenmal. Du dumme Hure bist sowieso verloren, und dein Bankert wird auch nicht überleben. Wie soll man dich verstehen – weißt du am Ende gar nicht, von wem du schwanger geworden bist? Vielleicht strengst du deinen Strohkopf mal an und erinnerst dich?«

»Ich weiß nicht mehr, von wem. Das war vor langer Zeit und fern von hier!« antwortete die Stickerin.

Über die Steppe donnerte grölendes, rohes Männerlachen und hämisches Weibergekreisch.

Der Nojon ließ von seinen Fragen nicht ab.

»Wie sollen wir das verstehen – hast du dich auf einem Basar feilgeboten, dich verkauft?«

»Ja, auf dem Basar!« fertigte Dogulang ihn herausfordernd ab. »Ich hab' mich verkauft!«

»War's ein Händler oder ein Landstreicher? Oder gar ein Basardieb?«

»Ich weiß es nicht, vielleicht ein Händler, vielleicht auch ein Landstreicher oder ein Basardieb«, sagte Dogulang.

Wieder Grölen und Gekreisch.

»Wo ist da der Unterschied, ob's ein Händler, Landstreicher oder Dieb war – so und so hat sie sich auf dem Basar damit beschäftigt!«

Da ertönte unerwartet in den Reihen der Krieger eine

Stimme, und alle rundum verstummten. Jemand schrie kräftig und laut: »Ich bin's! Ich bin der Vater des Kindes! Ja, ich, wenn ihr's wissen wollt!«

Alle verstummten jäh, erstarrten – wer war das? Wer hatte sich auf den Ruf des Todes gemeldet – in jener letzten Minute, die das Geheimnis der Stickerin für immer hinweggetragen hätte?

Alle waren überrascht: Seinem über den Augen bestirnten Pferd die Sporen gebend, sprengte der Sotnik Erdene aus den Reihen hervor. Dann brachte er Akshuldus zum Stehen und wiederholte mehrere Male laut, sich in den Steigbügeln nach allen Seiten an die Menge wendend: »Ja, ich bin's! Das ist mein Sohn! Der Name meines Sohnes ist Kunan! Die Mutter meines Sohnes heißt Dogulang! Und ich bin der Sotnik Erdene!«

Nach diesen Worten sprang er vor aller Augen vom Pferd und klopfte Akshuldus kräftig auf den Hals – der wich zurück, lief beiseite, der Sotnik Erdene aber warf Waffen und Rüstung ab, schleuderte sie zur Seite und lief zur Stickerin, die die Henker schon an den Armen hielten. Tiefes Schweigen herrschte rundum, und alle blickten auf den Mann, der freiwillig in den Tod ging. Als er seine Geliebte erreicht hatte, die schon zur Hinrichtung bereitstand, fiel er vor ihr auf die Knie und umarmte sie, sie aber legte ihm die Hände auf den Kopf, und so erstarrten sie, erneut vereint angesichts des Todes.

In diesem Augenblick erdröhnten die Dobulbas, ihr durchdringendes Gebläse erinnerte an eine Schar wildgewordener Stiere, forderte erneut allgemeinen Gehorsam und eine gemeinsame Ekstase von Leidenschaften. Mit einemmal kamen alle zur Besinnung, die Reihen gerieten in Bewegung, alles nahm seinen gewohnten Fortgang, Kommandorufe erklangen – alle sollten bereit sein zum Weiterziehen, zur Fortsetzung des Feldzugs. Die Trommeln verkündeten, daß sie das gleiche zu tun, daß sie wie ein Mann ihren dienstlichen Verpflichtungen nachzukommen hatten. Die Henker aber gingen unverweilt ans Werk. Ihnen zu Hilfe eilten drei Shassaul. Sie warfen den Sotnik zu Boden, banden ihm schnell die Arme auf den Rücken, machten das gleiche mit der Stickerin und schleiften beide zu dem liegenden Kamel, streiften ihnen rasch die Schlingen des gemeinsamen Stricks über, die eine dem Sotnik, die andere, jenseits der Kamelhöcker, der Stickerin, und zwangen dann in schrecklicher Hast, unter dem ständigen Trommelgedröhn, das Kamel aufzustehn. Das Tier wollte sich nicht erheben, es widersetzte sich. Empört über die dumme Ungeduld, brüllte es, biß nach ihnen und klapperte böse mit den Zähnen. Doch unter den Stockschlägen mußte es sich zu voller Größe aufrichten. Und zu beiden Seiten des zweihöckrigen Kamels hingen an einem Strick in Todeszuckungen die beiden, die einander wirklich bis zum Grab geliebt hatten.

In dem Trommelwirbel bemerkten nicht alle, wie die Sänfte des Chagan von der Anhöhe getragen wurde. Der Chagan verließ die Hinrichtungsstätte – ihm reichte es, die Strafe hatte ihr Ziel erreicht, ja, seine Erwartung war sogar übertroffen: Der Unbekannte war entdeckt worden, der die Stickerin besessen, der Bettfreuden über alles gestellt hatte. Ein Sotnik war es gewesen, einer der Sotniks, er hatte sich vor aller Augen gefunden und die verdiente Strafe davongetragen, vielleicht war dies sogar eine Rache für damals, an dem unbekannt Gebliebenen, in dessen Armen seinerzeit seine Borte gelegen hatte und von dem vielleicht sein in tiefster Seele lebenslang ungeliebter Erstgeborener stammte.

Die Trommeln aber rasselten, dröhnten wütend und quälend, begleiteten mit ihrem Tosen das sich von der Hinrichtungsstätte entfernende Kamel mit den aufgehängten Körpern der Liebenden, die sich einen zwischen die Höcker des Kamels geworfenen Strick teilten. Der Sotnik und die Stickerin baumelten leblos zu beiden Seiten des Lasttiers – es war eine Opfergabe für das blutige Postament des künftigen Weltherrschers.

Die Dobulbas aber verstummten nicht, sie ließen das Blut

stocken und erregten es, hielten alle in Benommenheit und innerer Starre, und jeder sah an dem Tag mit eigenen Augen, was ihm geschehen konnte, wenn er dem Willen des Chagan zuwiderhandelte, der unbeirrt seinem Ziel entgegenging...

Die Henker, die Shassaul, zogen mit ihrem Kamel, diesem beweglichen Galgen, an den Truppen und Troßwagen vorüber, und ehe die Körper der Getöteten nicht in einer vorher ausgehobenen Grube verscharrt waren, verstummte das Gedröhn nicht, trommelten die Männer im Schweiße ihres Angesichts.

Die Truppen hatten sich inzwischen in Bewegung gesetzt, und Tschinggis-Chans Steppen-Armada zog weiter nach Westen. Die riesigen Reiterverbände, die Troßkolonnen, die Schlachtviehherden, die Pferde, die zur Remonte und als Verpflegung mitgetrieben wurden, die Waffenwerkstätten und übrigen Hilfsdienste auf Rädern, ausnahmslos alle Teilnehmer des Feldzugs, brachen hastig auf, verließen diesen verfluchten Ort in der Sary-Ösek, alle entfernten sich unverweilt, und auf dem verlassenen Platz blieb nur eine ruhelose Seele zurück, die nicht wußte, wohin, und die es nicht wagte, sich in Erinnerung zu bringen – die Dienerin Altun mit dem Kind im Arm. Sie war von allen plötzlich vergessen, sie wurde gemieden, als schämte sich jeder, daß sie noch existierte, alle taten, als sähen sie sie nicht, alle liefen vor ihr davon wie vor einer Feuersbrunst, keiner wollte mit ihr zu tun haben.

Bald war alles still ringsum – es gab keine Dobulbas mehr, keine Rufe, keine Fahnen... Nur die Hufspuren zahlloser Reiter, ein mit Mist bedeckter Weg, eine sich in der Steppe verlierende Spur wiesen in die Richtung des Feldzugs...

Von allen verlassen, zog in völliger Einsamkeit die Dienerin Altun durch die Steppe; an den Feuerstellen vom Vortag sammelte sie die Reste von angebrannter und weggeworfener Nahrung, steckte sich vorsorglich halb abgenagte Knochen in die Tasche, entdeckte auch ein von jemandem zurückgelassenes Schaffell, warf es sich um die Schultern, damit sie ein Nachtlager hatte für sich und das Kind, zu dessen Mutter an Stelle der umgebrachten sie zwangsläufig geworden war...

Altun wußte tatsächlich nicht, was sie tun, wohin sie gehen sollte, was weiter würde, wo sie Schutz suchen und wie sie den Kleinen ernähren sollte. Solange die Sonne schien, konnte sie noch auf ein Wunder hoffen – vielleicht würde ihr doch das Glück lächeln, würde sie eine Unterkunft finden, würde gar auf einsame, in der Steppe errichtete Hirtenjurten stoßen. So überlegte sie, so versuchte sie sich Mut zu machen, sie, die Sklavin, die unversehens sowohl die Freiheit gewonnen hatte als auch jene ihr vom Schicksal auferlegte Bürde, an die sie nicht einmal zu denken wagte. Denn bald würde das Neugeborene hungrig werden, bald würde es Milch verlangen und vor ihren Augen verhungern. Das fürchtete sie. Und sie war außerstande, etwas zu unternehmen.

Das einzige, aber Unwahrscheinliche, worauf Altun hoffen konnte, war, Menschen in der Steppe zu finden, sofern in diesen Wüstengebieten Menschen lebten, und dann noch eine stillende Mutter, der sie das Kind zum Nähren übergeben und sich selbst freiwillig als Sklavin anbieten konnte...

Verzweifelt irrte die Frau durch die Wüste, ging auf gut Glück bald nach Osten, bald nach Westen, dann wieder nach Osten... Das Kind im Arm, wanderte sie, ohne Rast zu machen. Es ging auf Mittag zu, als das Kind immer mehr zu zappeln, zu wimmern, zu weinen begann und an die Brust gelegt werden wollte. Die Frau windelte den Kleinen und ging weiter, versuchte, ihn in den Schlaf zu singen. Aber bald weinte das Kind nur noch lauter, ließ sich nicht mehr beruhigen, weinte, daß es blau anlief. Da blieb Altun stehen und schrie aus Leibeskräften verzweifelt: »Helft mir! Helft mir! Was soll ich denn machen?«

In der ganzen Steppe war keine Rauchfahne zu sehen, kein Feuer. Menschenleer und lautlos dehnte sich die Steppe, nirgends konnte das Auge verharren. Endlose Steppe und klarer Himmel, nur eine kleine weiße Wolke schwebte still über ihrem Kopf...

Das Kind wand sich in Weinkrämpfen. Altun begann zu jammern und zu flehen: »Was willst du denn von mir, du Unglückswurm! Du bist doch kaum sieben Tage alt! Zu deinem eigenen Unglück bist du auf die Welt gekommen! Wie soll ich dich arme Waise denn ernähren? Siehst du nicht – weit und breit ist keine Menschenseele! Wir beide sind allein auf der ganzen Welt, nur wir zwei Jammergestalten und nur eine weiße Wolke am Himmel – nicht mal ein Vogel fliegt dort, nur diese weiße Wolke schwebt dahin... Wohin sollen wir zwei gehen? Wie soll ich dich ernähren? Verlassen sind wir, ausgesetzt, dein Vater und deine Mutter aber wurden gehängt und verscharrt. Wohin führt der Krieg nur die Menschen, warum nur geht die eine Macht mit Fahnen und Trommeln auf die andere los, was wollen die Menschen nur, die dich Neugeborenen unglücklich gemacht haben!«

Wieder lief Altun durch die Steppe, das weinende Kind fest an sich gepreßt, lief, um nur nicht stehenzubleiben, nicht untätig zu sein, nicht lebendigen Leibes vor Kummer zu vergehen, nicht völlig zu verzweifeln. Der Kleine aber begriff nichts, er weinte krampfhaft, forderte, was ihm zustand, forderte warme Muttermilch. Verzweifelt setzte Altun sich auf einen Stein, riß wütend und unter Tränen den Kragen ihres Kleides auf und reichte ihm ihre schon nicht mehr junge Brust, die nie ein Kind gekannt hatte.

»Na los, da, überzeug dich! Hätte ich Milch, dich zu nähren, ließe ich dich denn nicht saugen, unglückliche Waise? Da, überzeug dich! Vielleicht glaubst du's dann und quälst mich nicht länger! Obwohl – was sag' ich! Wem sag' ich das! Was nützt dir meine leere Brust, was nützen dir meine Worte! O Himmel, was für eine Strafe hast du mir gesandt!«

Das Kind war mit einemmal verstummt, hatte sich der Brust bemächtigt und drängte sich an sie, von der es Glückseligkeit erwartete, es begann zu schmatzen und mit den

Kiefern zu arbeiten, öffnete und schloß dabei die wieder froh aufleuchtenden Augen.

»Na, siehst du?« warf die Frau gutmütig und müde dem Säugling vor. »Jetzt hast du dich überzeugt! Überzeugt, daß du vergebens saugst! Gleich wirst du noch viel lauter schrein, was mach' ich dann mit dir in dieser verfluchten Steppe! Du wirst sagen: Das ist Betrug. Aber würde ich dich denn betrügen? Mein Leben lang bin ich Sklavin, aber betrogen habe ich noch nie jemanden, schon als Kind hörte ich von meiner Mutter, bei uns in China, in unserem Geschlecht habe nie jemand einen andern betrogen. Ja, ja, freu dich noch ein bißchen, gleich wirst du die bittere Wahrheit erfahren...«

So sprach die Dienerin Altun und machte sich auf ein unvermeidliches Geschick gefaßt, doch seltsamerweise schien der Säugling die leere Brust nicht abzulehnen, sondern sein winziges Gesichtchen erstrahlte vor Glückseligkeit.

Behutsam zog Altun dem Kleinen die Brustwarze aus dem Mund und schrie leise auf, als ein Strahl weiße Milch herausschoß. Verwundert gab sie dem Säugling wieder die Brust, nahm ihm wieder die Brustwarze weg und staunte noch mehr – sie hatte Milch. Deutlich spürte sie jetzt auch einen Zustrom frischer Kraft im ganzen Körper.

»O Gott!« rief die Dienerin Altun unwillkürlich. »Ich habe Milch! Richtige Milch! Hörst du, mein Kleiner, ich werde deine Mutter sein! Jetzt gehst du nicht zugrunde. Der Himmel hat uns erhört, du bist mein unter Leiden gewonnenes Kind! Dein Name ist Kunan, so haben dich deine Eltern genannt, dein Vater und deine Mutter, die einander geliebt haben, um dich auf die Welt zu bringen und selbst dadurch zugrunde zu gehen! Danke dem, mein Kind, der für uns dieses Wunder vollbracht hat – meine Milch für dich!«

Aufgewühlt durch das, was geschehen war, verstummte Altun, ihr wurde heiß, Schweiß trat ihr auf die Stirn. Sie blickte sich in der endlosen Weite um und bemerkte nichts, sah nichts, keine Menschenseele, kein einziges Geschöpf, nur die Sonne schien am Himmel, und über ihrem Kopf schwebte eine einsame weiße Wolke.

Beruhigt schlummerte der Kleine ein, gesättigt und beglückt von der Milch, sein Körperchen war erschlafft, ruhte vertrauensvoll in dem angewinkelten Arm, der Atem des Kindes wurde gleichmäßig und ruhig, die Frau aber hatte alles vergessen, was sie durchgemacht hatte, verdrängte den immer noch in ihren Ohren dröhnenden, erbarmungslosen Trommelwirbel und gab sich dem ihr bislang unbekannten süßen Gefühl einer stillenden Mutter hin, entdeckte für sich eine Art glücklicher Einheit von Erde, Himmel und Milch...

Inzwischen aber nahm der Feldzug seinen Fortgang. In weiter Ferne von hier bewegte sich auf vorgegebenem Weg die große Armada des Welteroberers, zogen Truppen, Troß und Herden dahin.

Begleitet von den Gardisten und dem Gefolge, mit voranwehenden Fahnen, auf denen – aus Perlen und Seide gestickt – wilde, Feuer und Flammen speiende Drachen zu sehen waren, ritt Tschinggis-Chan auf seinem treuen und unermüdlichen Paßgänger, dessen Farbe so erstaunlich war wie das Schicksal selbst – weiß die Mähne, schwarz der Schweif.

Unter den Hufen des Paßgängers erdröhnend, flog die Erde nach hinten, die Erde blieb zurück, wurde aber nicht weniger, sondern immer mehr, erstreckte sich hinter dem ewig unerreichbaren Horizont in immer neuen Weiten. Ein Ende war nicht abzusehen. Ein Sandkörnchen, gemessen an der Größe der Erde, dürstete der Chagan danach, alles zu besitzen, was übersehbar und nicht übersehbar war, als Herrscher über die vier Himmelsrichtungen anerkannt zu werden. Deshalb zog er zu Eroberungen aus, unternahm er diesen Feldzug...

Der Chagan war finster und schweigsam – so gehörte es sich auch. Doch niemand vermutete, was sich zu dieser Stunde in seinem Innern abspielte. Niemand begriff etwas –

nicht einmal, als unversehens etwas völlig Unerwartetes geschah –, als der Chagan jäh das Pferd wendete, und zwar so schroff, daß die ihm Folgenden fast mit ihm zusammengeprallt wären und ihm gerade noch seitlich ausweichen konnten. Erregt und vergeblich suchte er den Himmel ab, die zitternde Hand an den Augen – nein, die weiße Wolke war nicht einfach etwas zurückgeblieben, sie war weder vorn noch hinten zu sehen...

Unerwartet war sie verschwunden, die weiße Wolke, die ihn so treu begleitet hatte. Sie erschien weder am nächsten Tag noch am übernächsten oder am zehnten. Die Wolke hatte ihn verlassen.

Als Tschinggis-Chan die Edil erreichte, begriff er, daß der Himmel sich von ihm abgewandt hatte. Da zog er nicht weiter. Er schickte seine Söhne und Enkel aus, Europa zu erobern, selbst aber kehrte er nach Ordos zurück, um hier zu sterben und an unbekanntem Ort beerdigt zu werden.

Die Züge in dieser Gegend fuhren von West nach Ost und von Ost nach West...

Einer der Fernzüge, die Mitte Februar 1953 durch die Sary-Ösek von Ost nach West fuhren, hatte einen Sonderwagen an der Spitze. Dieser Wagen, der keine Nummer hatte und unmittelbar auf den Gepäckwagen folgte, unterschied sich rein äußerlich durch nichts besonders von den anderen Wagen, allenfalls dadurch, daß eine Hälfte von ihm der Postbeförderung diente, die andere Hälfte aber, vom Postteil zuverlässig getrennt, als Isolierabteil der Untersuchungsbehörde für den Transport und Verhöre von Personen, die für die Durchführung eines Prozesses von besonderem Interesse waren. Eine solche Person war diesmal dank des von Tansykbajew, dem obersten Untersuchungsführer einer operativen Abteilung der Staatssicherheit Kasachstans, initiierten Verfahrens Abutalip Kuttybajew. Er war es, der in diesem Gefangenenabteil in Begleitung von Tansykbajew selbst und unter verstärkter Bewachung transportiert wurde. Man brachte ihn in andere Städte, um ihn anderen gegenüberzustellen.

Tansykbajew war unermüdlich bestrebt, sein selbstgestelltes Ziel zu erreichen – die Verhöre gingen auch während der Fahrt weiter.

Tansykbajews Aufgabe bestand darin, Schritt für Schritt ein subversives Netz aufzudecken, das von feindlichen Sonderdiensten seinerzeit aufgebaut worden war und das aus Personen bestand, die – unter rätselhaften Umständen aus deutscher Gefangenschaft geflohen – zu den jugoslawischen Partisanen gegangen waren; dort hatten sie mit ausländischen Agenturen, insbesondere den englischen und amerikanischen, direkte Kontakte aufgenommen.

Die angeworbenen und einstweilen verborgenen Feinde der Sowjetmacht mußten durch ständige Verhöre, durch den Vergleich von Aussagen, durch Fakten und Indizien entlarvt werden, die Krönung des Verfahrens aber mußte in ihrem rückhaltlosen Schuldbekenntnis und in der Reue über ihre Tat bestehen.

Der Anfang war gemacht – im Verlauf der Verhöre hatte Abutalip ein Dutzend Namen von ehemaligen Mitgefangenen genannt, von denen, wie Überprüfungen ergaben, die meisten am Leben und gesund waren, sie lebten an verschiedenen Orten. Diese Leute waren bereits verhaftet und hatten ihrerseits bei Verhören viele Namen genannt, so daß das Verzeichnis »jugoslawischer Verräter« wesentlich angewachsen war. Kurz, die Angelegenheit nahm Gestalt an, und mit dem Segen der Obrigkeit, die der Meinung war, Prophylaxe bei der Enttarnung feindlicher Elemente sei nie von Schaden, trat sie in eine durchaus ernste Phase. Gerade vor dem Hintergrund des entbrannten internationalen Konflikts, der Konfrontation mit der jugoslawischen kommunistischen Partei, des Bannfluchs, mit dem Stalin Tito belegt hatte, war dieses Verfahren sehr erfolgversprechend, verhieß eine »reiche Ernte« nicht nur Tansykbajew, dem Initiator des Prozesses, sondern auch vielen seiner Kollegen in anderen Städten, die aus demselben Grund größtes Interesse bekundeten – sie alle wollten die Situation nutzen und sich auszeichnen. Daher das koordinierte Vorgehen. Jedenfalls wurde Tansykbajews Ankunft in Gebietsstädten wie Tschkalow, dem ehemaligen Orenburg, oder Kuibyschew und Saratow, wohin Abutalip Kuttybajew zu Gegenüberstellungen und Kreuzverhören gebracht werden sollte, ungeduldig erwartet.

Tansykbajew wollte keine Zeit verlieren, er liebte bei der Arbeit Tempo und Elan. Ihm war nicht entgangen, wie der Abtransport vom ursprünglichen Gefängnisort auf den Untersuchungsgefangenen gewirkt hatte, mit welchem Schmerz und welcher Sehnsucht in den Augen er durch das Gitter auf die zu beiden Seiten des Zuges vorüberhuschenden Stationssiedlungen blickte. Tansykbajew begriff, was in ihm vorging. In möglichst vertraulichem Ton versuchte er, Abutalip einzureden, daß er selbst, der Untersuchungsführer, ihm keinesfalls übelwolle, weil er sehr wohl glaube, daß seine, Abutalips, Schuld gar nicht so groß sei, denn natürlich sei nicht er, Abutalip Kuttybajew, der Resident, der Anführer des von Sonderdiensten angelegten Agentennetzes, das beim Eintreten besonderer Ereignisse im Lande tätig werden sollte, und wenn er den Untersuchungsorganen helfen würde, den tatsächlichen Residenten zu finden, wenn er ihn bei der Gegenüberstellung unwiderlegbar entlarven würde, dann könne er sein Los wesentlich erleichtern. Sehr wesentlich sogar. Nach fünf bis sieben Jahren werde er zu seiner Familie und den Kindern zurückkehren können. Auf jeden Fall würde ihm, wenn er bei einer objektiven Untersuchung behilflich sei, die Höchststrafe, die Erschießung, erspart bleiben, während er im umgekehrten Fall, wenn er sich sträube, die Angelegenheit zu verdunkeln suche, den Strafinstanzen gegenüber die Wahrheit und die wahre Person des Residenten verheimliche, nicht nur die eigene Situation verschlimmern, sondern auch seiner Familie noch mehr Unglück bringen würde. Dann würde er in der geschlossenen Verhandlung möglicherweise die Höchststrafe bekommen...

Ein weiterer Trumpf des Untersuchungsführers bestand darin, daß er versprach, Abutalips Aufzeichnungen der Sary-Öseker Überlieferungen, besonders die »Legende vom Mankurt« und »Die Hinrichtung in der Sary-Ösek«, nicht ins Verfahren einzubeziehen, sofern Abutalip sich nur bereit fände mitzuarbeiten; andernfalls werde er, Tansykbajew, die Texte, die Abutalip aufgeschrieben habe, dem Gericht als eine auf alt getrimmte nationalistische Propaganda vorlegen. Die »Legende vom Mankurt« sei ein schädlicher Aufruf, die unnötige und in Vergessenheit geratene Sprache der Vorfahren wieder zum Leben zu erwecken, sich der geistigen Assimilation zu widersetzen, und die »Hinrichtung in der Sary-Ösek« ein Ausdruck der Verurteilung, der Ablehnung einer starken obersten Macht, also gegen die Idee vom Vorrang der Staatsinteressen gegenüber den Interessen eines einzelnen gerichtet, ein Bekenntnis zum faulen bürgerlichen Individualismus und gegen die allgemeine Linie der Kollektivierung, gegen die Unterordnung des Kollektivs unter ein einziges Ziel, von da aber sei es auch nicht mehr weit bis zur negativen Bewertung des Sozialismus. Bekanntlich werde jede, selbst eine gedankliche Verletzung der sozialistischen Prinzipien und Interessen streng bestraft... Bekäme nicht deshalb jemand, der ohne Genehmigung eine sozialistische Ähre vom Feld aufgelesen hat, fünf Jahre Lager? Was erwarte dann erst jemand, der ideologische »Ähren« sammelt? All dies könne das Gericht veranlassen, für das Urteil noch einen zusätzlichen Paragraphen hinzuzuziehen.

Um noch mehr Eindruck zu erwecken, las Tansykbajew hin und wieder laut seine exakten Schlußfolgerungen hinsichtlich der Sary-Öseker Texte vor, die, wie er jedesmal betonte, nicht zufällig das erste Signal für die Verhaftung und die Einleitung eines Verfahrens gewesen seien...

Der Zug fuhr bereits den zweiten Tag. Und je mehr sie sich der Sary-Ösek näherten, desto unruhiger wurde Abutalip, desto mehr quälte er sich, wenn er durch das vergitterte Fenster auf die heranflutenden Weiten der Sary-Ösek blickte. In den von Verhören freien Stunden, nach bedrückenden Ermahnungen und wilden Drohungen konnte Abutalip für sich bleiben, eingeschlossen in seinem mit dickem Blech ausgeschlagenen Gefängnisabteil. Hier befand er sich genauso in einem Gefängnis wie in dem Kellergeschoß von Alma-Ata, hier war das Fenster nicht weniger stark vergittert als dort, auch hier blickte das grausame Auge eines Aufsehers durch den Spion, aber all das war in Bewegung, die Orte wechselten, erlöst war er von dem Tag und Nacht auf ihn gerichteten blendenden Licht der elektrischen Birne an der Decke, vor allem aber glomm in seinem Herzen, bald stärker, bald matter, die nie erlöschende schmerzliche Hoffnung, wenigstens flüchtig die Kinder und die Frau auf der Zwischenstation Schneesturm-Boranly zu erblicken. Schließlich hatte er die ganze Zeit keinen Brief, keine Nachricht absenden können und auch von ihnen keine einzige Zeile erhalten.

Diese Hoffnungen und diese Unruhe erfüllten Abutalips Seele von dem Tag an, da man ihn im geschlossenen Gefangenenwagen auf einen Bahnhof am Rande von Alma-Ata gebracht und sofort in einen Sonderwagen, in ein bewachtes Abteil verfrachtet hatte. Sowie er dann während der Fahrt begriff, daß der Zug in Richtung Sary-Ösek fuhr, stöhnte er mit neuer Kraft auf, ergriff ihn die Sehnsucht nach zu Hause – wenigstens aus einem Augenwinkel, wenigstens für einen Moment wollte er seine Kinder und Saripa sehen, dann komme, was wolle, nur sehen wollte er sie, einen flüchtigen Blick auf sie werfen ...

So sehr setzte ihm die Sehnsucht zu, daß er an nichts anderes mehr denken konnte, jetzt flehte er nur zu Gott, sie mögen, Gott bewahre, nicht nachts, nicht im Dunkeln, sondern am Tag durch Schneesturm-Boranly fahren, sonst würde sein Kummer grenzenlos sein, und der Zug solle die Zwischenstation unbedingt zu einer Zeit passieren, wenn Saripa und die Kinder draußen zu sehen wären und sich nicht in der Baracke aufhielten.

Weiter erflehte er vom Schicksal nichts. Es war wenig und viel zugleich. Doch wenn man's recht bedachte – was kostete es schon den Zufall tatsächlich, es eben so einzurichten und nicht anders –, warum sollten Saripa und die Kinder zu dieser Stunde nicht draußen sein, die Kleinen könnten doch spielen und Saripa gerade Wäsche auf die Leine hängen und dabei einen Blick auf den vorüberfahrenden Zug werfen, wie ja auch die Kinder plötzlich an Ort und Stelle erstarren und auf die vorüberhuschenden Wagenfenster sehen könnten. Möglich war auch – es kam selten vor, aber manchmal doch –, daß der Zug unversehens ein paar Minuten auf der Ausweichstelle hielt. Bei solchen Gedanken wurde Abutalip schwer ums Herz, und er wünschte, daß es so kommen möge, daß ihm ein solches Glück zuteil würde, aber nein, lieber nicht – er würde eine solche schreckliche Prüfung nicht ertragen, würde sterben, und erst recht täten ihm die Kinder leid, was würde in ihnen vorgehen, wenn sie den Vater hinter einem vergitterten Fenster sähen, wie verzweifelt würden sie losweinen... Nein, nein, lieber wollte er kein Wiedersehn...

Um sich selbst zu stärken und zugleich das Schicksal zu überzeugen, es sich geneigt zu machen, damit seine Wünsche in Erfüllung gingen, versuchte er immer wieder, verschiedene Varianten der Fahrt zu berechnen, indem er sich nach vorüberhuschenden Bahnstationen und an deren Merkmalen orientierte – wichtig war, herauszubekommen, zu welcher Tageszeit sie die Ausweichstelle Schneesturm-Boranly in der Sary-Ösek passieren würden. Doch Zweifel und Besorgnis verließen ihn auch dann nicht, wenn die Berechnungen eine günstige Zeit verhießen, besonders aber nicht, wenn sich eine zweifelhafte Perspektive bot – der Zug konnte aufgehalten werden, aus dem Fahrplan geraten, sich verspäten, das kam im Winter bei großen Schneefällen nicht selten vor. Am schlimmsten wäre aber, wenn der Zug die Zwischenstation nachts passieren würde, wenn Saripa und die Kleinen schliefen, ohne zu ahnen, daß der Vater ein paar Dutzend Meter vom Haus entfernt vorüberfuhr. Das war nicht auszuschließen, und Abutalip Kuttybajew litt um so mehr, als er seine völlige Hilflosigkeit und völlige Abhängigkeit vom Zufall erkannte.

Noch etwas befürchtete Abutalip insgeheim, und er flehte zu Gott, er möge ihn wenigstens diesmal vor diesem Fluch bewahren – er bangte, der geieräugige Untersuchungsführer Tansykbajew könne ihn ausgerechnet dann zum fälligen Verhör holen, wenn sie durch die Ausweichstelle Boranly fuhren. Wie viele böse Hindernisse und Gefahren standen doch dem reinen Wunsch des Mannes entgegen, sei's auch nur flüchtig, einen Blick auf die ihm nahestehenden Menschen zu werfen! Der Freiheit beraubt, mußte er zusätzlich diese Qual erleiden. Dennoch gab es einen glücklichen Umstand, der ihn hoffen ließ – das Wagenfenster befand sich rechts in Fahrtrichtung, auf der Seite, auf der die Baracken in der Ausweichstelle Schneesturm-Boranly lagen.

Alle diese Gedanken, Ängste und Zweifel zogen Abutalip in einen Strudel von Emotionen, ließen ihn sein eigenes Los vergessen, er dachte bereits nicht mehr an sich, sondern lebte voll und ganz in der gespannten Erwartung, war in sich gegangen, hatte sich verschlossen, wollte nicht überlegen, was eigentlich vor sich ging, gab sich keine Rechenschaft darüber, was ihm die gegen ihn erhobenen unwahrscheinlichen Beschuldigungen und Unterstellungen verhießen, zu denen sich unbedingt zu bekennen der Untersuchungsführer Tansykbajew beharrlich verlangte – Tansykbajew, der fanatisch und zynisch nur ein Ziel verfolgte: das von ihm selbst erfundene, angeblich noch in der Kriegszeit für eine künftige Situation angelegte feindliche Agentennetz zu enttarnen, um es zu liquidieren und die Sicherheit des Staates zu schützen.

Weder Gott noch Satan untertan, hatte Tansykbajew alles wie ein Gott oder Satan berechnet und vorherbestimmt, nun blieb nur übrig zu handeln. Daher dieser Transport, daher beförderte er Abutalip Kuttybajew im Gefangenenabteil zu Gegenüberstellungen. Es ging darum, den Punkt aufs i zu setzen.

Abutalip erflehte indessen von Gott nur das eine – daß ihn nichts hindern möge, aus dem Wagenfenster wenigstens einen flüchtigen Blick auf seine Jungen zu werfen, auf Ermek und Daul, und ein letztes Mal seine Saripa zu sehen, ein allerletztes Mal. Mehr erbat er vom Leben nicht, insgeheim begriff er voll Bitternis, daß ihm dieses Schicksal vorherbestimmt war: daß dies sein letzter glücklicher Augenblick wäre, daß er nie wieder zu seiner Familie zurückkehren würde, weil die Beschuldigungen Tansykbajews, vor dem – und vor dessen allmächtiger Obrigkeit – er absolut hilflos und rechtlos war, nur den Tod bedeuten konnten, so und so würde er im Lager früher oder später zugrunde gehen. Immer wieder kam Abutalip zu dem unvermeidlichen Schluß, daß er in den Händen Tansykbajews rettungslos verloren war. Der wiederum war ein Schräubchen in dem absurden, sich in seiner Erbarmungslosigkeit selbst ständig steigernden Strafsystem, einbezogen in den nicht enden wollenden Kampf mit Feinden, die darauf aus waren, die Weltbewegung des Sozialismus aufzuhalten und den Triumph des Kommunismus auf Erden zu verhindern.

Diese magische Formulierung, einmal als Beschuldigung gegen irgend jemanden erhoben, konnte nicht mehr zurückgenommen werden. Sie konnte nur durch ihre vollständige innere Realisierung ausgeschöpft werden, durch die eine oder andere Strafe – durch Erschießung oder durch fünfundzwanzig, fünfzehn oder zehn Jahre Freiheitsentzug. Ein anderer Ausgang war nicht vorgesehen, und einen anderen erwartete in derlei Fällen auch niemand. Opfer und Rächer begriffen gleichermaßen, daß diese magische Formel, einmal in Kraft gesetzt, den Rächer nicht nur bevollmächtigte, sondern sogar verpflichtete, jeden Feind mit beliebigen Mitteln zu vernichten, während sie vom Opfer des blutrünstigen, Andersdenkende verschlingenden Molochs verlangte, seinen Untergang als zweckdienlich und notwendig hinzunehmen.

So geschah es denn auch. Der Zug rollte durch die Steppe,

die Räder drehten sich, Tansykbajew und sein Untersuchungsgefangener aber fuhren in einem Wagen, um gemeinsam, jeder auf seine Weise, etwas zu tun, was für das Wohl der Werktätigen unentbehrlich war, nämlich die fällige Entlarvung von versteckten ideologischen Feinden zu vollziehen, ohne die der Sozialismus undenkbar wäre, sich selbst aufgelöst hätte, aus dem Bewußtsein der Massen verschwunden wäre. Deshalb mußte man ständig mit jemandem kämpfen, jemand entlarven, etwas liquidieren.

Der Zug rollte. Und weil Abutalip am Lauf des Schicksals nicht das geringste ändern konnte, fand er sich mit seinem bitteren Los ab wie mit einem unabwendbaren Übel. Jetzt nahm er das Geschehen so ergeben und hoffnungslos hin, wie er sich ihm zuerst schmerzlich und verzweifelt widersetzt hatte. Immer mehr überzeugte er sich jetzt, daß es ihm selbst dann, wenn es ihm gegeben wäre, noch einmal auf die Welt zu kommen, nicht gelingen würde, dem Zusammenstoß mit der gesichtslosen, unmenschlichen Macht, die hinter Tansykbajew stand, zu entgehen. Diese Macht war schrecklicher als der Krieg, schrecklicher als die Gefangenschaft, denn sie war ein zeitloses Übel, existierte möglicherweise schon seit der Erschaffung der Welt. Vielleicht war Abutalip Kuttybajew, der bescheidene Schullehrer, einer von jenen aus dem Menschengeschlecht, die dafür zu büßen hatten, daß der Teufel in der Grenzenlosigkeit des Alls so lange untätig schmoren mußte, ehe auf Erden der Mensch erschien, der als einziger von allen Geschöpfen sofort einen Pakt mit dem Teufel schloß und den Triumph des Bösen von Tag zu Tag, von Jahrhundert zu Jahrhundert kultivierte. Ja, nur der Mensch erwies sich als ein so beflissener Verfechter des Bösen. In dieser Hinsicht war Tansykbajew für Abutalip ein Urtyp des Teuflischen. Deshalb fuhren sie in einem Zug in einem Sonderwagen, in einer äußerst wichtigen Angelegenheit.

Wenn Tansykbajew auf manchen Bahnhöfen von Berufskollegen der dortigen Dienstebene abgelenkt wurde, die ihm – mal aus Freundschaft, mal auf Anweisung – Reiseproviant und Getränke brachten, freute sich Abutalip sogar, um so weniger Zeit blieb Tansykbajew, ihn mit Verhören zu quälen. Mochte er sich's nur unterwegs wohl sein lassen. Besonders liebenswürdig war die Begrüßung durch Kollegen auf dem Bahnhof Ksyl-Orda – Tansykbajews Freunde brachten ihm eine mit einem weißen Handtuch zugedeckte dampfende Schüssel in den Wagen. Im Flur hinter der Tür liefen Wachmänner hin und her, die Tansykbajew bewirtete. »Kasy, Kabyrga! Pferdewurst, Pferderippchen!« flüsterte einer vergnügt. »Wie das duftet! In der Stadt kriegt man so was nicht! Steppenfleisch!«

Schräg durch das vergitterte Fenster konnte Abutalip sogar beobachten, wie Tansykbajew mit übergeworfenem Militärmantel herauskam, um sich auf dem Bahnsteig zu verabschieden. Alle standen sie im Kreis, untersetzt, einer so straff und so gut genährt wie der andere, alle mit Lammfellkragen und Karakulmützen, alle mit rotbäckigen, strahlenden Gesichtern, frohgelaunt, lebhaft gestikulierend; einmütig lachten sie los – vielleicht über einen neuen Witz –, heißer Dampf stieg in der Frostluft aus ihren Mündern, auf dem dünnen Schnee knirschten die Absätze. Die wachsame Miliz hatte niemanden hierhergelassen – Tansykbajews Leute standen beim Sonderwagen an der Spitze des Zuges für sich, zufrieden, selbstsicher, glücklich, und niemand von ihnen interessierte sich dafür, daß zu ebendieser Stunde im Gefangenenabteil ein anderer unter den Folgen ihrer Tätigkeit litt – kein Dieb, kein Gewalttäter, kein Mörder, sondern ein ehrlicher, rechtschaffener Mann, der Krieg und Gefangenschaft mitgemacht hatte, sich zu keinem anderen Glauben bekannte als der Liebe zu seinen Kindern und seiner Frau und darin den höchsten Sinn des Lebens sah. Doch gerade solch einen Menschen, der keiner Partei der Welt angehörte, weder etwas geschworen noch etwas bereut hatte, brauchten sie in ihren Folterkammern, damit das werktätige Volk glücklich leben konnte...

Nach Ksyl-Orda kamen bekannte, vertraute Stätten. Der Abend nahte. Sich träge durch die verschneiten Flußniederungen windend, blitzte in einer langen Krümmung der Syr-Darja auf, und als schon die Sonne unterging, zeigte sich der Aralsee inmitten der Steppe. Erst kündigte eine verschilfte Bucht das Meer an, dann ein ferner Rand klaren Wassers, dann eine Insel, und plötzlich rollten fast bis an die Eisenbahn auf nassem Sand sich verlaufende Brandungswellen. Erstaunlich war es, all das in einem Augenblick wahrzunehmen – den Schnee, den Sand, die Ufersteine, das vom Wind bewegte blaue Meer, eine Herde rotbrauner Kamele auf der steinigen Halbinsel, und all das am Ende eines stürmischen Tages unter einem hohen Himmel, über den vereinzelt weiße Wolkenfetzen zogen.

Abutalip erinnerte sich, daß Schneesturm-Edige aus der Gegend vom Aralsee stammte, daß Kasangap so gern Dörrfisch aß, den ihm Güterzugbegleiter von Fischern am Aralsee überbrachten, und sein Herz begann wieder zu schmerzen, es war ja nicht mehr weit bis zur Ausweichstelle Schneesturm-Boranly, eine Nacht hatten sie noch zu fahren, ehe der Fernzug mit dem Sonderwagen an der Spitze am Morgen gegen zehn oder etwas später an den windschiefen Häuschen von Boranly vorüberdröhnen würde, vorbei an den Schuppen und den eingezäunten Kamelpferchen, ehe er über die auf der Zwischenstation in eine Weiche mündenden Ersatzgleise poltern und, wie er herangefegt war, dem Blick wieder entschwinden würde. So viele Züge fahren da durch, von Ost nach West und von West nach Ost, würde Saripa wohl ahnen, würde das ihr Herz sagen, daß Abutalip an dem Morgen im Gefängnisabteil eines Sonderwagens nach Westen vorüberfährt? Würden die Kinderseelen etwas Unerklärliches und Erregendes spüren, das sie ausgerechnet in jenem Augenblick veranlaßte, auf den vorüberfahrenden Zug zu blicken? O Schöpfer, warum muß das Leben der Menschen so schwer und bitter sein?

Die Februarsonne ging bereits unter, in der Ferne erlosch

der in kaltem Rot schimmernde Purpurstreifen zwischen Himmel und Erde, schon wurde es dunkel, und allmählich senkte sich die Winternacht. Undeutlicher wurden die vorbeihuschenden Erscheinungen, Bahnhofslichter flammten auf... Und den Windungen der Gleise folgend, bahnte sich der Zug seinen Weg tief in die Steppennacht.

Abutalip Kuttybajew fand keinen Schlaf, er quälte sich. Eingeschlossen in das mit Blech ausgeschlagene Abteil, fand er keine Ruhe, er lief seufzend von einer Ecke in die andere und bat schließlich ohne Grund, auf die Toilette gehn zu dürfen, womit er sich den Zorn des Aufsehers zuzog. Der hatte schon mehrmals die Abteiltür geöffnet und ihn zurechtgewiesen: »Gefangener, was sollen die Faxen? Das gehört sich nicht! Sitz still!«

Doch er war außerstande, sich zu beruhigen, und so flehte er den Wachposten an: »Hör mal, Wachhabender, gib mir was zum Einschlafen, sonst sterbe ich. Ehrenwort! Was habt ihr von mir, wenn ich tot bin. Sag's dem Aufseher: ›Ich nütze euch nichts als Toter!‹ Wirklich – ich kann nicht einschlafen!«

Sonderbarerweise – den Grund für dieses Entgegenkommen begriff Abutalip am nächsten Morgen – brachte der Aufseher aus Tansykbajews Abteil zwei Schlaftabletten, und erst als Abutalip die eingenommen hatte, schlummerte er gegen Mitternacht ein, aber richtig schlafen konnte er trotzdem nicht. Im Halbschlaf, beim Stampfen der Räder und beim Heulen des tosenden Windes draußen, schien ihm, er laufe vor der Lokomotive her, laufe mit äußerster Anstrengung, röchelnd und in panischer Angst, unter die Räder zu geraten, der Zug aber raste mit voller Kraft hinter ihm her. So lief er in dieser, der wahnsinnigen Nacht vor der Lokomotive über die Schwellen, und ihm war, als sei das Wirklichkeit, so schrecklich und so glaubhaft war alles. Er wollte trinken, seine Kehle trocknete aus. Doch die Lokomotive verfolgte ihn mit brennenden Scheinwerfern und erhellte den Weg vor ihm. Er lief zwischen den Schienen, blickte angestrengt in die vom Schneesturm verdüsterte Umgebung und rief, schrie jämmerlich: »Saripa, Daul, Ermek – wo seid ihr? Kommt zu mir! Ich bin's, euer Vater! Wo seid ihr? Gebt Antwort!«

Niemand antwortete. Vor ihm wogte dichter Nebel, von hinten suchte die polternde Lokomotive ihn einzuholen, drauf und dran, ihn zu zermalmen, zu zerquetschen, er aber fand nicht die Kraft, von ihr loszukommen, sich irgendwo vor der ihm immer näher auf die Fersen rückenden Lokomotive zu verstecken...

Frühmorgens saß Abutalip bleich und verschwollen, die Wattejacke über den Schultern, bereits am vergitterten Fenster und schaute in die Steppe hinaus. Draußen war es noch kalt und dunkel, doch allmählich wurde es heller, der Morgen graute.

Der Tag versprach, trübe zu werden, vielleicht würde es schneien, obwohl die Wolken am Himmel stellenweise aufrissen...

Eigentlich begann hier schon die Sary-Ösek, zwar winterlich verschneit und mit tiefen Verwehungen, doch für ein aufmerksames Auge an den Umrissen erkennbar – an den Anhöhen, Schluchten, Siedlungen, den ersten Rauchfahnen über von früheren Fahrten her bekannten Dächern. Und diese fremden Dächer mit den winterlichen Rauchfahnen, die aus den Schornsteinen stiegen, wirkten heimatlich, vertraut. Bald mußte der Bahnhof Kumbel kommen, von dort waren es noch etwa drei Stunden bis zur Ausweichstelle Schneesturm-Boranly. Im Grunde war es nah, denn hierher, in diese Gegend, waren Edige und Kasangap gelegentlich sogar auf Kamelen geritten – zu Totengedenkfeiern und Hochzeiten... Jetzt, zu dieser frühen Morgenstunde, ritt auch einer auf einem rotbraunen Kamel, eine große Ohrenklappenmütze aus Fuchsfell auf dem Kopf; und Abutalip preßte sich ans Gitter – am Ende war das ein Bekannter... Wenn nun unversehens Edige auf seinem Karanar hier zu tun hätte! Was machte es ihm aus, hundert Kilometer auf seinem mächtigen Atan zurückzulegen, der ja läuft wie eine Giraffe in Afrika...

Ohne es selbst zu merken, überließ sich Abutalip seiner

Stimmung – er machte sich fertig, als wolle er aussteigen. Ein-, zweimal zog er sogar die Stiefel aus, wickelte die Fußlappen neu, legte den Gepäcksack zurecht. Und wartete. Doch er konnte nicht still sitzen – er erreichte es, daß die Wache ihn früher in die Toilette zum Waschen ließ, doch als er zurück war, wußte er wieder nicht, was er tun sollte.

Der Zug aber fuhr durch die Sary-Ösek-Steppe... Abutalip nahm sich zusammen, saß da, die Hände zwischen den Knien, und erlaubte sich nur hin und wieder einen Blick durchs Fenster.

Auf dem Bahnhof Kumbel hielt der Zug sieben Minuten. Hier war alles schon vertraut. Sogar Züge – Güterzüge und Personenzüge, die seinem Zug auf den Gleisen des großen Bahnhofs begegneten, bevor sie nach verschiedenen Seiten weiterfuhren, kamen Abutalip heimatlich vor – waren sie doch gerade jetzt durch Schneesturm-Boranly gefahren, wo seine Kinder und die Frau lebten. Allein das genügte, um sogar unbelebte Gegenstände liebzugewinnen.

Wieder fuhr der Zug an, und während er den Bahnsteig entlangrollte, hinaus aus der Station, gelang es Abutalip, ihm bekannt erscheinende Gesichter von Ortsansässigen zu erkennen. Ja, ja, er kannte sie bestimmt, die Leute aus Kumbel, die er gesehen hatte, und auch sie kannten ganz sicher die alteingesessenen Boranlyer – Kasangap, Edige und deren Angehörige, denn Kasangaps Sohn Sabitshan hatte die hiesige Schule besucht und studierte schon im Institut...

Der Zug gewann an Fahrt, ließ die Bahnhofsgleise hinter sich, fuhr immer schneller. Abutalip dachte daran, wie sie mit den Kindern hierhergekommen waren, um Melonen zu kaufen, wie er hier die Neujahrstanne geholt und verschiedene andere Besorgungen gemacht hatte.

Das Essen, das er am Morgen erhielt, rührte er nicht an. Ständig mußte er daran denken, daß es bis zur Ausweichstelle nicht mehr weit war – gut zwei Stunden noch. Und nun befürchtete er, es könne schneien und Verwehungen geben – dann würden Saripa und die Kinder zu Hause sitzen, und dann würde er sie natürlich nicht mal von fern sehen.

O Gott, dachte Abutalip, laß es diesmal nicht schneien. Warte damit noch ein Weilchen. Du hast ja später genug Zeit dafür. Hörst du? Ich flehe dich an! Zusammengekrümmt, die aneinandergepreßten Hände zwischen den Knien, versuchte er, sich zu konzentrieren, sich in Geduld zu fassen, in sich selbst zu versenken, um ja nicht scheitern zu lassen, was er sich vorgenommen, um das zu erleben, was er vom Schicksal erbeten hatte – durchs Wagenfenster Frau und Kinder zu sehen. Ach, wenn doch auch sie ihn sehen würden! Vorhin, als er sich in der Toilette gewaschen hatte, während draußen der Aufseher Wache stand, als er sich in dem grün verfärbten Spiegel über dem rostigen Becken betrachtete, war ihm aufgefallen, daß er bleich war, gelb wie ein Toter, sogar in Gefangenschaft war er nicht so gelb gewesen, auch graue Haare hatte er bereits bekommen, sein Blick hatte sich verändert, war vor Kummer erloschen, und scharf hatten sich Falten in die Stirn geschnitten. Dabei war an Alter noch nicht zu denken...

Wenn Saripa, wenn seine Söhne, Daul und Ermek, ihn sehen würden, dann würden sie ihn wohl kaum erkennen, würden sie wohl eher erschrecken. Schließlich aber würden sie sich doch freuen – er mußte nur in die Familie zurückkehren, bei Frau und Kindern wieder zur Ruhe kommen, dann würde er schon wieder der alte werden...

Bei diesen Gedanken blickte Abutalip zum Fenster hinaus. Wieder zogen vertraute Orte vorüber – Anhöhen und dazwischen ein Einschnitt. Sein Traum war einst gewesen, mit den Boranlyer Kindern hierherzukommen, damit die Kinder von einem Abhang zum anderen liefen, Welle für Welle, froh kreischend...

In diesem Augenblick klirrten in der Tür des Gefangenenabteils energisch die Schlüssel, die Tür ging auf, und auf der Schwelle standen zwei Aufseher.

»Raus zum Verhör!« befahl der Ranghöhere.

»Wieso zum Verhör?« entfuhr es Abutalip unwillkürlich.

Der Aufseher trat verdutzt auf ihn zu – war der Mann etwa krank?

»Was heißt hier wieso? Du hast wohl nicht begriffen – raus zum Verhör!«

Verzweifelt ließ Abutalip den Kopf hängen. Er wäre, ohne zu überlegen, aus dem Fenster gestürzt, hätte es wie ein Stein durchschlagen, aber das Fenster war vergittert. Er mußte sich fügen. Also sollte es nicht sein. Also konnte er nicht, ans Fenster gepreßt, auf den ersehnten Augenblick warten. Abutalip stand langsam auf wie ein Mensch unter einer schweren Last und ging, von den Aufsehern begleitet und mit einem Gefühl, als ginge er zum Galgen, ins Coupé zu Tansykbajew. Dennoch flackerte eine letzte Hoffnung auf – vor ihm lagen noch anderthalb Stunden Fahrt, vielleicht würde das Verhör bis dahin zu Ende sein. Das war der einzige Hoffnungsschimmer. Bis zu Tansykbajews Coupé waren es nur vier Schritte – es lag hinter der nächsten Tür. Lange brauchte Abutalip für die vier Schritte. Tansykbajew aber erwartete ihn schon.

»Komm rein, Kuttybajew, laß uns reden, miteinander arbeiten«, sagte er mit strenger Miene und strenger Stimme, durchbohrte ihn mit den Augen, strich sich dabei aber doch zufrieden über das frischrasierte, mit scharfem Kölnischwasser eingeriebene Gesicht. »Setz dich. Ich erlaube es dir. So ist es bequemer für dich und mich.«

Die Wachsoldaten blieben vor der geschlossenen Tür stehen, bereit, beim ersten Ruf hereinzustürzen. Das Geierauge zu töten war unmöglich. Nirgends waren Flaschen oder Gläser zu sehen, obwohl das Geierauge natürlich nichts dagegen hatte, gelegentlich ein, zwei Gläschen zu kippen. Das bewies der Geruch von Wodka und Essen im Coupé. Der Zug aber fuhr weiter, durchschnitt wie vorher die Steppe, und es blieb immer weniger Zeit bis zur Ausweichstelle Schneesturm-Boranly. Tansykbajew ließ sich Zeit, las irgendwelche Notizen, wühlte in Papieren. Da hielt es Abutalip nicht länger aus, die wenigen Minuten hatten ihn erschöpft, ausgehöhlt, so schwer hatte ihn die Vorführung zu diesem Verhör getroffen. Er sagte zu Tansykbajew: »Ich warte, Bürger Vorgesetzter.«

Verwundert hob Tansykbajew die Augen.

»Du wartest?« rief er erstaunt. »Worauf?«

»Aufs Verhör. Auf Fragen.«

»Ach so!« rief Tansykbajew gedehnt und suchte aufflakkernden Triumph zu unterdrücken. »Nun, das ist gar nicht schlecht, Kuttybajew, ich muß schon sagen, gar nicht schlecht, wenn der Beschuldigte von sich, sozusagen aus freien Stücken, reuig, aufs Verhör wartet. Also hat er was zu sagen, hat er den Untersuchungsorganen etwas mitzuteilen. Nicht wahr?« Tansykbajew war klargeworden, daß er beim heutigen Verhör den drohenden Ton durch einen trügerisch freundlichen ersetzen müsse. »Du hast also eingesehen«, fuhr er fort, »worin deine Schuld besteht, und willst den Untersuchungsorganen beim Kampf mit den Feinden der Sowjetmacht helfen, obwohl du selber ein Feind warst. Die Hauptsache ist ja, daß für uns beide die Sowjetmacht über allem steht, uns – natürlich für jeden auf eigene Weise – teurer ist als Vater und Mutter...«, er verstummte zufrieden und setzte hinzu: »Ich wußte schon immer, daß du vernünftig bist, Kuttybajew. Habe immer gehofft, daß wir zwei eine gemeinsame Sprache finden werden. Was schweigst du?«

»Ich weiß nicht«, entgegnete Abutalip vage, »mir ist nicht klar, worin meine Schuld bestehen soll«, fügte er hinzu und blickte heimlich zum Fenster hinaus. Der Zug fuhr schnell, und die Steppe eilte unter dem trüb herabhängenden Himmel schwindelerregend vorbei wie in einem Stummfilm.

»Ich will dir mal was sagen. Reden wir offen«, schlug Tansykbajew vor. »Schließlich transportiert man dich nicht zufällig wie einen König in einem Sonderwagen. Für nichts und wieder nichts macht man das nicht. Ein Einzelabteil braucht schon seine Gründe. Also bist du eine wichtige Person in diesem Verfahren. Von dir hängt viel ab. Und von dir erwartet man etwas Besonderes. Überleg dir's. Sehr gut sogar. Jetzt aber hör, was ich dir sage. Heute spätabends kommen wir nach Orenburg, das heißt nach Tschkalow. Da werden wir erwartet. Das ist unsere erste Station. Du weißt, da leben zwei deiner Kumpel und Mittäter: Alexander Iwanowitsch Popow und der Tatare Chamid Sejfulin. Beide sind schon verhaftet. Auf Grund deiner Aussage übrigens. Und beide gestehen, daß sie mit dir in Bayern in Gefangenschaft waren und ihr zusammen geflohen seid, unter seltsamen Umständen übrigens, aus irgendeinem Grund ist es nur eurer Brigade gelungen, aus dem Steinbruch zu fliehen – das müssen wir noch klären. Später habt ihr euch den jugoslawischen Partisanen angeschlossen, und beide sagen aus, daß sie an dem Treffen mit der englischen Mission teilgenommen haben. Du weißt, was ich meine. Darüber hast du in deinen Erinnerungen geschrieben. Man muß schon sagen, die sind interessant. Wir wissen, daß Popow der Resident ist und Sejfulin sein Ersatzmann, seine rechte Hand. Du, Kuttybajew, hast in der Agentur natürlich nicht die erste Geige gespielt, also bekommst du mildernde Umstände, wenn du bei der Untersuchung hilfst.«

»Was für eine Agentur? Ich sagte doch schon, ich habe sie seit fünfundvierzig, seit Kriegsende, nicht mehr gesehen«, warf Abutalip ein.

»Das spielt keine Rolle. Überhaupt keine. Man muß sich nicht persönlich sehen, Auge in Auge. Jemand war der Verbindungsmann. Konnte nicht der Wahrheitsfanatiker Edige Shangeldin nach Orenburg und wer weiß wohin noch fahren? Es könnte ja sein, ihr hattet über irgendwen Verbindung. Überleg erst.«

»Wenn ich sage, Edige ist auf seinem Kamel Karanar nach Orenburg geritten – ist das recht?« Dieser Bemerkung konnte sich Abutalip nicht enthalten.

»Du sperrst dich schon wieder, Kuttybajew. Sehr zu Unrecht! Ich meine es gut mit dir, und du rümpfst gleich die Nase. Widerspenstigkeit schadet dir nur. Und wegen Edige brauchst du dich nicht zu sorgen. Wenn nötig, greifen wir ihn uns, sogar zusammen mit seinem Kamel. Falls du willst, daß wir ihn nicht anrühren, mach bei der Gegenüberstellung keine Sperenzchen.«

Die Lokomotive vorn gab einem Gegenzug ein langes, lautes Signal. Das gewaltige Tuten schnitt Abutalip beklemmend ins Herz. Immer näher kamen sie der Ausweichstelle Schneesturm-Boranly. Geierauges Gedankengänge entsetzten ihn immer mehr. Für eine solche Kraft war nichts im Land unmöglich. Doch am meisten bedrückte und entsetzte Abutalip zu dieser Stunde, daß Tansykbajew ungewöhnlich redselig geworden war und sich nicht so bald anschickte, das Verhör zu beenden.

»Nun denn«, unterbrach Tansykbajew das Schweigen, schob die Papiere von sich und hob das Gesicht zu Abutalip. »Ich bin sicher, wir verstehn einander, das ist dein Ausweg. Die Gegenüberstellung in Orenburg wird entscheidend sein – entweder du hilfst mir, steuerst dein Teil bei, oder ich werde alles tun, damit du es sehr bedauerst, wenn du fünfundzwanzig Jahre aufgebrummt kriegst, vielleicht sogar die Todesstrafe. Dir ist doch klar, worum es geht. Wir kommen auch noch zu Tito, dem ihr all die Jahre gedient habt. Diesen Prozeß verfolgt Jossif Wissarionowitsch höchstpersönlich. Niemand geht ohne Strafe aus, wir räumen unnachsichtig auf. Also danke dem Schicksal, mein Lieber, daß ich es nicht böse mit dir meine. Aber das verlangt nach deiner Gegenleistung. Verstehst du, worum es geht?«

Abutalip schwieg, verzweifelt zählte er im Kopf die Minuten, um die sie sich der Zwischenstation näherten. Also würde er die Seinen nicht mal durchs Fenster sehen können. Dieser Gedanke bohrte in seinem Hirn.

»Was schweigst du? Ich frage dich, ob du begreifst, worum es geht?« forschte Tansykbajew.

Abutalip nickte. Natürlich begriff er.

»Das hättest du längst sagen sollen!« Tansykbajew deutete das Nicken als Zeichen des Einverständnisses, stand auf, trat zu Abutalip und legte ihm sogar die Hand auf die Schulter. »Ich wußte ja, du bist kein Dummkopf, du wirst schon auf den richtigen Weg finden. Wir sind uns also einig. Daß es keinen Zweifel gibt. Mach, was ich sage. Vor allem aber reg dich bei der Gegenüberstellung nicht auf, sieh dem anderen in die Augen und sag, wie's ist. Popow ist der Resident, er wurde fünfundvierzig von der englischen Spionage angeworben, war vor der Deportation auf einer Beratung bei Tito persönlich, hat eine langfristige Aufgabe für den Fall innerer Unruhen. Das reicht. Jetzt zu diesem Tataren Sejfulin – sagen wir so: Sejfulin ist Popows rechte Hand. Das genügt. Das übrige erledigen wir selber. Gib deine Erklärungen ab und sei unbesorgt. Dir droht nichts. Rein gar nichts. Ich leg' dich nicht rein. Das wär's. Mit Feinden machen wir kurzen Prozeß, Feinde liquidieren wir. Mit Freunden arbeiten wir zusammen, die kriegen Nachlaß. Denk dran. Und denk auch daran, daß ich mit mir nicht spaßen lasse. Warum bist du nur so blaß, so verschwitzt, fühlst du dich etwa nicht wohl? Ist es schwül?«

»Ja, mir ist gar nicht gut«, sagte Abutalip und bezwang einen Anfall von Schwindel und Übelkeit, als hätte er sich an schlechtem Essen den Magen verdorben.

»Na, dann will ich dich nicht länger aufhalten. Geh jetzt in dein Abteil, und ruh dich bis Orenburg aus. Aber dort mußt du dastehn wie eine Eins. Merk dir das. Bei der Gegenüberstellung gibt es kein Schwanken! Kein ›Ich erinnere mich nicht, weiß nicht, hab' vergessen‹ und so weiter. Spuck alles aus, wie's ist, und basta. Das übrige laß unsere Sorge sein. Das erledigen wir selber. Das wär's. Jetzt wollen wir uns nicht mit Geschreibsel befassen, geh und ruh dich aus, nach der Gegenüberstellung in Orenburg unterschreiben wir die Papiere, das muß sein. Die Aussagen mußt du dann unterschreiben. Jetzt geh. Ich denke, wir sind uns einig.« Mit diesen Worten schickte Tansykbajew Abutalip in sein Gefangenenabteil.

Von dem Augenblick an begann für Abutalip gewissermaßen ein neuer Abschnitt, ein eigenes Leben. Er hatte den Eindruck, als beschleunige der Zug die Fahrt. Draußen huschten gut bekannte Orte vorüber, bis Schneesturm-Boranly blieben nur noch wenige Minuten. Er mußte sich beruhigen, sich zusammennehmen und warten, sich auf einen beliebigen Ausgang gefaßt machen, vor allem aber mußte der Zug seine Geschwindigkeit verlangsamen. Der Zug muß langsamer fahren, dachte er, eine unbekannte Kraft beschwörend, und bald darauf spürte er, oder es kam ihm nur so vor, daß der Zug offenkundig die Geschwindigkeit verminderte, das ärgerliche Flimmern draußen hörte auf. Da sagte er sich: Alles wird so sein, wie ich es erflehe! Er überlegte nun ruhiger, hörte auf zu keuchen, preßte die Hände an die Brust, preßte sich an das vergitterte Fenster und wartete.

Der Zug näherte sich tatsächlich der Ausweichstelle Boranly, wohin das Elend ihn und seine Familie als Paria getrieben, wo er sich eingelebt und davon geträumt hatte, die Unbilden der Geschichte würden ausgestanden sein, bis die Kinder herangewachsen wären. Doch auch das sollte ihm nicht beschieden sein. Die Familie blieb der Willkür des Schicksals ausgesetzt, er selber aber fuhr jetzt in einem Gefängniswagen vorüber.

Abutalip blickte so gespannt zum Fenster hinaus, als müsse er sich das, was er sah, fürs ganze Leben einprägen, bis zum letzten Seufzer, zum letzten Lichtschein in den Augen. Und alles, was er zu dieser vormittäglichen Stunde des winterlichen Februartages sah – die Schneeverwehungen, den nackten Erdboden, die stellenweise kahlgefegte und stellenweise verschneite Steppe –, nahm er wahr wie eine heilige Erscheinung, voll Beben, Sehnsucht und Liebe. Da war der Hügel, da die kleine Schlucht, da der Pfad, wo er mit Saripa, das Gerät geschultert, zu Gleisausbesserungsarbeiten gegangen war, da war die Wiese, auf der im Sommer die Kinder aus Boranly herumgetollt waren, auch seine Jungen, Daul und Ermek... Dort drängten sich Kamele, und da waren noch ein paar, darunter Ediges Karanar, den erkannte er schon von weitem, er war noch immer so gewaltig, trottete gemächlich irgendwohin. Aber was war das – plötzlich schneite es, in den Luftwirbeln vor dem Fenster tanzten große Flocken. Nun ja, vom Morgen an hatte sich der Himmel bewölkt, also war mit Unwetter zu rechnen, wenn der Schnee doch nur ein wenig warten würde, ein ganz klein wenig, schon waren ja die Kamelpferche zu sehen und das erste Dach mit einer Rauchfahne über dem Schornstein, und da war ja auch die Weiche an der Einfahrt, der Zug fuhr mit stampfenden Rädern auf das Ausweichgleis, und da bei der Bude stand der Weichensteller mit der Flagge, das war doch Kasangap, knorrig wie ein vertrockneter Baum, o Gott, schon ist das Bahnwärterhäuschen vorübergehuscht, und mit herabgeminderter Geschwindigkeit fährt der Zug an der kleinen Siedlung vorüber: Da sind schon die Häuser, die Dächer und Fenster, gerade ist jemand in ein Haus hineingegangen, Abutalip hat nur seinen Rücken gesehen, und da zimmert Edige etwas aus Stangen und Brettern, baut eine Art Hütte für die Kinder, ja, das ist Edige, in Wattejacke und mit aufgekrempelten Ärmeln, neben ihm seine Töchter, und da ist doch Ermek, mein lieber Junge, er steht bei Edige und reicht ihm irgendwas vom Boden, mein Gott, sein Gesicht ist nur vorübergehuscht – aber wo ist Daul, wo ist Saripa? Da geht eine Schwangere, das ist die Frau vom Leiter der Ausweichstelle, Saule, und da ist ja auch Saripa mit einem auf die Schultern gerutschten Tuch, Saripa mit Daul, sie hat den Jüngeren an der Hand, sie gehen dahin, wo Edige mit den Kindern an etwas baut, gehen und wissen nicht, daß er sich krampfhaft die Hand vor den Mund preßt, um nicht aufzuschrein, nicht wild und verzweifelt zu brüllen: »Saripa! Liebste! Daul! Daul, mein Söhnchen! Ich bin's! Ich sehe euch zum letztenmal! Lebt wohl! Daul! Ermek! Lebt wohl! Vergeßt mich nicht! Ohne euch kann ich nicht leben! Ohne euch sterbe ich, ohne meine lieben Kinder, ohne meine geliebte Frau! Lebt wohl!«

Auch als der Zug längst die endlos herbeigesehnte Ausweichstelle Schneesturm-Boranly hinter sich gelassen hatte, erstand alles, was er in diesen wie ein Traum vorübergehuschten kurzen Momenten gesehen und durchlebt hatte, wieder und wieder vor seinen Augen. Schon fiel der Schnee vor dem Fenster in dichten Flocken, schon lag alles weit zurück, doch für Abutalip Kuttybajew war die Zeit an jenem Ort stehengeblieben, an jenem Abschnitt des Weges, der den ganzen Schmerz und den Sinn seines Lebens barg.

Er konnte sich nicht vom Fenster losreißen, obwohl es wegen des Schnees schon nutzlos war hinauszusehen. Er blieb ans Fenster gefesselt, erschüttert, weil er ungeachtet seines inneren Widerstandes, mehr noch, seiner Empörung gegen die Ungerechtigkeit genötigt war, sich einem fremden Willen unterzuordnen und still, heimlich an Frau und Kindern vorüberzufahren wie ein stummes Geschöpf, denn dazu hatte ihn die Kraft gezwungen, die ihm die Freiheit geraubt hatte, statt aus dem Zug zu springen, sich zu melden, offen und freudig zu der vor Sehnsucht verzehrten Familie zu laufen; er mußte sich darauf beschränken, auf erniedrigende und jämmerliche Weise zum Fenster hinauszublicken, mußte sich von Tansykbajew wie ein Hund behandeln lassen, dem man befohlen hat, in einer Ecke zu sitzen und sich nicht zu rühren. Und um sich irgendwie zu beruhigen, seine Gedanken weiterzuspinnen, legte er sich selbst einen Schwur ab, der in seinen Ohren hallte, auch wenn er ihn nicht laut aussprach...

Die bittere Süße der flüchtigen Begegnung kostete Abutalip bis zum letzten Tropfen aus. Nur das lag noch in seiner Macht, nur dazu reichte sein Willen – in Gedanken alles noch einmal aufleben zu lassen, es sich in allen Einzelheiten optisch wieder zu vergegenwärtigen: wie er zuerst Kasangap gesehen hatte, als Weichensteller nach wie vor mit der Flagge in der sehnigen Hand seinen gewohnten Platz einnehmend, wie viele Züge hatte er in seinem Leben schon passieren lassen, mal an einem, mal am anderen Ende der Ausweichstelle stehend; dann die Dächer und Fenster der Boranlyer

Häuschen, die Pferche fürs Vieh, die Rauchfahnen über den Schornsteinen und dann, wie er fast am eigenen Schrei, an der Verzweiflung erstickt wäre und sich gerade noch den Mund zuhalten konnte, als er an der Seite von Schneesturm-Edige, diesem Getreuen, der auf der Welt wie ein Fels stand und stets sich selbst treu blieb, unter den Kindern Ermek erblickte. Dieser hatte Edige, der gerade etwas für die Kinder baute, ein Brett gereicht oder etwas Ähnliches, offenbar für eine ihnen zugedachte Spielhütte, so deutlich, so klar hatte er all das in den wenigen Minuten gesehen – Edige, lebhaft den Kindern zugewandt, groß, stämmig, dunkelgesichtig, in Wattejacke mit aufgekrempelten Ärmeln, in Segeltuchstiefeln, daneben den Jungen mit der alten Wintermütze und Filzstiefeln auf dem Weg zu ihnen und Saripa mit Daul an der Hand. Liebe, arme Saripa, so lebendig, so nah hatte er sie gesehen – mit dem auf die Schultern gerutschten Tuch, das die welligen schwarzen Haare freigab, mit dem bleichen Oval ihres Gesichts, das so rührend war und nach dem er sich so gesehnt hatte, mit dem aufgeknöpften Mantel, den derben Stiefeln, die er ihr gekauft hatte, und mit dem Daul zugeneigten Kopf; sie sagte wohl gerade etwas zu ihm. All dieses unendlich Teure und Vertraute begleitete ihn noch lange, während er in Gedanken nach der Begegnung Abschied nahm... Nichts konnte ihm je diesen Verlust ersetzen...

Den ganzen Tag über schneite es, fegte und wirbelte Schnee übers Land. Auf einem Bahnhof vor Orenburg hatte der Zug eine ganze Stunde Aufenthalt – die Gleise mußten vom Schnee geräumt werden. Stimmen waren zu hören, viele Menschen arbeiteten da, verwünschten das Wetter und alles auf Erden. Dann ruckte der Zug wieder an und fuhr weiter, von Schneewirbeln eingehüllt. Lange brauchten sie, um nach Orenburg hereinzukommen – die Bäume längs der Bahnstrecke reckten ihre stummen, knorrigen, schwarzen Stämme schemenhaft wie verdorrtes Gehölz auf einem verlassenen Friedhof. Die Stadt selbst war praktisch nicht zu sehen. Auf dem Rangierbahnhof standen sie wieder lange in der Nacht – der Sonderwagen wurde abgekoppelt, also waren sie angekommen. Abutalip merkte es an dem Rucken beim Ab- und Ankuppeln der Wagen, an den Stimmen der Rangierer, am Heulen der manövrierenden Lokomotiven. Dann zogen sie den Wagen noch irgendwohin, wahrscheinlich auf ein Abstellgleis.

Es war bereits tiefe Nacht, als der Sonderwagen auf dem ihm zugewiesenen Platz abgestellt war. Ein letzter Ruck, ein letztes Kommando von unten: »Gut! Hau ab!« Der Wagen blieb stehen wie angewurzelt.

»Wir sind da! Pack deine Sachen! Komm raus, Gefangener!« befahl der Oberaufseher Abutalip und öffnete die Abteiltür. »Trödel nicht! Los! Hast du's verschlafen? Raus an die frische Luft!«

Abutalip erhob sich langsam und sagte abwesend, dicht an den Aufseher herantretend: »Ich bin bereit. Wohin soll ich gehen?«

»Na, wenn du bereit bist, vorwärts!«

»Wohin es geht, wird der Begleitposten zeigen.« Der Aufseher ließ Abutalip in den Flur hinaus und brüllte ihm plötzlich verwundert und empört hinterher: »Und dein Gepäcksack soll wohl dableiben? Wo rennst du hin? Warum nimmst du deine Sachen nicht mit? Soll ich dir vielleicht einen Gepäckträger besorgen? Zurück, hol deine Klamotten!«

Langsam kehrte Abutalip in das Abteil zurück, ergriff unwillig das vergessene Bündel, und als er wieder in den Flur hinaustrat, stieß er fast mit zwei örtlichen Mitarbeitern zusammen, die hastig und besorgt durch den Wagen gingen.

»Halt!« Der Aufseher drückte Abutalip an die Wand. »Laß sie vorbei! Laß die Genossen vorüber.« Als Abutalip den Wagen verließ, hörte er, wie die zwei an Tansykbajews Abteil anklopften.

»Ja, ja!« antwortete der.

»Genosse Tansykbajew!« Abutalip, der bereits auf der Plattform vor dem Ausgang stand, hörte erregte Stimmen.

»Seien Sie willkommen! Wir haben Sie schon erwartet.

Warten schon lange! Aber bei uns schneit es! Verzeihung! Gestatten Sie, daß wir uns vorstellen, Genosse Major!«

Ein bewaffnetes Kommando – drei Mann in Ohrenklappenmützen und Soldatenuniform – standen unten und warteten auf den Gefangenen, der über die Gleise zu einem gedeckten Wagen auf dem Bahnhof gehen sollte. »Los, geh schon! Worauf wartest du?« drängte ihn ein Soldat.

Begleitet vom Aufseher, stieg Abutalip schweigend aus dem Zug. Jäh spürte er schneidende Kälte, stob ihm Pulverschnee entgegen. Von dem eiskalten Griff verkrampfte sich seine Hand. Dunkelheit, aufgerissen von Signallampen eines unbekannten Bahnhofs, ein Wirrwarr von Schienen, die der Schnee verwehte, Warnpfiffe von manövrierenden Schiebelokomotiven. Alles verwirrte sich vor Abutalips Augen.

»Ich übergebe den Gefangenen Nummer siebenundneunzig!« meldete der Oberaufseher dem bewaffneten Kommando.

»Ich übernehme den Gefangenen Nummer siebenundneunzig!« echote der Kommandoführer.

»Das wär's! Geh, wohin man dir befiehlt!« sagte der Oberaufseher zum Abschied zu Abutalip. Und aus irgendeinem Grund setzte er hinzu: »Da verfrachtet man dich in ein Auto und bringt dich weg...«

Unter der Bewachung ging Abutalip die Gleise entlang, überschritt auf gut Glück Schienen und Schwellen. Im Gehen versuchten sie, sich gegen den Schnee abzuschirmen. Abutalip trug seinen Gepäcksack auf der Schulter. Hier und da ertönte das Tuten von Lokomotiven der Nachtschicht.

Tansykbajews Orenburger Kollegen, die in seinem Coupé erschienen waren, um ihn in ein Hotel zu bringen, blieben allerdings zurück, feierten seine Ankunft. Sie hatten vorgeschlagen, gleich im Coupé auf ihre Begegnung zu trinken und einen Imbiß einzunehmen – ohnehin war es Nacht und keine Arbeitszeit. Wer hätte da nicht eingewilligt! Während ihrer Unterhaltung hielt Tansykbajew es für möglich, mitzuteilen, die Sache gehe in Ordnung, vom Erfolg der Gegenüberstellung, derentwegen sie aus Alma-Ata gekommen seien, könne man überzeugt sein.

Die Kollegen kamen sich schnell näher und plauderten lebhaft, als von draußen plötzlich erregte Stimmen ertönten, Füße durch den Korridor trampelten. Ins Coupé stürzten ein Wachposten und der Oberaufseher. Der Posten war blutverschmiert. Mit wildem, verzerrtem Gesicht, vor Tansykbajew salutierend, schrie er: »Der Gefangene Nummer siebenundneunzig ist tot!«

»Wieso tot?« Außer sich sprang Tansykbajew auf. »Was heißt tot?«

»Er hat sich unter eine Lok gestürzt!« erklärte der Oberaufseher.

»Was soll das heißen? Wie hat er sich gestürzt?« Wütend schüttelte Tansykbajew den Aufseher.

»Als wir uns den Gleisen genähert hatten«, begann der Begleitposten verworren zu erläutern. »Links und rechts fuhren Rangierloks. Auch ein Zug manövrierte, fuhr hin und zurück... Wir blieben dort stehen, um abzuwarten... Plötzlich holte der Gefangene mit dem Gepäcksack aus, schlug mich auf den Kopf und stürzte sich selbst vor die Lok, unter die Räder...«

Alle schwiegen fassungslos. Das hatten sie nicht erwartet. Tansykbajew drängte zum Ausgang.

»Dieses Dreckschwein, rausgewunden hat sich der Hund«, fluchte er mit zitternder Stimme. »Hat alles platzen lassen! Das hat uns gerade gefehlt! Abgehauen ist er, abgehauen!« Er machte eine resignierende Handbewegung und goß sich ein Glas voll Wodka ein.

Seine Orenburger Kollegen aber versäumten nicht, dem Posten zu sagen, daß das Begleitkommando die gesamte Verantwortung für den Vorfall trage...

10

Auf dem Stillen Ozean, südlich der Aleuten, war es später Nachmittag. Noch immer tobte der Sturm mit halber Kraft, noch immer rollten, so weit man sehen konnte, Wogen mit Gischtkämmen heran, eine nach der anderen, kündend von der grenzenlosen Bewegung des Wasserelements von Horizont zu Horizont. Der Flugzeugträger »Convention« wiegte sich sacht auf den Wellen. Er befand sich an seinem früheren Standort, in genau der gleichen Luftlinienentfernung zwischen San Francisco und Wladiwostok. Alle Dienste des Schiffes mit dem internationalen Forschungsprogramm waren auf ihren Posten, in Alarmbereitschaft.

Zu diesem Zeitpunkt beendeten die sonderbevollmächtigten Kommissionen an Bord des Flugzeugträgers ihre außerordentliche Sitzung zur Analyse der überraschenden Situation, die nach Entdeckung einer außerirdischen Zivilisation im System der Himmelsleuchte Patriarch eingetreten war. Die Parität-Kosmonauten 2-1 und 1-2, die sich eigenmächtig zusammen mit den Bewohnern des anderen Planeten entfernt hatten, befanden sich noch immer auf dem Planeten Waldesbrust – dreimal vom VLZ durch Funkverbindung über die Orbitalstation »Parität« gewarnt, vor besonderen Anweisungen des VLZ auf keinen Fall etwas zu unternehmen.

Diese kategorischen Forderungen des VLZ spiegelten in Wirklichkeit nicht nur eine Verwirrung der Geister, sondern auch jene extrem komplizierte, unaufhaltsam sich zuspitzende Situation, jene Verschärfung der Widersprüche in den Beziehungen der Seiten, die mit dem Abbruch der Zusammenarbeit drohten, ja mehr noch – mit offener Konfrontation. Was die führenden Großmächte im Interesse eines integrierten wissenschaftlich-technischen Potentials noch unlängst einander nähergebracht hatte – das »Demiurg«-Programm –, war in den Hintergrund gerückt und hatte augenblicklich seine einstige Bedeutung verloren angesichts des Superproblems, das mit der Entdeckung einer außerirdischen Zivilisation überraschend aufgetaucht war. Die Mitglieder der Kommissionen begriffen mit Bestimmtheit eines: Diese unerhörte, mit nichts vergleichbare Entdeckung wurde zum härtesten Prüfstein für die Grundlagen jeglicher zeitgenössischen weltweiten Gemeinsamkeit, für all das, was von Jahrhundert zu Jahrhundert gepredigt und kultiviert worden war, im Bewußtsein von Generationen seinen Niederschlag gefunden hatte – für die gesamten Regeln ihrer Existenz. Konnte sich jemand auf ein derart gewagtes Unterfangen einlassen – ganz zu schweigen von Erwägungen einer umfassenden Sicherheit der irdischen Welt?

Erneut, wie immer in Krisenmomenten der Geschichte, offenbarten sich mit aller Macht die grundlegenden Widersprüche der beiden unterschiedlichen gesellschaftspolitischen Systeme auf der Erde.

Die Erörterung der Frage ging über in hitzige Debatten. Aus der Verschiedenartigkeit der Ansichten, der Betrachtungsmethoden schälten sich immer mehr Positionen. Alles eskalierte zielstrebig zu einem Zusammenstoß, zu gegenseitigen Drohungen, zu Konflikten, die, wenn sie außer Kontrolle gerieten, unvermeidlich in einen Weltkrieg münden würden. Jede Seite war daher bemüht, angesichts der allgemeinen Risiken einer solchen Entwicklung der Ereignisse nichts auf die Spitze zu treiben, doch noch maßgebender für die Zurückhaltung war die Unerwünschtheit, exakter ausgedrückt, die Gefahr einer Explosion des irdischen Bewußtseins, wozu es elementar kommen konnte, falls die Kunde von einer unvermuteten Zivilisation an die Öffentlichkeit dränge. Niemand konnte sich für die Folgen eines solchen Ausgangs verbürgen.

Und die Vernunft setzte sich durch, die Seiten gelangten zu einem Kompromiß – einem erzwungenen Kompromiß auf streng ausbilanzierter Grundlage. An die Orbitalstation »Parität« wurde ein verschlüsselter Funkspruch des VLZ durchgegeben mit folgendem Inhalt:

An die Kontrollkosmonauten 1-2 und 2-1. Stellen Sie mit Hilfe der Bordsysteme von »Parität« unverzüglich Funkverbindung her mit den Parität-Kosmonauten 1-2 und 2-1, die sich außerhalb der Galaxis im sogenannten System der Himmelsleuchte Patriarch auf dem Planeten Waldesbrust befinden. Sie sind sofort darüber in Kenntnis zu setzen, daß das VLZ auf Grund der Schlußfolgerungen, zu denen die bilaterale Kommission nach gründlicher Analyse der Information über die von den Parität-Kosmonauten 1-2 und 2-1 entdeckte außerirdische Zivilisation gelangt ist, unwiderruflich folgendes beschlossen hat:

a) den ehemaligen Parität-Kosmonauten 1-2 und 2-1, die für die irdische Zivilisation zu unerwünschten Personen geworden sind, wird die Rückkehr auf die Orbitalstation »Parität« und folglich auf die Erde untersagt;

b) den Bewohnern des Planeten Waldesbrust wird mitgeteilt, daß wir ihnen jegliche Kontaktaufnahme als unvereinbar mit der historischen Erfahrung, mit den Grundinteressen und Besonderheiten der heutigen Entwicklung der menschlichen Gesellschaft auf der Erde verweigern;

c) die ehemaligen Parität-Kosmonauten 1-2 und 2-1 und auch die mit ihnen in Verbindung stehenden Außerirdischen werden vor jedem Versuch gewarnt, mit Erdenbewohnern Kontakt aufzunehmen oder gar in erdnahe Sphären einzudringen, wie das beim Besuch der Außerirdischen in der Orbitalstation »Parität« auf der Umlaufbahn »Trampolin« der Fall war;

d) um das Eindringen von Flugapparaten fremdplanetarischen Ursprungs in den erdnahen kosmischen Raum zu unterbinden, errichtet das VLZ umgehend ein außerordentliches transkosmisches Regime unter der Bezeichnung »Reif«, bestehend aus Kampfraketen-Robotern, die, auf vorgegebenen Orbiten kreisend, durch Kern- und Laserstrahlung jegliche im Kosmos sich dem Erdball nähernden Gegenstände vernichten werden;

e) die ehemaligen Parität-Kosmonauten, die eigenmächtig mit Wesen eines anderen Planeten Kontakt aufgenommen haben, sind zu informieren, daß im Interesse der Sicherheit und der Aufrechterhaltung der erzielten Stabilität in der geopolitischen Struktur auf Erden jegliche Verbindung mit ihnen abgebrochen wird. In diesem Zusammenhang werden alle Maßnahmen zur strengsten Geheimhaltung des Vorgefallenen ergriffen, desgleichen Maßnahmen zur Verhütung erneuter Kontakte. Zu diesem Zweck wird der Orbit der Station »Parität« unverzüglich verändert, die Kanäle einer Funkverbindung zur Station werden neu verschlüsselt;

f) noch einmal: die Außerirdischen sind vor den Gefahren einer Annäherung an die »Reif«-Zonen um den Erdball zu warnen.

VLZ
An Bord des Flugzeugträgers
»Convention«

Angesichts solcher Sperrmaßnahmen war das VLZ genötigt, für unbestimmte Zeit das gesamte »Demiurg«-Programm zur Erschließung des Planeten X einzufrieren. Die Orbitalstation »Parität« mußte auf andere Umlaufparameter eingestellt werden, wo sie für laufende kosmische Beobachtungen genutzt würde. Den gemeinsamen, für die wissenschaftliche Forschung bestimmten Flugzeugträger »Convention« beschloß man dem neutralen Finnland in Verwahrung zu geben. Nach dem Start des »Reif«-Systems in den fernen Kosmos galt es, alle paritätischen Bereiche, alle wissenschaftlichen und Verwaltungsstäbe, alle Hilfsdienste aufzulösen bei strengster Verpflichtung eines jeden Mitarbeiters, bis zu seinem Tod nichts über die Gründe für die Stillegung des VLZ verlauten zu lassen.

Der breiten Öffentlichkeit sollte erklärt werden, die Arbeiten am »Demiurg«-Programm würden für unbestimmte Zeit eingestellt, da es sich als notwendig erwiesen hätte, gründliche Forschungen und Umprojektierungen auf dem Planeten X vorzunehmen.

Alles war sorgfältig durchdacht. Und all das mußte unverzüglich geschehen, sobald man kurzfristig den »Reif« um den Erdball errichtet haben würde.

Zunächst aber, sofort nach Beendigung der Kommissionssitzung, wurden alle Dokumente, alle chiffrierten Telegramme, alle Informationen der ehemaligen »Parität«-Kosmonauten, alle Protokolle, alle Bänder und Papiere, die irgendeine Beziehung zu dieser betrüblichen Geschichte hatten, vernichtet.

Auf dem Stillen Ozean, südlich der Aleuten, ging der Tag zur Neige. Das Wetter war noch immer leidlich. Doch allmählich verstärkte sich der Wellengang auf dem Ozean. Schon hörte man die überall aufschäumenden Wogen tosen.

Der Dienst des Flugdecks auf der »Convention« wartete gespannt darauf, daß die Mitglieder der sonderbevollmächtigten Kommissionen nach Beendigung der Sitzung zu den Flugzeugen kämen. Und da erschienen sie schon alle. Verabschiedeten sich. Begaben sich zu ihren Flugzeugen.

Der Start verlief glatt, trotz des Wellengangs. Ein Flugzeug nahm Kurs auf San Francisco, das andere in die entgegengesetzte Richtung – auf Wladiwostok.

Umweht von Höhenwinden, schwamm die Erde auf ihren ewigen Bahnen, ein Sandkörnchen in der Unendlichkeit des Alls. Solche Sandkörner gab es in großer Zahl. Aber nur hier, auf dem Planeten Erde, lebten Menschen. Lebten, so gut sie konnten, so gut sie es verstanden, und bisweilen versuchten sie, von Wissensdurst übermannt, zu ergründen, ob es nicht noch an anderen Orten ähnliche Wesen gebe. Sie stritten, stellten Hypothesen auf, landeten auf dem Mond, sandten automatische Einrichtungen zu anderen Himmelskörpern, doch jedesmal mußten sie sich voll Bitternis überzeugen, daß es in der Umgebung des Sonnensystems niemanden und nichts gab, was ihnen gliche – es gab überhaupt kein Leben. Später vergaßen sie all das, ihnen stand nicht mehr der Sinn danach, ohnehin war es nicht einfach für sie, zu leben und miteinander auszukommen, auch das tägliche

Brot zu gewinnen kostete Mühe. Viele meinten überhaupt, das sei nicht ihr Problem. Und so schwamm die Erde für sich allein dahin.

In jenem Jahr war der ganze Januar frostig und neblig. Woher kam nur diese Kälte in der Steppe! Die Züge fuhren, schlohweiß von der Eiseskälte. Ein sonderbarer Anblick – die schwarzen Erdöl-Tankwagen hielten auf der Ausweichstelle schneeweiß und reifüberzogen. Das Anfahren war für die Züge auch nicht leicht. Die hintereinandergekuppelten Lokomotiven ruckten die angefrorenen Räder lange, stoßweise vorwärts, rissen sie buchstäblich von den Schienen. Diese Anstrengung der Lokomotive hörte man in der scharfen Luft weit im Umkreis als eisenklirrendes Poltern. Nachts fuhren die Boranlyer Kinder erschrocken aus dem Schlaf bei diesem Krach.

Auch Schneeverwehungen gab es auf den Gleisen. Eins kam zum andern. Die Winde spielten verrückt. In der Steppe hatten sie volle Freiheit, da ahnte man nicht, von welcher Seite der Schneesturm zuschlug. Und die Boranlyer gewannen den Eindruck, als hätte es der Wind darauf abgesehen, den Schnee auf die Bahngleise zu türmen, als suchte er eigens jede Gelegenheit, um sich mit herangefegten Schneemassen schwer auf die Gleise zu werfen, sie vollzupacken und zuzuschütten.

Edige, Kasangap und drei weitere Streckenarbeiter konnten gar nicht schnell genug von einem Ende des Streckenabschnitts zum anderen hasten, um die Gleise zu säubern. Zustatten kamen ihnen dabei Kamelschleppen. Die schwere obere Schicht der Verwehungen beförderten sie mit einer Schleppe an den Streckenrand, den Rest mußten sie von Hand wegschippen. Edige schonte Karanar nicht und war froh über die Gelegenheit, ihn sich abarbeiten, seine unbändige Kraft verausgaben zu lassen; er hatte ihn mit einem anderen, gleich kräftigen Kamel zusammengespannt und trieb sie mit der Peitsche an, so daß die Schneemassen vor dem

Querbrett wegrutschten – er selbst stand hintendrauf und drückte die Schleppe mit dem eigenen Gewicht nieder. Andere Hilfsmittel hatten sie damals nicht. Man sprach davon, daß Fabriken bereits spezielle Schneeräumgeräte produzierten, Lokomotiven, die die Schneewehen beiseite schöben. Man sagte auch zu, in Kürze solche Maschinen zu schicken, aber einstweilen blieb es bei Versprechungen.

Hatten sie im Sommer zwei Monate bis zur Geistestrübung unter der Hitze gelitten, so war es nun schrecklich, die Frostluft zu atmen – ihnen schien, als würden die Lungen platzen. Dennoch fuhren Züge, die Arbeit mußte getan werden. Edige bekam einen Stoppelbart, in den sich in diesem Winter erstmals Grau mischte, seine Augen schwollen, weil er nie ausschlafen konnte, die Gesichtszüge wurden eisenhart – ihm graute, in den Spiegel zu blicken. Aus dem Halbpelz kam er gar nicht mehr heraus, und darüber trug er noch ständig einen Zelttuchmantel mit Kapuze. An den Füßen Filzstiefel.

Aber womit sich Edige auch befaßte, wie schwer ihm auch alles fiel, die Geschichte mit Abutalip Kuttybajew ging ihm nicht aus dem Sinn. Schmerzhaft bohrte sie in ihm. Oft überlegte und rätselte er mit Kasangap, wie es zu alldem gekommen sei und womit es enden werde. Kasangap hüllte sich meist in Schweigen, machte ein finsteres Gesicht und vertiefte sich in angestrengte Gedanken. Doch eines Tages sagte er: »So war es immer. Und wer weiß, wann sich das aufklärt... Nicht ohne Grund hieß es in alten Zeiten: ›Der Chan ist kein Gott. Er weiß nicht immer, was seine Würdenträger tun; und seine Würdenträger wissen nichts über jene, die auf den Basaren die Abgaben eintreiben.‹ So war es immer.«

»Na hör mal! Du bist mir ein schöner Weiser!« Edige mußte unwillkürlich lachen. »Wie lange ist's her, daß wir den Chanen eins auf den Hut gegeben haben! Das ist doch keine Erklärung.«

»Was sonst?« fragte Kasangap vernünftig.

»Was, was?« murrte Edige gereizt, wußte aber keine Antwort. Und in seinem Hirn bohrte weiter die Frage, auf die er keine Antwort wußte.

Ein Unglück kommt bekanntlich selten allein. Der ältere Kuttybajew-Junge, Daul, holte sich eine tüchtige Erkältung. Er phantasierte im Fieber, Husten quälte ihn, der Hals schmerzte. Saripa sagte, er habe Angina. Sie behandelte ihn mit Tabletten. Doch ständig bei den Kindern bleiben konnte sie nicht, denn sie arbeitete als Weichenwärterin, schließlich mußte sie den Lebensunterhalt verdienen. Sie hatte abwechselnd Tag- und Nachtdienst. Ükübala mußte die Pflege übernehmen. Sie versorgte die eigenen beiden und die beiden von Saripa – alle vier Kinder, sah sie doch, in welcher Lage Abutalips Familie war. Auch Edige half, so gut er konnte. Frühmorgens brachte er ihnen Kohle aus dem Schuppen in die Baracke, und wenn er es schaffte, heizte er den Ofen. Mit Steinkohle muß man umgehen können. Er schüttete gleich anderthalb Eimer Kohle in den Ofen, damit es die Kinder den ganzen Tag über warm hatten. Wasser aus dem Kesselwagen auf dem toten Gleis brachte er ihnen auch, spaltete Holz zum Anheizen. Was machte es ihm schon aus, dies alles zu tun? Viel schwerer fiel ihm etwas anderes. Unmöglich, quälend, unerträglich war, Abutalips Kindern in die Augen zu sehen und ihre Fragen zu beantworten. Der Ältere lag krank im Bett, er war ein beherrschter kleiner Kerl; aber der Jüngere, der lebhafte und zärtliche Ermek, der nach der Mutter geraten war, unendlich empfindsam und verletzlich, machte ihm Sorgen. Wenn Edige morgens Kohle brachte und die Öfen heizte, gab er sich Mühe, die Kinder nicht zu wecken. Doch selten gelang es ihm, unbemerkt zu verschwinden. Der schwarze Lockenkopf Ermek wurde sofort wach. Und sowie er die Augen aufschlug, fragte er: »Onkel Edige, kommt Papika heute?«

Der Knirps lief unbekleidet und barfuß auf ihn zu, die unzerstörbare Hoffnung in den Augen, Edige müsse nur ja sagen, und der Vater käme bestimmt zurück und bliebe bei ihnen. Edige schloß das magere, warme Kerlchen in die

Arme und legte ihn wieder ins Bett. Dann sprach er zu ihm wie zu einem Erwachsenen: »Ob dein Papika heute kommt, weiß ich nicht, Ermek, aber von der Bahnstation aus müssen sie uns über Fernsprecher mitteilen, mit welchem Zug er eintrifft. Personenzüge halten bei uns nicht, das weißt du ja. Nur auf Befehl vom obersten Dispatcher der Bahn. Ich denke mir, dieser Tage werden sie uns benachrichtigen. Dann gehen wir beide mit Daul, wenn er bis dahin gesund ist, zum Zug und holen ihn ab.«

»Und wir sagen: ›Papika, da sind wir!‹ Ja?« spann der kleine Junge den Einfall des Erwachsenen weiter.

»Aber freilich, das sagen wir«, bestärkte ihn Edige in gespielt munterem Ton.

Doch so einfach ließ sich der gescheite Junge nicht abspeisen.

»Onkel Edige, weißt du, was? Wir steigen wie damals in einen Güterzug und fahren zu diesem obersten Dispatcher. Und sagen ihm, er soll den Zug bei uns halten lassen, mit dem Papika kommt.«

Edige suchte nach Ausflüchten.

»Damals war doch Sommer, war es warm. Wie willst du jetzt in einem Güterzug fahren? Es ist bitter kalt. Ein häßlicher Wind. Du siehst ja, die Fenster sind fast ganz zugefroren. Wir kommen da gar nicht hin, werden vorher zu Eisklumpen. Nein, das ist zu gefährlich.«

Der Kleine schwieg betrübt.

»Bleib noch ein Weilchen liegen, ich sehe mal nach Daul.« Endlich hatte Edige eine Ablenkung gefunden, er trat ans Bett zum Kranken und legte dem Kind die schwere, knotige Hand auf die heiße Stirn. Daul öffnete mühsam einen Spaltbreit die Augen, lächelte schwach mit verklebten Lippen. Noch immer hatte er Fieber. »Deck dich nicht auf. Du bist ja ganz verschwitzt. Hörst du, Daul? Du erkältest dich sonst noch mehr. Und du, Ermek, bring ihm den Topf, wenn er pullern muß. Hörst du? Er darf nicht raus. Bald kommt eure Mama vom Dienst. Jetzt aber ist gleich Tante Ükübala da, die bringt euch was zu essen. Wenn Daul wieder gesund ist, kommt ihr zu uns, dann könnt ihr mit Saule und Scharapat spielen. Aber jetzt muß ich zur Arbeit, sonst bleiben bei dem vielen Schnee noch die Züge stecken«, sagte Edige den Kindern, bevor er ging.

Ermek aber war unerbittlich. »Onkel Edige«, rief er, als dieser bereits auf der Schwelle stand, »wenn es viel Schnee gibt und Papikas Zug steckenbleibt, gehe ich mit Schnee räumen. Ich habe eine kleine Schaufel.«

Edige ging mit schwerem, beklommenem Herzen. Groll brannte in ihm, Hilflosigkeit, Erbarmen. Zorn empfand er damals auf die ganze Welt. Und er ließ seine Wut am Schnee aus, am Wind, an den Schneewehen, an den Kamelen, die er bei der Arbeit nicht schonte. Er arbeitete wie ein Tier, als könne er allein dem Schneesturm Einhalt gebieten.

Die Tage aber rannen dahin wie Tropfen, die unentwegt gleichmäßig fallen, einer nach dem anderen. Inzwischen war auch der Januar vorbei, und die Kälte ließ etwas nach. Von Abutalip Kuttybajew kam keine Nachricht. Edige und Kasangap ergingen sich in Vermutungen, bedachten und erörterten alles mögliche. Und der eine wie der andere meinte, man müsse ihn bald wieder freilassen, was sei schon dabei; er habe irgendwas aufgeschrieben, für sich, nicht für fremde Augen. Diese Hoffnung erfüllte sie, und diese Hoffnung suchten sie auch, so gut sie konnten, Saripa einzuflößen, damit sie durchhielt und den Mut nicht sinken ließ. Sie begriff ja selbst, um der Kinder willen mußte sie steinhart bleiben. Und sie wurde in der Tat zu Stein. Kapselte sich ab, bekam die Lippen nicht mehr auseinander, nur die Augen funkelten unruhig. Wer weiß, wie lange sie noch standhielt.

Schneesturm-Edige hatte arbeitsfrei. Er beschloß, in die Steppe zu gehen und nachzusehen, was die Kamelherde auf der Weide machte, vor allem aber, wie sich Karanar aufführte. Hatte er auch keinem Tier der Herde Schaden zugefügt? Er konnte schon wieder verrückt spielen, die Zeit war heran. Edige lief auf Skiern hin, es war nicht weit. Zurück kam er rechtzeitig. Und er wollte Kasangap berichten, daß alles in Ordnung sei. Die Tiere weideten im Lissochwostowaja-Grund, Schnee liege da fast keiner, der Wind fege ihn weg, daher fänden die Tiere Futter, einstweilen gebe es keinen Grund zur Beunruhigung. Doch zuerst wollte er die Skier nach Hause bringen. Seine älteste Tochter Saule schaute erschrocken aus der Tür.

»Papa, Mama weint!« Sie rannte weg.

Edige warf die Skier hin, eilte aufgeschreckt ins Haus. Ükübala weinte so, daß Edige der Atem stockte.

»Was ist? Was ist geschehn?«

»Verflucht sei alles auf dieser verfluchten Welt!« jammerte Ükübala schluchzend.

Noch nie hatte Edige seine Frau in einer derartigen Verfassung gesehen. Ükübala war kräftig und nüchtern.

»Du, du bist an allem schuld!«

»Woran? Woran soll ich schuld sein?« fragte Edige bestürzt.

»Du hast den Unglückswürmern diese Flausen in den Kopf gesetzt. Gerade hielt ein Personenzug, um den Gegenzug vorbeizulassen. Warum mußten sie sich ausgerechnet auf unserer Ausweichstelle begegnen? Und sowie Abutalips Kinder sahen, daß ein Personenzug hielt, stürzten sie los und schrien: ›Papika! Papika ist gekommen!‹ Und hin zum Zug! Ich hinterdrein. Sie aber laufen von Wagen zu Wagen und schrein aus Leibeskräften: ›Papika! Wo ist unser Papika?‹ Ich fürchtete schon, sie geraten unter die Wagen. Und sie laufen den ganzen Zug lang, rufen den Vater! Keine einzige Tür wurde geöffnet. Sie laufen und laufen! Ein riesenlanger toter Zug. Sie aber laufen! Und ehe ich sie eingeholt, ehe ich den Kleinen gepackt, den andern an die Hand genommen hatte, ruckte der Zug an und fuhr ab. Sie rissen sich los. ›Da ist unser Papika, er konnte nicht mehr aussteigen!‹ Was sie für ein entsetzliches Geschrei erhoben! Das Herz stand mir still, ich dachte, ich verliere den Verstand, so haben sie geschrien und geweint. Um Ermek steht es schlecht. Beruhige du das Kind! Geh schon! Du hast ihnen doch gesagt, ihr Vater kommt zurück, sobald ein Personenzug hält. Hättest du bloß gesehen, was mit ihnen los war, als der Zug abfuhr und der Vater war nicht da! Hättest du das bloß gesehen! Warum ist es nur so eingerichtet im Leben, warum hängt ein Vater so schrecklich an seinem Kind und das Kind so an dem Vater? Warum diese Qualen?«

Edige ging zu ihnen wie zum Schafott. Und nur eines erflehte er von Gott: Er möge herabsteigen und ihm vor der Hinrichtung den Betrug an den vertrauensvollen kleinen Seelen vergeben. Er hatte ihnen doch nichts Böses antun wollen. Was sollte er ihnen nur sagen, wie ihnen Rede und Antwort stehen?

Als er sich zeigte, schrien Ermek und Daul, verweint und bis zur Unkenntlichkeit verschwollen, mit neuer Kraft los, kamen laut jammernd auf ihn zugelaufen und suchten ihm tränenerstickt, schluchzend und weinend um die Wette zu erklären, daß ein Zug in der Ausweichstelle gehalten, der Vater aber nicht Zeit gefunden habe auszusteigen und daß er, Onkel Edige, den Zug aufhalten müsse.

»Sagyndym, papikamdy! Sagyndym, sagyndym!«* schrie Ermek, und seine Miene, sein Vertrauen, seine Hoffnung, sein Kummer waren ein einziges Flehen.

»Gleich kümmere ich mich um alles. Schon gut, schon gut, weint nicht«, suchte Edige die außer sich geratenen Kinder zur Vernunft zu bringen und zu beruhigen. Noch schwerer fiel es ihm, selber durchzuhalten, sich nicht unterkriegen zu lassen, das Gesicht zu wahren, damit die Kinder ihn nicht schwach und hilflos sahen. »Gleich gehen wir hin, gleich!« – Wohin nur? Wohin? Zu wem? Was mach' ich nur? Wie verhalte ich mich? dachte er. »Gleich gehen wir raus, dann überlegen wir, reden miteinander«, versprach Edige ziemlich unbestimmt und murmelte etwas vor sich hin.

---

* Ich will meinen Vater wiederhaben!

Er trat zu Saripa. Sie lag auf dem Bett, das Gesicht im Kissen vergraben.

»Saripa, Saripa!« Er tippte sie an die Schulter.

Sie hob nicht einmal den Kopf.

»Wir gehen jetzt ins Freie, schlendern ein bißchen herum, dann schaun wir bei uns herein«, sagte er zu ihr.

Das war das einzige, was ihm einfiel, um sie zu beruhigen, abzulenken und zu sich zu kommen. Ermek nahm er huckepack, Daul faßte er an der Hand. So gingen sie ziellos die Bahngleise entlang. Nie zuvor hatte Schneesturm-Edige solches Mitleid empfunden mit fremdem Unglück. Ermek saß auf seinem Rücken, schluchzte noch immer und atmete ihm feucht und traurig in den Nacken. Das von Sehnsucht verzehrte kleine Menschenkind schmiegte sich so vertrauensvoll an ihn, umklammerte so vertrauensvoll seine Schultern, und das zweite Menschenkind hielt sich so zutraulich an seiner Hand fest, daß er vor Schmerz und Mitgefühl mit ihnen fast aufgeschrien hätte.

So gingen sie die Eisenbahn entlang mitten in der öden Steppe; und nur Züge brausten vorüber, bald in die eine, bald in die andere Richtung. Sie kamen und entschwanden.

Wieder war Edige genötigt, den Kindern die Unwahrheit zu sagen. Er erklärte ihnen, sie hätten sich geirrt. Der Zug, der zufällig in ihrer Ausweichstelle gehalten habe, sei in die falsche Richtung gefahren, ihr Papa müsse von der anderen Seite kommen. Aber sicherlich nicht so bald. Man habe ihn als Matrosen auf irgendein Meer geschickt, doch sowie sein Schiff von einer weiten Reise zurückkehre, käme er wieder nach Hause. Einstweilen hieße es warten. Er glaubte, diese Unwahrheit könne ihnen helfen durchzuhalten, bis sie zur Wahrheit würde. Edige zweifelte nicht an Abutalip Kuttybajews Rückkehr. Nach einiger Zeit würde sich dort alles aufklären, dann käme er wieder, unverzüglich, sowie sie ihn freiließen. Ein Vater, der seine Kinder so liebt, zögert keine Sekunde. Deshalb sagte Edige die Unwahrheit. Da er Abutalip gut kannte, vermochte er sich besser als irgendein anderer vorzustellen, wie diesem Mann die Trennung von der Familie zusetzte. Ein anderer hätte vielleicht nicht so heftig, nicht so schwer gelitten unter der vorübergehenden Trennung, mochte sie auch unfreiwillig sein; ihn hätte die Hoffnung aufrechterhalten, daß er bald nach Hause zurückkönnte. Für Abutalip aber, daran zweifelte Edige nicht, bedeutete das die höchste Strafe. Und Edige fürchtete für ihn. Würde er durchhalten, würde ihm die Kraft reichen, solange sich das Verfahren hinschleppte?

Saripa hatte bereits einige Briefe mit Anfragen wegen ihres Mannes an die zuständigen Instanzen geschickt und gebeten, sie zu benachrichtigen, ob sie ihn sehen könne. Noch war keine Antwort eingegangen. Kasangap und Edige zerbrachen sich gleichfalls den Kopf. Doch die Männer waren geneigt, das damit zu erklären, daß die Ausweichstelle Schneesturm-Boranly keine direkte Postverbindung besaß. Briefe mußte man jemandem mitgeben oder selbst zum Bahnhof Kumbel bringen. Postzustellungen erfolgten ebenfalls über Kumbel und ebenfalls durch Gefälligkeiten. Und eine solche Verbindung ist bekanntlich nicht immer die schnellste.

Und so geschah es eines Tages...

In den letzten Februartagen fuhr Kasangap nach Kumbel Sabitshan im Internat besuchen. Er ritt auf einem Kamel. In den Güterzügen war es im Winter zu kalt. In die geschlossenen Wagen kam man nicht hinein, das war verboten, und auf den offenen Flachwagen pfiff der Wind unerträglich. Auf dem Kamel aber konnte man es, warm angezogen, bei gutem Schritt bequem an einem Tag hin und zurück schaffen und noch alles Erforderliche erledigen.

Kasangap kam an jenem Tag gegen Abend heim. Während er absaß, dachte Edige noch, Kasangap sei schlechter Laune; er wirkte mächtig finster, sicherlich hatte der Sohn im Internat was ausgefressen, außerdem war er wohl müde von dem Hinundhergezottel auf dem Kamel.

»Na, wie war die Reise?« erkundigte sich Edige.

»Leidlich«, entgegnete Kasangap dumpf und hantierte an seinem Gepäck. Dann drehte er sich um und fragte nach kurzem Überlegen: »Bist du nachher zu Hause?«

»Ja.«

»Wir müssen was besprechen. Ich komme gleich zu dir.«

»Komm nur.«

Kasangap ließ nicht lange auf sich warten. Er kam zusammen mit seiner Bökej. Er vorneweg, die Frau hinterdrein. Beide waren sehr bedrückt. Kasangap sah erschöpft aus, reckte den Hals noch stärker als sonst und ließ die Schultern hängen – sogar der Schnurrbart hing schlaff herab. Die stramme Bökej rang nach Luft, als hämmerte ihr Herz derart, daß sie nicht durchatmen konnte.

»Wie seht ihr denn aus, ihr habt euch doch nicht etwa gezankt?« Ükübala lachte. »Ihr wollt euch wohl bei uns versöhnen. Nehmt Platz.«

»Hätten wir uns nur gezankt«, entgegnete Bökej mit brüchiger Stimme, noch immer schwer atmend.

Kasangap blickte sich um und wollte wissen: »Wo sind denn eure Mädchen?«

»Bei Saripa, sie spielen mit den Jungs«, antwortete Edige. »Was willst du von ihnen?«

»Ich habe schlechte Nachrichten«, sagte Kasangap mit einem Blick auf Edige und Ükübala. »Die Kinder sollen es lieber noch nicht erfahren. Ein großes Unglück ist geschehen. Unser Abutalip ist tot!«

»Was sagst du?« Edige sprang hoch, Ükübala schrie auf, preßte die Hand gegen den Mund und wurde kalkweiß.

»Tot! Die unglücklichen Kinder, die unglücklichen Waisen!« klagte Bökej heiser flüsternd.

»Wie ist er gestorben?« Edige wollte es immer noch nicht glauben und rückte erschrocken näher zu Kasangap.

»Sie haben auf dem Bahnhof so ein Papier gekriegt.«

Alle verstummten mit einemmal, sahen aneinander vorbei. »O weh, o weh!« Ükübala griff sich stöhnend an den Kopf, wiegte sich hin und her.

»Wo ist dieses Papier?« fragte schließlich Edige.

»Das Papier ist auf dem Bahnhof«, berichtete Kasangap. »Na ja, erst war ich also im Internat, und dann denk' ich mir, ich schau' mal auf dem Bahnhof in den kleinen Laden – den im Warteraum. Bökej hatte mich gebeten, Seife zu kaufen. Ich bin noch nicht durch die Tür, da kommt mir der Stationsvorsteher entgegen, der Tschernow. Na ja, wir begrüßen uns, sind schließlich alte Bekannte, und gleich sagt er zu mir: ›Das paßt gut, komm mal mit in den Dienstraum, ich hab' dort einen Brief liegen, nimm ihn mit in die Ausweichstelle.‹ Er schloß seinen Dienstraum auf, und wir gingen rein. Aus der Tischschublade holte er einen bedruckten Briefumschlag. ›Abutalip Kuttybajew hat doch bei euch auf der Ausweichstelle gearbeitet?‹ fragt er. ›Ja‹, sag' ich, ›weshalb?‹ – ›Vorgestern hab' ich dieses Schreiben bekommen, und ich konnte es noch keinem mitgeben nach Schneesturm-Boranly. Übergib es seiner Frau. Das ist die Antwort auf ihre Anfragen. Gestorben ist er, steht drin‹ – und dann sagt er so ein unverständliches Wort. ›An Infarkt.‹ – ›Was ist das eigentlich, ein Infarkt?‹ frag' ich. Und er antwortet: ›Ein Herzriß.‹ So ist's – das Herz hat es ihm zerrissen. Ich sitz' da wie vom Blitz getroffen. Konnte es zuerst gar nicht fassen. Nahm das Papier in die Hand. Da stand: ›An den Stationsvorsteher in Kumbel zur Weiterleitung an die Außenstelle Schneesturm-Boranly, offizielle Antwort auf die Anfrage der Bürgerin Soundso‹ – und weiter, daß der Untersuchungsgefangene Abutalip Kuttybajew an einem Herzanfall verstorben ist. Das steht drin. Ich lese es, seh' ihn an und weiß nicht, was tun. ›So stehn die Dinge‹, sagt Tschernow und breitet die Arme aus. ›Nimm es, und gib es seiner Frau.‹ – ›Nein‹, sag' ich, ›so ist es bei uns nicht Brauch. Ich will kein Unglücksbote sein. Seine Kinder sind noch klein, wie kann ich ihnen so einen Schlag versetzen – nein‹, sag' ich. ›Wir Boranlyer‹, sag' ich, ›werden uns erst beraten und dann einen Entschluß fassen. Entweder kommt einer von uns eigens wegen diesem Papier her und überbringt es, wie man eine so traurige Kunde geziemend überbringt – schließlich ist kein Spatz umgekommen, sondern ein Mensch –, oder, besser noch, seine Frau, Saripa Kuttybajewa, kommt und empfängt das Schreiben aus Ihren Händen. Und Sie erklären es ihr selbst und erzählen, wie alles vor sich gegangen ist.‹ Er aber sagt zu mir: ›Mach's, wie du willst. Bloß, was soll ich ihr schon erklären und erzählen. Ich weiß auch keine Einzelheiten. Meine Aufgabe ist, das Papier dem Empfänger zu übergeben, weiter nichts.‹ – ›Na ja‹, sag' ich, ›entschuldigen Sie, aber behalten Sie das Papier einstweilen, mündlich werde ich alles ausrichten, wir wollen an Ort und Stelle beraten.‹ – ›Wie du meinst‹, sagt er, ›du mußt es besser wissen.‹ Mit diesem Bescheid bin ich weggegangen, dann hab' ich den ganzen Weg über das Kamel angetrieben und mir das Herz zermartert: Was sollen wir bloß tun? Wer von uns hat den Mut, ihnen das zu sagen?«

Kasangap verstummte. Edige beugte sich so tief, als hätte sich ihm eine Bergeslast auf die Schultern gelegt.

»Was jetzt?« sagte Kasangap, aber keiner gab Antwort.

»Ich habe es ja gewußt«, Edige wiegte kummervoll das Haupt, »er hat die Trennung von den Kindern nicht ertragen. Gerade das habe ich am meisten gefürchtet. An dieser Trennung ist er gestorben. Sehnsucht ist was Schreckliches. Seine Kleinen sehnen sich so nach dem Vater – man kann es gar nicht mehr mit ansehen. Wäre er ein anderer, na ja, da hätte man ihm irgendwas aufgebrummt – wofür, weiß ich zwar nicht, aber bitte schön. Dann hätte er ein Jahr, zwei oder wer weiß wie viele abgesessen und wäre wieder zurückgekommen. Schließlich hat er in deutscher Gefangenschaft, in den Konzentrationslagern, gerade genug durchgemacht, bei den Partisanen war's auch kein Zuckerlecken, und alle diese Jahre hat er in fremden Ländern gekämpft und ist nicht zerbrochen, denn damals war er allein, hatte noch keine Familie. Jetzt aber hat man ihn ins lebende Fleisch geschnitten, wie man so sagt, hat ihn losgerissen von seinem Liebsten auf Erden, seinen Kindern. Und so ist das Unglück geschehen.«

»Ja, das meine ich auch«, äußerte sich Kasangap, »nie hätte ich gedacht, daß man an einer Trennung sterben kann. Dabei war er noch jung und klug, ein gebildeter Mann, hätte abwarten können, bis sich alles aufklärt und er wieder frei ist. Er hat sich doch nichts zuschulden kommen lassen. Mit dem Verstand hat er das natürlich erfaßt, aber das Herz hat es nicht ausgehalten.«

Dann saßen sie noch lange beisammen, erörterten die Lage, wollten sich etwas einfallen lassen, wie sie Saripa auf diese Nachricht vorbereiten könnten, doch alles Grübeln und Rätseln lief nur auf eines hinaus – die Familie hatte den Vater verloren, die Kinder waren verwaist, Saripa war verwitwet, da half nichts. Den vernünftigsten Vorschlag machte Ükübala.

»Saripa soll das Papier selber auf dem Bahnhof in Empfang nehmen. Mag sie den Schlag dort überstehen, nicht hier, bei den Kindern. Und mag sie sich dort entscheiden, auf dem Bahnhof; auch während des Rückwegs wird sie Zeit haben, zu überlegen, was sie tun soll. Ob sie den Kindern alles sagen will oder ob es noch zu früh ist. Vielleicht möchte sie lieber abwarten, bis sie ein wenig größer sind und den Vater zumindest etwas vergessen haben. Schwer zu sagen...«

»Recht hast du«, unterstützte Edige sie. »Sie ist die Mutter. Soll sie entscheiden, ob sie den Kindern Abutalips Tod mitteilt. Ich kriege es nicht fertig.« Edige konnte nicht weitersprechen, die Zunge gehorchte ihm nicht, er räusperte sich, um das Mitleid, das ihm die Kehle zusammenpreßte, zu unterdrücken.

Und dann sagte Ükübala noch, als sie sich bereits eine Meinung gebildet hatten: »Kasangap, Sie müßten Saripa Bescheid sagen, daß beim Stationsvorsteher Briefe für sie liegen. Sicherlich die Antwort auf ihre Anfrage. Man habe jedoch gebeten, sie möge selber kommen, das sei erforderlich. Und dann noch etwas«, fuhr sie fort, »wir dürfen Saripa an einem solchen Tag nicht allein dorthin fahren lassen. Sie haben da weder Verwandte noch Bekannte. Das Schlimmste im Leid ist jedoch die Einsamkeit. Fahr du mit ihr, Edige, steh ihr zur Seite in dieser Stunde. Was kann nicht alles passieren bei solchem Unglück! Sag ihr, du hättest auf der Station zu tun, fahrt zusammen. Die Kinder können ja bei uns bleiben.«

»Gut«, stimmte Edige zu. »Morgen sage ich Abilow, ich muß Saripa ins Stationskrankenhaus bringen. Er soll einen Zug in Richtung Kumbel für eine Minute anhalten.«

Dabei blieb es. Nach Kumbel fahren konnten sie jedoch erst einige Tage darauf mit einem Zug, der auf Bitte des Leiters der Ausweichstelle kurz anhielt. Das war am fünften März. Diesen Tag vergaß Schneesturm-Edige sein Leben lang nicht.

Sie fuhren in einem Gemeinschaftswagen. Allerlei Volk drängelte sich darin – mit Familienangehörigen, Kindern, mit den unvermeidlichen Begleiterscheinungen wie Fuselgestank, ewiges Hin und Her, Kartenspiel bis zur Verblödung, halblautes Weibergeschwätz über das harte Los, über die Sauferei der Männer, über Scheidungen, Hochzeiten, Beerdigungen. Die Leute fuhren weit. Und mit ihnen fuhr, was ihren Alltag ausmachte. Zu ihnen gesellten sich mit ihrem Elend und Kummer für eine kurze Weile Saripa und ihr Begleiter, Schneesturm-Edige.

Natürlich fühlte sich Saripa nicht wohl. Finster und beunruhigt schwieg sie die ganze Fahrt über, grübelte wahrscheinlich, welche Antwort ihrer beim Stationsvorsteher harrte. Auch Edige verlor kaum ein Wort.

Es gibt auf Erden feinfühlige, barmherzige Menschen, die auf den ersten Blick sehen, daß es um einen schlimm steht. Als Saripa aufstand und durch den Wagen zur geschlossenen Plattform ging, um eine Weile am Fenster zu stehen, sagte auf der Bank gegenüber Edige eine alte Russin mit gütigen Augen, die einst himmelblau gewesen, nun aber von den Jahren ausgeblichen waren: »Deine Frau ist wohl krank, Söhnchen, wie?«

Edige zuckte zusammen.

»Sie ist nicht meine Frau, eher eine Schwester, Muttchen. Ich bringe sie ins Krankenhaus.«

»Ja, ja, ich seh's doch, die Ärmste quält sich. Und ihr geht's erbärmlich. Die Augen sind ja voll von hoffnungslosem Leid. Sicherlich fürchtet sie sich insgeheim. Fürchtet wohl, im Krankenhaus könne man bei ihr eine schreckliche Krankheit entdecken. Was ist das nur für ein Leben! Wird man nicht geboren, dann erblickt man nie das Licht der Welt, wird man aber geboren, dann kann man sich nicht retten vor Kümmernis. Ja, ja, so ist's. Aber der Herrgott ist gnädig, sie ist ja noch jung, da wird schon alles wieder gut«, sprach sie vor sich hin – unwillkürlich spürte sie, daß Saripas Bedrängnis und Trauer immer heftiger wurden, je mehr sie sich der Bahnstation näherten.

Die Fahrt nach Kumbel dauerte anderthalb Stunden. Den Reisenden war gleichgültig, durch welche Orte sie fuhren. Sie fragten nur immer nach der Station, die gerade kam. Die gewaltige Steppe aber lag noch unter Schnee, im schweigsamen und unendlichen Reich einer menschenleeren Weite. Doch erste Anzeichen für einen Rückzug des Winters machten sich schon bemerkbar. Hier und da dunkelten abgetaute Kahlstellen an den Hängen, die unebenen Ränder von Schluchten traten hervor, die Hügel wurden fleckig, und überall sackte der Schnee zusammen von dem feuchten Tauwetterwind, der in der Steppe Anfang März aufgekommen war. Die Sonne indes verbarg sich noch hinter dichten, tiefhängenden, wasserschweren grauen Wolken. Der Winter war noch nicht vorbei – jederzeit konnte feuchter Schnee fallen, auch ein Schneesturm zu guter Letzt war nicht auszuschließen.

Edige sah zum Fenster hinaus, blieb aber auf seinem Platz gegenüber der barmherzigen Alten, plauderte auch ab und an mit ihr, trat nicht zu Saripa. Mag sie nur eine Weile dort bleiben, dachte er, mag sie am Fenster stehen und ihre Lage überdenken. Vielleicht sagt ihr ein Vorgefühl etwas. Vielleicht denkt sie auch an jene Reise Anfang Herbst vergangenen Jahres, als wir alle zusammen, beide Familien mit der ganzen Kinderschar, auf einen Güterwagen kletterten und nach Kumbel fuhren, um Wasser- und Zuckermelonen zu holen, und so glücklich waren – für die Kinder wurde es ein unvergeßlicher Feiertag. Ihm schien, als wäre das noch gar nicht lange her. Damals saßen sie beide, Edige und Abutalip, an der halboffenen Wagentür im leichten Fahrtwind und unterhielten sich über dies und das; neben ihnen quirlten die Kinder herum, blickten auf die vorüberfliegende Gegend; auch die Frauen, Saripa und Ükübala, führten freimütige Gespräche. Dann waren sie durch die Geschäfte geschlendert und durch die Bahnhofsgrünanlage, waren ins Kino gegangen und zum Friseur. Die Kinder hatten Eis gegessen. Das drolligste aber war gewesen, als sie alle zusammen Ermek nicht hatten überreden können, sich die Haare schneiden zu lassen. Er fürchtete die Berührung der Schneidemaschine auf seinem Kopf. Und Edige entsann sich, wie in jenem Augenblick Abutalip in der Tür des Friseurladens auftauchte, wie das Söhnchen ihm entgegenstürzte, er ihn auffing, an sich preßte, als wolle er ihn vor dem Friseur in Schutz nehmen, und sagte, wir geben später unserm Herzen einen Stoß und lassen alles das nächste Mal machen, es brenne ja nicht. Der schwarze Lockenkopf Ermek wird auch weiterhin mit ungeschnittenen Haaren herumlaufen, nun aber ohne Vater.

Und wieder, das wievielte Mal wohl, suchte Schneesturm-Edige zu erfassen, zu begreifen, sich klarzumachen, warum Abutalip Kuttybajew gestorben war, ohne eine Entscheidung in seiner Angelegenheit abzuwarten. Und wieder fand er dafür nur eine Erklärung: Allein die aussichtslose Sehnsucht nach seinen Kindern hatte ihm das Herz zerrissen. Nur die Trennung, deren Bürde bei weitem nicht alle verstehen konnten, nur die traurige Erkenntnis, daß seine Söhne – ohne sie aber vermochte er sich das Leben nicht vorzustellen, wie die Luft zum Atmen brauchte er sie –, daß also seine Söhne, ihm entrissen, der Willkür des Schicksals ausgesetzt waren auf irgendeiner Ausweichstelle in der menschenleeren, wasserlosen Steppe, nur das hatte ihn getötet.

All diese Gedanken wirbelten auch durch Ediges Kopf, während er auf einer Bank in der Bahnhofsgrünanlage auf Saripa wartete. Sie hatten vereinbart, daß er sie hier erwarten würde, auf dieser Bank, während sie zum Stationsvorsteher ging.

Es war bereits Mittag, doch das Wetter blieb trübe. Der niedrige, wolkenverhangene Himmel hatte sich nicht aufgeklärt. Hin und wieder benetzte etwas sein Gesicht – vielleicht Schneeflocken, vielleicht Regentropfen. Ein feuchter Wind blies aus der Steppe, er roch schon nach ferner Schneeschmelze. Edige fröstelte, ihm war ungemütlich. Eigentlich ging er bei Gelegenheit gern unter Menschen, in die Hektik und das Gebrodel des Bahnhofs; da konnte er Züge beobachten, konnte zusehen, wie die Fahrgäste ausstiegen, den Bahnsteig auf und ab hasteten – es war eine Art Kino, mitten aus dem Leben gegriffen: So plötzlich es begann, wenn ein Zug einfuhr, so plötzlich war es jedesmal auch zu Ende, wenn er wieder abfuhr.

Diesmal interessierte ihn all das nicht. Ihn wunderte, was für abwesende Mienen die Menschen hatten, wie gesichtslos sie waren, wie gleichgültig, wie müde, wie weit voneinander entfernt. Obendrein weckte die Radiomusik, die aus einem erkältet krächzenden Lautsprecher über den Bahnhofsvorplatz schallte, Trauer und Verzagtheit mit ihrer Monotonie. Was war das nur für eine Musik?

Schon waren zwanzig Minuten vergangen, vielleicht auch mehr, seit Saripa im Bahnhofsgebäude verschwunden war. Edige wurde unruhig; und obwohl sie fest vereinbart hatten, daß er sie auf dieser Bank erwarten werde, wo sie voriges Mal mit den Kindern und Abutalip gesessen und Eis gegessen hatten, beschloß er nachzusehen, was sich dort tat.

Da erblickte er sie in der Tür und fuhr unwillkürlich zusammen. Sie fiel in der Menge der Hinein- und Herausflutenden durch völlige Teilnahmslosigkeit auf. Ihr Antlitz war totenbleich, sie ging, ohne zu sehen, wie im Schlaf, ohne jemanden oder etwas anzustoßen, als existierte um sie herum nichts, sie ging wie in der Wüste, wie eine Blinde, das Haupt voller Leid hoch erhoben, die Lippen fest aufeinandergepreßt. Edige stand auf, als sie sich näherte. Ihm schien, als käme sie sehr lange auf ihn zu, noch immer wie im Schlaf, so schrecklich, so abwesend bewegte sie sich mit ihren leeren Augen. Eine ganze Ewigkeit war wohl vergangen, ein Abgrund von kalter, finsterer Endlosigkeit unerträglichen Wartens, bis sie ihn erreicht hatte, in der Hand jenes Papier in dem festen bedruckten Briefumschlag, wie Kasangap es genannt hatte, und während sie zu ihm trat, öffnete sie die Lippen zu der Frage: »Du hast es gewußt?«

Er senkte langsam den Kopf.

Saripa ließ sich auf die Bank nieder, schlug die Hände vors Gesicht, preßte den Kopf fest zusammen, als könne der auseinanderfallen, in Stücke springen, und schluchzte bitter auf, völlig vertieft in sich, in ihren Schmerz, ihren Verlust. Sie weinte, jammervoll, zitternd, versank, ertrank, verlor sich immer tiefer in ihrem grenzenlosen Leid; er aber saß neben ihr und war bereit wie damals, als sie Abutalip fortschafften, dessen Platz einzunehmen, ohne viel zu überlegen, beliebige Qualen auf sich zu nehmen, nur um diese Frau zu beschützen, ihr zu helfen, diesen Schlag zu überstehen. Dabei begriff er, daß er sie nicht trösten oder beschwichtigen konnte, ehe die erste betäubende Woge ihres Unglücks abgeebbt war.

So saßen sie auf der Bank der Grünanlage am Bahnhof. Saripa weinte, schluchzte krampfhaft – in einer Anwandlung schleuderte sie den zerknüllten Umschlag mit dem verhängnisvollen Papier weit weg, ohne noch einmal darauf zu sehen. Wer brauchte es jetzt, dieses Papier, wenn Abutalip nicht mehr am Leben war? Doch Edige hob den Umschlag auf und steckte ihn ein. Dann zog er ein Taschentuch hervor, drückte es der weinenden Saripa in die Hand und nötigte sie, die Tränen abzuwischen. Es half nichts.

Die Musik aber, die aus dem Lautsprecher über dem

Bahnhof erscholl, war, als wüßte sie alles, eine Trauermusik, unendlich beklemmend. Der Märzhimmel hing grau und feucht über ihren Köpfen, der Wind bedrängte sie mit seinen Böen. Vorübergehende schielten auf das Paar, auf Saripa und Edige, und natürlich dachten sie insgeheim: Familienkrach, was sonst! Er wird ihr weh getan haben. Doch nicht alle dachten so.

»Weint nur, gute Leute, weint«, erklang neben ihnen eine mitfühlende Stimme. »Unsern Vater haben wir verloren! Was soll jetzt werden?«

Edige hob den Kopf und erblickte eine Frau in einem alten Uniformmantel, auf Krücken. Ein Bein war bis zur Hüfte amputiert. Er kannte sie, eine ehemalige Frontkämpferin, sie arbeitete im Fahrkartenschalter des Bahnhofs. Die Frau weinte im Gehen und sagte immerzu vor sich hin: »Weint nur. Weint. Was soll jetzt werden?« Weinend ging sie weiter, wobei sie ihre Krücken unter den unnatürlich gehobenen Schultern gewohnheitsmäßig mit dumpfem Klopfen umsetzte, zwischendurch aber jedesmal mit der Sohle des alten Soldatenstiefels, den sie an ihrem einen Bein trug, über die Erde scharrte.

Den Sinn ihrer Worte erfaßte Edige, als er bemerkte, wie sich plötzlich Menschen vor dem Bahnhofseingang sammelten. Die Köpfe im Nacken, sahen sie zu, wie ein paar Mann eine Leiter anlegten und hoch über der Tür ein großes Porträt Stalins in Uniform hinaushängten, umwunden mit schwarzem Trauerflor.

Nun wußte auch er, warum aus dem Radio so wehmütige Musik schallte. Zu einer anderen Zeit hätte auch er sich erhoben und eine Weile inmitten der Menschen gestanden, um zu erfahren, was diesem großen Mann zugestoßen war, ohne den sich keiner den Lauf der Welt vorstellen konnte; jetzt aber reichte ihm sein eigenes Leid. Er sagte dazu kein Wort. Auch Saripa hatte für nichts und niemanden Interesse.

Die Züge aber fuhren wie vorgesehen, was auch immer geschah auf Erden. In einer halben Stunde würde der

Schnellzug Nummer siebzehn die Strecke passieren. Wie alle Personenzüge hielt er nicht auf Ausweichstellen wie Schneesturm-Boranly. Jedenfalls laut Plan. Und niemand konnte vorhersehen, daß der Siebzehner diesmal in Schneesturm-Boranly doch halten würde. So hatte Edige beschlossen, fest und ruhig. Er sagte zu Saripa: »Wir müssen bald zurück. Uns bleibt noch eine halbe Stunde. Überleg jetzt gut, wie du es halten willst – ob du den Kindern sagst, daß ihr Vater tot ist, oder noch eine Weile wartest. Ich werde dich nicht beruhigen, werde dir zu nichts raten, du hast selber einen Kopf. Jetzt bist du für sie Vater und Mutter zugleich. Doch entscheiden mußt du dich, solange wir noch unterwegs sind. Wenn du beschließt, den Kindern einstweilen nichts zu sagen, nimm dich zusammen. In ihrer Gegenwart darfst du keine Tränen vergießen. Schaffst du das? Hast du die Kraft? Auch wir müssen wissen, wie wir uns in ihrem Beisein verhalten sollen. Verstehst du? Das ist die Frage.«

»Ja, ich verstehe alles«, antwortete Saripa unter Tränen. »Bis wir zu Hause sind, sammle ich meine Gedanken und sage dir, was wir tun werden. Gleich, ich nehme mich ja schon zusammen. Gleich.«

Auf dem Rückweg war alles genauso wie hinzu. Zahlreiche Menschen, umgeben von Tabakrauch, durchquerten das große Land von einem Ende zum andern.

Saripa und Edige gerieten in einen Coupéwagen. Hier waren nicht so viele Fahrgäste, und sie traten an ein Fenster am Ende des Ganges, um die anderen nicht zu stören und sich unterhalten zu können. Edige saß auf einem Klappsitz, und Saripa stand neben ihm und sah zum Fenster hinaus, obwohl er ihr seinen Platz angeboten hatte.

»So fühle ich mich besser«, sagte sie.

Und nun versuchte sie, immer wieder aufschluchzend, sich in die Gewalt zu bekommen, ihr Unglück zu bewältigen und sich zu konzentrieren, während sie hinausblickte, dabei dachte sie an ihr künftiges Witwenleben. Bisher hatte sie gehofft, alles würde eines Tages zu Ende sein wie ein Alptraum und Abutalip würde früher oder später zurückkehren, war es doch unvorstellbar, daß man ein solches Mißverständnis nicht aufklärte, dann wäre die ganze Familie wieder beisammen, dann fände sich auch ein Weg, zu überleben, wie schwer es auch war, durchzuhalten und die Söhne zu erziehen. Jetzt war die Hoffnung dahin. Sie hatte genug zu bedenken.

An das gleiche dachte auch Schneesturm-Edige, denn das Schicksal dieser Familie gab ihm keine Ruhe. So war es nun mal. Er meinte jedoch, er müsse jetzt mehr als je beherrscht und ruhig sein, um ihr wenigstens etwas Selbstvertrauen einzuflößen. Er drängte sie nicht. Und das war recht. Als sie sich ausgeweint hatte, begann sie von selbst das Gespräch.

»Ich muß es den Kindern einstweilen verheimlichen, daß ihr Vater nicht mehr am Leben ist«, sagte Saripa mit brüchiger Stimme, während sie sich noch die Tränen verbiß und das Schluchzen unterdrückte. »Ich kann jetzt nicht... Besonders Ermek... Warum hängt er nur so am Vater, das ist ja schrecklich... Ich darf doch nicht ihre Hoffnungen zerstören! Was wird aus ihnen? Er war doch ihr Lebensinhalt. Sie warten, warten von Tag zu Tag, jeden Augenblick... Später werden wir von hier wegziehen müssen, den Ort wechseln. Aber erst, wenn sie etwas älter sind. Um Ermek mache ich mir große Sorgen. Ein bißchen reifer soll er noch werden... Dann sage ich es ihnen, und dann werden sie selber etwas ahnen... Aber jetzt – nein, ich habe nicht die Kraft. Ich muß erst selber... Ich schreibe den Geschwistern, meinen und seinen. Was haben sie nun von uns zu befürchten? Ich hoffe, sie antworten, helfen uns, von hier wegzukommen. Dann werden wir weitersehn. Mir bleibt jetzt nur, Abutalips Kinder großzuziehen, da er nicht mehr ist.«

Solche Überlegungen stellte sie an, Schneesturm-Edige aber hörte schweigend zu, erfaßte und billigte den Sinn jedes ihrer Worte – im vollen Bewußtsein, daß dies nur ein winziges Quentchen, die äußerste Hülle dessen war, was wie ein Wirbelsturm ihren Kopf durchtost hatte und weiterhin durchtoste. Alles kann man nicht aussprechen. Also sagte er, bemüht, die Grenzen des Gesprächs nicht zu erweitern: »Du hast wohl recht, Saripa. Würde ich diese Kinder nicht kennen, dann hätte ich Zweifel. Aber an deiner Stelle hätte ich auch nicht den Mut, ihnen das zu sagen. Man muß noch etwas warten. Und bis sich deine Verwandten melden, mach dir keine Sorgen, was uns anbelangt. Wir wollen es halten wie eh und je. Arbeite wie vorher, deine Kinder werden bei uns sein, zusammen mit unseren. Du weißt ja, Ükübala liebt sie wie die eigenen. Alles andere wird sich finden.«

Noch etwas sagte Saripa in diesem Gespräch unter schweren Seufzern: »Wie ist es nur eingerichtet im Leben! So schrecklich, so weise und so verquickt. Ende, Anfang, Weiterführung... Wären nicht die Kinder, Ehrenwort, Edige, ich machte meinem Leben ein Ende. Ich wäre dazu fähig. Wozu jetzt noch leben? Aber die Kinder verpflichten, zwingen mich, halten mich fest. Das ist die Rettung, so geht das Leben weiter. Bitter und schwer, aber es geht weiter. Und ich denke jetzt nicht einmal mit soviel Furcht daran, wie sie die Wahrheit erfahren werden, davor gibt's kein Entrinnen, sondern an ihre Zukunft. Das, was ihrem Vater geschah, wird für sie immer eine blutende Wunde bleiben. Bei jeder Gelegenheit, ob sie ein Studium aufnehmen wollen oder einen Arbeitsplatz suchen, wann immer sie öffentlich beweisen müssen, was in ihnen steckt – mit diesem Familiennamen kommen sie nirgends weiter. Wenn ich daran denke, scheint mir, es existiert für uns eine allmächtige Barriere. Abutalip und ich, wir haben solche Gespräche stets gemieden. Ich habe ihn geschont und er mich. An seiner Seite, davon war ich überzeugt, wären unsere Söhne vollwertige Menschen geworden. Das hat uns vor Zusammenbrüchen, vor Mißlichkeiten bewahrt. Jetzt aber weiß ich nicht... Ich kann ihnen den Vater nicht ersetzen... Denn er – das war er... Er hätte alles erreicht. Er wollte sozusagen in seinen Kindern neu erstehen, sich in ihnen verwirklichen. Und gestorben ist er, weil man ihn von ihnen losgerissen hat.«

Edige hörte aufmerksam zu. Daß Saripa ihm ihre geheimsten Gedanken anvertraute, wie man es nur einem Menschen gegenüber tut, der einem besonders nahesteht, weckte in ihm den aufrichtigen Wunsch, sich erkenntlich zu zeigen, es ihr zu lohnen, ihr zu helfen, doch das Bewußtsein seiner Machtlosigkeit bedrückte ihn, verursachte dumpfe, unterschwellige Gereiztheit.

Schon näherten sie sich der Ausweichstelle Schneesturm-Boranly. Über bekannte Gegenden, über die Strecke, auf der Schneesturm-Edige selbst gearbeitet hatte, viele Sommer und Winter lang...

»Mach dich fertig«, sagte er zu Saripa. »Gleich sind wir da. Wir sind uns also einig: zu den Kindern vorerst kein Wort. Gut, nun wissen wir Bescheid. Aber laß dir nichts anmerken, Saripa. Bring dich jetzt in Ordnung. Und geh auf die Plattform. Stell dich an die Tür. Sowie der Zug hält, steigst du ruhig aus und wartest auf mich. Ich komme nach, und dann gehen wir.«

»Was willst du machen?«

»Nichts. Das überlaß nur mir. Schließlich hast du das Recht auszusteigen.«

Wie immer war der Personenzug Nummer siebzehn im Begriff, die Ausweichstelle zu durchfahren, er verringerte nur die Geschwindigkeit am Signal. In diesem Augenblick, bei der Einfahrt in Schneesturm-Boranly, bremste der Zug jäh unter Zischen und schrecklichem metallenem Knirschen. Alle sprangen erschrocken von den Plätzen. Schreie und Pfiffe ertönten den ganzen Zug entlang.

»Was ist los?«

»Hat einer die Notbremse gezogen?«

»Wer?«

»Wo?«

»Im Coupéwagen!«

Edige hatte inzwischen Saripa die Tür geöffnet, und sie war ausgestiegen. Er wartete, bis der Zugbegleiter und der Schaffner auf die Plattform stürmten.

»Halt! Wer hat die Notbremse gezogen?«
»Ich«, sagte Schneesturm-Edige.
»Wer bist du? Mit welchem Recht?«
»Es mußte sein.«
»Wieso mußte das sein? Du willst wohl vor Gericht, he?«
»Wenn schon. Schreiben Sie es nur in Ihrem Protokoll, das Sie ans Gericht weitergeben oder sonstwohin. Da sind meine Papiere! Schreiben Sie, ein ehemaliger Frontsoldat, der Streckenarbeiter Edige Shangeldin, hat die Notbremse gezogen und den Zug an der Ausweichstelle Schneesturm-Boranly angehalten zum Zeichen der Trauer am Todestag vom Genossen Stalin.«
»Was? Stalin ist tot?«
»Ja, sie haben es im Radio durchgegeben. Man muß nur hinhören.«
»Nun, das ist was anderes«, erwiderten jene betroffen und hielten Edige nicht länger fest. »Geh nur, wenn's an dem ist.«
Einige Minuten darauf setzte der Zug Nummer siebzehn die Fahrt fort.

Und wieder fuhren Züge von Ost nach West und von West nach Ost.

Zu beiden Seiten der Eisenbahn aber erstreckten sich in dieser Gegend immer noch die gleichen, seit Urzeiten unberührten öden Landstriche – Sary-Ösek, das Zentralgebiet der gelben Steppe.

Vom Kosmodrom Sary-Ösek-1 gab es damals noch keine Spur in diesem Bereich. Möglicherweise zeichnete er sich nur in den Träumen künftiger Väter von Kosmosflügen ab.

Die Züge aber fuhren immer noch von Ost nach West und von West nach Ost...

Sommer und Herbst des Jahres dreiundfünfzig wurden zur qualvollsten Zeit im Leben von Schneesturm-Edige. Weder die Schneeverwehungen auf den Gleisen noch die Hitze und Wasserlosigkeit davor und danach oder andere Unbilden und Unglücksfälle hatten ihm jemals soviel Leiden gebracht wie jene Tage – nicht einmal der Krieg, dabei war er fast bis Königsberg gekommen und hätte tausendmal getötet, verwundet und verkrüppelt werden können.

Afanassi Jelisarow hatte Schneesturm-Edige einmal erzählt, wie Erdrutsche entstehen, diese unabwendbaren Verschiebungen, wenn ganze Hänge in Bewegung geraten und niedergehen oder gar ein ganzer Berg verborgene Erdschichten bloßlegt, indem er seitlich wegbricht. Dann erschrecken die Menschen – was für ein Unheil verbarg sich doch unter ihren Füßen! Die Gefahr bei Erdrutschen besteht darin, daß die Katastrophe unbemerkt heranreift, denn ganz allmählich unterspült Grundwasser von innen her das tiefer gelegene Gestein, dann genügt eine kleine Erderschütterung, ein Donner oder ein heftiger Regenguß, und schon beginnt der Berg langsam und unentwegt sich nach unten zu wälzen. Ein gewöhnlicher Steinschlag vollzieht sich plötzlich, mit einemmal. So ein Erdrutsch aber entwickelt sich bedrohlich, vor aller Augen, und es gibt keine Kraft, die ihn aufhalten könnte.

Ähnliches kann auch dem Menschen widerfahren, wenn er sich selbst überlassen bleibt mit seinen unüberwindlichen Widersprüchen, wenn er gegen eine Wand anrennt, den Mut verliert und sich nicht traut, jemandem davon zu erzählen, weil kein Mensch auf Erden in der Lage ist, ihm zu helfen oder ihn zu verstehen. Er weiß das, und das macht ihm angst. Und es bricht über ihn herein.

Das erstemal verspürte Edige in sich solch einen Riß, und dies im vollen Bewußtsein, was er bedeutete, als er etwa zwei Monate nach seiner Fahrt mit Saripa wieder dienstlich in Kumbel zu tun hatte. Er hatte Saripa versprochen, auf der Post nachzufragen, ob Briefe für sie eingetroffen wären, und wenn nicht, drei Telegramme an Adressen zu schicken, die sie ihm mitgab. Bis jetzt hatte sie auf keinen ihrer Briefe an die Verwandten Antwort erhalten. Und nun wollte sie einfach wissen, ob diese die Briefe erhalten hatten oder nicht – so hieß es auch in ihren Telegrammen: Erbitte dringend

Nachricht, ob mein Brief eingetroffen, nur ja oder nein, Briefantwort entbehrlich. Demnach wollten die Geschwister nicht einmal über die Post mit der Familie Abutalips zu tun haben.

Edige ritt auf seinem Schneesturm-Karanar frühmorgens los, um gegen Abend wieder zurück zu sein. Wenn er allein und ohne Gepäck aufbrach, war jeder Lokführer gern bereit, ihn mitzunehmen, und dann wäre er in anderthalb Stunden in Kumbel. Doch er scheute jetzt zurück vor solchen Reisen auf durchfahrenden Zügen – wegen Abutalips Kindern. Alle beide, der Ältere und der Kleinere, warteten noch immer tagtäglich an der Eisenbahn auf die Rückkehr des Vaters. Ihre Spiele, Gespräche, Rätsel und Zeichnungen, ihr ganzes naives Kinderleben bestimmte einzig und allein der Vater. Und die größte Autorität für sie war in jener Periode zweifellos Onkel Edige, der nach ihrer Überzeugung alles wissen und ihnen helfen mußte.

Edige war klar, daß es die Kinder in der Ausweichstelle ohne ihn noch schwerer hätten, daß sie noch mehr verwaist wären; daher verwandte er fast seine ganze Freizeit darauf, sie zu beschäftigen und allmählich von dem vergeblichen Warten auf den Vater abzulenken. Eingedenk des Vermächtnisses von Abutalip, den Jungen vom See zu erzählen, rief er sich immer neue Einzelheiten aus seiner Kindheit und seiner Jugend als Fischer ins Gedächtnis, erzählte ihnen allerlei Begebenheiten und Legenden vom Aralsee. So gut er konnte, wandelte er seine Geschichten eigens für die Kleinen ab, doch jedesmal wunderte er sich aufs neue über ihre Aufgewecktheit, ihre Empfänglichkeit, ihr Gedächtnis. Und das freute ihn sehr – zeigte sich doch darin die väterliche Erziehung. Wenn Edige erzählte, orientierte er sich vor allem nach dem Jüngeren, Ermek. Doch der Kleine war dem Älteren durchaus ebenbürtig, und von allen vier Zuhörern, den Kindern beider Häuser, stand er Edige am nächsten, obwohl dieser sich bemühte, ihn nicht vorzuziehen. Ermek lauschte Edige am interessiertesten und deutete am besten seine Geschichten. Wovon immer die Rede war, jedes Ereignis, jede eindrucksvolle Wendung in der Handlung verband er mit dem Vater. Der Vater war für ihn überall zugegen. Zum Beispiel entspann sich folgendes Gespräch:

»Am Ufer des Aralsees gibt es Tümpel, wo dichtes Schilf wächst. In seinem Dickicht verstecken sich Jäger mit ihren Gewehren. Im Frühjahr kommen nun die Enten zum Aralsee geflogen. Im Winter haben sie an anderen Seen und Meeren gelebt, wo es wärmer ist; kaum aber ist das Eis auf dem Aral getaut, da fliegen sie ganz schnell, Tag und Nacht, denn sie haben große Sehnsucht nach der Gegend dort. Sie fliegen in großem Schwarm, möchten gern im Wasser schwimmen, möchten nach der weiten Reise baden und tauchen, immer tiefer halten sie aufs Ufer zu, aber plötzlich schlägt ihnen Rauch und Feuer entgegen aus dem Schilf – piff, paff! So ballern die Jäger. Die Enten schreien auf und fallen ins Wasser. Andere aber fliegen vor Schreck weit auf den See hinaus und wissen nicht, was sie tun, wo sie nun leben sollen. Und sie kreisen über den Wellen und schreien. Sie sind ja gewohnt, am Ufer zu schwimmen. Sich dem Ufer zu nähern, haben sie jedoch Angst.«

»Onkel Edige, eine Ente ist aber gleich zurückgeflogen, dorthin, woher sie gekommen sind.«

»Und warum?«

»Na, warum schon – mein Papika ist doch da Matrose, fährt auf einem großen Schiff. Das hast du selber gesagt, Onkel Edige.«

»Ja, richtig, natürlich«, erinnerte sich Edige, beim eigenen Wort gepackt. »Und was dann?«

»Die Ente ist zu meinem Papika geflogen und hat ihm gesagt, daß Jäger sich im Schilf verstecken und auf sie schießen. Und daß sie nirgends leben können!«

»Ja, ja, du hast ganz recht.«

»Und der Papika hat der Ente gesagt, er kommt bald, er hat in der Ausweichstelle zwei Jungen – Daul und Ermek –, und dann ist da auch noch der Onkel Edige. Und wenn er kommt, gehen wir alle zusammen an den Aralsee und jagen die Jäger, die auf Enten schießen, aus dem Schilf. Dann geht es den Enten wieder gut am Aralsee. Dann werden sie schwimmen und im Wasser solche Purzelbäume schlagen – sieh mal...«

Als seine Geschichten erschöpft waren, begann Edige, nach Steinen wahrzusagen. Einundvierzig erbsengroße Steinchen trug er jetzt ständig bei sich. Diese uralte Weise, die Zukunft zu deuten, hatte ihre komplizierte Symbolik, ihre altertümliche Terminologie. Wenn Edige die Steinchen auslegte, vor sich hin murmelte und sie beschwor, sie mögen ehrlich und wahrheitsgemäß antworten, ob ein Mann namens Abutalip am Leben sei, wo er weile und ob der Weg vor ihm bald frei sei, was ihm auf der Stirn geschrieben stehe und was im Herzen, schwiegen die Kinder gespannt, die Blicke darauf geheftet, wie sich die Steinchen gruppierten. Einmal vernahm Edige ein Klappern und Flüstern hinter einer Ecke. Er spähte verstohlen hin. Es waren Abutalips Söhne. Ermek wahrsagte nun selbst nach Steinen. Er legte sie aus, so gut er es verstand, hob dabei jedes einzelne Steinchen an Stirn und Lippen und beschwor es: »Auch ich liebe dich. Auch du bist ein sehr kluges, gutes Steinchen. Irre dich nicht, stolpere nicht, sag alles ehrlich und freiheraus, so wie die Steinchen von Onkel Edige.« Dann begann er dem älteren Bruder zu erläutern, wie die Steine lagen, und wiederholte dabei haargenau Ediges Worte. »Da siehst du, Daul, eigentlich liegen sie gar nicht schlecht. Da ist ein Weg. Der Weg ist leicht vernebelt. Was ist das nur für ein Nebel! Aber das macht nichts. Onkel Edige sagt, das sind Hindernisse auf dem Weg. Ohne die geht es nicht. Der Vater will dauernd aufbrechen. Er will in den Sattel steigen, aber der Sattelgurt hat sich gelockert. Da, siehst du, der Gurt ist nicht gespannt. Er muß ihn fester anziehen. Also hält irgendwas den Vater auf, Daul. Wir müssen noch ein Weilchen warten. Jetzt wollen wir aber mal sehen, was die rechte Rippe macht und was die linke. Die Rippen sind heil. Das ist schön. Und was steht auf seiner Stirn geschrieben? Auf der Stirn liegt so was Düsteres. Er macht sich große Sorgen um uns, Daul. Das Herz – siehst du dieses Steinchen da? –, das Herz bedrücken ihm Schmerz und Sehnsucht – zu sehr sehnt er sich nach Hause. Geht es bald auf die Reise? Ja, bald. Aber hinten beim Pferd ist ein Hufeisen locker. Also muß er es neu beschlagen. Wir müssen noch warten. Und was ist in den Satteltaschen? Oh, darin sind Einkäufe vom Basar! Und nun – ob seine Sterne günstig stehen? Da, dieser Stern, das ist der Goldene Koppelpfahl. Und von ihm weg führen Spuren. Sie sind noch nicht ganz deutlich. Also wird er bald das Pferd loskoppeln und sich auf den Weg begeben.«

Schneesturm-Edige schlich unbemerkt beiseite, gerührt, betrübt und verwundert. Von Stund an vermied er es, nach Steinen wahrzusagen.

Aber Kinder sind Kinder, sie ließen sich noch irgendwie beschwichtigen und vertrösten, sogar – wenn es ohne diese Sünde nicht abging – für eine Weile betrügen. Doch da war noch eine andere Heimsuchung, die Schneesturm-Edige am Herzen nagte. Unter den gegebenen Umständen und in dieser Kette von Ereignissen hatte sie nicht ausbleiben können; jener Erdrutsch hatte sie eines Tages in Bewegung setzen müssen; und ihr Einhalt zu gebieten, fehlte ihm die Kraft...

Edige nahm tiefen Anteil an Saripas Los. Obwohl sie sich nur über alltägliche Dinge unterhielten und sie nie den geringsten Anlaß bot, dachte er ständig an sie. Aber er bedauerte sie nicht einfach, zeigte nicht einfach Mitgefühl wie jeder andere auch, er litt nicht einfach mit ihr, weil er alles sah und sich ihrer Bedrängnis bewußt war – in dem Fall hätte man darüber kein Wort verlieren müssen. Nein, er dachte an sie voller Liebe, unablässig und mit der inneren Bereitschaft, für sie der Mensch zu werden, auf den sie sich in allem verlassen konnte. Und er wäre glücklich gewesen, wenn er hätte glauben dürfen, daß auch sie ihn, Schneesturm-Edige, für den ihr am tiefsten ergebenen, sie am meisten liebenden Menschen auf Erden hielt.

Es war eine Qual, so zu tun, als empfände er für sie nichts Besonderes, als sei zwischen ihnen nichts, könne gar nichts sein!

Den ganzen Weg nach Kumbel beschäftigten ihn diese Überlegungen. Ihm wurde dabei ganz elend. Alles mögliche ging ihm durch den Kopf. Seine Gemütsverfassung wechselte sonderbar, als stehe in Kürze ein Feiertag bevor oder auch eine unvermeidliche Krankheit. Und in diesem Zustand war ihm mitunter, als befinde er sich erneut auf dem See. Auf dem See fühlt sich der Mensch stets anders als an Land, selbst wenn ringsum alles ruhig ist und scheinbar nichts droht. Doch wie ungebunden und froh man auch sein mag, während man die Wogen durchfurcht, ungeachtet aller notwendigen Arbeit auf Fahrt, wie schön sich auf der weiten Wasserfläche auch Abend- und Morgenröte spiegeln – man muß zurück ans Ufer, an dieses oder jenes, aber eben ans Ufer. Ewig bleibt man nicht unterwegs. An Land aber wartet ein ganz anderes Leben. Dem See gehört man vorübergehend, dem Festland ständig. Fürchtet man sich dennoch, am Ufer anzulegen, so muß man eine Insel suchen, dort aussteigen und wissen, daß man seinen Platz gefunden hat für alle Zeit. Edige stellte sich sogar vor: Er würde so eine Insel finden, Saripa und die Kinder mitnehmen und dort leben. Er würde die Kinder ans Wasser gewöhnen und selbst bis ans Ende seiner Tage auf der Insel mitten im See bleiben, ohne mit dem Schicksal zu hadern, von Herzen froh. Hauptsache, er weiß, daß er sie jederzeit sehen kann, daß sie ihn braucht, daß er für sie der Ersehnte ist, der Vertrauteste.

Doch alsbald schämte er sich dieser Wünsche – er spürte, wie ihm Röte ins Gesicht schoß, obwohl es Hunderte Kilometer im Umkreis keine Menschenseele gab. Er hatte sich von Träumen hinreißen lassen wie ein grüner Bengel, auf eine Insel hatte er gewollt, weshalb wohl, wie kam er dazu? Er traute sich, so etwas zu träumen, er, den das Leben an Händen und Füßen gebunden hielt, durch die Familie, die Kinder, die Arbeit, die Eisenbahn und schließlich die Steppe, mit der er verwachsen war, ohne es zu merken, verwachsen mit Leib und Seele. Brauchte ihn Saripa überhaupt? Natürlich ging es ihr schlecht, aber warum mußte er sich so etwas einbilden, warum sollte sie ihn liebhaben? Bei den Kindern hegte er keinen Zweifel – er hatte an ihnen einen Narren gefressen, und sie hingen an ihm. Warum aber sollte Saripa das wünschen? Hatte er überhaupt ein Recht, so zu denken, wo doch das Leben ihn längst felsenfest an seinen Platz gestellt hatte, wahrscheinlich bis ans Ende seiner Tage?

Schneesturm-Karanar ging einen bekannten Pfad, den er schon viele Male gegangen war, und da er wußte, welche Strecke noch vor ihm lag, trabte er, ohne von seinem Herrn angetrieben zu werden, schnellfüßig dahin, schrie bisweilen auf oder stöhnte schwer, legte so im scharfen Trab die riesigen Entfernungen zurück, über frühlingsgrüne Bodenwellen, über Täler, vorbei an einem einstmals ausgetrockneten Salzsee. Edige aber, der auf ihm saß, litt, grämte sich, war mit sich beschäftigt. Die widersprüchlichen Gefühle brodelten in ihm derart, daß er nicht ein noch aus wußte und seine Seele keine Zuflucht fand in den unermeßlichen Weiten. Was war das nur für eine Last...

In dieser Stimmung gelangte er nach Kumbel. Natürlich wollte er, daß Saripa endlich von den Verwandten Antwort auf ihre Briefe erhielt, aber bei dem Gedanken, diese Verwandten könnten kommen und die verwaiste Familie mitnehmen oder sie könnten sie zu sich einladen, wurde ihm vollends elend. Auf der Post sagte man ihm am Schalter für postlagernde Sendungen abermals, für Saripa Kuttybajewa seien keine Briefe eingetroffen. Für sich selbst überraschend, freute er sich. Ein unguter, ungezügelter Gedanke huschte ihm sogar durch den Kopf – trotz schlechten Gewissens –: Gut, daß keine da sind. Dann erledigte er gewissenhaft ihren Auftrag – er schickte die drei Telegramme an die drei Adressen. Und gegen Abend kehrte er zurück.

Den Frühling hatte inzwischen der Sommer abgelöst. Schon war die Steppe welk geworden, ausgebrannt. Verschwunden war das junge Wiesengras wie ein stiller Traum. Die gelbe Steppe war wieder gelb. Die Luft erhitzte sich, von Tag zu Tag rückte die heiße Jahreszeit näher. Die Verwandten der Kuttybajews ließen nichts von sich hören. Sie reagierten weder auf die Briefe noch auf die Telegramme. Die Züge aber rollten durch Schneesturm-Boranly, und das Leben nahm seinen Lauf.

Saripa wartete nicht mehr auf Antwort, sie hatte begriffen, daß sie auf die Hilfe der Verwandten nicht rechnen durfte, daß es nicht lohnte, sie länger mit Briefen oder Bitten zu behelligen. Und als sie sich davon überzeugt hatte, fiel sie in wortlose Verzweiflung – wohin sollte sie nun ziehen, was tun? Wie sollte sie den Kindern das von ihrem Vater sagen, womit beginnen, wie das zerstörte Leben neu aufbauen? Sie wußte noch keine Antwort.

Vielleicht nicht weniger als Saripa sorgte sich Edige um sie und die Kinder. Mit ihnen fühlten alle Boranlyer mit, aber Edige wußte, welche Wendung die Tragödie dieser Familie für ihn persönlich genommen hatte. Er konnte sich von ihnen nicht mehr lösen. Tag für Tag empfand er jetzt das Schicksal jener Kinder und Saripas als das seine. Auch ihn beherrschte gespannte Erwartung, was nun mit ihnen würde; auch er war gepackt von wortloser Verzweiflung – was sollten sie tun? Doch zu alldem quälte ihn ständig die Frage: Wie sollte er sich selbst verhalten, wie mit sich ins reine kommen, wie die innere Stimme zum Schweigen bringen, die ihn zu ihr rief? Er fand keine Antwort. Nie hätte er vermutet, ihm könnte so etwas zustoßen.

Viele Male beabsichtigte Edige, sich ihr zu erklären, ihr offen und freiheraus zu sagen, wie er sie liebe und daß er bereit sei, all ihre Beschwernisse auf sich zu nehmen, weil er sich sein Leben ohne sie und die Kinder nicht mehr vorstellen konnte – aber wie das anstellen? Und würde sie ihn verstehen? Die Frau hatte doch wirklich andere Sorgen, nachdem dieses Unglück über ihr einsames Haupt hereingebrochen war, er aber käme mit seinen Gefühlen! Was sollte das? In solche Gedanken vertieft, wurde er finster, geriet in Verwirrung, und es kostete ihn nicht geringe Mühe, nach außen so zu wirken, wie es sich ziemte.

Einmal aber machte er doch eine Andeutung. Als er von einem Streckengang zurückkehrte, bemerkte er schon von weitem, daß Saripa mit Eimern zum Tankwagen unterwegs war, nach Wasser. Es zog ihn zu ihr. Und er lief hin. Nicht etwa, weil sich eine gute Gelegenheit bot – der Vorwand, ihr die Eimer zu tragen. Fast jeden zweiten Tag, manchmal auch täglich, arbeiteten sie zusammen auf der Strecke, da konnten sie miteinander sprechen, soviel sie wollten. Doch gerade in diesem Moment empfand Edige den unüberwindlichen Wunsch, zu ihr zu treten und ihr zu sagen, was aus ihm hinausdrängte. In der ersten Aufwallung dachte er sogar, so sei es am besten – mochte sie ihn auch nicht verstehen, ihn abweisen, zumindest würde dies sein Herz abkühlen, ihn Ruhe finden lassen. Sie sah nicht, und sie hörte nicht, wie er sich näherte. Sie stand mit dem Rücken zu ihm, hatte den Hahn des Tankwagens geöffnet. Ein Eimer war schon gefüllt und beiseite gestellt, unterm Strahl stand der zweite, und er lief bereits über. Der Hahn war voll aufgedreht. Das Wasser sprudelte, schwappte heraus, sammelte sich zu einer Pfütze, sie aber schien nichts zu bemerken, stand niedergeschlagen da, mit einer Schulter an den Tankwagen gelehnt. Sie trug das Baumwollkleid, in dem sie vergangenes Jahr im Regen herumgesprungen war. Edige betrachtete ihre Haarkringel an Schläfe und Ohr – Ermek hatte seine Locken von ihr –, das hohlwangige Gesicht, den dünn gewordenen Hals, die abfallende Schulter und den an der Hüfte herabhängenden Arm. Hatte das Wasserrauschen sie verzaubert, sie an die Bergflüsse und Aryks vom Semiretschje erinnert, oder war sie nur in sich versunken, überwältigt von bitteren Gedanken? Weiß Gott. Doch Edige wurde es unerträglich eng in der Brust bei ihrem Anblick, denn alles an ihr war ihm so unendlich vertraut, und er verspürte den Wunsch, sie unverzüglich in die Arme zu schließen, um sie vor allem, was sie bedrückte, zu behüten, zu beschützen. Doch das durfte er nicht. Er drehte nur schweigend den Hahn zu, stoppte den Wasserfluß. Sie sah ihn lange an, gar nicht verwundert, und ihr Blick schien aus großer Ferne zu kommen, als stände er nicht neben ihr, sondern weit weg.

»Was hast du? Was ist mit dir?« fragte er teilnahmsvoll.

Sie sagte nichts, lächelte nur mit den Mundwinkeln, hob unbestimmt die Brauen über den aufleuchtenden Augen und gab zu verstehen: gar nichts, es geht.

»Dir ist wohl nicht gut?« fragte Edige erneut.

»Nein«, bekannte sie schwer seufzend.

Edige zuckte hilflos die Achseln.

»Warum machst du dich so fertig?« warf er ihr teilnahmsvoll vor, obwohl er etwas ganz anderes hatte sagen wollen. »Wie lange soll das noch so gehn? Damit hilfst du doch keinem. Auch uns (er wollte sagen: auch mich) und die Kinder bedrückt dein Zustand. Versteh mich recht. So geht das nicht. Man muß etwas unternehmen.« Er war bemüht, die Worte so zu wählen, daß sie ihr sagten, wie sehr er sich – mehr als jeder andere auf Erden – um sie sorge und wie er sie liebe. »Überleg doch selber. Na schön, sie antworten nicht auf deine Briefe – vergiß sie, wir werden es überleben. Wir hier (er wollte sagen: ich) halten doch alle zu dir, stehen dir nahe. Laß nur den Mut nicht sinken. Arbeite, beiß die Zähne zusammen. Und die Jungs kriegen wir auch hier groß, bei uns (er wollte sagen: mit mir). Alles kommt allmählich ins Lot. Warum solltest du wegfahren? Wir alle hier sind für dich wie deine Familie. Und ich, das weißt du ja selber, bin tagtäglich bei deinen Kindern.« Er verstummte, denn er hatte sich ihr offenbart, soweit es seine Lage gestattete.

»Ich begreife ja alles, Edige«, antwortete Saripa. »Natürlich bin ich dir dankbar. Ich weiß, Not werden wir nicht leiden. Aber wir müssen weg von hier. Damit die Kinder vergessen, was und wie alles war. Und dann werde ich ihnen die Wahrheit sagen. Du weißt doch selber, lange kann das nicht mehr so weitergehn. Und da überlege ich, was tun.«

»So ist's wohl«, sah sich Edige gezwungen, ihr beizupflichten. »Aber übereile nichts. Überleg doch. Wo willst du denn hin mit den Kleinen, wie werdet ihr's woanders antreffen? Mir graut allein bei der Vorstellung, ihr wärt nicht mehr hier in meiner Nähe.«

Er fürchtete wirklich sehr für sie und die Jungen, und daher suchte er nicht weiter vorauszuschaun als bis zum nächsten Tag, obwohl er begriff, so konnte es nicht lange weitergehen. Aber kurz nach diesem Gespräch verriet er sich vollends, und lange sollte er sich danach quälen, vergeblich eine Rechtfertigung suchen für sein Verhalten.

Seit jener denkwürdigen Fahrt nach Kumbel, als Ermek aus Angst vor dem Friseur sich nicht die Haare schneiden ließ, waren viele Monate vergangen. Der Junge lief noch immer mit langen schwarzen Locken herum, und obwohl er hübsch aussah, war es höchste Zeit, sie dem dickköpfigen kleinen Angsthasen zu stutzen. Edige steckte ab und zu die Nase in die flaumigen Locken auf seinem Scheitel, küßte ihn und atmete den Geruch des Kinderkopfes ein. Die Haare reichten Ermek bereits bis an die Schultern und störten ihn beim Spielen und Herumtollen. Wie ungewohnt, fremd und unbegreiflich war für den Jungen der unabwendbare Eingriff. Daher ließ er keinen an sich heran, erst Kasangap, der alles mit ansah, gelang es, ihn zu überreden. Er jagte ihm sogar einen kleinen Schreck ein. »Die Zicklein mögen keine Langhaarigen«, sagte er, »die werden dich noch stoßen.«

Später erzählte Saripa, wie sie Ermek die Haare geschnitten hatten. Kasangap mußte regelrecht Gewalt anwenden. Er preßte ihn zwischen seine Beine und bearbeitete ihn mit der Maschine. Das Gebrüll schallte über die ganze Ausweichstelle. Als das Werk getan war, wollte die gütige Bökej das Kind beruhigen und gab ihm einen Spiegel in die Hand: »Da, sieh nur, wie hübsch du geworden bist!« Der Junge warf einen Blick hinein, erkannte sich nicht wieder und brüllte noch lauter. Und er heulte immer noch aus Leibeskräften, als Saripa ihn von Kasangaps Hof führte. Da begegnete ihnen Edige. Der kahlgeschorene Ermek, sich selbst nicht mehr ähnlich, jetzt mit nacktem, dünnem Hals und abstehenden Ohren, entriß sich verweint der Mutter und stürzte unter Klagerufen auf Edige zu.

»Onkel Edige, sieh bloß, was sie mit mir gemacht haben!«

Hätte früher jemand zu Edige gesagt, er würde sich so weit hinreißen lassen, nie und nimmer hätte er es geglaubt. Er nahm den Jungen auf den Arm, preßte ihn an sich und empfand dessen Leid, Hilflosigkeit, Klage und Vertrauen, als wäre ihm all das selbst widerfahren – er küßte ihn und redete ihm mit einer vor Kummer und Zärtlichkeit brüchigen Stimme gut zu, ohne den Sinn seiner Worte ganz zu erfassen: »Ruhig, ruhig, mein Liebling! Weine nicht. Ich lass' nicht zu, daß dir jemand weh tut, ich will dir ein Vater sein! Ich will dich lieben wie ein Vater, aber weine nicht!« Und mit einem Blick auf Saripa, die vor ihm erstarrt war, völlig fassungslos, begriff er, daß er zu weit gegangen war, geriet durcheinander, wandte sich schnell ab, entfernte sich von ihr, den Jungen auf dem Arm, wobei er verwirrt immerzu ein und dieselben Worte murmelte: »Weine nicht! Gleich geb' ich's diesem Kasangap, bald! Der kriegt sein Fett von mir, dieser Kasangap! Gleich, gleich!«

Einige Tage lang ging Edige Saripa aus dem Weg. Auch sie mied ihn, das wurde ihm klar. Und er bereute, daß er sich so dumm verplappert, daß er die an alldem unschuldige Frau, die ohnehin nicht aus noch ein wußte vor Sorgen und Unruhe, in Verlegenheit gebracht hatte. Wie mußte ihr zumute sein, wie sehr hatte er ihre Kümmernisse vermehrt! Edige konnte es sich nicht verzeihen, konnte sich nicht rechtfertigen. Und für lange Jahre, vielleicht bis zu seinem letzten Atemzug, prägte sich ihm jener Augenblick ein, da sich das hilflose, gekränkte Kind an ihn geschmiegt hatte – jene Woge von Zärtlichkeit und Kummer, die dabei in ihm aufgebrandet war, und der Anblick Saripas, die, betroffen über dieses Bild, ihm gegenübergestanden hatte mit einem stummen Schrei des Leids in den Augen.

Für eine Weile schwieg Schneesturm-Edige nach jenem Vorfall, und all das, was er in sich verbergen, ersticken mußte, übertrug er nun auf ihre Kinder. Einen anderen Ausweg fand er nicht. Er beschäftigte sie, wann immer er frei war, erzählte ihnen ständig vom Aralsee, manches zum wiederholten Mal, anderes neu erinnernd. Der See war ihr Lieblingsthema. Von Möwen erzählte er, von Fischen und Zugvögeln, von Inseln im Aralsee, auf denen sich seltene Tierarten erhalten hatten, die in anderen Gegenden bereits ausgestorben waren. Doch in den Unterhaltungen mit den Kindern grub sich Edige immer öfter und immer eindringlicher ein eigenes Aral-Erlebnis ins Gedächtnis – das einzige, das er niemand anderem erzählen mochte. Es war zudem ganz und gar nicht für Kinderohren bestimmt. Davon wußten nur zwei, er und Ükübala, aber auch sie beide sprachen darüber nie, denn es hing mit ihrem verstorbenen Erstgeborenen zusammen. Wäre er noch am Leben, der Säugling von damals, er wäre jetzt viel älter als die Boranlyer Kinder, zwei Jahre älter sogar als Kasangaps Sohn Sabitshan. Doch er hatte nicht überlebt. Dabei wird ein jedes Kind mit der Hoffnung erwartet, daß es geboren wird und lange lebt, sehr lange, schwer vorstellbar, wie lange – würden sonst Menschen Kinder in die Welt setzen?

Als er noch Fischer war, in jungen Jahren, kurz vor dem Krieg, hatten er und Ükübala ein sonderbares Erlebnis. So etwas geschieht wohl nur einmal.

Seit ihrer Heirat sehnte sich Edige, wenn er auf dem See war, stets nach Hause. Er liebte Ükübala. Er wußte, daß auch sie auf ihn wartete. Eine Frau, die ihm nähergestanden hätte, gab es damals nicht. Mitunter schien ihm, als lebe er nur, um an sie zu denken, um die Kraft des Sees und der Sonne in sich aufzunehmen, zu sammeln und sich dann ihr hinzugeben, der Frau, die ihn erwartete, erwuchs doch aus dieser Hingabe ihrer beider Glück, das Herzstück ihres Glücks – alles Äußere ergänzte und bereicherte nur diese Seligkeit, die Trunkenheit, die sie schöpften aus dem, was Sonne und See ihm schenkten. Als sie dann spürte, daß sich in ihr etwas verändert hatte, daß sie schwanger war und bald Mutter werden würde, gesellte sich zu dem ständigen Warten auf ihre Begegnungen nach der Ausfahrt auf den Aralsee noch das Warten auf den Erstling. Es war eine ungetrübte Zeit in ihrem Leben.

Im Spätherbst, es ging bereits auf den Winter zu, zeigten sich auf Ükübalas Gesicht beim aufmerksamen Betrachten braune Flecke. Und schon wölbte sich ihr Bauch. Eines Tages fragte sie Edige, was das für ein Fisch sei – der Altyn mekre. »Gehört habe ich von ihm, gesehen habe ich ihn noch nie.« Er sagte ihr, das sei ein sehr seltener Fisch aus der Familie der Störe, der im tiefen Wasser lebe und ziemlich groß sei, vor allem aber durch seine Schönheit besteche, der Fischkörper sei bläulich gesprenkelt, die Seitenlinien aber, die Flossen und der Hornkamm auf dem Rücken – vom Kopf bis zum Schwanzende – wirkten wie aus reinem Gold, leuchteten in zauberhaft goldenem Glanz. Daher habe er auch seinen Namen Altyn mekre, Goldener Fisch.

Das nächste Mal sagte Ükübala, sie habe den Goldenen Fisch im Traum gesehen. Er sei ständig um sie herumgeschwommen und sie habe versucht, ihn zu fangen, um ihn dann wieder freizulassen. Aber vorher wollte sie den Fisch in den Händen halten und seinen goldenen Körper spüren. So sehr habe sie den Riesenfisch einmal drücken wollen, daß sie ihm im Traum nachgejagt sei. Der Fisch aber habe sich nicht ergeben. Als Ükübala erwacht war, hatte sie sich lange nicht beruhigen können, empfand sie sonderbaren Verdruß, als sei ihr in der Tat nicht gelungen, ein wichtiges Ziel zu erreichen. Sie lachte über sich selbst, aber noch im Wachen quälte sie der unbändige Wunsch, den Goldenen Fisch zu fangen.

Edige zeigte dafür Verständnis, dachte darüber nach, wenn er die Netze aus dem See zog, und wie sich später herausstellte, deutete er Ükübalas Wunsch, im Traum entstanden und auch im Wachen nicht verschwunden, ganz richtig. Er zog daraus den Schluß, daß er, koste es, was es wolle, einen Goldenen Fisch herbeischaffen müsse, denn was die schwangere Ükübala empfand, war ihr Talgak, ihr Schwangerschaftsgelüst. Viele Frauen spüren, wenn sie guter Hoffnung sind, so eine Gier – sie wollen unbedingt Saures essen, Gesalzenes, scharf Gewürztes oder Bitteres, manche wiederum möchten gebratenes Fleisch von einem bestimmten Wild oder von Geflügel. Edige wunderte sich nicht über den Talgak seiner Frau. Die Frau eines Fischers muß sich etwas wünschen, was mit der Arbeit ihres Mannes zu tun hat. Gott selbst hatte ihr den Wunsch eingegeben, das Gold jenes großen Fisches mit eigenen Augen zu sehen und mit eigenen Händen zu spüren. Vom Hörensagen wußte Edige: Blieb der Talgak einer Schwangeren ungestillt, so könnte dies dem Kind in ihrem Leib schaden.

Ükübalas Gelüst aber war so ungewöhnlich, daß sie es selbst nicht laut zu äußern wagte, Edige wiederum ging nicht weiter darauf ein, forschte nicht weiter, weil fraglich war, ob es ihm gelingen würde, einen so seltenen Fisch zu beschaffen. Er beschloß, ihn zunächst zu fangen – dann würde sich schon herausstellen, ob das ihr sehnlicher Wunsch war.

Zu dieser Zeit näherte sich die Hauptfischfangsaison auf dem Aralsee dem Ende – die beste Zeit ist von Juli bis September. Der Winter hauchte ihnen schon ins Gesicht. Die Fischereigenossenschaft bereitete sich für den Fang unter Eis vor, denn im Winter ist der See in einem Umkreis von anderthalbtausend Kilometern von einer festen Eisdecke überzogen, und man muß riesige Löcher ins Eis schlagen, um dort Zugnetze auf den Seegrund hinabzulassen, die dann vor eine Winde gespannte Kamele, diese unersetzlichen Schlepptiere der Steppe, von einem Eisloch zum anderen ziehen. Der Wind wird Schnee herantreiben, der Fisch aber, der in die Netze gerät, findet nicht mal Zeit, sich zu rühren, wenn man ihn herauszieht – er friert sofort steinhart, überzieht sich mit einem Eispanzer bei der Aralkälte. Doch wie oft auch Edige schon winters wie sommers mit der Genossenschaft wertvollen oder wenig wertvollen Fisch gefangen hatte – er entsann sich nicht, daß ihnen je ein Goldener Fisch in die Netze geraten wäre. Den fing man nur hin und wieder mit der Angel – mit Köder oder Blinker –, und stets war das ein Ereignis für die Fischer. Dann hieß es später: Der und der hat Glück gehabt, hat einen Goldenen Fisch herausgeholt.

Als Edige an jenem frühen Morgen hinausfuhr, sagte er seiner Frau, er wolle für den Hausbedarf fischen, solange der See noch nicht zugefroren sei. Ükübala hatte es ihm am Vorabend ausreden wollen: »Wir haben doch genug Fisch zu Hause. Lohnt es denn hinauszufahren? Es ist schon sehr kalt.«

Doch Edige bestand darauf. »Was wir haben, das haben wir«, meinte er. »Du sagst doch selber, Tante Sagyn hat es tüchtig erwischt. Sie muß frische heiße Fischsuppe bekommen, von Barbe oder Alant. Das ist die beste Medizin. Aber wer bringt der alten Frau schon den Fisch?«

Unter diesem Vorwand brach Edige in aller Frühe auf, um einen Goldenen Fisch zu fangen. Sämtliche Gerätschaften, sämtliche notwendigen Vorrichtungen hatte er mit Bedacht ausgewählt und beizeiten zurechtgelegt. All das verstaute er im Bug des Bootes. Er selbst aber zog sich möglichst warm an, warf darüber noch einen Wettermantel mit Kapuze und fuhr los.

Der Tag zeigte sich trübe und unbeständig, es war nicht Herbst und auch nicht Winter. Die Wellen in schrägem Winkel schneidend, ruderte Edige auf den See hinaus, dorthin, wo er den Standort des Goldenen Fisches vermutete. Das Ganze war natürlich Glückssache, gibt es doch nichts Unsichereres beim Jagdgewerbe, als einen Seefisch auf den Angelhaken zu bekommen. An Land befinden sich Mensch und Beute im selben Milieu, der Jäger kann das Tier verfolgen, sich heranpirschen, ihm auflauern, es angreifen. Unter Wasser ist dergleichen nicht möglich. Hat der Angler die Leine ausgeworfen, dann heißt es warten, ob sich ein Fisch zeigt, und wenn er sich zeigt, ob er nach dem Köder schnappt.

Im tiefsten Herzen hoffte Edige auf Glück, war er doch nicht wegen seines Gewerbes auf den See hinausgefahren wie sonst, sondern wegen des schicksalhaften Wunsches seiner schwangeren Frau.

Kräftig und stark legte sich der junge Edige in die Riemen. Unermüdlich, mit gleichmäßigen Schlägen zog er sich durch das wogende Wasser, lenkte er das Boot hinaus auf den See, über schlingernde, unstete Wellen. Solche Wellen nennen die Aralfischer Ijrek tolkun – krumme Wellen. Sie sind die ersten Vorboten eines nahenden Sturmes. Selbst sind sie jedoch ungefährlich – er konnte unbedenklich weiter hinausrudern auf den See.

Je weiter er sich vom Land entfernte, desto kleiner wurde die Küste mit ihren lehmigen Steilhängen und dem steinigen Ufersaum, immer mehr verschwammen ihre Umrisse, und bald war es nur noch ein vager, zeitweise verschwindender Strich. Die Wolken hingen reglos über dem See, unten aber hielt sich ein spürbarer Wind, der an dem Wassergekräusel leckte.

Nach etwa zwei Stunden hielt Edige das Boot an, zog die Ruder ein, warf den Anker aus und setzte das Angelgerät. Er besaß zwei Angelrollen mit selbsttätiger Einrichtung zum Stoppen der Schnur. Eine brachte er am Heck des Bootes an, die Schnur mit dem Senkblei lief über eine Gabel etwa hundert Meter tief hinab, als Reserve blieben ihm noch an die zwanzig Meter. Die andere befestigte er auf die gleiche Weise am Bug. Dann griff er erneut zu den Rudern, um das Boot inmitten von Strömung und Wind in der erforderlichen Lage zu halten. Vor allem so zu lenken, daß sich die Angelschnüre nicht verhedderten.

Nun begann das Warten. Er vermutete, der seltene Fisch könne sich in dieser Gegend aufhalten. Beweise dafür gab es nicht, es war reine Intuition. Dennoch glaubte er, jener Fisch müsse erscheinen. Unbedingt. Ohne ihn durfte er nicht heimkehren. Er brauchte ihn nicht zum Spaß, sondern für etwas höchst Wichtiges in seinem Leben.

Bald machten sich die ersten Fische bemerkbar. Aber es waren nicht die richtigen. Zuerst fing Edige einen Alant. Schon während er ihn herauszog, wußte er, daß es kein Goldener Fisch war. Er konnte schließlich nicht gleich beim erstenmal Glück haben. Dann wäre das Leben auf Erden zu einfach und uninteressant. Edige hatte nichts dagegen, sich anzustrengen, noch zu warten. Später biß eine große Barbe an, einer der besten Fische im Aralsee, wenn nicht überhaupt der beste. Edige schlug auch sie tot und warf sie auf den Boden des Bootes. Die kranke Tante Sagyn war versorgt – für eine Fischsuppe hatte er jedenfalls mehr als genug. Und dann fing er noch eine Aralbrasse. Wie, zum Teufel, war die in solche Tiefe geraten? Gewöhnlich hielt sie sich doch an der Oberfläche auf. Aber das hatte sie nun davon. Danach kam eine lange, lastende Pause. Nein, ich warte noch, sagte sich Edige. Ich habe Ükübala zwar nichts gesagt, doch sie weiß, daß ich wegen des Goldenen Fisches ausgefahren bin. Und er muß mir an die Angel, damit das Kind im Mutterleib nicht verschmachtet. Das Kind will doch, daß die Mutter einen Goldenen Fisch sieht und in den Händen hält. Warum es das will, weiß keiner. Die Mutter sehnt sich auch danach, ich aber bin der Vater und werde alles tun, was in meinen Kräften steht, um ihren Wunsch zu erfüllen.

Ausgelassen tanzten die Ijrek tolkun, drehten das Boot; deshalb heißen sie ja auch krumme, unzuverlässige, unstete Wellen. Edige begann zu frieren, denn er bewegte sich kaum und beobachtete nur die ganze Zeit aufmerksam die Rollen und Schnüre – ob es nicht an einer der Schnüre ruckte, ob sie nicht plötzlich über die Gabel gezogen würde, hinunterglitte. Nein, dafür gab es weder am Bug noch am Heck das geringste Anzeichen. Trotzdem verlor Edige nicht die Geduld. Er wußte, er glaubte daran, daß der Goldene Fisch zu ihm kommen würde. Wenn sich nur der See noch eine Weile gedultete! Gar zu heftig drehten die Ijrek tolkun das Boot. Wohin sollte das führen? Nein, so bald würde es keinen Sturm geben. Frühestens gegen Abend oder zur Nacht würden sich Sturmwellen zeigen – Alabasch, die buntköpfigen Schreier. Dann würde der drohende Aral von einem Ende zum andern aufbrodeln, sich mit weißem Schaum bedecken, und niemand würde sich mehr hinauswagen auf den See. Noch konnte man es, noch war Zeit.

Mit eingezogenem Kopf, frierend und sich immer wieder umblickend, wartete Edige auf seinen Fisch. Was trödelst du, bei Gott, hab doch keine Angst, dachte er. Hab keine Angst, sag' ich dir, ich lass' dich wieder frei. So etwas gibt es nicht, sagst du? Stell dir vor – das gibt es doch. Nicht als Nahrung brauche ich dich. Eßwaren und Fisch hab' ich zu Hause in Hülle und Fülle. Und hier auf dem Boden meines Bootes liegen drei Riesenfische. Würde ich vielleicht auf dich warten, wenn es ums Essen ginge? Begreif doch, unser Erstling soll geboren werden. Du aber bist kürzlich meiner Frau im Traum erschienen, und seither findet sie keine Ruhe mehr, sie spricht ja nicht darüber, aber ich sehe es doch. Ich kann dir nicht erklären, warum das so ist, aber sie muß dich unbedingt sehen und in den Händen halten, ich aber gebe dir mein Wort, ich lass' dich dann sofort wieder frei. Du bist nämlich ein besonderer, ein seltener Fisch. Du hast goldene Seitenlinien und einen goldenen Schwanz, auch die Flossen und der Hornkamm auf deinem Rücken sind golden. Versetz dich mal in unsere Lage. Ükübala sehnt sich so danach, dich wirklich zu sehen, sie möchte dich berühren, möchte wissen, wie du dich anfühlst, Goldener Fisch. Denk nicht, weil du ein Fisch bist, hast du nichts mit uns zu schaffen. Ja, du bist ein Fisch, aber sie sehnt sich aus irgendeinem Grund nach dir wie nach einer Schwester, wie nach einem Bruder, und sie möchte dich sehen, bevor das Kleine auf die Welt kommt. Dann wird auch das Kind in ihrem Leib zufrieden sein. So steht es. Hilf uns, mein Freund, Goldener Fisch. Komm. Ich tu' dir nichts zuleide. Mein Wort darauf. Hätte ich Böses im Sinn, du würdest es spüren. An den Haken – es sind zwei Haken, such dir einen aus – habe ich ein großes Stück Fleisch befestigt. Fleisch, das schon etwas riecht, damit du es von fern erkennst. Komm nur, und denk nichts Schlechtes. Hätte ich dich mit einem Blinker angelockt, wär's nicht anständig gewesen, obwohl du darauf sicherlich eher reagiert hättest. Aber den Blinker hättest du verschluckt, und wie würdest du weiterleben mit einem Stück Eisen im Bauch, wenn ich dich dann wieder freilasse in den See? Das wäre Betrug. Ich aber biete dir ehrlich einen Haken. Du wirst dir ein wenig die Lippen verletzen, weiter nichts. Und keine Bange, ich habe einen großen Wasserschlauch mit. Den fülle ich mit Wasser, da kommst du für eine Weile hinein, und später darfst du wieder davonschwimmen. Aber ich gehe von hier nicht weg ohne dich. Die Zeit drängt. Merkst du nicht, wie die Wellen höher werden und der Wind steifer, willst du etwa, daß mein Erstling als Waise zur Welt kommt, ohne Vater? Überleg es dir, hilf...

Schon dämmerte es in den graublauen Weiten des kalten, vorwinterlichen Sees. Bald auf den Wellenkämmen auftauchend, bald zwischen ihnen verschwindend, hielt das Boot aufs Ufer zu. Nur mühsam kam es voran, hatte mit Sturzwellen zu kämpfen, der See toste bereits, begann aufzuschäumen und sich hochzuschaukeln, es nahte der Sturm. Eisige Spritzer flogen Edige ins Gesicht, die Hände an den Rudern schwollen vor Kälte und Nässe.

Ükübala lief am Ufer entlang. Längst war sie, von Unruhe erfaßt, an den See gegangen, um dort auf den Mann zu warten. Als sie seinerzeit den Fischer zum Mann nehmen wollte, gaben ihr die Verwandten, Steppenbewohner und Viehzüchter, zu bedenken: »Überleg es dir gut, ehe du ihm dein Wort gibst, dich in ein schweres Los stürzt, du heiratest den See, wirst oft genug am See in Tränen zerfließen, ihn um Erbarmen anflehen.« Sie aber hatte Edige nicht abgewiesen, hatte nur gesagt: »Wie dem Mann, so soll es auch mir ergehen.«

So war es wirklich gekommen. Dieses Mal aber war er nicht mit der Genossenschaft hinausgefahren, sondern allein, es dämmerte bereits schnell, der See toste und war aufgewühlt.

Plötzlich blinkten inmitten der Sturzwellen Ruder auf, und das Boot zeigte sich auf einer Woge. In ein Tuch gehüllt, mit gewölbtem Bauch, trat Ükübala nah ans Ufer und wartete, bis Edige anlegte. Die Brandung trug das Boot mit einem mächtigen Stoß ins Flache. Im Nu war Edige ins Wasser gesprungen und zog das Boot an Land, schleppte es wie ein Stier. Als er sich dann völlig durchnäßt und salzdurchtränkt aufrichtete, trat Ükübala zu ihm und umarmte seinen feuchten Hals unter dem kalten, steifgefrorenen Wettermantel. »Ich hab' mir die Augen ausgeguckt nach dir. Warum warst du so lange weg?«

»Er hat sich den ganzen Tag nicht blicken lassen, ist erst gegen Ende gekommen.«

»Du bist also nach dem Goldenen Fisch ausgefahren?«

»Ja, ich habe ihn überredet. Du kannst ihn dir ansehen.«

Edige holte aus dem Boot einen schweren Lederschlauch voll Wasser, band ihn auf und schwappte zusammen mit dem Wasser einen Goldenen Fisch auf die Uferkiesel. Es war ein großer Fisch. Gewaltig und schön. Wie toll schlug er mit dem goldenen Schwanz, wand sich, sprang hoch, fegte die feuchten Kieselsteine auseinander, riß weit das rosige Maul auf und strebte zum Meer zurück, in sein vertrautes Element, in die Brandung. Für einen Moment erstarrte er jäh voller Anspannung, wurde still, suchte sich zurechtzufinden und betrachtete mit unbeweglichen, kugelrunden und klaren Augen die Welt, in der er sich unversehens fand. Selbst im abendlichen Dämmer des Wintertages schlug ihm ungewohntes Licht entgegen; und es erblickte der Fisch die strahlenden Augen von Menschen, die sich über ihn beugten, einen Ufersaum und den Himmel und fern überm Meer hinter vereinzelten Wolken am Horizont die für ihn unerträglich grelle Röte der untergehenden Sonne. Er begann zu japsen. Schnellte hoch. Schlug um sich und wand sich mit frischer Kraft, suchte ans Wasser zu gelangen. Edige faßte ihn unter den Kiemen und hob ihn hoch.

»Halt die Arme unter, nimm ihn«, sagte er zu Ükübala. Sie

nahm den Riesenfisch wie ein Kind in beide Arme und drückte ihn an die Brust.

»Wie straff er ist!« rief sie, als sie seine federnde Kraft spürte. »Und schwer – wie ein Holzklotz! Und er riecht so gut nach Meer! Und schön ist er! Da hast du ihn, Edige, ich bin zufrieden, vollauf zufrieden. Mein Wunsch ist erfüllt. Wirf ihn wieder ins Wasser, schnell.«

Edige trug den Goldenen Fisch zum See. Bis zu den Knien in der Brandung stehend, ließ er ihn hinabgleiten. Für einen kurzen Augenblick, während der Goldene Fisch ins Wasser fiel, spiegelte sich im dunklen Blau der Luft sein Goldschmuck vom Kopf bis zum Schwanz, dann schwamm er, aufglitzernd und mit seinem ungestümen Körper das Wasser zerteilend, ins Tiefe.

Der große Sturm aber entfesselte sich nachts. Es brüllte der See unterm Steilhang. Und ein weiteres Mal überzeugte sich Edige: Nicht von ungefähr entstehen die Vorboten eines Sturms – die Ijrek tolkun. Nun war es schon sehr spät. Während er im Dämmerschlaf auf die tosende Brandung lauschte, dachte er an seinen lieben Goldenen Fisch. Wie mochte es ihm jetzt ergehen? Doch in großen Tiefen wird der See wahrscheinlich nicht so stark bewegt. Sicherlich lauscht der Fisch im Dunkeln nach oben, hört auch, wie dort die Wellen rollen. Bei diesem Gedanken lächelte Edige glücklich; im Einschlafen legte er seiner Frau die Hand auf die Hüfte, und plötzlich spürte er Stöße in ihrem Leib. Es meldete sich sein künftiger Erstgeborener. Mit einem erneuten frohen Lächeln schlief Edige ruhig ein.

Hätte er gewußt, daß kein Jahr ins Land gehen würde, und es wäre Krieg, alles im Leben wäre auf den Kopf gestellt, er selbst für immer weg vom See, und es bliebe ihm nur die Erinnerung, besonders teuer in schweren Tagen...

Die Züge in dieser Gegend fuhren von Ost nach West und von West nach Ost.

Zu beiden Seiten der Eisenbahn aber erstreckten sich in dieser

Gegend große öde Landstriche – Sary-Ösek, das Zentralgebiet der gelben Steppe...

In jenem für Schneesturm-Edige schrecklichen Jahr dreiundfünfzig kam auch der Winter früh. Noch nie hatte es das in der Sary-Ösek gegeben. Ende Oktober fiel schon Schnee, kamen die ersten Fröste. Nur gut, daß er rechtzeitig aus Kumbel Kartoffeln herangeschafft hatte für sich, Saripa und die Kinder. So gut es ging, hatte er sich beeilt. Die letzten mußte er auf dem Kamel transportieren, er fürchtete, im Güterzug auf der offenen Plattform würden die Kartoffeln erfrieren, ehe er sie nach Hause gebracht hätte. Wer könnte sie dann noch brauchen! Also ritt er auf Schneesturm-Karanar, belud ihn mit zwei riesigen Säcken – allein wäre er damit gar nicht klargekommen, nur gut, daß Leute ihm zur Hand gingen –, auf jeder Seite einen, breitete eine Filzdecke darüber, stopfte die Ränder unter, damit der Wind nicht durchblies, schwang sich selbst obenauf zwischen die Säcke und ritt gemächlich nach Schneesturm-Boranly. Er saß auf Karanar wie auf einem Elefanten. So jedenfalls kam er sich vor. Früher hatte hier niemand eine Vorstellung von Reitelefanten. Im Herbst aber hatte man in der Station den ersten indischen Film gezeigt. Alle Kumbeler, groß und klein, waren ins Kino geströmt, angelockt von dem Film über ein nie gesehenes Land. Da wurden außer endlosen Liedern und Tänzen auch Elefanten gezeigt, man ritt auf ihnen zur Tigerjagd in den Dschungel. Edige gelang es, sich diesen Film anzusehen. Er war mit dem Leiter der Ausweichstelle als Delegierter der Boranlyer auf einer Gewerkschaftsversammlung in Kumbel, und da zeigten sie ihnen anschließend im Depot-Klub den indischen Film. Damit nahm alles seinen Anfang. Als sie aus dem Kinosaal kamen, entspannen sich allerlei Gespräche, und die Eisenbahner wunderten sich, wie man in Indien auf Elefanten reitet. Jemand aber sagte laut: »Was habt ihr bloß immer mit diesen Elefanten? Ist etwa Ediges Schneesturm-Karanar schlechter? Pack ihm eine Last auf, und er rast los wie ein Elefant!«

»Das stimmt!« Alle lachten.

»Und was ist schon ein Elefant!« meldete sich eine andere Stimme. »Ein Elefant kann nur in heißen Ländern leben. Er sollte es mal bei uns in der Steppe im Winter versuchen! Dein Elefant streckt da alle viere von sich – Karanar kann er nicht das Wasser reichen!«

»He, Edige, he, warum läßt du dir nicht ebenso ein Gestell für Karanar zusammenbauen, wie sie es in Indien auf den Elefanten haben? Dann kannst du oben sitzen wie ein Nabob!«

Edige mußte lachen. Die Freunde trieben ihre Späße mit ihm, aber schmeichelhaft waren sie doch, diese Worte über seinen berühmten Atan.

Dafür sollte Edige in diesem Winter genug ausstehn, genug leiden wegen dieses Karanar.

Aber das war schon zur Zeit der großen Kälte. An jenem Tag überraschte ihn unterwegs der erste Schneefall. Schneeschauer hatte es vorher gegeben, aber da war immer alles schnell getaut. Jetzt fiel der Schnee in dichten Flocken – und wie! In tiefes Dunkel hatte sich der Himmel über der Steppe gehüllt, es erhob sich ein Wind. Dicht und schwer fiel der Schnee in wirbelnden, weißen Flocken. Kalt war es nicht, aber feucht und ungemütlich. Vor allem war durch den Schnee nichts zu erkennen. Was sollte Edige tun? In der Steppe gibt es kein Obdach, wo man ein Unwetter abwarten kann. Ihm blieb nur eines – auf die Kraft und das Gespür von Schneesturm-Karanar zu vertrauen. Der mußte ihn nach Hause bringen. Edige ließ dem Atan volle Freiheit, schlug den Kragen hoch, stülpte sich die Mütze tiefer ins Gesicht, zog die Kapuze darüber und blieb geduldig sitzen, eifrig bemüht, irgendwas zu unterscheiden. Doch da war nichts als ein undurchdringlicher Schneevorhang. Karanar aber ging in diesem Flockenwirbel, ohne den Schritt zu verlangsamen, er begriff wohl, daß sein Herr ihm jetzt kein Herr mehr war, denn der war verstummt, war still geworden auf der Traglast und machte sich durch nichts mehr bemerkbar. Über große Kraft mußte Karanar verfügen, um mit einer solchen Bürde bei Schneefall durch die Steppe zu laufen. Mächtig und heiß schnaubte er, während er seinen Herrn trug, brüllte auch, schrie wie ein wildes Tier oder heulte monoton vor sich hin wie stets unterwegs, ging aber unermüdlich, unaufhaltsam durch den ihm entgegenfliegenden Schnee...

Kein Wunder, daß Edige dieser Weg äußerst lang erschien. Wenn ich bloß bald zu Hause wäre! dachte er und stellte sich vor, wie er dort auftauchen würde und wie sich daheim alle schon sorgten, wo er bliebe bei diesem Unwetter. Ükübala wird um ihn bangen, aber aussprechen wird sie das nicht. Sie ist keine von denen, die ihre Gedanken herausposaunen. Vielleicht wird auch Saripa denken: Was ist nur mit ihm? Natürlich wird sie es denken. Aber sie wird erst recht nichts verlauten lassen, bemüht sie sich doch, ihm möglichst wenig unter die Augen zu geraten und jedes Gespräch zu zweit zu vermeiden. Warum eigentlich – was ist schon Schlimmes geschehen? Er, Edige, hat weder mit einem Wort noch mit einer Handlung Anlaß gegeben, zu denken, hier stimme etwas nicht. Alles ist noch genauso wie früher. Sie haben einfach ein Stück Lebensweg gemeinsam zurückgelegt und sich gewissermaßen umgesehen, ob sie noch auf dem richtigen Weg sind. Und sind weitergegangen. Das ist alles. Wie ihm dabei zumute war, das ist schon sein persönliches Unglück. Wahrscheinlich ist es ihm vom Schicksal vorherbestimmt, sich aufzureiben, als stünde er zwischen zwei Feuern. Das aber braucht keinen zu kümmern; was er mit sich selbst macht, mit seinem leidgeprüften Herzen, ist seine Angelegenheit. Wen schert es schon, was in ihm vorgeht, was ihn erwartet! Schließlich ist er kein kleines Kind, er wird sich am Ende zurechtfinden, wird den verschlungenen Knoten entwirren, der sich immer fester zusammenzieht durch eigene Schuld.

Das waren schreckliche Gedanken, quälend und aussichtslos. Nun brach bereits der Winter herein, er aber konnte weder Saripa vergessen noch auf Ükübala verzichten, und sei's nur in Gedanken. Zu seinem Unglück brauchte er sie alle beide, und sie, die das wahrscheinlich sahen und wußten, versuchten, den Gang der Ereignisse nicht zu beschleunigen, halfen ihm nicht, sich schneller zu entscheiden. Äußerlich war alles wie immer – die beiden Frauen verstanden sich gut, die Kinder beider Häuser wuchsen wie in einer Familie zusammen auf, spielten ständig zusammen in der Ausweichstelle, bald in diesem Haus und bald in jenem. So war der Sommer vergangen, so der Herbst verstrichen.

Verlassen und verloren fühlte sich Edige im Schneegestöber. Kein Mensch weit und breit, nur die weiße Undurchdringlichkeit. Karanar schüttelte beim Laufen hin und wieder die an seinem Kopf festklebenden Schneeklumpen ab, zerriß die Stille mit Gebrüll und Schreien. Elend fühlte sich sein Herr auf diesem Weg. Er konnte sich nicht in die Gewalt bekommen, es gelang ihm nicht, sich zu beruhigen, den Gedanken eine klare Richtung zu geben. Er konnte sich Saripa nicht vollends offenbaren, konnte sich aber auch nicht lossagen von Ükübala. Da begann er sich mit den schlimmsten Worten zu schmähen, zu beschimpfen. Ein Vieh bist du, ein Kamel wie dein Karanar! Miststück! Hund! Holzkopf! Und anderes in der Art. Mit saftigen Flüchen geißelte und beleidigte er sich, machte sich angst, um sich nur zu ernüchtern, zu sich zu kommen, sich zu besinnen, haltzumachen. Aber nichts half. Ein Erdrutsch schien ihn erfaßt zu haben. Die einzige Freude, die seiner harrte, waren die Kinder. Sie nahmen ihn vorbehaltlos so, wie er war, stellten ihn vor keine besonderen Probleme. Hilfe zu erweisen, etwas heranzuschaffen, im Haus etwas auszubessern – das alles tat er für sie, und mit größter Freude, so wie er jetzt Winterkartoffeln für sie mitbrachte in zwei riesigen Säcken, die er Karanar aufgeladen hatte. Für Brennstoffvorrat hatte er auch schon gesorgt.

Die Gedanken an die Kinder waren Ediges Zuflucht, hier war er mit sich selbst eins. Er stellte sich vor, wie er in Schneesturm-Boranly erscheint, wie die Jungen aus dem

Haus gelaufen kommen, wenn sie ihn hören, wie sie sich nicht zurückjagen lassen, obwohl es schneit, wie sie um ihn herumhüpfen mit lautem Geschrei: »Onkel Edige ist gekommen! Auf Karanar! Er hat Kartoffeln mitgebracht!« und wie er dem Kamel streng befiehlt, sich flach auf die Erde zu legen, und wie er dann völlig verschneit herunterklettert, sich abschüttelt, zwischendurch den Kleinen die Köpfe streichelt und dann die Säcke mit den Kartoffeln ablädt und Ausschau hält, ob sich Saripa nicht blicken läßt, falls sie zu Hause ist; er wird ihr nichts Besonderes sagen, und auch sie wird nichts sagen, er wird sie nur ansehen und sich damit zufriedengeben; dann wird er wieder barmen und sich härmen – wie sollte er dem entrinnen? –, die Kleinen aber werden um ihn herumwieseln, ihm in die Quere kommen, ab und an sich auch ängstlich an ihn drängen, erschrocken über das Kamelgebrüll, doch sie werden ihre Furcht bezwingen und versuchen, ihm zu helfen, und das wird der schönste Lohn für all seine Qualen sein.

Innerlich stellte er sich ein auf die baldige Begegnung mit Abutalips Kindern. Was würde er ihnen diesmal erzählen, seinen unersättlichen Lauschern, wie er sie nannte? Wieder vom Aralsee? Ihre Lieblingsgeschichten waren allerlei Begebenheiten auf dem See, die sie dann so weiterspannen, daß unbedingt der Vater daran teilnahm, womit sie unbewußt ihre Verbindung zu ihm aufrechterhielten, sein Andenken bewahrten. Nur war bereits alles, was Edige vom Leben am See wußte oder gehört hatte, erschöpft, er hatte es ihnen viele Male immer aufs neue erzählt, ausgenommen die Geschichte vom Goldenen Fisch. Wie aber sollte er ihnen diese anvertrauen? Wem konnte er sie erklären außer sich selbst, der wußte, was sich hinter dem längst vergangenen Geschehnis verbarg?

So bewältigte er an diesem schneereichen Tag seinen Weg. Die ganze Zeit über plagten ihn Zweifel, Überlegungen. Und die ganze Zeit über fiel Schnee.

Mit diesem Schnee hielt auch der Winter Einzug in der Steppe, früh und eisigkalt von Anbeginn.

Mit Einbruch der großen Kälte geriet Schneesturm-Karanar erneut in Raserei, erneut entflammte und rebellierte seine Hengsteskraft; und schon vermochte nichts und niemand seinen Freiheitsdrang zu zügeln. Jetzt blieb sogar seinem Herrn nichts anderes übrig, als zurückzustecken, nicht unnütz dagegen aufzubegehren.

Zwei Tage nach dem Schneefall fegte ein eisiger Schneesturm durch die Steppe, und alsbald breitete sich wie Dampf dichter, kältestarrer Nebel aus. Weithin hallten bei dem Frost knarrende Schritte, jeder Laut, jedes Rascheln pflanzte sich mit äußerster Klarheit fort. Die Züge auf der Strecke waren viele Kilometer weit zu hören. Und als Edige im Morgengrauen halb verschlafen vernahm, wie Schneesturm-Karanar auf der Koppel trompetete, wie er herumtrampelte und krachend gegen die Umzäunung hinterm Haus anrannte, wurde ihm klar, welches Unheil ihn wieder einmal heimsuchte. Schnell zog er sich an, trat im Dunkeln hinaus, lief zur Koppel und schrie sich die Seele aus dem Leib, während die strenge Frostluft ihm die Kehle wund kratzte: »He, was ist mit dir? Spielst wohl schon wieder Weltuntergang? Hat's dich wieder gepackt? Willst du wieder mein Blut trinken? Altes Vieh, verdammtes! Ruhe jetzt! Halt's Maul, sag' ich! Fängst ja in diesem Jahr mächtig zeitig an! Laß dich nicht auslachen!«

Die Worte waren in den Wind gesprochen. Überwältigt von der erwachten Leidenschaft, dachte der Atan gar nicht daran, auf ihn zu hören. Er forderte das Seine, brüllte, schnaubte, knirschte beängstigend mit den Zähnen, rüttelte an der Koppel.

»So, so, du hast was gewittert?« Der Zorn seines Herrn wurde zum Vorwurf. »Klarer Fall, du mußt jetzt unbedingt dorthin laufen, zur Herde. Sicherlich hast du gewittert, daß eine Kaimantscha, eine junge Kamelstute, heiß geworden ist! O weh! Warum nur ist Gott auf die Wahnsinnsidee verfallen, euch Kamelbrut so einzurichten, daß euch jährlich einmal packt, was ihr tagtäglich tun könntet ohne viel Geschrei und

Gewese? Wen kümmerte das dann? Aber nein, es geht zu wie beim Weltuntergang!«

All das sagte Edige mehr der Form halber, damit es nicht gar zu ärgerlich war, denn er verstand sehr wohl – hier war er machtlos. Ihm blieb doch nichts anderes übrig, als die Koppel zu öffnen – wozu sollte er da unnütz seinem Zorn Luft machen? Noch ehe er das schwere, mannshohe Zauntor aus langen Stangen, das mit einer festen Kette gesichert war, ganz beiseite geschoben hatte, stürzte Karanar auch schon davon, hätte er ihn fast umgeworfen, während er mit wütendem Gebrüll und Geschrei in die Steppe rannte, weit ausgreifend mit den dünnen Beinen und die straffen, schwarzen Höcker schüttelnd. Im Nu war er verschwunden, hinter ihm wirbelte eine Schneewolke.

»Teufel!« Sein Herr spuckte aus und setzte wütend hinzu: »Lauf nur, lauf, du blödes Vieh, du kommst noch zu spät!«

Edige hatte Frühschicht. Daher mußte er Karanars Aufbegehren hinnehmen. Hätte er geahnt, womit all das enden würde, dann hätte er ihn auf gar keinen Fall freigelassen, und wenn der Hengst geplatzt wäre in der Koppel. Aber wer außer ihm wäre zu Hause mit dem toll gewordenen Karanar fertig geworden? Mochte er nur weglaufen, möglichst weit weg. Edige hoffte, das Kamel würde in der Freiheit Dampf ablassen, sein heißes Blut abkühlen, sich etwas beruhigen...

Doch zur Mittagszeit erschien Kasangap und sagte zu ihm, mitfühlend lächelnd: »O weh, Bai, um dich steht's schlecht. Ich komme gerade von der Weide. Dein Karanar ist, scheint's, zu einem großen Eroberungsfeldzug aufgebrochen. Die hiesigen Stuten reichen ihm nicht mehr.«

»Ist er wo hingerannt? Halt mich nicht zum Narren, sag im Ernst, was passiert ist.«

»Bin ich vielleicht unernst? Ich sag' doch, es zieht ihn in andere Herden. Irgendwas hat das Vieh gewittert. Ich bin losgeritten, um nachzuschauen, wie es bei uns steht. Kaum bin ich aus der großen Schlucht raus, da seh' ich doch wen durch die Steppe anrennen, daß die Erde nur so dröhnt –

Karanar. Die Augen quellen ihm hervor, er brüllt aus Leibeskräften, Speichel trieft ihm vom Maul. Und er rast auf mich zu wie eine Lokomotive. Hinter ihm fegt ein ganzer Schneesturm. Ich dachte schon, er trampelt mich nieder. Er stürmte an mir vorbei, als sähe er nicht, daß vor ihm ein Mensch steht. Immer in Richtung Malakumdytschap. Dort unterm Steilhang weiden Herden, die größer sind als unsere. Hier bei uns ist es jetzt für ihn uninteressant. Er braucht Spielraum. Das Vieh strotzt ja vor Kraft.«

Edige war aufrichtig beunruhigt. Er stellte sich vor, was für Scherereien auf ihn zukamen, wie viele Unannehmlichkeiten.

»Ist ja gut, beruhige dich. Dort finden sich schon gute Hengste, die liefern ihm einen Kampf, und er kehrt zu den Seinen zurück wie ein geprügelter Hund, er wird schon nicht verschwinden«, beschwichtigte ihn Kasangap.

Am nächsten Tag bereits kamen, Frontberichten gleich, die ersten Nachrichten von den Kampfhandlungen Schneesturm-Karanars. Das Bild war wenig tröstlich. Kaum hielt ein Zug in Schneesturm-Boranly, da erzählten der Lokführer, der Heizer oder der Zugbegleiter um die Wette, was für Exzesse, was für Pogrome Karanar in den Kamelherden der Bahnstationen und Ausweichstellen anrichtete. Sie berichteten, daß Karanar in der Ausweichstelle Malakumdytschap zwei Kamelhengste halbtot geschlagen und vier Stuten vor sich her in die Steppe getrieben habe, deren Herren es nur mit Mühe und Not gelungen sei, sie Karanar wieder abzujagen. Die Leute hätten mit Gewehren in die Luft geschossen. An einem anderen Ort habe Karanar einen Reiter von seiner Kamelstute gejagt. Der Besitzer, dieser Einfaltspinsel, habe gut zwei Stunden gewartet, dachte er doch, der Hengst würde, nachdem er sich vergnügt hatte, seine Kamelstute in Frieden ziehen lassen – die habe übrigens gar keine Anstalten gemacht, den Frechling loszuwerden. Doch als sich der Mann seiner Kamelstute näherte, um auf ihr nach Hause zu reiten, habe Karanar sich auf ihn gestürzt wie ein Berserker, habe ihn gejagt und hätte ihn zertrampelt, wenn der nicht im letzten Moment in eine tiefe Bodenrinne gesprungen wäre und sich dort versteckt hätte wie eine Maus, nicht tot und nicht lebendig. Wieder zu sich gekommen, sei er eine Schlucht entlanggeschlichen, möglichst weit weg von dem Ort seiner Begegnung mit Karanar, und sei schließlich nach Hause gerannt – heilfroh, daß er mit dem Leben davongekommen war.

Noch mehr solcher Nachrichten trafen ein von den wilden Abenteuern Karanars, die alarmierendste, bedrohlichste Kunde aber kam in schriftlicher Form – von der Ausweichstelle Ak-Moinak. Bis dahin also war der Satan gerast – bis nach Ak-Moinak, noch hinter Kumbel! Von dort schickte ein gewisser Kospan seine Botschaft, und in diesem bemerkenswerten Dokument hieß es:

»Salem, verehrter Edige-agha! Zwar bist Du ein bekannter Mann in der Sary-Ösek, doch Du bekommst unangenehme Dinge zu hören. Ich dachte, mit Dir wäre mehr los. Warum hast Du nur deinen Karanar über die Stränge schlagen lassen? Von Dir hätten wir das nicht erwartet. Alle hat er hier in Schrecken versetzt. Hat unsere Hengste schlimm zugerichtet, ihnen die drei besten Stuten ausgespannt, obendrein ist er nicht allein hier angekommen, sondern hat eine gesattelte Kamelstute hergetrieben, offensichtlich hat er unterwegs ihren Herrn verjagt – woher käme sonst der Sattel? Ja also, er hat die drei Stuten geraubt, sie in die Steppe getrieben und läßt nun keinen mehr in die Nähe – weder Mensch noch Vieh. Das geht doch nicht! Ein junger Hengst von uns ist schon draufgegangen. Karanar hat ihm die Rippen gebrochen. Ich wollte Karanar mit Schüssen in die Luft erschrecken und ihm die Stuten abnehmen. Alles vergebens! Der hat vor nichts Angst. Der ist drauf aus, jeden beliebigen bei lebendigem Leib zu zerfleischen! Nur damit man ihn nicht stört bei seinem Geschäft. Er frißt nicht, trinkt nicht, bespringt nur diese Stuten der Reihe nach, daß die Erde bebt. Speiübel wird einem, wenn man sieht, wie viehisch er das macht. Und dabei brüllt er, daß es durch die ganze Steppe schallt, als nahe der Weltuntergang. Nicht zum Anhören ist das! Und mir scheint, er könnte sich hundert Jahre damit befassen, ohne Atempause. So ein Untier habe ich mein Lebtag noch nicht gesehen. In unserer Siedlung sind alle aufgeschreckt. Die Frauen und Kinder haben Angst, sich weit von den Häusern zu entfernen. Daher verlange ich, daß Du unverzüglich kommst und Deinen Karanar holst. Ich setze Dir eine Frist. Wenn Du übermorgen nicht erscheinst und uns von diesem Teufelsvieh befreist, dann nimm's mir nicht übel, teurer Agha. Ich habe ein großkalibriges Gewehr, mit dem man einen Bären zur Strecke bringen kann. Dann schieß' ich ihn unter Zeugen in den verhaßten Schädel, und der Spuk ist vorbei. Die Haut aber schicke ich Dir mit einem Güterzug. Wenn's auch Schneesturm-Karanar ist. Ich stehe zu meinem Wort. Komm, ehe es zu spät ist.

Dein Ak-Moinaker Ini* Kospan«

So hatten sich die Dinge zugespitzt. Den Brief hatte zwar ein komischer Kauz geschrieben, doch die Warnung war ernst gemeint. Edige beriet sich mit Kasangap, und sie beschlossen, Edige müsse unverzüglich nach der Ausweichstelle Ak-Moinak aufbrechen.

Gesagt war das einfach, getan nicht so leicht.

Er mußte sich erst einmal durchschlagen nach Ak-Moinak, Karanar in der Steppe einfangen und in dieser Kälte wieder zurückkehren, dabei konnte jeden Moment ein Schneesturm losbrechen. Am einfachsten wäre, er zöge sich möglichst warm an, setzte sich in einen Güterzug bis Ak-Moinak und ritte von dort aus weiter. Aber wer weiß, wie weit Karanar in die Steppe gerannt war mit seinem Harem. Dem Ton des Briefes nach zu schließen, konnten die Ak-Moinaker so gereizt sein, daß sie ihm nicht mal ein Kamel gaben, dann müßte er Karanar auf fremdem Gebiet zu Fuß über Schneewehen hinterherjagen.

* jüngerer Bruder, jüngerer Verwandter, Landsmann

Am Morgen brach Edige auf. Ükübala hatte ihm Wegzehrung bereitet. Er hatte sich warm und wetterfest angezogen. Über Wattehosen und Wattejacke den Schafpelz, die Füße steckten in Filzstiefeln, auf dem Kopf trug er eine Fuchspelzmütze mit Ohrenklappen und Nackenschutz – weder von den Seiten noch von hinten ließ sie Wind durch, Kopf und Hals waren pelzumhüllt –, und an den Händen hatte er warme Schafpelzfäustlinge. Als er die Kamelstute sattelte, auf der er nach Ak-Moinak reiten wollte, kamen Abutalips Jungen angelaufen. Daul brachte ihm einen handgestrickten Wollschal.

»Onkel Edige, die Mama hat gesagt, du sollst dir den Nakken nicht erkälten«, rief er.

»Den Nacken? Sag lieber: den Hals.«

Froh bewegt drückte Edige die Kinder an sich, küßte sie, und vor Rührung fehlten ihm die Worte. Insgeheim jubelte er wie ein kleines Kind – es war Saripas erstes Zeichen von Aufmerksamkeit.

»Bestellt der Mama«, sagte er den Kindern beim Aufbruch, »ich bin bald wieder zurück, so Gott will, schon morgen. Ich bleibe da keine Minute länger als nötig. Dann trinken wir alle zusammen Tee.«

Auf schnellstem Wege wollte Schneesturm-Edige das unglückselige Ak-Moinak erreichen und zurückkehren, um Saripa wiederzusehen, ihr in die Augen zu blicken und sich zu vergewissern, daß er keine zufällige Anspielung war, dieser Schal, den er sorgsam zusammenlegte und in der Innentasche seiner Jacke trug. Als er losgeritten war und sich schon ein tüchtiges Stück von zu Haus entfernt hatte, wäre er am liebsten umgekehrt – den übergeschnappten Karanar sollte der Teufel holen, mochte dieser Kospan ihn doch erschießen, wenn's ihm Spaß machte, und ihm die Haut zuschicken, wie lange konnte er sich denn noch mit dem ungebärdigen Kamel abplagen, mochte das Schicksal es strafen. Jawohl! Ihm geschähe ganz recht! Solche hitzigen Wutausbrüche hatte Edige. Dann aber schämte er sich. Er begriff, daß er als der letzte Schwachkopf dastehen würde, mit Schande bedeckt in den Augen der Menschen, vor allem in den Augen von Ükübala, ja sogar von Saripa. Und seine Wut kühlte ab. Er überzeugte sich, daß es nur ein Mittel gab, seine Sehnsucht zu stillen – möglichst schnell nach Ak-Moinak zu gelangen und möglichst schnell wieder zurückzukommen.

Also trieb er sein Reittier an. Es war ziemlich frostig. Ein gleichmäßiger und rauher Wind blies. Ediges Gesicht überzog sich mit Rauhreif, vor allem aber der Fuchspelz der Mütze zeigte ein flaumiges Weiß. Ebenso wurde der Atem der braunen Kamelstute zu weißem Reif, der sie wie eine Schleppe vom Hals bis zum Widerrist überzog. Der Winter gewann offensichtlich an Kraft. Die Fernen hüllten sich in Nebel. In der Nähe schien kein Nebel zu liegen, sah man aber genauer hin, dann hielt sich am Rande der Sichtweite ein Dunstschleier. Und dieser Dunstschleier bewegte sich den ganzen Ritt über scheinbar vor ihm her. Mit jedem Schritt, den sich ihm der Reiter näherte, wich er einen Schritt zurück. Menschenleer und rauh war es in der winterlichen Steppe, die erstarrt dalag in winddurchtostem Weiß.

Die junge, aber flinkfüßige Kamelstute lief unterm Sattel nicht schlecht, setzte munter ihre Spur in die unberührte Schneedecke. Doch für Edige war es nicht das richtige Reiten, nicht die richtige Geschwindigkeit. Auf Karanar wäre er ganz anders vorwärts gekommen! Dessen Atem war viel kräftiger, und die Schrittweite – kein Vergleich! Nicht umsonst heißt es von alters her:

Wieso ist dieses Roß besser als jenes?
Unübertroffen ist sein Gang.
Wieso ist dieser Batyr besser als jener?
Unübertroffen ist sein Verstand.

Sein Weg war weit, und die ganze Zeit über ritt er allein. In Sehnsucht verzehrt hätte sich Edige, wäre nicht der Schal gewesen, das Geschenk von Saripa. Immerfort freute er sich über diesen im Grunde unwesentlichen Gegenstand. Wie alt er auch war – nie hätte er gedacht, daß eine solche Kleinigkeit einem derart das Herz wärmen kann, stammt sie nur von der geliebten Frau. Das beschäftigte ihn während seines langen Ritts. Er steckte die Hand unter die Jacke, streichelte den Schal und lächelte selig. Dann aber wurde er nachdenklich. Wie sollte er sich verhalten, wie weiterleben? Vor sich sah er eine Sackgasse. Was tun? Ein Mensch muß ein Ziel vor Augen haben und die Vorstellung, wie er es erreicht. Für ihn gab es das nicht.

Da verloren sich Schneesturm-Ediges Blicke in traurigem Nebel wie jene schweigsamen Fernen in Frostdunst. Er fand keine Antwort, härmte sich, litt, ließ den Mut sinken und gewann neue Hoffnung in hoffnungslosen Träumen.

Mitunter packte ihn pures Entsetzen in dieser Stille und Einsamkeit. Warum war ihm ein solches Leben zuteil geworden? Weshalb hatte es ihn hierher verschlagen, in die Sary-Ösek? Weshalb mußte in Schneesturm-Boranly diese unglückselige Familie auftauchen, vom Schicksal getrieben? Wäre all das nicht gewesen, dann hätte er keine Qualen gekannt, hätte ruhig und bequem gelebt. Aber nein, sein Herz ist unzurechnungsfähig, verlangt Unmögliches. Und zu alldem der in Raserei geratene Karanar, auch eine Last, auch eine Strafe Gottes. Er hat kein Glück. Nein, im Ernst, er hat kein Glück im Leben.

Als Edige in Ak-Moinak eintraf, ging es schon auf den Abend zu. Die Kamelstute war erschöpft von dem weiten Weg und den Unbilden der Winterzeit.

Ak-Moinak war ebenso eine Ausweichstelle wie Schneesturm-Boranly, nur hatten sie ihr eigenes Wasser, Brunnenwasser. Sonst gab es keine großen Unterschiede – es war die gleiche Sary-Ösek.

Als Edige Ak-Moinak erreichte, fragte er einen Knirps am Straßenrand, wo denn Kospan sei. Der Junge sagte, Kospan sei bei seiner Arbeit als Fahrdienstleiter. Also ritt Edige zum Dienstposten und wollte schon absitzen, als auf der Vortreppe ein flinker, schlau schmunzelnder Mann mittlerer

Größe auftauchte, dessen Halbpelz aussah wie von zweiter Hand gekauft, in geflickten Filzstiefeln, die Pelzmütze schief auf dem Ohr.

»Aaah, Edige-agha! Unser teurer Boranly-agha!« Er hatte Edige sofort erkannt und sprang die Treppe herunter. »Er ist also eingetroffen, und wir warten und warten. Denken und rätseln, ob er wohl kommt oder nicht!«

»Untersteh dich, nicht zu kommen, wenn man dir so einen Drohbrief schickt!« Edige lächelte spöttisch.

»Was sollten wir denn tun? Der Brief ist halb so schlimm, Edige-agha. Ein Brief – das ist Papier. Hier aber sind Dinge im Gange, daß du uns deinen Karanar umgehend vom Halse schaffen mußt, wir leben ja wie in einer Blockade. Die Steppe ist uns richtig versperrt. Kaum entdeckt er einen von fern, kommt er angerannt wie toll – dann sieh zu, daß er dich nicht verstümmelt! So ein Scheusal! Muß ja schrecklich sein, so einen Atan zu besitzen!« Er verstummte, betrachtete Edige und fügte hinzu: »Ich überleg' mir nur – wie willst du mit ihm fertig werden, etwa mit bloßen Händen?«

»Warum mit bloßen Händen? Hier ist meine Waffe.« Edige zog eine aufgewickelte Knute aus der Satteltasche.

»Mit dieser Peitsche?«

»Soll ich etwa eine Kanone gegen das Kamel auffahren?«

»Wir trauen uns hier nicht mal mit Gewehren ran. Ich weiß nicht, vielleicht erkennt er dich als Herrn an, dann... Aber wahrscheinlich ist das nicht, seine Augen sind ganz verschleiert.«

»Wir werden ja sehn«, entgegnete Edige. »Warum Zeit verlieren? Du bist doch bestimmt Kospan. Wenn ja, dann führ mich hin, zeig mir, wo er ist, alles Weitere überlaß nur mir.«

»Es ist aber ziemlich weit«, sagte Kospan, sah sich um und warf dann einen Blick auf seine Uhr. »Weißt du, was, Edige-agha, es ist schon spät. Ehe wir dorthin kommen, ist es dunkel. Was willst du machen in der Nacht? Nein, so geht das nicht. Leute wie dich bekommt man nicht oft zu Gast. Kehr bei uns ein. Und morgen früh mach, was du für richtig hältst.«

Eine solche Wendung hatte Edige nicht erwartet. Er hatte beabsichtigt, falls es ihm gelänge, Karanar einzufangen, noch in derselben Nacht Kumbel zu erreichen, dort neben dem Bahnhofsgebäude bei Bekannten zu übernachten und im Morgengrauen nach Hause zu reiten.

Als Kospan sah, daß Edige losreiten wollte, protestierte er entschieden: »Nein, Edige-agha, so geht das nicht. Den Brief mußt du mir verzeihn. Wir konnten nicht anders. Es war ja kein Leben mehr. Aber so lass' ich dich nicht ziehn. Wenn dir, Gott verhüt's, nachts in der menschenleeren Wintersteppe irgendwas zustößt, möchte ich nicht als schwarzes Schaf dastehn in der ganzen Sary-Ösek. Bleib hier, morgen früh aber halt es, wie du willst. Das dort ist mein Häuschen, am Rand der Siedlung. Ich habe noch anderthalb Stunden Dienst. Fühl dich wie zu Hause. Mach's dir bequem. Das Kamel stell in die Koppel. Futter findet sich. Wasser haben wir eigenes, mehr als genug.«

Es wurde schnell dunkel an diesem Wintertag. Kospan und seine Familie erwiesen sich als prächtige Menschen. Die alte Mutter, die Frau, der etwa fünfjährige Junge (das ältere Mädchen besuchte in Kumbel das Internat) und Kospan selbst bemühten sich auf jegliche Weise um das Wohl ihres Gastes. Das Haus hatten sie warm geheizt, es war richtig anheimelnd. In der Küche kochte Fleisch vom Winterschlachten. Einstweilen trank man Tee. Die alte Mutter füllte Schneesturm-Edige eigenhändig die Trinkschalen, fragte ihn nach seiner Familie, den Kindern, dem Leben und Treiben, nach dem Wetter, nach seiner Herkunft und erzählte selbst, wann und wie es sie in die Ausweichstelle Ak-Moinak verschlagen hatte. Edige ging gern auf ihre Unterhaltung ein, er lobte auch das gelbe Butterschmalz, über das er die heißen Fladenstücke strich, ehe er sie in den Mund schob. Kuhbutter war in der Steppe eine Seltenheit. Schaf-, Ziegen-, Kamelbutter sind auch nicht zu verachten, aber Kuhbutter schmeckt noch besser. Sie erhielten diese Butter von Verwandten aus dem Ural. Edige, der sich die Fladen mit Butter schmecken ließ, versicherte, er spüre sogar den Duft der Wiesenkräuter, damit aber gewann er vollends das Herz der alten Frau, die nun von ihrer Heimat zu erzählen begann, vom Land am Jaik*, von den Gräsern dort, den Wäldern und Flüssen.

Inzwischen war auch der Leiter der Ausweichstelle, Erlepes, gekommen, den Kospan zu Ehren der Ankunft von Schneesturm-Edige eingeladen hatte. Nun entspann sich wie von selbst ein Männergespräch über den Dienst, über den Transport, über Schneeverwehungen auf den Gleisen. Für Edige war Erlepes kein Unbekannter, dieser arbeitete schon seit langem bei der Eisenbahn, nun lernte Edige ihn näher kennen. Erlepes war älter als er. Leiter von Ak-Moinak war er seit Kriegsende, und man spürte, die Menschen hier begegneten ihm voller Achtung.

Schon verdunkelte Nacht die Fenster. Wie in Schneesturm-Boranly ratterten auch hier Züge vorüber, klirrten die Scheiben, pfiff der Wind in den Fensterflügeln. Und obwohl an derselben Bahnstrecke gelegen, war Ak-Moinak ein ganz anderer Ort als Schneesturm-Boranly, und Edige befand sich unter ganz anderen Menschen. Hier war er Gast, und war er auch seines tollköpfigen Karanars wegen gekommen, so empfing man ihn doch würdig.

Nach Erlepes' Ankunft fühlte sich Edige noch wohler. Erlepes kannte sich gut aus in der kasachischen Geschichte. Schnell wandte sich ihr Gespräch vergangenen Zeiten zu, bedeutenden Menschen, bedeutenden Begebenheiten. Edige fühlte sich an diesem Abend aufrichtig hingezogen zu seinen neuen Freunden von Ak-Moinak. Nicht nur die Gespräche nahmen ihn für die Gastgeber ein, auch ihre Herzlichkeit und nicht minder die gute Bewirtung, der Umtrunk. Wodka gab es. Durchfroren und mitgenommen vom weiten Weg trank

---

* Jaik, frei und weit, nannten die Kasachen früher den Fluß Ural

Edige ein halbes Glas, nahm sich als Zubiß von dem niedrigen runden Tisch ein Stück gesalzenen, gedörrten Orkotsch – Rückenspeck vom Jungkamel –, und ein wohliges Gefühl durchströmte seinen Körper, besänftigte und beschwichtigte sein Herz. Leicht berauscht, lebte er auf, begann zu schmunzeln. Auch Erlepes genehmigte sich dem Gast zu Ehren einen Schluck, auch er geriet in gehobene Stimmung. Daher bat er Kospan: »Hol doch meine Dombra, Kospan, ich bitte dich herzlich.«

»Na wunderbar«, freute sich Edige. »Ich habe schon als Kind alle beneidet, die Dombra spielen können.«

»Ein großes Spiel verspreche ich nicht, Edige, aber dir zu Ehren werde ich mir schon was einfallen lassen«, sagte Erlepes, warf das Jackett ab und krempelte sich die Hemdsärmel auf.

Im Gegensatz zu dem gewandten, flinkzüngigen Kospan war Erlepes zurückhaltend. Mit seinem fleischigen Gesicht und seiner Beleibtheit weckte er Vertrauen. Als er die Dombra in die Hand nahm, sammelte er sich und schien dem Alltag zu entrücken. Das kommt vor, wenn ein Mensch sich anschickt, seine tiefsten Neigungen zu offenbaren. Während Erlepes sein Instrument stimmte, umfing er Edige mit einem langen, weisen Blick, und in seinen vorgewölbten großen schwarzen Augen blitzten Lichtfünkchen auf, als spiegelten sie sich in einem See. Kaum aber hatte er in die Saiten gegriffen, hatte seine langen, zupackenden Finger den hohen Hals der Dombra hinauf- und hinablaufen lassen und ihr einen Sturzbach von Tönen entlockt, zugleich aufspürend, welche Sturzbäche er später, das Thema weiterzuentwickeln, freigebig ihren Saiten entlocken würde, da begriff Schneesturm-Edige, was es ihn kosten würde, dieser Musik zu lauschen. Er hatte sich hier durch die Gastfreundschaft nur ablenken, nur ein klein wenig betäuben lassen, doch schon die ersten Dombratöne erinnerten ihn wieder an seine Probleme, stürzten ihn erneut in einen Strudel von Nöten und Kümmernissen. Wie kam das nur? Also hatten jene Leute, die diese Weisen ersannen, vor langer Zeit schon gewußt, was einst mit Schneesturm-Edige vor sich gehen würde, welche Bürden und Qualen das Schicksal ihm vorherbestimmte? Konnten sie sonst wissen, was er spüren würde, während er sich selbst fand in Erlepes' Spiel? Seine Seele erbebte, schwang sich empor und stöhnte auf, und mit einemmal öffneten sich ihm alle Tore der Welt: zur Freude, zur Trauer, zum Nachdenken, zu unbestimmten Wünschen und Zweifeln...

Wunderschön spielte Erlepes auf der Dombra. Längst vergangene Erlebnisse längst dahingegangener Menschen lebten wieder auf in diesen Klängen, entfachten wie trockenes Holz im Lagerfeuer ein Flammenmeer in der Seele. Edige aber dachte in dieser Stunde, indes er immer wieder Saripas Schal streichelte, den er in der Innentasche seines Jacketts verbarg, daß es auf Erden eine Frau gab, die er liebte, und allein der Gedanke an sie war für ihn Wonne und Qual; er dachte, daß er ohne sie nicht leben könne und daß er sie immer lieben werde, unwandelbar, unvergänglich, endlos, koste es, was es wolle. Davon sang, bald erlöschend, bald neu auflodernd, die Dombra in Erlepes' Händen. Ein Motiv löste das andere ab, eine Melodie ging in die nächste über, und Ediges Seele schwamm wie ein Boot auf den Wellen. Wieder sah er sich in Gedanken auf dem Aralsee, entsann er sich unsichtbarer Strömungen längs der Ufer, deren Richtung er an den Wasserpflanzen erahnte, lang und dicht wie Frauenhaar, die der Drift folgten, während sie sich doch an ein und derselben Stelle dehnten. Einstmals hatte auch Ükübala solche Haare gehabt, bis über die Knie. Und wenn sie badete, schwammen ihre Haare schwer zur Seite, wie jene Wasserpflanzen mit der Strömung. Sie aber lachte damals glücklich und war schön und sonnenbraun.

Schneesturm-Ediges Gesicht leuchtete auf, und Rührung überwältigte ihn, so wohl war ihm beim Dombraspiel. Allein deswegen hätte sich der Tagesritt durch die winterliche Steppe gelohnt. Eigentlich gut, daß Karanar hierher ausgerissen ist, dachte Edige. Er ist nun hier, und mich hat er auch hergelockt, hat mich regelrecht gezwungen zu kommen. So genieße ich von Herzen wenigstens einmal das Dombraspiel. Ein Tausendsassa, dieser Erlepes! Ein großer Meister. Ich hatte ja keine Ahnung.

Während Edige Erlepes' Weisen lauschte, hing er eigenen Gedanken nach, suchte von außerhalb auf sein Leben zu blikken, sich darüber zu erheben wie ein schreiender Milan über der Steppe, in höchste Höhen, um von dort, in völliger Einsamkeit, mit ausgebreiteten Schwingen, von aufsteigenden Luftströmen getragen, zu betrachten, was sich unten tat. Er hatte das gewaltige Bild der winterlichen Steppe vor Augen. An eine kaum wahrnehmbare Krümmung der Eisenbahnlinie drängt sich dort ein Häuflein kleiner Häuser, eine Reihe von Lichtern – die Ausweichstelle Schneesturm-Boranly. In einem der Häuser ist Ükübala mit den Töchtern. Sie schlafen wohl bereits. Ükübala aber schläft vielleicht noch nicht. Sie gibt sich ihren Gedanken hin, irgendwas muß ihr das Herz doch sagen. In einem anderen Haus aber ist Saripa mit den Jungen. Sie schläft gewiß nicht. Schwer ist ihr zumute, was gibt's da groß zu reden. Und wieviel Leid steht ihr bevor – die Kleinen wissen ja noch nichts vom Vater. Aber was hilft's, an der Wahrheit kommt keiner vorbei.

Er stellt sich vor, wie zu jener Stunde Züge mit lodernden Lichtern durch die Nacht poltern und Schneestaub aufwirbeln, wie dunkel und endlos die Nacht ist ringsum. Unweit von jenem Ort, wo er jetzt zu Gast weilt und der Dombra lauscht, wacht in der stockfinsteren und wilden Steppe, inmitten von Schnee und Wind, der blindwütige Karanar. Ihm ist nicht nach Schlaf, er sehnt sich nicht nach Ruhe. So will es die Natur. Das ganze Jahr über sammelt er Kraft, das ganze Jahr über, Tag um Tag weidet er und wiederkäut seine Nahrung, ununterbrochen zermalmt er mit seinen mächtigen Kiefern das Futter, und entsprechend ist sein Magen beschaffen: Zuerst sammelt er derbe Nahrung, dann aber befördert er sie vorverdaut ins Maul zurück zum weiteren Zerkleinern

– damit beschäftigt sich das Kamel zu jeder Zeit, es kaut beim Gehen wieder und sogar im Schlaf, und all das nur, um Kraft in den Höckern zu sammeln, und je mächtiger, je runder und fester die Höcker sind, je stärker in ihnen die Fettschicht, desto mächtiger ist der Hengst bei seiner winterlichen Jagd auf die Stuten. Dann kümmern ihn weder Schnee noch Kälte, nicht einmal sein Herr und schon gar nicht andre Leute. Dann tobt er, berauscht von unzähmbarer Kraft, dann ist er Zar und Herrscher, dann kennt er keine Müdigkeit und keine Furcht, dann existiert für ihn nichts auf Erden, nicht Trinken noch Essen – nichts als seine große und unzähmbare Leidenschaft. Schließlich hat er dafür das ganze Jahr gelebt und Kraft gesammelt. Und während zu dieser Stunde Schneesturm-Edige im Warmen saß, am gedeckten Tisch, und der Musik lauschte, wütete und raste irgendwo in der Umgebung, mitten in sturmdurchtoster Nacht, inmitten mondbeschienener Schneefelder, Schneesturm-Karanar, dem Ruf seines Blutes getreu, verteidigte er eifersüchtig die geliebte Stute gegen alles Fremde, ließ kein Raubtier an sie heran, nicht mal einen Vogel, brüllte gellend und schüttelte furchterregend die schwarzen Zotteln des Barts.

Blitzschnell trug die Musik seine Gedanken aus der Vergangenheit in die Gegenwart und wieder in die Vergangenheit. Zu dem, was ihn am kommenden Tag erwartete. Ein sonderbarer Wunsch erwachte: alles, was ihm teuer war, vor Gefahr zu beschirmen, die ganze Welt, wie er sie sich vorstellte, damit es niemandem und nichts schlechtginge. Und diese vage Empfindung einer gewissen Schuld allen gegenüber, die mit seinem Leben verbunden waren, weckte in ihm heimliche Trauer.

»Na, Edige«, rief ihn Erlepes an, versonnen lächelnd, während er, sacht in die verstummenden Saiten greifend, die Melodie ausklingen ließ. »Du bist sicherlich müde vom Weg, mußt ausruhn, und ich klimpere hier auf der Dombra.«

»Aber nein, nicht doch, Erlepes!« Aufrichtig betroffen legte Edige die Hand an die Brust. »Ganz im Gegenteil, ich habe mich lange nicht so wohl gefühlt wie jetzt. Wenn du selber nicht müde bist, spiel weiter, tu mir den Gefallen. Spiel.«

»Was möchtest du denn gern hören?«

»Das kannst du besser beurteilen, Erlepes. Der Meister weiß selber, was ihm am meisten liegt. Die alten Sachen sind mir freilich am liebsten. Ich kann nicht sagen, warum, aber sie greifen mir ans Herz, beschwören Gedanken herauf.«

Erlepes nickte verständnisvoll.

»Unserm Kospan hier geht es genauso.« Lächelnd warf er einen Blick auf den ungewohnt still gewordenen Kospan. »Sowie er eine Dombra hört, schmilzt er dahin, wird er ein anderer Mensch. Stimmt's, Kospan? Aber heute haben wir einen Gast. Vergiß das nicht. Spendier uns noch einen Schluck.«

»Sofort.« Kospan lebte auf und füllte erneut die Gläser.

Sie tranken und aßen etwas dazu. Danach nahm Erlepes wieder die Dombra zur Hand, griff in die Saiten, prüfte, ob das Instrument noch richtig gestimmt war.

»Wenn du gern alte Sachen hörst«, sagte er zu Edige, »will ich dich an eine Geschichte erinnern. Viele alte Leute kennen sie, aber auch du wirst sie kennen. Euer Kasangap erzählt sie übrigens sehr gut, nur daß er eben erzählt, ich jedoch werde spielen und dazu singen – gebe eine ganze Theatervorstellung. Dir zu Ehren, Edige. ›Botschaft von Raimaly-agha an seinen Bruder Abdilchan‹.«

Edige nickte dankbar, Erlepes aber griff in die Saiten, ließ vor der Legende die so gut bekannte Dombra-Ouvertüre erklingen, und wiederum ging ein Aufstöhnen durch Ediges gespannte Seele, weckte doch alles an dieser Geschichte diesmal besondere Wehmut in ihm und besonderes Verständnis.

Es tönte die Dombra, und Erlepes fiel mit seinem Gesang ein, voll und tief klang seine Stimme, angemessen dem Bericht über das tragische Los des berühmten Shyrau, des Steppenbarden Raimaly-agha. Raimaly-agha war bereits über sechzig, als er sich in ein junges Mädchen verliebte, in die neunzehnjährige fahrende Sängerin Begimai; wie ein Stern erstrahlte sie auf seinem Weg. Eigentlich hatte sie sich in ihn verliebt. Begimai war nämlich frei und eigenwillig und konnte tun und lassen, was sie wollte. Raimaly-agha aber geriet in Verruf. Und seither hat diese Liebesgeschichte ihre Anhänger und ihre Gegner. Es gibt keine Gleichgültigen. Die einen verwerfen, verurteilen Raimaly-aghas Verhalten und fordern, man solle seinen Namen vergessen, die anderen fühlen sich angesprochen, leiden mit und geben dieses bittere Leid eines Verliebten weiter von Mund zu Mund, von Generation zu Generation. So bleibt die Legende von Raimaly-agha lebendig. Zu allen Zeiten wird Raimaly-agha geschmäht und verteidigt.

Edige entsann sich an jenem Abend, wie das Geierauge Gift und Galle gespuckt hatte, als ihm unter Abutalip Kuttybajews Papieren eine Aufzeichnung der Botschaft Raimaly-aghas an seinen Bruder Abdilchan in die Finger geraten war. Abutalip hingegen hatte eine sehr hohe Meinung gehabt von diesem Poem über einen Goethe der Steppe, wie er sich ausdrückte; also hatte sich auch bei den Deutschen einstmals ein großer und weiser Mann in ein blutjunges Mädchen verliebt. Abutalip hatte diesen Gesang über Raimaly-agha nach den Worten von Kasangap aufgeschrieben, in der Hoffnung, seine Söhne würden es dereinst als Erwachsene lesen. Abutalip war der Meinung gewesen, daß es einzelne Fälle gibt, einzelne Menschenschicksale, die zum Gemeingut vieler werden, ist doch diese Lektion so wertvoll, steckt doch so viel in der Geschichte, daß die Lebenserfahrung dieses einen Menschen gewissermaßen die Lebenserfahrung aller in sich aufnimmt, die damals lebten, sogar derer, die viel später nachfolgten.

Vor Edige saß Erlepes, spielte hingebungsvoll auf der Dombra und sang dazu; warum wohl beschäftigte den Leiter einer Ausweichstelle, der doch vor allem für einen bestimmten Streckenabschnitt der Eisenbahn zuständig ist, eine Geschichte aus längst vergangenen Zeiten, die Geschichte des unglücklichen Raimaly-agha, warum quälte sie ihn, als ginge es um das eigene Schicksal? Das also bewirken Musik und Gesang, dachte Edige; und wenn verlangt wird, stirb und komm neu zur Welt, so ist man auch dazu sofort bereit. Ach, wie wünschte er, daß in seinem lichter gewordenen Herzen ständig ein solches Feuer brannte, das ihn klar und ungezwungen so gut über sich selbst nachdenken ließ.

An dem neuen Ort fand Edige nicht sofort Schlaf. Er lag neben dem Fenster und lauschte, wie der Wind raschelte und vor sich hin pfiff, wie die Züge vorbeifuhren. Er wartete auf das Morgengrauen, wollte den toll gewordenen Karanar bändigen und recht früh aufbrechen, um möglichst schnell wieder in Schneesturm-Boranly zu sein, wo ihn die Kinder zweier Häuser erwarteten, denn er liebte sie alle gleichermaßen und lebte auf Erden, damit sie es gut hätten. Er überlegte, wie er Karanar zähmen könne. Das war schon eine Aufgabe – alles bei ihm war nicht so wie üblich, sogar ein Kamel mußte er haben, so störrisch und wild, daß die Leute seinen bloßen Anblick fürchteten und jetzt drauf und dran waren, es zu erschießen. Wie aber bringt man einem Vieh bei, was gut ist und was schlecht?

Schließlich hatte es Karanar nicht von ungefähr hierhergetrieben – so wollte es die Natur, Karanar war groß und strotzte vor Kraft, daher gab es für ihn keine Hindernisse: Wer immer sich ihm in den Weg stellte, er würde ihn vernichten. Was war zu tun, wie sollte er Karanar zügeln? Vielleicht mußte er ihn anketten und den ganzen Winter in der Koppel halten, daß er nicht seinen verwegenen Kopf einbüßte? Wenn nicht Kospan, dann würde ein anderer ihn erschießen, da half nichts. Im Einschlafen kam Edige noch einmal Erlepes' Gesang in den Sinn, sein Spiel auf der Dombra, und er war zufrieden, daß er einen ganzen Abend mit ihm hatte verbringen dürfen. Von der Dombra zum Leben erweckt, waren die Leiden, war die unglückliche Liebe des Sängers Raimaly-agha in seinem Herzen entbrannt. Und obwohl er nichts gemein mit Raimaly-agha hatte, spürte Edige in jener Geschichte einen entfernten Gleichklang, einen verwandten Schmerz. Was Raimaly-agha vor hundert Jahren erfahren hatte, das widerhallte nun wie ein Echo in ihm, Schneesturm-Edige, einem Bewohner der wüsten Sary-Ösek. Edige seufzte schwer, wälzte sich auf seiner Lagerstatt – traurig war ihm zumute angesichts der ihn bedrängenden inneren Ungewißheit und Unentschlossenheit. Wie sollte er all dem entrinnen, wie sich verhalten? Was Saripa sagen und was Ükübala antworten? Nein, er fand keinen Ausweg, er irrte umher, verstrickte sich, und plötzlich, schon im Einschlafen, fand er sich auf dem Aralsee. Ihm schwindelte der Kopf von dem unerträglichen Blau und dem Wind. Und wie damals in der Kindheit stürzte er zum See, voll Verlangen, es einer Möwe gleichzutun, die frei dahinschwebt über den Wellen, und er freute sich darüber, jubelte, schwebte über dem grenzenlosen Wasser, hörte dabei ständig die Dombra tönen und klingen, hörte Erlepes singen von der unglücklichen Liebe Raimaly-aghas; und wiederum träumte er, er entließe den Goldenen Fisch in den See. Der Fisch war geschmeidig und schwer, und während er ihn zum Wasser trug, spürte er deutlich dessen lebendigen Körper, spürte er, wie sehr es ihn drängte, sich ihm zu entwinden, damit er zurückkönne in sein Element. Edige ging über den Ufersaum, der See rollte ihm entgegen, er aber lachte dem Wind ins Gesicht, dann öffnete er die Hände, und der Goldene Fisch – im dichten Blau der Luft regenbogenfarben aufblitzend – glitt langsam ins Wasser. Und immer noch drang irgendwoher Musik. Jemand weinte und beklagte sein Los...

In dieser Nacht wütete in der Steppe ein eisiger, böiger Wind. Es wurde kälter. Die Herde der vier Kamelstuten, die Karanar sich erkoren hatte und behütete, stand an einem windstillen Fleck, in einem flachen Talkessel unter einer niedrigen Bergkuppe. Von der Windseite heranfegendem Schnee ausgesetzt, hatten sie sich zusammengedrängt und wärmten sich, indem sie einander die Köpfe auf die Hälse legten, doch ihr ungestümer, zottiger Gebieter Karanar gab ihnen keine Ruhe. Ständig rannte er hin und her, umkreiste sie, brüllte bösartig, eifersüchtig auf wer weiß wen oder was – vielleicht sogar auf den Mond, der durch Nebelschwaden schimmerte.

Karanar fand keinen Frieden. Unentwegt trampelte er über die dunstige Schneekruste, ein zweihöckriges schwarzes Scheusal mit langem Hals und röhrendem Zottelkopf. Welche Kraft steckte in ihm! Auch jetzt wäre er nicht abgeneigt gewesen gegen Liebesmüh, bedrängte bald das eine Weibchen, bald das andere, biß sie kräftig in die Fußknöchel und in die Schenkel, versuchte sie voneinander zu trennen, aber da tat er des Guten zuviel, den Kamelstuten hatte der Tag gereicht, da waren sie willig seinen Gelüsten nachgekommen, nachts wollten sie ihre Ruhe. Daher brüllten sie abweisend, wehrten sich gegen seine unangebrachten Annäherungsversuche und dachten gar nicht daran, sich zu fügen. Nachts wollten sie ihre Ruhe.

Erst gegen Morgen besänftigte sich Schneesturm-Karanar ein wenig, wurde stiller. Er stand bei den Stuten, schrie hin und wieder auf, wie aus einem Traum hochschreckend, und blickte wild um sich. Da legten sich alle vier Kamelstuten in den Schnee, eine neben die andere, streckten die Hälse aus, ließen die Köpfe sinken und fielen in leichten Schlaf. Sie träumten von kleinen Kamelkindern, von einst geborenen und von solchen, die sie erst auf die Welt bringen würden, von dem schwarzen Atan, der Gott weiß woher angelaufen gekommen war und sie anderen Atanen im Kampf entrissen hatte. Sie träumten vom Sommer, von duftendem Wermut, von der sanften Berührung ihres Euters durch die Jungen, und ihre Euter schmerzten leicht, sie spürten ein leises Ziehen in unbestimmter Tiefe – spürten die künftige Milch. Schneesturm-Karanar aber stand noch immer auf Wacht, und der Wind pfiff in seinen Zotteln.

Und es schwamm die Erde auf ihren Bahnen, umspült von Höhenwinden. Sie schwamm um die Sonne, und als sie, um sich selber rotierend, sich endlich so weit gedreht hatte, daß über der Steppe der Tag anbrach, erblickte Schneesturm-Karanar plötzlich ganz in der Nähe zwei Menschen auf Kamelstuten. Es waren Edige und Kospan. Kospan trug ein Gewehr.

Da schoß Wut hoch in Schneesturm-Karanar, er begann zu zittern, zu brüllen, vor Zorn zu kochen – wie konnten Menschen es wagen, sein Revier zu betreten, wie konnten sie sich seiner Herde nähern, welches Recht hatten sie, seine Brunst zu stören? Er brüllte gellend, immer wilder, warf den Kopf hoch auf dem langen Hals, knirschte mit den Zähnen, riß den schrecklichen, hauerbewehrten Rachen auf wie ein Drachen. Dampf wogte in dieser Kälte wie Qualm aus seinem heißen Maul und gefror sogleich als weißer Reifüberzug auf seinen schwarzen Zotteln. Vor Erregung begann er zu harnen, spreizte die Beine und ließ den Strahl gegen den Wind, daß die Luft sofort scharf nach zerstäubtem Urin zu riechen begann und eisige Tropfen Edige ins Gesicht schlugen.

Edige sprang zu Boden, warf den Pelz auf den Schnee, und leicht bekleidet – nur in Wattejacke und Wattehosen –, wickelte er die Peitschenschnur vom Knutenstil in seiner Hand.

»Sieh dich vor, Edige, wenn nötig, leg' ich ihn um«, sagte Kospan und richtete das Gewehr auf Karanar.

»Nein, auf keinen Fall. Mach dir um mich nur keine Sorgen. Ich bin der Herr, ich trage die Verantwortung. Halte es für dich bereit. Wenn er dich anfällt – dann ist's was anderes.«

»Gut«, sagte Kospan. Er blieb auf dem Kamel sitzen. Edige aber ging, laut und scharf mit der Peitsche knallend, seinem Karanar entgegen. Als der Hengst ihn näher kommen sah, gebärdete er sich noch rasender und trabte Edige entgegen, schreiend und Speichel versprühend. Inzwischen hatten sich die Stuten von ihrem Lager erhoben und liefen auch unruhig herum.

Mit der Peitsche knallend, mit der er gewöhnlich das Kamelgespann antrieb, das auf den Verwehungen die Schneeschleppe zog, ging Edige durch den Schnee, rief Karanar schon von weitem laut an und hoffte, der Hengst würde seine Stimme erkennen.

»He, he, Karanar! Laß die Dummheiten! Mach keinen Unsinn, sag' ich dir! Ich bin's! Bist du etwa blind? Ich bin's, ich!«

Doch Karanar reagierte nicht auf seine Stimme, und Edige erschrak, als er das schwarze Ungetüm mit wutentbranntem Blick unter den Zotteln und mit zitternden Höckern auf sich zurennen sah. Da drückte er sich die Pelzmütze tiefer ins Gesicht und holte mit der Peitsche aus. Die Peitschenschnur war lang, sieben Meter wohl, und aus schwerem, geteertem Leder geflochten. Der Hengst brüllte, bedrängte Edige, suchte ihn mit den Zähnen zu packen oder niederzuwerfen und zu zertrampeln, doch Edige ließ ihn nicht heran, peitschte aus Leibeskräften, wich aus, zog sich zurück, ging wieder vor und schrie, er solle zur Vernunft kommen und ihn erkennen. So kämpften sie, ein jeder, wie er es verstand, und jeder hatte auf seine Weise recht. Edige war erschüttert von Karanars unbändigem, unzurechnungsfähigem Glücksanspruch, und er begriff, daß er ihm sein Glück raubte, doch es gab keinen anderen Ausweg. Auf eins nur war Edige bedacht: Karanar auf keinen Fall ein Auge auszuschlagen, alles andere würde schon wieder gut. Ediges Hartnäckigkeit brach schließlich den Willen des Tiers. Peitschenschwingend, schreiend ging Edige dicht an das Kamel heran, sprang zu, packte es an der Oberlippe – fast hätte er die Lippe abgerissen, so kräftig klammerte er sich daran fest –, und im selben Augenblick schaffte er es, ihm die eigens vorbereitete Schlinge ums Maul zu schnüren. Karanar heulte auf, ein Stöhnen brach aus ihm von dem unerträglichen Schmerz, den ihm die Schlinge zufügte, in seinen geweiteten, erstarrten, vor Furcht und Schmerz vergehenden Augen erblickte Edige sein eigenes Abbild, deutlich wie in einem Spiegel, und wäre fast zurückgeschreckt, entsetzt über sein Aussehen. Ein unmenschlicher Ausdruck verzerrte sein erhitztes, schweißnasses Gesicht, der Schnee aber war rundum aufgewühlt von dem Zweikampf, und all das offenbarte sich ihm blitzartig in den irrsinnig blickenden Pupillen Karanars. Viel lieber hätte er alles dem Teufel überlassen und wäre davongestürzt, statt ein unschuldiges Geschöpf derart zu quälen; doch alsbald besann er sich eines Besseren: Man wartete auf ihn in Schneesturm-Boranly, und er durfte nicht ohne Karanar zurückkommen, den würden die Ak-Moinaker Nachbarn einfach abknallen. Also überwand er sich. Triumphierend schrie er auf, bedrohte den Atan, zwang ihn, sich auf die Erde zu legen. Er mußte ihn satteln. Schneesturm-Karanar widersetzte sich immer noch, brüllte und gurgelte, aus seinem heißen, röhrenden Maul schlug Edige feuchter Atem entgegen, doch Edige blieb unerbittlich. Er zwang das Kamel, sich ihm zu unterwerfen.

»Kospan, schmeiß den Sattel her, und jag die Stuten weg, hinter die Bergkuppe, damit er sie nicht mehr sieht!« schrie Edige.

Kospan warf ihm sofort den Sattel von seiner Kamelstute zu und ritt los, um Karanars Herde wegzutreiben. Inzwischen war alles getan – Edige hatte Karanar schnell gesattelt, und als Kospan wiederkam und Edige den abgeworfenen Pelz brachte, zog dieser ihn behende über und schwang sich auf den gesattelten und gezäumten Hengst.

Das wutschnaubende Kamel versuchte noch, zu den ihm entrissenen Stuten zurückzukehren, wollte sogar, den Kopf seitlich zurückdrehend, mit den Zähnen seinen Herrn packen. Doch Edige verstand sein Handwerk. Trotz Karanars Geheul und Wutgeschrei, trotz seines gereizten, unentwegten Gebrülls trieb ihn Edige beharrlich durch die verschneite Steppe und suchte ihn zur Vernunft zu bringen.

»Laß das! Nun reicht's!« sagte er zu ihm. »Gib Ruhe! Zurück kannst du sowieso nicht. Schwachkopf! Du denkst wohl, ich will dir was Böses antun? Ohne mich hätten sie dich erschossen wie ein tollwütiges Raubtier. Was sagst du nun? Du bist toll geworden, das stimmt, und wie! Bist toll geworden und führst dich auf wie der letzte Idiot! Warum sonst bist du hierhergerannt, hast du nicht genug an den eigenen Stuten? Merk dir, wenn wir wieder zu Hause sind, ist Schluß mit deinen Skandalgeschichten in fremden Herden! An die Kette leg' ich dich, und keinen Schritt gibt es in die Freiheit, wo du dich so benommen hast!«

Schneesturm-Edige drohte mehr, um sich in den eigenen Augen zu rechtfertigen. Gewaltsam führte er Karanar weg von seinen Ak-Moinaker Stuten. Und das war eigentlich unrecht. Ja, wäre Karanar ein friedfertiges Tier – dann... Die Kamelstute zum Beispiel, auf der er hergeritten war, hatte Edige bedenkenlos bei Kospan gelassen. Kospan hatte versprochen, sie bei Gelegenheit nach Schneesturm-Boranly zu treiben – Probleme gab es nicht, alles lief freundlich und gut. Mit diesem verfluchten Vieh aber hatte er nichts als Scherereien.

Nach einiger Zeit fand sich Schneesturm-Karanar damit ab, daß er wieder gesattelt und seinem Herrn unterworfen war. Er schrie weniger, schritt gleichmäßiger und schneller aus, und bald hatte er seine schnellste Gangart erreicht – er lief im Trab, durchmaß mit seinen Beinen die Steppe wie aufgezogen. Edige entspannte sich, setzte sich bequemer zurecht zwischen den straffen Höckern, knöpfte den Pelz zu, um sich vor dem Wind zu schützen, band die Ohrenklappenmütze fest und wartete nun voller Ungeduld, daß sie sich Boranly näherten.

Doch nach Hause war es noch ziemlich weit. Das Wetter war leidlich, nicht zu windig, nicht zu bewölkt. Ein Schneesturm war für die nächsten Stunden nicht zu befürchten, obwohl nachts durchaus Schneegestöber möglich war. Edige kehrte zufrieden zurück – nicht nur, weil es ihm gelungen war, Karanar einzufangen und zu bezwingen, besonders angetan war er von dem Abend bei Kospan, von Erlepes' Dombraspiel und Gesang.

Unwillkürlich wandten sich Ediges Gedanken wieder seinem verfahrenen Leben zu. Welch ein Elend! Wie sollte er es nur anstellen, damit niemand darunter litt und er selbst seinen Schmerz nicht verbergen mußte, sondern freiheraus sagen konnte: So ist's, Saripa, ich liebe dich. Und wenn Abutalips Kindern die Wege verbaut sein sollten mit dem Familiennamen des Vaters, dann bitte, wenn's Saripa recht ist, soll sie die Jungen auf seinen, Ediges, Namen überschreiben. Er wird nur glücklich sein, wenn sein Name Daul und Ermek zustatten kommt. Keinerlei Hindernisse sollen ihr Leben erschweren. Erfolgreich sollen sie sein dank eigener Kraft und eigenem Können. Wäre es denn schade, dafür seinen Familiennamen herzugeben? Ja, auch solche Gedanken bewegten Schneesturm-Edige auf seinem Weg.

Schon ging der Tag zur Neige. Wie sich der unermüdliche Karanar auch widersetzt und empört hatte, unterm Sattel trabte er zuverlässig. Schon lagen die Boranlyer Niederungen vor ihnen, zeigten sich die vertrauten, schneeverwehten Schluchten, näherte sich der große Hügelkamm – und dort an der Krümmung der Eisenbahnlinie erschien bereits die Ausweichstelle Schneesturm-Boranly. Rauchfahnen kräuselten über den Schornsteinen. Was mochten seine Familien machen? Er war doch nur einen Tag lang fort gewesen, aber die Aufregung hätte gereicht für ein ganzes Jahr. Und die Sehnsucht – besonders nach den Kindern. Als Karanar die Siedlung erblickte, legte er noch einen Schritt zu. Schweißnaß und erhitzt lief er, weit ausgreifend, und aus seinem Maul stiegen Dampfwolken. Ehe Edige sein Haus erreichte, begegneten sich auf der Ausweichstelle zwei Güterzüge und fuhren aneinander vorbei. Der eine rollte nach Westen, der andere nach Osten.

Edige hielt hinterm Haus, im Hof, er wollte Karanar sofort in die Koppel sperren. Er saß ab, packte die an einem eingegrabenen Querbalken befestigte dicke Kette und fesselte die Vorderbeine des Hengstes. Damit ließ er ihn in Ruhe. Mag er erst auskühlen, beschloß er, dann nehme ich ihm den Sattel ab. Er hatte große Eile. Den steifen Rücken reckend und die Beine streckend, trat Edige aus der Koppel, da kam schon seine älteste Tochter, Saule, auf ihn zugerannt. Edige umarmte sie täppisch in seinem schweren Pelz und küßte sie.

»Du wirst frieren«, sagte er. Sie war leicht gekleidet. »Lauf nach Hause. Ich komme gleich.«

»Papa«, sagte Saule und schmiegte sich an den Vater, »Daul und Ermek sind weggefahren!«

»Wohin weggefahren?«

»Für immer weg. Mit ihrer Mama. Sie sind in einen Zug gestiegen und weggefahren.«

»Weggefahren? Wann weggefahren?« Er begriff nicht, sah seiner Tochter in die Augen.

»Heute morgen.«

»Ach so!« Ediges Stimme zitterte. »Na, lauf nur nach Hause, lauf.« Er gab das Mädchen frei. »Ich komm' gleich nach, gleich. Geh nur, geh jetzt.«

Saule verschwand hinterm Haus. Edige aber lief schnell, ohne auch nur das Koppeltor zu schließen, so, wie er war, den Pelz noch über den Wattesachen, geradenwegs zu Saripas Baracke. Er konnte es nicht glauben. Das Kind hatte wohl irgendwas durcheinandergebracht. Das durfte doch nicht sein. Aber die Vortreppe war voller Fußspuren. Mit einem Ruck riß Edige die Tür auf, trat über die Schwelle und erblickte ein verlassenes, längst ausgekühltes Zimmer mit überall verstreutem unnützem Kram. Keine Kinder und keine Saripa!

»Warum denn das?« flüsterte Edige ins Leere – er wollte das Vorgefallene noch immer nicht bis ins letzte begreifen. »Also sind sie weg?« sagte er bekümmert, obwohl die Bewohner der Baracke offensichtlich ausgezogen waren.

Ihm wurde elend zumute, elend wie nie zuvor in seinem Leben. Er stand im Pelz mitten im Zimmer, am kalten Ofen, und wußte nicht ein noch aus, war wie gelähmt von der schreienden, aus ihm herausdrängenden Kränkung, von dem Leid um den Verlust. Auf dem Fensterbrett lagen noch Ermeks Wahrsagesteinchen, jene einundvierzig Steine, nach denen die Kinder gelernt hatten, vorherzusagen, wann ihr längst verstorbener Vater zurückkehren werde, Steinchen der Hoffnung und der Liebe. Edige scharrte sie zusammen, preßte sie in der Faust – mehr war ihm nicht geblieben. Am Ende seiner Kraft, drehte er sich zur Wand, drückte das heiße, von Kummer gezeichnete Gesicht an die kalten Bretter und weinte gepreßt und untröstlich. Dabei fielen ihm die Steinchen aus der Hand, eins nach dem andern. Krampfhaft suchte er sie festzuhalten, doch die zitternde Hand gehorchte ihm nicht, die Steinchen entglitten ihm und schlugen dumpf auf den Boden, eins nach dem andern, fielen hinunter und rollten in alle Ecken des verödeten Hauses.

Da wandte er sich um, rutschte die Wand hinab und hockte sich nieder – so verharrte er, in Pelz und Ohrenklappenmütze, den Rücken an die Wand gelehnt, und schluchzte bitterlich. Aus der Tasche zog er den Schal, den Saripa ihm geschenkt hatte, und wischte sich damit die Tränen ab.

So kauerte er in der verlassenen Baracke und suchte zu begreifen, was vorgefallen war. Saripa mit ihren Kindern war demnach eigens in seiner Abwesenheit abgereist. Folglich hatte sie das so gewollt oder befürchtet, er würde sie nicht weglassen. Und er hätte sie auch nicht weggelassen, um nichts in der Welt. Wie immer das geendet hätte – auf keinen Fall hätte er sie ziehen lassen, wäre er hiergewesen. Jetzt war es zu spät, herumzurätseln, was sich zugetragen hätte, wäre er nicht weggeritten. Sie waren nicht mehr da. Saripa war nicht mehr da. Die Jungen waren nicht mehr da. Hätte er sich je von ihnen getrennt? All das war Saripas Werk, sie hatte gewußt, daß sie besser in seiner Abwesenheit wegfuhren. Sich selbst hatte sie die Abreise erleichtert, aber nicht an ihn gedacht, nicht daran, wie schrecklich es für ihn sein würde, ihre Baracke verödet vorzufinden.

Aber jemand hatte doch einen Zug für sie angehalten in der Ausweichstelle! Jemand? Natürlich Kasangap – wer sonst! Nur hatte er freilich nicht die Notbremse gezogen wie Edige an Stalins Todestag, sondern den Leiter der Ausweichstelle ins Vertrauen gezogen, ihn überredet, einen Personenzug anzuhalten. Dieser gemeine Kerl! Auch Ükübala hatte sicherlich die Hand im Spiel, um Saripa möglichst schnell loszuwerden. Na wartet! Rachsucht wallte in ihm auf, dumpf und ungut entzündete sie sein Hirn – alle Kraft wollte er zusammennehmen, um auf dieser gottverfluchten Ausweichstelle, genannt Schneesturm-Boranly, alles, aber auch alles kurz und klein zu schlagen, sich dann auf Karanar setzen und in die Steppe hinaussprengen, um einsam zu verrecken vor Hunger und Kälte! So saß er an dem verlassenen Ort – kraftlos und ausgehöhlt, erschüttert über das Vorgefallene. Nichts blieb als dumpfe Verständnislosigkeit: Warum ist sie weggefahren, wohin ist sie gefahren? Warum ist sie weggefahren, wohin ist sie gefahren?

Schließlich ging er nach Hause. Ükübala nahm ihm schweigend Pelz und Mütze ab, trug die Filzstiefel in eine Ecke. An Schneesturm-Ediges steinhartem, grauem Gesicht war schwer abzulesen, was er dachte und zu tun beabsichtigte. Seine Augen schienen nichts zu sehen. Sie drückten nichts aus, verbargen die übermenschliche Anstrengung, deren er bedurfte, an sich zu halten. Ükübala hatte schon einige Male in Erwartung ihres Mannes den Samowar angesetzt. Er kochte, voll glühender Holzkohle.

»Der Tee ist heiß«, sagte die Frau. »Frisch vom Feuer.«

Edige musterte sie schweigend und schlürfte weiter, ohne zu merken, wie er sich verbrühte. Beide warteten gespannt, daß einer zu reden begänne.

»Saripa ist mit den Kindern weggefahren«, sprach endlich Ükübala.

»Ich weiß«, brummte Edige, ohne den Kopf vom Tee zu heben. Und nach kurzem Schweigen fragte er, noch immer mit gesenktem Kopf: »Wohin?«

»Das hat sie uns nicht gesagt«, entgegnete Ükübala.

Wieder herrschte Schweigen. Obwohl er sich an dem siedendheißen Tee die Lippen verbrannte, beschäftigte Edige nur eines: bloß nicht aufbrausen, bloß nicht alles in Stücke schlagen, die Kinder nicht erschrecken, bloß kein Unheil anrichten. Als er genug getrunken hatte, wollte er wieder hinaus. Wieder zog er die Filzstiefel an, warf den Pelz über und stülpte die Mütze auf den Kopf.

»Wohin?« fragte seine Frau.

»Nach dem Vieh schaun«, warf er hin, bereits auf der Schwelle.

Der kurze Wintertag war inzwischen zu Ende. Fast zusehends verdichtete und verdunkelte sich die Luft. Auch der Frost hatte sich merklich verstärkt, der Wind trieb Schnee in schlängelnden Wellen über die Erde. Edige betrat finster die Koppel. Und schon vom Tor her schrie er mit gereizt funkelnden Augen auf Karanar ein, der an der Kette zerrte: »Dauernd das Gebrüll! Hast du noch nicht genug? Paß bloß auf, du Miststück! Mit dir mach' ich kurzen Prozeß! Jetzt ist mir alles egal!«

Er stieß Karanar böse in die Seite, fluchte lästerlich, nahm ihm den Sattel ab, schleuderte ihn beiseite und löste die Kette. Dann ergriff er die Leine, preßte in der andern Hand die um den Knutenstiel gewickelte Riemenpeitsche und ging in die Steppe, am Zügel den unerträglich schreienden, vor Schwermut heulenden Kamelhengst. Einige Male sah sich der Herr um und holte drohend mit der Peitsche aus, damit Schneesturm-Karanar abließe von dem Gestöhn und Gebrüll, da dies jedoch wirkungslos blieb, spuckte er aus und ging, ohne länger darauf zu achten, finster und geduldig das Gebrüll ertragend, geradenwegs über die tiefe Schneedecke, im dahinfegenden Schneegestöber immer tiefer in die dämmrige Weite, die dunkler wurde und allmählich ihre Umrisse verlor. Er atmete schwer, ging aber, ohne anzuhalten. Er ging lange, den Kopf übellaunig gesenkt. Hinter einem Hügel, vor der Ausweichstelle verborgen, hielt er Karanar an und rechnete grausam mit ihm ab. Er warf den Pelz in den Schnee, band sich flink die Halfterleine an den Gürtel um die Wattejacke, damit sich das Kamel nicht losriß und weglief und er selbst die Hände frei hatte, ergriff mit beiden Händen

den Knutenstiel und begann den Atan mit der Peitsche zu bearbeiten – ließ an ihm den Zorn aus über sein eigenes Unglück. Wütend, schonungslos peitschte er Schneesturm-Karanar, Schlag auf Schlag versetzte er ihm, heiser krächzend, Schimpfworte und Flüche ausstoßend.

»Da hast du's! Da! Elendes Vieh! Du bist an allem schuld! Nur du! Und jetzt lass' ich dich laufen, renn, wohin du willst, immer der Nase nach, aber vorher schlag' ich dich zum Krüppel! Da hast du's! Da! Unersättliche Bestie! Nie kriegst du genug! Mußt sonstwohin rennen. Sie aber ist inzwischen mit den Kindern weggefahren! Mich fragt keiner, wie mir zumute ist! Wie soll ich nun weiterleben? Wie soll ich leben ohne sie? Wenn euch alles gleich ist, dann ist auch mir alles gleich. Da hast du dein Fett, du Hund!«

Karanar schrie, riß an der Leine, taumelte unter den Peitschenschlägen, warf seinen Herrn um, irrsinnig vor Angst und Schmerz, und lief davon, zerrte ihn über den Schnee. Schleifte seinen Herrn mit wilder, ungeheuerlicher Kraft, schleifte ihn wie einen Balken, nur um ihn loszuwerden, nur um sich zu befreien und wieder dorthin zu laufen, wo er ihn gewaltsam weggeholt hatte.

»Halt! Halt!« schrie Edige keuchend und sich in den Schnee wühlend, über den ihn sein Atan schleppte.

Die Mütze flog ihm vom Kopf. Schneewehen schlugen ihm heiß und kalt gegen Schädel, Gesicht und Wange, krochen unter die Kleidung an Hals und Brust, die Peitsche verheddterte sich in den Händen, und er konnte nichts tun, um den Atan aufzuhalten, die Leine vom Leibriemen zu lösen. Karanar aber schleifte ihn in heilloser Panik, blindwütig, er sah in der Flucht die Rettung. Wer weiß, wie alles geendet hätte, wäre es Edige nicht wie durch ein Wunder gelungen, den Riemen zu lösen, die Schnalle herunterzureißen und sich so zu befreien – er wäre in den Schneewehen erstickt. Als er die Leine schon wieder im Griff hatte, zog ihn das Kamel noch einige Meter und blieb dann stehen, von seinem Herrn gehalten mit letzter Kraft.

»Ach, du!« murmelte Edige, wieder zu sich kommend, keuchend und taumelnd. »So benimmst du dich! Da, du elendes Vieh! Und jetzt geh mir aus den Augen, aber schnell! Lauf, du verfluchtes Stück, und komm nie wieder in meine Nähe! Scher dich zum Teufel. Verdufte, hau ab! Sollen sie dich ruhig erschießen, totschlagen wie einen tollwütigen Hund. Du bist an allem schuld! Verrecken sollst du in der Steppe! Laß dich bloß nicht wieder hier blicken!« Karanar lief aufschreiend in Richtung Ak-Moinak, Edige aber setzte ihm nach, schlug ihn mit der Peitsche, wünschte ihn zum Teufel, sagte sich von ihm los, wetterte und fluchte wie von Sinnen. Die Stunde der Abrechnung und der Trennung war gekommen. Und lange schrie Edige ihm noch hinterher: »Verschwinde, du Teufelsvieh! Lauf! Verrecke dort, du unersättliches Aas! Hol dir nur eine Kugel in die Stirn!«

Karanar rannte immer weiter über die abendliche, nun dunkle Weite und war bald im Schneetreiben verschwunden, nur hin und wieder kündeten von ihm noch seine gellenden Trompetenstöße. Edige stellte sich vor, wie er die ganze Nacht, im Schneesturm, unermüdlich dorthin laufen würde, zu den Ak-Moinaker Stuten.

»Teufel!« Edige spuckte aus und ging zurück auf der breiten, von seinem eigenen Körper gerissenen Schneespur. Ohne Mütze, ohne Pelz, mit brennender Gesichtshaut und brennenden Händen trottete er durch die Finsternis, die Peitsche hinter sich herschleppend, und unversehens fühlte er in sich vollständige Leere und Kraftlosigkeit. Da ließ er sich im Schnee auf die Knie fallen, kauerte sich zusammen, preßte die Hände an den Kopf und begann dumpf und bitterlich zu weinen. Mutterseelenallein, inmitten der Sary-Ösek, hörte er, wie der Wind über die Steppe pfiff, Schnee aufwirbelte, ihn hochstieben ließ, und gleichzeitig merkte er, wie Schnee fiel. Jede einzelne Schneeflocke, Millionen von Schneeflocken, die da, während sie sich in der Luft aneinanderrieben, unhörbar rauschten und raschelten, sprachen, so schien es ihm, nur davon – daß er die Bürde der Trennung nicht ertragen würde und das Leben keinen Sinn mehr habe ohne die geliebte Frau und die Kinder, an denen er hing wie selten ein Vater an den seinen. Und ihn überkam der Wunsch, hier zu sterben, an Ort und Stelle vom Schnee zugeweht zu werden.

Es gibt keinen Gott! Und wenn, versteht er einen Dreck vom Leben! Was soll man da von anderen erwarten! Es gibt keinen Gott, es gibt ihn nicht! sagte er sich gedankenverloren angesichts seiner bitteren Einsamkeit inmitten der nächtlichen, wüsten Steppe. Derlei Worte hatte er noch nie ausgesprochen. Selbst damals, als Jelisarow, der doch Gott ständig im Munde führte, ihn zu überzeugen suchte, daß vom wissenschaftlichen Standpunkt kein Gott existiert, hatte er dem keinen Glauben geschenkt. Jetzt glaubte er es.

Und es schwamm die Erde auf ihren Bahnen, umspült von Höhenwinden. Sie schwamm um die Sonne, und während sie sich um ihre Achse drehte, trug sie zu jener Stunde einen im Schnee knienden Mann inmitten der verschneiten Wüste. Kein König, kein Imperator oder sonstiger Herrscher wäre so verzweifelt vor dem weißen Licht auf die Knie gesunken aus Jammer um den Verlust eines Staates und der Macht wie Edige am Tage der Trennung von der geliebten Frau. Und es schwamm die Erde...

Drei Tage darauf hielt Kasangap Edige am Lagerschuppen an, wo sie Schienennägel und Unterlagklappen erhielten für Reparaturarbeiten.

»Was bist du nur so menschenscheu geworden, Edige«, sagte er wie nebenher, während er Kleineisen auf eine Trage packte. »Du gehst mir aus dem Weg, meidest mich, es gelingt uns nie, miteinander zu reden.«

Edige musterte Kasangap scharf und böse.

»Wenn wir anfangen zu reden, erwürg' ich dich auf der Stelle, und das weißt du!«

»Ich bezweifle nicht, daß du mich erwürgen möchtest und vielleicht noch sonstwen. Bloß, warum bist du so wütend?«

»Ihr habt sie gezwungen wegzufahren!« Edige sagte freiheraus, was ihn quälte und nicht zur Ruhe kommen ließ all die Tage.

»Na, weißt du...« Kasangap wiegte den Kopf, und sein Gesicht wurde rot vor Zorn oder Scham. »Wenn du dir so was in den Kopf gesetzt hast, denkst du nicht nur schlecht über uns, sondern auch über sie. Bedanken solltest du dich bei dieser Frau, weil sie große Vernunft bewiesen hat, ganz im Gegensatz zu dir. Hast du dir eigentlich mal überlegt, womit all das hätte enden können? Nein? Sie aber hat sich Gedanken gemacht und ist weggefahren, bevor es zu spät war. Ich habe ihr dabei geholfen, als sie mich darum bat. Ich habe sie auch nicht gefragt, wohin sie mit den Kindern will, und von selbst hat sie's nicht gesagt, mag es das Schicksal wissen und sonst keiner. Hast du verstanden? Sie ist abgereist, hat mit keinem Wort ihre Würde verletzt oder auch die Würde deiner Frau. Sie haben sich verabschiedet, wie es sich ziemt. Du solltest dich tief vor beiden verneigen, vor unausbleiblichem Elend haben sie dich bewahrt. Eine Frau wie Ükübala findest du dein Lebtag nicht mehr. Eine andere an ihrer Statt hätte dir eine Szene gemacht, daß du ans Ende der Welt gerannt wärst, schneller als dein Karanar!«

Edige schwieg – was sollte er auch entgegnen? Im Grunde hatte Kasangap die Wahrheit gesagt. Aber nein, eines hatte er nicht begriffen, eines blieb ihm unzugänglich. Und Edige reagierte grob.

»Na schön!« sagte er und spuckte verächtlich zur Seite. »Ich hab's vernommen, du Neunmalgescheiter. Du läufst ja hier auch schon dreiundzwanzig Jahre lang rein und makellos herum wie ein Götze. Was verstehst du von diesen Dingen! Also gut! Ich hab' keine Zeit, mir dein Geschwätz anzuhören!« Er ging weg, ohne sich auf ein Gespräch einzulassen.

»Mach, was du willst«, erklang es hinter ihm.

Nach diesem Wortwechsel wollte Edige die Ausweichstelle Schneesturm-Boranly verlassen. Ernsthaft trug er sich mit diesem Plan, denn er fand keine Ruhe mehr, brachte nicht die Kraft auf zu vergessen, vermochte den an seinem

Herzen nagenden Kummer nicht zu überwinden. Ohne Saripa, ohne ihre Jungen war alles finster geworden rundum, war verödet, verarmt. Und um sich von diesen Qualen zu befreien, beschloß Edige, offiziell beim Leiter der Ausweichstelle ein Entlassungsgesuch einzureichen und mit der Familie irgendwohin zu fahren. Nur nicht hierbleiben! Schließlich war er nicht für ewig angekettet an diese gottverlassene Ausweichstelle, die meisten Leute lebten woanders, in Städten und Dörfern, keine Stunde hätten die hier ausgehalten. Warum mußte er sein Leben lang in der Steppe hocken? Was hatte er sich zuschulden kommen lassen? Nein, es reicht, er fährt weg, zurück an den Aralsee, nach Karaganda oder Alma-Ata – gibt es nicht genug andere Orte auf Erden? Er ist ein guter Arbeiter mit heilen Gliedmaßen, gesund, einstweilen noch mit hellem Kopf, er pfeift auf alles und fährt weg, wozu lange grübeln.

Gedanken machte sich Edige nur, wie er das Ükübala beibringen, wie er sie überzeugen könnte, alles übrige war kein Problem. Während er sich darauf vorbereitete, auf den günstigsten Moment für ein Gespräch wartete, war eine Woche vorüber, und plötzlich erschien Schneesturm-Karanar, den sein Herr in die Freiheit getrieben hatte.

Edige bemerkte zunächst, daß der Hund hinterm Haus unentwegt bellte, aufgeregt ein Stück weglief, dort bellte und wieder zurückkam. Er ging hinaus, um nachzusehen, was sich dort tat, und erblickte in der Nähe der Koppel ein unbekanntes Tier – ein Kamel, nur sonderbar, es stand da und rührte sich nicht vom Fleck. Edige trat näher und erkannte erst jetzt seinen Karanar.

»Du? Weit hast du's gebracht, armer Kerl, du bist ja total erledigt!« rief Edige verblüfft.

Vom früheren Karanar waren nur noch Haut und Knochen übrig. Der riesige Kopf mit den eingefallenen, traurigen Augen schlenkerte auf einem dünn gewordenen Hals, die Zotteln sahen aus wie zum Hohn angeklebt und hingen tief über die Knie herab, von Karanars einstigen, wie zwei schwarze Türme ragenden Höckern war nichts mehr zu sehen, beide Höcker waren zur Seite gefallen wie welke Altefrauenbrüste. Der Atan war so kraftlos geworden, daß er es nicht mal bis zur Koppel geschafft hatte. Er war stehengeblieben, um auszuruhen. Bis zum letzten Blutstropfen, bis zur letzten Faser hatte er sich verausgabt während seiner Brunst, nun war er zurückgekommen wie ein ausgeleerter Sack, hatte sich mit letzter Kraft hergeschleppt.

»Ejeje!« sagte Edige verwundert, nicht ohne Schadenfreude, und betrachtete Karanar von allen Seiten. »Schön hast du dich zugerichtet! Nicht mal der Hund hat dich erkannt. Dabei warst du ein richtiger Atan! Meine Güte! Und so läßt du dich blicken? Schämst du dich nicht? Sind deine Eier noch beisammen, hast du sie wieder mitgebracht oder unterwegs verloren? Und einen Gestank verbreitest du! An die Beine hast du dir gepißt vor lauter Schwäche. Alles ist angefroren am Hintern. Betschara! Ein Häufchen Elend!«

Karanar war zu schwach, um sich zu rühren, verschwunden waren seine Stärke, seine einstige Erhabenheit. Trübselig und jämmerlich wackelte er mit dem Kopf und bemühte sich nur noch, stehen zu bleiben, sich auf den Beinen zu halten.

Edige empfand Mitleid mit dem Atan. Er ging nach Hause und kam zurück mit einer Schüssel besten Weizens, darauf eine halbe Handvoll Salz.

»Da, friß.« Er stellte das Futter vor das Kamel. »Vielleicht erholst du dich. Ich bringe dich dann zur Koppel. Wenn du eine Weile liegst, kommst du wieder zu dir.«

An diesem Tag hatte er ein Gespräch mit Kasangap. Er ging von selbst zu ihm und sagte: »Ich komme zu dir in folgender Angelegenheit, Kasangap. Wundere dich nicht, gestern mochte ich mich einfach nicht unterhalten, da habe ich dies und das gesagt, heute aber komme ich von selbst. Es geht um was Ernstes. Ich möchte dir Karanar zurückgeben. Bin gekommen, mich bei dir zu bedanken. Dereinst hast du ihn mir als noch nicht abgesetztes Kameljunges geschenkt. Vielen Dank. Er hat mir gute Dienste geleistet. Unlängst habe ich ihn weggejagt, der Kragen war mir geplatzt, heute kam er wieder angetrottet. Er hielt sich kaum noch auf den Beinen. Jetzt liegt er in der Koppel. In zwei Wochen ist er wieder der alte. Kräftig und gesund. Man muß ihn bloß auffüttern.«

»Moment«, unterbrach ihn Kasangap. »Was hast du im Sinn? Wieso willst du mir plötzlich Karanar zurückgeben? Habe ich dich darum gebeten?«

Da packte Edige alles aus, was er vorhatte. So und so stehe es, sagte er, er wolle mit der Familie wegfahren. Er habe die Sary-Ösek satt, es sei an der Zeit, den Wohnort zu wechseln. Vielleicht sei das besser für sie.

Kasangap hörte ihn an und sagte: »Nun, das ist deine Angelegenheit. Mir scheint nur, du weißt selber nicht, was du willst. Na schön, angenommen, du fährst wirklich weg – vor dir selber kannst du nicht davonlaufen. Wohin du auch ziehst – deinem Elend entrinnst du nicht. Es wird dich überallhin begleiten. Nein, Edige, wenn du ein echter Dshigit bist, dann versuch hier, dich zu bezwingen. Wegfahren ist kein Zeichen von Tapferkeit. Das kann jeder. Aber nicht jeder kann sich überwinden.«

Edige stimmte ihm zwar nicht zu, stritt aber auch nicht. Er versank einfach in Gedanken und saß schwer seufzend da. Vielleicht soll ich doch lieber in eine andere Gegend ziehen? dachte er. Aber werde ich sie vergessen können? Warum soll ich eigentlich vergessen? Aber wie soll es weitergehen? Nicht denken geht nicht, doch denken ist schwer. Und wie mag es ihr nur gehen? Wo mag sie jetzt sein mit den kleinen Dummerchen? Ob jemand sie versteht und ihr wenn nötig hilft? Auch Ükübala hat es nicht leicht – wie viele Tage schon erträgt sie schweigend meine Fremdheit, mein finsteres Wesen. Hat sie das verdient?

Kasangap begriff, was in Schneesturm-Edige vorging, und wollte ihm die Lage erleichtern. Er hüstelte, um auf sich aufmerksam zu machen, und als Edige die Augen hob, sagte er: »Warum sollte ich dich überreden, Edige, was hätte ich davon? Du siehst ja selber, wie die Dinge liegen. Schließlich bist du nicht Raimaly-agha, und ich bin nicht Abdilchan. Vor allem haben wir hier im Umkreis von hundert Werst keine einzige Birke, an die ich dich binden könnte. Du bist frei, tu, was du für richtig hältst. Aber überleg es dir gut, bevor du hier wegziehst.«

Diese Worte Kasangaps behielt Edige lange in Erinnerung.

II

Raimaly-agha war seinerzeit ein sehr bekannter Sänger, von jung an berühmt. Dank Gottes Gnade erwies er sich als ein Shyrau, vereinte er in sich drei wunderbare Fähigkeiten: Er war Dichter, Komponist der eigenen Lieder und ein außergewöhnlicher Interpret, ein Sänger mit großem Atem. Raimaly-agha verblüffte seine Zeitgenossen. Kaum griff er in die Saiten, da erscholl zu den Klängen ein Lied, entstanden im Beisein der Zuhörer. Und bereits am nächsten Tag ging dieses Lied von Mund zu Mund, denn wer Raimalys Weise vernommen hatte, der trug sie weiter in Aule und Nomadenlager. Sein Lied sangen damals die Dshigiten:

> Das feurige Roß spürt des kühlen Wassers Geschmack,
> es stillt den Durst aus dem Fluß, der da eilt von den
>   Bergen.
> Ich aber, reit' ich zu dir, und stillt' meinen Durst dein
>   Mund,
> erfahre die Freuden des Lebens auf Erden...

Raimaly-agha zog sich schön und farbenfroh an, so war es Gottes Wille. Vor allem liebte er prächtige, mit edlem Pelzwerk verbrämte Mützen, jeweils andere im Winter, im Sommer und im Frühling. Und nie wich sein Roß von seiner Seite – der allen bekannte goldmähnige Achaltekiner Sarala, den ihm Turkmenen bei einem Festmahl geschenkt hatten. Sarala wurde nicht minder gepriesen als sein Herr. Seine

Gangart, so elegant und erhaben, zu beobachten war für Kenner ein Genuß. Daher auch sagte mancher im Scherz: Raimalys Reichtum sind der Klang seiner Dombra und der Gang seines Sarala.

So war es in der Tat. Sein ganzes Leben hatte Raimaly-agha im Sattel verbracht, in der Hand die Dombra. Reich war er nicht geworden, drang auch sein Ruhm weit ins Land. Er lebte gleich der Mainachtigall – ständig auf Festgelagen und Lustbarkeiten, überall geehrt und umschmeichelt. Auch sein Pferd erhielt Pflege und Futter. Doch gab es auch mächtige, wohlhabende Leute, die ihn nicht liebten – gar zu leichtfertig und unvernünftig habe er sein Leben verbracht, sagten sie, wie der Wind auf dem Felde. Ja, auch so sprach man hinter seinem Rücken.

Erschien aber Raimaly-agha auf einem Festmahl, dann verstummten alle schon bei den ersten Klängen seiner Dombra und seines Liedes und blickten ihm verzaubert auf die Hände, in die Augen und ins Gesicht, sogar wenn sie seine Lebensweise nicht billigten. Auf seine Hände blickten sie, weil es keine Regungen gab im menschlichen Herzen, für die sie keinen Widerhall gefunden hätten in den Saiten; in seine Augen blickten sie, weil die ganze Kraft seines Gedankens und Geistes darin brannte und ihren Ausdruck unaufhörlich verwandelte; in sein Gesicht blickten sie, weil es schön war und beseelt von edler Begeisterung. Wenn er sang, veränderte sich sein Antlitz wie der See an einem windigen Tag.

Seine Ehefrauen verließen ihn, verzweifelnd und am Ende mit ihrer Geduld, doch viele Frauen weinten verstohlen des Nachts, wenn sie von ihm träumten.

So verrann sein Leben von Lied zu Lied, von Hochzeit zu Hochzeit, von Festmahl zu Festmahl, und unmerklich nahte das Alter. Erst mengten sich silberne Fäden in seinen Schnurrbart, dann ergraute sein Bart. Selbst Sarala war nicht mehr der alte – er verlor an Gewicht, Schwanz und Mähne wurden dünner, nur am Gang noch konnte man sehen, was für ein herrliches Roß er einst gewesen war. So trat Raimaly-agha in den Winter seines Lebens ein wie die spitzwipflige Pappel, die allmählich verdorrt in stolzer Einsamkeit. Und nun wurde offenbar, daß er weder eine Familie besaß noch ein Haus, weder Herden noch sonstigen Reichtum. Obdach gewährte ihm sein jüngerer Bruder Abdilchan, wenn er auch seine Unzufriedenheit äußerte und ihm Vorwürfe machte im Kreis naher Verwandter. Dennoch ließ er ihm eine eigene Jurte aufstellen, versorgte ihn mit Nahrung und frischer Wäsche.

Über das Alter begann Raimaly-agha nun zu singen, über den Tod nachzusinnen. Erhabene und traurige Lieder entstanden in jenen Tagen. An ihm war nun die Reihe, allen Denkern folgend, in Muße die Frage aller Fragen zu beantworten: Warum erblickt der Mensch das Licht der Welt? Schon zog es ihn nicht mehr wie früher zu Festgelagen und Hochzeiten, immer öfter blieb er zu Hause, entlockte der Dombra traurige Weisen, zehrte von Erinnerungen, immer länger vertiefte er sich mit den Alten in Gespräche über die Vergänglichkeit der Welt.

Und ruhig, Gott kann es bezeugen, hätte Raimaly-agha seine Tage beschlossen, wenn ihn nicht ein Ereignis erschüttert hätte an der Neige seines Lebens.

Eines Tages litt es Raimaly-agha nicht länger, er sattelte seinen klapprigen Sarala und ritt zu einem großen Fest, um sich die Langeweile zu vertreiben. Die Dombra nahm er für alle Fälle mit. Gar zu sehr hatten ihn hochgeachtete Leute gebeten, an einer Hochzeit teilzunehmen, wenigstens dabeizusein, wenn er schon nicht singen wollte. Also ritt Raimaly-agha dahin – unbeschwert, gewillt, bald wieder heimzukehren.

Man empfing ihn mit hohen Ehren, bat ihn in die schönste weißkupplige Jurte. Dort saß er im Kreis angesehener Männer, trank bedächtig Kumys, führte schickliche Gespräche und brachte Glückwünsche dar.

Im Aul aber war die Feier in vollem Gange, von überall her drangen Lieder, Lachen, die Stimmen junger Leute, der Widerhall von Spiel und Scherz. Es schallte herüber von den Vorbereitungen eines Pferderennens zu Ehren der Jungvermählten, vom Werken der Köche an den Feuerstellen, vom Trappeln freier Pferdeherden, vom sorglosen Treiben der Hunde, und in all das mengte sich das Rauschen des Windes, der den Duft blühender Gräser herantrug. Raimaly-agha aber lauschte vor allem auf die Musik und den Gesang aus den benachbarten Jurten; hin und wieder ließ ihn Mädchenlachen aufhorchen.

Sehnsucht erfüllte, bedrängte das Herz des alten Sängers. Seinen Gesprächspartnern zeigte er es nicht, doch in Gedanken weilte er in der Vergangenheit, versetzte sich zurück in jene Tage, da er, selbst jung und schön, auf dem jungen und feurigen Renner Sarala dahinjagte, da die Gräser, von den Hufen niedergedrückt, weinten und lachten, da die Sonne, wenn sie sein Lied vernahm, ihm entgegenrollte, da der Wind ihm die Brust zu sprengen drohte und die Klänge seiner Dombra das Blut in den Herzen der Menschen entfachten, da man jedes seiner Worte im Fluge erhaschte, da er leiden konnte, lieben, sich quälen und Tränen vergießen, den Fuß schon im Steigbügel beim Lebewohl. Weshalb, wozu hatte er all das erlebt? Um später dem Entschwundenen nachzutrauern und im Alter zu erlöschen wie glimmende Glut unter grauer Asche?

Raimaly-agha grämte sich, wurde immer schweigsamer, zog sich ganz in sich zurück. Plötzlich vernahm er Schritte, die sich der Jurte näherten, Stimmen und das Klirren einer Münzenkette, auch vertrautes Kleiderraschen drang an sein Ohr. Von außen hob jemand den gestickten Vorhang über der Jurtentür, und ein Mädchen erschien auf der Schwelle – eine Dombra an die Brust gedrückt, das Gesicht offen, mit schalkhaftem und stolzem Blick, die Brauen straff wie Sehnen, was einen äußerst entschiedenen Charakter verriet. Alles an diesem schwarzäugigen Persönchen war bildhübsch, wie modelliert von geschickten Händen – der Wuchs, das Gesicht und das Mädchengewand. Den Kopf gesenkt, stand sie in der Tür, begleitet von Freundinnen und einigen Dshigiten, bat die ehrwürdigen Alten um Vergebung. Aber noch hatte keiner den Mund aufgetan, da griff das Mädchen schon selbstsicher in die Saiten und sang, an Raimaly-agha gewandt, ein Begrüßungslied.

»Gleich dem Karawanenreisenden, der aus weiter Ferne der Quelle sich nähert, den Durst zu stillen, bin zu dir ich gekommen, hochgerühmter Sänger Raimaly-agha, und heiße dich willkommen. Verurteile uns nicht, daß wir eindringen in lärmender Schar – schließlich haben wir hier ein Fest, herrscht Frohsinn auf einer Hochzeit. Wundere dich nicht ob meiner Kühnheit, Raimaly-agha, ich habe mich erdreistet, bei dir mit einem Lied zu erscheinen, so voller Beben und geheimer Furcht, als wollte ich dir selbst meine Liebe gestehen. Verzeih, Raimaly-agha, ich bin mit Kühnheit geladen wie ein schicksalhaftes Gewehr mit Pulver. Zwar führe ich ein ungebundenes Leben auf Festmählern und Hochzeiten, doch auf diese Begegnung habe ich mich mein Leben lang vorbereitet gleich einer Biene, die den Honig in Tröpfchen sammelt. Ich habe mich vorbereitet gleich einer Blüte in der Knospe, der es bestimmt ist, aufzugehn zur festgesetzten Stunde. Dieser Augenblick ist nun angebrochen.«

Gestatte – wer bist du, unbekannte Schöne? wollte Raimaly-agha fragen, doch er traute sich nicht, das fremde Lied zu unterbrechen, strebte ihr nur entgegen, voll Bewunderung und Entzücken. Sein Herz geriet in Verwirrung, heiß pulste das Blut durch seine Adern, und wer zu jener Stunde über eine besondere Sehergabe verfügt hätte, der wäre gewahr geworden, wie Raimaly-agha sich aufschwang – mit einem Flügelschlag wie der Königsadler, der sich in die Lüfte hebt. Seine Augen belebten sich, strahlten auf, und er konzentrierte sich, als hätte er den ersehnten Ruf vernommen im Himmel. Den Kopf hoch erhoben, vergaß Raimaly-agha seine Jahre.

Das Mädchen aber fuhr fort in seinem Lied: »So höre denn meine Geschichte, großer Shyrau, da ich mich schon zu diesem Schritt entschloß. Ich liebe dich von klein auf, gottbegnadeter Sänger Raimaly-agha. Überallhin bin ich dir gefolgt, wo immer du sangest, wo immer du hinrittest. Verurteile mich nicht. Mein Traum war es, ein Akyn zu werden, wie du einst warst, wie du heute noch bist, großer Meister des Liedes, Raimaly-agha. Und indes ich dir überallhin folgte wie ein unsichtbarer Schatten, ohne mir eines deiner Worte entgehen zu lassen, und deine Lieder wiederholte wie Gebete, habe ich deine Verse auswendig gelernt, sie mir eingeprägt wie Beschwörungen. Geträumt habe ich, Gott angefleht, mir eine Gabe von solcher Kraft zu schenken, daß ich dich eines glücklichen Tages würde begrüßen, dir meine Liebe gestehen und in alter Verehrung Lieder singen können, die in deiner Gegenwart entstünden; mehr noch, ich habe geträumt – Gott verzeihe mir diese Dreistigkeit –, daß ich mich einst mit dir, großer Meister, in der Kunst des Liedes würde messen dürfen, sollte ich dabei auch unterliegen. O Raimaly-agha, nach diesem Tag habe ich mich gesehnt wie ein anderer nach seiner Hochzeit. Doch ich war klein, du indessen bist so groß, so von allen geliebt, so von Ruhm und Ehren umgeben – kein Wunder, wenn du mich kleines Mädchen im Volk nicht bemerktest, nicht gewahrtest im Menschengewühl auf den Festgelagen. Also träumte ich, mich an deinen Liedern berauschend, vor Scham vergehend, insgeheim von dir und wollte möglichst schnell Frau werden, um zu dir zu kommen und mich dir kühn zu erklären. Ich schwor mir, die Kunst des Wortes, die Natur der Musik so tief zu erfassen, so singen zu lernen wie du, mein Lehrer, um vor dich hintreten zu können, ohne vor deinem prüfenden Blick zurückzuschrecken, ohne ihm auszuweichen, um dir meinen Gruß darzubringen, dir meine Liebe zu gestehen und dich unumwunden herauszufordern. Nun bin ich hier. Vor aller Augen und Gericht. Während ich heranwuchs, dem Tag entgegenfiebernd, da ich endlich als Frau vor dich hintreten konnte, dehnte sich die Zeit endlos, in diesem Frühling aber wurde ich neunzehn. Du, Raimaly-agha, bist in meiner Mädchenwelt noch immer derselbe, nur leicht ergraut. Das hindert mich nicht, dich zu lieben, so wie mich nichts zwingen kann, andere zu lieben, nur weil sie keine graue Strähne haben. Nun bin ich hier. Gestatte mir jetzt, entschieden und klar zu sagen: Mich als Mädchen abzuweisen steht dir frei, doch nicht als Sängerin – dies darfst du nicht wagen, weil ich gekommen bin, mit dir zu wetteifern in der Kunst der Rede. Ich fordere dich heraus, Meister. Nun hast du das Wort!«

»Aber wer bist du? Woher kommst du?« rief Raimaly-agha und erhob sich. »Wie heißt du?«

»Mein Name ist Begimai.«

»Begimai? Wo warst du denn bislang? Woher bist du gekommen, Begimai?« rief Raimaly-agha unwillkürlich, und er neigte den Kopf mit düsterer Miene.

»Ich sagte es doch, Raimaly-agha. Klein war ich, bin erst herangewachsen.«

»Alles begreife ich«, entgegnete er ihr darauf. »Bis auf eines – mein Schicksal begreife ich nicht! Warum hat es ihm gefallen, dich jetzt zu solcher Schönheit reifen zu lassen, an der Neige meiner vorwinterlichen Tage? Warum? Um zu sagen, daß alles, was früher war, nicht das Rechte gewesen ist, daß ich vergebens gelebt auf Erden, in Unkenntnis, daß mir als Himmelsgabe die freudige Qual bevorsteht, dich kennenzulernen, zu hören, zu erblicken? Wofür bestraft das Schicksal mich so grausam?«

»Unnötig beklagst du dich derart bitter, Raimaly-agha«, sagte Begimai. »Wenn schon das Schicksal dir in meiner Gestalt erschienen ist, so zweifle nicht an mir, Raimaly-agha. Nichts wäre mir teurer, als zu wissen, daß ich dir Freude bringen kann mit Mädchenzärtlichkeit, mit meinem Lied und hingebungsvoller Liebe. An mir zweifle nicht, Raimaly-agha. Doch solltest du deine Zweifel nicht bezwingen können, solltest du mir die Tür zu dir verschließen, so werde ich es, da ich dich unendlich liebe, dennoch für eine besondere Ehre halten, mit dir zu wetteifern, bereit zu jeglicher Prüfung.«

»Wovon redest du nur! Was wäre schon eine Prüfung in der Gewalt des Wortes, Begimai! Was wäre ein Wettstreit um die größte Meisterschaft, gemessen an einer viel schrecklicheren Prüfung – einer Liebe, die nicht vereinbar ist mit der Ordnung, in welcher wir leben? Nein, Begimai, ich verspreche dir keinen Wettstreit in der Kunst der Rede. Nicht, weil es mir an Kraft fehlte, nicht, weil das Wort in mir gestorben wäre oder meine Stimme ihren Klang eingebüßt hätte. Nicht deshalb. Nur begeistern kann ich mich für dich, Begimai, und nur in der Liebe kann ich mit dir wetteifern, Begimai!«

Mit diesen Worten griff Raimaly-agha zur Dombra, stimmte sie und begann ein neues Lied zu singen, sang wie in längst vergangenen Tagen – bald wie der Wind, den man kaum hört im Gras, bald wie ein Gewitter, dessen Donner dahinrollt über den weißblauen Himmel. Und seither gibt es jenes Lied auf Erden, das Lied »Begimai«:

»Solltest du gekommen sein, Wasser zu trinken aus der Quelle, so eile ich dir entgegen wie ein Wind und falle dir zu Füßen, Begimai. Sollte aber heute der letzte Tag sein, den das Schicksal mir beschieden hat, so sterbe ich doch nicht heute, Begimai. Nie werde ich sterben, Begimai, aufleben will ich, von neuem leben, Begimai, um dich nicht zu verlieren, Begimai; ohne dich wäre es, als hätte ich keine Augen, Begimai...«

So sang er das Lied »Begimai«.

Dieser Tag blieb den Menschen noch lange in Erinnerung. Wie viele Gespräche entbrannten doch alsbald um Raimaly-agha und Begimai! Als man aber die Braut zum Bräutigam geleitete, an den festlichen weißen Jurten vorbei, da ritten an der Spitze der Begleitkarawane aus Reitern auf festlich geschmückten Pferden, an der Spitze der farbenprächtigen, festlich gekleideten Menge Raimaly-agha und Begimai und sangen Glückwunschlieder, Seite an Seite ritten sie, Zügel an Zügel, wandten sich an Gott, wandten sich an die guten Kräfte, wünschten den Jungvermählten Glück, spielten auf ihren Dombras, spielten auf ihren Hirtenflöten, sangen ihre Lieder – bald er, bald sie, bald er, bald sie...

Da staunten die Leute rundum, daß sie solche Lieder hörten, und da lachten die Gräser rundum, und da zog sich der Rauch der Feuerstellen rundum, und da kreisten die Vögel rundum, und da tollten die Burschen, galoppierten auf zweijährigen Pferden rundum.

Nicht wiederzuerkennen war der alte Sänger Raimaly-agha. Seine Stimme tönte wie einst, wendig war er und geschickt wie einst, und seine Augen leuchteten wie zwei Lampen in einer weißen Jurte auf grüner Wiese. Sogar sein Roß Sarala reckte den Hals und blickte stolz.

Doch nicht alle fanden daran Freude. Es gab in der Menge auch solche, die ausspien beim Anblick von Raimaly-agha. Seine Verwandten und die Stammesgenossen waren empört – Barakbai hieß ihr Geschlecht. Zorn überwältigte die Barakbai auf der Hochzeit, Raimaly-agha hatte auf seine alten Tage den Verstand verloren. Sie begannen auf seinen Bruder Abdilchan einzureden. »Wie können wir dich zum Kreisverwalter wählen? Ausgelacht werden wir von den anderen bei der Wahl, wenn der alte Hund Raimaly uns zum Gespött der Leute macht! Hörst du, was er singt? Wie ein junger Hengst wiehert er. Sie aber, dieses Weibsbild, hörst du, was sie antwortet? Schmach und Schande! Vor aller Augen verdreht sie ihm den Kopf. Das nimmt ein schlimmes Ende. Wozu muß er sich mit dieser Dirne einlassen? An die Kandare müssen wir ihn nehmen, sonst gibt es Gerede in den Aulen.«

Längst schon grollte er seinem zügellosen Bruder, der in Zügellosigkeit ergraut war. Er hatte gedacht, im Alter würde er gesetzter, aber weit gefehlt! Schande bringt er übers ganze Geschlecht der Barakbai.

Da trieb Abdilchan sein Pferd an, drängte sich durch die Menge zu seinem Bruder und schrie, mit der Peitsche drohend: »Besinn dich! Reite nach Hause!« Doch für ihn hatte der älteste Bruder weder Auge noch Ohr, er widmete sich wohlklingenden Liedern. Seine Verehrer aber, all jene, die in dichter Schar hoch zu Roß die Sänger umringten, jedes Wort ihrer Lieder zu erhaschen suchten, drängten Abdilchan im

Nu beiseite, bedachten ihn sogar von verschiedenen Seiten mit Peitschenhieben. Da finde einer heraus, wer die Hand erhoben hatte! Abdilchan sprengte davon.

Die Lieder aber erklangen. Ein neues Lied entstand in jenem Augenblick.

»Wenn der Maral verliebt die Freundin ruft am Morgen, ist es das Echo aus der Felsschlucht, das ihm Antwort weiß«, sang Raimaly-agha.

»Und wenn der Schwan, dem man die Schwänin nahm, zur Sonne blickt am Morgen, zeigt sich die Sonne ihm als schwarzer Kreis«, erwiderte mit ihrem Lied Begimai.

So sangen sie zu Ehren der Jungvermählten – bald er, bald sie, bald er, bald sie.

Und keine Ahnung hatte Raimaly-agha in jener selbstvergessenen Stunde, mit welch kochendem Zorn in der Brust sein Bruder Abdilchan davongeritten war, wie gekränkt, mit welch unerträglicher Rachsucht ihm die Verwandten gefolgt waren, das ganze Geschlecht der Barakbai, was für ein Komplott sie schmiedeten, um mit ihm abzurechnen...

Die Lieder aber erklangen – bald sang er, bald sie, bald er, bald sie.

Abdilchan, tief über den Sattel gebeugt, jagte dahin gleich einer schwarzen Wolke. Zum Aul, nach Hause! Seine Stammesgenossen, die ihn wie ein Wolfsrudel umgaben, schrien ihm unterwegs zu: »Dein Bruder ist übergeschnappt! Er hat den Verstand verloren! Weh uns! Wir müssen ihn schnell heilen!«

Die Lieder aber erklangen – bald sang er, bald sie, bald er, bald sie.

So geleiteten sie den Hochzeitszug mit ihren Liedern zu dem vorbestimmten Ort. Hier brachten sie den Jungvermählten zum Abschied noch einmal singend ihre Glückwünsche dar. Und an die Leute gewandt, sagte Raimaly-agha, er sei glücklich, daß er die segensreichen Tage noch erleben durfte, da das Schicksal ihm als Auszeichnung einen ebenbürtigen Akyn gesandt habe, die junge Sängerin Begimai. Feuer, so sagte er, entzünde sich nur, wenn Stein gegen Stein schlage, so sei es auch bei der Kunst des Wortes: Im Wettstreit um die Meisterschaft erschließe sich den Akynen das Geheimnis der Vollkommenheit. Doch über alles denkbare Glück hinaus sei er glücklich, daß er an der Neige seiner Tage, als wär's beim Sonnenuntergang, da die Himmelsleuchte mit all der Macht loderte, die ihr bei der Erschaffung der Welt zuteil geworden, die Liebe erfahren habe, eine solche von innen kommende Kraft, wie er sie bislang nie gekannt.

»Raimaly-agha!« erwiderte Begimai. »Erfüllt hat sich mein Traum. Wo immer du hingehst, da will ich mit der Dombra zur Stelle sein, auf daß sich Lied mit Lied verflechte und ich dich liebe, so wie du mich liebst. Mein Leben leg' ich in des Schicksals Hand.«

So erklangen ihre Lieder.

Und vor allem Steppenvolk verabredeten sie ein Treffen für den übernächsten Tag auf dem großen Jahrmarkt, wo sie vor allen Besuchern singen wollten.

Schon verbreiteten alle jene, die von dem Hochzeitsgeleit wieder nach Hause fuhren, im weiten Umkreis die Kunde, daß Raimaly-agha und Begimai auf den Jahrmarkt kämen, um dort zu singen. Die Nachricht lief von Mund zu Mund.

»Auf zum Jahrmarkt!«

»Der Jahrmarkt ruft, sattelt die Pferde!«

»Kommt zum Jahrmarkt, die Akyne zu hören!«

Und wie ein Echo erscholl des Volkes Stimme:

»Das wird ein Feiertag!«

»Ein Erzvergnügen!«

»Ein Freudenfest!«

»Diese Schande!«

»Wunderbar!«

»Eine Schamlosigkeit sondergleichen!«

Raimaly-agha und Begimai aber trennten sich auf halbem Weg.

»Bis zum Jahrmarkt, liebe Begimai!«

»Bis zum Jahrmarkt, Raimaly-agha!«

Und während sie sich entfernten, riefen sie noch aus dem Sattel:

»Bis zum Jahrmarkt!«

»Bis zum Jahrmarkt, Raimaly-agha!«

Der Tag ging zur Neige. Ruhig tauchte die große Steppe in den weißen Dämmer des Steppensommers. Die Gräser, reif geworden, verströmten einen schwachen Welkgeruch, aus den Bergen, wo es geregnet hatte, kam ein Hauch frischer Kühle, tief und gemächlich flogen die Milane vor Sonnenuntergang, die Vögel pfiffen und priesen den friedlichen Abend.

»Welche Stille, welche Wonne!« sprach Raimaly-agha und strich seinem Roß über die Mähne. »Ach, Sarala, ach, mein Alter, mein prächtiges Roß, ist wirklich das Leben so schön, daß man bis zuletzt so lieben kann?«

Sarala aber schritt zügig aus, er schnaubte hin und wieder und eilte von selbst nach Hause, um den Beinen Ruhe zu gönnen, war er doch den lieben langen Tag unterm Sattel gegangen, an Flußwasser wollte er sich satt trinken, aufs freie Feld hinausgehen und im Mondlicht weiden.

Da lag auch schon der Aul an der Flußkrümmung. Da standen die Jurten, da rauchten fröhliche Feuerstätten.

Raimaly-agha saß ab und band das Pferd an den Pflock. In die Wohnjurte zog es ihn nicht, er hockte sich an ein Feuer im Freien. Doch jemand trat heran. Ein Nachbarsbursche.

»Raimaly-agha, die Leute bitten Euch in die Jurte.«

»Was für Leute?«

»Die Euren, alle Barakbai.«

Als Raimaly-agha die Schwelle überschritt, erblickte er die Ältesten der Sippe, in engem Halbkreis sitzend, und unter ihnen, ein wenig abseits, den Bruder Abdilchan. Der schaute finster drein. Er hob die Augen nicht, als verberge er etwas in seinem Blick.

»Friede sei mit euch!« grüßte Raimaly-agha die Verwandten. »Es ist doch kein Unglück geschehen?«

»Wir warten auf dich«, sprach der Oberste.

»Wenn's an dem ist – hier bin ich«, entgegnete Raimaly-agha und suchte nach einem Platz im Kreis.

»Halt! Bleib in der Tür stehen! Und hinunter auf die Knie!« vernahm er einen Befehl.

»Was soll das bedeuten? Noch bin ich der Herr dieser Jurte!«

»Nein, du bist kein Herr! Ein Alter, der den Verstand eingebüßt hat, kann nicht Herr sein!«

»Wovon ist denn die Rede?«

»Daß du schwören wirst, von nun an nie wieder zu singen, dich auf keinerlei Festmählern herumzutreiben und dir die Dirne aus dem Kopf zu schlagen, mit der du heute unzüchtige Lieder gesungen hast – ohne Rücksicht auf deinen schamlosen graugesprenkelten Bart, ohne Rücksicht auf deine und unsere Ehre. Also schwöre! Daß es dich nie wieder zu ihr treibt!«

»Spart euch die Worte. Übermorgen werde ich auf dem Jahrmarkt mit ihr singen, vor allem Volk.«

Da erhob sich Geschrei:

»Schande bringt er über uns!«

»Sage dich los, ehe es zu spät!«

»Total verrückt geworden!«

»Er ist wirklich übergeschnappt!«

»Ruhe! Schweigt!« Der oberste Richter schuf Ordnung. »Du hast uns also alles gesagt, Raimaly-agha?«

»Ja, alles.«

»Habt ihr gehört, Nachfahren der Sippe Barakbais, was unser Landsmann, der ehrlose Raimaly, sagt?«

»Wir haben es gehört.«

»Dann gebt acht, was ich nun sage. Zuallererst dies, unglücklicher Raimaly. Dein ganzes Leben hast du in Armut verbracht, zu mehr als einem Pferd hat es nie gelangt, herumgetrieben hast du dich, auf Festgelagen gesungen, auf der Dombra geklimpert, warst ein Possenreißer und Schalksnarr. Dein Leben hast du darauf verwandt, andere zu zerstreuen. Wir haben dir deine Zügellosigkeit verziehen, denn damals warst du noch jung. Jetzt bist du alt und machst dich lächerlich. Wir verachten dich. Zeit wäre es für dich, an den Tod zu denken, an Entsagung. Du aber hast dich, fremden Aulen zum Gespött und Hohn, mit dieser Dirne eingelassen, hast mit deinem grenzenlosen Leichtsinn die Bräuche und Gesetze mißachtet, willst dich unserm Rat nicht fügen – also mag Gott dich strafen, es geschieht dir nur recht. Nun mein zweites Wort. Erhebe dich, Abdilchan, du bist sein Blutsbruder, stammst vom selben Vater, von derselben Mutter, du bist unsere Stütze und Hoffnung. Dich würden wir gern als Kreisverwalter sehen im Namen aller Barakbai. Doch dein Bruder ist vollends übergeschnappt, weiß selber nicht mehr, was er anrichtet, und kann dir zum Hindernis werden. Daher hast du das Recht, mit dem geistesgestörten Raimaly so zu verfahren, daß er uns nicht in Schande stürzt vor allen Leuten, daß niemand es wagt, uns in die Augen zu spucken und die Barakbai dem Gespött preiszugeben!«

»Niemand ist mir Prophet und Richter«, sagte Raimalyagha, Abdilchan zuvorkommend. »Ihr dauert mich alle, die ihr hier sitzt und die ihr nicht sitzt; in hoffnungsloser Verblendung urteilt ihr über Dinge, die sich der Einsicht einer Versammlung entziehen. Was wißt ihr schon, wo die Wahrheit, wo das Glück liegt in dieser Welt. Ist es denn eine Schande, zu singen, wenn einem Lieder über die Lippen drängen, ist es denn eine Schande, zu lieben, wenn einen die Liebe überkommt, zu Lebzeiten von Gott beschert? Keine größere Freude gibt es auf Erden als die Freude am Glück von Verliebten. Da ihr mich aber nur darum für wahnwitzig haltet, weil ich singe und mich der Liebe, die zu ungewohnter Zeit gekommen, erfreue, statt auf sie zu verzichten, will ich euch verlassen. Ich gehe fort, es gibt ja noch andere Orte auf Erden. Gleich setze ich mich auf Sarala und reite zu ihr, oder wir reiten zusammen in eine andere Gegend, auf daß euch nichts mehr beunruhige – weder unsere Lieder noch unser Verhalten.«

»Nein, du gehst nicht!« platzte drohend, mit heiserer Stimme Abdilchan heraus, der die ganze Zeit über geschwiegen hatte. »Hier gehst du nicht mehr raus, nirgendwohin. Auf keinen Jahrmarkt. Kurieren werden wir dich, bis du zur Vernunft kommst.«

Mit diesen Worten riß der Bruder dem Akyn die Dombra aus der Hand. »So!« Zu Boden schleuderte er das zerbrechliche Instrument und zertrampelte es wie ein wütender Stier den Hirten. »Von nun an wirst du das Singen vergessen! He, schafft den Klepper her, Sarala!« Er gab ein Zeichen.

Leute, die draußen bereitstanden, trieben sofort Sarala herbei.

»Reißt den Sattel runter – her damit!« kommandierte Abdilchan und ergriff eine versteckt bereitgelegte Axt.

Er hackte den Sattel klein, daß die Fetzen flogen.

»Da! Nirgendwohin wirst du mehr reiten! Auf keinen einzigen Jahrmarkt!« Wütend zerstückelte er das Geschirr und die Riemen der Steigbügel, die Bügel aber schleuderte er ins Gesträuch, den einen hierhin, den andern dorthin.

Vor Schreck warf sich Sarala hin und her, setzte sich auf die Hinterhand, schnaubte und nagte am Gebiß, als wüßte er, daß ihn das gleiche Los erwartete.

»Auf den Jahrmarkt wolltest du? Hoch zu Roß, auf Sarala? Schau an!« wütete Abdilchan.

Im Handumdrehen hatten die Männer Sarala zu Boden geworfen, ihn mit einem härenen Fangseil gefesselt, Abdilchan aber packte mit mächtiger Pranke das Pferd an den Nüstern, zog seinen Kopf rücklings nieder und hob über der ungeschützten Kehle das Messer.

Da entriß sich Raimaly mit Macht den Händen der Männer. »Halt! Töte nicht das Pferd!«

Es war zu spät. In heißem Strahl schoß das Blut unterm Messer hervor, schoß ihm in die Augen wie Dunkel am helllichten Tag. Und bespritzt von dampfendem Blut, vom Blut Saralas, erhob sich taumelnd von der Erde Raimaly-agha.

»Alles umsonst! Zu Fuß gehe ich weg. Sogar auf Knien!«

sagte der erniedrigte Sänger, während er sich mit dem Rockschoß abwischte.

»Nein, auch zu Fuß wirst du nicht gehn!« Von der Kehle des abgestochenen Sarala hob Abdilchan schroff das grinsende Gesicht. »Keinen Schritt entfernst du dich von hier!« sagte er leise und schrie plötzlich auf: »Packt ihn! Ihr seht doch, er ist wahnsinnig! Bindet ihn, er bringt mich noch um!«

Schreie wurden laut. Alle stürzten sich auf ihn, drängten durcheinander.

»Hierher den Strick!«

»Die Arme auf den Rücken!«

»Fester schnüren!«

»Er ist übergeschnappt! Ein schöner Gott!«

»Seht nur, diese Augen!«

»Er hat wirklich den Verstand verloren!«

»Dorthin mit ihm, zur Birke!«

»Los, schleift ihn hin!«

»Schneller!«

Schon stand der Mond zu ihren Häupten. Totenstill war es am Himmel, auf der Erde. Schamanen waren gekommen, hatten ein Feuer entfacht und suchten in wildem Tanz, die bösen Geister zu vertreiben, die den Verstand des großen Sängers trübten.

Er aber stand da, an die Birke gebunden, die Hände fest auf dem Rücken verschnürt.

Dann erschien der Mulla. Er las Gebete aus dem Koran. Belehrte ihn über den rechten Weg.

Er aber stand da, an die Birke gebunden, die Hände fest auf dem Rücken verschnürt.

Da begann Raimaly-agha zu singen, an den Bruder Abdilchan gewandt: »Den letzten Dämmer mit sich tragend, geht dahin die Nacht, und einen neuen Tag verheißt der Morgen. Doch gibt's für mich fortan kein Licht. Du hast die Sonne mir geraubt, unglücklicher Bruder Abdilchan. Froh bist du, finster triumphierend, daß du getrennt mich von der Liebsten, die Gott mir sandte an der Neige meiner Tage. O wüßtest du, welch Glück ich in mir trage, solang ich atme und mein Herz noch nicht verstummt. Gefesselt hast du mich, an einen Baum gebunden, unglücklicher Bruder Abdilchan. Doch ich bin jetzt nicht hier – dies ist mein Körper nur –, mein Geist durcheilt, dem Winde gleich, jedweden Raum, verbindet mit der Erde sich wie Regen. Wie ihre Haare, wie ihr Atem bin ständig ich bei ihr. Erwacht sie früh am Morgen, lauf' ich als wilder Steinbock von den Bergen und warte auf der Felsenklippe, bis sie aus ihrer Jurte tritt. Entfacht ein Feuer sie, bin ich der sanfte Rauch, der sie umweht, und sprengt zu Pferde sie durch eine Furt, flieg' ich als Spritzer unter ihren Hufen auf und netze dann ihr Gesicht und Hände. Beginnt aber zu singen sie, so will ihr Lied ich sein...«

Über seinem Haupt raschelten kaum hörbar Zweige im Morgenrot. Der Tag brach an. Da sie vernommen, Raimalyagha habe den Verstand verloren, erschienen Nachbarn, ihre Neugier zu stillen. Ohne vom Pferd zu steigen, drängten sie sich in einiger Entfernung.

Er aber stand da in zerrissener Kleidung, an die Birke gebunden, die Hände fest auf dem Rücken verschnürt.

Und er sang ein Lied, das später Berühmtheit erlangte:

»Wenn herabziehn von den schwarzen Bergen die
                               Nomaden,
löse die Fesseln mir, mein Bruder Abdilchan,
wenn herabziehn von den blauen Bergen die Nomaden,
gib die Freiheit mir, mein Bruder Abdilchan.
Wann hätte ich erwartet, wann geglaubt, daß du mich
an meinen Händen fesseln würdest, an den Füßen.
Wenn herabziehn von den schwarzen Bergen die
                               Nomaden,
wenn herabziehn von den blauen Bergen die Nomaden,
löse die Fesseln mir, mein Bruder Abdilchan,
und aus freien Stücken will ich eingehn in den Himmel.

> Wenn herabziehn von den schwarzen Bergen die
> > Nomaden,
> komme ich nicht auf den Jahrmarkt, Begimai.
> Wenn herabziehn von den blauen Bergen die Nomaden,
> harre meiner nicht auf dem Jahrmarkt, Begimai.
> Auf dem Jahrmarkt werden wir zu zweit nicht singen,
> meinem Pferd, mir selbst verschlossen ist der Weg.
> Wenn herabziehn von den schwarzen Bergen die
> > Nomaden,
> harre meiner nicht auf dem Jahrmarkt, Begimai,
> und aus freien Stücken will ich eingehn in den
> > Himmel.«

So lautete diese Geschichte.

Nun, auf dem Weg nach Ana-Bejit, da er Kasangap auf seinem letzten Weg das Geleit gab, ging sie Edige nicht aus dem Sinn.

12

Die Züge in dieser Gegend fuhren von Ost nach West und von West nach Ost.

Zu beiden Seiten der Eisenbahn aber erstreckten sich in dieser Gegend große öde Landstriche – Sary-Ösek, das Zentralgebiet der gelben Steppe.

In dieser Gegend bestimmte man alle Entfernungen nach der Eisenbahn, wie nach dem Greenwicher Nullmeridian.

Die Züge aber fuhren von Ost nach West und von West nach Ost...

Schließlich hatten sie auch den sehr langen Weg durch die Rotsandschlucht Malakumdytschap bewältigt, wo dereinst Naiman-Ana umhergeirrt war auf der Suche nach ihrem Mankurt-Sohn, und näherten sich nun Ana-Bejit. Schneesturm-Edige blickte bald auf die Uhr und bald auf die Sonne über der Sary-Ösek – einstweilen lief alles noch wie geplant.

Nach der Beerdigung konnten sie gut und gern beizeiten wieder zu Hause sein, um gemeinsam Kasangaps zu gedenken. Dann ginge es freilich schon auf den Abend zu, doch was tat's, Hauptsache, es geschah noch am selben Tag. Ach ja, das Leben! Kasangap wird bereits in Ana-Bejit ruhen, sie aber werden ihm, wieder zu Hause, erneut ein gutes Wort widmen.

Immer noch in derselben Reihenfolge – voran Edige auf dem mit der Troddeldecke geschmückten Karanar, hinter ihm der Trecker samt Hänger und hinter dem Hänger der Bagger »Belarus« –, so verließen sie die Schlucht Malakumdytschap und betraten die Ebene von Ana-Bejit, begleitet von dem rotbraunen Hund Sholbars, der selbstbewußt, mit lässig heraushängender Zunge nebenherlief. Da aber, als sie die Schlucht soeben verlassen hatten, gab es die erste Klippe. Überraschend stießen sie auf ein Hindernis – einen Stacheldrahtzaun.

Edige stockte als erster – nanu, was war denn das? Er erhob sich in den Steigbügeln und schaute von Karanar hinab nach rechts, schaute nach links – so weit das Auge reichte, schlängelte sich durch die Steppe ein undurchdringlicher, dornenbewehrter Draht, mehrreihig übereinandergespannt an vierkantigen, in regelmäßigen Fünfmeterabständen in die Erde eingelassenen Eisenbetonpfählen. Haltbar und dauerhaft stand dieser Zaun. Wo mochte er beginnen, wo enden? Vielleicht endete er nirgends? Hier kamen sie nicht weiter. Was nun?

Inzwischen waren die Fahrzeuge stehengeblieben. Sabitshan sprang aus der Kabine, hinter ihm der Lange Edilbai.

»Was ist denn das?« Sabitshan schwenkte die Hand in Richtung Zaun. »Wir sind wohl falsch rausgekommen?« fragte er Edige.

»Wieso falsch? Der Ort ist schon richtig, bloß, wo kommt der Draht her? Hol ihn der Teufel!«

»War der denn früher nicht da?«

»Nein.«

»Und was nun? Wie kommen wir weiter?«

Edige schwieg. Er wußte es auch nicht.

»He, du! Stell doch den Trecker ab! Dauernd dieser Krach!« rief Sabitshan gereizt Kalibek zu, der sich aus der Kabine lehnte.

Kalibek schaltete den Motor aus. Dann verstummte auch der Bagger. Es wurde still. Totenstill. Schneesturm-Edige saß finster auf seinem Kamel. Sabitshan und der Lange Edilbai standen daneben, die beiden Fahrer, Kalibek und Shumagali, blieben in den Kabinen, der verstorbene Kasangap, eingewickelt in weißen Filz, lag im Hänger, neben ihm saß sein Alkoholiker-Schwiegersohn, Aisadas Mann; der rotbraune Hund Sholbars nützte die Gelegenheit, stellte sich an ein Treckerrad und hob ein Bein.

Die große Steppe breitete sich unterm Himmel von einem Ende der Erde zum andern, aber einen Zugang zum Friedhof Ana-Bejit gab es nicht.

Als erster brach der Lange Edilbai das Schweigen: »Sag mal, Edige, das gab's doch früher nicht?«

»Noch nie! Das sehe ich zum erstenmal.«

»Also hat man die Zone eigens umzäunt. Sicherlich für das Kosmodrom«, vermutete der Lange Edilbai.

»Sieht ganz so aus. Warum sollten sie sich diese Arbeit machen, in der kahlen Steppe so einen langen Zaun hinzusetzen? Irgendwer muß ja die Idee gehabt haben! Und was die sich in den Kopf setzen, das machen sie auch, hol sie der Teufel!« fluchte Edige.

»Was nutzt das Fluchen! Du hättest dich lieber vorher erkundigen sollen, bevor wir so weit rausfahren zur Beerdigung!« ließ sich Sabitshan düster vernehmen.

Eine bedrückende Pause trat ein. Schneesturm-Edige blickte feindselig nach unten, von Karanar hinab auf den daneben stehenden Sabitshan.

»Weißt du, was, mein Lieber, hab etwas Geduld und mach keinen Wind«, sagte er, so ruhig wie möglich. »Früher gab es hier keinen Stacheldraht, wer konnte das ahnen.«

»Das sag' ich ja«, brummte Sabitshan und wandte sich ab. Wieder schwiegen sie. Der Lange Edilbai überlegte.

»Wie nun weiter, Edige? Was können wir tun? Gibt es keinen andern Weg zum Friedhof?«

»Es muß einen geben. Wieso auch nicht? Etwa fünf Kilometer weiter rechts ist noch ein Weg«, antwortete Edige und sah sich um. »Versuchen wir's dort. Es kann doch nicht sein, daß man nirgends durchkommt – weder hier noch dort.«

»Weißt du es genau?« präzisierte herausfordernd Sabitshan. »Sonst geht es uns, wie du sagst – weder hier noch dort.«

»Ja doch, es gibt einen«, versicherte Edige. »Steigt ein, vorwärts. Wir wollen keine Zeit verlieren.« Wieder brachen sie auf. Wieder ratterten hinten die Fahrzeuge los. Sie zogen den Drahtzaun entlang.

In Edige arbeitete es. Er war sehr verstört. Was soll denn das, murrte er innerlich, die ganze Gegend haben sie hier abgesperrt, eingezäunt, nicht mal der Weg zum Friedhof ist gekennzeichnet. Eine schöne Bescherung, so ein Mist! Dennoch hoffte er – es mußte doch ein Durchkommen geben, auch auf der Südseite. Und so war es in der Tat. Sie gelangten geradewegs an einen Schlagbaum.

Während sie sich dem Schlagbaum näherten, fiel Edige auf, wie solide und dauerhaft dieser Übergang hergerichtet war: starke Betonmonolithe an den Seiten, dicht an der Durchfahrt ein Ziegelsteinhaus mit durchgängig verglastem Rundsichtfenster, oben auf dem Flachdach zwei Scheinwerfer für die nächtliche Beleuchtung des Übergangs. Am Schlagbaum begann eine Asphaltstraße. Unruhe ergriff Edige beim Anblick dieser Gediegenheit.

Bei ihrem Erscheinen trat ein blutjunger, semmelblonder Soldat aus dem Postenraum, über der Schulter eine MP, die Mündung nach unten. Im Gehen zog er die Feldbluse straff und rückte die Mütze zurecht, um mehr Eindruck zu machen, dann blieb er mitten vor dem gestreiften Schlagbaum stehen – die Miene unzugänglich. Dennoch grüßte er zuerst, als Edige vor dem Querbalken hielt, der den Weg versperrte.

»Guten Tag.« Der Posten salutierte und musterte Edige mit hellblauen Kinderaugen. »Wer seid ihr? Wo wollt ihr hin?«

»Wir sind von hier, Soldat«, sagte Edige, über die jungenhafte Strenge des Postens lächelnd. »Wir bringen einen Mann, unsern Alten, zum Friedhof.«

»Das dürft ihr nicht ohne Passierschein.« Der junge Soldat schüttelte den Kopf, hielt zugleich mißtrauisch Abstand von Karanars zahnbewehrtem, wiederkäuendem Maul. »Hier ist Sperrzone«, erklärte er.

»Das begreife ich ja, aber wir müssen doch auf den Friedhof. Ganz in der Nähe. Was ist schon dabei? Wir begraben ihn und kommen gleich wieder zurück. Auf der Stelle.«

»Unmöglich. Ich darf es nicht zulassen«, sagte der Posten.

»Hör mal, mein Lieber«, Edige neigte sich so vom Sattel herab, daß seine Orden und Medaillen besser zu sehen waren, »wir sind schließlich keine Fremden. Wir kommen von der Ausweichstelle Schneesturm-Boranly. Von der hast du bestimmt gehört. Wir sind hier zu Hause. Beerdigen müssen wir ihn schließlich. Wir wollen nur zum Friedhof, sind gleich wieder zurück.«

»Ich verstehe das schon«, setzte der Posten an, treuherzig achselzuckend, doch da trat sehr zur Unzeit Sabitshan herzu mit der betont forschen Miene eines hochgestellten, entscheidungsgewohnten Mannes.

»Was ist hier los? Ich bin von der Gebietsgewerkschaftsleitung«, erklärte er. »Warum geht es nicht weiter?«

»Weil es nicht gestattet ist.«

»Ich sag's doch, Genosse Posten, ich bin von der Gebietsgewerkschaftsleitung.«

»Mir doch egal, woher Sie sind.«

»Was soll das heißen?« fragte Sabitshan verdutzt.

»Na was? Hier ist Sperrzone.«

»Wozu dann erst langes Gerede?« Sabitshan war beleidigt.

»Wer hat denn angefangen? Ich erklär' das alles aus Achtung dem Mann auf dem Kamel, nicht Ihnen. Damit er's begreift. Überhaupt bin ich gar nicht befugt, mich auf Gespräche mit Fremden einzulassen. Ich stehe Posten.«

»Also gibt es keinen Zutritt zum Friedhof?«

»Nein. Hier darf überhaupt niemand durch.«

»So also ist das!« rief Sabitshan wütend. »Ich hab's ja gewußt!« fuhr er Edige an. »Ich hab's gewußt, daß alles Unsinn ist. Aber nein! Ana-Bejit muß es sein! Ana-Bejit! Da haben wir die Bescherung!« Er ging beleidigt beiseite und spuckte aus, böse und nervös.

Edige war es peinlich vor dem jungen Posten.

»Entschuldige, Söhnchen«, sagte er väterlich. »Klarer Fall, du bist im Dienst. Aber was machen wir nun mit dem Verstorbenen? Er ist doch kein Baumstamm, den man irgendwo ablädt und wegfährt.«

»Das begreif' ich ja. Aber was kann ich tun? Ich muß machen, was man mir sagt. Ich bin doch hier keine Obrigkeit.«

»Tjaaa, natürlich«, sagte Edige ratlos. »Woher stammst du eigentlich?«

»Aus Wologda, Väterchen«, erklärte der Posten verwirrt im schönsten heimatlichen Tonfall und lächelte kindlich froh, ohne zu verhehlen, wie er sich freute, auf diese Frage antworten zu können.

»Sag mal, stehn bei euch in Wologda vor den Friedhöfen auch Posten?«

»Aber Väterchen – warum sollten sie? Auf den Friedhof darfst du bei uns, wann du willst und sooft du willst. Darum geht es doch nicht. Hier ist eben Sperrzone. Du hast doch selber in der Armee gedient, Väterchen, warst im Krieg, ich seh's ja, du weißt Bescheid, Dienst ist Dienst. Ob ich will oder nicht, meine Pflicht muß ich tun.«

»Ja, so ist's«, pflichtete Edige bei. »Bloß, wohin mit dem Verstorbenen?«

Sie verstummten. Der kleine Soldat überlegte angestrengt und schüttelte mitfühlend den weißbrauigen, kläräugigen Kopf. »Nein, Väterchen, ich kann nicht. Bin nicht befugt.«

»Dann eben nicht«, murmelte Edige völlig verwirrt.

Ihm fiel es schwer, sich seinen Weggefährten zuzuwenden, denn Sabitshan geriet immer mehr in Harnisch, trat zu dem Langen Edilbai.

»Hab' ich's nicht gesagt? Wozu mußten wir uns so weit schleppen! Das sind alles Vorurteile! Ihr macht euch selber und andere meschugge. Ist's nicht egal, wo man einen Toten einbuddelt? Aber nein – und wenn du draufgehst –, Ana-Bejit muß es sein! Du bist mir der Rechte: Fahr weg, wir beerdigen ihn auch ohne dich! Jetzt beerdigt ihn nur!«

Der Lange Edilbai ließ ihn schweigend stehen und trat an den Schlagbaum.

»Hör mal, Freund«, sagte er zum Posten, »ich hab' auch gedient und kenn' mich ein bißchen in den Vorschriften aus. Hast du hier ein Telefon?«

»Natürlich.«

»Na, dann ruf den Wachhabenden an. Melde ihm, Ortsansässige bitten um Erlaubnis, zum Friedhof Ana-Bejit durchfahren zu dürfen!«

»Wie? Wie? Ana-Bejit?« fragte der Posten.

»Ja, Ana-Bejit. So heißt unser Friedhof. Ruf an, mein Freund, uns bleibt kein anderer Ausweg. Soll er höchstpersönlich die Genehmigung für uns einholen. Wir aber – da kannst du sicher sein – interessieren uns für nichts anderes, wollen nur auf den Friedhof.«

Der Posten dachte nach, trat von einem Bein aufs andere, runzelte die Stirn.

»Keine Bange«, sagte der Lange Edilbai, »das alles geht streng nach Vorschrift. Zum Posten sind Leute von außerhalb gekommen. Du erstattest dem Wachhabenden Meldung. Das ist alles. Was fürchtest du? Du bist sogar verpflichtet, Meldung zu machen.«

»Na schön.« Der Posten nickte. »Ich ruf' gleich an. Bloß, der Chef kurvt dauernd im Gelände rum, von einem Wachposten zum andern. Und das Gelände ist riesig!«

»Vielleicht erlaubst du mir dabeizusein?« bat der Lange

Edilbai. »Gegebenenfalls könnte ich erklären, worum es geht.«

»Komm schon.« Der Posten hatte nichts dagegen.

»Sie verschwanden in der Wache. Die Tür stand offen, und Edige konnte alles hören. Der Soldat läutete da und dort an, fragte überall nach dem Chef der Wache. Der aber war nicht zu finden.

»Nein, ich brauche den Chef der Wache!« erklärte er. »Ihn persönlich... Aber nein. Das ist was Wichtiges.«

Edige wurde nervös. Wo war dieser Chef nur abgeblieben? Hat man erst einmal Pech, dann bleibt's dabei!

Endlich war er gefunden.

»Genosse Leutnant! Genosse Leutnant!« rief der Posten laut mit heller, erregter Stimme.

Und er meldete, Leute aus dieser Gegend seien gekommen, um einen Mann auf einem alten Friedhof zu beerdigen. Wie er sich verhalten solle? Edige spitzte die Ohren. Vielleicht sagte der Leutnant: Laß sie durch, und fertig. Ein tüchtiger Bursche, der Lange Edilbai! Ein helles Köpfchen. Doch das Gespräch des Postens zog sich in die Länge. Nun antwortete er ständig auf Fragen.

»Ja... Wieviel? Sechs Mann. Mit dem Toten sieben. Irgendein Alter ist gestorben. Ihr Ältester reitet auf einem Kamel. Dann ist da ein Trecker mit Hänger. Und hinter dem Trecker noch ein Bagger. Ja, den brauchen sie, um das Grab auszuheben... Wie? Was soll ich sagen? Also nein? Es ist nicht erlaubt? Jawohl, verstanden!«

Da erklang die Stimme des Langen Edilbai. Offenbar hatte er den Hörer ergriffen.

»Genosse Leutnant! Versetzen Sie sich in unsere Lage! Genosse Leutnant, wir kommen von der Ausweichstelle Schneesturm-Boranly. Wohin sollen wir denn jetzt? Versetzen Sie sich in unsere Lage. Wir sind Hiesige, werden nichts Schlechtes tun. Wir beerdigen nur den Mann und kehren sofort wieder um... Ja? Was? Aber wieso denn? Kommen Sie nur, kommen Sie, und überzeugen Sie sich selbst. Wir sind hier mit unserem Alten, einem Frontkämpfer. Erklären Sie das ihm.«

Der Lange Edilbai trat niedergeschlagen aus dem Wachraum, sagte aber, der Leutnant würde kommen und alles an Ort und Stelle entscheiden. Nach ihm erschien der Posten und sagte das gleiche. Der Soldat war erleichtert, denn jetzt lag alles beim Chef der Wache. Ruhig ging er am Schlagbaum auf und ab.

Schneesturm-Edige versank ins Grübeln. Wer hätte eine solche Wendung erwartet? Nun mußten sie auf das Eintreffen des Leutnants warten. Inzwischen saß Edige da, führte das Kamel zu dem Bagger und band es an den Greifer. Dann ging er zurück zum Schlagbaum. Die beiden Fahrer Kalibek und Shumagali unterhielten sich leise. Sie rauchten. Sabitshan lief nervös hin und her – abseits von ihnen allen. Kasangaps Schwiegersohn aber, Aisadas Mann, saß noch im Hänger bei der Leiche Kasangaps.

»Na, was ist, Edige, lassen sie uns am Ende durch?« erkundigte er sich.

»Sie müssen uns durchlassen. Gleich kommt der Chef höchstpersönlich, ein Leutnant. Warum sollten sie uns nicht durchlassen? Sind wir etwa Spione? Du aber steig lieber vom Hänger. Lauf ein bißchen auf und ab, vertritt dir die Beine.«

Es war bereits drei Uhr. Und immer noch hatten sie Ana-Bejit nicht erreicht, war es auch nicht mehr weit.

Edige ging wieder zum Posten.

»Söhnchen, werden wir lange auf deinen Chef warten müssen?« fragte er.

»I wo. Gleich kommt er angeflitzt. Er hat doch einen Wagen. Da sind es zehn, fünfzehn Minuten Fahrt.«

»Na schön, warten wir. Habt ihr eigentlich diesen Stacheldraht schon lange gezogen?«

»Ziemlich lange. Wir haben den Zaun aufgestellt. Ich diene ja hier schon ein Jahr. Also ist's ein halbes Jahr her, daß wir ringsum alles abgesperrt haben.«

»Das ist es ja. Ich hab' doch auch nicht gewußt, daß hier

eine Sperre ist. Daher ist alles so gekommen. Sieht aus, als wäre ich schuld, weil ich vorhatte, ihn hier zu beerdigen. Hier liegt nämlich ein alter Friedhof von uns – Ana-Bejit. Und der verstorbene Kasangap war ein sehr guter Mensch. Dreißig Jahre haben wir zusammen in der Ausweichstelle gearbeitet. Ich wollte nur das Beste.«

Der Soldat hatte offensichtlich Mitgefühl bekommen mit Schneesturm-Edige.

»Hör mal, Väterchen«, sagte er beflissen, »gleich kommt der Wachhabende, Leutnant Tansykbajew, dem sagt ihr, wie sich alles verhält. Ist der etwa kein Mensch? Mag er's nach oben melden. Dort erlauben sie's am Ende.«

»Danke für deinen Zuspruch. Was sollten wir denn sonst machen? Wie hast du gesagt – Tansykbajew? Heißt der Leutnant Tansykbajew?«

»Ja, Tansykbajew. Er ist noch nicht lange bei uns. Wieso? Kennst du ihn? Er ist ja euer Landsmann. Am Ende ein weitläufiger Verwandter?«

»Nein, nein, was denkst du!« Edige lächelte spöttisch. »Die Tansykbajews sind bei uns so häufig wie bei euch die Iwanows. Ich erinnere mich bloß an einen Mann mit dem gleichen Namen!«

Da klingelte das Telefon, und der Posten rannte hin. Edige blieb allein. Erneut krausten sich seine Brauen. Finster blickte er in die Runde, ob sich nicht ein Auto auf der Straße hinterm Schlagbaum zeigte, und wiegte den Kopf. Am Ende ist er ein Sohn von jenem Geierauge? dachte er und schalt sich auch schon selbst insgeheim. Meine Güte! Was man sich alles einbildet! Das darf nicht, kann nicht sein. Jener Tansykbajew hat doch später seine Quittung erhalten. Es gibt doch eine Gerechtigkeit auf Erden! Jawohl! Egal, wie's kommt, Gerechtigkeit wird es immer geben.

Er trat beiseite, zog ein Taschentuch heraus und putzte damit sorgsam seine Orden, die Medaillen und Bestarbeiterabzeichen auf der Brust, damit sie glänzten und dem Leutnant Tansykbajew sofort ins Auge fielen.

13

Mit jenem Geierauge Tansykbajew aber hatte sich folgendes zugetragen:

Im späten Frühling des Jahres 1956 fand eine große Versammlung statt im Kumbeler Depot; man hatte die Eisenbahner von allen Bahnstationen und Ausweichstellen zusammengerufen. An seinem Platz blieb nur, wer an jenem Tag Dienst an der Strecke hatte. Wie viele Versammlungen Edige in seinem Leben auch schon hinter sich gebracht hatte – diese vergaß er nimmermehr.

Sie hatten sich in der Lokhalle versammelt. Die quoll über von Menschen, manche waren sogar bis unters Dach geklettert, saßen da auf Mauervorsprüngen. Doch vor allem – diese Reden! Über Berija kam alles an den Tag. Dieser Henker wurde erbarmungslos verflucht! Keiner nahm ein Blatt vor den Mund; Depotarbeiter erklommen das Rednerpult, keiner ging vorzeitig, sie saßen da wie festgenagelt. Und nur das Tosen der Stimmen klang wie Waldesrauschen unterm Gewölbe der Halle. Edige entsann sich, was jemand in der Menge neben ihm dazu bemerkt hatte: »Wie das Meer vor einem Sturm.« Und so war es auch. Sein Herz klopfte wie an der Front vor einem Sturmangriff, Durst quälte ihn, sein Mund war ausgetrocknet. Aber woher in diesem Menschengewühl einen Schluck Wasser bekommen? Es hieß sich gedulden. In der Pause drängte sich Edige zum Parteiorganisator des Depots durch, zu Tschernow, dem ehemaligen Stationsvorsteher. Er saß im Präsidium.

»Hör mal, Andrew Petrowitsch, vielleicht sollte auch ich was sagen?«

»Nur zu, wenn du möchtest.«

»Ich möchte schon, sogar sehr. Nur will ich mich zuerst mit dir beraten. Erinnerst du dich, auf unserer Ausweichstelle arbeitete einmal Abutalip Kuttybajew. Na, und den hat ein Revisor denunziert, weil er jugoslawische Erinnerungen schrieb. Abutalip hatte dort bei den Partisanen gekämpft.

Alles mögliche noch hat ihm jener Revisor angehängt. Dann sind diese Berija-Leute aufgekreuzt und haben den Mann abgeführt. Er ist deswegen gestorben, um nichts und wieder nichts draufgegangen.«

»Ja, ich erinnere mich. Seine Frau kam dann wegen des Schreibens.«

»Genau! Und später ist die Familie weggezogen. Während ich jetzt zuhörte, hab' ich mir Gedanken gemacht. Mit Jugoslawien sind wir befreundet, nichts trennt uns. Warum aber müssen Unschuldige leiden? Abutalips Kinder sind herangewachsen, sie gehen bestimmt schon zur Schule. Alles muß restlos aufgeklärt werden. Sonst wird es ihnen jeder unter die Nase reiben. Ohnehin haben die Kinder genug gelitten, haben den Vater verloren.«

»Wart mal, Edige. Darüber willst du sprechen?«

»Ja doch.«

»Wie hieß eigentlich der Revisor damals?«

»Das kriegen wir schon raus. Ich hab' ihn allerdings seither nicht wieder gesehen.«

»Bei wem willst du das jetzt rauskriegen? Und gibt es schriftliche Beweise, daß gerade er ihn denunziert hat?«

»Wer denn sonst?«

»Da wird Beweismaterial gebraucht, mein lieber Schneesturm-Edige. Am Ende stellt sich raus, alles war ganz anders? Mit so was spaßt man nicht. Hör auf meinen Rat, Edige. Schreib einen Brief nach Alma-Ata. Schreib alles auf, wie es war, die ganze Geschichte, und schick es ans ZK der Partei Kasachstans. Dort werden sie das schon aufklären. Unverzüglich. Die Partei hat die Sache energisch in Angriff genommen. Du siehst es selber.«

Zusammen mit allen anderen rief Schneesturm-Edige auf jener Versammlung laut und entschlossen: »Ruhm der Partei! Unser Ja zur Parteilinie!« Schließlich stimmte gegen Ende der Versammlung jemand die »Internationale« an. Einige Stimmen fielen ein, und schon sang die ganze Menge wie ein Mann unter dem Gewölbe des Depots die große

Hymne aller Zeiten, die Hymne der stets Unterdrückten. Nie zuvor hatte Edige in einer solchen Menschenmasse gesungen. Wie auf Wogen erhob und trug ihn das feierliche, stolze und zugleich bittere Bewußtsein, eins zu sein mit jenen, die das Salz und der Schweiß der Erde sind. Die Hymne der Kommunisten aber schwoll an, stieg empor, entfachte im Herzen Mut und die Entschlossenheit, das Recht vieler um des Glückes vieler willen zu behaupten.

Mit diesem triumphierenden Gefühl kam er zurück nach Hause. Beim Tee berichtete er Ükübala eingehend und lebhaft von der Versammlung. Er erzählte auch, wie gern er selbst das Wort ergriffen hätte und was ihm der jetzige Parteiorganisator Tschernow entgegnet hatte. Ükübala hörte ihren Mann an, goß ihm aus dem Samowar eine Schale Tee nach der andern ein, er aber trank und trank.

»Was ist nur mit dir, du hast ja den ganzen Samowar leer getrunken!« rief sie verwundert und lachte.

»Weißt du, dort auf der Versammlung hatte ich plötzlich schrecklichen Durst, so sehr hat mich das alles erregt. Aber da war ein schreckliches Menschengewühl, man konnte sich ja nicht rühren. Dann bin ich doch raus, wollte endlich meinen Durst löschen, da seh' ich, in unsere Richtung fährt ein Zug. Ich hin zum Lokführer. Es war ein guter Kumpel. Shandos von Tögrek-Tam. Na ja, unterwegs hab' ich bei ihm dann Wasser getrunken. Aber was taugte das schon!«

»Eben, eben, ich seh's«, bemerkte Ükübala und goß ihm erneut Tee nach. Und dann setzte sie hinzu: »Weißt du, was, Edige, es ist gut, daß du an Abutalips Kinder gedacht hast. Wenn's an dem ist, wenn nun solche Zeiten angebrochen sind, daß diese Waisen nicht mehr unter solcher Bedrängnis leben müssen, dann faß dir ein Herz. Ein Brief wäre schon gut, aber ehe der geschrieben ist, ehe der ankommt, gelesen wird und ehe man darüber beraten hat, fährst du lieber selber nach Alma-Ata. Und erzählst dort alles, wie es war.«

»Du meinst, ich soll nach Alma-Ata fahren? Schnurstracks zur großen Obrigkeit?«

»Was ist schon dabei? Du hast doch ein Anliegen. Wie oft hat uns dein Freund Jelisarow eingeladen, und immer vergebens. Jedesmal läßt er seine Adresse da. Na, und wenn ich schon nicht kann, dann fährst du eben allein. Ich kann hier nicht weg, wo soll ich die Kinder lassen? Du aber schieb es nicht länger hinaus. Nimm Urlaub. Wieviel Urlaub hättest du für all diese Jahre schon haben können – fast hundert Jahre. Nimm ihn wenigstens einmal, und erzähl dort an Ort und Stelle alles den großen Leuten.«

Edige staunte über den gescheiten Einfall seiner Frau. »Weißt du, was, Frau, das hört sich vernünftig an. Laß uns überlegen.«

»Überleg nicht erst lange. Wozu Zeit verlieren? Je früher du es tust, desto besser. Afanassi Iwanowitsch hilft dir bestimmt. Wohin du gehn mußt und zu wem, er wird es schon wissen.«

»Auch richtig.«

»Sag' ich ja. Also schieb es nicht auf die lange Bank. Bei der Gelegenheit siehst du dich um, kaufst was für zu Hause. Unsre Mädchen sind herangewachsen. Saule kommt im Herbst in die Schule. Geben wir sie ins Internat, oder was machen wir? Hast du darüber nachgedacht?«

»Ja doch, natürlich«, rief Schneesturm-Edige, bemüht, sich nicht anmerken zu lassen, wie sehr ihn überraschte, daß seine ältere Tochter so schnell groß geworden war und schon bald zur Schule mußte.

»Also wenn du darüber nachgedacht hast«, fuhr Ükübala fort, »dann fahr los, erzähl den Leuten, was wir hier in diesen Jahren erlebt haben. Mögen sie den Waisen helfen, zumindest an Vaters Stelle recht zu bekommen. Und wenn dann noch Zeit bleibt, geh durch die Geschäfte und sieh, ob du was für die Töchter findest – auch ich könnte was brauchen. Schließlich bin ich nicht mehr die Jüngste.« Verhalten seufzte sie auf.

Edige betrachtete seine Frau. Sonderbar, man kann einen Menschen ständig um sich haben und doch nicht merken, was man dann mit einemmal entdeckt. Natürlich war sie nicht mehr jung, aber bis zum Alter war es auch noch weit. Dennoch spürte er an ihr etwas Neues, bislang Unbekanntes. Und er begriff – was ihm auffiel, waren die Lebensweisheit im Blick seiner Frau und das erste Grau im Haar. Zwar waren es nur drei, vier weiße Fäden an der Schläfe, nicht mehr, aber sie zeugten von dem Erlebten, Durchlittenen.

Am übernächsten Tag war Edige bereits auf dem Bahnhof Kumbel als Fahrgast. Ja, er hatte von Schneesturm-Boranly in entgegengesetzte Richtung abfahren müssen, um in den Zug nach Alma-Ata zu steigen. Er bedauerte es nicht. Ohnehin mußte er sich erst telegraphisch bei Jelisarow anmelden. Das aber konnte er nur vom Bahnhof aus...

Dann traf der Zug Moskau–Alma-Ata ein, mit ihm fuhr Edige, vorüber an der eigenen Ausweichstelle Schneesturm-Boranly. Platz gefunden hatte er im Coupéwagen auf einer oberen Liege. Nachdem er seine Sachen verstaut hatte, trat er sofort auf den Gang und stellte sich ans Fenster, um seine Ausweichstelle nicht zu verpassen und sie als Passagier vom Zug aus zu betrachten; dann würde er auf seine Pritsche klettern und etwas schlafen – die Fahrt dauerte ja zwei Tage und zwei Nächte. So dachte er, aber schon am zweiten Tag wußte er nichts mehr mit sich anzufangen. Wundern mußte er sich über so manche Faulpelze im Zug, die unentwegt nur fraßen und schliefen.

Doch den ersten Tag über, besonders in den ersten Stunden, war ihm festlich zumute, sogar etwas bänglich, weil er es nicht gewohnt war, für längere Zeit seine Familie zu verlassen. Erregt stand er am Fenster, kerzengerade, mit dem neuen Hut, den er eigens zu diesem Anlaß im Geschäft auf der Bahnstation gekauft hatte, in einem sauberen Hemd, Kasangaps gut erhaltene Uniformjacke noch aus Kriegszeiten halb aufgeknöpft. Kasangap hatte ihm diese Jacke aufgedrängt; so sei es besser, hatte er gesagt, mit Orden und Medaillen auf der Brust, in Reithosen und Offiziersstiefeln von bestem Chromleder. Diese Stiefel gefielen Schneesturm-

Edige ausnehmend gut, obwohl sich selten Gelegenheit bot, sie zu tragen. Er war der Meinung, wenn jemand nach was aussehen wollte, dann brauchte er vor allem gute Stiefel und eine neue Kopfbedeckung. Er besaß das eine wie das andere.

So stand er am Fenster. Wer den Gang entlangkam, machte ehrerbietig einen Bogen um ihn und sah sich nach ihm um. Schneesturm-Edige fiel durch sein Äußeres auf, wahrscheinlich auch durch seine große Würde und Erregung.

Der Zug aber fuhr, raste durch die Weite der frühlingsfrischen Steppe, als eile er, den vor ihm davonlaufenden durchsichtigen Saum des Horizonts einzuholen. In der Welt existierten nur noch zwei Elemente – Himmel und freie Steppe. Sie berührten einander hell in der Ferne, und dorthin strebte der Schnellzug.

Da endlich lief ihm die Umgebung von Boranly entgegen. Jede Bodenwelle war Edige hier vertraut, jeder Stein. Als sie sich Schneesturm-Boranly näherten, wurde er unruhig am Fenster, drehte sich hin und her und schmunzelte in seinen Bart, als wären Jahre vergangen, seit er das letztemal hiergewesen war. Und schon kam die Ausweichstelle. Vorüber huschten Signal, Häuschen, Anbauten, Stapel von Schienen und Schwellen beim Lager, und all das erschien ihm aus einem Anlauf an die Eisenbahn geschmiegt inmitten des riesigen, öden Raums. Edige erkannte sogar seine kleinen Töchter. Die warteten heute gewiß auf alle Personenzüge von West nach Ost. Hüpfend und die Arme schwenkend, um auf sich aufmerksam zu machen, lächelten Saule und Scharapat froh zu den vorübereilenden Wagenfenstern. Ihre Zöpfchen hüpften dabei drollig, und die Augen strahlten. Instinktiv preßte sich Edige an die Scheibe, winkte ihnen zu, flüsterte zärtliche Worte, aber sie sahen oder erkannten ihn nicht. Dennoch war es schön, daß sie am Zug auf ihn warteten. Und keiner der Reisenden ahnte, daß sie soeben an seinen Kindern vorübergefahren waren, an seinem Haus, an seiner Ausweichstelle! Und noch weniger konnte jemand vermuten, daß in der Kamelherde in der Steppe hinter der Ausweichstelle sein berühmter Karanar sich tummelte. Edige erkannte ihn schon von weitem, und ihm wurde warm ums Herz.

Später dann, als sie bereits einige Stationen von seinem Zuhause entfernt waren, schlief Edige ein. Lange und süß schlief er beim gleichmäßigen Räderklopfen und bei der leisen Unterhaltung seiner Abteilnachbarn.

Am nächsten Tag nachmittags waren auf einmal die Berge des Alatau da – von Tschimkent über das ganze Semiretschje. Was für ein überwältigendes Bild! Solange auch Schneesturm-Edige den feierlichen Anblick der verschneiten Bergrücken genoß, die die Eisenbahn bis Alma-Ata begleiteten, er konnte sich nicht satt sehen daran. Für ihn, den Steppenbewohner, war das ein Wunder, ein Blick in die Ewigkeit. Die Berge des Alatau begeisterten ihn nicht nur durch ihre Erhabenheit, sie weckten auch das Bedürfnis, sich in Gedanken zu vertiefen. Das mochte er – schweigend nachdenken beim Anblick der Berge. Und in seinen Überlegungen bereitete er sich auf die Begegnung mit jenen ihm bislang unbekannten Leuten vor, die erklärt hatten, die Fehler der Vergangenheit würden nie wieder zugelassen – deshalb wollte er ihnen ja die bittere Geschichte von Abutalips Familie erzählen. Mochten sie alles aufklären, mochten sie jetzt entscheiden, wie das wiedergutzumachen sei. Abutalip konnten sie nicht mehr zum Leben erwecken, doch niemand sollte mehr seine Kinder kränken dürfen, ihnen mußten alle Wege offenstehen. Der Älteste, Daul, der wohl in diesem Herbst in die Schule kam, sollte dort nichts fürchten und nichts verbergen müssen. Nur – wo waren sie jetzt? Wie mochte es ihnen gehen? Und was machte Saripa?

Schwer wurde ihm zumute, sein Herz erstarrte, sobald er sich daran erinnerte. Zeit war es, zu vergessen, was einst gewesen, darüber hinwegzukommen. War sie doch fortgegangen, damit er sie sich für allemal aus dem Kopf schlug. Doch Gott allein mochte wissen, was in Vergessenheit geriet und was nicht. Traurig war Schneesturm-Edige, auch wenn er sich selbst beschwichtigte, sich in sein Los schickte. Wem konnte er davon erzählen, wer würde ihn verstehen? Allenfalls jene verschneiten Berge, die den Himmel stützen, doch was kümmert die da droben irdisches Menschenleid? Dafür sind sie ja groß, die Gipfel des Alatau, auf daß sie für alle Ewigkeit bleiben, so viele Sterbliche auch kommen und gehen, auf daß sich viele Menschen Gedanken machen bei ihrem Anblick, während sie unerschütterlich schweigen.

Und Edige entsann sich, wie Abutalip, schon nachdem er die »Botschaft Raimaly-aghas an seinen Bruder Abdilchan« aufgeschrieben, offenbar viel über die Legende nachgedacht hatte. In einem Gespräch vertraute er ihm einst den Gedanken an, daß Menschen wie Raimaly-agha und Begimai, wenn sie sich auf ihrem Lebensweg begegnen, einander ebensoviel Glück wie Leid brächten, da sie einander in eine unlösbare Tragödie verwickelten – in die Abhängigkeit des Menschen vom Urteil anderer. Deshalb verfuhren seine Nächsten so mit Raimaly-agha – zu seinem Wohl, wie sie meinten. Für Edige waren das damals nichts als gescheite Worte, bis er am eigenen Leib ihre Wahrheit erkannte, bis ihm selbst hinreichend Leid widerfuhr. Mochten er und Saripa dieser Geschichte auch so fern stehen wie die Sterne der Erde, denn nichts war zwischen ihnen vorgefallen, als daß er an sie dachte und er sie liebte – Saripa hatte als erste den Schlag abgefangen, um diesem unlösbaren Problem zu entgehen. Für sich hatte sie mit einemmal alles unterbunden, abgeschnürt wie eine Schlagader, nur an ihn hatte sie nicht gedacht, daran, was ihn ihre Entscheidung kostete. Nur gut, daß er zumindest am Leben geblieben war. Auch jetzt packte ihn bisweilen solche Sehnsucht, daß er bis ans Ende der Welt hätte laufen mögen, nur um sie zu sehen, um sie wenigstens noch einmal zu hören.

Und dann erinnerte sich Edige, über sich selbst schmunzelnd, wie sonderbar ihm damals zumute gewesen war, als er von Abutalip erfuhr, in Deutschland habe ein bedeutender

Mann gelebt, der große Dichter Goethe. Kasachisch klingt sein Name nicht gerade schön, aber was macht das schon – ein jeder trägt den Namen, den ihm das Schicksal zugeteilt hat. Angeblich hatte auch Goethe im Alter von mehr als siebzig Jahren ein junges Mädchen liebgewonnen, und sie hatte diese Liebe erwidert. Das war allgemein bekannt gewesen, aber keiner hatte Goethe an Händen und Füßen gebunden und ihn für wahnsinnig erklärt. Wie aber war man mit Raimaly-agha umgesprungen! Erniedrigt hatte man ihn, einen Menschen vernichtet, dabei wollte man nur sein Bestes. Auch Saripa hatte auf ihre Weise sein Bestes gewollt und so gehandelt, wie ihr Gewissen befahl. Er trug es ihr nicht nach. Kann man einem geliebten Menschen überhaupt etwas übelnehmen? Eher bezichtigt man sich selbst, gibt sich selbst Schuld. Mag es lieber dir schlechtgehen als ihr. Und wenn du es vermagst, dann denke an sie, und liebe sie auch dann noch, wenn sie dich verlassen hat.

Ebendas ließ Schneesturm-Edige die jetzige Reise unternehmen – seine unvergessene Liebe zu ihr, sein Gedenken an Abutalip und dessen verwaiste Kinder.

Schon näherten sie sich Alma-Ata, da kam es Edige plötzlich in den Sinn: Wenn nun Jelisarow gar nicht da ist? Das wäre eine Enttäuschung! Warum war ihm das nicht schon zu Hause eingefallen! Auch Ükübala hatte daran nicht gedacht. Sie waren von sich ausgegangen. Da sie selber nie aus ihrer Steppe herauskamen, meinten sie, alle lebten so. Dabei konnte es durchaus sein, daß Jelisarow nicht zu Hause war. Er arbeitete ja in der Akademie, wurde überall erwartet, was hat ein solcher Gelehrter nicht alles zu tun! Er konnte dienstlich unterwegs sein, für lange. Das wäre ein Pech! dachte Edige beunruhigt. Er überlegte, daß er sich dann wohl an die Redaktion seiner kasachischen Zeitung wenden müsse, die Anschrift stand ja in jeder Nummer. Dort würde man ihm erklären, wohin er sich wenden solle und wie. Wer wüßte besser als die Mitarbeiter einer Zeitung, zu wem man mit solchen Fragen ging. Daheim war alles so einfach erschienen

– die Sachen gepackt und losgefahren. Jetzt aber, da er sich dem Ziel näherte, überfiel Edige Unruhe – heißt es doch nicht ohne Grund: Ein schlechter Jäger sitzt zu Hause und träumt von der Jagd. So war's auch ihm ergangen. Aber natürlich hatte er mit Jelisarow gerechnet. Jelisarow konnte er vertrauen, das war ein alter Freund, der viele Male bei ihm in der Ausweichstelle gewesen war, er kannte die Geschichte von Abutalip Kuttybajew. Der hätte ihn auf Anhieb verstanden. Wie aber sollte er alles unbekannten Leuten erzählen, womit beginnen und wie die Worte setzen – wie als Zeuge vor Gericht oder wie in einer Meldung oder wie sonst? Würden sie ihn anhören, und was würden sie erwidern? Würden sie sagen: Wer bist du eigentlich, und warum sollen wir vor allen anderen Abutalip reinwaschen? Was für eine Beziehung hast du zu ihm? Bist du sein Bruder, sein Brautwerber, sein Schwager?

Der Zug aber fuhr bereits durch die Vorstadt von Alma-Ata. Die Reisenden machten sich fertig, traten in den Gang hinaus, warteten, daß der Zug hielt. Auch Edige war bereit. Da zeigte sich schon der Bahnhof, die Fahrt war zu Ende. Der Bahnsteig war gedrängt voll – die einen wollten Ankommende abholen, andere selbst wegfahren. Als der Zug auf dem Bahnsteig in Alma-Ata einfuhr, erkannte Edige inmitten der vorüberhuschenden Gesichter Jelisarow und freute sich wie ein Kind. Jelisarow winkte mit dem Hut und lief neben den Wagen her. So ein Glück! Nicht im Traum hätte Edige gedacht, daß Jelisarow ihn abholen würde. Sie hatten sich lange nicht mehr gesehen, seit dem letzten Herbst. Nein, Jelisarow hatte sich nicht verändert, trotz seines Alters. War beweglich und hager wie immer. Kasangap hatte ihn einen Argamak genannt, einen Renner edelster Rasse. Das war ein hohes Lob: Argamak Afanassi. Jelisarow wußte davon und hatte nichts dagegen - wie du meinst, Kasangap, sagte er gutmütig. Und setzte hinzu: Ein alter Argamak, aber immerhin ein Argamak! Besten Dank! In der Steppe erschien er gewöhnlich in Arbeitskleidung: Segeltuchstiefel und eine alte Schirmmütze, die schon allerhand mitgemacht hatte, hier aber trug er einen Schlips und einen guten dunkelblauen Anzug. Dieser Anzug stand ihm vorzüglich, er paßte zu seiner Figur und vor allem zur Farbe der Haare – die waren zur Hälfte bereits ergraut.

Bis der Zug zum Stehen kam, lief Jelisarow nebenher und lächelte Edige zu. Jelisarows graue Augen mit den hellen Wimpern strahlten vor aufrichtiger Freude über die lang ersehnte Begegnung. Edige wurde sofort warm ums Herz, aller Zweifel war im Nu zerstoben. Ein guter Beginn, dachte er froh. Geb's Gott, daß meine Reise erfolgreich ist!

»Endlich gibt er mir die Ehre! Eine Ewigkeit warte ich darauf! Willkommen, Schneesturm-Edige!« begrüßte ihn Jelisarow.

Sie umarmten sich fest. Das Menschengewühl und die Freude brachten Edige ein wenig außer Fassung. Und noch ehe sie den Bahnhofsvorplatz erreichten, hatte ihn Jelisarow mit Fragen überschüttet. Nach allem erkundigte er sich, wollte wissen, wie es Kasangap ging, Ükübala, Bökej, den Kindern, wer jetzt Leiter der Ausweichstelle war – auch Karanar vergaß er nicht.

»Was treibt denn dein Schneesturm-Karanar?« fragte er und lachte im voraus. »Ist er immer noch der alte, brüllende Löwe?«

»Er läuft rum. Was soll mit ihm sein – er brüllt«, antwortete Edige. »In der Steppe hat er freie Bahn. Was will er mehr?«

Vor dem Bahnhof stand ein großer, lackglänzender, schwarzer Wagen. So einen sah Edige zum erstenmal. Es war ein SIM, der beste Wagen der fünfziger Jahre.

»Das ist mein Karanar«, witzelte Jelisarow. »Steig ein, Edige.« Er öffnete ihm eine Vordertür. »Ab geht's.«

»Wer fährt denn?« fragte Edige.

»Ich selber«, antwortete Jelisarow und setzte sich ans Lenkrad. »Auf meine alten Tage hab' ich mich dazu aufgeschwungen. Sind wir etwa dümmer als die Amerikaner?«

Mit gewohntem Griff schaltete Jelisarow den Motor ein. Doch bevor er anfuhr, wandte er sich mit einem fragenden Lächeln an seinen Gast.

»Da bist du also. Pack gleich aus – kommst du für lange?«

»Ich habe hier zu tun, Afanassi Iwanowitsch. Wie sich's ergibt. Zuerst aber muß ich mich mit Ihnen beraten.«

»Ich dachte mir doch gleich, daß dich irgendwas hertreibt, sonst würdest du nie und nimmer deine Steppe verlassen. Ist doch klar! Weißt du, was, Edige, wir fahren jetzt zu mir nach Hause. Du wirst bei uns wohnen. Keine Widerworte! Hotel kommt nicht in Frage! Du bist für mich ein ganz besonderer Gast. Wie ich es bei euch zu Hause hatte, so sollst du es nun bei mir haben. Syjdyn syjy bar – so heißt es doch auf kasachisch! Achtung für Achtung!«

»So heißt's wohl«, bekräftigte Edige.

»Wir sind uns also einig. Auch für mich wird's lustiger. Meine Julia ist nach Moskau zum Sohn gefahren, der zweite Enkel ist angekommen. Und da mußte sie natürlich aus lauter Freude zu den jungen Leuten.«

»Der zweite Enkel! Gratuliere!« sagte Edige.

»Ja, stell dir vor, der zweite schon.« Jelisarow hob verwundert die Schultern. »Wenn du erst selber Großvater bist, wirst du mich verstehen! Aber bei dir hat es ja noch Zeit. In deinen Jahren hatte ich noch Flausen im Kopf. Seltsam – wir beide verstehen uns trotz des Altersunterschieds. Na denn, los geht's. Wir fahren durch die ganze Stadt. Hinauf. Siehst du die Berge dort, den Schnee auf den Gipfeln? Dorthin, an den Fuß der Berge, nach Medeo. Ich hab' dir doch wohl erzählt, daß unser Haus am Stadtrand liegt, fast im Dorf.«

»Ich erinnere mich, Afanassi Iwanowitsch, Sie sagten, das Haus steht am Fluß. Ständig hört man das Wasser rauschen.«

»Gleich kannst du dich davon überzeugen. Also los. Sieh dir die Stadt an, solange es hell ist. Wunderschön ist es bei uns jetzt im Frühling. Alles steht in Blüte.«

Vom Bahnhof führte eine gerade Straße, wie's schien, endlos durch die ganze Stadt, stieg allmählich, von Pappeln und Grünanlagen gesäumt, bergan. Jelisarow fuhr langsam. Er erklärte unterwegs die Gebäude – zumeist Institutionen, Geschäfte, Wohnhäuser. Mitten im Zentrum, auf einem großen, nach allen Seiten hin offenen Platz stand ein Gebäude, das Edige sofort erkannte, er hatte es schon oft auf Abbildungen gesehen – der Sitz der Regierung.

»Hier ist das Zentralkomitee«, erklärte Jelisarow mit einem Kopfnicken.

Sie fuhren daran vorbei, ohne zu ahnen, daß sie am nächsten Tag hier zu tun haben würden. Noch ein Gebäude erkannte Schneesturm-Edige, als sie von der geraden Straße nach links abbogen – das Kasachische Opernteater. Einige Häuserblocks weiter bogen sie wieder in Richtung der Berge ein – in die Straße nach Medeo. Das Stadtzentrum blieb hinter ihnen zurück. Sie fuhren auf einer langen Straße, zwischen Villen und Vorgärten, vorüber an rauschenden Arykströmen, die von den Bergen eilten. Gärten blühten ringsum.

»Herrlich!« rief Edige.

»Ich freue mich, daß du gerade in dieser Jahreszeit gekommen bist«, erwiderte Jelisarow. »Schöner kann Alma-Ata gar nicht sein. Im Winter ist es auch schön. Aber jetzt lacht einem das Herz!«

»Deine Stimmung ist also gut.« Edige freute sich für Jelisarow.

Der musterte ihn rasch mit seinen klaren, grauen Augen, nickte, wurde ernst und runzelte die Brauen, dann aber bildeten sich wieder Lachfältchen um seine Augen. »Das ist ein besonderer Frühling, Edige. Es gibt Veränderungen. Daher ist auch das Leben interessant, obwohl die Jahre dahingehen. Man hat sich besonnen, hat sich neu orientiert. Warst du schon einmal so krank, daß du dich dann wie neugeboren gefühlt hast?«

»Ich kann mich nicht erinnern«, antwortete Edige offenherzig. »Allenfalls nach meiner Kontusion.«

»Du bist ja auch gesund wie ein Stier!« Jelisarow lachte.

»Aber eigentlich meine ich etwas anderes. Das ergab sich nur so. Worum geht es? Die Partei hat selber das erste Wort gesagt. Darüber bin ich sehr froh, obwohl es bei mir keine persönlichen Motive gibt. Aber ich freue mich von Herzen und gebe mich Hoffnungen hin wie in meiner Jugend. Oder kommt das daher, daß ich tatsächlich alt werde? Was meinst du?«

»Ich komme doch gerade in so einer Angelegenheit, Afanassi Iwanowitsch.«

»Wie denn das?«

»Vielleicht erinnern Sie sich? Ich hab' Ihnen doch von Abutalip Kuttybajew erzählt.«

»Aber freilich, freilich! Ich erinnere mich sehr gut. Das also ist's. Du ziehst gleich den richtigen Schluß. Bist ein feiner Kerl. Schiebst es nicht auf die lange Bank, bist sofort gekommen.«

»Nicht ich bin ein feiner Kerl. Ükübala hat mich drauf gebracht. Aber wie soll ich's anpacken? Wohin gehen?«

»Wie anpacken? Das müssen wir uns überlegen. Zu Hause, beim Tee wollen wir's in Ruhe bereden.« Und nach kurzem Schweigen äußerte Jelisarow vielsagend: »Wie die Zeiten sich ändern, Edige, vor drei Jahren war nicht einmal daran zu denken, daß man in so einer Angelegenheit herkommt. Heute aber gibt es nichts zu befürchten. So muß es im Prinzip auch sein. Wir alle müssen bis zum letzten Mann für diese Gerechtigkeit einstehen. Und für keinen darf es Sonderrechte geben. So sehe ich das.«

»Sie wissen das hier besser, Sie sind ja ein gelehrter Mann«, erklärte Edige. »Bei uns auf der Versammlung im Depot wurde auch darüber gesprochen. Ich aber mußte damals gleich an Abutalip denken, dieser Schmerz brennt schon lange in mir. Ich wollte sogar auf der Versammlung das Wort ergreifen. Es geht nicht einfach um Gerechtigkeit. Abutalip hat doch Kinder zurückgelassen, die wachsen heran, der Ältere kommt diesen Herbst zur Schule.«

»Und wo sind sie jetzt, wo lebt die Familie?«

»Das weiß ich nicht, Afanassi Iwanowitsch, es ist bald drei Jahre her, daß sie weggefahren sind, wir wissen es nicht.«

»Na, das ist nicht schlimm. Das kriegen wir schon raus. Die Hauptsache ist jetzt, juristisch ausgedrückt, ein Wiederaufnahmeverfahren in Sachen Abutalip zu erreichen.«

»Genau. Sie finden gleich die richtigen Worte. Deshalb bin ich ja auch zu Ihnen gekommen.«

»Ich denke, es war nicht vergebens.«

Wie Edige wollte, so kam es auch. Sehr bald, buchstäblich drei Wochen nach seiner Rückkehr, traf ein Papier aus Alma-Ata ein, in dem schwarz auf weiß geschrieben stand, der ehemalige Arbeiter der Ausweichstelle Schneesturm-Boranly, Abutalip Kuttybajew, verstorben während der Untersuchungshaft, sei vollständig rehabilitiert, da der Tatbestand eines Verbrechens nicht vorliege. Genau so hieß es da! Das Papier war zum Verlesen in dem Kollektiv bestimmt, in dem der Betroffene gearbeitet hatte.

Fast gleichzeitig mit diesem Dokument kam ein Brief von Afanassi Jelisarow. Es war ein bedeutsamer Brief. Sein Leben lang verwahrte Edige ihn unter seinen wichtigsten Familiendokumenten: den Geburtsurkunden der Kinder, den Kriegsauszeichnungen, den Papieren über die Kriegsverwundungen und den Arbeitsbeurteilungen.

Jelisarow teilte mit, die schnelle Erledigung der Angelegenheit Abutalips bereite ihm größte Genugtuung und er freue sich über dessen Rehabilitierung. Allein diese Tatsache sei ein gutes Zeichen der Zeit. Und, wie er sich ausdrückte, unser Sieg über uns selbst.

Weiter schrieb er, nach Ediges Abfahrt sei er noch einmal in den Institutionen gewesen, die sie zusammen aufgesucht hätten, und habe dort wichtige Neuigkeiten erfahren. Erstens sei der Untersuchungsrichter Tansykbajew abgesetzt, degradiert worden, man habe ihm seine Auszeichnung aberkannt und er werde zur Verantwortung gezogen. Zweitens, so schrieb er, habe man ihm mitgeteilt, die Familie Abutalip

Kuttybajews lebe nun in Pawlodar. (So weit weg!) Saripa arbeite als Schullehrerin. Ihr gegenwärtiger Familienstand: verheiratet. Das waren die offiziellen Angaben aus ihrem Wohnort. Und dann schrieb er noch: »Deine Vermutungen, Edige, hinsichtlich des Revisors haben sich im Verlauf der Untersuchung dieser Angelegenheit bestätigt – er war es, der Abutalip Kuttybajew denunziert hat. Warum hat er das getan, was hat ihn zu dieser Untat getrieben? Ich habe viel darüber nachgedacht, mich dabei an Details erinnert, die ich noch aus ähnlichen Geschichten wußte und die Du mir erzählt hast. Indem ich mir all das vorstellte, suchte ich nach den Motiven für sein Verhalten. Mir fällt schwer, darauf zu antworten. Ich kann nicht herausfinden, was seinen Haß auf einen ihm völlig fremden Menschen, auf Abutalip Kuttybajew, hervorrufen konnte. Vielleicht ist das eine Krankheit, eine Epidemie, die die Leute in irgendeiner Periode der Geschichte infiziert. Vielleicht aber steckt so eine unheilvolle Eigenschaft schon ursprünglich im Menschen – ein Neid, der unmerklich die Seele aushöhlt und zu Grausamkeit führt. Aber worum konnte jemand einen Menschen wie Abutalip beneiden? Das bleibt für mich ein Rätsel. Was jedoch die Methode des Vorgehens betrifft – die ist so wie die Welt. Seinerzeit brauchte man nur jemanden als Ketzer zu verleumden, und schon wurde er auf den Basaren von Buchara gesteinigt und in Europa auf dem Scheiterhaufen verbrannt. Darüber haben wir beide uns ja ausführlich unterhalten, Edige, als Du bei mir warst. All die Fakten aus der Überprüfung des Falles Abutalip bestätigen wieder einmal meine Überzeugung, daß es noch lange dauern wird, ehe die Menschen dieses Laster in sich bezwungen haben werden – den Haß auf die Persönlichkeit des Menschen. Wie lange – das ist schwer zu sagen. Trotz allem preise ich das Leben, weil die Gerechtigkeit auf Erden unausrottbar ist. Auch diesmal hat sie triumphiert. Wenn auch um einen hohen Preis. So wird es immer sein, solange die Welt besteht. Ich freue mich, Edige, daß Du selbstlos der Gerechtigkeit zum Sieg verholfen hast.«

Viele Tage stand Edige unter dem Eindruck des Briefes. Und er wunderte sich über sich selbst – wie hatte er sich verändert! Ihm schien, als sei er gewachsen, als habe sich in ihm etwas geläutert. Damals dachte er zum erstenmal, es sei wohl an der Zeit, sich vorzubereiten auf das gar nicht mehr so ferne Alter.

Jelisarows Brief bedeutete für ihn eine gewisse Grenze – zwischen dem Leben vor dem Brief und danach. Alles, was er vor dem Brief erlebt hatte, war in weite Ferne gerückt, hatte sich mit einem Schleier überzogen, entfernte sich wie vom See aus das Ufer; alles, was danach kam, floß ruhig dahin von Tag zu Tag, gemahnte ihn daran, daß es noch lange währen würde, wenn auch nicht endlos. Vor allem aber hatte ihm der Brief die Gewißheit gebracht, daß Saripa wieder verheiratet war. Diese Nachricht bereitete ihm noch einmal schwere Minuten. Er beruhigte sich damit, daß er doch gewußt, irgendwie geahnt hatte, sie sei wieder verheiratet, wenn ihm auch unbekannt war, wo sie sich befand, was mit den Kindern war und wie es ihr ging unter andern Menschen. Besonders deutlich und unabweisbar hatte er das gespürt, als er mit dem Zug wieder nach Hause fuhr. Schwer zu sagen, warum ihm so etwas in den Sinn kam. Keineswegs, weil er sich schlecht fühlte. Im Gegenteil, Edige verließ Alma-Ata in gehobener, guter Stimmung. Wo immer er mit Jelisarow gewesen war, überall hatte man ihm Verständnis und Wohlwollen entgegengebracht. Schon das bestätigte ihn in seiner Überzeugung, auf dem richtigen Weg zu sein, und ließ ihn auf einen guten Ausgang hoffen. So kam es ja auch. An dem Tag, da Edige aus Alma-Ata abfuhr, lud ihn Jelisarow zum Mittagessen ins Bahnhofsrestaurant. Sie hatten noch reichlich Zeit bis zur Abfahrt des Zuges, saßen gemütlich beisammen, tranken einen Schluck und unterhielten sich freimütig zum Abschied. In jenem Gespräch vertraute ihm Jelisarow, wie Edige es sah, seine geheimsten Gedanken an. Er, der ehemalige Moskauer Komsomolze, der bereits in den zwanziger Jahren nach Turkestan geraten war, gegen die

Basmatschen gekämpft, sich dann hier fürs ganze Leben niedergelassen und der Geologie gewidmet hatte, meinte, die Welt habe nicht umsonst Hoffnung auf das gesetzt, was die Oktoberrevolution in Angriff genommen hatte. Wie schwer es auch sein mag, für Fehler und Mißgriffe zu zahlen, die Vorwärtsentwicklung auf unerforschtem Weg sei nicht aufzuhalten – das sei historisch entscheidend. Und dann sagte er noch, jetzt würde es mit neuer Kraft vorangehen. Dafür bürge die Selbstkorrektur, die Selbstreinigung der Gesellschaft. »Da wir uns dies selber ins Gesicht sagen können, haben wir auch Kraft für die Zukunft«, schloß Jelisarow. Ein gutes Gespräch führten sie beim Essen.

In dieser Stimmung kehrte Edige zurück in die Sary-Ösek-Steppe.

Und wieder zogen vor seinem Blick die blau verschneiten Berge des Alatau vorbei, erstreckte sich ihr Gebirgsmassiv in der Ferne über das ganze Semiretschje. Eben während der Fahrt, während er seinen Aufenthalt in Alma-Ata noch einmal überdachte, sagte ihm eine innere Stimme, Saripa sei bestimmt wieder verheiratet.

Edige betrachtete die Berge, blickte in die frühlingsfrische Ferne, und ihm ging durch den Kopf, was es doch auf der Welt für aufrechte Menschen gebe – aufrecht in Wort und Tat, Menschen wie Jelisarow – und um wieviel schwerer es der Mensch doch ohne sie hätte auf Erden. Nach all seinen Wegen in der Angelegenheit Abutalips dachte er auch über die Wandelbarkeit der schnell vergänglichen, wechselhaften Zeit nach – wäre Abutalip am Leben geblieben, dann hätte man ihn jetzt von den ihm verleumderisch angehängten Beschuldigungen freigesprochen, und er hätte vielleicht wieder Glück und Ruhe gefunden mit seinen Kindern. Wäre er doch am Leben! Damit war alles gesagt. Wäre er noch am Leben, dann hätte Saripa natürlich auf ihn gewartet bis zum letzten Tag. Das stand fest! Eine Frau wie sie hätte auf den Mann gewartet, um jeden Preis. Wenn es aber niemand mehr gab, auf den sie warten konnte, dann war das Warten sinnlos geworden, warum sollte sie allein leben als junge Frau? Warum sollte sie nicht heiraten, wenn sich der geeignete Partner fand? Edige wurde mißmutig bei diesen Gedanken. Er versuchte seine Aufmerksamkeit auf etwas anderes zu richten, versuchte, nicht weiter zu grübeln, nicht die Phantasie schweifen zu lassen. Doch nichts half. Da ging er in den Speisewagen.

Hier waren nur wenige Gäste, und zu Beginn der Reise war alles noch sauber und frisch. Edige saß allein am Fenster. Zunächst bestellte er eine Flasche Bier, nur um sich abzulenken. Vom Speisewagen aus hatte er eine weite Sicht, er überblickte alles zugleich: die Berge, die Steppe und den Himmel hoch droben. Diese grüne Weite mit den vorüberfliegenden Mohnfeldern auf der einen Seite und die Majestät verschneiter Bergrücken auf der anderen Seite weckten in seinem Herzen hochfliegende, unerfüllbare Wünsche, stürzten ihn zugleich in bittere Trübsal. In seinem herben Leid verlangte ihn nach etwas Kräftigem. Er bestellte Wodka. Aber so viele Gläser er auch trank, er spürte keine Wirkung. Da bestellte er wieder Bier und saß da, völlig in seine Gedanken versunken. Der Tag ging zur Neige. Im durchsichtigen Licht des Frühlingsabends lief das Land zu beiden Seiten der Eisenbahn auseinander. Vorüber eilten, huschten Siedlungen, Gärten, Straßen, Brücken, Menschen und Herden, aber all das berührte Edige wenig; denn die heftige Sehnsucht, die ihn jäh mit neuer Kraft überfallen hatte, verdüsterte und bedrückte sein Herz mit dem vagen Vorgefühl, die Vergangenheit sei nun in gewisser Weise abgeschlossen.

Und wiederum kamen ihm die Abschiedsworte Raimalyaghas in den Sinn:

> Wenn herabziehn von den schwarzen Bergen
> > die Nomaden,
> wenn herabziehn von den blauen Bergen
> > die Nomaden,
> harre meiner nicht auf dem Jahrmarkt, Begimai...

In dieser Verfassung schien es Schneesturm-Edige, als habe man ihn mit Stricken an eine Birke gefesselt wie derzeit Raimaly-agha, als sei er gar nicht mehr er selbst.

So saß er, bis es dunkel wurde, bis viele Menschen in den Speisewagen drängten und die Luft knapp wurde vom Tabakqualm. Edige begriff nicht – wie brachten es die Leute nur fertig, so sorglos zu sein, was für nichtige Gespräche führten sie doch bei Tisch, und warum fanden sie Freude an Wodka und Tabak? Unangenehm waren ihm auch die Frauen, die hier mit Männern aufkreuzten. Besonders unangenehm fand er ihr Lachen. Er stand auf, ging schwankend zur Kellnerin, die, außer Atem gekommen, mit dem Tablett die lärmenden Tische des Speisewagens versorgte, zahlte und kehrte zurück in seinen Wagen. Er mußte durch etliche Wagen hindurch. Während er ging, hin und her schaukelnd wie der Zug, wurde ihm immer schwerer ums Herz, fühlte er sich immer verwaister angesichts seiner völligen Einsamkeit, seiner Ausgeschlossenheit.

Wozu sollte er leben, wozu irgendwohin fahren?

Gleichgültig wurde ihm, woher er kam, wohin er fuhr und warum, worin der Schnellzug durch die Nacht raste. Auf einer Plattform blieb er stehen, preßte die glühende Stirn gegen das kühle Glas der Tür und verharrte so, ohne sich umzusehen, ohne die Reisenden zu beachten, die an ihm vorüberliefen.

Der Zug aber fuhr, hin und her schaukelnd. Edige hätte die Tür öffnen können, wie alle Eisenbahner besaß er einen eigenen Schlüssel, hätte sie öffnen können und hinaustreten über die Grenze. Im Dunkel, in einer verlassenen Gegend entdeckte Edige zwei ferne, lockende Lichter. Lange entschwanden sie nicht seinem Blick. Leuchteten die Fenster einer einsamen Wohnstatt, oder waren es Lagerfeuer? Sicherlich befanden sich Menschen dort. Wer waren sie? Und warum waren sie da? Ach, wäre Saripa dort gewesen mit den Kindern. Er wäre sofort aus dem Zug gesprungen und schnurstracks hingelaufen, wäre atemlos ihr zu Füßen gefallen und hätte geweint, ohne sich dessen zu schämen, hätte sich das ganze angestaute Leid und Weh von der Seele geweint.

Schneesturm-Edige stöhnte unterdrückt, die Augen auf die Lichter in der Steppe gerichtet, die bereits seitwärts verschwanden. Und er blieb an der Plattformtür stehen, unhörbar schluchzend, ohne sich umzudrehen, ohne auf das laute Hin und Her der Reisenden zu achten. Sein Gesicht war tränennaß. Er hätte die Möglichkeit gehabt, die Tür zu öffnen und hinauszutreten über die Grenze.

Der Zug aber fuhr, hin und her schaukelnd.

> Wenn herabziehn von den schwarzen Bergen
> die Nomaden,
> wenn herabziehn von den blauen Bergen
> die Nomaden,
> harre meiner nicht auf dem Jahrmarkt, Begimai...

Die Züge in dieser Gegend fuhren von Ost nach West und von West nach Ost.

Zu beiden Seiten der Eisenbahn aber erstreckten sich in dieser Gegend große, öde Landstriche – Sary-Ösek, das Zentralgebiet der gelben Steppe.

In dieser Gegend bestimmte man alle Entfernungen nach der Eisenbahn, wie nach dem Greenwicher Nullmeridian.

Die Züge aber fuhren von Ost nach West und von West nach Ost...

Von seinem Nistplatz an der Steilwand Malakumdytschap erhob sich ein großer Weißschwanz-Milan und flog hinaus, die Gegend zu überschauen. Er umkreiste sein Revier zweimal – vor Mittag und nach Mittag.

Aufmerksam betrachtete er die Oberfläche der Steppe und vermerkte alles, was sich unten regte, bis hin zu krabbelnden Käfern und flinken Eidechsen; stumm flog er über der Steppe, schwang gemessen die Flügel, gewann allmählich an

Höhe, um noch breiter und weiter die Steppe unter sich zu überblicken, und näherte sich zugleich, bedächtig Kreise ziehend, seinem liebsten Jagdgrund – der Sperrzone.

Seit dieses riesige Gebiet umzäunt war, hatte sich kleines Getier und allerlei Federwild hier merklich vermehrt, denn Füchse und andere Raubtiere trauten sich nicht mehr ohne weiteres, dort einzudringen. Dem Milan machte der Zaun nichts aus. Er zog daraus sogar Nutzen. Der Zaun brachte ihm Glück. Obwohl – wie man's nimmt. Vor zwei Tagen hatte er von oben einen kleinen Hasen erspäht, und als er sich wie ein Stein auf ihn stürzte, gelang es dem Häschen, unter den Draht zu schlüpfen, der Milan aber wäre um ein Haar mit voller Wucht gegen die Stacheln geprallt. Er konnte gerade noch abdrehen, dem Hindernis ausweichen; steil und wütend schwang er sich wieder in die Höhe, streifte jedoch mit den Federn die scharfen Dornen. Einige Flaumfedern von seiner Brust machten sich dann selbständig in der Luft, schwebten dahin. Seither war der Milan bemüht, sich dem gefährlichen Zaun möglichst fernzuhalten.

Wie es einem Herrscher geziemt, flog er in jener Stunde würdevoll und ohne Hast; mit nichts, mit keinem überflüssigen Flügelschlag erregte er die Aufmerksamkeit von Erdenwesen. An diesem Tag bemerkte er frühmorgens beim ersten und nun beim zweiten Flug lebhaftes Gewimmel von Menschen und Fahrzeugen auf den weiten Betonflächen des Kosmodroms. Die Fahrzeuge rollten hin und her und kreisten besonders oft um Konstruktionen mit Raketen. Diese in den Himmel gerichteten Raketen standen schon eine geraume Weile jede für sich auf ihrer Rampe, der Milan hatte sich längst an sie gewöhnt, heute aber ging etwas vor sich ringsum. Es waren zu viele Fahrzeuge, zu viele Menschen, zuviel Verkehr.

Der Milan hatte auch nicht übersehen, daß die schon seit langem durch die Steppe ziehende Gruppe – ein Mann auf einem Kamel, zwei ratternde Fahrzeuge und ein zottiger, rotbrauner Hund – nun draußen vor dem Stacheldraht stand, als könnte sie ihn nicht überwinden. Der rotbraune Hund reizte den Milan durch seine unbeteiligte Miene und besonders, weil er um die Menschen herumstreunte, doch ließ er sich seine Meinung über den Hund nicht anmerken, so weit würde er sich doch nicht erniedrigen. Er kreiste einfach über diesem Fleck und beobachtete scharfäugig, was sich da tat, was dieser rotbraune Hund vorhatte, der um die Menschen herumscharwenzelte.

Edige hob das bärtige Gesicht und sah den Milan am Himmel schweben. Ein großer Weißschwanz, dachte er. Ach, wäre ich doch ein Milan, wer könnte mich dann aufhalten! Ich flöge hinüber und setzte mich auf die Grabmäler von Ana-Bejit!

Da hörte er von der Straße her sich nähernden Autolärm. Er kommt! freute er sich. Geb's Gott, alles geht klar! Der Jeep sauste an den Schlagbaum und hielt jäh vor der Tür zum Postenraum. Der Posten erwartete den Wagen. Er reckte sich, salutierte dem Wachhabenden, Leutnant Tansykbajew, als jener aus dem Jeep sprang, und erstattete Meldung: »Genosse Leutnant, ich melde Ihnen...«

Doch der Wachhabende stoppte ihn mit einer Handbewegung, und als der Posten mitten im Satz die Hand vom Mützenschirm nahm, wandte sich der Leutnant an die jenseits des Schlagbaums Stehenden.

»Wer sind hier die Unbefugten? Wer wartet? Ihr?« fragte er Schneesturm-Edige.

»Bis bisgoi, karaghym. Ana-Bejitke shetpej turyp kaldyk. Kalai da bolsa, shärdemdes, karaghym«*, sagte Edige und gab sich Mühe, den jungen Offizier seine Auszeichnungen auf der Brust sehen zu lassen.

Auf den Leutnant Tansykbajew machten die nicht den geringsten Eindruck, er hüstelte nur trocken, und als der alte Edige wieder zur Rede ansetzte, kam er ihm kalt zuvor. »Ge-

---

* Wir, das sind wir, Söhnchen. Man läßt uns nicht auf den Friedhof. Unternimm was, hilf uns, Söhnchen.

nosse Unbefugter, sprechen Sie mit mir russisch. Ich bin im Dienst«, erläuterte er und runzelte die schwarzen Brauen über den schräg stehenden Augen.

Schneesturm-Edige geriet in heftige Verwirrung. »Ej, ej, verzeih, verzeih. Wenn was nicht recht war, verzeih.« Er verstummte fassungslos, es hatte ihm die Sprache verschlagen und den Gedanken, den er soeben hatte äußern wollen.

»Genosse Leutnant, gestatten Sie, Ihnen unsere Bitte vorzutragen«, sagte der Lange Edilbai, um dem alten Mann aus der Verlegenheit zu helfen.

»Nur zu, aber fassen Sie sich kurz«, sagte der Wachhabende.

»Moment. Ich rufe am besten den Sohn des Verstorbenen hinzu.« Der Lange Edilbai blickte sich nach Sabitshan um. »Sabitshan, he, Sabitshan, komm doch mal!«

Der aber ging in einiger Entfernung hin und her und winkte nur feindselig ab. »Verhandelt selber.«

Der Lange Edilbai wurde rot. »Entschuldigen Sie, Genosse Leutnant, er ist gekränkt, weil alles so gekommen ist. Er ist der Sohn des Verstorbenen, unseres alten Kasangap. Und da ist auch noch sein Schwiegersohn, dort im Hänger.«

Der Schwiegersohn dachte wohl, er würde gebraucht, und kletterte aus dem Hänger.

»Diese Details interessieren mich nicht. Kommen Sie zur Sache«, verlangte der Chef der Wache.

»Gut.«

»Kurz und der Reihe nach.«

»Gut. Kurz und der Reihe nach.«

Der Lange Edilbai legte dar, wer sie waren und was sie hier wollten. Während er sprach, beobachtete Edige das Gesicht des Leutnants Tansykbajew und begriff: Von ihm hatten sie nichts Gutes zu erwarten. Der stand auf der andern Seite des Schlagbaums nur, um sich formell die Beschwerde von Unbefugten anzuhören. Edige begriff es, und das Feuer erlosch in seinem Herzen. Und alles, was mit Kasangaps Tod verbunden war, alle seine Vorbereitungen für die Fahrt zum

Friedhof, alles, was er getan hatte, damit die jungen Männer einwilligten, den Verstorbenen in Ana-Bejit zu beerdigen, all seine hohen Gedanken, all das, worin er sich der Geschichte der Sary-Ösek verpflichtet fühlte – all das war in einem Augenblick nutzlos und nichtig geworden angesichts des Leutnants. Edige fühlte sich in seinen edelsten Gefühlen verletzt. Bis zu Tränen lächerlich und peinlich fand er den Feigling Sabitshan, der gestern noch, während er zum Wodka Schubat trank, über Götter und über funkgesteuerte Menschen geschwafelt hatte, bemüht, die Boranlyer mit seinen Kenntnissen zu verblüffen – jetzt bekam er nicht mal den Mund auf! Lächerlich und peinlich fand er nun auch den mit der Troddeldecke geputzten Karanar – wozu das jetzt noch! Konnte vielleicht dieser kleine Leutnant Tansykbajew, der nicht in seiner Muttersprache zu reden wünschte oder es fürchtete, Karanars Schmuck würdigen? Lächerlich und peinlich fand Edige auch Kasangaps unglücklichen Alkoholiker-Schwiegersohn, der keinen Tropfen Sprit zu sich genommen hatte und in dem rüttelnden Hänger gefahren war, um neben dem Körper des Verstorbenen zu sein, jetzt aber näher trat und allem Anschein nach immer noch hoffte, daß man sie auf den Friedhof ließe. Selbst seinen rotbraunen Hund Sholbars fand Schneesturm-Edige lächerlich und peinlich – warum nur hatte er sich ihnen freiwillig angeschlossen, und warum wartete er jetzt geduldig, daß es weiterginge? Hatte er das nötig, dieser Köter? Oder hatte der Hund gespürt, daß seinem Herrn Ungemach bevorstand, und sich ihm angeschlossen, um in dieser Stunde an seiner Seite zu sein? In den Kabinen saßen die jungen Männer, die Treckerfahrer Kalibek und Shumagali – was sollte er ihnen nun sagen, was mußten sie nach alldem denken?

Trotz seiner Erniedrigung und Bestürztheit spürte Edige deutlich, wie in ihm eine Welle von Entrüstung hochstieg, wie das Blut heiß und wütend aus seinem Herzen strömte, und da er sich kannte, da er wußte, wie gefährlich es wäre, sich vom Zorn hinreißen zu lassen, suchte er ihn unter Aufbietung aller Willenskraft zu unterdrücken. Nein, er durfte sich nicht gehenlassen, solange der Verstorbene noch unbestattet im Hänger lag. Einem alten Mann stand es nicht an, sich zu empören und die Stimme zu heben. So dachte er, preßte die Zähne zusammen und machte eine steinerne Miene, um weder mit einem Wort noch mit einer Geste zu verraten, was in ihm vorging. Wie Edige erwartet hatte, erwies sich das Gespräch des Langen Edilbai mit dem Chef der Wache, kaum begonnen, als hoffnungslos.

»Ich kann Ihnen nicht helfen. Die Einfahrt in die Sperrzone ist unbefugten Personen kategorisch verboten«, sagte der Leutnant, nachdem er den Langen Edilbai angehört hatte.

»Wir haben das nicht gewußt, Genosse Leutnant. Sonst wären wir gar nicht hergekommen. Warum auch? Da wir schon einmal hier sind, bitten Sie doch Ihre Vorgesetzten, sie mögen uns erlauben, den Mann zu beerdigen. Wir können ihn doch nicht wieder zurückschaffen.«

»Ich habe es bereits gemeldet. Und die Weisung erhalten, niemanden hereinzulassen, ganz gleich, unter welchem Vorwand.«

»Was heißt hier Vorwand, Genosse Leutnant?« wunderte sich der Lange Edilbai. »Brauchen wir vielleicht einen Vorwand? Als ob wir dort Überraschungen suchten, in eurer Zone! Wäre nicht die Beerdigung, nichts hätte uns zu so einem weiten Weg verleitet.«

»Ich erkläre Ihnen noch einmal, Genosse Unbefugter, hier hat keiner Zutritt.«

»Was hier Unbefugter?« ließ sich plötzlich der Alkoholiker-Schwiegersohn vernehmen. »Wer Unbefugter? Wir etwa?« schrie er, und sein welkes Säufergesicht wurde puterrot, die Lippen aber färbten sich graublau.

»Eben, eben – seit wann denn das?« unterstützte ihn der Lange Edilbai.

Bemüht, die Grenze des Erlaubten auch ja nicht zu übertreten, dämpfte der Alkoholiker-Schwiegersohn die Stimme, und im Bewußtsein, daß er schlecht russisch sprach, sagte er nur stockend und die eigenen Worte verbessernd: »Das – unseres, unser Sary-Ösek-Friedhof. Und wir, wir Sary-Ösek-Volk, haben Recht, hier zu begraben unser Leut. Wann hier begraben vorlängst Naiman-Ana, niemand gewußt, daß wird sein solch gesperrte Zone.«

»Ich beabsichtige nicht, mich mit Ihnen zu streiten«, erklärte darauf der Leutnant Tansykbajew. »Als Chef der Wache erkläre ich noch einmal: Auf das Territorium der Sperrzone hat keiner Zutritt, und es gibt keine Ausnahme.«

Schweigen. Ich muß an mich halten, darf ihn nicht beschimpfen! beschwor Edige sich selbst und gewahrte bei einem flüchtigen Blick auf den Himmel wieder jenen Milan, der in einiger Entfernung seine Kreise zog. Abermals beneidete er diesen ruhigen und starken Vogel. Und er beschloß, das Schicksal nicht mehr herauszufordern, sowieso mußten sie sich wegscheren, konnten die Durchfahrt nicht erzwingen. Und nach einem weiteren Blick auf den Milan sagte er: »Genosse Leutnant, wir ziehen ab. Aber bestell euern Leuten da, dem General oder noch was Höherem: So geht das nicht! Ich alter Soldat sage: Das ist nicht richtig.«

»Was richtig ist und was nicht... einen Befehl von oben zu diskutieren, bin ich nicht befugt. Und damit ihr Bescheid wißt: Ich habe Order, euch zu sagen, dieser Friedhof wird liquidiert.«

»Ana-Bejit?« fragte der Lange Edilbai betroffen.

»Ja. Wenn er so heißt.«

»Aber warum? Wen stört dieser Friedhof?« entrüstete sich der Lange Edilbai.

»Da kommt ein Neubaugebiet hin.«

»Phantastisch!« Der Lange Edilbai breitete die Arme aus. »Woanders findet ihr wohl keinen Platz?«

»So ist's geplant.«

»Hör mal, wer ist eigentlich dein Vater?« fragte Edige den Leutnant Tansykbajew auf den Kopf zu.

Der war höchst verwundert. »Nanu? Was geht Sie das an?«

»Sehr viel! Du sollst nicht uns erzählen, wogegen du dort hättest sprechen müssen, wo sie den Einfall hatten, unseren Friedhof zu vernichten. Oder sind deine Vorväter nicht gestorben, wirst du niemals sterben?«

»Das hat mit der Sache überhaupt nichts zu tun.«

»Schön, dann also zur Sache, Genosse Leutnant: Wer bei euch der Oberste ist, der soll mich anhören, ich verlange, daß man mir erlaubt, Beschwerde vorzubringen bei euerm höchsten Chef. Sag, ein alter Frontsoldat, Edige Shangeldin, möchte ihm ein paar Worte sagen!«

»Das kann ich nicht. Ich habe Order, wie zu verfahren ist.«

»Was kannst du eigentlich?« mischte sich wiederum der Alkoholiker-Schwiegersohn ein. Und er setzte verzweifelt hinzu: »Miliz auf Basar – sogar der besser!«

»Schluß jetzt mit dem Unfug!« Der Wachhabende wurde bleich und reckte sich. »Schluß jetzt! Schafft den hier weg vom Schlagbaum, und runter mit den Fahrzeugen von der Straße!«

Edige und der Lange Edilbai packten den Alkoholiker-Schwiegersohn und zerrten ihn zu den Fahrzeugen, er aber drehte sich immerzu um und schrie: »Saghan shol da shetpejdi, saghan sher de shetpejdi! Urdym sejdejdin ausyn!«*

Sabitshan, der sich die ganze Zeit über ausgeschwiegen hatte und mit finsterer Miene in einiger Entfernung auf und ab gegangen war, beschloß, in Erscheinung zu treten, und rief: »Na, was nun? Kehrt marsch? Geschieht euch ganz recht! Ihr konntet ja nicht weit genug rennen! Ana-Bejit mußte es sein! Und jetzt steht ihr da wie geprügelte Hunde!«

»Wer ist ein geprügelter Hund?« Der nicht schlecht in Fahrt geratene Alkoholiker-Schwiegersohn stürzte sich auf ihn. »Wenn unter uns ein Hund ist, dann bist du das, du Miststück! Ihr seid aus dem gleichen Holz – der Mann, der da steht, und du! Und dann plusterst du dich noch auf – ›auf

---

* Dir reicht die Straße nicht, dir reicht das Land nicht, ich spuck' auf dich!

Menschen wie mir ruht der Staat‹! Du bist überhaupt kein Mensch!«

»Halt's Maul, alter Saufbold!« drohte Sabitshan kreischend, damit ihn auch der Posten hörte. »Ich an deren Stelle würde dich für solche Reden sonstwohin verfrachten, in der Versenkung verschwinden lassen. Was für Nutzen bringst du schon der Gesellschaft, ausrotten müßte man solche wie dich!«

Mit diesen Worten drehte Sabitshan ihm den Rücken – ich pfeif' auf dich und alle, die mit dir sind, hieß das; und plötzlich zeigte er Aktivität, traf herrisch laut und fordernd Anweisungen, befahl den Fahrern: »Was reißt ihr das Maul auf? Werft schon die Motoren an! Wie wir gekommen sind, so fahren wir wieder zurück! Zum Teufel! Los, wenden! Es reicht! Schön dumm von mir, auf andere zu hören!«

Kalibek startete seinen Trecker und wendete vorsichtig den Hänger, inzwischen sprang der Alkoholiker-Schwiegersohn wieder in den Wagen und nahm seinen Platz neben dem Verstorbenen ein. Shumagali aber wartete, daß Schneesturm-Edige seinen Karanar vom Baggergreifer losband. Als Sabitshan das sah, konnte er sich nicht beherrschen, er drängte: »Warum startest du nicht? Los, mach schon! Es hat keinen Zweck! Fahr zurück! Das nennt sich beerdigen! Ich war ja gleich dagegen! Jetzt reicht's! Ab nach Hause!«

Ehe Schneesturm-Edige sein Kamel bestiegen hatte – zuerst mußte er es sich niederlegen lassen, dann sich in den Sattel wuchten und es wieder auf die Beine bringen –, waren die Fahrzeuge bereits auf dem Rückweg. Sie rollten die alte Spur entlang. Ohne zu warten. Sabitshan, der auf dem ersten Trecker saß, trieb sie an.

Am Himmel aber kreiste noch immer der Milan. Er beobachtete von oben den rotbraunen Hund, der ihn durch sein planloses Benehmen reizte. Unbegreiflich, warum der Hund nicht loslief, als die Fahrzeuge sich in Bewegung setzten, sondern bei dem Mann mit dem Kamel blieb, wartete, bis der im Sattel saß, und dann hinter ihm hertrabte.

Die Menschen auf den Fahrzeugen, gefolgt von dem Reiter auf dem Kamel und dem rotbraunen Hund, der ihnen in großen Sprüngen nachsetzte, zogen erneut durch die Sary-Ösek in Richtung der Schlucht Malakumdytschap, wo sich auf einer plattformartigen Erdausspülung das Milannest befand. Zu anderer Zeit hätte das den Milan beunruhigt, er hätte Warnschreie ausgestoßen, zum Schein sich entfernt, aber die Ankömmlinge nicht aus dem Auge gelassen, hätte, schnell hinüberwechselnd, seine nebenan in ihrem Revier jagende Freundin gerufen, damit sie ihm beistehe, falls es nötig würde, das Nest zu verteidigen; doch diesmal war er kein bißchen beunruhigt – die Jungen waren längst flügge und hatten das Nest verlassen. Mit jedem Tag ihre Flügel kräftigend, führten die bernsteinäugigen, krummschnäbligen Milanjungen schon ein selbständiges Leben, hatten ihre eigenen Bereiche in der Steppe und begegneten dem alten Milan jetzt nicht allzu freundlich, wenn er rasch mal einen Blick in ihre Reviere warf.

Der Milan verfolgte die Menschen auf ihrem Rückweg, getreu seiner Gewohnheit, alles zu beobachten, was sich innerhalb seiner Jagdgründe abspielte. Und sein besonderes Interesse erregte der zottige, rotbraune Hund, der sich unentwegt bei den Menschen tummelte. Was fesselte ihn an sie, warum jagte er nicht selbständig, sondern lief schwanzwedelnd hinter ihnen her, die beschäftigt waren mit eigenen Dingen? Was hatte er von einem solchen Leben? Nicht zuletzt erregten blitzende Gegenstände an der Brust des Mannes auf dem Kamel die Aufmerksamkeit des Milans. Gerade deshalb bemerkte er auch sofort, wie der Mann, der den Fahrzeugen folgte, unversehens seitlich abbog, ein Trockental durchquerte, das die anderen umfuhren, sie so überholte und ihnen den Weg abschnitt. Zu immer schnellerem Lauf trieb er peitscheschwingend das Kamel an, die glänzenden Gegenstände auf seiner Brust hüpften und klirrten, das Kamel lief in scharfem Trab, warf weit die Beine, und der rotbraune Hund flitzte hinterdrein. So ging das eine Weile, bis der Mann auf dem Kamel die Fahrzeuge seitlich überholt hatte und quer zum Weg eingangs der Schlucht Malakumdytschap hielt. Sie bremsten vor ihm.

»Was ist? Schon wieder was passiert?« Sabitshan schaute aus seiner Kabine.

»Nichts. Stellt die Motoren ab!« befahl Schneesturm-Edige. »Ich hab' mit euch zu reden.«

»Was gibt's noch zu reden? Halt uns nicht auf, wir haben das Rumzockeln satt!«

»Jetzt hältst du uns auf. Wir beerdigen ihn hier.«

»Ich lass' mich nicht veralbern!« ging Sabitshan hoch und zupfte am Hals den zerknüllten Schlips auseinander. »Ich werde ihn selber auf der Ausweichstelle beerdigen, und keine Debatten. Es reicht!«

»Hör mal, Sabitshan! Er ist dein Vater, das bestreitet keiner. Aber schließlich lebst du nicht allein auf der Welt. Hör ruhig zu. Was dort, beim Posten, geschehen ist, hast du selber gesehen, selber gehört. Keiner von uns hat schuld. Aber überleg mal. Wo hat man jemals gesehn, daß man einen Toten von der Beerdigung wieder nach Hause schafft? Das hat's noch nicht gegeben. Schande bringt das über unsere Häupter. So was ist noch nie vorgekommen.«

»Ich pfeif' drauf«, wandte Sabitshan ein.

»Das sagst du jetzt. Was sagt man nicht alles in der ersten Wut. Morgen aber ist dir das peinlich. Überleg. Die Schande wäschst du mit nichts ab. Wer zur Bestattung aus dem Haus getragen wurde, darf nicht wieder zurückkehren.«

Inzwischen war aus der Baggerkabine der Lange Edilbai geklettert, und aus dem Hänger stieg der Alkoholiker-Schwiegersohn, auch der Baggerfahrer Shumagali trat hinzu, um zu erfahren, was sich tat. Schneesturm-Edige hoch auf dem Kamel versperrte ihnen den Weg.

»Hört, Dshigiten«, sagte er. »Handelt nicht gegen menschlichen Brauch, gegen die Natur! Noch nie hat es das gegeben, daß man einen Verstorbenen vom Friedhof wieder zurückbringt. Wen man zur Beerdigung weggefahren hat, der muß auch beerdigt werden. So ist das nun mal. Hier ist die Schlucht Malakumdytschap. Auch sie ist unser Sary-Ösek-Land! Hier, am Steilhang, hat Naiman-Ana ihr großes Wehklagen erhoben. Hört auf mich, den alten Edige. Hier soll das Grab unseres Kasangap sein. Und später auch mein Grab. Geb's Gott, daß ihr mich selbst beerdigt. Darum bitte ich euch. Jetzt aber ist es noch nicht zu spät, noch haben wir Zeit – dort, überm Steilhang, übergeben wir den Verstorbenen der Erde!«

Der Lange Edilbai warf einen Blick auf den von Edige gewiesenen Ort. »Was meinst du, Shumagali, schafft es dein Bagger dahin?« fragte er.

»Natürlich schafft er es, warum sollte er nicht. Über den Rand dort.«

»Immer langsam, von wegen Rand! Erst frag mich!« mischte sich Sabitshan ein.

»Wir fragen ja«, entgegnete Shumagali. »Hast du gehört, was der Mann gesagt hat? Was willst du eigentlich noch?«

»Ich lass' mich nicht länger veralbern! Das ist doch purer Hohn! Zurück zur Ausweichstelle!«

»Wenn du meinst... Purer Hohn wird sein, wenn du den Verstorbenen vom Friedhof wieder nach Hause schleppst!« sagte Shumagali. »Also überleg es dir gut.«

Alle verstummten.

»Haltet ihr es, wie ihr wollt«, warf Shumagali hin, »ich jedenfalls hebe jetzt das Grab aus. Meine Aufgabe ist, eine Grube zu graben, und zwar möglichst tief. Noch haben wir Zeit. Im Dunkeln kann das keiner mehr machen. Ihr aber haltet's, wie ihr wollt.«

Shumagali ging zu seinem Bagger »Belarus«. Er startete ihn, rollte an den Wegrand, fuhr an den anderen vorbei auf eine Anhöhe und von dort zum höchsten Punkt der Steilwand. Hinter ihm schritt der Lange Edilbai, gefolgt von Schneesturm-Edige auf seinem Karanar.

Der Alkoholiker-Schwiegersohn sagte zu Kalibek: »Wenn du nicht dorthin fährst«, er zeigte auf die Steilwand, »dann

leg' ich mich vor den Trecker. Mir macht das gar nichts.«
Mit diesen Worten stellte er sich vor den Treckerfahrer.

»Na, was ist, wohin soll ich fahren?« fragte Kalibek Sabitshan.

»Alle seid ihr Mistkerle, alle Hunde!« fluchte Sabitshan laut. »Was sitzt du noch rum, laß den Motor an, fahr ihnen nach!«

Der Milan am Himmel beobachtete nun, wie die Leute sich oberhalb der Steilwand zu schaffen machten. Eins der Fahrzeuge begann krampfhaft zu zucken, hob Erde aus und warf sie neben sich auf einen Haufen, so wie ein Ziesel neben seinen Bau. Inzwischen kam der Trecker mit dem Hänger angekrochen. Darin saß noch immer ein einsamer Mann vor einem sonderbaren, reglosen Gegenstand, der, in etwas Weißes gewickelt, mitten im Wagen lag. Der zottige, rotbraune Hund trottete um die Leute herum, hielt sich aber meistens an das Kamel, lag zu dessen Füßen. Der Milan begriff, diese Ankömmlinge würden lange auf dem Steilhang bleiben und in der Erde wühlen. Er segelte zur Seite und flog in weiten Kreisen über die Steppe in Richtung der Sperrzone, um zu jagen und zugleich nachzusehen, was auf dem Kosmodrom geschah.

Bereits den zweiten Tag herrschte auf den Rampen des Kosmodroms Spannung, wurde pausenlos gearbeitet, Tag und Nacht. Das ganze Kosmodrom samt allen angrenzenden Sonderdiensten und Zonen war nachts von Hunderten gewaltiger Scheinwerfer grell erleuchtet. Auf der Erde war es heller als am Tag. Dutzende von Lastern, Pkws und Spezialwagen, viele Wissenschaftler und Ingenieure beschäftigten sich mit der Vorbereitung der Operation »Reif«.

Die zur Vernichtung von Flugapparaten im Kosmos bereitgestellten Antisputniks standen schon lange fix und fertig zum Aufstieg auf einer Sonderrampe des Kosmodroms. Doch in Übereinstimmung mit dem SALT-7-Vertrag waren sie hinsichtlich ihres Einsatzes bis zu einer Sonderabsprache eingefroren, ebenso wie ähnliche Raketen auf amerikanischer Seite. Jetzt fanden sie neue Verwendung in Verbindung mit dem außerordentlichen Programm zur Verwirklichung der transkosmischen Operation »Reif«. Ebensolche Raketen-Roboter wurden zum synchronen Start auf dem amerikanischen Kosmodrom Nevada vorbereitet.

Die Startzeit für die Sary-Ösek-Breiten war für acht Uhr abends festgesetzt. Punkt acht mußten die Raketen aufsteigen. In Intervallen von anderthalb Minuten sollten neun Antisputnikraketen in den fernen Kosmos starten, dazu bestimmt, in der West-Ost-Ebene zur Abwehr von Flugapparaten eines anderen Planeten einen ständig wirksamen Reif um den Erdball zu bilden. Die Raketen-Roboter von Nevada sollten sich zum Nord-Süd-Reif formieren.

Punkt drei Uhr nachmittags wurde auf dem Kosmodrom Sary-Ösek-1 der »Fünf-Minuten-Countdown« eingeschaltet. Alle fünf Minuten informierten die Bildschirme und Schautafeln in allen Diensten über alle Kanäle in Bild und Ton: »Bis zum Start vier Stunden fünfundfünfzig Minuten! Bis zum Start vier Stunden fünfzig Minuten...« Drei Stunden vor dem Start würde der »Minuten-Countdown« eingeschaltet werden.

Zu diesem Zeitpunkt hatte die Orbitalstation »Parität« bereits die Parameter ihrer Position im Kosmos geändert, zugleich waren die Kanäle für die Funkverbindung der Bordsysteme neu verschlüsselt worden, um jede Möglichkeit von Kontakten zu den Parität-Kosmonauten 1-2 und 2-1 auszuschließen.

Inzwischen strahlten aus dem All vergebens, wie die Stimme eines Predigers in der Wüste, die pausenlosen Funksignale der Parität-Kosmonauten 1-2 und 2-1. Sie baten verzweifelt, nicht die Verbindung zu ihnen abzubrechen. Sie widersprachen nicht dem Beschluß des VLZ, boten aber immer wieder an, die Probleme eventueller Kontakte mit der Zivilisation von Waldesbrust zu studieren, ausgehend natürlich vor allem von den Interessen der Erdenbewohner; sie bestanden nicht auf ihrer sofortigen Rehabilitierung, erklärten sich bereit, zu warten und alles zu tun, damit ihr Aufenthalt auf dem Planeten Waldesbrust Nutzen brächte für die intergalaktischen Beziehungen, doch sie protestierten entschieden gegen die von beiden Seiten in Angriff genommene Operation »Reif«, gegen jene globale Selbstisolation, die, wie sie meinten, unvermeidlich zu historischer und technologischer Stagnation der menschlichen Gesellschaft führen mußte und die zu überwinden Jahrtausende gebraucht würden. Doch es war zu spät. Niemand auf der Erde konnte sie hören, niemand ahnte, daß im Weltraum lautlos ihre Stimmen flehten.

Indessen war auf dem Kosmodrom Sary-Ösek-1 bereits der »Minuten-Countdown« eingeschaltet, der sich unaufhaltsam an den baldigen Start der Operation »Reif« heranzählte.

Der Milan aber, der seinen üblichen Rundflug beendet hatte, erschien wieder über der Steilwand Malakumdytschap. Die Menschen dort waren bei ihrer Arbeit – sie hantierten mit Schaufeln. Der Bagger hatte bereits einen großen Haufen Erde aufgetürmt. Jetzt senkte er seinen Greifer tief in die Grube, holte die letzten Portionen heraus. Bald hörte er auf zu rucken und fuhr beiseite, die Leute aber gruben weiter am Grund der Grube. Das Kamel war da, doch der Hund ließ sich nicht blicken. Wo konnte er geblieben sein? Der Milan flog näher heran, beschrieb einen gemessenen Kreis über der Schlucht, wandte den Kopf bald nach rechts, bald nach links und sah endlich den rotbraunen Hund ausgestreckt unter dem Hänger liegen. Er lag träge da, ruhte aus oder döste wohl auch vor sich hin und kümmerte sich nicht um den Milan. Wie oft schon war der Milan heute über ihn hinweggeflogen, er aber hatte nicht ein einziges Mal zum Himmel geblickt. Selbst ein Ziesel stellt sich auf die Hinterbeine, schaut zuerst seitlich und dann nach oben, ob auch nirgends Gefahr drohe. Der Hund aber hat sich dem Leben bei den Menschen angepaßt, fürchtet nichts, macht sich keine Sorgen. Wie er nur daliegt! Der Milan verharrte einen Augenblick, drückte und schoß unterm Schwanz hervor einen grünlichweißen Strahl in Richtung des Hundes. Da hast du!

Etwas klatschte auf Schneesturm-Ediges Ärmel. Es war Vogelkot. Woher nur? Edige schüttelte den Schmutz vom Ärmel und hob den Kopf: schon wieder derselbe Weißschwanz! Das wievielte Mal wohl kreist er über unseren Köpfen? Was hat er nur? Ach, dem geht es gut! Er schwebt, wiegt sich in der Luft. Die Stimme des Langen Edilbai aus der Grube unterbrach Ediges Gedanken: »Na, was ist, Edige? Sieh dir's mal an. Reicht es, oder soll ich tiefer graben?«

Edige neigte sich mit finsterer Miene über den Rand des Grabes. »Tritt in die andere Ecke«, bat er den Langen Edilbai, »und du, Kalibek, kletter einstweilen heraus. Danke. Na, tief genug ist es wohl. Und doch, Edilbai, ein bißchen müßten wir die Seitennische noch erweitern, machen wir sie geräumiger.«

Als Schneesturm-Edige dies verfügt hatte, nahm er einen kleinen Kanister mit Wasser, trat hinter den Bagger und vollzog die Waschung, wie es Brauch ist vor dem Gebet. Danach kam er seelisch mehr oder minder wieder ins Gleichgewicht. Zwar war es ihnen nicht gelungen, Kasangap in Ana-Bejit zu beerdigen, aber immerhin entgingen sie einer großen Schande – sie brachten den Verstorbenen nicht unbestattet wieder nach Hause. Hätte er nicht solche Hartnäckigkeit bewiesen, dann wäre es so gekommen. Jetzt hieß es die Zeit gut nutzen, damit sie vor Einbruch der Dunkelheit wieder zurück waren in Schneesturm-Boranly. Zu Hause würde man natürlich auf sie warten und sich beunruhigen wegen ihrer Verspätung, hatten sie doch versprochen, bestimmt bis sechs zurück zu sein, für diese Zeit war das Totenmahl angesetzt. Es war schon halb fünf. Sie hatten noch die Beerdigung vor sich und den Weg durch die Steppe. Selbst wenn sie sich beeilten, brauchten sie dafür gut zwei Stunden. Aber sich überhasten, die Beerdigung abkürzen – das schickte sich auch nicht. Schlimmstenfalls würden sie die Totengedenkfeier spätabends abhalten. Da half nichts.

Nach der Waschung fühlte Edige sich innerlich bereit, das letzte Ritual zu vollziehen. Er schraubte den Kanister zu und erschien hinterm Bagger mit erhabener Miene, strich sich bedeutsam über den Bart.

»Sohn des entschlafenen Gottesknechts Kasangap, Sabitshan, stelle dich zu meiner Linken, ihr vier aber bringt den Körper des Toten an den Rand des Grabes, legt den Verstorbenen mit dem Kopf gen Sonnenuntergang«, sprach er mit feierlicher Stimme. Und als dies getan war, sagte er: »Nun wenden wir uns alle in Richtung der heiligen Kaaba. Öffnet die Hände vor euch, denkt an Gott, auf daß er unsere Worte und unsere Gedanken vernehme in dieser Stunde.«

Sonderbar, Edige vernahm kein Gelächter und kein Murmeln hinter seinem Rücken. Und er war froh, denn sie hätten ja sagen können: Laß das, Alter, mach uns keinen blauen Dunst vor, was, zum Teufel, bist du schon für ein Mulla, laß uns lieber den Toten möglichst schnell eingraben und nach Hause fahren. Nicht genug damit, erkühnte sich Edige, sein Grabgebet stehend zu verrichten, nicht sitzend, hatte er doch von kundigen Männern gehört, in den arabischen Ländern, woher die Religion kommt, bete man auf den Friedhöfen aufrecht, in voller Größe. Wie dem auch sei, Edige wollte mit dem Kopf dem Himmel näher sein.

Doch als er die Zeremonie begann, während er sich vor der rechten und der linken Seite der Welt verneigte, während er durch Kopfneigen seine Verehrung gleichermaßen der Erde und dem Himmel bezeigte, solcherart dem Schöpfer dankend für die unwandelbare Ordnung der Welt, derzufolge ein Mensch zufällig entsteht, aber so unweigerlich dahingeht, wie Tag und Nacht einander abwechseln, erblickte er abermals den Weißschwanz-Milan. Der segelte über ihm in den Lüften, beschrieb, kaum die Flügel regend, am Himmel gemessen Kreis um Kreis. Doch der Vogel riß Edige keineswegs aus seiner feierlichen Stimmung, im Gegenteil, er half ihm, sich zu sammeln in seinen hohen Gedanken.

Vor ihm am Rande der gähnenden Grube lag auf einer

Bahre der in eine weiße Filzdecke gewickelte, entschlafene Kasangap. Halblaut sprach Schneesturm-Edige die Begräbnisworte, die von jeher allen und jedem bestimmt sind für alle Zeiten, bis zum Ende der Welt, Worte, die von Anbeginn eine Vorhersage enthielten, die unumstößlich und gleichermaßen für alle gilt, für jeden Menschen, wer immer es sei und in welcher Epoche immer er lebe, auch für jene, denen noch beschieden ist, zur Welt zu kommen – Edige sprach diese allumfassenden Formeln des Seins, von den Propheten offenbart und als Vermächtnis hinterlassen, und suchte sie durch eigene Gedanken zu ergänzen, die ihm das Herz eingab und die eigene Erfahrung. Hat doch ein Mensch nicht vergebens gelebt auf Erden.

»So du tatsächlich mein Gebet vernimmst, o Gott, das ich gleich meinen Vorvätern gelesenen und immer wieder gelesenen Büchern entnehme, höre auch mich. Ich denke mir, eins wird dem andern nicht schaden.

Hier stehen wir nun, auf der Steilwand Malakumdytschap, am offenen Grabe Kasangaps, an einem menschenleeren, verlassenen Ort, da es uns nicht gelungen ist, ihn auf dem altehrwürdigen Friedhof zu bestatten. Ein Milan am Himmel blickt herab auf uns, die wir mit geöffneten Händen dastehen und Abschied nehmen von Kasangap. Du, großer Gott, wenn es dich gibt, verzeih uns, und nimm die Bestattung deines Knechtes Kasangap gnädig an; und wenn er es verdient, schenke seiner Seele ewigen Frieden. Was von uns abhing, haben wir uns bemüht zu tun. Alles Weitere bleibt dir überlassen.

Nun aber, da ich mich an dich wende zu dieser Stunde, höre mich an, solange ich noch am Leben bin und zu denken vermag. Natürlich haben die Menschen nichts anderes im Sinn, als dich zu bitten: Erbarme dich, hilf, beschütze! Allzuviel erwarten sie von dir bei jeder Gelegenheit – zu Recht oder zu Unrecht. Selbst ein Mörder wünscht insgeheim, du stündest auf seiner Seite. Du aber schweigst. Was soll man schon sagen, dafür sind wir Menschen; besonders wenn es uns schlecht ergeht, glauben wir, nur dazu seist du im Himmel. Du hast es schwer, das begreife ich, unsere Bitten nehmen kein Ende. Du aber bist allein. Doch ich bitte um nichts. Ich will nur sagen in dieser Stunde, was mir durch den Kopf geht.

Mich bedrückt, daß unser ehrwürdiger Friedhof, auf dem Naiman-Ana ruht, uns von nun an nicht mehr zugänglich sein soll. Und darum möchte ich, daß es auch mir beschieden sei, hier, auf Malakumdytschap, zu liegen, an diesem Ort, wo sie ihren Fuß hingesetzt hat. Ich möchte neben Kasangap ruhen, den wir jetzt der Erde übergeben. Und wenn es stimmt, daß die Seele nach dem Tode in ein anderes Wesen übergeht, warum sollte ich dann eine Ameise sein? Lieber würde ich mich in einen Weißschwanz-Milan verwandeln. Damit ich wie der da über der Steppe fliege und mich freue am Anblick meines Landes. Das ist alles.

Mein Vermächtnis aber hinterlasse ich den Jungen, die heute mit mir hierhergekommen sind. Ihnen sage ich, ihnen überantworte ich die Aufgabe, mich hier zu beerdigen. Nur sehe ich nicht, wer über mir das Gebet sprechen wird. An Gott glauben sie nicht, und Gebete kennen sie keine. Niemand weiß, niemand wird je erfahren, ob es einen Gott gibt. Die einen sagen, es gibt ihn, die andern – es gibt ihn nicht. Ich aber möchte daran glauben, daß es dich gibt und daß du in meinen Gedanken gegenwärtig bist. Und wenn ich mich an dich wende mit meinen Gebeten, dann wende ich mich tatsächlich über dich an mich selbst; und in so einer Stunde ist es mir gegeben, zu denken, als würdest du selbst denken, o Schöpfer. Das ist doch entscheidend! Sie aber, die Jungen, haben nichts dergleichen im Sinn, sie verachten Gebete. Doch was werden sie sich und anderen sagen können in der erhabenen Stunde des Todes? Leid tun sie mir, wie sollen sie das Geheimnis ihres Menschseins erfassen können, wenn es für sie keinen Weg gibt, sich in Gedanken emporzuschwingen, als wäre ein jeder von ihnen plötzlich Gott? Verzeih mir diese Lästerung. Keiner von ihnen wird zu Gott, aber ohne das endet auch deine Existenz. Wenn erst der Mensch die Fähigkeit einbüßt, sich insgeheim als Gott zu begreifen, der für alle so eintritt, wie du für die Menschen eintreten müßtest, dann wird es auch dich, o Gott, nicht mehr geben. Ich aber möchte nicht, daß du spurlos verschwindest.

Das ist mein Begehren, mein Kummer. Verzeih, wenn etwas nicht recht war. Ich bin ein schlichter Mensch, denke, wie ich's verstehe. Nun will ich die letzten Worte sagen aus dem Heiligen Buch, dann schreiten wir zur Beerdigung. Segne du unser Tun.

Amen«, beschloß Schneesturm-Edige sein Gebet, blickte nach kurzem Schweigen noch einmal zum Milan auf und wandte sich voll tiefer Trauer bedächtig den hinter ihm stehenden jungen Männern zu, über die er soeben dem Herrgott seine Meinung gesagt hatte. Beendet war sein Gespräch mit Gott. Vor ihm standen jene fünf, mit denen er hergekommen war und mit denen er endlich die so lange hinausgeschobene Bestattung vornehmen mußte.

»Nun denn«, sagte er nachdenklich zu ihnen, »was im Gebet zu sagen war, das habe ich für euch mit gesagt. Gehen wir ans Werk.«

Er legte das Jackett mit den Orden ab und stieg selbst hinunter in die Grube. Ihm half der Lange Edilbai. Sabitshan, als Sohn des Verstorbenen, blieb abseits, bekundete sein Leid durch den gesenkten Kopf – die übrigen drei, Kalibek, Shumagali und der Alkoholiker-Schwiegersohn, nahmen das Filzbündel mit dem Leichnam von der Bahre und senkten es hinab auf die Arme von Edige und Edilbai.

Nun ist die Stunde der Trennung gekommen! dachte Schneesturm-Edige, als er Kasangap tief in der Erde zur letzten Ruhe bettete. Verzeih, daß wir so lange für dich keinen Platz fanden. Einen ganzen Tag sind wir mit dir hin und her gefahren. Nicht wir sind schuld, daß wir dich nicht in Ana-Bejit beerdigen konnten. Aber denke nicht, ich lass' es dabei bewenden. Ich gehe sonstwohin. Solange ich lebe, will ich nicht schweigen. Ich sage ihnen Bescheid! Du aber sei ruhig an deinem Ort. Groß und unermeßlich ist die Erde, doch dir reichen hier zehn Werschok, und dieser Platz ist dir bestimmt. Du wirst hier nicht allein bleiben. Bald werde auch ich hierher kommen, Kasangap. Hab noch etwas Geduld. Und zweifele nicht. Wenn kein Unglück geschieht und ich eines normalen Todes sterbe, komme ich ebenfalls hierher, dann sind wir wieder beisammen. Und werden zu Sary-Ösek-Erde. Nur werden wir es nicht wissen. Wissen können wir es nur zu Lebzeiten. Daher rede ich jetzt nur scheinbar zu dir, in Wirklichkeit rede ich mit mir selbst. Denn wer du warst, der bist du schon nicht mehr. So gehen wir dahin – aus dem Sein ins Nichtsein. Die Züge aber werden weiter durch die Sary-Ösek fahren, und andere Leute werden kommen an unserer Statt.

Hier überwältigte es Edige, er schluchzte auf – was die vielen Jahre ihres Lebens Schneesturm-Boranly ausgefüllt hatte, alles Unglück, alle Mißgeschicke und Freuden fanden Niederschlag in den paar Worten des Abschieds und in den paar Minuten der Bestattung. Wieviel und wie wenig ist doch dem Menschen gegeben!

»Hörst du, Edilbai?« sprach Edige, Schulter an Schulter mit ihm in der engen Grube. »Begrabe auch mich hier, neben ihm. Und lege mich eigenhändig ins Grab, wie wir es jetzt tun, damit ich es bequem habe. Versprichst du es mir?«

»Laß nur, Edige, darüber reden wir später. Klettre lieber wieder hinaus ins Gotteslicht. Ich erledige hier alles selber. Beruhige dich, Edige, steig hinaus. Quäl dich nicht.«

Lehm auf dem feuchten Gesicht verschmierend, erhob sich Schneesturm-Edige vom Grund der Grube; Hände streckten sich ihm entgegen, und er stieg hinauf, unter Tränen und erstickten Klagen. Kalibek brachte den Kanister mit dem Wasser, damit sich der alte Mann waschen konnte.

Dann warf jeder von ihnen eine Handvoll Erde hinunter, und den Wind im Rücken, gingen sie daran, das Grab zuzuschütten. Zunächst arbeiteten sie mit Schaufeln; später setzte sich Shumagali ans Lenkrad und stieß die Erde mit dem

Planierschild hinab. Zuletzt griffen sie wieder zu den Schaufeln und formten einen Hügel überm Grab.

Der Weißschwanz-Milan aber schwebte unentwegt über ihnen, beobachtete die aufgewirbelte Staubwolke und diese Handvoll Menschen, die etwas Sonderbares machten über der Steilwand Malakumdytschap. Er gewahrte, wie sie lebhafter wurden, als an Stelle der Grube ein frischer Berg Erde emporwuchs. Auch der rotbraune Hund hatte sich inzwischen von seinem Platz unterm Hänger erhoben, hatte sich gedehnt und strich nun um die Menschen herum. Was wollte denn der? Nur das alte, mit einer Troddeldecke geschmückte Kamel käute ungerührt wieder, unablässig mahlten seine Kiefer. Es sah ganz so aus, als rüsteten die Menschen zum Aufbruch. Aber nein, einer von ihnen, der Herr des Kamels, öffnete die Hände vor dem Gesicht, und alle andern taten es ihm nach.

Die Zeit drängte. Schneesturm-Edige umfing alle mit einem langen, durchdringenden Blick und sagte: »Das Werk ist vollbracht! Nun sagt, war Kasangap ein guter Mensch?«

»Ja, ein guter«, antworteten jene.

»Ist er jemand etwas schuldig geblieben? Hier steht sein Sohn, er wird für die Schuld des Vaters einstehen.«

Keine Antwort. Da sprach Kalibek für alle: »Nein, er hat keine Schulden hinterlassen.«

»Was sagst du nach alldem, Sabitshan, Sohn des Kasangap?« wandte sich Edige an ihn.

»Ich danke euch«, entgegnete jener knapp.

»Nun, dann ab nach Hause!« sagte Shumagali.

»Gleich. Nur noch ein Wort«, bat Schneesturm-Edige. »Ich bin unter euch der Älteste. Gewährt mir eine Bitte. Wenn es soweit ist, begrabt mich hier, Seite an Seite mit Kasangap. Habt ihr gehört? Das ist mein Vermächtnis, nehmt es als solches.«

»Niemand weiß, was und wie es noch kommt, warum sich vorher den Kopf zerbrechen?« meinte Kalibek unschlüssig.

»Ganz gleich«, beharrte Edige. »Mir steht zu, es zu sagen, an euch ist, mich anzuhören. Wenn es aber soweit ist, dann erinnert euch an mein Vermächtnis.«

»Was für gewaltige Vermächtnisse erwarten uns wohl noch? Pack sie nur lieber gleich mit aus«, scherzte der Lange Edilbai, um die Lage zu entspannen.

»Laß die Späße!« rief Edige gekränkt. »Ich mein's ernst.«

»Wir werden dran denken, Edige«, beschwichtigte ihn der Lange Edilbai. »Wenn's an dem ist, machen wir alles, wie du es gern hättest. Keine Sorge.«

»Na, das ist doch ein Dshigitenwort!« brummelte Edige zufrieden.

Die Fahrzeuge wendeten in großem Bogen, um den Steilhang hinabzufahren. Am Zügel Karanar, ging Schneesturm-Edige mit Sabitshan voraus. Er wollte mit ihm allein besprechen, was ihn stark bewegte.

»Hör mal, Sabitshan«, sagte er in fragendem Ton, »jetzt haben wir die Hände frei, ich möchte mit dir reden. Wie verhalten wir uns mit unserm Friedhof, mit Ana-Bejit?«

»Na wie schon? Sinnlos, sich den Kopf zu zerbrechen«, entgegnete Sabitshan. »Plan ist Plan. Liquidieren werden sie ihn, laut Plan abtragen. Das ist alles.«

»Das meine ich doch nicht. So betrachtet, kann einem alles egal sein. Du bist doch hier geboren und aufgewachsen. Dein Vater hat dich lernen lassen. Und jetzt haben wir ihn beerdigt. Allein auf weitem Feld – uns bleibt nur ein Trost, es ist immerhin unser Land. Du bist gebildet, arbeitest im Gebietszentrum, kannst Gott sei Dank mit allen möglichen Leuten umgehn. Hast Bücher gelesen...«

»Na und?« unterbrach ihn Sabitshan.

»Du könntest mir bei einer Unterredung helfen. Wir beide sollten, ehe es zu spät ist, gleich morgen zur hiesigen Obrigkeit gehen, in diesem Objekt hier muß es doch einen Alleobersten geben. Ana-Bejit darf nicht dem Erdboden gleichgemacht werden. Das ist immerhin ein Stück Geschichte.«

»Alles Ammenmärchen, begreif doch, Edige. Da werden

Fragen im Weltmaßstab entschieden, kosmische Fragen, und wir kommen ihnen mit der Beschwerde wegen eines Friedhofs. Wer braucht den schon? Die kümmert das einen Dreck. Und sowieso läßt uns da keiner rein.«

»Wenn wir nicht gehen, lassen sie uns nicht rein. Wenn wir es aber fordern, dann schon. Und wenn nicht, soll der Chef selber zu uns rauskommen. Er ist schließlich kein Berg, der sich nicht vom Fleck bewegt.«

Sabitshan schoß einen gereizten Blick auf Edige.

»Laß die Finger davon, Alter, das führt zu nichts. Mit mir brauchst du nicht zu rechnen. Ich will damit nichts zu tun haben.«

»Warum hast du das nicht gleich gesagt? Was gibt's da noch zu reden? Von wegen – Ammenmärchen!«

»Dachtest du vielleicht, ich renne gleich los? Warum eigentlich? Ich habe Familie, Kinder, Arbeit. Wozu soll ich gegen den Wind pissen? Ein Anruf von da – und ich krieg' einen Tritt in den Hintern! Besten Dank!«

»Deinen Dank steck dir hintern Spiegel«, parierte Schneesturm-Edige und ergänzte zornig: »Einen Tritt in den Hintern! Du lebst wohl nur für den Hintern?«

»Was hast denn du gedacht? Natürlich. Du hast gut reden. Wer bist du schon? Eine Null. Wir aber leben für den Hintern, damit wir möglichst viel Süßes in den Mund kriegen!«

»Sieh an, sieh an! Früher war einem der Kopf die Hauptsache, jetzt also ist es der Hintern!«

»Verstehe es, wie du willst. Aber such dir keine Dummen.«

»Klarer Fall. Unser Gespräch ist beendet!« sagte Schneesturm-Edige schroff. »Komm noch zum Totenmahl, danach, geb's Gott, werden wir uns nie wieder begegnen!«

»Wie sich's trifft!« entgegnete Sabitshan mit einer Grimasse.

Damit gingen sie auseinander. Während Schneesturm-Edige sein Kamel bestieg, warteten die Fahrzeuge mit laufenden Motoren, er aber sagte, sie sollten sich nicht aufhalten lassen und möglichst schnell losfahren, zu Hause warteten die Leute mit dem Totenmahl, auf dem Kamel käme er überall durch, er wolle allein zurückreiten.

Als die Fahrzeuge weg waren, blieb Edige noch am Ort und überlegte, was er tun sollte.

Nun war er allein, mutterseelenallein inmitten der Sary-Ösek – bis auf den treuen Hund Sholbars, der zuerst den Fahrzeugen nachgestürzt war, aber wieder zurückkehrte, als er begriff, daß sein Herr nicht den gleichen Weg nahm. Edige beachtete ihn nicht. Wäre der Hund nach Hause gelaufen, er hätte es nicht bemerkt. Ihm ging anderes durch den Kopf. Die ganze Welt war ihm zuwider. In seinem Herzen brannte wie eine Wunde bedrückende innere Leere nach dem Gespräch mit Sabitshan. Die saugende Leere eines unstillbaren Schmerzes gähnte in ihm wie eine Bresche, wie eine Bergschlucht, in der nur Kälte ist und Dunkel. Und Schneesturm-Edige bereute heftig, daß er überhaupt das Gespräch gesucht, daß er Worte in den Wind gesprochen hatte. Konnte man von Sabitshan etwa Rat und Hilfe erwarten? Da hatte er gedacht, der Mann ist belesen, gebildet, der findet leichter eine gemeinsame Sprache mit seinesgleichen. Aber was hatte es eingebracht, daß er verschiedene Kurse besucht hatte in verschiedenen Instituten? Vielleicht hatte man ihn dort eigens so erzogen, damit er würde, wie er nun war? Vielleicht saß irgendwo einer, scharfsichtig wie der Satan, und hatte viel Mühe auf Sabitshan verwandt, damit der ausgerechnet Sabitshan wurde und kein anderer? Er selber, Sabitshan, hatte doch diesen Blödsinn von funkgesteuerten Menschen erzählt und in allen Farben ausgemalt. Solche Zeiten werden über uns hereinbrechen, hatte er gesagt! Wenn ihn aber selber schon so ein Unsichtbarer und Allmächtiger über Funk dirigierte...

Je länger der alte Edige darüber nachdachte, desto ärgerlicher wurde er, desto ausweisloser erschien ihm alles.

»Ein Mankurt bist du! Ein waschechter Mankurt!« flüsterte er wütend – voll Haß auf Sabitshan, zugleich aber auch voller Mitleid.

Doch Schneesturm-Edige war keineswegs bereit, sich mit allem abzufinden; er begriff, daß er etwas tun mußte, etwas unternehmen, um sich nicht zu demütigen. Er begriff: Wenn er zurückwiche, wäre das eine Niederlage in den eigenen Augen. Er ahnte, daß er im Widerspruch zum offensichtlichen Ergebnis dieses Tages handeln mußte, vermochte jedoch noch nicht genau zu sagen, was er eigentlich vorhatte, womit er beginnen und wie er es anstellen sollte, daß seine hohen Gedanken und Erwartungen hinsichtlich Ana-Bejits jenen zu Ohren kamen, die tatsächlich imstande waren, den Befehl aufzuheben; daß sie gehört wurden und auch etwas bewirkten, sie überzeugten. Aber wie das erreichen? Wohin sich begeben, was unternehmen?

Bedrückt von diesen Gedanken, blickte Edige von Karanars Rücken in die Runde. Weit und breit schweigsame Steppe. Abendliche Schatten stahlen sich schon unter die Rotsandklüfte von Malakumdytschap. Längst waren die Fahrzeuge in der Ferne verschwunden, verstummt. Weg waren die jungen Leute. Der letzte von denen, die die Geschichte der Sary-Ösek gekannt und im Gedächtnis bewahrt hatten, der alte Kasangap, lag nun am Steilhang unter dem frisch aufgeschütteten Hügel eines einsamen Grabes, inmitten der unendlichen Steppe. Edige stellte sich vor, wie sich der Hügel allmählich setzen würde, einebnen, ehe er im Wermut der Steppe versinken würde, und wie schwer, wenn nicht gar unmöglich es dann sein würde, ihn noch aufzufinden. So muß es auch sein – niemand überlebt die Erde, niemand entrinnt der Erde.

Die Sonne war angeschwollen und schwer geworden gegen Ende des Tages, näherte sich unter ihrem unerträglichen Gewicht mehr und mehr dem Horizont. Das Licht der untergehenden Himmelsleuchte veränderte sich von Minute zu Minute. Dem Schoß des Sonnenuntergangs entsprang unmerklich die Dunkelheit, blähte sich abendlich blau im strahlenden Gold des erhellten Raumes.

Während Schneesturm-Edige die Lage erwog, beschloß

er, zum Schlagbaum an der Durchfahrt zur Sperrzone zurückzukehren. Etwas anderes fiel ihm nicht ein. Nun, da die Bestattung vorüber, er durch nichts und niemand mehr gebunden war und sich auf sich selbst verlassen konnte, soweit die ihm von Natur und Erfahrung verliehene Kraft reichte, durfte er auf eigenes Risiko handeln, wie er es für nötig hielt. Vor allem wollte er durchsetzen, wollte er den Wachdienst zwingen, ihn, und sei's mit Eskorte, zur hohen Obrigkeit vorzulassen oder, falls erforderlich, jenen Chef dazu bewegen, daß er selbst an den Schlagbaum kam und ihn, Schneesturm-Edige, anhörte. Dann würde er dem Betreffenden alles ins Gesicht sagen.

All das hatte Schneesturm-Edige durchdacht, und er beschloß, ungesäumt zu handeln. Als unmittelbarer Anlaß sollte der betrübliche Ausgang von Kasangaps Beerdigung dienen. Er war fest entschlossen, am Schlagbaum hartnäckig zu bleiben, einen Passierschein oder eine Begegnung mit der Obrigkeit zu verlangen – das für den Anfang – und den Wachposten klarzumachen, daß er ihnen so lange zusetzen werde, bis ihn der Ranghöchste anhörte, und nicht irgendein Tansykbajew.

Darauf gründete er seine Zuversicht.

»Taubakel! Hat der Hund einen Herrn, dann hat der Wolf einen Gott!« sprach er sich selber Mut zu, gab Karanar forsch die Peitsche und lenkte ihn in Richtung Schlagbaum.

Inzwischen war die Sonne untergegangen, es wurde schnell dunkel. Als er sich der Sperrzone näherte, war es schon finster. Nur noch ein halber Kilometer blieb bis zum Schlagbaum, und deutlich erkannte er bereits die Postenlampen. Edige ritt nicht weiter vor bis zum Schlagbaum, sondern saß hier ab, glitt aus dem Sattel. Das Kamel konnte er nicht gebrauchen bei seinem Vorhaben. Es war nur eine Last. Am Ende geriet er noch an einen Vorgesetzten, der nicht mit ihm reden wollte, sondern sagte: »Hau ab mitsamt deinem Kamel! Wo kommst du bloß her? Niemand wird dich empfangen!« – und ihn nicht in seinen Dienstraum ließ. Vor allem wußte Edige nicht, welcher Ausgang seinem Vorhaben beschieden war, ob er lange warten würde auf ein Ergebnis – da war es schon besser, allein zu erscheinen und Karanar einstweilen mit einer Fußfessel in der Steppe sich selbst zu überlassen. Er konnte ja weiden.

»He du, warte hier auf mich, ich ziehe los und erkunde, wie sich alles entwickelt«, brummte er, an Karanar gewandt, mehr aber zur eigenen Ermutigung. Dann hieß er das Kamel sich niederlegen, denn er mußte aus der Satteltasche die Fesseln holen und vorbereiten.

Während sich Edige im Dunkeln an den Fesseln zu schaffen machte, war es so still rundum, herrschte eine so unendliche Lautlosigkeit, daß er den eigenen Atem hörte und das Sirren und Summen von Insekten in der Luft. Über seinem Kopf erstrahlten zahllose Sterne – urplötzlich hatten sie den klaren Himmel übersät. Es war so still, als hinge etwas in der Luft.

Sogar der an die Sary-Ösek-Stille gewöhnte Shobars spitzte die Ohren und winselte leise. Was mochte ihm nicht gefallen an dieser Ruhe?

»Was tanzt du mir dauernd um die Beine?« rief sein Herr mißmutig. Dann aber dachte er: Was mach' ich mit dem Hund? Nachdenklich fingerte er an den Fesseln. Kein Zweifel – der Hund würde nicht zurückbleiben. Und wenn er ihn fortjagte, er würde nicht weichen. Mit einem Hund als Bittsteller aufzutauchen erschien ihm wiederum unangebracht. Selbst wenn sie nichts sagten, würden sie ihn auslachen und denken: Da kommt der Alte nun her, um sein Recht zu fordern, aber der einzige, der ihn unterstützt, ist ein Hund. Dann schon lieber ohne Hund. Also beschloß Edige, ihn mit einem langen Zügel ans Kamelgeschirr zu binden. Mochten sie aneinandergeknüpft bleiben, der Hund und das Kamel, solange er fort war. Er rief: »Sholbars! Sholbars! Hierher!« und bückte sich, um die Leine an dessen Hals zu verknoten. In diesem Augenblick geschah etwas in der Luft, verschob sich etwas unter anschwellendem, vulkanischem Grollen.

Und in nächster Nähe, gleich nebenan in der Sperrzone des Kosmodroms, schoß säulengleich eine bedrohlich grelle Flamme in den Himmel. Schneesturm-Edige zuckte erschrocken zurück, das Kamel sprang mit einem Schrei hoch. Der Hund warf sich angsterfüllt dem Menschen vor die Füße.

Der erste Kampfraketen-Roboter der transkosmischen Absperroperation »Reif« war aufgestiegen. In der Sary-Ösek war es Punkt acht Uhr abends. Dem ersten Start folgte der zweite, dann der dritte und so weiter, und so fort. Die Raketen flogen in den fernen Kosmos und legten um den Erdball einen ständig wirksamen Kordon, damit sich nichts ändere in den irdischen Dingen, damit alles bliebe, wie es war.

Der Himmel stürzte herab auf ihre Häupter, klaffte auseinander im Gebrodel von Flammen und Rauch. Mensch, Kamel, Hund – diese schlichten Wesen – rannten los, wie von Sinnen. Von Entsetzen geschüttelt, rannten sie Seite an Seite, voller Angst, einander zu verlieren, rannten durch die Steppe, erbarmungslos angestrahlt von einem gigantisch wogenden Flammenmeer.

Doch wie lange sie auch liefen, sie traten auf der Stelle, denn jede neue Detonation überschüttete sie mit einer Feuersbrunst aus allumfassendem Licht und mit vernichtend widerhallendem Donnern.

Sie aber rannten – Mensch, Kamel, Hund –, rannten wie von Sinnen, und plötzlich glaubte Edige neben sich den weißen Vogel zu sehen, der einst aus dem weißen Tuch Naiman-Anas entstanden war, als sie aus dem Sattel fiel, durchbohrt vom Pfeil ihres Mankurt-Sohnes. Der weiße Vogel flog schnell neben dem Menschen her, und durch das Getöse des Weltuntergangs gellte sein Schrei: »Wer bist du? Wie ist dein Name? Erinnere dich an deinen Namen! Dein Vater ist Dönenbai, Dönenbai, Dönenbai, Dönenbai, Dönenbai...«

Lange noch erklang seine Stimme in dem sich verdichtenden Dunkel.

Einige Tage darauf trafen aus Ksyl-Orda in Schneesturm-Boranly Ediges Töchter ein, Saule und Scharapat, mit ihren Männern und Kindern – sie hatten das Telegramm über das Ableben des alten Kasangap erhalten. Sie waren gekommen, seiner zu gedenken, ihr Leid zu bezeigen, und zugleich, um ein paar Tage bei den Eltern zu bleiben, denn auch das Unglück birgt sein Glück.

Als der ganze Schwarm aus dem Zug gestiegen war und auf Ediges Schwelle erschien, war der Vater nicht zu Hause, doch Ükübala sprang ihnen entgegen, umarmte die Kinder weinend, küßte sie, wußte sich vor Freude über die Enkel nicht zu lassen und sagte immer wieder: »Großen Dank dir, o Herr! Nein, diese Überraschung! Wie wird sich der Vater freun! Schön, daß ihr gekommen seid! Und auch noch alle zusammen! Wird sich der Vater freun!«

»Wo ist denn der Vater?« fragte Scharapat.

»Er kommt gegen Abend zurück. Frühmorgens ist er nach Postschließfach geritten, zur dortigen Obrigkeit. Dauernd hat er da was zu erledigen! Ich erzähl's euch später. Aber warum tretet ihr nicht ein? Ihr seid doch hier zu Hause, meine Kinder.«

Die Züge in dieser Gegend fuhren noch immer von West nach Ost und von Ost nach West.

Zu beiden Seiten der Eisenbahn aber erstreckten sich in dieser Gegend große, öde Landstriche – Sary-Ösek, das Zentralgebiet der gelben Steppe.

Tschingis Aitmatow im Unionsverlag

Tschingis Aitmatow
Dshamilja
Im Vorwort zu dieser Neuausgabe hält Aitmatow Rückschau
auf die Geschichte von Dshamilja und Danijar,
die zur »schönsten Liebesgeschichte der Welt« wurde.
94 Seiten, gebunden oder im Taschenbuch

Tschingis Aitmatow
Aug in Auge
Aitmatows Erstling, ein Jahr vor »Dshamilja« erschienen.
Auf solche Weise war von Armut und Kriegsnot im Hinterland
noch nicht geschrieben worden. 112 Seiten, gebunden

Tschingis Aitmatow
Der Richtplatz
Awdji Kallistratow, der ausgestoßene Priesterzögling, geht auf
die Suche nach den Wurzeln der Kriminalität – eine Reise, die
ihm zum Kreuzweg wird. 468 Seiten, gebunden

Tschingis Aitmatow
Abschied von Gülsary
Der Hirte Tanabai und sein Prachtpferd Gülsary haben
ein Leben lang alles geteilt: Arbeit und Feste, Siege und
Niederlagen, Sehnsucht und Enttäuschung.
216 Seiten, gebunden

Tschingis Aitmatow
Karawane des Gewissens
Autobiographische Schriften, Essays und Interviews:
ein Blick in die Erfahrungswelt und die Werkstatt von
Aitmatow. 360 Seiten, gebunden

Bestellen Sie den Verlagsprospekt:
Unionsverlag, Gletscherstraße 8a, CH-8034 Zürich

Frauen aller Länder im Unionsverlag

Sahar Khalifa
Der Feigenkaktus
Nach jahrelangem Aufenthalt in den Ölstaaten kehrt Usama, ein junger Palästinenser, mit einem militärischen Auftrag in seine Heimat zurück. Der Roman spielt in allen Sphären, die das Leben der Palästinenser heute bestimmen. 240 Seiten, broschiert oder als Taschenbuch

Sahar Khalifa
Die Sonnenblume
Jerusalem: Die Konfrontation bestimmt den Alltag der Palästinenser. Die Frauen leiden besonders, weil auch die Revolutionäre die Zukunft besingen und der Moral der Vergangenheit nachhängen. 476 Seiten, broschiert oder als Taschenbuch

Assia Djebar
Fantasia
Die Kindheit einer Frau verschmilzt mit dem Bericht von der Eroberung Algeriens im letzten Jahrhundert, verbindet sich dann mit den Erinnerungen von Landfrauen und Witwen an den Befreiungskrieg. 340 Seiten, gebunden

Kamala Markandaya
Nektar in einem Sieb
Dieser Roman gibt voller Anteilnahme Einblick in das Leben der indischen Dörfer. 276 Seiten, Taschenbuch

Ken Bugul
Die Nacht des Baobab
Aus einem senegalesischen Dorf kommt Ken Bugul nach Europa. Sie berichtet, was es bedeutet, unter Weissen schwarz und schön zu sein. 192 Seiten, Taschenbuch

Bestellen Sie den Verlagsprospekt:
Unionsverlag, Gletscherstraße 8a, CH-8034 Zürich

Yaşar Kemal im Unionsverlag

Yaşar Kemal
Memed, mein Falke
Memed, der schmächtige Bauernjunge, wird zum Räuber, Rebell und Rächer seines Volkes. Ein Roman, der selbst wieder zur Legende wurde. 338 Seiten, broschiert oder als Taschenbuch.

Yaşar Kemal
Die Disteln brennen
Memed II. Der zweite Band der Memed-Tetralogie: Memed kehrt zurück. 400 Seiten, broschiert

---

Yaşar Kemal
Töte die Schlange
Wie kann es dazu kommen, daß ein Junge seine geliebte Mutter tötet? 116 Seiten, gebunden

---

Yaşar Kemal
Auch die Vögel sind fort
Kemals Istanbul ist eine brodelnde, gnadenlose Welt im Umbruch. Hier sind Spitzbuben und Tagträumer, Gestrandete und Gescheiterte die letzten Unversehrten. 128 Seiten, gebunden

---

Yaşar Kemal
Der Wind aus der Ebene
Wenn der Wind die Disteln aufwirbelt, ist für das ganze Dorf im Taurusgebirge die Zeit gekommen, in die Ebene auf die Baumwollfelder zu ziehen. 372 Seiten, Taschenbuch

---

Bestellen Sie den Verlagsprospekt:
Unionsverlag, Gletscherstraße 8a, CH-8034 Zürich